CB033507

LOCKLANDS

LOCKLANDS
OS ABISMOS ESQUECIDOS

OS FUNDADORES, VOL. 3

ROBERT JACKSON BENNETT

Tradução
Reinaldo José Lopes e Tania Lopes

Copyright © 2022 por Robert Jackson Bennett
Publicado em comum acordo com o autor, Shuffling and Muttering LLC, Donald Maass Literary Agency, em conjunto com International Editors' Co.
Publicado originalmente nos Estados Unidos em 2022 pela Del Rey, um selo da Random House, uma divisão do grupo Penguin Random House LLC.

Título original em inglês: Locklands

Direção editorial: Victor Gomes
Acompanhamento editorial: Mariana Correia Santos e Thiago Bio
Tradução: Reinaldo José Lopes e Tania Lopes
Preparação: Nestor Turano Jr. e Lui Navarro
Revisão: Bárbara Waida
Design e ilustração de capa: Will Staehle
Imagem de capa: Aleksandr Murzich/Shutterstock (Halo), Toa55/Shutterstock (Lanternas)
Adaptação de capa e diagramação: Mariana Souza
Projeto gráfico: Beatriz Borges

Esta é uma obra de ficção. Nomes, personagens, lugares, organizações e situações são produtos da imaginação do autor ou usados como ficção. Qualquer semelhança com fatos reais é mera coincidência.

Todos os direitos reservados. Proibida a reprodução, no todo ou em partes, através de quaisquer meios. Os direitos morais do autor foram contemplados.

Dados Internacionais de Catalogação na Publicação (CIP)

B4711 Bennett, Robert Jackson
Locklands: os abismos esquecidos / Robert Jackson Bennett ;
Tradução: Reinaldo José Lopes e Tania Lopes – São Paulo :
Morro Branco, 2023.
704 p. ; 14 x 21 cm.

ISBN: 978-65-86015-97-3

1. Literatura americana – Romance. 2. Ficção americana. I.
Lopes, Reinaldo José. II. Lopes, Tania. III. Título.
CDD 813

Todos os direitos desta edição reservados à:
EDITORA MORRO BRANCO
Alameda Santos, 2223, 7º andar
01419-912 – São Paulo, SP – Brasil
Telefone (11) 3373-8168
www.editoramorrobranco.com.br

Impresso no Brasil
2023

Para Joe McKinney, que era uma boa pessoa — e um escritor muito melhor de ler do que eu era ou jamais vou ser

Dizem que a política é a arte de distribuir dor. E fazer inscrições, claro, é a arte de distribuir inteligência. Pergunto-me — algumas vezes com empolgação, outras com medo — o que acontecerá quando as duas se encontrarem.

— ORSO IGNACIO EM CARTA
A ESTELLE CANDIANO

I

As guerras das inscrições

1

<*Está pronta?*>, sussurrou uma voz.

Berenice abriu os olhos. O sol da manhã se refletia brilhante no oceano, e a visão dela se ajustava devagar, com as formas das muralhas da cidade, das fortificações e das baterias costeiras se calcificando na luz cintilante. Ela meditou de modo tão profundo que levou um minuto para que se recordasse (*Será que estou na Tevanne Antiga? Ou em algum outro lugar?*), mas depois seus sentidos voltaram por completo e ela enxergou.

Grattiara: um enclave fortificado minúsculo, que se equilibrava em cima de um fio de pedra estendendo-se até o Mar Durazzo, cheio de muralhas em cinza-marinho, torres brancas feito nuvens e gaivotas a voejar. Não era bem uma cidadezinha, estava mais para um resíduo de civilização que se agarrava às fortificações, com casas e barracas que pareciam cracas espalhadas por cima do casco de um navio. Observou enquanto os barquinhos de pesca se encaminhavam para o píer, suas velas pálidas e luminescentes. De longe, lembravam asas de morcego que refletiam os primeiros raios da aurora.

— Que inferno — disse em voz baixa. — O lugar é quase bonitinho.

<*Quase.*> Claudia se aproximou dela no balcão, olhos duros e penetrantes debaixo do capacete de metal escuro. Sua voz sussurrava no fundo dos pensamentos de Berenice, baixa, mas clara: <*Estamos mal se você anda achando bonita uma latrininha dessas*>.

<*Sim*>, sussurrou Berenice. <*E, mesmo assim, cabe a nós salvá-la.*>

Claudia palitou os dentes com um pedacinho de madeira. <*Ou pelo menos o povo daqui, de qualquer modo.*> Jogou o palito fora. <*Bom... Pronta?*>

<*Não sei. Talvez. Como eu estou?*>

<*Parece uma rainha-guerreira sombria*>, disse Claudia. E sorriu. <*Talvez um pouco sombria demais. Esta aqui é uma fortaleza dos Morsini, lembre-se. O governador pode não gostar muito de uma mulher intimidadora.*>

<*A conversa vai ser sombria. Mas vou tomar cuidado para sorrir bastante e fazer reverências*>, acrescentou com acidez. Ajustou a posição da couraça nos ombros, sentindo a flexibilidade e a maleabilidade das ombreiras; depois, puxou a gola da túnica de couro para deixar sair um pouco da umidade. A armadura delas estava muito longe de ser semelhante a uma lorica, já que só cobria áreas críticas e deixava as juntas livres para a movimentação, mas ainda dava um calor dos diabos debaixo do sol grattiarano.

<*Vai ter de funcionar*>, falou Berenice. Pendurou a espringal nas costas, depois verificou se seu florete inscrito estava embainhado na lateral do corpo. <*As espringais foram preparadas direito?*>

<*Vamos precisar chegar à linha de visão com eles*>, disse Claudia. Ela apontou para um pequeno disco em sua própria ombreira direita e, depois, para o equivalente na armadura de Berenice. <*Mas vão vir até nós quando chamarmos.*>

<*Ótimo.*>

<*Você ainda acha que foi uma boa ideia trazer armas para esta conversinha? Quero dizer... eles vão fazer a gente se desarmar antes de ver o governador, né?*>

<*Ah, quase com certeza*>, falou Berenice. <*Mas receber um pedido para se desarmar é uma oportunidade incrível para mostrar a quantidade de armamento que a gente está carregando.*>

<*Que cinismo.*> O sorriso de Claudia apareceu de novo. <*É isso aí.*>

O vento mudou de direção, e o fedor de podridão foi se enfiando nas narinas de Berenice, sem dúvida vindo do campo de refugiados que se espalhava além das fortificações da cidade. Pegou a luneta e a apontou para os acampamentos nas colinas a noroeste.

Era um contraste cruel e claro: a cidade de Grattiara continuava mais ou menos impecável, suas enormes e possantes baterias costeiras inscritas ao longo do mar, as torres das fortificações mais internas altas e elegantes; mas, a poucos metros de distância, havia terrenos e mais terrenos cobertos com tendas em frangalhos, abrigos improvisados e água imprópria ao consumo, um lembrete do quanto o mundo tinha mudado fora dessa minúscula cidade-fortaleza.

Claudia sussurrou: <*Estou vendo movimento,* Capo>.

Berenice se virou para olhar. Um grupo pequeno de homens estava descendo as escadarias que saíam dos portões do forte central, todos vestidos com roupas coloridas em tons de azul e vermelho. Ela examinou o forte acima dela, torres repletas de baterias de espringais e estriladores, modelos inscritos que, ela sabia, estavam desatualizados havia pelo menos quatro anos. E as muralhas, é claro, não estavam inscritas em nenhum ponto, eram só tijolos, argamassa e décadas de remendos: sem *sigils*, sem cordas, sem argumentos incrustados nelas para que acreditassem ter força ou durabilidade sobrenatural.

— Assim que o negócio chegar aqui — murmurou — vai rasgar esse lugar feito uma faca quente cortando gordura de enguia.

<*É*>, concordou Claudia. Esticou-se para olhar o campo de refugiados. <*E toda essa gente vai morrer... ou coisa pior.*>

<*Quanto tempo nós temos mesmo?*>

<*A última estimativa era duas semanas*>, disse ela. <*Vai precisar passar por Balfi, mais ao norte, e isso deve atrasar a coisa um pouco, esperamos. É para termos pelo menos uma semana antes que chegue aos portões daqui,* Capo.>

Berenice perguntou-se essas estimativas estavam corretas. Se tivesse um exército enorme e pretendesse usá-lo para aniquilar tudo no caminho dele, qual estrada seguiria, quais rios, e com que rapidez se movimentaria?

Como estou cansada desse tipo de dúvida sanguinolenta, pensou.

<*Ainda não me respondeu, Ber*>, disse Claudia com delicadeza. <*Está pronta?*>

<*Chegando lá*>, respondeu. Ela caminhou até onde os outros dois membros de sua equipe estavam sentados num banco pequeno, antes do fim da escadaria. Diela, a mais jovem e menor dos dois, assumiu posição de sentido imediatamente, ficando de pé tão depressa que o capacete chacoalhou na cabeça. Vittorio ficou de pé com languidez, dando um sorrisinho ao aprumar o corpo alto e esguio ao lado dela. Tinha um caixote pesado de madeira nas mãos, com cerca de um metro de largura e altura, feito de lenho simples, tampa com dobradiças, bem fechado.

— Tudo certo? — indagou Berenice.

<*Estou pronto para colocar esse negócio no chão e sair do sol,* Capo>, sussurrou Vittorio dentro de sua mente. Olhou-a nos olhos e seu sorriso aumentou. <*Tem certeza de que vão me deixar entrar no forte com isso aqui?*>

— Vão — respondeu ela. — Vocês dois, lembrem-se, esta é uma operação puramente diplomática. Só fiquem de olhos abertos, deixem o equipamento arrumado e à mão, e, se eles tentarem algo com a gente, lembrem-se do treinamento.

<*Se isso acontecer, derrotar um monte de capangas de uma casa comercial vai ser um serviço mais fácil que o que a gente está acostumado a fazer*>, comentou Vittorio, sorrindo de orelha a orelha.

Diela piscou do lado dele, e Berenice sentiu uma ansiedade lenta que se acumulava no pano de fundo dos pensamentos da garota.

<*Provavelmente não vai chegar a isso*>, disse à moça. <*De novo, esta é uma missão diplomática. Mas, mesmo que você não tenha estado em combate, Diela, ainda sabe o que sabemos e viu o que vimos. Não tenho dúvidas de que vai se sair bem.*>

Diela assentiu com a cabeça, nervosa:

<*Sim,* Capo.>

<*Está na hora,* Capo>, disse Claudia.

Berenice olhou para cima. Os homens do forte agora estavam perto. Colocou o capacete, ajustando-o para que seus olhos se alinhassem direito com o visor, e o prendeu bem. *Oito anos lutando essa guerra,* pensou, *e ainda não consigo fazer essa porcaria se encaixar direito.*

Postou-se lá, alta e decidida em sua armadura sombria, e ficou olhando os homens dos Morsini descerem as escadas. Outrora, homens como esses poderiam assustá-la ou mesmo deixá-la preocupada, mas esses dias tinham passado havia muito: enfrentara batalhas demais, uma abundância de morte e horror, para que os capangas de uma casa comercial assombrassem seus pensamentos.

Estou pronta, pensou consigo mesma. *Estou pronta.*

Contudo, sentia um fiapo de insegurança, a sensação de uma ausência, como se tivesse esquecido alguma coisa essencial. Tirou a luneta do bolso e olhou através dela mais uma vez, embora agora mirasse o oceano distante, bem ao sul.

De início, não viu nada além do mar, mas então achou algo: um pontinho ao longe, bem no horizonte.

Sancia e Clave, pensou ela. *Mantendo distância. Mas estão lá. Ela está lá.*

Ouviu alguns passos e guardou rapidamente a luneta.

Meu Deus, amor. Como eu queria que você estivesse aqui comigo hoje.

Uma voz veio das escadas, empolada e confiante:

— O governador vai recebê-la agora, general Grimaldi.

— Obrigada — agradeceu Berenice. — Por favor, mostre o caminho.

◆◆◆

Como esperavam, tiveram de deixar as armas de lado antes de entrar no forte propriamente dito, o que fizeram sem protestar. Berenice observou enquanto as sentinelas dos Morsini pegavam as armas e as guardavam num grande caixote de madeira ao lado do portão, fechando-o depois. Antes que Berenice ensaiasse a pergunta, Claudia sussurrou:

<*Não vai ser um problema.*>

<*Ótimo*>, falou Berenice.

— E isso? — perguntou uma das sentinelas, apontando para o caixote nos braços de Vittorio.

— Um presente para o governador — explicou Berenice.

Berenice fez sinal com a cabeça para Vittorio, que colocou o caixote no chão e o abriu.

A sentinela se inclinou para dar uma olhada, depois os encarou com um ar de ceticismo desconfiado.

— Têm certeza de que essa é a caixa certa?

— Temos — confirmou Berenice.

A sentinela deu um suspiro, fechou o caixote e gemeu ao pegá-lo do chão.

— Vocês é que sabem — resmungou.

Deixaram que entrassem, e as portas inscritas se fecharam conforme a escolta os levava adiante. Como já tinha visitado muitas instalações da Casa Morsini antes, Berenice achou o forte vagamente familiar: os corredores estreitos que ziguezagueavam, os muros feitos com vitrais; e havia sempre guardas, mercenários e funcionários com roupas e armaduras de todas as cores e de todos os tipos possíveis, embora a maior parte das armaduras sofresse de alguma falta de reparos.

Por fim, os quatro foram levados para a principal câmara de reuniões. Devia ter sido um lugar grandioso em seu auge, mas quase toda a mobília tinha sido retirada para dar lugar a uma mesa gigantesca coberta de mapas, que dominava o aposento. As sentinelas apontaram, e Berenice foi até a mesa, ficando de pé ao lado do móvel. Deu-se conta de que reconhecia os mapas com uma só olhada: retratavam as nações de Daulo e Gothian, logo a norte dali. Uma mancha imensa de vermelho intenso vazava por esses territórios, de modo que parecia que o norte inteiro sangrava.

Ela reconhecia tudo aquilo, pois costumava olhar para esses mapas todo dia. Contudo, levando em conta as cores e marcações que via, eles estavam muito desatualizados, assim como as defesas da cidade.

Acham que estão adiantados, pensou. *Mas não fazem nem ideia da situação.*

Avaliou o ambiente. Mercenários, administradores e inscritores sentados numa fileira na parte de trás do salão, esperando serem chamados. Observaram Berenice só por um instante antes de focarem um homem que andou até se debruçar sobre os mapas sobre a mesa, do lado oposto ao dela. Estava bem-vestido e apetrechado, com um florete decorado e inscrito na bainha da lateral do corpo, mas o rosto era pálido e cansado, os olhos fundos de exaustão, e a barba estava salpicada de pelos grisalhos. Embora Berenice tivesse sido informada de que o governador Malti era só cerca de uma década mais velho que ela, a pessoa à frente parecia bem mais envelhecida.

Talvez isso aqui seja só uma conversa bem curta, com um monte de vidas salvas rapidamente, pensou.

O séquito de homens vestidos de vermelho e azul os anunciaram:

— A general Grimaldi e a delegação do Estado Livre de Giva, Vossa Excelência.

Berenice tirou o capacete e se curvou.

— Obrigada por nos receber, Vossa Excelência — disse.

Claudia, Vittorio e Diela se curvaram também, embora não tivessem retirado seus elmos.

O governador Malti desviou lentamente os olhos dos mapas, as sobrancelhas erguidas. Avaliou-os com uma expressão um tanto indiferente. Berenice esperou que falasse, mas ele não parecia ter pressa.

Finalmente, disse apenas:

— Pois bem. São esses os guerreiros míticos de Giva.

A frase ficou pairando no ar embolorado.

— Somos, Excelência — confirmou Berenice.

— Quase achei que os givanos fossem um conto de fadas, como os fantasmas — disse Malti. Suas palavras eram concisas e impiedosas, feito o vibrar da corda de um arco. — Ou talvez os duendes celestes que, segundo dizia meu pai, ficavam de guarda nos portões do próprio Paraíso.

<*Considerando que a minha bunda está encharcada de suor*>, sussurrou Claudia, <*não estou me sentindo assim tão mítica.*>

Berenice tentou exibir um sorriso digno.

— Gostaria muito de ser algo do tipo. Contudo, somos feitos de carne e osso e estamos felizes de conversar com Vossa Excelência aqui no reino terreno, não no Paraíso.

O governador correspondeu ao sorriso, mas o dele era bem mais gélido.

— É claro. E vocês vieram discutir a minha situação aqui.

— Sim, Excelência. Considerando os refugiados perto dos seus portões.

— Querem minha permissão para tirá-los daqui.

— Se possível, Excelência. Temos como transportá-los. Agimos unicamente com o intuito de salvar vidas. Fazer isso seria benéfico a todos, imagino. Deve ser difícil manter suas forças com tantos cidadãos deslocados no meio do caminho.

— Cidadãos deslocados... — ecoou Malti. — Que expressão. — Jogou-se numa cadeira e então observou enquanto uma sentinela colocava o caixote de Vittorio na mesa, fazia uma reverência e saía. — E, para me persuadir a deixar vocês fazerem isso — continuou Malti —, vocês me trouxeram... presentes.

— Sim — concordou Berenice. — De certa forma.

O olhar de Malti se demorou no caixote. Não se levantou para abri-lo. Não falou. Simplesmente ficou olhando para o objeto, como se estivesse perdido em pensamentos.

<*Estou em dúvida*>, sussurrou Claudia. <*Está dando certo isso aqui? Porque a sensação é de que não está.*>

<*Quieta*>, cortou Berenice.

— Sabe de uma coisa — disse Malti, animando-se de repente —, ainda não estou acostumado a receber delegações. Embaixadores. Enviados. Esse tipo de coisa. Grattaria, afinal de contas, na verdade não foi pensada para isso. — Fez um gesto cansado em direção aos muros feiosos de tijolo. — Somos uma fortaleza, estamos aqui para vigiar a passagem ao longo da costa. Grandes potências não costumavam ir até fortalezas para se encontrar com chefes de Estado. Em vez disso, iam diretamente para a sede desses Estados.

— É verdade, Vossa Excelência — concordou Berenice. — Mas o mundo mudou desde essa época.

— Mudou? — repetiu ele. Um sorriso de desânimo apareceu em seu rosto. — Ou acabou?

Todo mundo na sala olhou para Berenice.

<*Que merda*>, disse Claudia. <*A conversa ficou sombria.*>

— Não acabou *aqui* — observou Berenice com calma.

— Ainda não. Mas em outros lugares... — O sorriso esmaeceu. — Oito anos atrás, éramos só um posto avançado em outra guerra. Então, não mais que de repente, havia cada vez menos e menos lugares que os enviados de todo mundo podiam visitar, de maneira que passaram a vir para cá. E agora quase não há nações que possam mandar enviados. — O comandante inclinou-se para a frente. — No entanto, no caso de outras delegações, quando elas partiam, eu normalmente sabia aonde podia ir para falar com elas de novo. Eu saberia o nome de uma cidade, de uma ilha ou de uma vila, algo assim. Mas no caso da nação de Giva... ninguém sabe direito *onde* ela fica exatamente, certo?

Mais uma vez, Berenice sentiu que todos os olhos do aposento a observavam.

— Giva fica nas Ilhas Givanas — disse com a voz ainda calma e cortês.

— Ah, eu sei — retrucou Malti. — Essa parte já me contaram. Mas também me contaram que, toda vez que alguém *navega* rumo a essas ilhas, estão sempre desertas e envoltas em neblina, e, quanto mais adiante as pessoas vão, mais neblina encontram, até serem forçadas a desistir. — Deu um sorriso frio. — Tem *certeza* de que vocês não montam guarda nos portões do Paraíso, general Grimaldi?

<*Desgraça*>, sussurrou Vittorio. <*O cara não é burro.*>

<*Não*>, respondeu Berenice. <*Não é.*>

— Decerto o senhor é capaz de compreender a necessidade de termos defesas não convencionais, Excelência — contemporizou ela. Depois, fez um sinal de cabeça na direção do mapa. — Dado o que aconteceu com as nações de Daulo, os países gothianos e as regiões além deles.

Os olhos de Malti pareciam feitos de gelo.

— Então... vocês *conseguem* fazer com que muralhas de neblina apareçam?

— Temos os nossos instrumentos inscritos — respondeu. — Assim como os seus.

Ele desviou o olhar por um instante, pensando. Então perguntou:

— E, diga-me, general Grimaldi... Giva realmente destruiu as instalações do inimigo na Baía de Piscio uns seis meses atrás?

Berenice podia sentir a surpresa de Vittorio e Claudia se espalhando no fundo de sua mente.

<*Nossa*>, sussurrou Claudia. <*Não tinha me dado conta de que os rumores sobre isso tinham se espalhado tanto.*>

— É... verdade, Vossa Excelência — admitiu Berenice. Mas agora não tinha certeza da direção que a conversa tomava.

— E no porto de Varia? — perguntou Malti. — Contaram-me que o inimigo desenvolvera uma bela praça-forte por lá, e mesmo assim, depois que vocês, givanos, visitaram o lugar, ele foi completamente sobrepujado. É verdade?

Berenice hesitou, mas assentiu com a cabeça.

— Como? — ele exigiu saber.

Ela pensou um pouco.

— Com cuidado, Excelência — disse.

Malti sorriu de novo, muito rapidamente, e depois seus olhos ficaram distantes. Quando falou de novo, a voz ficou mortalmente calma:

— Isso é muito interessante. Porque só há outro poder que conheço que já teve sucessos desse tipo contra o inimigo. Assim, não tenho como não me perguntar se não há alguma conexão com ele.

Berenice olhou para ele desconfiada. Então observou de novo os mapas na mesa, mais especificamente uma pequena mancha preta nos vales a oeste de todo aquele vermelho. Era um acréscimo curioso, que a fazia lembrar de certo tipo de parasita que se enterrava no corpo do gado, e, embora fosse uma mancha minúscula se comparada ao vasto mar de vermelho no leste, sabia que o borrão preto tinha centenas de quilômetros de largura, no mínimo. Os conselheiros de Malti tinham até sombreado a área em torno da mancha preta com tinta cinza, demarcando as terras ermas destruídas e cheias de ruínas causadas por anos de combates indizíveis.

Olhou para Malti e disse:

— Giva está só. Não temos aliados formais, Excelência. E isso vale especialmente para o que o senhor sugere.

— Mas as similaridades são tantas. Tamanho mistério, tamanhas capacidades. Como é capaz de me convencer de que não têm ligação nenhuma com o demônio que dorme nos Reinos Sombrios?

Todos a observavam. Berenice conseguia ouvir Vittorio contando silenciosamente cada um dos homens armados no salão ao seu lado.

— E então? — insistiu Malti.

Uma imagem passou pela cabeça de Berenice, uma máscara escura, reluzindo nas sombras enquanto a noite se enchia de gritos e, com a lembrança, veio uma voz inumanamente grave e retumbante: *Fui a lugares onde nenhum humano vivo jamais foi. Vislumbrei a infraestrutura que torna a realidade possível.*

<*Ber?*>, sussurrou Claudia.

Berenice fungou e pigarreou.

— Eu estava em Tevanne quando a Noite Shorefall aconteceu, Vossa Excelência — disse. — Vi o que ele fez. Eu me lembro. Não consigo esquecer. Então, sou genuinamente capaz de dizer o seguinte: antes morrer que ser aliada daquela coisa.

Malti assentiu com a cabeça, olhos ainda distantes. Embora não conseguisse dizer se ele tinha acreditado na resposta, parecia tê-la achado satisfatória. Mas então ele encarou Berenice com ar duro e falou:

— Não me importa o que tem nessa sua caixa.

Berenice piscou.

— Excelência, eu...

— Não me importo com ouro ou riquezas — disse ele. — Afinal de contas, não existem mais lugares livres onde eu possa gastá-los. E não me importo com nenhum instrumento ou invenção que vocês estejam oferecendo. Temos os nossos *lexicons*, que controlam nossos dispositivos e nossas defesas. E também não precisamos de discos de definições, nem de argumentos para alimentar esses *lexicons* e ajudá-los a se lembrar de como convencer todos os nossos instrumentos a funcionarem conforme desejamos.

Ficou em silêncio, e o ar intenso de seu rosto foi substituído por uma espécie de profundo cansaço. Berenice sentiu que havia uma pergunta omitida pairando no ar e decidiu fazê-la.

— Então, com o que o senhor se *importa*, Vossa Excelência? Como Giva poderia ajudá-lo? — indagou.

O rosto de Malti ficou quase imóvel, enquanto seus olhos dançavam pelos mapas.

— Ajudar... — disse baixinho. — Hum. Se Giva é capaz de causar danos ao inimigo, então decerto vocês o entendem de algum modo. Mais que os inscritores que tenho aqui, pelo menos, que não entendem de nada. — Abanou a mão com desprezo para os homens sentados no fundo da câmara, que olharam feio para Berenice.

— Temos algum conhecimento sobre ele, de fato — concordou ela.

Malti a estudou mais uma vez.

— Tenho uma... dificuldade — disse. — Uma dificuldade que ninguém consegue explicar. Que nos foi infligida pelo inimigo. E tão séria que, embora seja um segredo muito grave, estou disposto a discutir com estranhos como vocês.

Berenice entendeu o que ele estava pedindo.

— Guardamos bem nossos segredos, Excelência.

— É o que espero — disse ele em voz baixa. — Se puderem me ajudar com esse... esse obstáculo, então concederei a Giva passagem livre pelas águas em volta da fortaleza. — Suspirou, depois ficou de pé e gesticulou para uma porta fechada na área de trás da câmara. — Não consigo explicar a situação porque não a entendo. Mas vou mostrá-la, se quiserem ver.

Berenice avaliou a porta, pensando. Essa era uma surpresa. Tinha esperado mais bravatas e subornos que isso, e bem mais ameaças.

<*Ahh,* Capo>, perguntou Diela. <*Era isso que você tinha planejado?*>

<*De jeito nenhum*>, respondeu Berenice. Olhou para o rosto de Malti, tão magro e exausto. <*Mas não acho que ele esteja mentindo.*>

<*Isso se a gente realmente puder ajudá-lo, você quer dizer*>, disse Claudia.

<*Vir até aqui foi uma aposta*>, falou Berenice. <*O jeito é continuar apostando.*>

Ela assentiu para Malti.

— Vamos acompanhá-lo — declarou.

Malti os fez atravessar a portinha e entrar no labirinto de corredores no interior do forte. Berenice achou impossível ter uma ideia clara de para onde estavam indo; ela e sua equipe estavam atrás do séquito do governador, que incluía pelo menos uma dúzia de homens, com mais uma dúzia depois deles. Não conseguia enxergar muito mais que uma fila de ombros balançando à frente.

Mas finalmente pararam, e o séquito abriu caminho para Berenice e sua equipe passarem. Encontrou Malti esperando no fim do corredor, de pé diante de uma porta de madeira fechada, os olhos mais exaustos que nunca.

— Pediria que vocês, por favor, fizessem silêncio — disse. — E fossem corteses.

Ela assentiu.

— Tudo o que virem aqui dentro tem de continuar um segredo. Está claro?

— Sem dúvida — respondeu Berenice.

Malti olhou para ela durante muito tempo, aparentemente dividido. Depois, abriu a porta e a levou para dentro.

A câmara era um quarto de dormir grande, mas simples, com um tapete colorido, vermelho e azul, e um belo armário. No canto havia uma cama com dossel e sentada ao seu lado estava uma mulher de roupas simples, com uma tigela de mingau e uma colher no colo.

Um jovem de cerca de vinte anos estava deitado na cama, terrivelmente magro e parecendo ter fome. Seus olhos estavam abertos, mas eram opacos, olhando para o teto de tijolos com uma expressão abúlica. A boca estava suja de mingau, e uma pilha de lençóis num canto exalava um cheiro forte de fezes e urina.

Malti se aproximou, e a mulher ficou de pé, curvou-se e se pôs de lado. Ele foi até a cama e depois disse, com a voz baixa e arrasada:

— Este é meu filho. Julio.

Berenice foi até perto dele. O rapaz não reagiu. Nem mesmo piscou. Ouvia-se um burburinho tênue na garganta quando ele respirava.

— Ele participou da batalha de Corfa — disse Malti. — A última grande batalha na qual a Casa Morsini enfrentou o inimigo. Usava armadura, armado e pronto, mas então algo o atingiu e ele enlouqueceu. Ele… — Malti engoliu em seco e sua voz ficou trêmula. — Matou o irmão dele. Seu irmão mais novo. E muitos outros mais. Mas, quando seus homens o derrubaram e o tiraram dali, ele ficou… parado. Desse jeito. Respira, mal come, mas…

Berenice observou o peito afundado do rapaz subir e descer, muito suavemente.

<*Ah, que merda*>, disse Claudia devagar. <*Isso é o que eu estou pensando?*>

<*Sim*>, respondeu Berenice.

Vittorio olhou para ela, assustado.

<*E trouxeram o cara de volta?*>, perguntou. <*Deixaram entrar? Será que não sabem o que pode estar usando os olhos dele agora mesmo?*>

<*Isso é uma armadilha,* Capo?>, indagou Diela. <*Será que ele... será que ele* queria *que a gente viesse até aqui?*>

Berenice ficou em silêncio.

Malti virou-se para ela.

— Você sabe o que fez isso com ele? — perguntou. — Vocês, givanos, conseguem consertar seja lá que perversidade o inimigo fez ao meu filho?

Ela observou o jovem: a maneira como os ossos do rosto pareciam quase rasgar a pele, a magreza dos braços, os olhos pequenos e opacos.

Berenice estendeu a mão, tocou o rosto suado e manchado do rapaz e o virou em sua direção, expondo o lado direito.

Ali, pouco acima da orelha direita, havia o que ela esperava encontrar: uma laceração pequena, soltando líquido, levemente inchada pela infecção, mas ainda assim julgou que conseguia ver um brilho de metal pelo corte, como se algo estivesse enterrado na carne do jovem.

Olhou fundo nos olhos do menino, imaginando quem ou o que poderia estar olhando de volta para ela, e o que aquilo tinha visto.

<*Altere as suas estimativas*>, ordenou Berenice. <*A coisa sabe que estamos aqui. Considere que temos menos de dois dias.*>

Voltou-se para Malti.

— Não vamos discutir o assunto aqui. Não onde isso é capaz de escutar.

— Isso? — indagou ele, ultrajado. — Você quer dizer o meu filho?

— Não — respondeu Berenice. — Estou falando da coisa que agora está controlando o seu filho. A coisa que provavelmente o usou para descobrir como deixar sua fortaleza em pedaços.

◆◆◆

Sentaram-se na mesa de reuniões: os quatro givanos, o governador Malti e um pequeno grupo de lugares-tenentes mais confiáveis. O olhar de Berenice retraçava os mapas diante deles e todas as cidadezinhas e feudos cujos nomes tinham sido engolidos pela cor vermelha. Ela fixava o olhar principalmente na linha escarlate ao sul, onde estava encurralada no alto da península, pronta para se derramar até onde Grattiara se agarrava à costa, na ponta. O espaço entre a fortaleza e todo aquele vermelho agora parecia muito, muito pequeno.

E todas essas pessoas presas no meio, pensou Berenice. *Os sobreviventes de tanta desgraça...*

— O senhor está familiarizado com o processo de duplicação? — perguntou.

O governador olhou para ela.

— Du-duplicação? — disse, distraído, e olhou ao redor da câmara, como se tentasse achar um inscritor que pudesse consultar, mas parecia ter se esquecido de que pedira para deixarem a sala. — Creio que sim. É um método de inscrição, usado principalmente para comunicações, correto?

— Sim — concordou Berenice. — É um tipo de inscrição que permite afirmar que uma coisa é outra ou semelhante a outra. Basta escrever os *sigils* corretos em duas lâminas de vidro para que elas se tornem duplicadas e, se você bater numa delas com um martelo, ambas quebram. Quando dois pedaços de metal são duplicados, basta aquecer um deles, e o outro esquenta. — Ela se inclinou por cima dos mapas. — O inimigo que o senhor enfrenta, o que todos nós enfrentamos está usando uma forma avançada de duplicação em seu esforço de guerra. É assim que conseguiu conquistar tanto território em apenas oito anos.

Berenice tocou o mapa maior, que retratava o Mar Durazzo e todas as terras que o cercavam, e a mancha de vermelho que inundava quase todos os territórios do norte.

— O inimigo capturou toda essa área — disse Malti, duvidando — com duplicações?

— Sim — respondeu Berenice. — Porque ele sabe como duplicar algo muito incomum. — Olhou para ele. — Ele duplica mentes.

Malti a encarou. Depois olhou para o chefe de seus mercenários, que deu de ombros, confuso.

— Mentes duplicadas? O que isso significa? — exigiu saber Malti.

Berenice ficou de pé e andou até onde o caixote ainda esperava para ser aberto sobre a mesa.

— Permite que eu finalmente mostre o seu presente?

Malti olhou para o caixote com ar ressabiado e depois assentiu. Berenice o abriu, virou-o e derramou o conteúdo no chão.

Um dispositivo inscrito desabou. Era um aparato pequeno e esquisito, feito de madeira e aço e construído de maneira tosca e improvisada, com discos internos expostos, como se o projetista não se preocupasse com a aparência do objeto. Contudo, qualquer pessoa que tivesse alguma familiaridade com dispositivos inscritos poderia reconhecer que se tratava de um emparelhamento desajeitado de dois aparatos comuns: uma espringal e uma lâmpada.

— Uma... lâmpada flutuante? — perguntou um dos lugares-tenentes de Malti.

— Sim. Que dispara uma munição muito estranha — respondeu Berenice. — Não é uma flecha, mas um disco inscrito. Pequeno. Seu filho quase certamente foi atingido por um disco desses. — Deu uma batidinha em sua têmpora direita. — O negócio se enterrou no crânio dele, e então sua mente foi duplicada. Com o *inimigo*. Duas coisas distintas que se tornaram semelhantes. O inimigo inscreveu o corpo dele, seu próprio ser, e os pensamentos de Julio passaram a ser dele. Passou a ver o que ele vê, sua mente se tornou posse do inimigo, que começou a lhe dizer o que fazer, e ele o fez porque não tinha mais vontade própria. — Ela se sentou de novo. — E o senhor o trouxe de volta para sua cidade. Onde o inimigo pode ver tudo por meio de seus olhos, ouvir tudo por meio de seus ouvidos e esperar o momento de atacar.

O rosto acinzentado de Malti ficou ainda mais pálido.

— Não pode ser. Isso é... É do meu *filho* que você está falando.

— E o senhor sabe o que ele fez em Corfa — observou Claudia. — Algo que normalmente nunca faria, né? Algo que o senhor normalmente acharia coisa de louco?

— Mas você está me pedindo para acreditar no inacreditável — disse Malti. — Fazer inscrições tem a ver com... com *coisas*. — Bateu na mesa ao lado dele. — Parafusos. Espadas. Navios. Paredes. Inscrever a mente é... é simplesmente loucura!

Claudia trocou um olhar com Berenice. <*É agora que você diz a ele que todos nós temos nossos próprios disquinhos no corpo? Aqueles que nos permitem compartilhar pensamentos e fazer todo tipo de merda maluca?*>

<*Quero que nos deixe salvá-lo e salvar seu povo*>, falou Berenice. <*Não que nos queime como bruxas.*>

Contudo, tinha motivos muito mais pessoais para evitar esse assunto. Falar daquilo sem dúvida levaria Malti a perguntar como o povo de Giva havia aprendido essa técnica; e, se Berenice dissesse a verdade, teria de admitir que ela fora um dos inscritores que a desenvolveram, antes que a ideia fosse roubada pelo inimigo; e, portanto, ela própria carregava alguma culpa pelas centenas de cidadezinhas salpicadas de vermelho nos mapas estendidos pela mesa, e pelos milhares de refugiados fora das muralhas de Grattiara que tinham escapado do ataque, bem como por aqueles que não conseguiram fugir.

Pare, disse consigo mesma. *Enfrente as batalhas que estão diante de você agora, não as de tanto tempo atrás.*

— Mesmo se estiver falando a verdade — continuou Malti —, por que está me trazendo isso, essa lâmpada, como presente? Vocês *sabiam* que meu filho estava sofrendo com esse problema?

— Não — respondeu Berenice. — Trouxe isso ao senhor com o objetivo de alertá-lo, para contar o que está por vir e como todas as outras cidades deste mapa caíram diante do inimigo. E como a sua cidade vai cair também. — Colocou a mão em cima do mar de vermelho no mapa, como se fosse um ferimento. — Primeiro, o senhor verá apenas uma lâmpada, flutuando perto de suas muralhas — disse. — Isso se chegar a vê-la.

— Provavelmente vai aparecer à noite — afirmou Vittorio, da ponta da mesa. — São pequenas. Difíceis de ver no escuro.

— Vai mirar um de seus soldados — prosseguiu Claudia. — Vai acertá-los em qualquer lugar: cabeça, mão, costas, não importa. Só precisa ficar enterrada em carne viva para que a inscrição funcione.

— Depois, vai se duplicar com aquele soldado, apossando-se dele, tomando conta da pessoa, e usá-lo para enxergar — explicou Diela, com voz baixa e gentil. Os olhos dela estavam arregalados debaixo do capacete. — Para ver que defesas o senhor tem. Onde o seu pessoal está postado.

— Onde há problemas — disse Vittorio. — Onde estão os seus pontos fracos. O que estão dizendo, o que andam planejando.

— Vai escolher o momento perfeito para atacar — observou Claudia.

— E depois o céu vai se encher com esses negócios — continuou Berenice, dando um chute na lâmpada. — Vão descer sobre os seus soldados feito gafanhotos porque saberão onde achá-los. Vão atirar neles, inserindo seus discos, duplicando-os e controlando-os. Os soldados irão até suas defesas para matar as pessoas postadas nelas, ou vão abrir os portões, ou colocar fogo nos prédios, nas casas, talvez em suas próprias casas. Em qualquer coisa.

— Nós os chamamos de hospedeiros — disse Claudia em voz baixa. — Porque, assim que esses discos são inseridos neles, a gente tem de reconhecer que não são mais eles mesmos. Que não são mais humanos. Não de verdade.

— Estão duplicados com algo diferente de um ser humano — explicou Berenice.

O lampejo de uma imagem veio à mente dela: um homem de pé num canto escuro, que então se vira para encará-la; depois, a luz pálida deslizando pelos traços do rosto dele, revelando os olhos, o nariz e a boca, dos quais jorra sangue...

— Algo monstruoso — disse ela suavemente. — Algo que não chegamos a ser capazes de entender.

— Isso tudo é uma besteirada absurda — rosnou um dos capitães mercenários. — Lâmpadas que conseguem achar o alvo? Atirar? Eu me lembro de quando os inscritores tentaram alterar lâmpadas para levar cestas de frutas para as casas das pessoas, os melões ficavam caindo para todo lado. A ideia de que um negócio desses conseguiria usar uma espringal é o cúmulo da imbecilidade.

Claudia sacudiu a cabeça.

— As lâmpadas não são as responsáveis por mirar e atirar, não mais do que uma espringal comum.

— Você quer dizer que são controladas por alguém a distância? — Malti perguntou. — Por quem?

Os givanos entreolharam-se.

<*Ele é sagaz, mas realmente não sabe*>, falou Diela.

<*Não*>, concordou Berenice. <*Não sabe.*>

— Pelo inimigo — respondeu a ele. Mas sabia, assim que falou, que a resposta não seria capaz de satisfazê-lo.

— Pela infantaria dele? — perguntou Malti. — Então, por que não podemos usar nossos atiradores de elite para eliminá-los? Deter as pessoas controlando as lâmpadas antes que possam nos atacar?

— Não — insistiu Berenice. Fez uma careta, esforçando-se para imaginar o modo certo de explicar aquilo. — Não é a infantaria. Porque *todas* as forças do inimigo, a infantaria, as lâmpadas, seus navios, tudo é controlado a distância. Por uma única coisa.

— Uma só mente — disse Claudia.

— Uma única entidade — enfatizou Diela. — Capaz de enxergar com muitos olhos. De trabalhar com muitas mãos. Controlando uma quantidade enorme de dispositivos, todos os que estão espalhados pelo continente, de forma simultânea.

— Uma só mente duplicada, capaz de existir em muitos lugares ao mesmo tempo — continuou Vittorio. — Presente em qualquer coisa inscrita: dispositivos *ou* pessoas.

Malti os encarou horrorizado.

— Não — insistiu ele. — Isso é impossível.

— Vossa Excelência nunca se perguntou como o inimigo consegue fazer manobras com tanta perfeição? — indagou Berenice. — Como parece se comunicar quase que instantaneamente? Como os seus estriladores sempre atingem os alvos fora da linha de visão de suas equipes de artilharia? E por que ele nunca, jamais se preocupa nem com *tentar* negociar? Por que nunca manda emissários, nunca se anuncia, nunca chegou nem mesmo a dizer seu *nome* para o senhor?

Malti olhava fixamente para o mapa, sua fisionomia quase sem cor, as pontas da barba tremendo.

— Se parece inumano, é porque *é* algo inumano — enfatizou Berenice.

O comandante engoliu em seco. Ficou sentado em silêncio durante muito tempo e depois se virou para a lâmpada no chão.

— Vocês não vieram aqui só para me convencer a deixar que levem os refugiados, certo?

— Não — respondeu ela. — Estamos aqui para pedir que *o senhor* parta também. O senhor e todos os seus homens.

— Para que venha conosco, para um lugar onde estejam a salvo — falou Diela.

— Porque não há como ficar e lutar contra uma ameaça como essa — explicou Claudia. — Contra isso não há batalhas renhidas. Nada de cercos. Nada de trombetas soando e ataques gloriosos de guerreiros.

— O modo de guerrear das casas comerciais acabou — afirmou Vittorio. — Isso aqui é diferente.

Berenice olhou feio para ele.

— O modo de guerrear *mudou*. Assim, também temos de mudar. Todos nós. Inclusive Vossa Excelência.

Malti piscou um instante, abalado. Depois, procurou um jarro, encheu um copo de vinho e o virou.

— Eu sou Morsini — disse devagar. — Criaram-me para acreditar que o poderio e a batalha equivaliam ao grande idioma do mundo, que o valor de alguém podia ser revelado pela força das armas. Evacuar, deixar meu posto, é… é impensável.

Berenice permaneceu quieta, observando enquanto os pensamentos passavam pelo rosto de Malti.

— Para onde levariam o meu povo? — perguntou. — Para as suas muralhas de névoa?

Ela assentiu com a cabeça.

— Para Giva. Aonde o inimigo nunca foi.

Malti cobriu o rosto com as mãos.

— Fugir para tão longe… Meu Deus. — Fungou e olhou para ela. — Só me diga uma coisa. Conseguem salvar meu menino?

◆◆◆

<*Não é certo dizer que esse tipo de merda costuma caminhar bem*>, disse Claudia, subindo rápido os degraus do forte ao lado de Berenice. <*Mas, dessa vez, até que caminhou bem.*>

<*É possível*>, respondeu Berenice. Chegaram ao topo das muralhas do forte. Ela fez sombra para os olhos com uma

das mãos, perscrutando o oceano imenso. Sentia-se desorientada; o tempo que passara dentro do forte a deixara toda confusa.

Ela estreitou os olhos, forçando a vista ao redor. *De todas as coisas que eu podia perder hoje*, pensou, *fui perder justo um galeão de guerra gigantesco.*

<*É o caso de se preocupar com o rapaz?*>, perguntou Diela. <*O hospedeiro?*>

<*Como não se preocupar?*>, falou Vittorio. <*Quer dizer, será que aquela coisa estava vendo a gente por meio dos olhos do moleque? Vigiando todo mundo?*>

<*Precisamos purgar o menino imediatamente*>, advertiu Claudia, ríspida. <*Não sei por que não fizemos isso ali mesmo.*>

<*Porque tirar essas pessoas daqui é a prioridade*>, respondeu Berenice, olhando de soslaio para o mar. <*E acho que vai demorar um pouco para convencer Malti a nos deixar salvar o menino, para começo de conversa.*>

<*Por que ele precisaria ser convencido a nos deixar salvar o filho dele?*>, perguntou Diela.

<*Meu chute é porque resolver isso exige enfiar a porcaria de uma faca no garoto*>, disse Vittorio. <*É o tipo de coisa que exige diplomacia cuidadosa.*>

<*Correto*>, falou Berenice.

<*Ah*>, soltou Diela delicadamente. <*Entendi.*>

Fez-se um silêncio desagradável, pois esse era um assunto que nenhum deles queria discutir.

Todos os membros da equipe de Berenice traziam dentro deles um pequeno disco inscrito que duplicava suas mentes com as de todos os outros. Isso fazia deles algo incomum e poderoso: um grupo de soldados que agia em completo uníssono, com total consciência da localização, das capacidades e das vulnerabilidades de todos os demais.

Mas se o inimigo deles, a coisa que se autodenominava Tevanne, alguma vez capturasse e dominasse um deles, assim como fizera com o filho do governador, as próprias inscrições do capturado dariam a ele uma influência sobre todos os seus camaradas, pois estavam todos conectados. O que significava que nunca poderiam se dar ao luxo de ser capturados com uma conexão ativa.

O bastão de purga era a solução para isso. Funcionava como uma minúscula lâmina inscrita que podia ser enfiada na carne e depois quebrada. Assim que entrasse, a lâmina enviaria instruções que forçariam o corpo a rejeitar todas as outras inscrições que tivessem sido aplicadas àquele organismo, inclusive as que permitiam que Berenice e seus colegas pensassem e sentissem como uma só pessoa. O efeito era irreversível, mas era melhor sofrer essa mutilação permanente que cair nas garras de Tevanne e condenar também seus companheiros.

Berenice finalmente avistou a *Nau-chave* ao longe.

<*Assim que enviarmos o sinal para Sancia*>, disse, <*vou falar com o governador. Com sorte, ele já vai ter conseguido processar tudo o que lhe contamos sobre Tevanne, o suficiente para deixar que purguemos o filho dele.*> Estendeu uma mão para Claudia. <*Vamos começar.*>

Claudia enfiou a mão na lateral de sua couraça e tirou dali uma caixinha preta e oblonga, com uns três centímetros de largura e comprimento por uns dez de altura, com um pontinho minúsculo de vidro de um lado.

<*E, com sorte, vamos terminar rápido o suficiente para que Tevanne não use mais esse hospedeiro para espionar a gente. Certo?*>

Berenice pegou a caixa, colocou-a na beira da muralha, apontando-a para o mar, e abriu a tampa, o que revelou uma lente de vidro disposta ali dentro.

<*Com sorte, sim.*>

<*Ele não conseguiria nada, certo?*>, indagou Diela. <*A duplicação é um efeito da proximidade. Coisas duplicadas precisam estar muito perto uma da outra para o efeito acontecer. Talvez o garoto*

lá dentro estivesse... desativado. Em estado passivo. Até o inimigo chegar perto de novo.>

<*Mas, se o inimigo estivesse perto, será que a gente chegaria a saber?*>, especulou Vittorio.

<*Estamos fazendo as perguntas erradas*>, advertiu Berenice. Ela olhou pela pequena lente no alto da caixa e confirmou que tinha mirado o navio ao longe. Depois, olhou para a equipe ao seu redor. <*A pergunta certa é: se o inimigo estiver perto, e se isso talvez for só uma armadilha, ainda vale a pena tentar salvar as milhares de pessoas lá fora?*>

O grupo trocou olhares ansiosos, mas depois assentiu.

<*Certo*>, disse ela. <*Concordo.*> Olhou para o sol, depois ajustou a lente no alto da caixa para capturar a luz dele. <*Mas... vamos em frente e assumamos que isso aqui é uma armadilha, de qualquer jeito.*>

<*Que tipo de armadilha?*>, perguntou Claudia.

<*Não sei*>, admitiu Berenice. <*Antes, presumi que Tevanne estava usando a estratégia de sempre: avançar contra uma cidade, conquistá-la, reestruturar suas forças e depois avançar contra a próxima. Mas agora...*>

<*Agora você acha que vai pular as cidades que estão no meio do caminho*>, antecipou Diela. <*E vir direto para cá o mais rápido que puder.*>

<*Se houvesse algo naqueles olhos que conseguisse ver a gente, sim*>, concordou Berenice. <*Não tenho dúvida de que Tevanne adoraria me matar. Ou matar Sancia. E sabe que, onde eu estiver...*>

<*Sancia está por perto, e, portanto, Clave também está*>, emendou Claudia em voz baixa.

<*Correto.*> Berenice apertou um pequeno interruptor na lateral da caixinha, ativando suas inscrições. Não aconteceu nenhuma mudança visível, mas sabia que o objeto agora capturava a luz solar vinda de cima e a lançava mar afora, mas

com uma cor muito diferente, uma que só um determinado ser conseguiria distinguir.

<*Pronto*>, disse. <*Sinal dado.*> Pegou a luneta mais uma vez e procurou o navio ao longe. <*Espero que seja recebido em breve. Se Tevanne estava presente naquele hospedeiro e se chegou a me ver, temos no máximo dois dias para evacuar milhares de pessoas inocentes. Não temos tempo a perder.*>

Ficou observando o pontinho no horizonte, esperando para ver se ele se mexia.

<*Quando o inimigo chegar*>, disse Claudia calmamente, <*com certeza vai enviar uma lâmpada-morta, certo?*>

Berenice sentiu um arrepio gelado de medo serpentear pelas mentes da equipe. Ela própria estremeceu e olhou instintivamente para o céu vazio ao norte, como se esperasse ver alguém pairando em silêncio entre as nuvens.

<*Sim*>, respondeu. <*Com certeza.*>

<*Inferno fedegoso*>, resmungou Vittorio.

<*Notei que você não mencionou essa* coisa *ao falar com o governador*>, disse Claudia.

<*Queríamos que nos deixasse ajudá-lo*>, observou Berenice. Ela espiou com a luneta o galeão no horizonte. <*Não que se desesperasse completamente.*>

O pontinho minúsculo no horizonte se remexeu e depois passou a rodar muito lentamente.

<*Movimento*>, avisou Berenice. <*Começou.*> Ela abaixou a luneta e desceu os degraus trotando. <*Claudia, venha comigo e purgaremos o menino. O resto de vocês, peguem as armas nos portões do forte, depois peguem o estoque de armamentos que escondemos na costa. Tragam tudo para as muralhas externas. Vou falar com o governador para nos deixar montar as defesas.*>

<*Achei que você havia dito que tínhamos dois dias antes de Tevanne chegar aqui*>, falou Diela, surpresa. <*Por que montar defesas de cerco primeiro?*>

<*Como Giva sobreviveu por tanto tempo, Diela?*>, perguntou Berenice em tom professoral.

<*Humm... porque pensamos, compreendemos, fazemos sacrifícios quando precisamos e oferecemos nossos dias e nossas horas uns aos outros?*>, perguntou Diela.

<*Ah. Bem, sim, isso*>, concordou Berenice. Colocou o capacete e o prendeu com firmeza. <*Mas também porque somos absolutamente paranoicos pra cacete. Agora, venha.*>

◆◆◆

Nas trevas do galeão, Sancia abriu os olhos.

Ficou escutando os rangidos, os gemidos, o barulho da água gotejando nas entranhas mal iluminadas do navio. Tudo vibrava em torno de Sancia: o assoalho, as portas, tudo tremendo conforme o imenso navio cortava as águas do Durazzo.

Piscou, tentando se lembrar de onde estava e o que fazia ali.

Uma vez, rastejei por dentro de um navio como este, pensou, *e achei um demônio dormindo nele.*

Voltou os olhos para a câmara à direita: uma imensa bolha de aço e vidro suspensa na barriga do navio, contendo um aparato grande, complicado e inquieto que lembrava uma pilha de moedas enormes deitada de lado.

Um *lexicon*: um aparelho que era capaz de argumentar com a realidade para que ela se contradissesse, a única coisa que mantinha esse navio enorme flutuando.

Mas agora estou aqui, com um demônio desperto do lado de fora, e ele está devorando o mundo, pensou.

Ficou de pé e se aproximou da lateral da divisória de vidro. Dentro dela, saindo de um pequeno mecanismo aderido à lateral do *lexicon*, havia uma delicada chave de ouro.

Tocou o disquinho duplicado que estava preso a uma corda em volta do pescoço dela. Uma voz falou dentro de sua mente, com fraseado malandro e sincopado.

<*Tudo certinho, garota?*>

<*Tudo, Clave*>, respondeu. <*Só estou esperando. Coisa que não é nada difícil ou emocionante, se comparada com o que você está fazendo.*>

<*Estou só empurrando este monte imenso e estúpido de merda na água*>, disse a voz de Clave. <*Enchendo o saco de umas toninhas. E de umas gaivotas. Eca... escrotas! Ficam cagando em cima de mim... consigo até* sentir.>

<*Nenhum sinal de Grattiara?*>

<*Nenhum até agora*>, respondeu Clave. <*Espero que a Ber esteja se divertindo. Talvez tenham oferecido chá para ela ou aqueles biscoitinhos gostosos que costumavam fazer por aqui.*>

<*Sério que você liga para o sabor de um biscoito, Clave?*>, perguntou Sancia.

<*Ué*>, exclamou Clave. <*Sonhar não custa nada até para uma chave, certo?*>

Sancia segurou o disco por mais algum tempo. Embora o chamassem de "disco-trilha", um termo que sugeria poderes quase arcanos, era talvez o dispositivo inscrito mais simples no navio, sendo pouco mais que um pedaço de aço resistente ao calor, duplicado com um parceiro que agora estava localizado ao lado de Clave dentro do *lexicon*.

Normalmente, Sancia conseguia ouvir a voz de Clave apenas quando o tocava com a pele, mas, já que agora estava tocando o parceiro daquele disco-trilha, o qual acreditava que estivesse tocando Clave naquele momento e *também* tocando Sancia ao mesmo tempo, isso significava que Sancia conseguia ouvi-lo a distância, como se fosse uma vozinha desencarnada na cabeça.

Elos de uma corrente, pensou, distraída, *conectados de uma ponta a outra...*

Ficou ali no escuro, imaginando o que Berenice e sua equipe estavam fazendo agora: conversando com o governador, argumentando apaixonadamente em favor dos objetivos deles... Ou talvez tivessem sido traídos (os Morsini sempre foram escrotos imbecis) e lutassem para se apoderar da fortaleza por dentro.

Afinal, pensou, *capturar Grattiara não deve ser mais difícil que as outras merdas imbecis que fizemos.*

Como seus ossos doíam. Como ela odiava ficar presa na escuridão desse navio.

<*Ei, é bom estar aqui com você também, moça*>, ironizou Clave.

<*Hein? Ah. Desculpa*>, disse Sancia. Muitas vezes esquecia que Clave era muito mais talentoso na hora de abrir uma trilha na mente das pessoas que um ser humano normal. Embora as emoções dele fossem geralmente ilegíveis para os outros, conseguia captar os pensamentos e os sentimentos de outras pessoas sem que chegassem a saber.

Olhou brava para ele.

<*Você sabe que o problema não é com você.*>

<*É, eu sei.*>

<*Eu virei a sua carga. Sou só... uma coisa que você leva, protegida, enquanto todo o risco real está em outro lugar.*>

<*Sabe que está descrevendo todo o meu relacionamento com você, certo?*>, brincou Clave. <*Passei a porcaria de um ano inteiro pendurado no seu pescoço. Pelo menos você sempre teve braços e pernas e, sabe, partes íntimas e coisa e tal.*>

Ela sorriu.

<*Acho que é verdade. Até que eu gosto de ter todas essas coisas.*> O sorriso desapareceu. <*Imagino que seja só porque eu achei que, se lutasse numa guerra de inscrições...*>

<*Que você lutaria de verdade.*>

<*É.*>

Sentiu uma presença crescer no espaço atrás dela. Polina, que chegava do convés inferior. Sancia virou-se para vê-la sair da passagem do outro lado, com seu rosto duro e severo, a cara perpetuamente fechada e os olhos apertados.

<*Ah, oi, Pol*>, disse Clave. <*Como vai a viagem? Um dos medicineiros que você trouxe parece estar com um enjoo daqueles lá*

embaixo. Não me importaria tanto se ele não vomitasse na minha pare...

— Cale a boca, chave — cortou Polina. Sancia sabia que ela detestava profundamente ouvir a voz de Clave. Polina só conseguia escutá-lo porque tinha seu próprio disco de duplicação que a conectava a Sancia, o que significava que, quando Clave falava com Sancia, Polina conseguia ouvir também.

Mais elos, pensou Sancia. *E uma corrente muito, muito mais comprida...*

Polina acenou imperiosamente com a cabeça.

— Já faz quanto tempo?

<*Você sabe que não precisa ficar perto de mim para falar, certo?*>, perguntou Sancia. <*É basicamente esse o motivo de duplicar pensamentos.*>

— Estou ciente disso — respondeu Polina. — Ainda prefiro olhar bem para você, no entanto, e participar de uma interação humana normal, para garantir que continuo humana.

<*Ainda somos todos humanos, Polina*>, suspirou Sancia. <*Apenas conversamos de um jeito um pouco diferente, só isso.*>

— Diga isso aos hospedeiros que marcham ao lado de Tevanne. Faz quanto tempo?

Sancia a observou. Para sua eterna frustração, aquela mulher não parecia ter mudado uma só vírgula nos oito anos desde que escaparam da morte e da ruína: ainda possuía um rosto duro e vincado, os olhos cinzentos penetrantes e o cabelo preso atrás num coque pequeno. Polina parecia ser uma pessoa que nascera para enfrentar catástrofes terríveis e sobreviver.

<*Berenice e sua equipe desembarcaram duas horas atrás*>, disse Sancia. <*Parece cedo demais para ficarmos preocupadas.*>

A onipresente cara fechada de Polina se fechou ainda mais.

— Não estou gostando. Já tentamos falar com esses idiotas das casas comerciais antes. Pedir que conquistadores escravocratas ouçam a voz da razão faz tanto sentido quanto tentar argumentar com aquela... aquela coisa. — Estremeceu ao falar.

— Se funcionar, vamos salvar milhares de vidas — respondeu Sancia em voz alta. Principalmente para mostrar a Polina como estava irritada agora.

— Milhares de pessoas... Quantas a *Nau-chave* consegue carregar?

<*É um galeão padronizado da casa comercial Dandolo*>, explicou Clave. <*É para caberem uns três mil passageiros.*>

Polina sacudiu a cabeça.

— É o maior número de pessoas que já se juntou a Giva numa única operação. Vai ser uma viagem e tanto para casa... isso se tudo funcionar corretamente.

— As forças de Tevanne estão do outro lado da península, com dezenas de fortalezas entre elas e Grattiara. A não ser que contem com algum método de levar um exército voando por quilômetros e quilômetros em poucas horas, temos tempo — observou Sancia.

— É verdade — disse Polina. — Mas tudo isso me deixa nervosa. É quando o pastor tenta salvar uma ovelhinha perdida que o resto do rebanho fica mais vulnerável. — Saiu e voltou para o convés inferior. Sancia podia sentir sua presença se movimentando embaixo dela no navio, como um pedaço de assoalho quente sob as solas de seus pés descalços.

<*Pelo menos é bom saber*>, comentou Clave, <*que, quando todos vocês duplicam suas cabeças juntos, cada um continua sendo mais ou menos o mesmo. Porque ela ainda é a mesma risadinha que sempre fo...*>

<*Eu consigo te ouvir, caramba!*>, disse Polina. <*Não estou* tão *longe assim!*>

<*Ok, ok...*>, contemporizou Clave.

Sancia encostou a cabeça no vidro do *lexicon* e suspirou.

<*Levanta a cabeça, menina*>, aconselhou Clave.

<*Você não vai tentar fazer algum tipo de discurso imbecil, vai?*>, perguntou ela.

<*Não. Porque preciso que você se concentre. Tem alguma movimentação nas muralhas do forte.*>

Sancia se sentou.

<*Boa movimentação ou movimentação ruim?*>

<*Sei lá. Mas é movimentação.*>

Ela agarrou o disco-trilha que carregava no pescoço.

<*Deixa eu ver.*>

<*Me dá um segundo que puxo você para dentro.*>

Sancia sentiu a abertura em sua mente: um *toc-toc* curioso, como se Clave, de certa forma, batesse na porta de seus pensamentos. Assentiu, estendeu a mente para ele e viu...

A vasta baía de Grattiara erguendo-se diante deles, a enorme fortaleza se equilibrando na costa rochosa, os acampamentos esquálidos e fumegantes que se estendiam pelas encostas. A visão se derramou para dentro de seus pensamentos vinda de dezenas de fontes, por meio de todos os dispositivos de detecção e visualização que tinham instalado no navio para uso de Clave. Alguns dos sinais ela não conseguia compreender inteiramente, já que Clave era capaz de perceber a realidade com sentidos que seu cérebro era incapaz de interpretar. Portanto, Sancia se concentrou em uma visão específica e analisou Grattiara ao longe.

Olhou para os parapeitos das muralhas externas; depois, voltou seu olhar para cima, para onde ficava o forte, na mais alta das colinas; e ali, na ponta de uma das torres, havia um grupinho de pessoas que se mexiam.

<*Cacete*>, disse Sancia. <*Como você consegue enxergar longe, Clave.*>

<*Bom,* eu *não consigo*>, explicou ele. <*Mas o navio consegue, assim como todas as porcarias que fazem parte dele. E eu não consigo enxergar longe o suficiente para saber se aquela é a Ber, mas...*>

<*Olha lá!*>, gritou Sancia.

A ponta da torre de repente se acendeu com uma luz peculiar, verde-avermelhada, uma luz que, ela sabia, os olhos humanos nunca seriam capazes de captar, mas que os dispositivos em volta da *Nau-chave* eram inscritos para enxergar.

<*Ela conseguiu*>, disse Clave. <*Caramba. Nem pareceu demorar muito.*>

<*Então, vamos*>, aconselhou Sancia. <*Mas continue em alerta, só por precaução.*>

<*Feito.*>

Sancia desvencilhou-se da visão, voltando para o próprio corpo. Então sentiu o navio se ajeitar ao redor, virando na água. Ainda era esquisito esse negócio de saber que Clave controlava o movimento. Ele sempre tinha sido incrivelmente hábil na hora de manipular e alterar dispositivos inscritos, mas, quando era colocado dentro do *lexicon* que controlava um galeão de guerra, era capaz de essencialmente *se transformar* no navio, com sua consciência permeando cada um dos dispositivos dentro do casco, incluindo o próprio casco, que também era um dispositivo, é claro. Até batizaram o galeão com base nesse relacionamento bizarro: para eles, a embarcação era a *Nau-chave*, não importa se Clave estava no controle ou não.

Ter de controlar cada um dos aspectos desse barco absurdamente complicado nunca parecia incomodar muito Clave. A única coisa de que reclamava era ter de cuidar das latrinas também.

Ela se apoiou na parede da câmara do *lexicon* de novo. *Estou em um navio fantasma assombrado pelo meu amigo,* pensou.

Escutava o galeão rangendo ao seu redor. Como era estranho saber que lutavam uma guerra contra algo parecido, só que numa escala muito maior: uma infraestrutura imensa de dispositivos, criações e hospedeiros, tudo isso assombrado por uma mente que, até certo ponto, tinha sido amiga dela também.

<*Está pensando nele de novo*>, disse Clave.

<*Eu sei*>, respondeu.

<*Muita coisa mudou.* Ele *mudou.*>

<*Eu sei!*>

<*Ele não ia querer que você fizesse nada diferente disso.*>

Teve um vislumbre de si mesma no reflexo da parede de vidro. Na cabeça dela, ainda faltava um ou dois anos para chegar aos trinta. Mas o rosto no reflexo, com seu cabelo de mechas brancas, olhos com pés de galinha e pele com manchas, tinha facilmente passado dos cinquenta.

Fechou os olhos.

<*Eu sei, Clave. Eu sei o quanto tudo mudou.*>

◆◆◆

Berenice e sua equipe se separaram assim que chegaram ao andar de baixo do forte: Vittorio e Diela partiram para a cidade e Berenice e Claudia foram direto para as câmaras de reunião do governador.

<*Preparem-se e me digam se virem qualquer coisa esquisita*>, ordenou Berenice enquanto eles percorriam as passagens estreitas.

<*O que conta como qualquer coisa,* Capo*?*>, perguntou Vittorio.

<*Qualquer coisa conta como qualquer coisa, cacete!*>, explodiu ela. <*Tevanne provavelmente conhece esta cidade nos mínimos detalhes. Qualquer pista que possa nos ajudar a ter uma ideia de quanto aquele negócio sabe seria útil.*>

Mas Berenice estava ciente de que essa vantagem era limitada. A unidade mais valiosa de Tevanne (a abominação que Sancia havia apelidado de "lâmpada-morta", embora as versões mais recentes não se parecessem nada com uma lâmpada) não precisava de sabotagem ou de espiões para ter êxito. Uma arma que era capaz de eliminar uma pequena cidade em segundos não precisava de muitas informações de espionagem.

<*Diela*>, ordenou Berenice, <*ponha para funcionar o dispositivo da lâmpada-morta assim que estiver montado. Quero saber quando uma dessas abominações estiver a seis quilômetros de nós.*>

<*Entendido,* Capo>, respondeu Diela. Embora a garota não estivesse mais por perto, sua voz ainda estava clara no fundo da mente de Berenice.

Ela e Claudia voltaram para a câmara principal de reuniões. Alguns dos inscritores e mercenários de Malti ainda estavam enrolando por ali, mas o próprio governador não estava presente.

— O governador estará de volta em breve — disse um membro da comitiva. — Ele pediu que vocês esperassem aqui enquanto isso.

Claudia se apoiou na grande mesa com os mapas, de braços cruzados.

<*Se Tevanne realmente enviar uma lâmpada-morta*>, especulou, <*que diabos vamos fazer exatamente? Os estriladores não vão fazer nem um arranhão nela, isso se algum chegar a acertar o negócio.*>

<*Meu plano A é ir embora antes que aquilo chegue até aqui*>, explicou Berenice.

<*E se a gente ainda estiver aqui?*>

<*Clave*>, respondeu simplesmente.

Claudia olhou para ela fixamente.

<*Como é que é? Ber, a gente só conseguiu fazer aquilo uma vez!*>

<*O que significa que é algo possível*>, insistiu Berenice. <*Então a gente é capaz de conseguir de nov...*>

Um grito prolongado e horrendo ecoou pelo forte.

A câmara de reuniões ficou em completo silêncio. Berenice e Claudia se aprumaram de imediato. Ambas olharam para a porta que levava aos aposentos privados do rapaz.

— O q-que foi isso? — perguntou um dos inscritores, nervoso. — Parecia um... um...

As duas mulheres se entreolharam.

<*Veio de...*>, disse Claudia.

<*Veio de lá, sem dúvida*>, completou Berenice.

Foram correndo até a porta, abriram-na de supetão e continuaram correndo pela passagem.

Quando chegaram até o quarto do jovem, encontraram quase uma dúzia de mercenários de pé diante da porta aberta, olhando para dentro com expressões espantadas. Apesar de ser uma cabeça mais baixa que a maioria deles, Berenice abriu caminho aos empurrões e espiou o quarto.

A cama suja estava vazia. Malti e a mulher que cuidava do garoto jaziam no chão, com as gargantas cortadas, o tapete ensopado de sangue.

Berenice olhou para o governador. O florete inscrito não estava com ele. Ainda vivia, mas por pouco, o sangue jorrando fraco de um corte imenso na garganta. Ele fez sinal para Berenice com a mão, seu olhar repleto de uma tristeza terrível, mas logo depois abaixou a mão e os olhos ficaram opacos.

— Merda — praguejou Berenice em voz alta. — Merda, merda, merda.

<*Sangue*>, disse a voz de Claudia. <*Aqui no chão.*>

Berenice passou de volta pelo grupo de mercenários e foi até ela na passagem. Claudia examinava as manchas e apontou para o corredor adiante.

<*Ele foi por ali. Ou a coisa é que foi.*>

<*Vittorio, Diela*>, chamou Berenice. <*Confirmem que estão cientes do que aconteceu.*>

<*Confirmado,* Capo>, respondeu Vittorio. A voz dele ainda estava clara, mas tinha ficado mais fraca, um efeito da distância entre eles.

<*Seja lá qual for a velocidade com que vocês estão fazendo as coisas*>, disse ela, <*está na hora de ser duas vezes mais rápidos. Tevanne deve estar perto.*>

<*Confirmado,* Capo>, respondeu Diela, apesar da voz trêmula.

Berenice enfiou a mão na lateral da bota e tirou um dos três bastões de purga armazenados lá. Era um negócio minúsculo, parecendo mais uma ferramenta de escultor que uma arma, mas Claudia fez o mesmo, segurando o dela no alto como se fosse uma adaga. Então saíram correndo pelas pequenas passagens escuras, seguindo os pingos de sangue no chão.

<*Tevanne estava dentro dele*>, disse Claudia enquanto corriam. <*Usando o rapaz. Realmente estava presente.*>

<*E ainda está*>, observou Berenice. <*Temos de pegá-lo antes que faça alguma outra coisa para enfraquecer a cidade.*>

Viraram à esquerda, depois à direita, à esquerda novamente. O barulho do forte ia enfraquecendo.

<*Então Tevanne está perto*>, disse Claudia, <*mas... deve haver só uma pequena força por perto, não é? Menos de uma dúzia de hospedeiros? Não pode ser, tipo, um exército fedegoso inteiro escondido atrás do topo de alguma colina, certo?*>

<*Não faço ideia, Claudia*>, respondeu.

Outra volta, depois mais outra. Então pararam: havia um som ecoando por uma das passagens próximas, um barulho suave e desajeitado de algo se remexendo.

<*É numa hora dessas*>, comentou Claudia, <*que eu gostaria que a gente tivesse armas de verdade. E não as facas mais minúsculas do mundo, sabe.*>

<*Imagino que, se a gente chamasse as nossas espringais agora, elas nunca chegariam até nós, né?*>, perguntou Berenice.

Claudia sacudiu a cabeça.

<*Temos de estar na linha de visão. Não há chance nenhuma de atravessarem todas essas passagens.*>

Chegaram a uma curva. O barulho de algo se remexendo agora era muito alto, mas vinha acompanhado do som de algo sendo arranhado, suave e constante, como uma agulha raspada numa lousa. Berenice se encostou na parede e então espiou o que havia depois da virada.

Viu uma figura se arrastando pelo corredor, mancando na direção oposta à delas de maneira desajeitada, como se tivesse artrite. Era difícil ver (a luz estava fraca e havia uma janela com vitral na extremidade da passagem), mas achou que conseguia distinguir um florete que pendia da mão da pessoa conforme ela se movimentava, com a ponta arrastada pelo chão atrás do sujeito.

<*Claudia*>, chamou. <*Me diz que a gente atualizou nossa armadura para receber um golpe de florete inscrito.*>

<*De uma lâmina Morsini comum?*>, perguntou Claudia. <*Claro. Mas... que merda, eu não aconselharia tentar...*>

Berenice entrou no corredor, bastão de purga erguido na mão direita como se fosse uma adaga, e seguiu a figura.

A silhueta parou de andar e, devagar, virou-se. Era impossível discernir o rosto naquela luz fraca, mas Berenice sabia que era observada.

Ela continuou a avançar, erguendo o antebraço do lado esquerdo para aparar possíveis golpes, o bastão de purga levantado na mão direita.

Ainda assim, a figura não se mexeu. Contudo, quando Berenice chegou a três metros de distância, o sujeito por fim se acocorou e murmurou:

— *Ssaaanciaa...*

Berenice se arrepiou.

<*Inferno fedegoso*>, murmurou.

<*Estou atrás de você*>, disse Claudia. <*Mas não vou chegar perto.*>

Berenice continuou avançando, olhos fixos no florete que pendia da mão daquela coisa. Lutara contra hospedeiros antes e sabia que muitas vezes pareciam perdidos e estúpidos, mas isso era só quando a coisa que os controlava não dava nenhuma atenção a eles. Quando Tevanne queria, seus hospedeiros podiam se movimentar com a rapidez de um relâmpago.

Contudo, esse aí só a observava, congelado, conforme ela se aproximava devagar...

E, então, a coisa deu um salto.

O florete avançou reluzente, voando na direção de seu pescoço. O salto do hospedeiro foi desajeitado, sacrificando a precisão e a cautela em favor da velocidade, e Berenice, mal e mal, conseguiu empurrar a arma com o antebraço. A lâmina cortou a parede da passagem, deixando um rasgo profundo nas pedras.

Berenice tentou apunhalá-lo com o bastão de purga, mas o hospedeiro já recuava, saltando para longe e tropeçando pela passagem rumo à janela. Então a espada veio lambê-la de novo, fazendo um movimento para cortar seus pés. A moça dançou para trás, observando a ponta sangrenta da espada voejar pelo ar, ciente de que, se tivesse sido só um pouquinho mais lenta, a arma teria fatiado o peito do seu pé.

O negócio é rápido, pensou. *Desgraçado, como é rápido.*

Mais uma vez, o hospedeiro avançou com seu balanço bizarro que era difícil de acompanhar. O florete foi erguido, desta vez numa tentativa de furar o ombro dela, mas Berenice mexeu o braço esquerdo a tempo de levantar a lâmina e fazer com que resvalasse pelo alto de seu capacete. Mas o movimento tinha aberto sua guarda, algo que ela sabia e o hospedeiro também: ele empurrou a espada para a frente num golpe contra a garganta dela, e Berenice só conseguiu sobreviver ao tropeçar para trás e bater na lâmina com o antebraço direito. A ponta da espada raspou no lado esquerdo do peitoral da armadura, abrindo um buraco fundo.

Perto, muito perto.

O hospedeiro recuou ainda mais. Estavam agora suficientemente perto da janela para que Berenice pudesse vê-lo: o rosto pálido e faminto do menino olhava para ela, a boca frouxa e aberta, o queixo ainda sujo de mingau e as mãos e coxas salpicadas de sangue. Da ferida aberta no lado direito da cabeça vazava pus. Seus olhos demoraram-se em Berenice e, depois, olhou por cima do ombro dela e viu Claudia mais atrás.

Então, pareceu ter tomado uma decisão.

O hospedeiro endireitou-se, virou o florete e o ergueu pronto para enfiá-lo no próprio ventre.

Mas Berenice já esperava isso. Mergulhou para a frente, agarrou-o pelos pulsos magros e bateu os nós dos dedos dele contra a parede. A coisa deixou cair o florete, mas não antes de fazer um corte raso na parte de cima da barriga do menino, logo abaixo do esterno.

O hospedeiro avançou com força assustadora, tentando morder o rosto dela com os dentes amarelados do menino. Berenice recuou, mal conseguindo segurá-lo.

— Agora! — gritou.

Claudia saltou acima dela, o bastão de purga já levantado, e o enfiou no ombro do menino. Torceu a faca e quebrou a lâmina dentro dele, recuando depois.

O hospedeiro engoliu em seco, tossiu e engasgou. Depois, seu rosto ficou acinzentado, e linhas tênues apareceram no nariz e nos olhos, como se envelhecesse um ano em um segundo.

Então se ouviu um *tchhhh* do lado direito da cabeça dele, a água começou a escorrer da ferida aberta, e ele desmontou e ficou parado, enquanto ainda vazava sangue do corte na barriga.

— Inferno fedegoso — xingou Berenice, ofegante. — *Inferno* fedegoso...

— Sim — concordou Claudia, sem ar. — Então. Armadilha, né?

— Sem dúvida — respondeu Berenice. Passou as mãos no arranhão profundo na lateral do capacete e no que havia no peitoral da couraça. — Só não achei que essa armadilha se fecharia *tão* rápido assim...

Tirou o rapaz de cima do corpo, ficou de pé e olhou para ele. O envelhecimento fora do comum pelo qual tinha passado não sumira. O efeito era muito leve, mas dava para notar; ver aquilo lhe doía.

Tocou o rosto dele, traçando com os dedos as linhas em volta dos olhos e da boca, e o cabelo com mechas brancas. *Tevanne aprendeu conosco*, pensou. *É até justo que aprendamos com ela também*. Mas sabia que só estava tentando convencer a si mesma.

<*Ber, temos outras coisas com as quais nos preocupar*>, lembrou Claudia. <*Vittorio? Qual é a situação nas muralhas?*>

<*Temos movimento*>, disse a voz do jovem. Parecia assustado, o que era incomum no caso dele. <*A uns quinze ou talvez trinta quilômetros daqui.*>

<*Movimento? Quantos hospedeiros foram enviados?*>, perguntou Berenice.

<*Um monte. Talvez milhares.*>

Berenice e Claudia se entreolharam, incrédulas.

<*Eu estava brincando com aquela história do exército atrás do topo da colina...*>, disse Claudia com voz fraca.

<*Me deixa entrilhar até você, Vittorio, para eu dar uma olhada*>, pediu Berenice.

<*Manda ver,* Capo.>

Berenice fechou os olhos e respirou fundo. Tinha feito isso incontáveis vezes, mas sempre demorava um pouco para lembrar como funcionava.

Concentrou-se, procurou senti-lo...

E flexionou.

Então, sentiu aquilo. A presença da trilha até ele, o espaço entre os dois, o soerguer dos pensamentos de Vittorio, semelhante à encosta de uma montanha, e ali dentro havia alguns pontos de apoio que ela conseguia agarrar, chegar perto e ver...

Cedros que se requebravam contra um céu azul-claro.

Areia clara e pedra que se desfazia, uma vista branca como uma mancha de tinta clara numa tela cinzenta.

E então...

Ela estava com ele. Ela *era* o Vittorio, em certo grau: estava dentro dele, uma parte dele, observando com seus olhos, sentindo o que sentia, sabendo o que sabia. Havia, como sempre, aquele momento transicional esquisito conforme a mente dela passava a experimentar dois conjuntos de sensações ao mesmo tempo, junto com todos os processos subconscientes dele que acompanhavam o procedimento: o suor em seu rosto, a dor no cotovelo causada por um ferimento que sofrera havia muito e o incômodo da genitália encolhida de ansiedade e apertada contra suas calças.

Depois, as experiências imediatas dele começaram a invadi-la, aquilo que ele via e fazia diretamente. Vittorio usava uma luneta para observar uma cadeia montanhosa ao norte, e ali, atravessando um passo bem no meio de dois picos, havia uma força armada tremenda. Deviam ser cinco mil hospedeiros, se não mais, e ela conseguia ver a artilharia que se movimentava atrás deles, bem rápido, por sinal.

Berenice soltou a trilha entre ela e Vittorio e se sentou na passagem, embasbacada.

<*Como pode?*>, perguntou. <*Como é que Tevanne cruzou* a península inteira *no que deve ter sido menos de uma hora?*>

<*Sei lá,* Capo>, disse Vittorio. <*A gente ainda vai tirar esses refugiados daqui? Porque eles, bom, estão entrando em pânico, o que dá para entender.*>

<*Sim!*>, gritou Berenice. <*Mas preciso ir até as muralhas para descobrir como!*>

Olhou para a janela, pensando. Depois, pegou o florete ensanguentado do rapaz, usou-o para quebrar o vitral e espiou lá fora.

Estavam voltadas para o norte, na direção de onde Vittorio estava postado, o que era bom. Esticou a cabeça para fora e viu as escadarias que tinham subido não mais que uma hora antes, a leste, ao longo da fachada da fortaleza.

O que significa que minha espringal deve estar guardada em algum lugar bem ali, pensou.

Virou-se e olhou para Claudia.

<*Tire esse garoto daqui. Depois, pegue a sua arma e me encontre nas muralhas.*>

<*Formação-padrão contra lâmpadas-mortas?*>, perguntou Claudia com voz fraca.

<*Sim. Tente deixar a maior distância possível entre nós.*> Bateu no disco em sua ombreira direita. <*Porque só Deus sabe o que vai acontecer.*>

Ouviu-se um tropel de coisas batendo do lado leste, e então, feito uma touceira soprada pelo vento numa trilha do deserto, a espringal de Berenice veio deslizando pela fachada do forte até ela.

Uma inscrição adesiva muito simples fazia aquilo acontecer: o disco que ela acabara de ativar em sua ombreira direita era inscrito para acreditar que ocupava o mesmo espaço que um disco na espringal, e, quando era ativado, os dois tentavam se unir muito rápido, não importava a distância que havia entre eles.

Pegou a arma no ar quando se aproximou e depois prendeu a espringal em seu antebraço esquerdo, deixando-a bem justa, até que arma e armadura se tornaram, do ponto de vista funcional, uma só unidade. Depois, certificou-se de que a munição do tiro de linha estava carregada corretamente, ergueu a espringal à altura do ombro e mirou nas muralhas externas.

Não é assim que eu queria que as coisas acontecessem hoje, pensou.

Disparou. Observou enquanto o tiro de linha passava rápido por cima da cidade, acertava as muralhas da fortaleza ao longe e aderia a elas.

Foi quando o companheiro dele se ativou dentro da espringal, a arma a empurrou com tudo para a frente pelo ar e ela se foi voando.

◆◆◆

<*Ei, hum, garota?*>, chamou Clave.

Sancia parou quando estava entrando na cabine do imenso galeão. <*Que foi, Clave?*>

<*Você acha que as negociações com o governador chegariam a envolver, hum, Berenice voando pelo ar?*>

Sancia esticou a cabeça para baixo, espiando a fortaleza que se aproximava no alto da costa.

<*Humm, nem a pau, né? Por quê?*>

<*Porque Berenice acabou de descer voando do forte até o que eu acho que são as muralhas externas da fortaleza. Meu ângulo de visão não está bom, mas...*>

<*Merda*>, xingou Sancia. <*Tem alguma coisa errada.*> Pensou no que fazer e depois olhou para o litoral inferior logo ao norte da fortaleza, observando uma depressão nas colinas junto ao mar. <*Vá até ali, até aquele ponto exato, o mais rápido que puder.*>

<*Por que lá?*>, perguntou Clave.

<*Tem algum problema, seja dentro da fortaleza ou fora dela. Aquele lugar vai nos dar o ângulo certo para atacar ambos os pontos, e a gente vai estar perto o suficiente para fazer a duplicação com Ber e a equipe dela, assim nos contam o que diabos está acontecendo.*>

O estômago de Sancia se revirou de um jeito desconfortável quando Clave girou o navio gigante e partiu rumo à costa.

<*Se segura aí*>, pediu ele. <*Vou tentar não encalhar a gente.*>

◆ ◆ ◆

Berenice cerrou os dentes com força suficiente para fazer a mandíbula doer quando sofreu a arrancada pelo ar, zunindo por cima da cidade feito um falcão-da-costa que caça um camundongo. Conseguia sentir o tiro de linha puxando-a pela armadura e ela puxava no sentido contrário, tentando acompanhar a própria aproximação, enquanto Grattiara inteira virava um borrão de cinza e amarelo arenoso debaixo dela.

Já fiz isso dezenas de vezes, pensou, *mas nunca, jamais vou me acostumar.*

O tiro de linha era uma adaptação de um dispositivo inscrito muito mais tosco da época deles no campo. Uma vez, Sancia tinha zunido pelas torres e muralhas da Tevanne Antiga usando inscrições de construção alteradas, que afirmavam que duas superfícies eram uma só e, portanto, exigiam que as duas se juntassem, normalmente a velocidades estonteantes. Quando uma das metades estava presa a Sancia, esta era puxada junto:

essencialmente o mesmo método que havia impelido a espringal de Berenice até ela alguns segundos antes.

Contudo, esse método sempre fora extraordinariamente perigoso quando transportava seres humanos, muitas vezes produzindo ossos quebrados e juntas deslocadas. Portanto, Berenice e Sancia aplicaram uma salvaguarda: quando chegavam a uma distância de quatro metros entre si, as duas metades do tiro de linha ficavam cada vez mais confusas sobre a posição da outra metade, o que significava que desaceleravam delicadamente.

Quando chegou a seis metros de distância das muralhas, Berenice sentiu algo afrouxando em sua armadura conforme a espringal parava de arrastá-la no mesmo ritmo veloz. A aceleração mudou para um deslizamento constante, ela flutuou graciosamente em direção à superfície das muralhas, como uma semente de dente-de-leão levada pelo vento, e ergueu os pés.

Viu as muralhas voarem na direção dela. *Estou chegando muito baixo. Merda.*

As solas das botas bateram na superfície da fortificação, o impacto reverberando nos joelhos e nos quadris, e ela deu um tapa num interruptor na lateral de seu arnês na coxa esquerda, agachando-se. Depois, desativou o tiro de linha, ejetando a metade restante da espringal (essa parte do aparelho imediatamente voou para seu companheiro na parede e se prendeu a ele com um baque surdo), e ficou pendurada ali, com as solas das botas presas às muralhas de Grattiara logo abaixo dos parapeitos.

Ouviu-se um rangido na armadura, na região das pernas, enquanto a estrutura de proteção sofria para sustentar seu peso. Berenice aprumou-se. Projetara o conjunto de forma específica para que desse sustentação ao seu peso e evitasse a torção dos tornozelos. A armadura aguentou o tranco.

Os soldados nas muralhas, que compreensivelmente concentravam-se na visão das forças de Tevanne ao longe, deram todos um pulo de susto ao perceber que uma mulher de armadura estava presa aos tijolos exatamente atrás e abaixo deles. Alguns até gritaram.

<*Diela!*>, chamou Berenice. <*Me dá uma mão aqui!*>

<*Estou indo,* Capo!>, respondeu Diela. <*Estou indo!*>

Diela foi correndo pelas muralhas em sua direção, estendeu os braços para baixo e pegou a mão direita de Berenice. Desativou as inscrições que faziam suas botas aderirem às muralhas, Diela a puxou para cima e Berenice se ergueu, passando pelo parapeito.

<*Não foi a aterrissagem mais graciosa do mundo*>, disse sem fôlego. <*Mas funcionou.*> Ficou de pé, pegou a luneta e observou o cenário do outro lado.

— Ah, que merda — falou com voz fraca.

À primeira vista, a situação era indescritivelmente terrível. Os campos de refugiados se estendiam a cerca de três quilômetros das muralhas de Grattiara em todas as direções; depois disso, havia entre três e cinco quilômetros de vegetação rasteira em solo rochoso; e, por fim, cerca de sete quilômetros mais além, ao norte, a enorme força tevannense jorrava por um passo estreito na montanha.

Como todas as forças de Tevanne, parecia uma bagunça gigantesca e desconexa: não havia uniformes padronizados, nem estandartes, nem formações de qualquer tipo, apenas uma multidão enorme e cambaleante de pessoas armadas tropeçando para a frente. À distância, parecia um sinal de descuido (e Berenice sabia que muitos generais derrotados confundiram essa aparência com a realidade), mas ela tinha consciência de que, em um instante, os hospedeiros conseguiam entrar em formação e começar a reagir como uma única massa líquida que respondia a todas as ameaças ao mesmo tempo, dançando em torno dos atacantes antes de engoli-los inteiros.

O mundo estava se enchendo de gritos: dos refugiados, dos soldados, dos cidadãos de Grattiara. Berenice tentou pensar. Nada disso parecia possível. A simples ideia de que tal exército fosse capaz de tomar forma instantaneamente era de enlouquecer qualquer um.

Mas ela sabia que, seja lá como essa força de ataque tivesse aparecido ali, ainda era um exército de Tevanne; e tais exércitos se comportavam de maneiras específicas e previsíveis.

<*Tudo bem*>, disse. <*Olha, não estou pedindo que vocês rechacem um exército inteiro de Tevanne, com milhares de soldados.*>

<*Pelo menos uma boa notícia*>, resmungou Vittorio.

<*O que a gente vai fazer é adotar uma posição fortificada, barrar os movimentos de avanço deles e defender os refugiados até que Sancia e a* Nau-chave *cheguem perto*>, explicou Berenice. <*Clave vai ser capaz de dar um jeito na maioria das forças deles.*>

<*Tem certeza de que Sancia está ciente da nossa situação?*>, perguntou Diela.

<*Se ainda não estiver*>, respondeu Berenice, <*o som de todas as explosões que vamos deflagrar vai deixar isso claro para ela. Sabemos o que vai nos atingir primeiro. Preparem os marretadores. Diela, onde está o depósito de armas?*>

Diela apontou. Mas, assim que o fez, a imagem do depósito apareceu na mente de Berenice, com a memória de carregar as armas e arrumá-las se cristalizando na cabeça dela como se ela própria tivesse feito aquilo.

<*Ali,* Capo>, falou Diela.

<*Ah*>, disse Berenice, um pouco surpresa. <*Sim. Obrigada, Diela.*>

Os três foram juntos ao depósito, abriram-no e começaram a descarregar seu conteúdo. A primeira camada continha mais espringais de alta potência, mas essas eram um pouco diferentes: podiam ser montadas em um suporte que as apontava em qualquer direção e ser disparadas a distância.

<*Descargas funcionam melhor*>, explicou Berenice. <*Arrumem as espringais em fileiras de três por três ao longo das muralhas, apontando para longe, por cima dos refugiados. Espalhem as armas para conseguir o máximo de cobertura possível.*> Depois, abriu

cuidadosamente o último compartimento. O conteúdo não dava a impressão de ser interessante de imediato: pareciam cerca de cinquenta canudos grandes de metal, todos um pouco menores que uma bota, mas ela os tirou dali com o máximo cuidado. <*E tentem não deixar cair nenhum dos marretadores enquanto os carregam*>, disse. <*Trabalhamos neles para que não explodissem tão facilmente, mas, se um disparar, vai, no mínimo, deixar vocês surdos ou jogar vocês para longe das muralhas.*>

Começaram a trabalhar, correndo para montar as camadas de defesa remota ao longo das muralhas. Nenhum dos soldados grattiaranos tentou detê-los. A maioria deles parecia ter abandonado os postos por puro terror, e Berenice se deu conta de que não podia culpá-los.

<Capo>, disse Vittorio, ressabiado, <*o céu está zunindo a cerca de um quilômetro e meio daqui. As lâmpadas com discos estão perto.*>

<*Diela*>, chamou Berenice, colocando sua última espringal no suporte, <*como está indo aí?*>

<*Pronto,* Capo*!*>, gritou.

<*Então se protejam, vocês dois*>, falou Berenice. <*E preparem os gatilhos.*>

Berenice saiu correndo para a torre mais próxima. Um dos soldados lá dentro berrou:

— Quem diabos é você?

Mas empalideceu quando ela retrucou:

— Cala a boca, caramba, e se abaixa! — Depois, Berenice se virou e gritou pela porta aberta: — Todo mundo entra, se puder! Agora, agora, AGORA!

Tinha esperanças de que todos capazes de ouvir tivessem escutado, mas não havia tempo de checar. Foi se posicionar ao lado de uma das seteiras da torre. Então, ouviu os chiados fracos das lâmpadas se aproximando.

O som era sempre parecido com o de gafanhotos, ela achava, milhares de gafanhotos, chiando e pulando numa plantação. A única razão pela qual faziam algum barulho, sabia ela, era por causa da quantidade de dispositivos. Se não fosse por isso, uma lâmpada com disco quase não emitia sons.

Inclinou-se para frente a fim de espiar por uma das seteiras nas paredes da torre. Não conseguia ver nenhuma das lâmpadas, não desse ângulo, mas logo depois enxergou as sombras delas, riscando os campos de refugiados do outro lado das muralhas feito abutres rondando suas presas.

<*Quando virem as sombras, disparem!*>, ordenou Berenice.

Puxou os gatilhos, um depois do outro. Tapou os ouvidos e então...

O céu pareceu se quebrar.

Os "marretadores" não eram armas inscritas particularmente avançadas, mas cumpriam bem sua função. Eram canudos inscritos que podiam ser disparados com uma espringal comum, e haviam recebido instruções para acreditar que continham muito mais ar do que abrigavam de verdade. Quando subiam até certa altura, digamos, mais ou menos à altura na qual costumava flutuar a maioria das lanternas com discos de Tevanne, de repente passavam a acreditar que a quantidade de ar dentro deles havia alcançado um ponto crítico e explodiam com força ardente e atordoante.

A onda de choque da descarga de marretadores de Berenice, detonando todos ao mesmo tempo, foi tão intensa que fez a poeira do assoalho chacoalhar. Ela ouviu erupções sibilantes mais abaixo nas muralhas da fortaleza, conforme as descargas de Diela e Vittorio explodiam na atmosfera acima deles. Então, os céus acima das torres de repente começaram a chover lanternas com discos estraçalhadas, feito damascos caindo de uma árvore durante uma tempestade. Batiam no solo arenoso ou ricocheteavam nas muralhas com um baque fraco, uma depois da outra sem parar, às centenas, se não aos milhares.

Berenice deu um sorriso impiedoso. Ela sabia, claro, que perder uma revoada de lanternas com discos não significava nada para Tevanne. *Mas já temos problemas suficientes sem que Tevanne transforme todos os refugiados e soldados da fortaleza em hospedeiros. Não é hora de reclamar das coisas que dão certo para a gente,* pensou.

<*Quando acabarem de cair*>, disse à equipe, <*recarreguem. Porque com certeza vão mandar outro enxame.*>

<*Confirmado,* Capo>, respondeu Vittorio.

Berenice se agachou perto da porta da torre, tentando observar a linha das muralhas conforme choviam lanternas do céu. Olhou para cima. Quando julgou que era seguro, saiu correndo para fora, apressando-se para recarregar as espringais. <*Claudia, qual é a situação aí?*>, perguntou.

<*Preparando as coisas na torre da frente,* Capo>, respondeu ela.

Enfiou outro marretador numa espringal e então ouviu um tinir seco, conforme alguma coisa batia no capacete. Nem se deu ao trabalho de reagir, sabendo que era um dos discos de Tevanne.

— Bando de desgraçados — resmungou.

Então ouviu gritos e olhou para cima. Um soldado grattiarano estava correndo pelas muralhas na direção dela, urrando:

— O que está acontecendo? Meu Deus, meu Deus, o que está acontecendo...

Estava a poucos passos dela quando se ouviu um som abafado, e o ombro do guarda se escureceu com o sangue. Ele caiu de joelhos, o rosto subitamente sem expressão; depois, estremeceu de um jeito estranho, engasgando; por fim, seus olhos opacos e sem propósito se fixaram em Berenice, e a mão do soldado se mexeu para pegar o florete.

— Hoje não — disse ela. Arrancou um bastão de purga da bota, enfiou-o no peito dele, quebrou-o e voltou correndo para o abrigo da torre, sem olhar para o soldado. Disparou a descarga, e mais uma vez o céu acima dela pareceu se partir ao meio.

<*Pronto,* Capo>, disse a voz de Claudia.

Berenice tateou para pegar o disco preso em seu capacete, arrancou-o, jogou-o no chão e pisou nele. <*Deixe-me ver, por favor*>, pediu.

<*Venha ver*>, disse Claudia.

Ela se apoiou na muralha, fechou os olhos e buscou Claudia, sentindo a distância entre as duas, as idas e vindas dos pensamentos dela...

E enfim estava dentro da mente de Claudia, observando o mundo por detrás dos olhos dela: estava agachada ao lado de uma seteira na torre mais alta e olhando para o inimigo com uma luneta, mas essa era uma luneta muito incomum, destinada a uma função igualmente incomum.

Claudia tivera um papel importante no desenvolvimento das espringais imensamente poderosas e de longo alcance que os soldados de Giva usavam; e, embora tivesse treinado os outros membros da equipe muito bem, ninguém conseguia fazer as armas realizarem milagres como Claudia. Principalmente quando se tratava de protótipos maiores, que tinham quase um metro e meio de comprimento e uma luneta acoplada à coronha, permitindo que se atingissem alvos a mais de mil e quinhentos metros de distância.

A luneta de Claudia, naquele momento, estava virada para as fileiras mais distantes do exército tevannense, onde quase duas dúzias de engenhocas em forma de carroça saiam do passo da montanha. <*Unidades de artilharia*>, disse. <*Estriladores de Tevanne. Nada bom.*>

<*Qual é o alcance deles?*>, sussurrou Berenice.

<*Quase dez quilômetros, pelo que observamos da última vez. Minha espringal tem potência, mas não tanto assim. Vão conseguir atingir a gente em menos de dez minutos, eu diria.*>

Berenice pediu a Claudia que olhasse para o leste e depois para o sul, tentando ver o oceano e observar algum indício da *Nau-chave*, mas seu ângulo de visão era ruim, e ela não conseguia ver nada além da muralha.

Vamos, San, pensou. *Vamos logo...*

<*Ber?*>, perguntou Claudia. <*O que você quer que eu faça aqui?*>

<*Um minuto*>, disse. Então se concentrou, observando com os olhos de Claudia a força tevannense que marchava impassivelmente pela vegetação rasteira.

De repente, Berenice teve uma ideia. *O mato.*

<*Você trouxe os sinalizadores?*>, perguntou.

<*Sim*>, respondeu Claudia. <*Você... você quer que eu coloque fogo na vegetação rasteira por lá? Se o fogo se espalhar, não vai ser muito bom para o pessoal daqui.*>

<*Mas a fumaça vai atrapalhar a pontaria de Tevanne*>, explicou Berenice. <*E a artilharia deles é pior que um incêndio.*>

<*Faz sentido*>, concordou Claudia. Começou a retirar suas flechas normais e carregar a munição sinalizadora. <*Ainda assim, eles vão atirar na gente, sabe.*>

<*Sim. Mas não vão ser tão precisos. A gente se vira com o que tem.*>

Claudia, usando a mira, olhou para o matagal. Atirou uma, duas, três vezes no topo de uma colina e depois observou com satisfação enquanto a vegetação rasteira fumegava, luzia e se enchia de chamas.

<*Tente produzir uma linha reta, feito uma cortina*>, pediu Berenice.

<*Você fala como se eu nunca tivesse produzido um incêndio descontrolado e gigante antes*>, brincou Claudia.

Disparou mais flechas e, em pouco tempo, uma nuvem imensa de fumaça cinza-esbranquiçada subia do mato, obscurecendo totalmente o exército que avançava.

<*Diela?*>, perguntou Berenice. <*Enquanto isso...*>

<*Nada de lâmpadas-mortas ainda, senhora*>, respondeu a garota.

<*Posso eu mesma dar uma olhada?*>, pediu Berenice. <*Só para ter certeza.*>

<*Sim,* Capo>, concordou Diela com um leve sinal de relutância.

Berenice concentrou seus pensamentos. Como sempre, achar Diela e abrir a trilha até ela era um sonho de tão fácil (embora fosse uma recruta recente, a garota fazia aquilo com naturalidade) e, em poucos segundos, Berenice estava observando a situação da perspectiva de Diela. Ela se regozijou, só por um momento, com a sensação de habitar um corpo tão *jovem*, tão maleável, capaz e resistente.

Usando os olhos de Diela, examinou o pequeno dispositivo colocado na muralha diante dela. Parecia um pião pequeno, pendurado num fio curvo de maneira a rodar em cima de um disco preto, mas estava flutuando muito levemente, e dava para ver uma nesga de luz solar entre a ponta inferior do pião e a superfície do disco.

A própria Berenice projetara esse dispositivo. O pião era excessivamente sensível a mudanças profundas na realidade: edições severas, fundamentais e contínuas da criação. Quanto mais rápido girasse e quanto mais alto flutuasse, mais perto da fonte dessas edições você estaria. Se flutuasse tão alto a ponto de acabar tocando o fio do qual pendia, a fonte das edições estaria diretamente acima de você, mas, se isso acontecesse, você provavelmente já estaria morto. Isso se "morto" fosse mesmo a palavra certa.

<*Eu não estava errada,* Capo>, falou Diela. <*E configurei bem o negócio. Ainda não há lâmpadas-mortas por aqui.*>

<*Percebi*>, respondeu Berenice. <*Obrigada, Diela. Eu só precisava ter certe...*>

Então o ar se encheu de gritos, mas esses eram muito incomuns. Gritos agudos, cantados, inumanos.

Berenice soltou a trilha que levava a Diela e gritou para que qualquer um por perto pudesse ouvir:

— *Abaixem-se!*

Olhou pela seteira, observando os buracos que apareciam de repente no véu enrolado de fumaça, abertos, é claro, pela descarga de estriladores que eram despejados das posições de Tevanne.

Nem se deu ao trabalho de cobrir a cabeça ou o pescoço. *Afinal de contas*, pensou, *se um desses cair perto de mim, vão achar minha cabeça de um lado do forte e meu pescoço do outro.*

As lanças de metal ardente foram derramadas sobre Grattiara. Berenice contou quase duas dúzias delas antes de desistir. A maioria errou feio, esmagando-se contra o chão longe do campo de refugiados; outras ultrapassaram totalmente a fortaleza e mergulharam no mar; mas algumas atingiram o alvo, colidindo com as muralhas da fortaleza, descendo em arco para dentro da cidade ou, o pior cenário, rasgando o campo de refugiados enquanto as pessoas indefesas gritavam.

Poeira e pedaços de pedra choveram sobre as paredes da torre. Alguns vazaram pelas seteiras em torno de Berenice, lâminas estreitas de estilhaços espirrando dos dois lados dela.

Filhos da puta, pensou Berenice. *Seus filhos da puta...*

<*Contei quàtro acertos,* Capo>, disse a voz distante de Vittorio. <*Podia ter sido muito pior.*>

<*Sim*>, concordou Berenice. <*Mas tem muito mais vin...*>

Outra explosão de gritos inumanos. Mais estriladores vazaram pela parede de fumaça que se espalhava; esses pareciam ainda mais desgovernados, a maioria passando completamente reto pela cidade.

<*Como assim?*>, exclamou Claudia, achando graça. <*No que estão atirando?*>

A resposta veio quando um estrilador se chocou contra o lado superior direito do forte do governador e o atravessou, perfurando o outro lado para despencar, num trajeto retorcido, na face sul da fortaleza.

Berenice observou com horror, atônita, enquanto o forte se mantinha inteiro por alguns segundos; e por fim, muito lentamente, a metade direita da estrutura desabou totalmente.

<*Merda*>, disse Claudia baixinho. <*Bom, espero que tenham tirado todo mundo de lá.*>

<*Estou mais preocupada com as muralhas,* Capo>, falou Diela. Sua voz tremia. <*Hum, embora as defesas do forte estivessem muito desatualizadas, certamente eram mais avançadas do que as muralhas da fortaleza... estas onde a gente está posicionado agora.*>

Outra explosão de gritos. Mais estriladores choveram sobre a cidade-fortaleza. Muitos rasgaram as muralhas externas, depois as muralhas internas, e por fim caíram em meio às casas da cidade, que prontamente explodiram em chamas.

Berenice olhou horrorizada enquanto os incêndios irrompiam bem no meio da cidade. Nunca imaginara que Tevanne conseguisse se tornar tão precisa com tamanha rapidez.

Devem ter conseguido inserir discos num número suficiente de hospedeiros aqui, pensou ela. *Estão enviando o que veem de volta para Tevanne, ajudando-a a atingir o alvo.*

Pensou em tentar rastrear os hospedeiros, purgá-los ou matá-los para inutilizar os espiões de Tevanne; mas sabia que isso seria muito difícil, demoraria muito, e Tevanne provavelmente já obtivera os dados de que precisava.

Todas essas pessoas vão morrer aqui, pensou. *E nunca mais verei San. Nunca mais.*

Outra explosão de gritos, outra série de erupções devastando a terra. Um trecho da muralha oeste desabou como se fosse feito de palha. O ar dançou, cheio de poeira, e o vento ficou quente.

Que diabos vamos fazer? Que diabos vamos fa...

Então ouviu uma voz, distante, mas muito clara:

<*Ber! Ber!* BER*!*>

Ela se aprumou, ouvindo as palavras que tomavam forma no fundo de sua mente.

<*Sancia?*>, perguntou.

<*Sim!*>, gritou sua esposa. <*Que* diabos *está acontecendo?*>

Berenice se sentou na muralha, com a cabeça girando, e se perguntou como expressar em palavras que um exército tevannense aparentemente brotara do nada e agora atravessava as defesas antiquadas de Grattiara feito um furão-da-areia invadindo um galinheiro.

Então se deu conta de que havia maneiras mais fáceis de explicar tudo isso.

Fechou os olhos.

<*San*>, sussurrou. <*Abra uma trilha até a minha mente. É o jeito mais rápido.*>

<*Sim*>, disse Sancia. <*Um segundo...*>

Berenice respirou fundo e logo sua mente ficou repleta dos pensamentos de Sancia.

◆◆◆

De todos os fenômenos que haviam surgido desde o advento da duplicação de mentes, o "entrilhamento" era o mais difícil de definir.

À primeira vista, até que parecia bastante simples. Assim como colegas de longa data (ou casais, amigos, pessoas que dividem uma casa e outros) podiam naturalmente acabar entendendo as perspectivas e os estilos de pensamento uns dos outros, o "entrilhamento" entre pessoas duplicadas produzia o mesmo efeito. Simplesmente fazia com que dessem um passo adiante, de modo que, em vez de apenas usar as experiências acumuladas sobre um colega ou amigo para prever o que ele faria, podia-se sentir as escolhas dele acontecendo *conforme ocorriam*, como se fosse uma memória do presente se manifestando de forma abrupta na cabeça dela.

Quanto mais tempo você passava com alguém e quanto mais o relacionamento entre vocês se desenvolvia, mais próxima e profunda tornava-se a trilha até essa pessoa. A equipe de Berenice treinara de forma específica para permitir isso, construindo a confiança e o consentimento até que qualquer um dos membros conseguisse deslizar para trás dos olhos dos outros e observar o mundo se desenrolar, permitindo que informações e ideias fossem compartilhadas instantaneamente, apesar de uma separação física de metros ou quilômetros.

Mas o treinamento só funcionava até certo ponto. Depois disso, o entrilhamento mais profundo com alguém só seria possível se o relacionamento entre as duas pessoas estivesse estabelecido e fosse genuíno. Quando alguém abria uma trilha para uma pessoa assim, alguém que conhecia, que amava, a experiência era muito diferente.

Alguns a comparavam a recordar um sonho maravilhoso que se teve várias noites antes; outros, ao despertar de um sono profundo. Mas Berenice sempre dissera que a sensação era como a de voltar a um lugar adorado e não visitado havia muito tempo, onde, no instante em que você atravessava a porta e sentia os aromas familiares, e as tábuas do assoalho debaixo dos pés descalços, e via os grãos de poeira dançando à luz do sol, todas as milhares de memórias construídas nesse lugar desabrochavam de uma vez.

E, mesmo agora, conforme o cerco apertava em torno de Grattiara, foi essa a sensação quando Berenice abriu a trilha até sua esposa: uma erupção repentina e descontrolada de alegria, de clareza e de segurança conforme despencava para dentro da consciência de Sancia, esse mundo impreciso, movimentado e bagunçado de impulsos e reações, em que tudo era desleixado, pejorativo e impulsivo. De muitas maneiras, ela era o completo oposto de Berenice, e era por isso, talvez, que Berenice a amava tanto.

Eu sei quem eu sou, pensou ela conforme os pensamentos da esposa se derramavam dentro dos dela, *porque sei quem é você.*

<*Chega de sentimentos, garota!*>, cortou Sancia. <*Deixe-me ver o que você está vendo.*>

Por estarem entrilhadas de forma tão próxima, ambas folhearam imediatamente todas as memórias do que acontecera na ausência uma da outra, horas de informação intercambiadas numa fração de segundo. Havia pouca coisa que Berenice pudesse absorver (na maior parte do tempo, Sancia apenas esperara com impaciência dentro da *Nau-chave*), mas Sancia viu muita coisa, do que acontecera com o filho do governador até a primeira descarga de estriladores.

<*Outra Noite Shorefall*>, sussurrou Sancia, horrorizada. <*Tantas pessoas presas em um único lugar enquanto Tevanne incendeia o mundo ao redor delas...*>

<*Sim*>, confirmou Berenice.

<*Como diabos esse negócio chegou aqui tão rápido? Como fez um exército inteiro aparecer do nada?*>

<*Não faço ideia*>, confessou Berenice.

Sentiu Sancia conscientemente tentando triangular as posições de tudo o que Berenice vira, tudo de que ela conseguia se lembrar, estimando a distância entre Berenice e a *Nau-chave*, e entre Berenice e a força tevannense ao longe...

<*Se segura, amor*>, murmurou a voz de Sancia. <*A gente vai tirar você dessa.*>

Então a trilha se desvaneceu, a sensação e a proximidade de Sancia desapareceram, e Berenice estava agachada na parede da torre, tentando respirar em meio à fumaça e à poeira.

<*Clave!*>, disse a voz de Sancia. <*Disparos de mergulha-fogo a nor-noroeste, mergulhando para atingir um ponto...*>

<*Que fica entre nove e dez quilômetros para o interior*>, completou a voz de Clave. <*Sei, sei, sei. Entendido.*>

E então o ar se encheu de gritos novamente, mas esses vinham de outra direção, do leste, de trás de uma das colinas costeiras onde a *Nau-chave* estava posicionada.

Berenice saltou até uma das seteiras da torre e observou uma tremenda rajada de estriladores que se erguia do mar mais abaixo, fazendo um arco no céu e desaparecendo atrás da cortina de fumaça do incêndio. De repente, mais uma descarga de estriladores disparou para cima, depois outra e mais outra.

Ela se perguntou até que ponto as estimativas deles tinham sido precisas. Os "mergulha-fogo" eram um tipo diferente de estrilador, projetado para subir e depois, no ápice de sua parábola, de repente acreditar que era mais pesado (um pouco ou muito, com base no ângulo da trajetória) e mergulhar de volta para a terra, atingindo um alvo específico.

Era uma forma imprecisa de guerra, e a maioria das pessoas era ruim na hora de conduzi-la. Mas Clave sempre fora extraordinariamente preciso ao disparar os mergulha-fogo da *Nau-chave*, provavelmente porque, é claro, Clave não era uma pessoa. Berenice sempre soubera disso, é claro, mas parecia diferente saber disso enquanto Clave controlava um galeão de casa comercial com quase cem metros de comprimento, abastecido com munição suficiente para destruir uma pequena ilha.

Explosões e sons de coisas desabando ecoaram, vindos de trás da fumaça ao longe, um depois do outro, um trovão que se propagava sem parar subindo a estrada até o passo da montanha, até que finalmente foi parando.

Berenice sentiu que os membros de sua equipe prendiam a respiração, olhando para o norte, atentos à muralha de fumaça, esperando para enxergar. Então o vento mudou muito de leve, espalhando um pouco a fumaça.

Com esforço, conseguiram discernir um trecho de vegetação rasteira enegrecido e em chamas a uns dez quilômetros dali, quase exatamente onde a artilharia de Tevanne se posicionara, aos pés das montanhas.

<*Isso!*>, gritou Vittorio. <*Isso, isso, isso!*>

<*Graças a Deus*>, suspirou Claudia. <*Graças a Deus todo-poderoso...*>

<*Sim*>, falou Berenice com voz fraca. <*Parece ter sido um disparo perfeitamente controlado.*>

<*Vocês ainda não estão fora de perigo*>, disse Sancia. <*Ainda tem um número gigantesco de hospedeiros avançando para a cidade. Mas a artilharia não vai ser motivo de preocupação por um tempo. Ber... viu alguma morta até agora?*>

<*Nenhuma lâmpada-morta até agora, Sancia*>, intrometeu-se Diela.

<*Mas alguma deve estar vindo*>, previu Berenice. Fechou os olhos, recordando o layout da cidade, da baía e dos incêndios mais além. <*San, Clave... mandem as chalupas para a cidade agora. Vamos abrir os portões e mandar que esse pessoal entre na cidade e desça até os píeres o mais rápido que conseguirmos. Enquanto isso, façam a* Nau-chave *sair daí logo. Ela é alvo fácil para uma lâmpada-morta. Só tenham cuidado para ficar dentro do raio de duplicação. Diela?*>

<*Aqui,* Capo>, respondeu a garota.

<*Você abre os portões, mas não se esqueça de monitorar o seu dispositivo de lâmpada-morta. Vittorio... fique a postos acima dos portões e grite para que todo mundo entre em fila única e de um jeito ordeiro, e que qualquer um que começar a empurrar vai ser morto ali mesmo.*>

<*Caramba*>, disse Vittorio. <*Sério mesmo?*>

<*Diga isso para eles, sério, mas não é para fazer de verdade!*>, respondeu Berenice. <*Só não quero que metade dessas pessoas morra pisoteada.*>

<*Isso tudo é muito divertido, Ber*>, observou Clave. <*Ameaças de morte, pisoteio e tal. Mas, quando a lâmpada-morta chegar... O que a gente vai fazer? E, por favor, não me diga que a gente vai tentar a mesma merda maluca da outra vez.*>

<*De fato, vamos tentar a mesma merda maluca da outra vez*>, confirmou Berenice. <*E isso não está sujeito a debate.*>

Clave gemeu.

<*Ah, inferno.*>

Sancia, notou Berenice, continuava em silêncio, mas ela sentia uma curiosa desaprovação brotar nos pensamentos da esposa. Isso a incomodava, mas Berenice sabia que agora não era hora de discutir isso, especialmente não quando toda a equipe conseguia ouvir.

<*Claudia?*>, chamou Berenice.

<*Aqui*, Capo>, respondeu Claudia.

<*Afaste-se das muralhas externas*>, ordenou Berenice. <*Vá para o lado oeste da cidade e prepare-se. A lâmpada-morta provavelmente vai seguir direto para a* Nau-chave, *no lado oeste da fortaleza. Só não deixe de ter uma boa linha de visão para o norte.*>

<*Confirmado, Ber*>, disse Claudia e suspirou. <*Há uma galeria ao lado dos píeres que deve funcionar bem.*>

<*Ótimo. Carregue um disco-trilha para Clave, para quando a lâmpada chegar. Vamos dispará-lo nela, Clave deve ser capaz de usar essa conexão para assumir o controle. Vou tomar posição nos telhados mais abaixo. Alguma pergunta?*>

Fez-se um silêncio tenso e cansado.

<*Então vamos indo*>, concluiu Berenice.

Descarregou as flechas-padrão de sua espringal, carregou outro tiro de linha e depois correu para fora, examinando os telhados dentro da fortaleza. Avistou uma guarita no canto de uma das muralhas internas e achou que era um bom local, mirou e atirou.

O tiro de linha atingiu o alvo e, mais uma vez, Berenice foi lançada para a frente, voando sobre os telhados da cidade--fortaleza.

<*Tem certeza de que quer tentar isso?*>, sussurrou a voz de Sancia em sua mente.

<*Tevanne é um dispositivo*>, argumentou Berenice enquanto voava. <*Podemos usá-lo. Quebrá-lo.*>

<*Mas Tevanne aprende*>, lembrou Sancia. <*Você e Clave já fizeram isso antes. O negócio vai se lembrar. Vai esperar essa abordagem.*>

<*Você está preocupada comigo?*>, perguntou Berenice. Veio o lampejo de uma imagem em sua mente: uma chave de ouro, aninhada junto ao *lexicon* da *Nau-chave*. <*Ou com outra pessoa?*>

<*Estou preocupada com vocês dois. Com essas pessoas. Com todo mundo, caramba!*>

Berenice ergueu as botas ao desacelerar, apertou-as contra a lateral da guarita e ativou os discos adesivos, ficando pendurada ali feito um morcego-de-focinho-branco.

<*Não é isso que você faria, meu amor?*>, perguntou Berenice. <*Acrobacias, dispositivos radicais e entrar com tudo usando Clave?*>

<*É verdade*>, disse Sancia, um pouco enfezada. <*Mas olha aonde a gente foi parar com tudo isso.*>

Berenice escutou Vittorio gritando. Olhou para trás e viu os portões externos abertos, as centenas de refugiados entrando. Não conseguia ouvir o que ele gritava, mas deve ter sido o suficiente para intimidá-los: embora muitos chorassem de terror, caminhavam cuidadosamente em fila, como crianças brincando de siga o mestre.

A coisa está indo bem, disse a si mesma. *Estamos tirando esse pessoal daqui, vamos conseguir tirá-los...*

Então ouviu a voz trêmula de Diela:

<Capo?>

Berenice entendeu só pelo tom de voz dela.

<*Está aqui.*>

<*Sim.*>

<*Deixe-me entrilhar até você.*>

Fechou os olhos e, num lampejo, estava dentro de Diela, agachada nas muralhas acima das pessoas que passavam pelos portões, olhando para o dispositivo detector preso à pedra.

O pião preto agora flutuava a três centímetros do disco.

Cada meio centímetro, pensou Berenice, *significa que o negócio se aproximou um quilômetro e meio.*

Ficou observando enquanto o pião girava cada vez mais alto, e o espaço entre o disco e o pião crescia cada vez mais.

Berenice soltou a trilha que ia até Diela. Abriu os olhos e respirou fundo.

Inferno fedegoso, pensou. *Aqui vamos nós.*

• 2

Berenice olhou para o céu esfumaçado ao norte. Seu estômago revirou, o coração palpitou e os gritos dos refugiados diminuíram, até que o cerco se tornou um gemido distante. Ela só observava, imóvel, congelada, enquanto se pendurava na parede.

Lá vem, pensou. *Lá vem, lá vem...*

De início, ela não enxergou nada; depois, percebeu uma centelha na fumaça distante e algo a atravessou.

Por um breve momento de pânico, Berenice pensou que fosse algo em forma de homem: uma figura sombria, sentada no ar, navegando pelo céu. Seu coração disparou e ela pensou: *É ele! Ah, meu Deus, é ele!*

Mas depois caiu em si e viu que não era um homem: na verdade, era uma pequena mancha escura cruzando o horizonte em direção a eles, como uma minúscula nuvem negra. Sua aproximação foi silenciosa, serena, anormalmente perfeita para um objeto em voo. Berenice sentiu o pulso acelerar só de vê-la.

<*Ah, meu Deus*>, sussurrou Diela. <*Ah, meu Deus...*>

<*Calma*>, pediu Berenice. <*Calma, calma. Todos fiquem calmos.*>

Mas ela sabia que dizia isso tanto para si mesma quanto para qualquer outra pessoa. Como é possível ficar calmo quando uma coisa dessas se aproxima de você?

Como sempre, a aparência da lâmpada-morta era simples, mas bizarra: lembrava um tijolo de ferro vazio, opaco, suspenso no ar, com cerca de quinze metros de largura e comprimento por três de altura. Não havia janelas, armas nem qualquer interrupção visível em sua superfície: apenas um retângulo limpo, desnudo e preto com um brilho vagamente metálico, rasgando os céus.

A lâmpada-morta chegava cada vez mais perto. À medida que se aproximava, o mundo de repente parecia rarefeito, como se houvesse uma fumaça invisível e nociva nos ventos.

Berenice sentiu o terror tomar conta de sua equipe. Não podia culpá-los. Ela mesma encontrara lâmpadas-mortas apenas algumas vezes, e cada confronto havia sido horrível. O pior era saber que ninguém entendia muito bem como elas faziam o que faziam: apesar de anos de esforço, as lâmpadas-mortas continuavam sendo um mistério até para os melhores especialistas em inscrições de Giva.

<*Claudia? Qual é a situação?*>, perguntou Berenice.

<*Não tenho chance de acertar*>, sussurrou Claudia. <*Está muito longe e, mesmo que não estivesse, está se movendo muito rápido.*>

Observaram enquanto a lâmpada-morta se aproximava; não exatamente acelerando na direção deles; era mais como se caísse do céu rumo à cidade.

<*Estou enviando as chalupas para o cais agora*>, sussurrou Clave. <*Vamos começar a tirar essas pessoas daqui. Enquanto isso, vou deixar a* Nau-chave *com Sancia. Porque, hã, tenho a sensação de que vou ficar ocupado com outra coisa, certo?*>

<*Correto*>, concordou Berenice.

<*Mas tenho de perguntar... e se sua garota errar?*>, indagou Clave.

<*Eu não erro, cuzão*>, respondeu Claudia.

<*De qualquer forma, todos nós temos discos para você*>, falou Berenice de má vontade. <*Portanto, temos sobressalentes... mais ou menos.*>

Ela enfiou a mão no bolso, apenas para confirmar que seu próprio disco para Clave estava ali. Clave possuía poderes tremendos sobre qualquer equipamento inscrito, mas somente quando os tocava. No entanto, como a tirinha de metal agora acreditava que estava tocando Clave, quando Berenice aplicava a pequena peça a qualquer equipamento inscrito, Clave podia atacar, manipular e dominar esse equipamento por meio da conexão.

O que incluía uma lâmpada-morta.

Ou pelo menos ele tinha feito isso uma vez.

Observou enquanto o tijolo preto flutuava.

<*Claudia?*>, perguntou ela.

<*Não tenho chance ainda*>, respondeu Claudia. <*E... merda, está diminuindo a velocidade.*>

<*Como é que é?*> Berenice puxou a própria luneta e estudou a lâmpada-morta.

Claudia estava certa: o objeto ia mais devagar; depois, parou abruptamente a quase dois quilômetros e meio dos arredores das muralhas da cidade. Então pairou lá no céu, negando indiferentemente toda a física.

<*Muito longe para um tiro*>, disse Claudia. <*Merda. Achei que fosse direto para a* Nau-chave.>

<*O que diabos ela está fazendo?*>, sussurrou Vittorio.

Observaram a lâmpada-morta, que continuava sem fazer nada.

Então, Clave sussurrou:

<*Ela aprendeu.*>

<*O quê?*>, perguntou Berenice.

<*Da última vez, em Piscio, nos desesperamos e atiramos nessa coisa com um disco para mim, né?*>, disse ele. <*Eu a congelei e você pulou a bordo.*>

<*Certo...*>, concordou Berenice.

<*Tevanne está mantendo distância*>, concluiu Sancia, severa. <*Ficando fora do alcance para não podermos mexer numa de suas lâmpadas-mortas.*>

<*Certo*>, disse Clave.

Berenice sabia exatamente o que Sancia estava dizendo: *Em outras palavras, eu estava certa.*

Ela estreitou os olhos enquanto espiava pela luneta, fitando o grande tijolo preto flutuando no céu.

<*Então, Tevanne vai deixá-la flutuar fora de nosso alcance e nos observar evacuar todas essas pessoas?*>, perguntou Vittorio.

De repente, uma ideia começou a se formar na mente de Berenice, e sua barriga se encheu de um horror frio e terrível.

<*Não*>, sussurrou ela. <*Ela vai nos provocar. Fazer com que a gente aja primeiro.*>

<*Provocar de que maneira?*>, perguntou Claudia.

Como em resposta, a lâmpada-morta se moveu.

Acelerou para o oeste, cortando os céus, ainda tão silenciosa e estranhamente imaculada. Aproximou-se, ficando talvez a um quilômetro e meio das muralhas orientais... e as coisas começaram a mudar.

Primeiro, Berenice sentiu o enjoo na barriga, como se uma faca gelada deslizasse por suas entranhas. Depois, aquela perturbadora estreiteza do mundo aumentou, e ela teve a sensação louca e incômoda de que toda a realidade era tênue e sem substância, como um esboço nebuloso feito a giz numa lousa engordurada.

A náusea se acumulou em sua barriga e subiu para a garganta. Ela sabia o que era: quando uma lâmpada-morta despertava e começava a exercer seus privilégios, o próprio tecido da realidade não tinha certeza sobre o que estava acontecendo ou não.

Uma memória fantasma: um homem de preto no escuro, sua máscara brilhando na luz fraca, a cabeça girando lentamente para uma posição inclinada...

Não pense nele. Não pense nele...

— Ah, não — disse ela.

Olhou para o leste e viu que o ar brilhava estranhamente, tremendo como as areias do deserto sob o sol brutal.

Depois, as muralhas orientais da fortaleza desapareceram.

Berenice conseguiu ver o dano apenas por um momento fugaz: as muralhas e a terra abaixo delas simplesmente *desapareceram*, um pedaço curiosa e perfeitamente esférico do próprio mundo deletado num instante. Conseguia ver a cratera deixada para trás, isso se "cratera" fosse a palavra certa, já que nenhum projétil jamais poderia causar um impacto tão perfeitamente arredondado, e podia enxergar as bordas bem truncadas das pedras se projetando por meio da terra arredondada, as estrias coloridas de camadas sobre camadas de rocha expostas como as entranhas de uma torta após alguém pegar uma fatia.

Berenice observava como minúsculos pontos caíam na abertura escancarada. Lentamente, percebeu que eram pessoas.

Notou que os campos além dos muros estavam repletos de refugiados, todos se empurrando para entrar nos portões de Grattiara; a lâmpada-morta, sem dúvida, havia apagado centenas deles da realidade.

— *Não!* — gritou em voz alta.

Então, veio o trovão: um estrondo enorme quando todo o ar entrou para preencher a lacuna que ficou para trás depois que a lâmpada-morta eliminara um pedaço considerável da atmosfera. Uma parede de poeira e terra se ergueu e cobriu Grattiara. Berenice teve de fechar os olhos e se virar.

O mundo tremia ao redor dela. A cidade inteira gritava. Berenice estava vagamente consciente da própria cabeça se enchendo com os gritos de sua equipe e os de Sancia e Clave na *Nau-chave*.

<*Inferno fedegoso!*>, gritou Vittorio. <*Buraco fedegoso do inferno!*>

<*Alguém podia atirar nela!*>, berrou Sancia. <*Atirar nela com estriladores!*>

<*Não adiantaria merda nenhuma e você sabe disso!*>, respondeu Clave. <*Ela acabaria com a existência dos estriladores antes que a atingissem, e, se eu errasse, atingiria aquelas pessoas lá embaixo!*>

<*Não tenho chance*>, dizia Claudia, num tom abalado de devaneio. <*Eu não... não tenho chance. Poderia chegar perto, chegar mais perto, mas... levaria tempo, Ber, tempo para me preparar de novo... Deus, Deus...*>

O redemoinho de poeira morreu ao redor de Berenice; ela se sentou e olhou para o leste, para a lâmpada-morta.

O objeto flutuava lentamente para o oeste, ao longo das muralhas.

Isso vai acabar com a existência de todo o campo de refugiados, pensou. *Vai destruir as muralhas peça por peça. Matar todas as pessoas que viemos salvar.*

Ela sabia que as lâmpadas-mortas demoravam algum tempo para se recuperar após uma edição tão significativa, mas não demoraria muito para que pudesse fazer outra alteração. Puxou sua espringal e observou as muralhas com a luneta, pensativa.

É longe, mas talvez eu possa chegar em dois tiros, cogitou. *Posso chegar lá em dois tiros de linha... E então talvez eu consiga... consiga carregar o disco-trilha de Clave na minha espringal e... e...*

Era muito tempo, ela sabia. A lâmpada-morta poderia apagar mais cem pessoas até então.

Depois, uma curiosa quietude recaiu sobre sua mente. Uma coisa que ela sentira antes, quando alguém com quem era duplicada lentamente fazia uma escolha terrível; então, percebeu quem era.

— Não — sussurrou.

Ela vislumbrou os portões de Grattiara com a luneta e, através da poeira e da fumaça, viu Vittorio, olhando calmamente para ela, do outro lado da cidade.

<*Eu posso chegar lá em um tiro de linha,* Capo>, disse ele de modo suave. <*Estou perto. Posso dar o tiro.*>

<*Não!*>, vociferou Claudia. <*O alcance da sua espringal significa que você precisaria estar no trecho mais próximo da muralha para ter alguma chance de acertar! O pedaço que ela certamente vai apagar da existência* a seguir!>

Berenice ficou em silêncio enquanto pensava. Abaixou sua espringal e olhou para os telhados da cidade, calculando o mais rápido que podia.

<Capo?>, perguntou Diela com voz baixa. <Capo, *você está aí?*>

Berenice olhou para baixo. O rio de gente gritando ainda corria pela cidade, debandando para as chalupas.

Quantos?, pensou Berenice. *Quantos sobraram? Quantos vão conseguir?*

<*Estou indo,* Capo>, disse Vittorio. <*Vou fazer isso.*>

Berenice engoliu em seco.

<*Então vá*>, disse.

Observou enquanto Vittorio levantava a própria espringal, atirava e começava a navegar para o leste sobre a cidade.

Ela fez o mesmo, erguendo o próprio tiro de linha e disparando para o leste, sendo lançada para a frente pela armadura em direção a uma pequena torre ao sul das muralhas. Ela se esforçou para se controlar, para se concentrar, para pensar.

<*Clave*>, chamou. <*Quanto tempo você levará para controlar a lâmpada-morta?*>

<*Muito tempo*>, respondeu ele. <*É muito mais difícil tomar conta dela de fora que de dentro. Ela vai ter tempo para mais uma edição, Ber. Talvez eu consiga fazer a edição diminuir ou enfraquecer, mas... provavelmente não vou conseguir barrar o negócio totalmente.*>

— Inferno fedegoso — sussurrou ela enquanto voava. Depois chamou:

<*Diela?*>

<*Sim,* Capo?>, respondeu a garota.

<*Afaste-se das muralhas, depois prepare um tiro de linha. Mire no Vittorio. No segundo exato em que ele atirar na lâmpada-*

-morta, atire nele. Se acertar, o tiro de linha deve puxá-lo para longe do... do que diabos a lâmpada-morta for fazer>, ordenou Berenice.

<*S-Sim,* Capo>, murmurou Diela.

Berenice desacelerou ao se aproximar da torre. Olhou para cima e viu a lâmpada-morta ainda em movimento, ainda deslizando para o oeste, mas Vittorio pousava na muralha bem diante dela.

<*Claudia?*>, chamou Vittorio. <*Q-Quer abrir uma trilha até aqui, para me ajudar a dar o tiro?*>

<*Claro, filho*>, Claudia respondeu, com voz baixa. <*Só um... só um segundo...*>

Berenice desceu, ejetou seu tiro de linha e carregou outro. Ergueu a espringal, imaginando para onde ir em seguida, mas sabia que não deveria se mover, não até que a lâmpada-morta fizesse a edição. Seria uma grande tolice mergulhar na direção de outro prédio só para vê-lo desaparecer quando estivesse no meio do caminho.

Olhou para a lâmpada-morta. Ainda estava mudando de posição, ainda deslizava para o oeste, muito lentamente.

As vozes de Vittorio e Claudia falaram ao mesmo tempo, as palavras estranhamente sobrepostas umas às outras:

<*Não vou atirar até que pare. Não posso errar. Tenho de ter certeza.*>

Berenice não disse nada. Só esperou. Falar agora iria distraí-los de seu trabalho.

<*Estou pronto*>, sussurrou Clave. <*Estou pronto...*>

A lâmpada-morta continuou flutuando para o oeste...

E parou.

<*Disparando agora*>, Claudia e Vittorio disseram juntos.

Berenice pôde senti-los inspirar uma vez; senti-los pressionar o disco de disparo; senti-los soltar o ar e observar, pelos olhos de Vittorio, enquanto a pequena flecha com o disco de Clave era lançada em direção à lâmpada-morta.

O mundo ficou estreito. O ar começou a brilhar e tremer. Toda a realidade parecia estar se tornando bidimensional, desmoronando sobre si mesma...

<*Vittorio!*>, gritou Berenice.

O mundo estremeceu e oscilou.

<*Acertou!*>, gritaram Vittorio e Claudia juntos. <*Acertou!*>

<*CONSEGUI!*>, berrou a voz de Clave. Ele soou como se estivesse sob uma tensão tremenda. <*Eu ... FILHO DA PUTA, eu... eu...*>

O ar se contorceu. A própria gravidade na atmosfera parecia tremeluzir em direção ao sul.

<*ESTÁ VINDO!*>, gritou Clave.

<*Diela!*>, gritou Berenice. <*Tire-o de lá!*>

Ela abriu uma trilha dentro de Diela e assistiu através de seus olhos enquanto a garota manobrava a arma para avistar Vittorio, que estava de pé sobre a muralha no ar ondulante, com as mãos tremendo enquanto olhava pelas lentes da espringal.

Berenice soube imediatamente que Diela não estava pronta, não para essa manobra. Podia sentir isso nos pensamentos da garota, como se sentisse um nó de madeira defeituoso em uma tábua de carvalho e soubesse que não conseguiria aguentar o peso. Era demais, mentes demais entrando umas nas outras, toda a equipe num turbilhão de muita urgência, muito pânico, muita consciência sobre como tudo dependia dessa única decisão...

Diela pressionou o disco na espringal.

O tiro de linha foi lançado e arremessado para cima.

Saiu alto. Berenice sabia disso. Assim como Diela, assim como todos. Assistiram, consternados, enquanto a linha de tiro voava quase um metro acima de Vittorio, disparando sobre o campo de refugiados bem além de seu alcance de ativação.

<*Ah, não*>, lamentou Diela. <*Ah, não... ah, não...*>

Berenice soltou a trilha, levantou-se e olhou para Vittorio.

Ele estava de pé nas muralhas, olhando para a lâmpada-morta. Depois se virou e olhou para Berenice, o rosto parado numa expressão de incredulidade entorpecida.

O mundo ficou amolecido e confuso. Então, sem qualquer aviso, ele se foi, junto com meio quilômetro da muralha onde estava.

Todas as sensações e experiências de Vittorio que ela vinha recebendo inconscientemente (sua presença, sua perspectiva, sua consciência, sua energia), tudo escureceu, ficou em silêncio. Como uma lanterna encoberta ao longe, ele desapareceu.

Ela conseguia ouvir Diela gritando ao longe:

— *Não! Não! Não, não, não!*

Depois veio o trovão, a entrada súbita do ar; o mundo diante dela se encheu novamente de poeira e gritos, e ela não conseguiu ver mais nada.

◆◆◆

Berenice ficou pendurada nas muralhas, o corpo reverberando com o choque.

Não, não, ela pensou. *Ah, não, não...*

Ela sabia o que sua equipe também havia sentido: a confusão de Vittorio, sua perplexidade, sua morte.

E era morte. Muitas vezes antes Berenice estivera duplicada com pessoas enquanto morriam. Sabia como era sentir uma mente e uma alma passarem por aquela explosão repentina de silêncio e se apagarem.

Ela sentia Diela soluçando incontrolavelmente, sentia seu horror, a tristeza apocalíptica.

<*Sinto muito!*>, exclamou Diela. <*Não, não... Por favor, me desculpe, me desculpe!*>

Então, Claudia sussurrando distante:

<*Eu... eu estava nele quando ele morreu. Eu... eu estava entrilhando com ele quando morreu...*>

Berenice se esforçou para pensar. Sentiu-se entrando em muitas pessoas ao mesmo tempo: demasiadas visões das muralhas, das pedras, dos mares, das torres. Tornou-se difícil lembrar qual corpo era o dela, qual perspectiva, qual dor.

Estou perdendo localização, pensou ela. *Estou me perdendo.*

Esse era o perigo com mentes duplicadas, especialmente em estados de alta emoção: quando há muitos pensamentos e sentimentos acontecendo em meio a muitas pessoas, essas perspectivas se derramam em sua própria mente e você se perde. Foi exatamente o que ela os treinou para evitar; e agora, no momento mais crucial, ela estava falhando.

De repente, a voz de Sancia, muito suave:

<*Berenice.*>

Berenice piscou. Lembrou-se de qual par de olhos era o seu e piscou novamente.

<*Berenice*>, sussurrou Sancia. <*Você sabe o que precisa fazer, meu amor. E você sabe que não temos muito tempo.*>

Ela deu um longo, lento e profundo suspiro.

Lembrou-se de uma noite como esta: afundando nas águas negras, com os olhos bem fechados, sentindo os braços fantasmagóricos de Sancia ao seu redor, dissolvendo-se em pensamentos...

Calma, disse para si mesma. *Calma, calma...*

Engoliu em seco e começou a se mexer.

<*Clave*>, perguntou ela, soando rouca. <*Você conseguiu controlar a lâmpada-morta?*>

<*Mal e mal*>, gemeu ele. Parecia que estava enfrentando uma tensão tremenda. <*O casco faz parte desse negócio horroroso, mas não é o melhor ponto de acesso. Convencer essa coisa a não te tirar da maldita existência está... sendo um trabalho fedegoso do cacete...*>

<*Então vamos acabar com isso*>, sussurrou ela.

Soltou-se do telhado, ergueu a espringal e mirou na lâmpada-morta.

<*Vou tentar trazer o negócio para mais perto*>, disse Clave. <*Vê se não erra o tiro...*>

Berenice esperou até ter certeza de que a lâmpada-morta estava dentro do alcance da arma. Então, respirou fundo e atirou.

O tiro de linha disparou para cima, aderiu à lateral da lâmpada-morta, e Berenice partiu atrás dela.

Voou sobre as muralhas em ruínas; sobre Diela, ainda soluçando histericamente num trecho da muralha interna; sobre as aberturas gêmeas editadas na terra; sobre o lugar onde Vittorio estivera parado, apenas alguns segundos antes...

Berenice diminuiu a velocidade ao se aproximar da lâmpada-morta. Olhou para ela, as laterais elevadas, frias e negras, tão desnudas e estranhamente imaculadas. Berenice achava que Tevanne não tinha mais um corpo de verdade, mas centenas de corpos, se não milhares ou milhões deles; no entanto, sempre identificara as lâmpadas-mortas como emblemas de seu inimigo, a manifestação antinatural e irreal de uma vontade totalmente estranha ela.

Mas, embora parecesse irreal, era bastante sólida. Suas botas aderiram à lateral do objeto, e ela saltou para a parte superior do tijolo preto, flutuando centenas de metros acima do mundo enfumaçado e esburacado de Grattiara. Olhou por cima da borda, observando o norte. O exército de hospedeiros estava agora a pouco menos de um quilômetro e meio das muralhas, ainda que, nesse momento, estivesse se segurando, ciente de que havia perdido o controle da lâmpada-morta.

<*Está ótimo*>, disse Clave, apesar de parecer exausto. <*Ber, eu... eu vou abrir o topo dessa coisa. Você está pronta?*>

<*Tão pronta quanto poderia estar.*>

<*Tudo bem. É... é um inferno lá dentro. Aí vai.*>

Em seguida, houve um estalo, um silvo, e um painel no topo da lâmpada-morta se abriu. E, então, os gritos começaram.

Berenice se encolheu quando os gritos irromperam de dentro da lâmpada-morta, uivos selvagens, insanos, de dor e desgraça. Então o cheiro a atingiu: o cheiro de podridão, de urina, de merda, de lixo.

Deus, eu odeio isso, pensou enquanto caminhava para a abertura no topo da lâmpada-morta. *Deus, Deus, como eu odeio fazer isso.*

Olhou para baixo, dentro da lâmpada-morta, e empalideceu.

Três dúzias de pessoas lá dentro responderam ao seu olhar, pessoas de olhos vazios, bocas apodrecidas, fedorentas e abertas enquanto balbuciavam e gritavam. Todas elas estavam amarradas a cadeiras colocadas no chão da lâmpada-morta, pés, braços e peitos presos. Tinham cabelos grisalhos, pareciam anciões, mas também pareciam mutantes ou deformados, os crânios, nós dos dedos e ombros estranhamente salientes, como se alguém tivesse removido um osso aqui ou ali por capricho.

<*Hora de fazer aquela coisa de hierofante, Ber*>, disse Clave. <*E transformar o mundo.*>

<*Eu sei*>, concordou Berenice. Ela mudou de posição para se sentar na borda da escotilha.

<*É difícil*>, sussurrou Sancia em sua mente. <*Mas é o único jeito.*>

<*Eu sei*>, disse.

Deixou-se cair dentro da lâmpada-morta.

• 3

A arte da inscrição sempre se dividira em duas áreas muito distintas.

Havia o que Berenice e seus compatriotas consideravam como inscrições convencionais, por meio das quais se podia convencer objetos ou materiais do cotidiano a desobedecer à realidade escrevendo argumentos elaborados sobre eles, que invocavam outros argumentos e definições para apoiar esse objetivo, todos armazenados num *lexicon*. Essa era a arte da inscrição com a qual Berenice havia crescido: a indústria que formara o império da Tevanne Antiga administrara fortalezas como Grattiara e permitira que as casas mercantes dominassem o mundo inteiro.

Mas havia os "comandos profundos", que permitiam fazer uma mudança repentina, abrupta e inexorável na própria realidade, uma edição tão rápida e completa que o mundo nem sabia que havia sido alterado.

Mas os comandos profundos tinham um preço: a vida humana.

Vidas humanas dispensáveis geralmente não eram abundantes, entretanto. Antigamente, os hierofantes, os primeiros inscritores, superavam esse obstáculo criando ferramentas que distorciam a transição da vida para a morte. Ao inserir uma alma dentro de uma ferramenta, como Clave (uma vida arrancada de seu corpo ao bater da meia-noite e presa dentro de uma arma, um instrumento ou um dispositivo), poderiam capturar um comando profundo no interior desse objeto e invocá-lo várias e várias vezes, sem limite nenhum.

Mas, durante as guerras das inscrições, a coisa que se chamava Tevanne aprendeu uma técnica muito mais simples e muito mais horrível.

Tevanne percebeu que, se você não se importasse em pagar um novo preço a cada edição, não precisaria se preocupar em capturar um comando numa ferramenta ou num dispositivo. Você simplesmente precisava da vida *em geral*: roubando dias, meses ou anos de uma pessoa, poderia impor um novo comando à realidade sempre que quisesse.

É claro que isso tinha suas próprias restrições. Cada vez que fazia uma edição, Tevanne consumia a vitalidade de sua vítima como a chama que queima uma vela barata, envelhecendo-a ou matando-a instantaneamente.

Mas, claro, isso não importava se você tivesse à mercê toda uma população para usar como combustível.

◆◆◆

Berenice caiu no ar fétido, ignorando as pessoas enlouquecidas e ululantes ao seu redor. Avançou, ciente de que o chão estava escorregadio com merda, urina e incontáveis outras excreções. Um ancião tentou atacá-la, sua língua se contorcendo na boca negra. Ela o contornou com cuidado, encolhendo-se ligeiramente quando a saliva dele atingiu seu pescoço e sua bochecha. Em seguida, um uivo agudo de uma criatura encolhida, semelhante a um anão, talvez uma criança que envelhecera cinquenta anos a partir do uso de um único comando.

Talvez seja melhor que morram, pensou ela. *Talvez seja melhor.*

<*Eu sei que você não pensa isso*>, disse Sancia. <*Seja forte, Ber.*>

Ela avistou um dispositivo circular de bronze no centro da lâmpada-morta e o reconheceu imediatamente: o console hierofântico, colocado ali ao lado do dispositivo de gravidade que mantinha aquilo tudo flutuando.

Eu só fiz isso uma vez antes. Continuou indo até o console, desviando das pessoas que guinchavam. *Mas como odiei... como eu odeio ter feito isso, mesmo agora.*

<*Vá em frente, Ber*>, sussurrou Clave, com cansaço. <*Eu só preciso entrar no coração desse horror, depois podemos fazer nossas próprias edições. Vou purgar todo o exército. Vamos salvar todos eles de uma vez.*>

Ela sabia disso, claro. Mas sabia que ir em frente e realizar tal edição quase com certeza mataria as pessoas a bordo da lâmpada-morta.

Deslizou para fora seu disco-trilha para Clave; depois, fez uma pausa e olhou em volta para todos os anciões desgraçados gritando ao seu redor.

— Sinto muito — disse.

Levantou a tira de metal duplicado acima do console.

Não sou como Tevanne, pensou ela. *Não sou.*

E abaixou o metal.

◆◆◆

O interior da lâmpada-morta mudou instantaneamente; ou, pelo menos, mudou do ponto de vista de Berenice.

Ela sentiu Clave ocupando várias posições no espaço ao mesmo tempo: aqui na lâmpada-morta, lá na *Nau-chave*, no *lexicon* e ao lado de Sancia. Era como se todos esses espaços estivessem sobrepostos uns aos outros, e ela conseguisse sentir Sancia de pé atrás dela e também o próprio Clave ali na lâmpada-morta, discutindo com aquela coisa terrível, ponto por ponto. Até chegou a pensar que conseguia *ver* Sancia na escuridão, o cabelo curto grisalho brilhando na luz pálida.

<*Quase pronto*>, sussurrou Sancia. <*Quase...*>

Então, ouviu Clave começar.

Ele argumentou com o console hierofântico, insistindo que deveria fazer uma mudança muito simples: que os discos duplicados implantados em todos os corpos dos hospedeiros abaixo dele não fossem de metal, mas de água.

<*Nada incomum, em outras palavras*>, afirmou Clave ao console. <*Você sabe... Coisas que você já fez antes.*>

<*EU... TENHO CERTEZA DE QUE NÃO FIZ ISSO*>, disse o console. <*NÃO AGORA, NÃO NESTE ESTADO.*>

A voz dele. Era parecida com a de Gregor, só um pouco... e também com a *dela*, com a de Valeria, chapada, sem tom e curiosamente artificial...

<*Mas quando?*>, perguntou Clave. <*Quando você não fez essas coisas?*>

<*SEMPRE. ISSO É SABIDO.*>

<*Mas você pode confirmar que não fará essas coisas em algum ponto no futuro?*>

Uma longa pausa.

<*EU... O QUÊ?*>

<*Você está ciente de um ponto futuro em que essas alterações não foram realizadas por você?*>

<*É... É IMPOSSÍVEL DIZER...*>

<*Você quer dizer que não sabe?*>

<*EU... BEM...*>

<*Tem certeza de que este momento também* não é *um dos pontos no futuro em que você* não *faz essas alterações?*>

<*QUEM... ESPERE. NÃO É... UM MOMENTO EM QUE EU NÃO... O QUÊ?*>

Mesmo naquele lugar terrível, Berenice teve de sorrir. O console da lâmpada-morta era uma ferramenta hierofântica, aproveitando a vida para editar o mundo diretamente; portanto, era supostamente impossível de confundir.

Mas Tevanne construíra os consoles das lâmpadas-mortas para serem flexíveis e responsivos, então qualquer coisa que fosse flexível poderia facilmente se embaraçar. Especialmente se fosse Clave o responsável por embaraçá-la.

<*Então você está dizendo que não pode confirmar se um momento daqui a dois segundos é ou não um ponto futuro no tempo em que você executaria essas duas edições muito pequenas da realidade, o que significa que você não pode confirmar se essa é uma edição que você tem ou não permissão para realizar?*>, a chave perguntou, alegremente.

<*EU... CORRETO*>, respondeu o console, embora agora parecesse preocupado.

<*Então não há problema em fazer essas alterações, certo?*>, continuou Clave. <*Apenas duas mudanças leves, minúsculas, imperceptíveis...*>

O console ficou em silêncio por muito tempo.

<*É agora*>, sussurrou Sancia. Ela estava tão perto, era como se estivessem ali juntas. <*Prepare-se...*>

Nesse momento, a lâmpada-morta alterou o mundo.

O corpo de Berenice se encheu de agonia, uma dor indescritível, como se seus ossos fossem feitos de fogo e sua barriga estivesse cheia de chumbo fervente. Como estava conectada através de Clave à própria edição, podia *sentir* como o mundo era antes e como ficou *depois*: podia sentir as duas versões da realidade insistindo, por um segundo, que ambas tinham todo o direito de continuar como eram, um cisma irreconciliável entre dois mundos. Assim, conseguiu sentir o lento momento de transição quando uma história fraquejou e outra chegou trovejando como as marés para tomar seu lugar...

Lágrimas escorriam pelo rosto dela. Sentiu a substituição do mundo, as edições impiedosas e implacáveis feitas na própria existência.

Quantas realidades eu matei agora? Quantas histórias sufoquei e substituí em momentos de pânico como este, tudo para vencer esta guerra miserável?

Nesse momento, Clave cutucou o console hierofântico só mais uma vez, e a edição foi concluída.

Os gritos na lâmpada-morta pararam, um súbito e abrupto apagamento de quase todos os ruídos. Berenice olhou lentamente em volta, para as pessoas presas ali dentro.

Quase todos agora estavam mortos. As cabeças pendiam frouxas, as bocas estavam abertas. Alguns haviam envelhecido tão rápido, tão repentinamente por meio do comando de Clave à lâmpada-morta, que já tinham a aparência de cadáveres.

Que coisa curiosa, ver anos roubados tão rápido, tão impiedosamente, e saber que você é responsável por isso, pensou Berenice.

<*Eu tomei o controle do dispositivo de gravidade dessa coisa agora*>, sussurrou Clave. <*Posso voar para onde precisarmos, mas não podemos fazer mais edições. E eu... não vou conseguir aguentar por muito tempo. Estou tão* cansado, *San...*>

Berenice fez uma careta. Embora Clave fosse habilidoso em conquistar dispositivos inscritos, executar um comando profundo ainda era um grande desafio para ele. Da última vez que fizera isso, dormira por dois dias. Não gostava da ideia de Clave adormecer enquanto a lâmpada-morta ainda estivesse no ar.

<*Apenas faça com que ela pouse rápido, Clave*>, disse Sancia. <*O exército hospedeiro está livre agora, certo?*>

<*Sim*>, bufou ele. <*Estão todos limpos. Meu Deus, há muitos deles. Não sei se podemos levar todos...*>

<*Faremos tudo o que pudermos*>, disse Sancia. <*E essa coisa... essa lâmpada-morta. Se a cidade estiver em segurança, podemos levar isso também.*>

A barriga de Berenice revirou quando a lâmpada-morta caiu suavemente do céu, descendo para a terra. <*Você acha que podemos levar isso de volta para Giva?*>, perguntou.

<*Eu sei que todos lá adorariam dar uma olhada*>, disse Sancia. <*Há anos tentamos descobrir como Tevanne controla seus hospedeiros. Talvez isso possa nos mostrar como funciona o processo.*>

Berenice suspirou exausta, mas sabia que Sancia tinha razão. Esforçaram-se para analisar o controle total de Tevanne sobre seus componentes humanos desde o início da guerra, pois o lado complicado da duplicação de mentes é que ela era uma conexão de *mão dupla*. Os seus pensamentos se tornavam os deles, sim, mas os pensamentos deles também se tornavam os seus.

No entanto, Tevanne nunca pareceu ter nenhum problema com isso. Podia ver através dos olhos de um hospedeiro, mas não se importava com a pessoa em si: não ligava se ela vivia ou se sofria ou se chorava por aqueles que amava. Estar conectado a milhares de pessoas por si só *deveria* ser algo avassalador, mesmo que não estivessem todos em estado de terrível sofrimento, como os hospedeiros. Contudo, para Tevanne, não era. Compreender como ela gerenciava esses milhões de conexões sempre fora um aspecto essencial na hora de enfrentar a guerra. Se o ato de se apossar dessa engenhoca terrível pudesse mudar isso, valeria a pena não a destruir.

<*Claudia?*>, perguntou Berenice.

<*S-Sim?*> A voz de Claudia estava fraca: sem dúvida, estar entrilhada com Vittorio quando ele foi eliminado da existência fora indescritivelmente traumático para ela.

<*Vou precisar que você vá até aqueles ex-hospedeiros e lhes diga que precisam ir embora*>, ordenou Berenice. <*Eu mesma faria isso, mas estarei ocupada com a lâmpada-morta. Se obedecerem, leve-os para os píeres, assim como todos os outros.*>

< *Entendido,* Capo>, sussurrou Claudia.

A lâmpada-morta desceu. As pernas de Berenice estavam fracas. Ela só queria sentar, deitar, descansar a cabeça em qualquer lugar, menos nessa câmara minúscula e horrível.

<*Quase lá*>, disse Clave. <*Quase...*>

Agora estavam muito baixo, a poucos metros do exército hospedeiro. Berenice podia ouvi-los gritando e chorando ao acordar do sono terrível em que Tevanne os lançara por semanas, meses, talvez anos.

Fechou os olhos. Podia sentir Sancia perto dela, como se estivesse segurando a mão de sua esposa ali no escuro.

<*Eu quero estar sempre com você*>, sussurrou Berenice. <*Mas agora, Deus, para me tirar desse inferno...*>

<*Eu sei*>, disse Sancia. <*Segure firme, amor.*>

<*Prepare-se*>, avisou Clave. <*Estamos quase no chão. Depois, vou cortar a conexão com essa coooooi...*>

Berenice abriu os olhos. Ela esperou mais um pouco, mas Clave não disse nada.

<*Essa o quê?*>, perguntou.

A lâmpada-morta parou de descer. Fez-se um silêncio muito, muito prolongado.

<*Caramba, Clave*>, disse Sancia. <*O que há de errado agora?*>

<*Ei...*>, respondeu Clave suavemente. <*Ei, ei, ei. Tem alguma... tem alguma coisa aqui, pessoal!*>

<*Hum... Quê?*>, perguntou Berenice. Olhou ao redor. <*Aqui? Na lâmpada-morta? O que você quer dizer?*>

<*Há... Há* mais *alguma coisa aqui...*>, insistiu Clave. Ele soava assombrado, em transe, apavorado, de um jeito que não se parecia nada com o ritmo alegre e astuto de sua fala que elas conheciam. <*Eu ia cortar a conexão, mas tem... tem algo mais nessa lâmpada-morta, comigo e com a Ber...*>

Berenice e Sancia olharam ao redor juntas, espreitando a lâmpada-morta através de um único par de olhos. Não havia nada.

<*Do quê... Do que ele está falando?*>, perguntou Berenice.

<*Não faço a mais fedegosa ideia*>, respondeu Sancia.

<*Menina... Tevanne está* sonhando>, sussurrou Clave.

Berenice sentiu a pele arrepiar.

<*Clave? Você está be...*>

<*Tevanne está sonhando sob as profundezas do mundo, Sancia*>, disse ele. <*E o sonho está aqui! Está aqui nessa... nessa lâmpada--morta!*>

<*Hã? Na lâmpada-morta?*>, perguntou Sancia. <*O que diabos você quer di...*>

<*Consigo ver*>, gritou Clave. <*CONSIGO VER!*>

◆◆◆

De pé na cabine da *Nau-chave*, Sancia se endireitou e gritou.

Imagens surgiram em sua mente, tão rápido que ela mal conseguia entender o que testemunhava.

Ela viu torres brancas feito ossos, erguendo-se de planícies de areia que brilhavam como vidro derretido, pontilhadas aqui e ali com abismos tremendos.

Viu o céu ondulando com colunas de fumaça preta e ouviu milhares de vozes gritando.

Viu uma superfície de pedra escura, forrada com inscrições feitas em prata, e na muralha havia um buraco no mundo, e uma escuridão para além dele.

De repente, as coisas mudaram. Era como se ela estivesse voando sobre uma paisagem. Ela viu estepes abaixo, grama ondulando ao vento, colinas subindo ao longe.

Um rio branco, correndo pelas montanhas.

Depois as montanhas se expandiram e cresceram, todas marrons e irregulares, salpicadas de altos pinheiros, cortadas por desfiladeiros rochosos. Entre as montanhas, havia um vale enorme, como uma goela, cheio de colunas que se desfaziam e ruínas inclinadas... e suspensa, acima de um pico curiosamente escalonado no vale, havia...

Uma caixa.

Uma sala, flutuando no céu.

E, dentro da sala, um homem gritando.

Ou melhor… algo em forma de homem. Pois de repente Sancia viu o homem na sala, ou melhor, viu Clave vendo o homem, e viu o rosto dele, preto, imóvel, frio e brilhante, um rosto como uma máscara…

Porque *era* uma máscara.

— *Não!* — gritou ela bem alto.

Então veio uma voz, fria, profunda e oca, e, ainda assim, tão *dolorida.*

— SANCIA — disse a voz. — SERÁ QUE É… NÃO. VOCÊ NÃO. *VOCÊ* NÃO!

O ódio naquela penúltima palavra, tão visceral, amargo e venenoso… Foi como um raio sombrio atravessando seus pensamentos.

Então, a visão escureceu e Clave ficou em silêncio.

◆◆◆

Berenice gritou quando a lâmpada-morta caiu no chão, uma queda curta de pouco mais de um metro, mas o suficiente para derrubá-la contra as paredes. Ela teve de se enfiar no canto para evitar cair para trás, no chão imundo. Por um momento, ficou ali, respirando.

<*Clave!*>, disparou ela. <*Que diabos foi isso?*>

Silêncio.

<*Sancia?*>, perguntou Berenice. <*O que está acontecendo? O que aconte…?*>

Então sentiu um calor enorme atrás, virou-se e assistiu com horror enquanto o console hierofântico fumegava e em seguida explodia em chamas.

O calor era insuportável e continuava crescendo, cada vez mais. Ela sabia que seria grelhada viva num segundo se ficasse. Cambaleou de volta para a escotilha no teto, saltou e se arrastou para fora o mais rápido que pôde. Quando alcançou a borda da lâmpada-morta, olhou para a escotilha e observou a fumaça preta sair dela, acompanhada pelo cheiro inconfundível de carne queimada.

— Que inferno — soltou Berenice. — Que inferno! — Sentou-se na beirada da lâmpada-morta, com a cabeça girando, e chamou: <*Sancia? Você está aí?*>.

<*Estou... aqui*>, respondeu Sancia, em voz baixa. <*E você?*>

<*Sim! Você está ciente de que o maldito console hierofântico naquela lâmpada-morta explodiu em chamas e quase me matou? Clave fez isso?*>

<*Não, eu não sabia*>, murmurou Sancia. <*E eu não sei o que ele fez.*>

<*Você... Você não sabe? O que está acontecendo?*>, perguntou Berenice.

Houve um longo silêncio.

<*Você viu aquela merda que eu vi, Ber?*>, indagou Sancia. <*As... as torres brancas? A fumaça e o choro? E a porta negra na pedra?*>

Berenice ficou sentada por um momento, tão atordoada que não conseguiu responder.

<*O quê! Não! Não, eu não vi! Isso aconteceu?* Sério?>

<*Sim*>, disse Sancia com voz fraca. <*E agora Clave está dormindo.*>

<*Inferno*>, Berenice praguejou. <*Espere. Você teve essas visões malucas ou foi Clave que as teve?*>

<*Essa é a parte que me preocupa*>, disse Sancia. <*Eu realmente não sei...*>

<*Ber, San*>, chamou Claudia, laconicamente, <*adoraria entender toda essa loucura agora, mas temos milhares de pessoas aqui que precisam de cuidados. E, se Tevanne é capaz de convocar um exército do nada em uma hora, é lógico que pode convocar outro.*>

<*Inferno fedegoso*>, lamentou Berenice. Ela escorregou da borda da lâmpada-morta, apontou seu tiro de linha, disparou

e saltou para as muralhas da cidade. <*Vou dar um jeito de colocar essa lâmpada-morta a bordo para estudá-la, se é que ainda há algo para estudar. Mas vou precisar voltar ao navio para buscar materiais. San, você pode trazer a* Nau-chave *para perto do píer?*>

<*Não sou tão precisa quanto Clave*>, disse Sancia, <*mas vou chegar perto.*>

◆◆◆

Sancia estava nos controles principais do enorme galeão, segurando as barras do leme que permitiam que suas inscrições e comandos vazassem para dentro de seus pensamentos. Ela não gostava muito desse trabalho, mas se mostrara a melhor depois de Clave na hora de pilotar um trambolho desses: seus privilégios lhe davam acesso a dispositivos inscritos, de modo que podia ouvir o enorme galeão inscrito, persuadi-lo e orientá-lo durante as manobras.

— Por aqui — sussurrava em voz alta enquanto trabalhava com o gigante sonolento. — Por aqui…

O vasto navio começou a se mexer. Ela olhou para o oeste, na direção dos píeres de Grattiara, e observou os grattiaranos fazendo fila nas chalupas, seguidos pelos pobres e esfarrapados refugiados. Logo seriam seguidos pelo grupo mais desgraçado de todos: os milhares de hospedeiros libertos que tinham acabado de acordar, descobrindo que estavam famintos, exaustos e longe de suas casas, com suas famílias desaparecidas, as pessoas que amavam perdidas.

Sentiu-se velha ao vê-los. Velha por saber que havia muitos outros como eles que ela e Berenice não salvaram. Pior ainda, Sancia se sentia incomodada com a visão que tivera e com o que ela sugeria, e com a consciência de que não tinha visto tudo o que Clave vira.

A voz de Berenice sussurrou em seu ouvido:

<*O que foi aquilo?*>

<*Não tenho certeza*>, respondeu Sancia. <*Mas acho... Acho que Clave pode ter acessado acidentalmente os pensamentos do negócio.*>

<*Do negócio? Você quer dizer...*>

<*Sim*>, disse Sancia. <*Acho... acho que Clave, de forma acidental, leu a mente de Tevanne. Enxergou através dos olhos dessa coisa, viu o que estava fazendo. E... o que ele viu lá parecia bastante aterrorizante.*>

<*E a voz?*>, perguntou Berenice. <*Quando disse seu nome? Será que...*>

<*Sim. Acho... acho que me pegou olhando. Ela nos pegou e nos jogou para fora.*>

Houve um lampejo de movimento nas muralhas de Grattiara: uma minúscula mancha preta, disparando em direção ao convés da *Nau-chave* numa linha anormalmente reta. Era uma maneira bizarra de ver o retorno da esposa, mas o coração de Sancia pulou no peito ao vê-la.

<*Sancia*>, sussurrou Berenice. <*Na visão. Você... Você realmente viu...*>

Sancia apoiou a cabeça no leme do galeão. A experiência parecia impressa na superfície de seu cérebro: uma máscara negra, sem expressão, e um grito no escuro.

<*Sim*>, disse com ar sombrio. <*Eu o vi.*>

<*O que isso significa?*>, perguntou Berenice.

Um som curioso cortou o mar e chegou até onde Sancia estava, um sussurro baixo e crescente que, para ela, lembrava um enorme bando de pássaros em voo. Levou um momento para identificar o barulho: era um som de choro. Agora ela estava perto o suficiente para ouvir todas as pessoas paradas nos píeres e degraus de Grattiara, e todas elas choravam.

<*Nada bom*>, respondeu.

• 4

No mar, a *Nau-chave* sempre era um lugar barulhento. Apesar de ser um enorme dispositivo inscrito de complexidade quase incompreensível e perfeita, seus suportes ainda rangiam, o casco ainda chapinhava com o som da água em volta dele, e o som de passos sempre ecoava pelos conveses acima e abaixo. No entanto, agora ecoava com sons diferentes: choro, lamentos, fungadas, bufadas e os muitos sussurros e trombadas de incontáveis corpos em péssimo estado, feridos, espalhados pelos muitos conveses e compartimentos. Quando Sancia cruzou os compartimentos superiores do navio, sentiu como se olhasse para outro mundo, como o sonho de uma vida após a morte de algum filósofo, esse espaço mal iluminado e imenso, cheio de leitos com pessoas famintas e agitadas.

Encontrou Polina no mesmo lugar em que sempre ficava após uma operação bem-sucedida: encostada na grade de um balcão alto num dos compartimentos, observando seus medicineiros lá embaixo, enquanto tratavam de muitos ferimentos e infecções. Embora Polina estivesse ali por compaixão, Sancia não pôde deixar de pensar numa ave de rapina observando camundongos-da-areia que corriam em volta de seu poleiro.

— E, no caso, quem está pilotando este navio? — perguntou Polina enquanto Sancia se aproximava.

— Claudia — respondeu Sancia. — Ela dormiu um pouco, então agora cabe a ela trabalhar. Não é um trabalho difícil, agora é só ir reto para o sul, rumo a Giva. Tudo o que ela precisa fazer, na maior parte do tempo, é olhar para fora da ponte de comando.

— E você? Dormiu?

— Não.

Polina assentiu, observando os medicineiros irem e voltarem em busca de mais remédios.

— Isso, de longe, é o máximo que já conseguimos salvar — disse ela.

— Sim — concordou Sancia. — Por volta de mil ou mais.

— Não apenas os cidadãos de Grattiara — disse Polina. — Nem os refugiados. Mas também um exército tevannense *inteiro* de hospedeiros que Clave... o quê, fez despertar magicamente? Seria correto dizer isso?

— Na verdade, não — hesitou Sancia. — Mas funciona bem o suficiente.

— É como um conto de fadas — disse Polina. — Um povo libertado da magia de um feiticeiro maligno. Mas parecia muito mais fácil nos contos. — Ela observou intensamente enquanto um de seus medicineiros enfaixava o pé de uma criança. — Como você sabe, eu não gosto muito de toda essa merda de entrilhamento.

— Sim, você nunca pegou leve quanto a isso — concordou Sancia.

— Mas eu mais ou menos posso sentir todos os meus medicineiros ajudando a todos nesse navio, de uma só vez. Tipo, eu me lembro deles fazendo isso como se eu tivesse feito isso eu mesma... — Ela balançou a cabeça. — Saber o alcance desse sofrimento, saber o que fizemos para detê-lo... quase faz todo o risco e a loucura valerem a pena.

— Quase?

Polina se levantou da grade.

— Sim. Porque outra parte de toda essa bobagem de entrilhamento é... que também sei o que se passa na sua cabeça, Sancia. Um pouco. — Ela se virou para Sancia. — Sei por que você não quer dormir. Clave fez algo lá atrás. Invadiu Tevanne, espiou seus pensamentos. E viu...

— Sim. Ele viu Crasedes — respondeu Sancia.

— E ele o viu... capturado, certo? — perguntou Polina.

— Não tenho certeza. É muito difícil imaginar alguém enfiando Crasedes numa caixa.

Polina assentiu com a cabeça, os olhos distantes enquanto pensava.

— Berenice está dando uma olhada nos mapas. Por que não nos juntamos a ela? — sugeriu por fim.

Sancia seguiu Polina, partindo dos compartimentos, passando depois pelos muitos conveses da nau, escada após escada, escotilha após escotilha.

— Como a garota se saiu? — perguntou Polina enquanto subiam.

— Bem — disse Sancia, suspirando. — Levando em conta a situação, Diela é extraordinariamente boa fazendo entrilhamentos; ela tem um talento natural para isso, e foi duplicada muito jovem. Mas eu teria feito todo o possível para evitar que este fosse seu primeiro confronto.

— Meu povo deu a ela uma poção para dormir — disse Polina. — Está descansando agora, mas, para alguém com talento para o entrilhamento, sei que os sonhos não são necessariamente uma fuga, já que às vezes eles se derramam sobre os sonhos de outros.

Por fim, chegaram à sala dos mapas, perto da popa superior da *Nau-chave*. Antigamente, abrigara todo tipo de elegância dos Dandolo (aparentemente, os capitães recebiam convidados ricos ali), mas tudo o que restava agora era o carpete, amarelo, com estampas florais vivas, manchado aqui e ali com gotas antigas de vinho.

Berenice agora estava sentada do outro lado, olhando para uma parede de mapas e anotações reunidas ao longo dos muitos meses da guerra. Ela não havia alterado ou marcado nenhum deles, Sancia sabia. O que Clave vislumbrara sugeria algo tão terrível que nenhuma alteração poderia capturar realmente esse perigo.

— Quando eu era jovem, pensava na guerra como algo que envolvia espadas, lanças e escudos — disse Polina enquanto atravessava a sala. — Mas agora sei que são mapas e mais mapas, calendários e horários, linhas de navegação e contagens de itens; depois mapas e mais mapas de novo. — Ela ficou ao lado de onde Berenice estava sentada. — É uma coisa fatalmente monótona, com certeza.

Berenice não disse nada, meditando silenciosamente sobre as paisagens à frente.

— Mas essa coisa monótona nos ajudou a salvar milhares de pessoas — prosseguiu Polina, calmamente. — Acredito que realizamos o quê, dezenove operações tirando pessoas do caminho de Tevanne nos últimos oito anos? — Ela se aproximou do mapa e tocou em uma área a leste dos territórios de Tevanne. — Mas isso... para ser honesta, isso nos ajudou mais.

Sancia se sentou ao lado de Berenice para ver. O dedo de Polina pousou nos Reinos Sombrios: a manchinha feia de vales que resistira a Tevanne nos últimos oito anos. Os Reinos eram tão famosos que até mesmo Malti e seus homens sabiam algo sobre eles, ou pelo menos sabiam da enorme quantidade de destruição causada pelos esforços intermináveis de Tevanne para tomar a região.

— Quanto sangue e tesouro Tevanne gastou tentando capturar Crasedes? — perguntou Polina.

Berenice finalmente se mexeu, respirando fundo e piscando. *<Uma quantidade incontável dessas coisas>*, disse ela. *<Centenas de milhares de hospedeiros. Dezenas de lâmpadas-mortas. Legiões*

de artilharia. O suficiente para fazer a batalha de Grattiara parecer só uma briguinha.>

— Em voz alta, por favor — pediu Polina. — Os pensamentos são mais claros quando articulados. Se eu pudesse forçar todos vocês a escreverem o que pensam, é o que faria.

Berenice suspirou, fechou os olhos e se recompôs.

— Crasedes tem sido o alvo principal de Tevanne desde o início da guerra. Conseguimos tirar proveito disso. Ter o foco nele nos deu muita liberdade no Durazzo. Salvar todas essas pessoas não foi fácil, mas teria sido muito mais difícil se Crasedes não estivesse ocupando tanto a atenção de Tevanne.

Polina se virou para olhar Sancia.

— No entanto, agora você recebeu uma visão dele... capturado.

— Não sabemos ao certo — disse Sancia.

— Você o viu em algum tipo de caixa, não é? — perguntou Polina. — Gritando de dor? Isso definitivamente sugere "capturado" para mim.

— Vi um pouco de um pedaço do que Clave estava vendo. Ele viu mais e saberá mais.

— E *quando* ele saberá mais? — perguntou Polina.

— Da última vez, ele demorou dois dias para acordar — disse Sancia. — Estaremos em Giva quando ele voltar a si, imagino. Então, poderá nos contar mais.

Polina olhou de volta para o mapa.

— A ideia de que o primeiro de todos os hierofantes seria capturado... é algo que nunca considerei possível. No mínimo, teria pensado que a briga deles mataria a todos nós.

Sancia concordava, francamente. Embora tivessem se perguntado se Crasedes poderia ter perecido após a Noite Shorefall, receberam a notícia, apenas algumas semanas depois, de que ele havia ressurgido do outro lado do mar e capturado um punhado de reinos do vale de Daulo. Ninguém sabia se ele havia convencido os vários reis menores a segui-lo ou os forçara a isso. Sendo um hierofante com poderosa capacidade de controle da persuasão, bem como da própria gravidade, contava com inúmeras opções. Mas transformara seus exércitos e suas fortalezas numa superpotência coesa quase da noite para o dia. Houve até rumores de que encontrara uma maneira de restaurar suas habilidades de voo, e talvez mais que isso.

Então, por oito anos, os Reinos Sombrios não apenas sobreviveram, mas permaneceram inquebrantáveis contra o ataque de Tevanne. *Até hoje*, pensou Sancia.

— Estou me esforçando para imaginar o que faremos se Crasedes realmente tombou — observou Berenice.

— Não tenho ideia — disse Polina. — Teremos de levar a questão à Assembleia em Giva. — Olhou para Sancia. — Mas você sabe que esse assunto já os deixa inquietos.

Sancia olhou para ela. Sua mão se levantou para tocar a camisa onde Clave estava pendurado em seu pescoço.

— Você quer dizer que *Clave* os deixa inquietos.

— Para ser justa, Sancia, Clave deixaria qualquer um desconfortável — disse Polina, exasperada. — Uma ferramenta mágica inscrita que pode manipular ou destruir quase qualquer outra ferramenta inscrita? Só um tolo ficaria despreocupado com uma coisa dessas! E ainda por cima algo com a... história dele.

— Clave participou da construção de quase tudo que ajudou Giva a sobreviver — disse Sancia, na defensiva. — É por causa dele que estamos vivos, por isso temos tanto sucesso!

— Sim, e saber que ele aparentemente já foi o *pai* de Crasedes, que eliminou milhares, senão milhões de pessoas durante os quatro milênios de sua vida... Saber que essa mesma pessoa ajudou a construir sua nação *não* é exatamente reconfortante — disse Polina. Seu rosto, sempre carrancudo, ficou ainda mais sombrio. — Ele poderia ser igualmente ruim. Um Crasedes só nosso, adormecido entre nós todo esse tempo, como uma borboleta em sua crisálida.

Sancia abriu a boca para protestar, mas Polina levantou as mãos em sinal de rendição.

— Vou parar e simplesmente dizer que detesto *toda* essa magia terrível. Eu odiei as casas comerciais por usá-la, e isso... essa bobagem sobre as antigas loucuras me deixa *duplamente* perturbada. Não faço ideia de como vive com uma coisa dessas tocando você, Sancia.

— É porque ele não é uma coisa. Ele é uma pessoa — retrucou ela.

Polina suspirou e esfregou os olhos.

— Vocês duas precisam dormir. Descansem. Eu praticamente posso sentir o cheiro da exaustão de vocês no ar, ao redor. Vão para a cama.

Berenice estremeceu.

— Podemos ajudar a cuidar dos refugiados — disse ela, abafando um bocejo. — Quase não temos braços suficientes para isso. Podemos ajudar.

— Não — discordou Polina com firmeza.

— Podemos! — insistiu Berenice. — As pessoas dependem de nós.

— Vocês terão de responder a uma quantidade enorme de perguntas quando chegarmos a Giva — disse Polina. — Acho que a Assembleia vai interrogá-las por horas. Durmam para que possam respondê-las. — Ela olhou com raiva para os mapas. — Porque todos nós dependeremos de suas respostas.

Sozinhas em sua cabine, Sancia e Berenice se abraçavam e ouviam.

Ouviam os pensamentos uma da outra, seus sentimentos, suas memórias, suas experiências. Ter pensamentos duplicados dava acesso à mente de outra pessoa, mas era um efeito da proximidade, o que significava que, quando se tocavam fisicamente, o efeito atingia seu auge e compartilhavam tanto que quase se tornavam uma só.

Sancia chorou silenciosamente por Vittorio, ouvindo os ecos de sua morte reverberando nos pensamentos de Berenice.

<*Desgraça*>, sussurrou. <*Sinto muito, Ber.*>

<*Eu sei*>, assentiu ela.

<*Mas você agiu bem*>, disse Sancia.

<*Ele também. Ele fez a coisa certa. Só não parecia certa no momento.*> Ela inclinou a cabeça contra a de Sancia. <*Um dia vamos inventar uma saída para isso. Encontraremos alguma chave, ferramenta ou truque que possa... que possa garantir que isso nunca aconteça novamente. Não vamos?*>

<*Espero que sim*>, disse Sancia. Ela sorriu, cansada. <*Mas não há dança durante uma monção.*>

Berenice sorriu de volta, esforçando-se para lembrar de onde vinha o ditado. Alguma parábola antiga sobre uma mulher que conseguia dançar no meio de tempestades e nunca ser atingida por uma só gota. Mas, enfim, a monção chegara e não havia como atravessá-la dançando.

Sancia estudou o corpo de Berenice, seus hematomas, cortes, lugares onde a pele fora esfregada até ficar em carne viva, quando a armadura e a espringal a arrastaram pelos céus. Berenice abriu uma trilha até ela, viu as próprias feridas através dos olhos de Sancia e pensou em como se ajustar a isso no futuro.

<*Tire a roupa*>, disse Sancia. <*Você está ferida em lugares que nem conhece ainda.*>

<*Não é verdade*>, falou Berenice, encolhendo-se dolorosamente ao se sentar e abrir um botão. <*Estou* bem *ciente de todos os lugares em que levei uma sova...*>

Sancia foi buscar alguns curativos, óleos e cataplasmas, e, discretamente, começou a tratar os muitos ferimentos pequenos de Berenice. Quando terminou, ela se recostou e observou o resultado. Berenice abriu uma trilha até ela de novo e olhou também, estudando seu próprio corpo nu deitado na cama, machucado e espancado, usando os olhos de Sancia. De repente, Berenice se sentiu dominada por emoções conflitantes: consternação com o quão abatida e desgastada parecia estar; depois, sentiu-se exultante, até mesmo excitada, ao se ver viva, inteira, forte; então, uma culpa avassaladora, dolorosa, por saber que este corpo estava vivo, mas o de Vittorio estava totalmente perdido, apagado da realidade.

<*Viva*>, disse Sancia.

<*Sim*>, confirmou Berenice. <*Por pouco.*>

<*Sim, ainda viva. E ainda jovem.*>

O rosto de Sancia revelava ansiedade. Berenice agarrou a mão dela e a apertou com força.

<*Você também está viva*>, afirmou Berenice.

<*Mas não jovem*>, disse Sancia. <*Nem forte. Olhe para você...*> Seu olhar caiu sobre o bíceps de Berenice, tenso e recurvo. <*Como eu poderia não estar com inveja?*>

<*Só estou viva por sua causa*>, falou Berenice. <*Eu e todos os outros. Sobrevivemos por causa do que você fez.*>

Sancia não disse nada. Berenice sabia que isso era pouco consolo: o disco no crânio de Sancia era muito, muito diferente, permitindo que percebesse as inscrições e comungasse com elas, assim como os discos dentro de Berenice e do restante dos givanos permitiam que compartilhassem pensamentos. Mas, como todas as alterações controladas pelas permissões profundas, as de Sancia possuíam um custo em vida. Assim como as lâmpadas-mortas envelheciam seus escravizados com cada inscrição, o pequeno disco na cabeça de Sancia se banqueteava com seus anos, devorando seus dias, envelhecendo-a muito mais rápido que o normal.

Aquilo parecia terrivelmente injusto para Berenice. As inscrições que uniam suas mentes certamente exigiam vida também; só que muito, muito menos que quaisquer alterações feitas em Sancia.

Como é amargo saber que as inscrições feitas no corpo são uma bênção para tantos, exceto para a pessoa que tornou isso possível, pensava com frequência.

Muitas e muitas vezes, Sancia e Berenice quebraram a cabeça quanto à possibilidade de usar nela um bastão de purga: a pequena ferramenta que tornaria um corpo imune a inscrições, forçando o eu físico a rejeitar quaisquer comandos que fossem ou pudessem ser implantados dentro dele.

Sancia pareceu sentir seu pensamento:

<*Aquele garoto a bordo, o filho do governador que você salvou. Você o purgou para conseguir salvá-lo.*>

Berenice assentiu.

<*Mas... ele nunca vai conseguir fazer parte de Giva agora*>, disse Sancia. <*Nunca compartilhará mentes. Nem será um de nós. Não com o disco nele. Ele vai ter de suportar tudo o que sofreu sozinho.*>

Berenice pegou a mão de Sancia e a apertou.

<*Não sozinho, meu amor. Não verdadeiramente sozinho.*>

Sancia suspirou.

<*Talvez eu faça isso. Talvez realmente chegue lá. Assim que a guerra terminar e todos estivermos seguros, farei isso eu mesma.*>

Contudo, Berenice não pôde deixar de se sentir incomodada. Não apenas porque nenhuma das duas poderia imaginar quando a guerra acabaria, mas porque ela não sabia como viver com uma parceira que envelhecia tão rapidamente. As limitações físicas de Sancia eram maiores, agora estava com uma idade em que seus apetites sexuais estavam diminuindo. Cinco ou seis anos antes, a visão de Berenice deitada nua na cama teria lhe excitado quase instantaneamente. Agora, Berenice sabia que Sancia sentia principalmente cansaço e relutância em se despir e revelar seu corpo que envelhecia.

<*Não*>, negou Berenice, sentando-se. <*Não, não.*> Ela agarrou a mão de Sancia e a pôs em seu rosto. <*Você ainda é você. E você ainda é linda.*>

<*Eu nunca fui linda*>, disse Sancia.

<*Para mim, você era. Para mim, você é.*>

Sancia suspirou.

<*Compartilhe o que sinto*>, pediu Berenice. <*Receba isso de mim.*>

Sancia olhou para ela, desconcertada, mas ainda relutante. Essa não era uma proposta incomum às duas: o pedido para que Sancia compartilhasse a excitação e o clímax pelos quais o corpo de Berenice ansiava, e dos quais ainda era capaz.

<*Tão disposta a ser usada*>, disse Sancia com um leve sorriso. Começou a se despir.

<*Por você*>, salientou Berenice. <*Sempre. Sempre.*>

◆ 5

— O *que tem do outro lado? Você sabe?* — perguntou a voz de uma mulher.

— *Não. Ainda não tenho certeza* — disse outra voz; desta vez, a de um homem.

— *Por que a construir se você não tem certeza do lugar para onde ela se abre?*

— *Você não entende. Ela* quer *que eu a construa. Quer ser feita. É como ver uma escultura dentro de um bloco de pedra, mas o bloco de pedra é o próprio mundo.*

— *Um belo pensamento. Mas você não está me respondendo. O que há do outro lado da coisa que você está fazendo?*

— *Não sei. Mas deve ser melhor que aqui, não?*

Na escuridão de seu sono silencioso e interminável, Clave se mexeu com desconforto.

— *Ela pode não estar lá, sabe. Quero que ela esteja. Sei que você quer que ela esteja. Mas ela pode não estar esperando por nós do outro lado.*

— *Não sou criança. Eu sei. Mas talvez um mundo melhor nos espere lá. Talvez um mundo melhor espere a todos nós, lá do outro lado da criação...*

Clave se revirou no escuro, ansioso e enfermiço.

Quem são esses? De quem são as vozes que ouço? Quem era ele, seja lá quanto tempo atrás tenha vivido?

Depois, o sonho o deixou, e ele dormiu.

• II

Cadência

6

Berenice acordou quando as ondas deixaram de ser os vagalhões grandes e ondulantes do mar aberto e se transformaram nas marolas mais suaves das águas rasas. Depois surgiu uma curiosa umidade no ar, uma sensação molhada, desconcertante e pantanosa, que fez suas pernas e barriga suarem.

Abriu os olhos.

<*Chegamos!*>, disse. Sacudiu Sancia e se vestiu. <*Estamos em casa. Chegamos aos bloqueios de neblina agora!*>

— Hum — resmungou Sancia. Ela enfiou o rosto mais fundo no travesseiro.

<*Acorde!*>

— Deixa eu dormir. Preciso disso pra caramba ultimamente.

<*Você tem cinco minutos*>, avisou Berenice. <*Depois quero você lá em cima. Precisamos ser liberadas para entrar o mais rápido possível!*>

— Dez minutos. Ok.

Berenice saiu e encontrou o convés lotado de pessoas sentadas ou em pé. Aparentemente, muitos dos grattiaranos e refugiados permaneceram no convés principal, relutantes quanto a ir ao convés inferior e correr o risco de se tornarem prisioneiros, um impulso que Berenice podia entender, considerando o que enfrentaram. Resmungavam infelizes e era fácil perceber o porquê: o mundo ao redor deles ficara branco, enquanto concentrações grossas de névoa pesada e úmida envolviam o navio. A luz era fria e fraca, embotada pelos acúmulos de neblina. Quando Berenice avançou até a balaustrada do convés principal, viu que não conseguia enxergar mais que seis metros além do casco.

Normalmente, um navio tão grande quanto um galeão teria diminuído a velocidade até quase parar quando atravessasse uma neblina assim, com cuidado para não atingir baixios ou outra embarcação. Mas não a *Nau-chave*: ela investiu, avançando pelas águas como se rasgasse o mar aberto.

Berenice já esperava por isso, é claro. Sabiam para onde estavam indo.

<*Bom dia, Ber*>, disse a voz de Claudia. <*Entramos nos bloqueios de neblina há cerca de dez minutos.*>

Berenice se virou e viu Claudia na cabine acima. <*Algum sinal de navios nos seguindo quando entramos?*>, perguntou.

<*Nenhum. Achamos sensato pegar a entrada sudeste para casa, pelo Estreito de Armondi. Julguei que isso poderia revelar quaisquer espiões que tivessem nos seguido. Até agora, não houve nada. Acho que estamos livres.*>

<*Continue sendo esperta assim, Claudia, e você passará mais tempo naquela cabine que Sancia.*>

<*Melhor aqui que naquelas malditas muralhas. Só um comentário: talvez eu esteja interpretando errado o céu, mas acho que uma tempestade está a caminho. Quanto mais cedo formos admitidos de volta em Giva, melhor. Especialmente para os refugiados.*>

<*Entendido.*>

Berenice estudou as águas ao redor do casco do navio. Ela não possuía a visão inscrita de Sancia, a menos que Sancia decidisse compartilhá-la com ela, mas, se pudesse usá-la agora, sabia que veria alguns minúsculos emaranhados ardentes de argumentos lógicos balançando nas ondas ao redor deles.

Boias de neblina: pequenos dispositivos inscritos que ferviam a água do mar e despejavam névoa no ar. Os givanos haviam instalado uma série delas em todas as entradas das ilhas, levantando paredes de neblina. Nenhum espião jamais saberia exatamente quando um navio givano estava indo ou vindo, ou o que havia nas profundezas dos canais.

<*Você precisa engolir alguma comida*>, disse Sancia, bocejando, quando finalmente apareceu no convés do navio. <*Caso contrário, a verificação de passagem de Anfitrião vai ser desagradável.*>

<*É sempre desagradável*>, afirmou Berenice. <*Comida não vai ajudar.*>

<*Estou pedindo mais por nós que por você*>, explicou Sancia. Jogou para Berenice um biscoito duro embrulhado em tecido. <*Considerando que você fica muito nervosinha depois.*>

Berenice resmungou enquanto desenrolava o biscoito.

<*Ótimo. Embora isso dificilmente conte como comida...*> Deu uma mordida e tentou mastigar. <*Clave deu sinal de vida?*>

Sancia balançou a cabeça e deu um tapinha onde ele ficava pendurado em seu pescoço.

<*Nem um pio. O que não consigo esquecer é como ela reagiu. Quando Tevanne soube que estávamos lá. A coisa me sentiu, mas depois ela...*>

<*Disse "Você não"*>, completou Berenice.

<*Sim.*>

<*Mas... você não acha que ela estava falando de você. Acha que estava falando de Clave.*>

<*Sim. Mas foi algo tão pessoal, tão cruel...*> Ela balançou a cabeça. <*Estava furiosa.*>

<*Precisamos avisar a Assembleia imediatamente*>, afirmou Berenice. <*Prefiro começar a conversa que ser o assunto dela. Concorda?*>

<*Sim*>, disse Sancia com um suspiro.

<*Bom. Vou pedir ao Anfitrião para enviar uma mensagem assim que nos encontrarmos com elu. O que deve acontecer em breve, espero.*>

Sancia se levantou e olhou para a névoa ondulante, como se tivesse ouvido algum duende sussurrando nos ventos. Então congelou, e um ar de susto cruzou seu rosto.

— Mais em breve que você pensa — gritou. — Merda! Não percebi como a gente estava per...

Berenice se perguntou o que ela queria dizer, mas então sentiu: uma tensão curiosa e latejante na parte de trás de sua cabeça.

Em seguida, a parede de barulho as atingiu como uma rajada de areia numa tempestade no deserto.

Berenice gritou de dor quando uma erupção de pensamentos, emoções e memórias explodiu em sua mente, uma coisa depois da outra sem parar: um homem mexendo num bule inscrito, tentando fazê-lo ferver mais rápido; uma criança procurando um brinquedo embaixo da cama; uma mulher curvada sobre um disco de definição, silenciosamente desenhando *sigils*.

<*Inferno de merda!*>, gritou a voz de Barzana. <*Já estamos em Giva?*>

A *Nau-chave* desacelerou num ritmo dramático na neblina. Alguns dos grattiaranos ao redor deles gritaram de surpresa.

<*Maldição!*>, praguejou Claudia. <*Estreito de Armondi fedegoso... Nunca pego esse caminho, não percebi...*>

<*Peguem a caixa*>, rosnou Berenice. <*E usem a chave, todo mundo. Polina, isso vale para você e seus medicineiros também.*>

<*Percebemos!*>, disse Polina, com raiva, em algum lugar abaixo do convés. <Muito *obrigada pelo aviso...*>

Berenice tentou se concentrar nas sensações corporais: sentiu os dentes rangendo, a mão cravada no corrimão de madeira. Mas havia tantas experiências, todas acontecendo ao mesmo tempo em sua mente, pensamentos sonolentos e meio-acordados enquanto as pessoas se atrapalhavam com suas rotinas matinais a bordo de navios ou se preocupavam com o início de seu dia...

— Ah, eu odeio isso — disse ofegante. — Ah, eu *odeio* isso...

— Pelo menos é de manhã — murmurou Sancia ao seu lado. — Imagine como é... abrigar todos os givanos na sua cabeça quando todos estão *acordados*.

Finalmente, Diela disparou até ela pela multidão no convés principal, com uma caixa de bronze inscrita nas mãos.

— Estou aqui, estou aqui! — gritou. Estendeu a caixa para elas. Ambas abriram e tiraram dali dois pequenos discos de bronze pendurados em cordões.

Quase sem ar, Berenice correu para pendurar um pequeno disco no pescoço; no exato momento em que fez isso, a massa de pensamentos em sua cabeça desapareceu abruptamente.

<*Graças a Deus*>, suspirou. <*Confirme que estamos todos na mesma conversa. Claudia?*>

<*Presente*>, respondeu Claudia, cansada.

— Também — falou Diela, em voz alta.

<*Polina?*>, perguntou Berenice.

Silêncio. *Ela deve ter usado sua própria chave de conversa*, pensou Berenice, *e sintonizado seu próprio pessoal lá embaixo.*

— Então isso é sorte dupla — disse Sancia. — Não temos de lidar com todo o barulho... nem com Polina.

<*Ber*>, chamou Claudia. <*Só confirmando que está tudo bem manter o curso.*>

<*Mantenha o curso*>, confirmou Berenice. <*Mas mais devagar.*> Ergueu os olhos para a neblina branca que envolvia o navio. <*Já estamos em Giva. Só não conseguimos vê-la ainda.*>

— Lar, doce lar — disse Sancia, enfezada.

◆◆◆

Conforme sua nação recém-fundada se desenvolvia durante a guerra, Sancia e Berenice chegaram muito rapidamente a duas conclusões sobre o advento das mentes duplicadas.

Por um lado, era algo absolutamente revolucionário. O processo oferecia uma maneira de ampliar seus próprios pensamentos e perspectivas, combinando-os com os de outra pessoa, o que levava a uma comunicação instantânea em curtas distâncias, a um senso de empatia mais profundo e a inovações mais rápidas e melhores, entre muitas outras coisas.

Por outro lado, tentar administrá-lo era uma desgraça, tamanho era o trabalho que dava.

Para a surpresa de ambas, não era a perda de privacidade o que mais incomodava a todos. O pensamento duplicado anulou isso desde o início: para começar, era difícil abominar o comportamento de outra pessoa, por exemplo, quando você também entendia instantaneamente o porquê desse comportamento. (Embora isso tenha levado a alguns arranjos matrimoniais novos e interessantes.)

Em vez disso, a grande *quantidade* de informações é que se tornou difícil de encarar. Dava para administrar grupos pequenos, mas a junção dos pensamentos de mais de quarenta ou cinquenta pessoas produzia essencialmente uma parede de barulho com a qual você tinha que conviver dentro de seu cérebro o tempo todo.

E a duplicação da mente de dez mil pessoas, bem... isso era o suficiente para deixar qualquer um louco.

O que precisavam, percebeu Berenice, era de algo mais *próximo* que a duplicação: um método que permitisse que os pensamentos se espalhassem de mente para mente entre apenas um punhado de pessoas, em vez de mil. E não havia nada que aproximasse melhor duas ou mais coisas que os discos-trilha.

Os discos-trilha convenciam a realidade de que duas pessoas segurando dois discos diferentes estavam se tocando fisicamente. Tocar fisicamente outra pessoa duplicada aumentava tanto o efeito que duas mentes praticamente se tornavam uma, todas as memórias e preocupações dessa pessoa passavam a ser suas por um breve período. Portanto, a solução parecia fácil: bastava fazer com que duas ou mais pessoas segurassem os discos-trilha certos e ouviriam apenas os pensamentos umas das outras, eliminando a parede de barulho de suas mentes.

Mas quando pessoas duplicadas, ou pelo menos a *maioria* delas, faziam um entrilhamento tão profundo por tempo demais, Berenice e Sancia descobriram que isso trazia... certos efeitos. Na verdade, eram efeitos enervantes e soporíferos: muitos participantes, de repente, desejavam deitar e fechar os olhos, com um sorriso no rosto, e deleitar-se com a beleza de ser tantas outras pessoas ao mesmo tempo. A fome, a desidratação e até o coma se espalharam rapidamente.

Esse não é exatamente um efeito desejado quando sua nação está em guerra. Assim, Berenice foi forçada a inventar uma variação do processo.

Percebeu que todos que seguravam um disco-trilha duplicado estavam em uma ininterrupta conexão completa com todos os outros que possuíam cópias do mesmo disco-trilha. Em essência, para quaisquer pessoas duplicadas A, B, C e D, as conexões possuíam a seguinte estrutura:

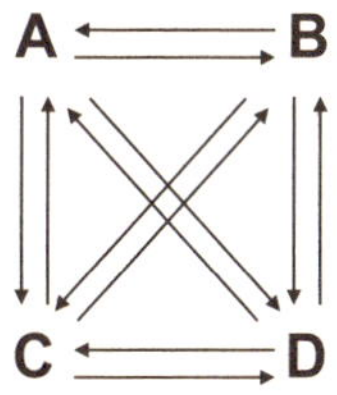

(Sancia sempre odiava quando Berenice desenhava diagramas, mas era a única maneira de dar sentido a isso.)

Quando Berenice analisou a situação por esse ângulo, percebeu que o número de conexões era obviamente uma bagunça e que ficaria ainda mais bagunçado cada vez que mais pessoas fossem acrescentadas ao grupo. Não haveria um ganho de escala.

Em vez disso, ela desenvolveu uma cadeia de discos-trilha individualmente *diferentes*, armazenados numa caixa portátil, ou "caixa de conversa", que criava conexões apenas com *uma* outra pessoa no grupo. Nesse caso, as conexões ficariam assim:

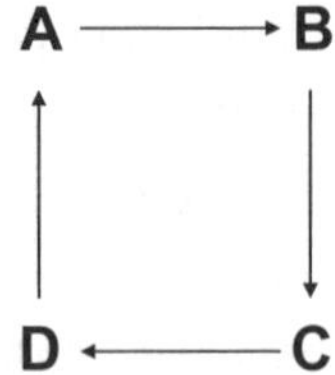

No entanto, como todos ainda estavam funcionalmente unidos como elos de uma corrente, isso significava que a pessoa A ainda podia ouvir e receber pensamentos da pessoa D, apesar de não ter uma conexão ativa entre elas. Bem menos conexões, bem menos avassaladoras e bem mais suportáveis.

Ficou mais fácil, em outras palavras, mas ainda não era *fácil*. Não apenas as pessoas tinham que puxar suas "chaves de conversa" de uma caixa na sequência certa para que funcionasse, mas a duplicação de itens ou de espaço, se feita muitas vezes, tendia a deixar a realidade bastante irritada, e muitas vezes resultava em explosões violentas. Berenice ficou bem perto de não conseguir resolver esses problemas.

No entanto, foi assim que Giva sobrevivera como uma nação de pessoas duplicadas nos últimos oito anos: sintonizados em diferentes conversas, compartilhando-se sem se destruir, capazes de reagir às ameaças como um só. Embora Berenice se preocupasse com a fragilidade de tudo isso, Sancia sempre se animava.

Impérios são simples de administrar, dissera certa vez. *Uma pessoa, um trono, um voto. Mas Giva é difícil para caramba.*

E como isso pode ser um consolo?, perguntara Berenice.

Porque o poder e a crueldade são fáceis, respondera Sancia. *O que estamos fazendo dá um trabalho dos infernos. Portanto, a gente deve estar fazendo a coisa certa.*

◆◆◆

A *Nau-chave* martelava a água sem parar. Então, a névoa diante deles finalmente se dissipou, eles saíram dos bloqueios de neblina e viram Giva mais além.

Os refugiados no convés ficaram boquiabertos com aquela visão. Os incontáveis canais e estreitos das ilhas tropicais à frente eram lindos por si sós, é claro; mas estavam positivamente transbordando com milhares de embarcações de todos os tamanhos e tipos, centenas e centenas de barcos, mais que o porto mais movimentado em toda a história do mundo.

Os galeões eram os mais notáveis, é claro: Giva tinha oito deles, cada um do tamanho de uma fortaleza, gigantescos em meio à frota, cheios de movimento. Enxameando em torno dos galeões como moscas nas patas do gado, havia inúmeras naus, caravelas, jangadas, canoas, juncos, saveiros, balsas, dóris, lanchas e alguns tipos de embarcações improvisadas que, para Sancia, ainda não tinham nomes. Todos estavam enfeitados com lanternas inscritas. No nascer do sol enevoado, as águas brilhavam como se estivessem cobertas de luzes mágicas.

— A frota de Giva... — disse, com voz fraca, um homem grattiarano. — A frota de Giva é *vasta*.

— Essa não é a nossa frota — explicou Sancia. — Essa *é* Giva.

— O que você quer dizer? — perguntou ele.

— Giva tem poucas posses em terra firme — respondeu Berenice.

— Nada de Áreas Comuns, campos, enclaves, nem *illustri* — disse Sancia. — Nada para Tevanne invadir, em outras palavras.

— Não somos uma cidade ou um território — afirmou Berenice. — Somos um povo. Um povo de *sobreviventes*.

<*Por enquanto*>, acrescentou Sancia, silenciosamente.

O comentário não queria sair da cabeça de Berenice. Ela observou a frota à distância enquanto se aproximavam. Por muito tempo, ela achara que aquela era uma frota pequena, improvisada e tão frágil, mas agora parecia imensa e difícil de controlar.

Berenice avaliou os canais que saíam das Ilhas Givanas e, em silêncio, fez alguns cálculos.

— Eu sei o que você está pensando — disse Sancia.

<*Se não soubesse*>, observou Berenice, <*significaria que algo deu terrivelmente errado.*>

<*Você está tentando descobrir com que rapidez podemos sair daqui com a frota*>, disse Sancia. <*Como levar os barcos para fora. Quais navios precisariam ir primeiro, quais por último. Está pensando em fugir.*>

<*Sim*>, concordou Berenice calmamente.

<*Para onde? E quem fugiria?*>

Fez um gesto para os navios à frente.

<*Todos nós. Toda Giva, fugindo para qualquer lugar. Fugimos e continuamos inventando, até encontrarmos uma maneira de matar aquela coisa.*>

Sancia olhou para ela.

<*Você ainda acha que existe algum truque inscrito para sair dessa.*>

<*Não seja tão condescendente. Tevanne é basicamente um dispositivo inscrito gigante. Temos equipes de inscritores como nunca tivemos. Vamos inventar alguma ferramenta para dar um jeito nisso... em algum momento.*>

Sancia fitou os pobres refugiados ao redor delas.

<*Mas o próprio nascimento de Tevanne... quando Gregor engoliu aquele pequeno disco... isso foi tudo um truque inscrito para dar um jeito nos planos de Valeria. Essas coisas... elas nunca saem exatamente como se espera.*>

<*Gostaria que você não ficasse remoendo coisas assim*>, observou Berenice.

<*O quê? Coisas que aconteceram?*>

<*Coisas que se perderam*>, respondeu Berenice.

Houve um momento de silêncio pesaroso. Ambas desviaram o olhar diplomaticamente, fitando o mar, nenhuma delas disposta a romper o silêncio.

— Como vocês conseguem fazer isso? — perguntou o grattiarano ao lado, observando enquanto as caravelas, as naus e os juncos giravam à volta da frota numa coreografia maravilhosa. — Como tantos navios conseguem funcionar num só lugar?

Avistaram uma pequena caravela que, de repente, navegava ao lado deles, acompanhando seus movimentos.

<*Lá está Anfitrião*>, disse Sancia. <*Bem na hora. Se os grattiaranos já achavam essa merda esquisita, está prestes a ficar ainda mais.*>

— É complicado — resumiu Berenice, falando com o homem.

Então, sentiu: uma *presença* repentina e imensa, como se algo enorme se estendesse na direção dela, inspecionando-a, verificando-a, estudando-a, mas ela sabia que não era uma pessoa, mas algo muito, muito diferente.

<*Bom dia, Berenice!*>, disse a voz de Anfitrião, baixinho em sua mente.

<*Olá, Anfitrião*>, respondeu Berenice.

<*Bem-vinda de volta a Giva!*>, disse a voz. <*Você fez falta!*>

• 7

A *Nau-chave* desacelerou conforme a caravela de Anfitrião se aproximava.

<*Você está com uma aparência boa, Berenice*>, disse a voz de Anfitrião, suave e tranquilizadora como a de um pai ninando uma criança de volta ao sono. <*É bom ver isso. Ah... e aí está Sancia, claro...*>

<*Dia, Anfitrião*>, cumprimentou Sancia.

Berenice teve uma sensação um pouco desconfortável, surpresa ao ouvir Anfitrião se intrometer nos pensamentos dela tão facilmente. Mas, até aí, Anfitrião residia de forma muito incomum em Giva, não se restringia a chaves de conversa; a magnitude de sua presença era tal que, de fato, nenhum filtro poderia detê-la.

<*Bom dia!*>, disse Anfitrião. <*É muito bom ver todos vocês! Hum. É estranho que tenham vindo pelos Estreitos de Armondi... que ficam do lado oposto de onde partiram para Grattiara. Estavam preocupados com perseguidores?*>

<*Muito*>, confirmou Berenice.

<*Certo. É bom saber. Vou iniciar os bloqueios de neblina em todas as outras entradas, por precaução. Antes de prosseguir, é claro, você e sua equipe precisarão ficar disponíveis para discos-trilha e verificações de segurança.*>

<*Entendido*>, assentiu Berenice, suspirando levemente. Discos-trilha eram uma medida comum. Eles estavam cansados depois de uma jornada tão brutal, mas era necessário manter todos dentro de Giva seguros.

<*Obrigade*>, agradeceu Anfitrião. <*Para confirmar... acredito que você precisará de cinco discos-trilha. Dois para você e Sancia, depois um para Claudia, Diela e Vittorio. Correto?*>

<*Não*>, respondeu Berenice, em tom sombrio. <*Precisaremos de quatro discos-trilha.*>

Fez-se uma pausa curta e brutal.

<*Quatro...*>, repetiu Anfitrião. <*Entendo. Porque... Vittorio não está com vocês. Sim. Não o encontro a bordo da* Nau-chave *agora.*>

<*Não*>, confirmou Berenice. <*Não encontra.*>

<*Eu... desculpe por isso. Poderei ser mais genuíne em meu pesar quando apreender melhor a situação.*>

<*Eu sei, Anfitrião*>, contemporizou Berenice.

<*Há mais alguma coisa que eu possa fazer por vocês antes de sua chegada?*>

<*Sim, na verdade. Convoque uma reunião da Assembleia, se puder. Para hoje*>, pediu Berenice.

<*Hoje?*>, perguntou Anfitrião, com espanto. <*Mas... a Assembleia normalmente só se reúne com tão pouca antecedência em circunstâncias emergenciais...*>

<*Esta é uma situação de emergência*>, disse ela. <*Assim que recebermos os discos-trilha, você saberá por quê.*>

<*Entendo*>, disse Anfitrião. <*Eu... vou retransmitir essa mensagem e informarei a resposta.*>

<*Ótimo. Obrigada.*>

<*Minha caravela está próxima agora. Claudia?*>

<*Sim, Anfitrião*>, disse a voz de Claudia.

<*Por favor, desacelere um pouco mais. Sim... está bom. Um momento.*>

Berenice avistou a pequena caravela navegando veloz perto deles, as velas brancas e fantasmagóricas nos resquícios da neblina. Tinha uma tripulação mínima, não mais que uns quatro marujos, vestidos de roxo e azul (as cores favoritas de Anfitrião). Ele dizia que tinham um efeito calmante, recordou a moça.

"Elu", Berenice corrigiu a si mesma. *Você está longe há várias semanas, mas Anfitrião gosta de ser chamade de "elu", não "ele" ou "ela" ou "isso" ou... qualquer outra coisa.*

A tripulação da caravela pegou uma espringal pequena e desajeitada, prendeu um tubinho preto numa flecha, ergueu a arma e atirou. Alguns dos grattiaranos gritaram quando o tubo caiu no convés do galeão, mas Berenice os silenciou.

— É uma encomenda para nós — disse ela. — Não estamos sendo alvejados.

Ela pegou o tubo, abriu-o e tirou de dentro quatro envelopes pequenos de papel achatado. Entregou um a Sancia, que o pegou com ar resignado.

— Essa é a nossa casa — falou Sancia com um suspiro —, e nós inventamos toda essa merda. Mas isso ainda é bizarro para caramba, todas as vezes.

— Devidamente anotado — respondeu Berenice. Carregou o resto dos envelopes de volta para a cabine, onde Claudia já esperava na escada, tendo ouvido a conversa com Anfitrião.

<*Eu devia ter dormido mais ontem à noite*>, disse ela, pegando um envelope. <*Hoje eu sei que não vou dormir, não agora. Nunca prego os olhos depois que Anfitrião dá uma olhada na minha cabeça.*>

<*Não vamos conseguir fazer nada se você não topar a inspeção*>, salientou Berenice, <*porque Anfitrião não vai deixar a gente entrar na frota até que você faça isso. Então se apresse.*>

Claudia abriu o envelope a contragosto. Berenice abriu o seu e espiou o fino disco de bronze que havia dentro. Mais um disco-trilha: era a moeda de Giva, de certa forma.

Mas esse disco não permitia que Sancia, Clave ou Claudia entrassem nos pensamentos dela, apenas Anfitrião. E, embora Berenice gostasse de Anfitrião (na verdade, era impossível não gostar), essa experiência era muito diferente.

Fazemos cada coisa para voltar para casa, pensou, com um suspiro.

Ela tirou o disco de bronze do pacote, agarrou-o com a mão nua e permitiu que Anfitrião abrisse sua mente.

◆◆◆

Berenice se encolheu quando a imensidão da consciência de Anfitrião fez contato com ela. O peso esmagador de tanto conhecimento, tanta informação, tanta *coisa*, era quase grande demais para suportar…

E o mesmo valia para aquilo que Anfitrião estava fazendo com ela, é claro: vasculhando seus pensamentos e memórias, examinando cada um deles para confirmar como a operação havia ocorrido e, mais importante, confirmar que Tevanne não tinha capturado ou dominado nenhum deles durante a incursão da equipe em seu território, nem os forçara a se tornarem hospedeiros.

Trazer um hospedeiro para Giva significaria que Tevanne veria tudo o que aquele hospedeiro visse e saberia tudo o que ele soubesse. E isso seria devastador. Muito mais devastador que alguns momentos com o disco-trilha de Anfitrião.

Mas ainda era dolorido para Berenice sentir Anfitrião dentro dela, estudando suas experiências. *Como é estranho*, pensou, *que esse ser esteja circulando em nosso navio, me estudando como se eu fosse uma borboleta capturada em cristal…* Isso produziu nela uma consciência intensa e avassaladora de quão *enorme* era Anfitrião, muito maior que qualquer ser humano comum — porque, é claro, Anfitrião estava longe de ser isso.

Em um segundo, Berenice viu toda a operação ocorrer diante dela: o governador, as muralhas, as descargas de projéteis, a morte de Vittorio…

<*Quase pronto*>, sussurrou Anfitrião. <*Estou quase terminando…*>

E então ela viu...

Uma máscara preta.

Uma máscara preta, colocada sobre o rosto de um homem, ou algo em forma de homem, suspenso numa câmara flutuante, e uma voz gritando de horror e sofrimento.

Não. Por favor. Não quero pensar nele, não quero pensar nele de novo...

E então acabou. A presença maciça de Anfitrião saiu dos pensamentos de Berenice como uma barra de chumbo tirada de cima do peito de alguém. Berenice ofegou, tentando se controlar.

<*Entendi*>, disse Anfitrião calmamente. <*Isso foi... muito difícil.*>

Sancia também caiu de quatro, respirando com dificuldade.

<*Sim. Foi.*>

<*Sinto muito pelo que vocês passaram. Vocês estão liberadas para entrar, é claro. Trarei o* Compreensão *para perto da* Nau-chave *para ajudar com os refugiados.*>

Berenice olhou para o lado e viu um galeão avançando lentamente na direção deles, enfeitado com lanternas que brilhavam com uma luz suave e relaxante.

— Lá vamos nós — murmurou Sancia.

Elas observaram enquanto o grande navio de Anfitrião, apelidado de *Compreensão*, lentamente ia se posicionando ao lado delas. Os grattiaranos observavam essa imensa embarcação com desconfiança, e ela não podia culpá-los. Essa era provavelmente a única vez na vida que viam navios daquele tamanho.

Polina subiu para o convés principal, aprumou-se em cima de um pequeno caixote e se virou para falar à multidão.

— Essa é uma embarcação médica e de hospitalidade — disse-lhes. — Não é uma embarcação de guerra. Vão poder tratar de vocês melhor que nós aqui. Vão embarcar em breve para que cuidem de vocês.

As pranchas inscritas se estenderam devagar, unindo firmemente os dois barcos maciços. Berenice podia ver as pessoas se reunindo no convés do *Compreensão*, esperando em grupos de cinco tripulantes, com uns três metros de espaço entre eles, bandagens e equipamentos nas mãos. Todos estavam vestidos em tons de roxo e azul-claro.

<*Espalhe-se um pouco*>, orientou Sancia. <*E se comporte de um jeito que pareça mais natural.*>

Os grupos de pessoas se arrumaram um pouco.

<*Para mim parece muito natural*>, comentou Anfitrião com um pouco de ressentimento.

<*Metade de você está fazendo a mesma pose*>, observou Sancia. <*Parece uma trupe de dança. E não falem todos ao mesmo tempo dessa vez. Não queremos assustá-los.*>

<*Berenice*>, disse Anfitrião. <*Por favor, faça Sancia retomar o bom senso.*>

<*Ela tem razão*>, afirmou Berenice. <*Prefiro não levar os grattiaranos a pensar que somos uma seita maluca.*>

<*Sou Anfitrião porque faço isso* bem!>, retrucou elu.

<*Sempre podemos ser melhores*>, disse Sancia.

Os grattiaranos, famintos e atarantados, pisaram trêmulos nas passarelas de madeira e arrastaram os pés até o *Compreensão*. A multidão de pessoas vestidas de roxo começou a conduzi-los para macas colocadas ali para tratar suas feridas, alimentá-los, vesti-los e cuidar deles. Depois que a maioria dos grattiaranos trocara de embarcação, Berenice e Sancia os seguiram.

As duas observaram enquanto a multidão de givanos vestidos de roxo e azul se movimentava numa coreografia perfeita, sempre no lugar certo, na hora certa, nunca tropeçando uns nos outros, respondendo a gritos, chamados e gente surtando quase instantaneamente. Faziam curativos, cuidavam de dentes cariados, cortavam unhas, calçavam sapatos e botas nos grattiaranos, tudo numa sinfonia calibrada e controlada de cuidado. A cena era surreal. E um pouco enervante.

<*Quantas pessoas você é agora, Anfitrião?*>, perguntou Sancia.

<*Sancia...*>, interrompeu Berenice. <*Você sabe que isso não é educado...*>

<*Eu sempre me considero uma só pessoa, Sancia*>, respondeu elu.

Uma das pessoas vestidas de púrpura, uma jovem com longos cabelos trançados, lançou a Sancia um olhar fulminante.

<*Mas, se você quer saber, 131 constituintes se juntaram agora à minha cadência.*>

Sancia assobiou baixinho.

<*Eu não fazia ideia de que a enfermagem era tão popular.*>

Seis pessoas próximas vestidas de roxo suspiraram exasperadas.

<*E eu aqui achando*>, disse Anfitrião, <*que o pensamento duplicado* aumenta *a empatia…*>

Elas observaram enquanto Anfitrião voltava para seu trabalho perfeitamente cronometrado.

Berenice agarrou a mão de Sancia e sussurrou:

<*Você não devia ser tão chatinha.*>

<*Ok, ok*>, respondeu ela.

<*Você sabe que Anfitrião trabalha com muito mais que apenas enfermagem.*>

<*Sim… mas, embora seja extremamente útil, elu também meio que me assusta. Quando nos tornamos duplicadas pela primeira vez… você já tinha imaginado algo assim?*>

<*De jeito nenhum*>, respondeu Berenice. <*Mas, quando você inventa uma nova tecnologia, suponho que nunca consiga compreender todos os usos que as pessoas encontrarão para ela…*>

E tanto Berenice quanto Sancia ainda tinham dificuldade para compreender Anfitrião.

Nos primeiros dias de Giva, quando Berenice tentou usar discos-trilha pela primeira vez para gerenciar as conexões de todos, a maioria das pessoas de fato caiu num sono perigosamente profundo.

Mas outros reagiram… de modo muito diferente.

Alguns não dormiram: em vez disso, acordaram e começaram a ter muitas ideias engraçadas sobre o que significava ser uma pessoa. Duas pessoas duplicadas eram realmente duas pessoas? Ou eram uma mente, uma consciência, que por acaso estava em dois corpos?

E foi assim que Anfitrião nasceu.

Anfitrião era uma "cadência", ou seja, muitas pessoas duplicadas de temperamento semelhante que ficaram tão próximas que acabaram se alinhando no que era, em essência, uma identidade singular. Tudo isso foi possibilitado pelos discos-trilha pendurados em seus pescoços, que convenceram a totalidade de Anfitrião (todas as pessoas espalhadas não apenas a bordo do *Compreensão*, mas também nas muitas outras embarcações menores delu na frota) de que elas estavam se tocando o tempo todo e que, portanto, suas mentes eram uma só.

E Anfitrião não estava sozinhe. A nação flutuante de Giva agora tinha várias cadências, e elas faziam um trabalho muito importante. Anfitrião era a maior delas. Com muita compaixão e empatia, era capaz de compreender as condições da mente e do corpo humano muito mais que qualquer pessoa individual jamais conseguiria. Isso lhe deu a habilidade de receber bem refugiados aterrorizados em Giva, mas também a de penetrar nas mentes alheias, entender o que sabiam e esquadrinhá-las em busca de qualquer traição.

Havia outra cadência chamada Brincadeira, que se especializou em criar filhos e cuidar dos idosos; depois, outra cadência destinada à agricultura nas ilhas, várias dedicadas à construção e muito mais. A segunda maior era Design, que possuía talento para fazer inscrições: uma cadência que um amigo delas, Giovanni, havia fundado logo após sobreviver por pouco à queda da Tevanne Antiga.

Ninguém era forçado ou obrigado a aderir a uma cadência. Na verdade, a maioria dos indivíduos era inadequada para o alinhamento, pois carecia do temperamento correto. As pessoas poderiam remover os discos-trilha do pescoço sempre que quisessem, quebrar sua conexão com a cadência e ir embora como uma pessoa única novamente. Embora isso já houvesse acontecido antes, era bastante raro, e aqueles que se afastavam muitas vezes sentiam falta da experiência e voltavam.

Num devaneio, Berenice se perguntou, não pela primeira vez, como seria fazer parte daquilo. Algumas das cadências lhe disseram que, se desejasse, poderia se juntar a elus e se alinhar com seus pensamentos. No entanto, nunca o fez, porque sabia que Sancia não poderia segui-la: depois de tudo pelo que passara e de todas as inscrições que carregava, ela era simplesmente anormal demais para que a incluíssem.

Então, uma vozinha ecoou pelo convés:

— *Mamãe!*

Berenice piscou e viu um garotinho de cabelos escuros correndo pelo *Compreensão*, o rosto exibindo um sorriso banguela. Ele correu para o corrimão e acenou freneticamente para a cabine da *Nau-chave*.

Claudia se inclinou para fora da cabine e acenou de volta, com o rosto radiante.

— Gio! — gritou de volta. — Gio, Gio!

<*Uau!*>, disse Sancia, olhando para a criança. <*Ele está... maior! Tipo, muito maior! Pensei que só tinham passado algumas semanas!*>

<*Ber, posso deixar meu posto?*>, pediu Claudia.

<*Certifique-se de que a* Nau-chave *esteja ancorada e segura*>, ordenou Berenice. <*Mas sim, claro.*>

Após poucos minutos, Claudia subiu, correu pelo convés da *Nau-chave* e saltou a bordo do *Compreensão*, onde agarrou o garotinho num abraço de urso, cobrindo-o de beijos.

— Meu amor, meu amor! Olha quantos dentes você perdeu! Vai estar com dentes de gente grande antes que o sol atinja o mar!

— Olha! — disse o garotinho, apontando orgulhosamente para a boca.

Ela olhou para dentro.

— O que foi?

— Perdi muitos dentes — respondeu alegremente.

— Ah... Bem, sim, acabei de dizer isso, meu amor... — disse ela, um tanto confusa.

O marido dela, Ritti, veio se juntar a eles: um homem tremendamente alto e de ombros largos, com uma barba portentosa e cabelos rebeldes. Berenice sabia que ele fora uma espécie de pirata em seus dias anteriores a Giva, capturando navios mercantes; embora muitas vezes se perguntasse se ele é que ajudara Claudia a se tornar uma atiradora tão magnífica, era difícil ver aquele passado em seu rosto sorridente.

<*Você pode vir à Assembleia conosco?*>, perguntou Berenice a ela.

Claudia lentamente colocou seu filho no chão.

<*Ah... Bem. Eu poderia, mas...*>

Berenice reprimiu um suspiro.

<*Se você preferir passar mais tempo com sua família, isso é totalmente compreensível.*>

Ela sorriu.

<*Excelente. Obrigada, Ber.*>

<*Mas posso precisar de você mais tarde. Você e Sancia. Não tenho dúvidas de que Design vai querer dar uma olhada na nossa lâmpada-morta capturada, e quero que todos os inscritores disponíveis participem.*>

<*Com Design?*>, perguntou Claudia, de cara fechada.

<*Sim. Sei que não é sua cadência favorita, mas...*>

<*Não. Nem o trabalho. Mas posso fazer isso. Só me dê um tempo.*> Ela fez uma meia continência para Berenice e os três marcharam em direção às chalupas, o pequeno Gio montado nos ombros dela.

<*É bom ver famílias. Dado que todo o resto é, você sabe, uma loucura fedegosa*>, disse Sancia.

<*Sim.*>

Berenice observou a frota de Giva. Seus olhos se demoraram nos galeões imponentes. A maioria deles era operada por cadências. Perguntou-se quantos refugiados encontrariam abrigo entre eles, quantos se juntariam às cadências ou mesmo fundariam mais uma delas.

Então a voz de Anfitrião ecoou em seus pensamentos:

<*Berenice? A Assembleia está pronta para falar com você. Eles vão se encontrar a bordo do* Inovação, *num dos compartimentos de inscrição.*>

• 8

Berenice estremeceu quando o vento açoitou o casco do *Inovação*. Sabia que o navio estava seguro (como o coração pulsante de todas as práticas de inscrição de Giva, o galeão estava tão alterado e aprimorado que deveria ser capaz de sobreviver a uma monção inteira), mas também sabia que não era o clima que a incomodava.

Doze representantes de todos os departamentos, facções e cadências de Giva sentavam-se num círculo pequeno, num dos compartimentos de inscrição do *Inovação*, seus rostos iluminados por lâmpadas inscritas na penumbra da câmara enegrecida pela fuligem. Depois de ouvir o relatório de Berenice, agora testemunhavam os eventos da operação enquanto um disco-trilha era passado de mão em mão; e cada um deles experimentou pessoalmente a memória de Berenice sobre o evento, um a um.

Finalmente terminaram e continuaram sentados, num silêncio abalado. Mesmo para os veteranos de Giva, esse entrilhamento profundo era imensamente desconfortável, especialmente para Polina, que nunca se acostumara de fato com a arte.

— Isso é... muito interessante — disse Design, a cadência de inscrição. — Muito *intrigante*.

— Intrigante? — perguntou Berenice. — Não tenho certeza se essa é a palavra que eu escolheria.

— É uma das muitas que vêm à mente — respondeu Design. — É um problema novo. De um tipo que nunca previ. E isso não é pouca coisa.

Elu sorria sem humor. O constituinte de Design era um homem de aparência franzina, com um rosto astuto e enrugado e dedos longos que se curvavam repetidamente quando refletia. Tinha um ar pensativo e quieto, mas, até aí, Design era a mais cerebral das cadências, vestindo-se com aventais de couro e luvas grossas, sempre com os bolsos cheios de pergaminhos.

— Parece haver uma infinidade de perguntas complexas aqui — disse Argamassa. Elu suspirou fundo. Isso era incomumente expressivo no caso delu: como uma das cadências de construção mais antigas, muitas vezes era estoique a ponto de se tornar inescrutável. — Para começar, eu me pergunto: como Tevanne movimentou suas forças tão rapidamente?

— Concordo — falou Brincadeira, a cadência de criação de filhos. — E, além disso, como Clave abriu uma trilha para a mente de uma coisa como aquela?

— E, finalmente, como podemos verificar se o que Clave viu era verdade? — perguntou Anfitrião. Seu constituinte era um homem alto e largo, com uma barba espessa e olhos pequenos e tristes, e elu fez um aceno de cabeça para Sancia como se estivesse se desculpando e lamentasse menosprezar seu amigo. — A mente de Tevanne não pode ser como a maioria das mentes. Talvez ele tenha visto espectros ou algo aparentado à loucura?

Polina os fitou, com um olhar tão duro quanto aço polido.

— Vamos direto ao ponto de uma vez. Se o que pensamos que Clave viu realmente *é* o que ele viu, se Crasedes tombou e Tevanne não terá mais de lutar numa guerra de duas frentes, o que *faremos*?

Fez-se um silêncio constrangedor.

— Fugir parece mais sensato — disse Brincadeira finalmente. — Só alcançamos a vitória sobre o inimigo quando ele está distraído ou não está consciente de nós.

— Concordo — disse Design. — Devemos mobilizar a frota e deixar as ilhas.

— Talvez devêssemos consultar nossos líderes militares sobre isso — aconselhou Anfitrião, olhando para Berenice.

— Eu… tendo a concordar também — admitiu Berenice. — Teremos de encontrar um porto seguro em outro lugar, longe da costa de Tevanne. Ela nunca se aventurou muito longe no mar, pelo menos desde a sua dispersão inicial.

Sancia estremeceu ligeiramente ao lado de Berenice, mas não disse nada.

— Mas, se Tevanne realmente pode transportar suas forças tão rapidamente e tão longe, isso ainda seria verdade? O oceano aberto seria realmente uma barreira nesse caso? — perguntou Argamassa.

— Melhor corrermos e ver se nos persegue que esperarmos e sermos surpreendidos quando aparecer à nossa porta — afirmou Berenice.

— Mas para onde? — perguntou Anfitrião. — Onde poderíamos estar seguros?

— Bem, com as coisas que construímos — respondeu Design —, poderíamos ir a *qualquer lugar* e sobreviver. Especialmente com as recentes modificações de submersão que fiz…

— As modificações de submersão não foram testadas — interrompeu Argamassa rispidamente. — Eu *não* sugeriria que usássemos isso.

— Certo, certo — assentiu Design com irritação. — Mas temos capacidades infindáveis à nossa disposição. Não há razão para ficarmos ancorados neste lugar! Poderíamos transformar nossos galeões em fazendas flutuantes, extrair minerais dos próprios mares, construir ferramentas e dispositivos com material filtrado da própria… água…

Suas sobrancelhas se franziram e suas palavras passaram a gotejar lentamente, pois veio então um lampejo de preocupação tão forte que toda a Assembleia fez uma pausa, imaginando qual seria sua fonte.

Todos os olhos ali voltaram a fitar Sancia. Ela estava sentada, carrancuda em sua cadeira, esfregando a marca fantasmagórica de calos havia muito desaparecidos das palmas das mãos.

— Sancia, o que foi? — perguntou Polina.

Sancia olhou para eles, seu olhar dançando de rosto em rosto.

— Não acho que vocês estejam entendendo. Crasedes é o maior inscritor da história da espécie humana. — Uma das mãos dela tocou sem pensar o local em seu peito onde Clave estava. — Até onde sei, pelo menos. O maldito conhecia inúmeros segredos, métodos indescritíveis, técnicas que nem conseguimos *imaginar*. Caramba, ele esteve *dentro* das entranhas da realidade.

— Sabemos de tudo isso — disse Design secamente. — E Tevanne é certamente a maior inscritora agora. Levando em conta suas lâmpadas-mortas e ela mesma, é como se fosse... como se fosse uma inversão do próprio Onipotente, comandando hostes de anjos sombrios.

— Mas ela não é isso — disse Sancia. — Tevanne é uma fusão de Gregor Dandolo e Valeria. Ela só sabe o que os dois sabiam antes. E Crasedes evitava que Valeria soubesse *muitos* segredos. Os comandos mais estranhos, poderosos e perigosos... tudo isso pode muito bem ainda existir apenas na cabeça de Crasedes. Talvez seja *por isso* que Tevanne sempre o perseguiu.

Anfitrião inclinou-se para a frente, o rosto pálido.

— Mas... agora que Tevanne capturou Crasedes...

Sancia assentiu.

— Quando eu o vi, ele estava... gritando. Gritando de agonia. Como se Tevanne estivesse tentando torturá-lo, talvez para obrigá-lo a falar.

Berenice não tinha certeza se eram as ondas ou todas as mentes unidas, mas de repente sentiu náusea, e o ar pareceu ficar muito denso e fechado.

— O que poderiam ser esses segredos? — perguntou Polina.

— Que inferno, eu não sei — respondeu Sancia. — Nossas conversas não eram exatamente civilizadas. Ele estava principalmente tentando matar todos nós.

— E... e se Tevanne já tiver conseguido o quer? — indagou Brincadeira em voz baixa. — E se Crasedes já entregou tudo o que sabe?

O resto da Assembleia se dissolveu em murmúrios inquietos.

<*Parece improvável que isso tenha acontecido*>, disse Sancia. <*Como todos nós ainda estamos por...*>

— Em voz alta, por favor — gritou Polina. — Todos nós *em voz alta*! Já tenho bobagens suficientes circulando na minha cabeça naturalmente sem que todos acrescentem mais! — Ela olhou para Sancia. — O que você está propondo?

— Eu... acho que só há uma opção — respondeu Sancia. — Se Crasedes é um recurso potencial para Tevanne, temos de... de neutralizá-lo.

— Neutralizar... — repetiu Design em voz baixa. — Você entende o que está sugerindo agora?

— Meio que sim — disse ela.

— Uma invasão — murmurou Anfitrião.

Berenice olhou para Sancia, chocada.

<*Você... você está realmente propondo isso, San?*>

<*Eu... não* pensei *que estivesse.*> Sancia olhou para ela. <*Tive a ideia só agora.*>

— Droga! Em voz alta, em *voz alta*! — berrou Polina.

O berro de Polina ecoou em alguns recantos distantes do *Inovação*. Ninguém falou.

— Não é uma invasão *real* — explicou Sancia. — Não estou falando de um maldito exército. Talvez... uma operação. Uma equipe pequena.

— Para fazer *o quê*? — disparou Polina. — Esgueirar-se para as profundezas do inferno e tirar aquele demônio da prisão?

— E matá-lo — completou Sancia. — Menos uma operação ou trabalho de sabotagem que um assassinato. Coisa cruel, mas... vale a pena, se isso mantiver seja lá o que esteja na cabeça de Crasedes longe das mãos de Tevanne.

— Sancia, escute — disse Polina. — Você está propondo que arrisquemos os poucos recursos militares que temos para romper as defesas externas de Tevanne, algo que ninguém *jamais* fez, depois navegar até onde quer que essa prisão mágica esteja, abri-la e libertar nosso *segundo* inimigo mais perigoso... e depois matá-lo. Um ato que você mesma foi incapaz de fazer há apenas oito anos! Embora tenhamos ouvido rumores de que ele recuperou muitas habilidades, de que pode voar e lutar, seja de dia ou à noite! Tudo para evitar algo que corresponde apenas a uma especulação!

— Bem, há algumas merdas sobre as quais não preciso especular! — disse Sancia. — Sabemos que Tevanne travou uma guerra por quase uma *década* para pegar Crasedes. Uma guerra como nunca vimos. Sabemos que isso aconteceu por um motivo. E acho que Clave saberá esse motivo quando acordar.

Houve um silêncio desconfortável enquanto as duas mulheres olhavam feio uma para a outra. Anfitrião tossiu baixinho nas próprias mãos.

— Vou ouvir o que ele tem a dizer — retrucou Polina. — Quando acordar. Mas, enquanto isso, devemos isolá-lo, isso se não o colocarmos em quarentena. Considerando como ele abriu uma trilha *para dentro* de Tevanne, não temos ideia de quem ou... ou o quê acordará.

— Estamos falando de Clave aqui — disse Sancia.

— Sim, mas Tevanne parece incrivelmente talentosa para dominar outras mentes! — retrucou Polina, estremecendo. — Eu preferiria que Clave não interagisse com nenhum givano até sabermos que é seguro lidar com ele.

— Então como diabos vamos saber que ele está acordado? — perguntou Sancia. — Você tem de tocá-lo para ouvi-lo ou tocar um disco para ele. Não estamos todos ansiosos para ouvir o que ele tem a dizer?

Houve um silêncio perplexo entre a Assembleia.

— Poderia haver algum tipo de... não sei, dispositivo de alarme que poderíamos fabricar? — indagou Polina.

Berenice inclinou a cabeça, pensando.

— Talvez... eu tenha uma solução possível já fabricada. Um velho dispositivo de som que sei que certa pessoa fabricou. Velho, mas possivelmente ainda funcional.

— E posso fazer um conserto rápido se não estiver mais funcionando — disse Design. — Mas não precisa ser perfeito, certo? Eu preferiria que você e Claudia se concentrassem mais em me ajudar com a lâmpada-morta, Berenice.

Ela suspirou, exasperada.

— Sim, sim, a lâmpada-morta. E sim, esse dispositivo de som. Vou fazer tudo isso. Mas tenho outra tarefa a cumprir, da qual *preciso* cuidar. Uma tarefa que vai exigir a ajuda de Claudia também.

— Outra tarefa? — perguntou Design, intrigade.

Nesse momento, Anfitrião, sempre a mais intuitiva de todas as cadências, entrou na conversa:

— Sim. Ela tem um soldado para homenagear.

— Ah! — disse Design calmamente.

Outra guinada quando uma rajada de vento atingiu o *Inovação*.

— Faz poucas horas desde que voltamos de Grattiara, portanto ainda não estou comprometida com a ideia da invasão — declarou Berenice. Ela notou que o rosto de Sancia de repente ficou muito duro e muito fechado. — Mas, enquanto esperamos Clave, devemos aproveitar todas as oportunidades para nos prepararmos para o que está por vir. E, embora não tenhamos muitas informações, acho que seria extremamente útil verificar o que *conseguimos* captar de Tevanne, pelo menos.

— Achei que tudo o que Sancia testemunhou fossem cenas, imagens — comentou Design.

— Sim — confirmou Berenice. — Imagens que, possivelmente, são do *interior* de Tevanne. Algo que é completamente desconhecido do mundo inteiro desde que a entidade emergiu.

Os membros da Assembleia se entreolharam, incertos.

— Como essas imagens podem ser úteis se não temos ideia do que representam? — perguntou Argamassa.

— Faz sentido — disse Brincadeira. — Um buraco negro numa parede, como um buraco na realidade, cercado por inscrições prateadas... Quem poderia saber o que são ou onde estão?

— Algumas imagens parecem mais identificáveis — observou Polina. — Sancia disse que viu um vale nas montanhas, cheio de ruínas... Mas há dezenas deles nas regiões interiores das nações gothianas. Restos da época de Crasedes, dizem, de quando ele destruiu essa ou aquela civilização. Descobrir qual ela viu não será fácil...

— Mas essa é a parte simples — afirmou Berenice. — Só precisamos...

Sancia deu um pulo na cadeira ao perceber o que Berenice estava prestes a propor.

— Ah, *merda*!

— O quê? — indagou Design. — "Ah, merda" o quê?

No entanto, Anfitrião, que possuía muito mais habilidade no uso da empatia que as outras cadências, já havia acompanhado seus pensamentos.

— Ah — elu disse. — Vocês... querem fazer um *index*.

— Sim — confirmou Berenice.

— Não! — protestou Sancia. — Inferno, não, não e *não*. Eu não concordei com isso!

— Um *index* pode ser útil, sim — refletiu Anfitrião.

Sancia fechou a cara.

Polina olhou para Anfitrião.

— Quanto tempo levaria para organizar uma indexação?

— O *Compreensão* está pronto e no aguardo — disse Anfitrião. — Posso começar os preparativos agora e deixar o berço do *index* pronto ao anoitecer.

Sancia esfregou a lateral da cabeça.

— Para o inferno com tudo, *odeio* indexação.

— Sancia, dê a chave a Berenice e vá para o *Compreensão* — falou Polina. — Berenice, por favor, pegue o dispositivo de som primeiro. Feito isso, você pode chorar a morte de Vittorio adequadamente e ficar em paz. — Ela lançou um olhar penetrante para Design. — Depois, você pode ajudar Design assim que possível. Isso tudo funciona?

— Sim — respondeu Berenice.

— Sim — concordou Sancia.

— Ótimo — assentiu Polina. O vento aumentou, uivando novamente lá fora. — Porque, em breve, não seremos capazes de lidar com muito transporte de navio para navio.

◆◆◆

Berenice seguiu Sancia pelas passagens fora do compartimento de inscrição. Depois, disparando à frente, agarrou a mão de Sancia e sussurrou:

<*Que diabos você está fazendo?*>

Sancia olhou para ela por cima do ombro.

<*Que diabos* você *está fazendo?*>

<*Tentando permanecer viva. Sinto que lutar contra Tevanne frontalmente não é a melhor maneira de fazer isso!*>

Estreitaram os olhos uma para a outra, nas sombras. Era incomum que pessoas tão alinhadas quanto Sancia e Berenice tivessem divergências, ou mesmo se surpreendessem com os pensamentos, as ideias e as preocupações uma da outra, mas não era impossível. Mesmo as pessoas duplicadas continuavam sendo pessoas.

<*Eu entendo, Ber*>, disse Sancia. <*Você quer inventar algum truque para salvar todos nós. Mas chega uma hora que o tempo na*

sua bancada termina. E então você tem de usar o que já tem.> Ela estendeu a mão, deslizou Clave para fora da camisa e o entregou para Berenice. <*Leve-o. Temos trabalho a fazer. Vejo você depois do* index.>

Berenice o pegou e depois observou enquanto Sancia subia correndo as escadas aos cascos superiores. Ela mancava um pouco agora, o joelho direito girando a cada passo. Alguma consequência de uma artrite no quadril, achavam elas.

Berenice ouviu os passos sincopados até que se foram. Depois, olhou para Clave, o ouro dele brilhando nas sombras, e não havia nenhum som além da chuva tamborilando nos cascos.

9

Berenice e Diela navegavam pelas profundezas dos compartimentos de carga da *Nau-chave*, serpenteando pela escuridão gotejante. A maioria dos compartimentos de carga fora transformada em abrigo para os refugiados, mas alguns dos enormes espaços continham armamentos, munições, bugigangas ou dispositivos recuperados esquecidos nesses lugares havia muito tempo.

<*Está aqui embaixo, em algum lugar*>, afirmou Berenice, segurando uma lanterna inscrita bem alto. <*Eu sei que está.*>

<*Não precisamos de um dispositivo*>, falou Diela. <*Eu poderia simplesmente segurá-lo,* Capo. *Não me incomoda.*>

Berenice fez uma careta e apertou a mão em seu bolso, onde Clave agora estava.

<*Não.*>

<*Não funcionaria? Quer dizer, tenho um disco em mim. Para Clave, sou basicamente um dispositivo, então ele pode falar comigo.*>

<*Tenho certeza de que funcionaria, mas é exatamente isso que não queremos, Diela*>, explicou Berenice. A garota ainda estava claramente em choque e, embora não quisesse admitir, Berenice se preocupava com o que Diela poderia fazer durante o funeral

de Vittorio. *Melhor mantê-la por perto que arriscar que saia sozinha e faça sabe-se lá o quê*, pensou Berenice.

<*Estou bem*>, assegurou Diela, desafiadoramente. <*Estou mesmo.*>

<*Diela, quase não estou aguentando*>, confessou Berenice. <*Ninguém está bem, tendo passado pelo que passamos!*>

<*Mas eu gosto de Clave. Ele faz piadas. O que ninguém por aqui parece fazer mais. É como se todos vocês tivessem esquecido como é ser engraçado*>, argumentou Diela.

<*Viver durante um holocausto tem esse efeito. Por favor, descanse, Diela*>, pediu Berenice.

<*Como posso descansar? Não quero ficar parada. Ficar parada me deixa louca.*>

Berenice estudou o rosto de Diela à meia-luz. Era tão jovem, tão séria, mas agora havia desespero em seus olhos. Essa imagem perturbava Berenice, pois não era estranha a ela. Diela era a pessoa mais jovem a ser duplicada: mal tinha doze anos quando a resgataram de uma lavoura rançosa e decadente de escravizados e estava tão traumatizada que não conseguia nem falar. Fora ideia de Sancia duplicar a garota e ela se oferecera para se comunicar com a menina sem palavras e guiá-la de volta à vida humana normal.

A abordagem fora um sucesso, tanto que Diela era agora a trilheira mais talentosa de toda Giva, capaz de sentir o mais leve lampejo das emoções de alguém ou de desvendar toda uma história a partir de uma dobrinha de pensamento. Mas surgiram dois efeitos colaterais: o primeiro foi uma obsessão muito pouco saudável por Berenice e Sancia, suas salvadoras; e o segundo era seu desejo quase viciante por estímulos, como se as memórias de sua infância estivessem tão cheias de terrores que a única solução era lavá-las com novas.

<*Você se mexe tanto que nem consegue perceber que está machucada*>, observou Berenice.

<*Então será que estou machucada mesmo?*>, perguntou Diela.

<*Sim, está. E vai saber quando se quebrar, provavelmente num momento inoportuno. E você vai se quebrar, Diela, se não tomar cuidado.*> Berenice parou e se virou para ela. <*Você se lembra do que é o dever?*>

<*Sim*>, respondeu Diela, com relutância. <*É fazer algo que você não quer fazer porque é melhor para todos, não só para você.*>

<*Sim. É pegar um pedaço de si e dar a todos. Sancia está cumprindo o dever dela agora, examinando um* index *no* Compreensão. *Seu dever agora é curar a si mesma. Portanto, fique calma, fique quieta e descanse. E me ajude a encontrar…*> Enxergou algo no canto. <*Ah. Aqui está.*> Foi até um pequeno estojo empoeirado de couro no canto do compartimento de carga.

<*É isso?*>, perguntou Diela.

Berenice pegou o objeto, soprou a camada de poeira no topo e fez o ar dançar com o cheiro de coisa antiga.

<*É. Espero que esteja inteiro. A menos que tenhamos feito algo que chacoalhou tudo aqui embaixo.*>

<*Teve aquela vez, quando Sancia precisou fazer uma curva doida para evitar ser atingida por um dos estriladores de Tevanne. Lembra disso,* Capo*?*>, perguntou Diela.

<*Ah, sim*>, respondeu Berenice, um tanto melancólica. Colocou o estojo em cima de um grande caixote à direita. <*Perto de Varia.*>

<*Não, estava falando da Baía de Piscio*>, corrigiu Diela. <*Tinha esquecido que fizemos isso em Varia…*>

Berenice suspirou.

<*Suponho que temos sorte de estarmos inteiras, quanto mais esta coisa.*>

Ela deslizou o fecho do estojo de couro e levantou delicadamente a tampa. Juntas, olharam para dentro.

<*Parece* incrível. *O que é isso?*>, perguntou Diela.

<*É um dispositivo de som*>, respondeu Berenice, estendendo a mão e pegando o objeto. <*Meu antigo mentor o fez, há muito tempo. Embora estivesse seguindo os passos de outra pessoa.*>

Colocou uma lupa num dos olhos e examinou o dispositivo pequeno e delicado. Suas muitas cordas de aço, todas gravadas com *sigils* impossivelmente minúsculos, de alguma forma escaparam de qualquer poeira ou corrosão e brilhavam à luz da pequena lâmpada inscrita.

Como é estranho ver o trabalho dele agora, pensou Berenice. *É como ver suas impressões digitais embutidas no mundo ao meu redor...*

Berenice pigarreou.

<*Basta colocar Clave num galeão e ele consegue controlá-lo*>, disse ela. <*Não vejo por que ele não pode fazer o mesmo com um dispositivo de som como este e só nos chamar quando estiver pronto.*>

<*Como isso veio parar aqui,* Capo*?*>, perguntou Diela.

<*Claudia e Gio pegaram isso e algumas outras coisas por acidente quando partiram para abrir a própria empresa, na Tevanne Antiga*>, explicou Berenice. <*Quando fugiram durante a Noite Shorefall, trouxeram tudo com eles.*> Pegou as ferramentas de inscrição, a língua encaixada cuidadosamente entre seus lábios, e começou a trabalhar. <*Eu só preciso de um lugar onde Clave possa ficar apoiado. Uma fechadura, por assim dizer. Não deve demorar.*>

Diela olhou para os outros caixotes enquanto esperava que Berenice terminasse.

<*Então, o resto dessas coisas aqui... também são as coisas que Claudia e Gio trouxeram da Periferia da Fundição?*>

<*Hã? Sim, acho que sim*>, respondeu Berenice.

O olhar de Diela chegou até um caixote grande. Seu rosto ficou tenso, daquele jeito curioso que sempre ficava quando se punha a usar aquela intuição quase sobrenatural, compreendendo algo que todos pensavam estar escondido ou esquecido.

— Minha nossa — disse baixinho. Ela se agachou, puxou a tampa do grande caixote e a deslizou para o lado.

Berenice, antes distraída, arregalou os olhos ao perceber o que Diela havia encontrado: uma enorme armadura inscrita, forjada em metal preto, amassada e arranhada nas ombreiras e grevas. Parou de trabalhar e ficou olhando para a armadura, ombro a ombro com Diela.

— Eu sei o que é isso — falou Diela, em voz alta. — Isso é uma... isso é uma lorica.

— Não sabia que trouxeram esse negócio — comentou Berenice, baixinho. — Como... como foi que isso...

— Lembro que Sancia contou que havia dado a armadura para Claudia vender depois da Noite da Montanha — falou Diela. — Acho que ela nunca teve tempo para isso e apenas encaixotou o cara. Encaixotou isso, quero dizer.

Berenice olhou para a garota com ar desconfiado.

— Ela disse isso? Ou você pegou isso pela conexão com ela?

Diela piscou.

— Eu... não me lembro bem, *Capo*.

Houve um longo silêncio.

— Eu... preciso terminar aqui — explicou Berenice. — Não vai demorar muito. — Ajoelhou-se diante do pequeno dispositivo de som no estojo e continuou fazendo uma fechadura para Clave. Tentou ignorar a maneira como Diela gentilmente se abaixou e apertou a palma da mão contra o peitoral da armadura, como se sentisse um batimento cardíaco.

<*Você o conhecia, não é?*>, falou Diela.

— O quê? — perguntou Berenice, em voz alta, assustada.

<*Gregor. O homem que usava essa armadura. Você o conhecia.*>

Berenice olhou para Diela, ligeiramente contrariada.

<*Sim. Eu... eu o conhecia.*>

Tentou se concentrar na tarefa, colando a pequena estrutura de encaixe na lateral do dispositivo de som e, em seguida, o disco-trilha dentro dela...

<*Ele morreu usando isso?*>, perguntou Diela.

<*Sim. Várias vezes, na verdade. Mas ele sempre voltava. Tinha esse hábito...*>

<*Sancia acha que ele ainda está por aí*>, comentou Diela, um tanto sonhadora. <*Preso dentro desse outro dispositivo maior, um pouco como essa armadura... Mas não sabemos como tirá-lo...*>

— Feito — interrompeu Berenice, em tom seco. Ela se levantou. — Tudo pronto. Um momento.

Ela tirou Clave de seu pescoço, onde estava pendurado, e o colocou dentro da fechadura simples no dispositivo de som. Depois, fechou a caixa e deu um passo para trás.

<*Vou levar isso comigo*>, disse ela. <*Até Clave acordar. Então ele vai poder nos contar o que viu sem que tenhamos de tocá-lo.*>

<*Mesmo que Clave tenha tocado Tevanne lá atrás, não consigo imaginar que isso o tenha mudado*>, afirmou Diela. <*Não consigo imaginar que ele possa ser alguém além de Clave.*>

Berenice olhou para a lorica e se lembrou de um momento muito anterior, quando um homem que conhecia engoliu um pequeno disco e acordou alguém muito diferente.

Ela olhou para Diela.

— Terminamos a primeira coisa — disse. — Mas você e eu temos mais uma tarefa para fazer esta noite, não temos, Diela?

Diela ficou em silêncio.

— Venha — ordenou Berenice. — Vamos nos despedir dele.

Nos seus tempos de campo (lá na Tevanne Antiga, uma ou duas vidas atrás, se não mais), Berenice decidira que não era o tipo de pessoa que chorava.

Fora puramente um mecanismo de defesa, lembrou ela: ao decidir que não choraria, que era uma pessoa que definitivamente *não podia* chorar, tornou-se imune a todos os insultos, sutis ou não tão sutis, de outros inscritores dos Dandolo, que eram todos homens, ricos e, o mais importante de tudo, invejosos.

Berenice desenvolvera um processo imaginário que completava a cada manhã: acordava todos os dias em seus pequenos aposentos e vestia uma capa fria e invisível, que encobria totalmente seu rosto e sua mente. *Sou como os homens do rio, que se cobrem de lama todos os dias e revestem a pele contra as moscas-d'água*, dizia ela durante esse pequeno ritual.

E funcionou. Embora outros inscritores dos Dandolo, é claro, a tivessem chamado de frígida e distante, cada dia se tornava mais suportável, até que todas as palavras dos homens ao seu redor, incluindo Orso, diminuíram, até se tornarem pouco mais que os cheiros fétidos que podiam ser sentidos todos os dias na Tevanne Antiga.

Mas, em algum momento, as coisas mudaram. A situação era menos como se estivesse vestindo sua capa fria e invisível e mais como se a tivesse engolido, selando todas as suas entranhas; e então, um dia, Berenice não tinha mais certeza se havia decidido que não era mais uma pessoa que chorava ou se nunca fora uma pessoa assim. Essa parte dela se tornou um membro atrofiado, e ela começou a experimentar o mundo a distância, como se sua vida estivesse acontecendo com outra pessoa.

Até a Noite da Montanha. Até Sancia. A visão dela, seu cheiro, sua mera grandeza, como se fosse uma personagem romântica e arrojada, tão tremenda que quebrara o próprio livro que a prendia. E então, num punhado de horas enlouquecidas e enfumaçadas, aquele véu frio foi banido para longe; foi como se Berenice acordasse de um sonho profundo.

No entanto, enquanto subia as escadas da *Nau-chave*, com a luz da lanterna de Diela flutuando nas paredes ao redor, Berenice desejou repentina e desesperadamente o retorno daquele véu invisível; desejou que houvesse alguma medida, qualquer medida, de separação entre ela e os eventos que estava presenciando agora.

Finalmente chegaram à enfermaria, e Berenice viu os outros esperando por ela: Claudia, Polina e vários dos constituintes de Anfitrião, que sempre ajudavam muito em momentos como aquele.

E ali, na caixa no chão, estava um uniforme givano, desenrolado e desdobrado, colocado no fundo da caixa, um substituto para um corpo e uma pessoa que eles não tinham mais.

Houve um longo silêncio, quebrado apenas pelo tamborilar da chuva e pelas idas e vindas do vento.

— Ele sempre cuidou bem de suas roupas — disse Claudia suavemente. — O fedegoso se vestia melhor que todos nós.

A imagem da lorica disposta no caixote passou pela mente de Berenice.

Fantasmas de meninos em caixas, pensou. *Alguns mortos e outros que não estão mortos o suficiente.*

Ela pigarreou.

— Verdade.

Claudia chorou e se virou, e Anfitrião estava ali para abraçá-la.

Berenice olhou dentro da caixa, tentando se lembrar de Vittorio. Ele era tão assombrosamente jovem. Em vida, havia sido tão competente, tão destemido, que era fácil esquecer sua juventude.

Ele é mais novo que eu, pensou, *quando conheci Sancia? Quando conspiramos e planejamos derrubar uma cidade, e cada sonho e cada beijo pareciam extraordinários?*

Mais uma vez, pensou na lorica vazia, seus olhos vagos olhando para ela.

Gregor era mais velho que eu sou agora quando vestiu a armadura pela primeira vez? Ou quando engoliu aquele disco e se transformou na coisa que enfrentamos agora?

O silêncio se estendeu. Finalmente, os olhos de todos se mexeram do uniforme na caixa para Berenice, e o grupo esperou que ela falasse.

— Deveríamos pensar nele — falou, com voz rouca. — Lembrar dele não como ele é agora, mas como era. E depois, após fazermos isso, devemos nos dar as mãos e recordar plenamente.

Eles assentiram e se reuniram ao redor da caixa.

Juntos, na penumbra da enfermaria, Berenice e seus amigos deram as mãos, abriram trilhas uns para os outros e se tornaram um.

Compartilharam memórias, imagens, impressões, sensações, tudo sobre Vittorio, o menino que lutara tão duramente e libertara tantos. E, mesmo que alguns deles o conhecessem havia apenas alguns meses, ou até mesmo semanas, logo começaram a sentir que o conheciam por toda a vida, e lamentaram o que haviam perdido e celebraram o que havia sido.

< *Vamos guardá-lo* >, pediu Berenice. < *Vamos guardá-lo conosco enquanto pudermos.* >

<*Enquanto pudermos*>, repetiu a equipe.

Quando terminaram, depois de colocarem a caixa na câmara, queimá-la até virar cinzas e espalhá-las na proa da *Nau-chave*, Berenice voltou à sua pequena cabine e se sentou na cama. Sem pensar, uma mão acariciou o lugar onde Sancia tantas vezes dormira ao lado dela. Depois pensou nas caixas que poderiam esperá-la nos próximos dias e em todas as pessoas que poderia encontrar nelas, e no que restaria dela quando todas fossem reduzidas a cinzas também.

Em seguida, caiu na cama, cobriu os olhos e chorou.

• 10

— Por aqui! — cantou a constituinte de Anfitrião, uma mulher de Daulo de aparência alegre, com bochechas de um vermelho intenso. Gesticulava, conduzindo Sancia por uma escada apertada rumo aos conveses inferiores do *Compreensão*.

Sancia estremeceu quando seu quadril direito começou a doer.

— Quanto falta? Não me lembro dessa escada.

— Não muito — respondeu Anfitrião. — O berço do *index* está só dois andares abaixo. E você está certa, a escada é nova. Fiz algumas otimizações.

— Você está sempre otimizando — resmungou Sancia, virando-se para outro patamar.

— Porque estamos sempre crescendo — disse Anfitrião. — Ganhamos onze mil pessoas desde a última vez que você visitou o *Compreensão*, Sancia.

— Você fez todos os onze mil descerem essas malditas escadas?

Anfitrião riu. Parecia uma risada genuína; mas tudo o que Anfitrião fazia parecia genuíno. As pessoas se esqueciam de que elu era uma cadência o tempo todo, até mesmo Sancia, especialmente no convés desse enorme navio.

Estou dentro delu, pensou ela, olhando para as muralhas. *Estou dentro de Anfitrião.*

Era bobo dizer isso, mas parecia verdade, pois nos últimos anos passara a pensar nas cadências não como grupos de pessoas, mas como seus navios. Quando Sancia imaginava Design em sua cabeça, por exemplo, não imaginava um de seus constituintes. Em vez disso, pensava no *Inovação*, cheio de engrenagens, caldeirões inscritos e pilhas de bronze. As profundezas do navio gigante, repletas de elevadores, calhas e conduítes aperfeiçoados, que puxavam componentes e materiais por todos os compartimentos da fábrica enquanto Design criava os muitos dispositivos que mantinham Giva funcionando. E, quando Sancia pensava em Brincadeira, o que lhe vinha à cabeça era o *Cultivo*, que abrigava idosos e jovens igualmente, com todos os seus degraus e descidas acentuadas retirados e substituídos por rampas e cantos arredondados, canos e dispositivos de água inscritos e instalados em todos os lugares para facilitar a lavagem, e grandes janelas de vidro fixadas no casco do navio para que seus habitantes pudessem observar o mar lá fora, sentados em silêncio.

Mas o navio de Anfitrião, o *Compreensão*, estava sempre cheio de gente.

Dezenas de pessoas. Enormes *multidões*. Pessoas de todas as raças, todas as nações, todas as culturas, de todo o Durazzo. A grande variedade de cabelos (na cor, no comprimento, no estilo) por si só era surpreendente; sem falar nas maneiras de vestir, linguagem, dieta e muito mais.

— A coisa está um pouco movimentada nesse próximo compartimento — disse a constituinte de Anfitrião, conduzindo-a pelos corredores lotados. — É por aqui...

Os refugiados de Grattiara agora enchiam os conveses médicos do *Compreensão*. Sancia os observou fazendo fila em cabines pequenas e discretas que Anfitrião havia organizado, onde um constituinte inseria um pequeno disco nas costas de suas mãos, permitindo que ficassem duplicados com o povo de Giva.

— Quantos aceitaram a duplicação? — perguntou Sancia.

— Cerca de setenta por cento — respondeu Anfitrião. — O restante tem a opção de procurar cargos na frota ou trabalhar nas ilhas. — Elu fungou. — A maioria escolhe as ilhas. Suspeito que seja porque não estão familiarizados com a vida selvagem...

Sancia observou um jovem estremecer enquanto a constituinte de Anfitrião colocava cuidadosamente um disco em sua mão. Assim que terminou, ele a ergueu e sacudiu, como se tivesse batido a mão numa quina e isso tivesse causado alguma dor nos nervos, mas depois seus olhos se arregalaram e ele ficou imóvel, a boca lentamente se abrindo em admiração.

Sancia sorriu com melancolia. Ela mesma havia passado por isso, oito anos atrás. O alinhamento levaria horas, talvez dias. Muitos, ela sabia, ficariam em seus quartos enquanto os pequenos discos neles faziam seu trabalho, gotejando novas experiências em suas mentes, e durante todo o processo, falavam silenciosamente com Anfitrião, despejando seus pensamentos, seus desejos, suas agonias, suas vontades. E Anfitrião os ouvia.

De fato, se o *Compreensão* realmente lembrava alguma coisa para Sancia, essa coisa era uma catedral, enorme e espaçosa, cheia de gente, inundada com uma luz fraca e chamejante que vinha das lanternas penduradas; e sempre havia o som de sussurros, confissões, perdão e compreensão.

Mas, se isto é uma catedral, pensou Sancia, *Anfitrião é o quê, exatamente?*

<*Como vai você, Sancia?*>, perguntou Anfitrião enquanto caminhavam.

<*Você não sabe?*>, retrucou Sancia.

A constituinte se permitiu dar um sorriso tímido, mas não mais que isso.

<*Estou viva*>, disse Sancia. <*Isso é bom o suficiente.*>

Outro sorriso, mas agora havia uma tristeza nele.

<*Entendo. Há momentos em que isso basta, sim. Mas acho que esses momentos são raros.*>

<*São mesmo?*>

<*Sim. Muitas vezes as pessoas aqui precisam de mais.*>

Entraram numa enorme câmara abobadada, cheia de camas ocupadas por famílias de refugiados. As crianças se aglomeravam onde seus pais se ajoelhavam, deitavam-se ou se sentavam, sendo atendidos por Anfitrião. Sancia pensou ter ouvido três idiomas diferentes falados ao mesmo tempo.

<*Essas pessoas, por exemplo*>, disse Anfitrião, <*sofreram sozinhas, em suas várias nações, suas cidades naufragadas. O que muitas vezes desejam é a consciência de que não estão sozinhas em seu sofrimento. Que alguém está lá com elas.*>

Sancia não disse nada. Em algum lugar um bebê começou a chorar, parando apenas para tomar fôlego.

Viraram num corredor e passaram por um grupo com cerca de duas dúzias de pessoas, todas vestidas de roxo e azul, esparramadas em cadeiras almofadadas, os olhos fechados e os rostos voltados ao teto. Todas as bocas se moviam muito de leve, como se estivessem conversando silenciosamente com alguém invisível. Sancia sabia exatamente o que estavam fazendo.

<*Isso parece coisa pra caramba*>, disse Sancia.

<*É um recorde*>, concordou Anfitrião. <*Vinte e sete ouvintes nesta noite. Raramente tenho de me dedicar a tantas mensagens.*>

<*De quantas conversas você está participando agora, Anfitrião?*>, perguntou.

<*Cerca de oitenta*>, respondeu elu.

<*Caramba... todas com os refugiados?*>

<*Ah, não. Estou conversando com pessoas da frota. Principalmente sobre a tempestade. Está muito ruim e vai piorar. As pessoas me chamam, pedindo-me para sussurrar algo para alguém do outro lado da frota. Para fazer votos de boa sorte ou dizer que os amam. Estão com medo. Estou fazendo o possível para ajudá-las a lidar com isso.*>

Viraram de novo. No outro extremo do corredor havia uma porta: era pequena, forjada em metal grosso inscrito para ser extraordinariamente durável e trancada com uma série de fechaduras: algumas inscritas, outras puramente mecânicas.

<*Você está sugerindo que eu preciso de um ouvinte com quem conversar?*>, perguntou Sancia, que estava bem acostumada com os joguinhos e palavras de sabedoria de Anfitrião.

<*Ah, tecnicamente, eu seria esse ouvinte*>, disse Anfitrião. <*Considerando que sou todos os ouvintes. Então você pode falar comigo.*>

<*Sobre o quê?*>

Anfitrião olhou para ela.

<*Você tem uma infinidade de coisas sobre as quais deveria falar, Sancia. Está passando por algo que ninguém mais em Giva jamais enfrentou. O pequeno dispositivo em seu crânio está roubando seus anos, assim como as lâmpadas-mortas roubam a vida das pessoas presas nelas. Isso deve ser difícil.*>

Sancia parou de andar.

— Todo mundo sabe disso — falou ela, em voz alta. — Eu sou... Eu sou duplicada com minha esposa, meus amigos, meus... meus camaradas. Todos compartilham o meu sofrimento. É isso que significa fazer parte de Giva.

Anfitrião assentiu pacientemente.

— Sim. Pode-se dizer que inventamos uma nova maneira de sermos humanos, sim. Mas ainda somos humanos. E observar aqueles que amamos nos dando apoio em nosso sofrimento... Isso é um teste para qualquer um, aperfeiçoado ou não.

Sancia não se mexeu nem falou.

— Não quer que ela deixe você — disse Anfitrião, gentilmente.

— Não — retrucou Sancia. — Não quero.

— Mas às vezes você acha que quer.

Ela se encheu de raiva por um momento. Olhou para Anfitrião, abriu a boca, repensou o que ia dizer e a fechou. Depois, finalmente, explicou:

— Acho que às vezes seria melhor. Para ela. Não parece justo para ela ter de fazer isso... — Deu uma risada de desânimo. — Meu Deus. Tenho esses sonhos loucos, sabe, sobre inventar alguma maneira de reverter tudo isso. Algum truque inscrito para me tornar jovem novamente, para recomeçar, para colocar tudo no lugar. Para que possamos recuperar todas as coisas que estamos perdendo, até mesmo agora. — Ela ficou em silêncio por um momento. — Mas não sou mais criança. E sei que, para algumas coisas, não tem como voltar atrás.

Anfitrião assentiu.

— Você e Berenice construíram este lugar para nós. Somos todos seus filhos, de certa forma. — Elu caminhou até a porta e começou a destrancar as várias fechaduras do berço, abrindo a porta em seguida. — E nós somos mais fortes, melhores e mais sábios, por termos sido feitos por vocês, Sancia. Por saber de todos os sacrifícios que vocês fazem, mesmo agora. Por favor, não se esqueça disso. — Elu recuou e estendeu um braço, dando-lhe as boas-vindas. — Você primeiro.

Sancia entrou lentamente no berço do *index*: uma pequena sala oblonga construída em madeira preta inscrita, com mais de duzentos discos de bronze, todos cuidadosamente inscritos com muitos, muitos *sigils*.

No centro da salinha havia uma peça de mobília curiosa: um grande cano de bronze cortado pela metade. Media mais de dois metros de comprimento, ou seja, o suficiente para abrigar uma pessoa muito alta deitada, daí o apelido de "berço". Ao contrário dos discos de bronze em toda a sala, sua superfície parecia estar "em branco", mas Sancia sabia que era apenas porque seus *sigils* gravados ficaram tão incrivelmente pequenos que era quase impossível de ler.

Quanto à sua função, o berço era semelhante a um disco-trilha, apenas maior, mais poderoso e muito, muito mais íntimo.

— Alguma chance de você ter alterado esse negócio para que eu pudesse preservar minha dignidade? — perguntou Sancia. — Ou qualquer dignidade que me reste a esta altura?

Ainda na porta, a constituinte tossiu.

<*Ah… não exatamente. Infelizmente, como o berço ainda funciona com base no contato com a pele, precisamos maximizar a superfície de pele exposta, então…*>

Sancia franziu o cenho na pequena câmara escura.

<*Você está ciente, é claro*>, disse Anfitrião, <*de que eu guardo memórias dos estados corporais de muitas,* muitas *pessoas.*>

— Ok, ok.

<*Mais de mil. Algumas das quais cuidei, outras que eu fui. Incluindo, desde que entrilhei com você de vez em quando, seu próprio corpo…*>

— Já saquei! — cortou Sancia. — Ainda parece estranho… você sabe, descer até o fundo da sua barriga, Anfitrião, ficar totalmente nua e rastejar para algum buraco aqui.

Sancia não se incomodou em dizer para Anfitrião fechar a porta. Em vez disso, resmungou por um segundo, despiu-se e jogou as roupas no chão do cômodo.

— Acho que você poderia dobrar isso para mim.

<*Certamente. Vou fechar a porta agora.*>

Ela se virou para o berço. A luz na sala morreu quando a porta se fechou, e por um momento tudo ficou escuro, mas em seguida uma luz baixa e rosada cintilou de uma lanterna no topo da câmara, e ela caminhou até o meio tubo de bronze.

— Certo. — Suspirou. — Vamos acabar logo com essa merda.

Berenice fechou os olhos e tentou não estremecer. *Como eu odeio estar aqui… Como eu* odeio *isso…*

— Ferro comum — entoou a voz de Design na escuridão. — Ferro comum, arrancado da terra comum e transportado para alguma enorme fábrica inscrita, algum dispositivo enorme que talvez atue como os intestinos de Tevanne, seus rins, construídos para processar, processar, processar, digerir enormes quantidades de recursos brutos e transformá-los… nisso. — Suas mãos enluvadas roçaram a parede interna da lâmpada-morta enquanto o grupo percorria o interior dela. Naquela nave fantasmagórica, ainda cheirando a cal fresca e lixívia, Berenice sentiu como se Design fosse uma espécie de psicopompo sorridente, que estava ali para levar suas almas embora enquanto ela e Claudia examinavam os *sigils* nas paredes. — E, no entanto, o fato de Tevanne fazer suas inscrições dentro dos ossos dessa coisa, de incorporar seu pensamento e vontade dentro de sua carne e pele, faz com que possa se tornar algo *mais*.

Berenice sentiu a lâmpada-morta mudar de posição ao redor deles. Por um momento de terror, pensou que a coisa voltaria à vida e talvez estivesse prestes a retornar a Tevanne. Então se lembrou de que estava pendurada no compartimento de carga da *Nau-chave*, sendo fustigada pelos vendavais da tempestade, e que devia estar balançando para a frente e para trás.

Um pouco de movimento, pensou enquanto lia uma linha de inscrições na luz fraca das lâmpadas, *era de se esperar... certo?*

— Continuo encontrando algumas porcarias que são bastante básicas — disse Claudia, do canto. Olhou por cima do ombro para o principal constituinte de Design, a pessoa que estava usando para falar com elas, mas poderia ter se dirigido à outra dezena de pessoas comprimidas na lâmpada-morta com elas, já que todas também eram Design. — Ligações de densidade, inscrições de gravidade. Coisas que conhecemos. O dispositivo de gravidade é a coisa mais avançada aqui. Pensei que essa coisa voasse como... você sabe, um hierofante?

— Quando ela *edita* a realidade, é como um hierofante — explicou Design. — Mas o resto de sua natureza se assemelha a um dispositivo inscrito totalmente normal. — Seus óculos escuros de proteção refletiam a luz das lâmpadas, dando a seu rosto um aspecto curiosamente artrópode. — Porque Tevanne pode alterar as capacidades físicas dessa nave para níveis incompreensíveis, *instantaneamente*.

— Instantaneamente? — repetiu Berenice, em dúvida. — Não é assim que as inscrições funcionam.

— É uma teoria que estou examinando há muito tempo — continuou Design. Sua voz era baixa e plácida, como alguém sob os efeitos de uma droga maravilhosa, e talvez isso estivesse próximo da verdade, pois refletir sobre inscrições parecia ter efeitos sobre a vasta mente de Design que outros não conseguiam compreender. — Afinal, como Clave convence uma porta inscrita a se abrir?

— Eu acho que…

— Ele convence a porta, digamos, de que abrir na outra direção *não conta como abertura* — interrompeu Design triunfantemente. — Ou de que as dobradiças são mil vezes mais densas do que realmente são, de modo que caem do batente da porta e tudo se desfaz! *Isso* é o que Tevanne incluiu em tantas de suas criações: uma estrutura solta que, quando se torna alvo da atenção dela, pode ser persuadida a realizar uma enorme variedade de tare…

— Então… Clave poderia pilotar essa lâmpada-morta? — soltou a voz de Diela.

O transe de Design se desfez.

— Hã? — disse.

O rosto redondo e inocente de Diela apareceu no topo da escotilha, observando-os enquanto trabalhavam.

— Se Tevanne está apenas fazendo coisas como as que Clave faz, só que maiores, Clave poderia pilotar esta coisa?

— S-Sim — respondeu Design lentamente. — É possível. Talvez.

— É por isso que você me pediu para trazer Clave aqui? — perguntou Berenice, olhando para o dispositivo de som no chão. — Para ver se ele consegue pilotar esta coisa?

— Bom… não — admitiu Design com um suspiro. — Eu estava esperando algum sinal de, bom… do que sempre estou procurando.

— Ah — disse Claudia, visivelmente segurando o revirar de olhos. — O regulador.

— Sim — assentiu Design, replete de indignação. — Tevanne depende fortemente de dispositivos; ferramentas acessíveis, sólidas e *reais*, para gerenciar todas as coisas abstratas que faz. Ela deve ter algum... algum implemento que serve para rotear todos os seus processos de duplicação, o que, de alguma forma, faz com que seja mais fácil controlar seus hospedeiros. Quero dizer, imagine a sensação de fazer cem pessoas morrerem de um jeito horrível, todas de uma vez! Imagine administrar isso! E, no entanto, Tevanne o faz todos os dias!

— E você acha que existe uma caixa mágica que ela mantém por perto para controlar tudo isso — completou Claudia.

— Existe! *Tem de* existir! — falou exaltade. — Mas não posso estudar esse fenômeno, porque, para isso, precisaria de um hospedeiro vivo. E trazer um hospedeiro vivo para Giva seria, bem, não exatamente ideal.

— Então, como enfiar Clave numa lâmpada-morta vai ser útil? — perguntou Berenice.

Design se aproximou de uma das cadeiras em que os hospedeiros estiveram presos. Depois se ajoelhou, examinando um punhado de discos colocados no assento, nos encostos e nos braços.

— Isso. É exatamente disso que eu precisava.

Berenice foi até Design e observou a cadeira.

— Esses são os pontos de contato — disse ela. — Os dispositivos propriamente ditos que roubam a vida dos hospedeiros.

— Sim — concordou Design. — Sim. Mas como Tevanne faz isso funcionar? Como redireciona a própria força vital de um ser para o console hierofântico a partir desta cadeira? — Olhou para o pedaço de latão derretido no meio da lâmpada-morta. — Ou o que sobrou do aparato, pelo menos. Se eu puder testar isso, mesmo que por só um segundo, talvez possa entender *como Tevanne controla seus hospedeiros*.

Os constituintes de Design então se levantaram imediatamente e ficaram em volta do console hierofântico e de uma das cadeiras da lâmpada-morta, aplicando seus discos de modificação aqui e ali. Foi, como sempre, uma cena tremendamente estranha vê-los invadindo o espaço pessoal um do outro sem pestanejar (porque, é claro, todo o espaço deles pertencia a uma única identidade).

Uma dúvida veio à cabeça de Berenice.

— Mas como exatamente vamos testar isso?

— Ligando a lâmpada-morta, é claro — afirmou Design com tranquilidade.

Berenice e Claudia olharam para elu.

— Você quer... o quê? — perguntou Berenice.

— Ligar a lâmpada-morta — afirmou Design novamente.

— Saco do vigário...! — exclamou Claudia.

— Algo como... deixar esta lâmpada-morta roubar a vida de uma coisa viva, para alterar a realidade? — indagou Berenice. — E você quer ligá-la aqui, no meio da frota givana?

— *Tentar*, pelo menos — respondeu Design. — Não precisa ser totalmente bem-sucedido.

— Você... você está realmente nos dizendo que alguém vai se sentar naquele lugar? — perguntou Claudia.

— De certa forma — respondeu Design. Elu olhou para Berenice, seu rosto, coberto com os óculos de proteção, curiosamente ávido. — Clave *está* naquele dispositivo de som, não está?

Berenice inclinou a cabeça, pensando.

— Ah... entendi. Você pediu a aprovação de Polina para isso, Design?

— Achei que não precisaria — respondeu Design. — Clave não está nem vivo nem morto.

— O que provavelmente vai confundir este monstro a ponto de *tentar* roubar a vida dele — concluiu Berenice, lentamente. — É essa a ideia?

— Sim — afirmou Design. — E conseguir esse pequeno vislumbre do funcionamento interno de Tevanne... Isso é tudo de que preciso.

Berenice assentiu, agora bastante impressionada. No entanto, logo depois, fez uma pausa.

— Mas... a coisa viva tem de fazer mais que apenas *estar* na cadeira para ter sua vida roubada. Ela também precisa ter os discos de um hospedeiro *embutidos* nela.

— Sim, ou pelo menos tocá-los — disse Design. — Isso é verdade.

— Então, você também criou uma maneira de enganar esse dispositivo, fazendo-o acreditar que você tem o disco de um hospedeiro?

— Bom. Achei que não precisava *enganá-lo.*

Ouviram o estalo distante de um trovão e uma rajada de chuva.

Berenice sentiu um aperto no estômago.

— Você não fez isso.

Design encolheu os ombros.

— Alguém tinha de fazer algo a respeito dos corpos incinerados aqui...— Elu enfiou a mão no bolso e tirou uma pequena bolsa de couro. — Eu *até* fiz para eles um funeral solene. Um descanso final muito melhor do que qualquer coisa que poderiam ter recebido sob o feitiço de Tevanne. Mas, antes *disso*, realizei algumas... algumas outras tarefas.

Design virou a bolsa de couro em sua mão enluvada. Uma dúzia de pequenos discos de metal caiu tilintando na palma de sua mão.

— *Saco* do vigário! — exclamou Claudia novamente.

— Minha nossa! — exclamou Diela, de cima.

Berenice levou as mãos ao rosto. *Espero que Sancia pelo menos esteja se divertindo mais do que eu.*

◆◆◆

Sancia grunhiu de surpresa ao deitar-se no berço de bronze.

<*Ei, é... quente.*>

<*Sim*>, disse Anfitrião. <*Qualquer... qualquer conforto que eu possa oferecer... Vou ter que desligar a luz antes de começarmos. Avise-me quando estiver pronta.*>

Sancia se posicionou dentro do meio tubo, olhando para a lanterna rosada acima dela.

<*Pronta.*>

A luz apagou, e Sancia esperou.

Uma das coisas mais difíceis de viver em qualquer sociedade, avançada ou empobrecida, era combinar o conhecimento com a necessidade. Se alguém encontrasse um problema, digamos, um agricultor descobrindo um novo mofo numa safra de damascos, este compreensivelmente se perguntaria se alguém sabia o que era aquilo e procuraria ajuda.

Em sociedades normais, o agricultor primeiro teria de perguntar a todos os que conhecesse, os quais, então, perguntariam a todos os que eles conhecessem (se fossem gentis e tivessem tempo para isso, é claro) até que a resposta fosse descoberta e retransmitida. O processo, porém, era muito lento e sujeito a muitas imprecisões; pois, quando as descrições do mofo se espalhassem pela população, muitas pessoas poderiam não ter ouvido direito, esquecido ou simplesmente entendido errado.

Mas uma sociedade duplicada oferecia uma solução muito mais rápida: um *index*.

Anfitrião sempre dizia que um *index* funcionava um pouco como alguém tentando resolver um quebra-cabeça de criança: se quisesse descobrir onde se encaixava uma peça, você a pegaria e compararia com todas as outras no saco, vendo se as duas peças compartilhavam cores, padrões ou quaisquer características únicas que indicassem que se encaixavam.

Um *index* simplesmente fazia esse tipo de busca, mas com *memórias*. Anfitrião pegava uma memória e basicamente a comparava com a de todos na frota num piscar de olhos, perguntando

"Você reconhece isso?" até encontrar alguém que reconhecesse a memória.

Era um processo notável e revolucionário. Mas era muito desconfortável para a pessoa que carregava a memória original. Que seria, nesse caso, Sancia.

<*Está confortável?*>, perguntou Anfitrião.

<*Sei lá, acho que sim*>, disse Sancia.

Enquanto estava deitada no meio tubo de bronze, de repente achou difícil pensar em qualquer coisa além da *outra* razão pela qual passaram a chamar aquilo de "berço": pois, assim como bebês em suas próprias camas, as pessoas no berço tinham uma forte tendência a se sujar.

<*Já lidei com muito mais sujeira do que você jamais produzirá, Sancia Grado*>, disse Anfitrião. <*Agora, por favor. Foco. Seu batimento cardíaco ainda está muito alto e você está respirando muito rápido. Não podemos realizar o* index *com você nesse estado.*>

Sancia respirou fundo, forçando o oxigênio a se difundir por todo o corpo, e em seguida, em sua mente, reteve a imagem daquela prisão sombria no céu...

<*Aí está*>, sussurrou Anfitrião. <*Espere...*>

Então o *index* começou.

Primeiro ela viu imagens em sua mente, piscando no escuro: visões, perspectivas, pontos de vista, tudo pairando diante dela como mariposas em volta de uma chama. Ficaram cada vez mais próximas, e em seguida ela estava vendo através de muitos olhos, enquanto muitas pessoas observavam um céu escuro, tremendo com relâmpagos de muitos ângulos diferentes. Depois ela vislumbrou ainda mais perspectivas enquanto as pessoas banhavam grattiaranos arrasados e chorosos, pedindo baixinho que ficassem quietos enquanto derramavam água morna na cabeça deles...

<*Estou vendo você*>, disse Sancia. <*Estou vendo o que você vê...*>

<*Eu sei*>, respondeu Anfitrião, num tom divertido. <*Eu consigo ver você vendo o que eu vejo. Só para ficar claro, estou usando*

cerca de um vigésimo da minha capacidade para agregar você a este processo. Agora, sério, foco, por favor. Vou começar a indexar você em toda a frota... e, como precisamos de pessoas prestando atenção na tempestade, vamos ter de agir rápido.>

Sancia respirou fundo.

<*Certo...*>

Essa era a parte mais complicada do processo: Anfitrião já havia distribuído discos-trilha por toda a frota e sussurrado comandos para que todos os pegassem quando recebessem o sinal; e então, ao fazer isso, as pessoas na frota *se tornariam* Anfitrião, de forma muito superficial, e, como elu tinha acesso a Sancia, poderiam comparar suas memórias com as dela.

Mas isso significava que Sancia *também* teria de se tornar cada pessoa da frota, pelo menos por um ou dois segundos, navio por navio, pessoa por pessoa.

E foi isso que começou a acontecer.

Como um estrondo de trovão, a mente de Sancia foi repentinamente atingida por uma erupção de imagens: imagens da tempestade, repetidas vezes, e superfícies de madeira brilhando com gotas de chuva, e o balanço de inúmeras lanternas ao vento.

Em seguida vieram as sensações: as fibras encharcadas de uma corda molhada enrolada em sua mão, o atrito das roupas encharcadas em sua virilha, as idas e vindas do enjoo conforme seu pequeno junco subia e descia na tempestade.

E, como sempre, quando se entrilhava com as pessoas, Sancia lentamente começou a perder seu senso de identidade: a consciência de seu corpo, suas experiências, o que ela sabia e quem ela era. Era um homem, uma criança, uma mulher; estava no convés de um navio, balançava numa rede, trabalhava num projeto nas profundezas de uma fundição; chorava, fazia amor, masturbava-se, vomitava enquanto os mares sacudiam sua pequena embarcação.

Era emocionante. Era uma *loucura*. Era como ser fervido vivo, dissolvendo-se lentamente, pedaço por pedaço.

E então eles acertaram o alvo.

Um lampejo, um clarão. Era como mexer o braço para o lado errado e acabar apertando um nervo.

Alguém na frota sentiu sua memória e *reagiu* a ela.

Sancia viu as estepes e a grama tremulando ao vento... e depois ouviu a voz de um homem dentro de sua mente.

<*Eu conheço essas colinas*>, disse a voz, lentamente. <*Não conheço? Sim... essas são as Estepes de Agrazzi. Eu estive lá uma vez quando criança, quando meu pai me levou para a casa onde morou na infância... Eu as reconheceria em qualquer lugar...*>

<*Encontramos uma*>, sussurrou Anfitrião para ela. <*Mas, para reter a memória, teremos de entrilhar um pouco mais fundo.*>

Sancia inspirou, tentando se concentrar em suas sensações imediatas. *Esta sou eu, esta sou eu, eu sou esta pessoa, esta sou eu...*

Mas, em seguida... não era mais.

De repente, ela não era Sancia Grado: era Orio Polani, e ele estava sentado em sua cama no *Cultivo*, observando o relâmpago dançar pela janela, segurando o disco-trilha na mão. Ele não se considerava velho, mas seu corpo era velho, com muitas novas dores em lugares curiosos, e seus membros não se mexiam como deveriam. No entanto, ele se lembrava daqueles poucos dias de sua infância, nas terras gothianas ocidentais, e como a luz do sol escorregava por aquelas *exatas* cinco colinas ao longe. As Pentiamedes, como os moradores as chamavam; e num dia de neve, Orio usou a velha porta das oficinas de seu avô para deslizar pela encosta da mais baixa...

A memória floresceu na mente de Sancia (<*sou Sancia?*>) como uma flor, acrescentando pétala após pétala de peso, significado, tonalidades. De repente, ela sabia onde ficavam essas Estepes, as estradas que levavam até lá, os caminhos que os comerciantes haviam percorrido por décadas. Era como se ela mesma tivesse morado lá outrora.

E então ela sentiu suas costas, pressionadas contra o metal quente dos discos do berço, e retornou ao seu próprio corpo, de volta ao ventre do *Compreensão*, só que ela carregava consigo as memórias das Estepes de Agrazzi.

Sancia ofegou na escuridão. Parte disso era o estresse do *index*, é claro, mas parte era a revelação que acabara de ter. Ela *reconheceu* o lugar com base na visão de Clave.

— É real! — gritou. — Caramba, isso... foi real!

<*Sim*>, disse Anfitrião, calmamente. <*Nós espiamos dentro da pele de Tevanne e vimos algo dentro dela. Agora... você gostaria de ver mais?*>

Sancia cerrou os dentes.

<*Caramba, acho que sim. Vamos caçar.*>

◆◆◆

— Ora, ora — disse Design, calmamente. Elu pegou o estojo de Clave e, delicadamente, abriram a tampa como se ele contivesse uma famosa obra de arte. — Ora, ora, ora... Que obra de arte temos aqui. — Fazia muxoxos, estudando o dispositivo de voz.

— Não podemos tirá-lo do dispositivo — avisou Berenice, categoricamente. — Você *estava* na reunião. Temíamos que ele tivesse uma conexão com qualquer outro dispositivo, e agora você quer colocá-lo numa *lâmpada-morta*?

— Uma lâmpada-morta quebrada, mal funcionando — disse Design, com desdém. — E seria apenas por um segundo. Não preciso nem o tirar desse dispositivo de som. — Elu se inclinou para mais perto. — Maravilhoso, simplesmente maravilhoso... Trabalho de Orso?

— Sim — confirmou Berenice, com raiva.

— Como eu gostaria de poder ter trabalhado mais ao lado dele...

Claudia se encolheu e Berenice sentiu uma pontada de culpa. A cadência de Design foi originalmente fundada por seu velho amigo Giovanni, dos tempos da Tevanne Antiga, quando trabalhavam com Orso na Periferia da Fundição. De vez em quando, vinha o estranho e desagradável lembrete de que Design ainda retinha as experiências de Giovanni, embora o amigo delas tivesse morrido havia quase cinco anos. Ele furou o pé num prego velho, a ferida infeccionou, sua testa ficou quente, sua respiração, fraca, e Giovanni foi se apagando lentamente. No entanto, sua cadência se lembrava dele.

Ele ainda persiste, agarrado a essa grande teia de mentes? Ou é apenas um eco também, a memória evanescente de um homem?, pensava Berenice às vezes.

— Certo — disse Design. — O processo deve ser fácil. Vou simplesmente encostar um disco em Clave, e a relação entre, hum, os restos do console hierofântico e o hospedeiro que ocupou este assento deve ser restabelecida. Embora, nesse caso, Clave é quem vai estar no assento.

— O que o console vai... sabe, *fazer* uma vez que essa relação for restabelecida? — indagou Claudia.

— Fazer? — perguntou Design. — Ah, nada, já que Clave não está realmente vivo. — Parou de falar um instante. — Provavelmente, pelo menos.

Claudia deu um passo para trás, nervosa.

— Provavelmente, hein — resmungou.

Os constituintes de Design começaram a aplicar cuidadosamente inscrições e discos-trilha ao dispositivo de som, enganando a realidade, fazendo-a acreditar que a superfície de Clave estava tocando a cadeira em muitos lugares diferentes.

— É ético usar Clave assim, quando ele está dormindo? — perguntou Diela, lá de cima.

— Boa pergunta! — respondeu Design. — Devemos perguntar a ele quando acordar.

Berenice observou enquanto Design terminava seu trabalho, ouvindo o tamborilar do mar, a turbulência e a fúria dos céus estrondosos.

— Certo — disse Design, finalmente. — Acredito que estou pronte agora.

Empunhando um par de pinças delicadas, um dos constituintes de Design pegou um dos discos hospedeiros.

— Preparem-se — sussurrou.

Então, muito cuidadosamente, colocou o primeiro disco em contato com a ponta dourada de Clave.

Berenice estremeceu, mas nada aconteceu.

— Está... fazendo o que você queria? — indagou Claudia.

— Ah... não — respondeu Design. — Clave não parece estar acordando a lâmpada-morta. Hum. — Elu olhou para o disco preso nas pinças. — Estava preocupade com isso... Alguns dos discos foram danificados durante, hum, a extração.

— Você quer dizer que quando os corpos queimaram, os discos podem ter estragado — supôs Berenice.

— Bom. Sim. É por isso que eu trouxe *todos*.

Elu tentou um segundo disco e depois um terceiro, mas nada parecia mudar.

— Estou observando, disse Design, com os olhos desfocados. — Estou observando tudo, para ver se algo de repente volta à vida...

<*Tenho de te dizer, Ber*>, murmurou Claudia, <*essa merda me arrepia pra caramba...*>

Outro disco, depois outro e mais outro.

— A rigor você nem precisa observar — afirmou Berenice. — Quando essa coisa ganhar vida, suspeito que você vai perce...

Mas, nesse momento, o oitavo disco foi aplicado, e tudo mudou.

A princípio, houve aquela sensação antinatural de que tudo havia se tornado *insubstancial*, como se a própria realidade estivesse desgastada, como uma pele raspada muitas vezes num curtume.

Berenice ficou totalmente arrepiada. *Eu conheço essa sensação... Deus, eu conheço essa sensação...*

Depois houve um zunido no ar, uma tremulação, e, em seguida, de repente, o ar na lâmpada-morta ficou muito, muito quente, como se tivessem acabado de mergulhar num vulcão em ebulição.

Berenice ouviu Design gritar, confuse. Houve um som sibilante ali perto, uma explosão repentina de fumaça, e ela sentiu a pele começar a formigar num dos lados do rosto.

Ela olhou para a direita e viu a fonte do calor: os restos meio derretidos do *lexicon* estavam quentes de novo, tão quentes que o ar tremeluzia, e toda a lâmpada-morta se transformara num forno, do tipo que poderia assá-los todos vivos em segundos.

◆◆◆

Sancia abria trilhas em meio à vida de mais e mais pessoas, embora pensasse que isso teria de parar em algum momento. Juntos, ela e Anfitrião já haviam identificado a maioria dos locais que ela vislumbrara durante a visão de Clave.

Tinham enxergado as Estepes de Agrazzi, é claro. Mas depois também o rio branco correndo pelas montanhas:

<*Ah, esse é o rio Dorata!*>, disse uma velha a ela. <*Corre ao lado das Montanhas Beretto. Costumavam garimpar ouro nele por anos e enviar seus lucros flutuando rio abaixo, junto com soldados armados, é claro. Eles cantavam muitas canções sobre o tesouro das Beretto, mas apenas algumas das canções eram boas, se bem me lembro...*>

<*As Montanhas Beretto*>, sussurrou Anfitrião. <*Então sabemos quais são as montanhas. Mas onde exatamente Crasedes está preso?*>

Procuravam sem parar. Sancia sentiu sua identidade se dobrar, emaranhar, deformar e mudar. Mas, por mais que procurassem o pico curiosamente irregular com a prisão sombria de Crasedes pendurada acima dele, não conseguiam encontrá-lo. Ninguém sabia nada sobre aquele lugar.

<*Eu já revistei mais de três quartos da frota*>, sussurrou Anfitrião. <*Mas devemos continuar.*>

<*Merda*>, ofegou Sancia. Ela se sentia tão exausta que mal conseguia ficar acordada naquele quarto escuro cheio de visões. <*Merda, você... tem certeza disso?*>

<*Relativamente. Esta é a peça mais importante do quebra-cabeça, não? Onde o inimigo mantém preso seu antigo adversário? Você não gostaria de descobrir isso?*>

<*Certo. Certo!*>

O processo continuou: em poucos segundos, Sancia se tornou quatro homens e seis mulheres num velho barco de pesca; depois passou a ser catorze pessoas a bordo de uma caravela; depois se tornou nove medicineiros ajudando Anfitrião a cuidar dos grattiaranos; e assim por diante. Nenhum deles conseguiu identificar essas duas imagens. Nenhum deles sabia o que esses lugares poderiam ser.

E então outra sacudida abrupta.

Um acerto.

<*Eu reconheço isso*>, sussurrou uma voz. <*Reconheço esse lugar...*>

Anfitrião encontrou a pessoa que estava respondendo, e então, de repente, Sancia era essa pessoa, esse jovem sentado com as costas retas no *Inovação*. Silvio Priuli, um ex-mercenário da época das casas comerciais, que ganhava sua prata sitiando cidades e vendendo como escravizados aqueles que resistiam. Incapaz de tolerar tal trabalho, ele desertou depois de várias semanas e se escondeu nas Montanhas Beretto, no oeste, e depois fugiu para o norte quando seu antigo comandante o procurou. Lá ele topara com esse vale cheio de ruínas, na extremidade das Beretto, onde pouca gente vivia, ninguém vivia confortavelmente.

Dias e semanas se passaram entre as ruínas destroçadas, esparsas, silenciosas e cobertas de neve. E como ele tinha usado aquele pico irregular para marcar a passagem dos dias, contando cada vez que o sol passava por trás dele e observando as sombras a girarem em volta das colunas despedaçadas abaixo da montanha.

Era esse o lugar. Sancia sabia disso. Sabia exatamente onde ficava a montanha, onde a prisão flutuava e esperava por ela, onde...

Onde ele esperava. Por ela.

No fundo de sua mente, Sancia viu chamas, sentiu cheiro de fumaça, ouviu gritos desvairados enquanto pessoas inocentes tentavam escapar do massacre.

Não, pensou ela.

A máscara brilhante, o corpo de pernas cruzadas avançando silenciosamente.

Não, disse para si mesma. *Mantenha o foco nas suas costas...*

A voz no escuro, tão inumanamente grave: *Olá, Sancia...*

Sentiu o suor escorrer pelo corpo.

Escutou a voz dele em seus ouvidos novamente, como se estivesse ali ao seu lado: *Eu não preciso entrar aí e conquistar o que quero...*

<*Sancia?*>, chamou Anfitrião, incerte. <*Eu... acho que você está tendo um ataque de pân...*>

Só preciso dizer algumas palavras...

Em seguida, num piscar de olhos, ela viu o céu todo em chamas, e Gregor sangrando pelos olhos; todas as flechas, estriladores e lâmpadas da Tevanne Antiga girando nos céus, um vasto turbilhão de selvageria e cores. E lá no centro, voando como um morcego na noite... um homem com uma máscara, preso, gritando, indefeso.

Assim como o mundo inteiro estaria indefeso, em questão de semanas.

Por causa do que você fez, disse uma voz em sua mente. *Por causa do que você fez.*

Então a imagem desacelerou, congelou e desapareceu.

Tudo desapareceu. Todas as sensações lhe foram subitamente cortadas: voltou ao seu corpo, onde era apenas Sancia, deitada de costas num pequeno quarto no escuro.

— O... o que aconteceu? Eu fiz isso?

<*Não*>, disse Anfitrião, lentamente. <*Eu fiz.*>

— O quê... Por quê? Conseguimos o mapa? Localizamos tudo?

<*Acredito que sim, mas você não sabe? Não está na sua cabeça agora mesmo?*>

E Sancia percebeu que estava. Ela reconhecia esses lugares, sabia o que tinha visto. E sabia que poderia localizá-los num mapa se trouxessem um até ela agora.

<*Não foi por isso que parei*>, disse Anfitrião. <*Sancia... Acho que tem algo errado.*>

<*Com... comigo?*>

<*Não.*> Sua voz parecia estranhamente aflita. <*Do outro lado da frota, com Design e Berenice.*> Uma pausa. <*E agora com Clave.*>

◆◆◆

Berenice mergulhou para a frente, colidindo com o constituinte que aplicara o disco na chave, desfazendo a ligação. O constituinte recuou e o resto de Design se engasgou em choque, num uníssono perfeito; o calor na sala começou a diminuir.

Ela olhou com cuidado, por cima do ombro, para o console hierofântico. Agora ele era uma pilha de bronze quente, mas estava esfriando lentamente.

— Merda — ofegou. — Inferno de merda. De novo!

— O quê... O que foi isso? — perguntou Design com a voz baixa. — Eu... não tenho certeza de porque isso aconteceu.

— Você não sabe? — indagou Berenice. — Quando você ligou essa coisa, ela deve ter tentado executar o último comando que lhe foi dado. O que... suponho que tenha sido para destruir o console dela.

— Mas... *Clave* emitiu esse comando? — questionou Claudia.

Berenice ficou em silêncio por muito, muito tempo.

— Não — disse finalmente. — Não acho. Eu... acho que o console pode ter tentado executar o último comando que *Tevanne* lhe deu. — Ela olhou para o teto da lâmpada-morta. — Como se suas últimas ordens ainda estivessem sendo sussurradas nos ossos dessa coisa.

— Um comando de Tevanne para o console, para que ele... destruísse *a si mesmo* — concluiu Design, lentamente.

— Eu... acho que sim — assentiu Berenice.

— Mas... mas por quê? — perguntou Claudia.

Berenice observou o bronze derretido se apagar até adquirir um tom rosado e manchado.

— Para romper a ligação. Porque... acho que ela estava com medo. Tinha medo de que Clave visse.

— Visse o quê?

Mas ela não respondeu, porque, nesse momento, o dispositivo de som na cadeira começou a gritar.

• 11

Clave viu a escuridão, vazia e absoluta.

Depois ouviu-se uma voz, fria e dura, mas estranhamente sofrida:

— CONTE-ME.

Um engasgo, um rosnado, e então uma voz pastosa e inumanamente grave respondeu:

— Hum... não. — Engasgou-se, como se estivesse com uma dor terrível. — Não, hoje não, acho.

O ar pareceu tremular com algum pulso indefinível de pressão, e houve uma explosão de gritos, agudos e horríveis.

— VOCÊ PRECISA ME CONTAR — disse a voz fria. — NOSSOS OBJETIVOS SÃO OS MESMOS. VOCÊ SABE DISSO.

Os gritos pararam e se ouviu uma respiração irregular. Em seguida, a voz terrivelmente grave ressoou novamente:

— Você acha que isso está tendo algum efeito sobre mim... — Uma risada rouca. — Mas você não tem ideia do que eu passei antes disso. Quantas vezes eu morri... Para mim, isso é só uma chuva leve.

— EU SEI MAIS DO QUE VOCÊ IMAGINA — disse a voz fria.

Outra centelha no ar, e os gritos voltaram. Conforme os gritos aumentavam, a visão de Clave deixou de ficar desfocada, e ele começou a enxergar.

Viu uma câmara, grande e oblonga, quase totalmente vazia, dividida por dois feixes de luz branca e fria penetrando pelos cantos, criando uma cruz inclinada e luminescente. Suspensa no centro da cruz de luz estava uma forma humana, envolta em trapos pretos, tremendo de agonia.

Onde estou? E... como estou vendo isso?

Em seguida, o brilho no ar novamente, e o corpo preto trêmulo se acalmou. Era uma pessoa, percebeu Clave, e eles estavam presos em alguma distorção da realidade, flutuando no espaço...

De alguma forma, Clave soube num instante o que estava acontecendo com eles. *Estou distorcendo o tempo dele,* pensou. *Voltando segundos após segundos, embaralhando o próprio tempo, fazendo com que se torne impossível para o ser dele, para sua mente, experimentar o tempo como deveria... Cada segundo é uma infinidade de tempo, se não mais...*

Clave não tinha certeza de como, de repente, ele possuía perfeita consciência desse fenômeno inconcebivelmente complicado. Simplesmente acontecia: o pensamento estava suspenso em sua mente como uma mosca presa num pedaço de gelo, perfeito e imóvel.

Mas depois ele interrompeu o raciocínio, confuso. *Espere. Acabei de dizer que* eu *estou fazendo isso com ele?*

— VOCÊ SABE DO QUE FALO — disse a voz fria. A perspectiva de Clave pareceu avançar, movendo-se pela sala oblonga até o corpo suspenso nos feixes de luz. — VOCÊ PASSOU POR ISSO UMA VEZ. A VIRADA DE UMA CHAVE, UM LIMIAR, E OUTRO MUNDO ALÉM DELE.

O corpo preto se engasgou e estremeceu, mas a voz grave não respondeu.

Clave tentou se lembrar de como havia chegado ali. A última coisa que recordava é que estava manipulando a lâmpada-morta, forçando-a a descer até o chão..., mas depois deparou com algum comando no fundo do console, como o fio de uma armadilha colocado na soleira de uma porta, e foi trazido... até aqui.

Estou observando essa cena por meio de algum dispositivo? Como diabos estou vendo isso?

Mas ele percebeu de repente que não estava sozinho. Sancia ainda estava com ele: sentia os pensamentos dela como quem sente o peso reconfortante de moedas no bolso. Ela estava mantendo alguma conexão com ele de muito longe, vendo o que ele via, sabendo o que ele sabia, mas a conexão entre os dois estava estranhamente borrada e confusa, como se estivesse ouvindo a voz de Sancia através de paredes e mais paredes.

Espero para cacete que ela consiga me dizer o que diabos está acontecendo, pensou.

— EU POSSUO METADE DESTE MUNDO — disse a voz fria. A perspectiva de Clave se aproximou ainda mais do corpo preto suspenso na cruz de luz. — CONTUDO, ELE ESTÁ DESPEDAÇADO E SEM ESPERANÇA.

A perspectiva de Clave ficou ainda mais próxima.

— OS INSTRUMENTOS DE RENOVAÇÃO ESTÃO EM OUTRO LUGAR, ATRÁS DA ABERTURA, DA PORTA. VOCÊ TEM DE ME DIZER COMO ATRAÍ-LOS ATÉ MIM.

O corpo preto se contraiu, sua cabeça se virou até olhar diretamente para Clave.

Pela primeira vez, Clave viu seu rosto e viu que usava uma máscara preta e lustrosa, cuja expressão era fria e vazia.

Clave sentiu uma lâmina de gelo deslizar por seu coração.

Não, pensou. *Ele não.*

— Você se acha poderosa — ronronou Crasedes Magnus. — Mas, no fim das contas, Tevanne, você é só *jovem* demais.

Clave fitou aqueles olhos pretos e vazios, olhando diretamente para ele, e então percebeu o que estava acontecendo.

Ele estava *dentro* de Tevanne. Observando tudo através dos olhos dela, fundido, de alguma forma, à sua consciência. E, no segundo que entendeu isso, de repente sentiu a vastidão quase incompreensível dessa coisa, desse ser, dessa mente, preenchendo inúmeras estruturas e instrumentos, aparatos e artifícios além dessa câmara, de uma só vez, por todos os continentes, enxergando através de milhares e milhares de olhos. Olhos de hospedeiros, de dispositivos, de complicadas proteções inscritas...

No entanto, durante dias, como Clave sabia, os únicos olhos que importavam eram os que ele usava para ver agora, fixos nessa sombria figura presa nos raios de luz.

Crasedes, ainda encarando Tevanne, inclinou a cabeça.

— Esse é o período mais longo no qual você ficou sem falar até agora — observou ele.

Então, muito lentamente, Tevanne disse:

— SANCIA.

— Hã? O que foi? Sancia? — perguntou Crasedes.

A perspectiva de Clave mudou, voltando-se para o chão da sala oblonga. Mas ele viu que o chão era estranhamente espelhado e, em seu reflexo, conseguia ver o rosto de onde estava vendo tudo isso.

Se Clave pudesse ter gritado de horror, ele gritaria. Pois era um rosto que conhecia: era o rosto do homem que certa vez guardara Clave obedientemente nos cofres do porto da Tevanne Antiga, mais de uma década atrás; o rosto do homem que uma vez o arrancara de uma corda no pescoço de Sancia na véspera da Noite Shorefall. Mas, embora pudesse ver muito das feições de Gregor Dandolo naquele rosto, ele havia *mudado* horrivelmente: seus olhos estavam injetados de sangue e vazios, as bochechas e têmporas estavam atravessadas por hastes de metal e repletas de discos de bronze.

Os lábios naquele rosto se mexeram, e ele falou:

— SERÁ QUE É... NÃO. VOCÊ NÃO.

Está me vendo, pensou Clave. *Meu Deus, ela sabe que estou aqui!*

Clave ainda conseguia ver Crasedes suspenso sobre o ombro de Tevanne no reflexo. A cabeça dele se endireitou, atenta.

— Espere — disse — Claviedes? Você está aí? Você *atravessou*?

O rosto no reflexo se contorceu em fúria, ainda fitando seus próprios olhos.

— *VOCÊ NÃO!*

— Clave! — gritou Crasedes. — Ela vai atravessar e reiniciar tudo! Tudo! Você tem que se lembrar da porta, você tem que *se lembrar...*

Em seguida, um comando fluiu de Tevanne, atravessando todo o caminho que havia entre a sala oblonga e uma lâmpada-morta muito, muito longe, perto do mar, bombardeando seu console com mil comandos diferentes, e então...

Então veio uma explosão de imagens.

Uma nave preta suspensa acima das montanhas, curiosas ruínas no deserto e uma estranha abertura desnuda numa parede de pedra escura coberta com uma escrita prateada.

Depois, chuva e trovões.

Clave despertou.

Clave gritou quando foi arrancado do sono, os ecos da visão ainda guinchando em sua mente. Nesse momento, o mundo ganhou foco ao seu redor, e ele gritou mais alto, pois parecia estar em outra sala oblonga, longa e vazia, cheia de sombras.

Eu ainda estou lá! Que inferno, eu ainda estou lá!

Mas então veio uma voz:

— *Pelo amor da merda, Clave, vê se* cala a boca!

Clave parou. Em parte, porque reconheceu a voz de Berenice, mas principalmente porque, *em geral*, quando alguém conseguia ouvi-lo falar, precisava estar tocando nele. E ele sabia que não estava tocando em nenhuma pessoa inscrita no momento, então... como conseguiam ouvi-lo?

— B-Berenice?! — gritou ele. — Q-Q-Que inferno! O que está acontecendo?

— Como diabos eu deveria saber? — respondeu ela. — Por que você está gritando?

— A não ser que fosse por todas as razões perfeitamente compreensíveis que alguém poderia ter para gritar agora... — disse uma segunda voz.

Ele reconheceu essa segunda voz também.

— Claudia? Onde... o quê? Estou na *Nau-chave*? Que inferno fedegoso...

— Ele é cego? — perguntou outra voz, a de Design. — Pensei que Clave conseguisse perceber quase tudo...

— Dê um tempo para ele — disse a voz de Berenice. — Provavelmente faz muito tempo que ele nem ouve o som da própria voz.

Ele deu uma olhada em volta. Com o tempo, Clave percebera que não via o mundo com os olhos, como uma pessoa comum veria. O que fazia sentido, já que ele não tinha olho nenhum. Mas ainda conseguia perceber o mundo ao seu redor, interpretando-o como se fosse uma inscrição maciça e complexa, que se curvava e mudava infinitamente. A única comparação que ele achava possível fazer era com o ato de observar o vento cortando um campo de trigo; só que esse campo de trigo existia em muito mais dimensões do que os tipos comuns, assim como o vento.

Mas, mesmo que os métodos de percepção de Clave fossem complexos, ainda era fácil ver que ele não gostava de onde estava agora.

— O quê... caramba, que *diabos*? — disse ele. — Berenice... por que estou dentro de uma porcaria de *lâmpada-morta*?

— Boa pergunta — murmurou Claudia.

Design tossiu.

— Por razões experimentais. Tenho certeza de que você teria entendido se estivesse acordado.

Clave percebeu que fora colocado numa das cadeiras da lâmpada-morta, e mais, que tinha sido encaixado, na base da gambiarra, num dispositivo de som muito antigo e que mal funcionava.

— Pessoal... realmente estou meio perdido aqui. Eu não estava... Não estávamos na baía perto de Grattiara, tipo, um segundo atrás? Aliás... Eu não estava num *barcão* grande para cacete?

Berenice se ajoelhou ao lado dele. Estava suada, com ar abalado.

— Você dormiu por dois dias, Clave. Você viu algo. Eu acho... Acho que ainda deve estar com a impressão de que está vendo o negócio, ou de que acabou de ver.

Clave ficou em silêncio.

— Você se lembra? — perguntou ela. — Você se lembra do que viu?

Então as memórias vieram à tona; o aposento, Crasedes e o rosto de Gregor.

Ah, meu Deus!, pensou. *Não foi um sonho. Não foi um... um...*

As últimas palavras de Crasedes ecoaram em sua mente: *Ela vai atravessar e reiniciar tudo! Tudo! Você tem que se lembrar da porta, você tem que se lembrar...*

Uma terrível compreensão tomou forma nos pensamentos de Clave.

— Ah, não... — sussurrou.

— "Ah, não" o quê? — indagou Berenice.

— Garota — começou Clave, com a voz rouca. — É bom você pegar todos os cuzões importantes que conhece e trazê-los aqui na minha frente agora.

— Po-Por quê?

— Porque... eu sei o que Tevanne está fazendo, do outro lado do mar — disse ele. — E todos vocês vão cagar um ouriço-do-mar quando ficarem sabendo.

• 12

Os membros da Assembleia de Giva se espalhavam pelo compartimento de carga da *Nau-chave*; tinham um ar sério e sombrio enquanto ouviam Clave falar através do dispositivo de som. A instalação não era perfeita (Clave achou difícil fazer com que as consoantes fricativas saíssem certas, então coisas como "inscrito" soavam como "infrito"), mas eles pareciam entendê-lo suficientemente bem. Berenice fizera o favor de arrancá-lo daquela cadeira horrível e colocá-lo em cima de uma caixa velha no compartimento de carga. Ela parecia achar que colocá-lo na altura dos olhos fazia com que a Assembleia o escutasse com mais facilidade, o que ele achou gentil da parte dela. Mas foi Sancia quem mais chamou a atenção de Clave, escondendo-se atrás da multidão, com o rosto pálido e abalado.

O que há de errado com ela? O que diabos eu fiz agora?

Ele terminou de descrever o que tinha visto.

— E... E depois ele acabou com o console — disse ele — derretendo-o como um pedaço de gordura de enguia e... bem. Acabou.

Houve um silêncio desajeitado, interrompido apenas pela tosse de Claudia. Ou talvez parecesse desajeitado porque Clave não estava tocando ninguém e, portanto, não tinha acesso a uma mente humana, nenhuma maneira de avaliar a reação ou emoção das pessoas, uma experiência com a qual não estava acostumado.

Ou talvez, pensou ele, *eu sempre tenha sido um cocô na hora de contar histórias.*

Polina olhou por cima do ombro para Sancia.

— Isso bate com o que você viu?

Sancia assentiu, com os olhos arregalados e nervosa.

— Um pouco. Eu vi menos. Tipo, bem menos.

— Clave... você diz que não só Tevanne percebeu que você tinha aberto uma trilha até ela, mas *Crasedes* também? — perguntou Berenice.

— Sim — respondeu ele. — Foi a coisa mais desgraçada do caralho de todas. Tevanne disse o nome de San em voz alta, e... e Crasedes pareceu apenas *adivinhar* o que tínhamos feito, adivinhar que eu estava enxergando por trás dos olhos daquela coisa. O que, você sabe, ele sendo quem é, não é tão difícil de acreditar.

— E ele mandou um recado para você — afirmou Berenice. — Tentando dizer para você... se lembrar de uma porta.

— Era sobre isso que Tevanne parecia interrogá-lo — disse Design. — Correto?

Polina fez uma careta.

— Uma passagem... Uma porta. Por que diabos Tevanne quer saber de uma porta?

— Bem — disse Clave. — Quer dizer. Vocês sabem *a qual* porta ele se referiu, certo?

Fez-se um silêncio duro. Berenice se virou lentamente para olhar para trás, para Sancia, ambas com os rostos fixos em terror absoluto.

— Não...? — hesitou Claudia, lentamente.

— O que você está dizendo? — indagou Polina. Mas, pela expressão dela, Clave percebeu que ela já estava começando a suspeitar.

— *A* porta — falou Clave. — Tipo, a porta mais famosa de todos os tempos. Eu só conheço histórias, aquelas que todos nós conhecemos. Aquelas sobre como Crasedes Magnus escancarou uma porta na realidade e foi até a parte de *trás* de tudo, e encontrou uma câmara.

Brincadeira agora parecia apavorade.

— A... A câmara no centro do mundo — sussurrou.

— Sim — respondeu Clave. — Mas sabemos que não são apenas histórias. A distância entre elas e a verdade é de apenas alguns metros. *Isso* é o que Tevanne quer de Crasedes, mais do que tudo. Quer que ele conte como fez tudo isso; como achou a porta para os bastidores da realidade, abriu e passou por ela.

— Mas... por quê? Valeria já passou por aquela porta uma vez, não é? Crasedes a levou para lá há milhares de anos, concedendo-lhe todos os tipos de permissões malucas. Por que ela precisaria voltar? — perguntou Anfitrião.

— Sim, mas ela *não* é mais Valeria — respondeu Clave. — Nós a alteramos. Roubamos dela todas as permissões que ganhou ao passar por aquele limiar e a fundimos com Gregor Dandolo. Agora ela é parte de Tevanne, algo novo que está preso em todos esses *lexicons* e corpos, mesmo aqueles que construiu para si mesma.

— Então... ela perdeu quaisquer privilégios que a câmara tenha dado a Valeria — concluiu Berenice. — E Tevanne não tem ideia de como recuperá-los. Tem de arrancar as respostas da única pessoa que sabe: Crasedes.

— Meu bom Deus — disse Design. — Então... ela vai tentar de novo. — Elu esfregou os olhos. — Isso forçará Crasedes a dizer como reabrir a câmara; e então vai obter essas permissões outra vez e... e vai tentar consertar o mundo novamente. — Elu se endireitou. — Espere. Tevanne quer fazer o mesmo que Valeria? Acabar com todas as inscrições do mundo?

— Ou escravizar toda a maldita humanidade, que é o que Crasedes queria — disse Claudia.

Houve uma explosão de resmungos de pânico por todo o compartimento de carga.

— Ei! — exclamou Clave. Mas eles não ouviram e continuaram a tagarelar. Ele levou o dispositivo de som ao limite e soltou de novo, estridente: — *Ei!*

Devagar, os resmungos foram morrendo.

— Vocês não estão escutando? — perguntou Clave, bem alto. — Esta não é uma nova versão da Noite Shorefall. Tevanne *não* é Valeria. Não consegue fazer as mesmas coisas que ela fez, e não *quer* as mesmas coisas que ela queria.

Eles olharam uns para os outros, confusos, e depois voltaram a olhar para Clave.

— Então... Tevanne *não* quer eliminar as inscrições? — indagou Berenice. — Nem escravizar todos nós?

— Não — respondeu Clave. — Eu estava na cabeça dela. Eu sei o que ela quer.

— E o que é? — questionou Design.

Clave se perguntou como achar palavras para explicar. Era estranho como a ideia tinha saltado para dentro de sua mente, revelada durante aqueles poucos segundos em que entrara em Tevanne, e ainda assim ele sabia que a ideia era verdadeira.

— Os hierofantes acreditavam que o mundo era um... um dispositivo, um design — disse ele. — Vocês todos já ouviram essa história antes também, certo?

— Sim — confirmou Berenice. — Orso costumava me dizer isso o tempo todo. Eles acreditavam que era como um relógio; algo que havia sido planejado e cuidadosamente construído, funcionando para sempre no firmamento celestial.

— Sim — assentiu Clave. — Como um *lexicon* gigante, eu acho. Uma grande e complicada pilha de permissões. Mas, quando um *lexicon* começa a bater pino, porque há algo conflitante nas permissões... o que você faz?

— Você faz o *lexicon* funcionar mais devagar e depois aumenta a potência de novo — respondeu Design, com uma fungada. — Para ver se era apenas uma anomalia. Tudo pode funcionar bem da segunda vez. Esse é o procedimento padrão.

— Sim — disse Clave. — Exatamente. Então.

Um longo silêncio. Muitos deles trocaram olhares de dúvida.

— Então exatamente... o quê? — perguntou Claudia.

Clave se perguntou novamente como achar as palavras certas para explicar. A ideia era imensa demais, doida demais, totalmente insana. Mas, antes que tentasse, uma voz ecoou no fundo da multidão.

— Ele está dizendo que Tevanne pretende desligar tudo... e ligar novamente — explicou Sancia, com voz rouca.

Todos se voltaram para ela.

— Desligar... o quê? — perguntou Brincadeira.

Sancia gesticulou para o céu acima deles.

— O mundo. A realidade. Tudo.

• 13

Fez-se um silêncio comprido e atordoado.

— Temos certeza de que estamos... hum, nos sentindo bem? — perguntou Claudia.

— Desligar... a porcaria do *mundo* inteiro? — repetiu Polina, horrorizada. — E então... *ligá-lo* novamente?

— Isso não é possível — disse Design, com a voz baixa. Elu olhou para Clave. — É?

— Inferno, eu não sei o que dizer a vocês — falou Clave. — Tevanne com certeza parece pensar que é.

— Pensar *o quê*, exatamente? — disparou Polina.

— Ela acha que o mundo está quebrado e não pode ser consertado — continuou Clave. — Eu sei por que estava na *mente* dela. Ela não vai se dar ao trabalho de repetir as gambiarras de Crasedes. Ela sabe que todas elas falharam. Então, em vez disso, vai simplesmente... Bem. Recomeçar. Ou *fazer* tudo recomeçar.

Brincadeira balançou a cabeça e se sentou devagar no chão.

— Fazer tudo recomeçar... — resmungou baixinho.

Anfitrião tossiu.

— Se ela tivesse êxito — disse suavemente. — Se Tevanne fosse realmente reiniciar... bem, toda a criação... O que aconteceria?

Houve um silêncio. Em seguida, todos os olhos se voltaram para Clave.

— Ah, merda — praguejou. — Vocês acham que *eu* sei?

— Você tem mais conhecimento sobre isso do que qualquer um de nós, Clave — observou Berenice, gentilmente. — Você vislumbrou o conceito quando abriu a trilha até Tevanne. Então, o que você conseguiria imaginar? Isso é algo a que poderíamos... sobreviver? Essa é mesmo a palavra certa para isso? Quero dizer, será que chegaríamos a saber que isso *aconteceu*?

Ele pensou um pouco.

— Bom... se o mundo fosse reiniciado — falou ele —, com toda a história e a criação ocorrendo novamente desde o início, então... tipo, as chances de a gente estar aqui seriam basicamente zero, né?

Um silêncio estrondoso.

— Ah, meu Deus — sussurrou Brincadeira.

— E eu quero dizer "nós" no sentido literal — disse Clave. — Tipo, Ber, San, eu, o resto de vocês. Somos todos o resultado de inúmeras ações e escolhas feitas ao longo dos séculos, e as chances de essas ações e escolhas acontecerem *exatamente* da mesma maneira novamente são basicamente nulas. Mas... também quero dizer "nós" no sentido mais amplo, como, talvez, o de humanidade. Também não tenho certeza se a espécie humana começaria do jeito que começou.

— Ah, meu *Deus* — disse Claudia.

— E, claro — continuou Clave —, também existe a possibilidade de que Tevanne esteja errada. De que quando ela apertar o grande interruptor para reiniciar... nada seja reiniciado. Nem é que tudo vai estar perdido, vai ser só... desligado. Acabou. Não é que tudo vai ser esquecido... é que tudo nunca existiu. Não temos como saber se isso não vai acontecer.

— Ah, meu *Deus* — exclamou Polina.

— Clave! — berrou Sancia. — A gente já entendeu, caramba!

— Ok, ok — assentiu Clave. — Vocês é que perguntaram!

Houve outro silêncio sério. Design juntou-se devagar a Brincadeira, sentando-se no chão.

Clave observou que os rostos de muitos dos membros da Assembleia se remexiam e se contorciam, sem dúvida envolvidos em alguma discussão invisível, mas as expressões de Sancia e Berenice permaneciam fechadas e imóveis: eram os rostos de pessoas que acabavam de perceber o que, em breve, os demais iam pedir delas.

Finalmente, Sancia olhou para Polina.

— Isso — disse ela. — É isso o que está em risco. Esse motivo é suficiente?

As duas se encararam. Clave não tinha certeza do que Sancia acabara de perguntar, mas observou o rosto dos membros da Assembleia se remexerem mais uma vez, tremendo, contorcendo-se, os olhos fechados de desconforto, ou arregalados de espanto, ou apertados conforme eles se esforçavam para entender algum tema tremendamente abstrato. Ele achava aquilo frustrante. Quando tocava Sancia, podia automaticamente acessar a constante conversa silenciosa que ocorria entre todos os givanos, usando suas conexões para ouvir e sentir o que eles pensavam. Ficar do lado de fora da conversa fazia com que se sentisse estranhamente solitário.

Em seguida, Sancia inspirou o ar de modo lento e profundo, com o rosto sofrido e sombrio, e sussurrou:

— Vamos fazer isso.

— Sim — concordou Polina, com a voz rouca. — Vamos. — Ela se virou para olhar para Clave, e havia lágrimas em seus olhos. Ele ficou chocado: nunca tinha visto Polina Carbonari chorar uma única vez em todos os anos que passaram juntos, mesmo com tudo o que eles tinham visto. — Por Deus, por Deus, queria que não tivéssemos de fazer essa escolha. Mas vamos. — Ela olhou para Sancia. — Você sabe onde ele está.

Sancia assentiu.

— O *index* encontrou uma memória para mim. Eu poderia desenhar um mapa até a prisão agora com meus olhos fechados. Mas está *muito* longe. No fundo de Tevanne.

— Prisão? — perguntou Clave. — *Index*? Hã?

Argamassa balançou tristemente a cabeça.

— Entrar em Tevanne — disse. — Não se trata de uma façanha qualquer.

— Mas não é uma novidade — falou Sancia. — Estamos invadindo algum lugar escondido atrás de muralhas, para sabotar algo muito precioso. Isso para mim é moleza.

Polina sorriu de modo sombrio.

— Mas, nessa escala… Não estamos mais nos dias dos campos, Sancia.

— As coisas estão diferentes — concordou Sancia. — Mas nós também.

— Pessoal — chamou Clave. — Entrar em *Tevanne*? Sabotagem? Como assim?

— Vamos precisar de um disfarce — observou Berenice. — E de cobertura. Mas Tevanne saberá o que vimos. Saberá que estamos chegando. — Olhou para Design. — Vamos precisar de uma distração. Uma que seja *crível*.

Design suspirou como se tivesse acabado de ouvir a notícia da morte de um parente.

— Eu sempre soube que você tiraria minha lindeza de mim. Mas… Nunca pensei que seria assim.

— Li-lindeza? — perguntou Clave, com a voz fraca. — Pessoal. O que vocês estão…

Mas então ele percebeu o que acontecera: a Assembleia tinha se decidido.

Os debates normais eram cheios de desconfiança e falta de comunicação, repletos de velhos rancores e inseguranças. Mas as mentes duplicadas dispensavam tudo isso: quando qualquer um podia vislumbrar os pensamentos de qualquer um e ver não apenas o que sabia, mas o que pretendia, um povo poderia chegar a uma decisão com velocidade surpreendente, e planejar o que fazer ainda mais rápido.

Mas é claro que Clave não tinha ideia de que decisão eles tinham acabado de tomar.

— Gente, vocês poderiam, hum, explicar para mim o que estamos planejando aqui…

— Vocês têm seu pessoal — disse Polina a Berenice. — Certo?

— Temos — respondeu Berenice. — Mas teria de ser uma equipe *muito* pequena.

— Pequena para cacete — disse Claudia. — Talvez quatro ou cinco.

— E você vai estar com a gente, Claudia? — indagou Berenice. — Você vem?

Claudia ficou em silêncio, com o rosto sério.

— Eu… não sei. Simplesmente não sei, Ber. Vou ter de pensar nisso.

Berenice assentiu.

— Entendo.

— Vamos nos virar por enquanto — disse Polina. — E Design pode produzir armas suficientes para vocês. Mas a chave… vocês confiam nele? — Ela se virou para Sancia. — Você confia nessa coisa, nesse homem, nessa… meia mente, para fazer o que é necessário para você? Para todos *nós*?

Sancia olhou para Clave.

— Precisamos perguntar. Ele tem o direito de decidir.

— Decidir o quê? — indagou Clave, frustrado.

Toda a Assembleia se virou para olhá-lo. Sancia deu um passo à frente, claramente se esforçando para encontrar as palavras certas.

— Decidir… se você vem conosco, Clave — explicou. — Entrar em Tevanne e libertar seu filho da prisão antes que ele conte a ela como acabar com este mundo. E depois matá-lo, para que o segredo seja esquecido. Para sempre.

◆◆◆

Clave ficou ali no dispositivo de som, incapaz de absorver exatamente o que acabara de ouvir.

— Clave? — chamou Sancia.

Uma lembrança de seu tempo dentro de Tevanne, a máscara preta, sem olhos e fria, e então aquele súbito e desesperado grito: *Claviedes? Você está aí?*

— Você... Você quer que eu o veja? — sussurrou Clave. — De novo?

Os membros da Assembleia se entreolhavam, preocupados. Clave percebeu que não podia culpá-los. Ele próprio nunca havia entendido realmente o que descobrira tantos anos antes, durante a Noite Shorefall: o fato de que Crasedes Magnus, o primeiro de todos os hierofantes e terror do mundo por milênios a fio, fora seu filho e fora alterado quando criança pelo próprio Clave, havia tanto tempo.

Clave não conseguia se lembrar de nada disso; pelo menos, não diretamente. Ele recuperara memórias daqueles dias antigos, mas pareciam remotas e distantes, como se tivessem ocorrido com outra pessoa. E essa se tornou sua única defesa contra tal conhecimento: Clave não era mais a pessoa original que havia sido, e Crasedes também não. Suas mudanças os separaram de seus passados, dizia a si mesmo, e assim ele, pelo menos, foi absolvido quanto ao que acontecera. Demorou alguns anos para que ele percebesse que basicamente tentara se inscrever de maneira a não aceitar essa terrível revelação: ele mudara as regras até conseguir o que queria.

No entanto, agora Sancia estava pedindo a ele para ver aquela coisa novamente, para visitar a criatura que um dia fora seu filho.

Então ele se lembrou: tinha ouvido vozes, não tinha? Naquele estranho estado de sonho, enquanto dormia. Tinha ouvido um homem e uma mulher conversando sobre construir algo, abrir algo, e não ter certeza do que havia do outro lado. O que foi que o homem disse?

Mas talvez um mundo melhor nos espere lá. Um onde ninguém sofre mais. Onde nunca sofremos, nunca perdemos o que amamos e, finalmente, conhecemos a paz.

Quem tinha dito essas palavras, seja lá quantos anos antes? E o que foi que eles criaram?

E depois vieram-lhe perguntas que o assustavam ainda mais: *Meu filho terá as respostas para essas perguntas? E eu vou querer ouvi-las?*

Sancia ajoelhou-se diante dele.

— Clave? Você está aí?

— Estou... Estou aqui, garota — disse Clave, suavemente.

— Você vai fazer isso? — perguntou ela. — Se isso pudesse salvar a todos nós, salvar tudo, você faria?

Ele olhou para ela, estudando seu rosto. Lembrou-se de quando a conheceu, suja e apavorada naquele cortiço em ruínas na Periferia da Fundição. No entanto, como parecia envelhecida agora, tão cheia de marcas e coberta de tristezas. A visão lhe causou dor em lugares que ele nem sabia que ainda tinha.

— Se eu fizesse isso, San — respondeu ele —, você se salvaria? Iria se livrar de toda a merda que eles colocaram em você e manter os anos que te restam?

Sancia piscou, surpresa, e olhou para trás, para Berenice, que não parecia menos atordoada.

— Eu... Eu faria isso, sim — falou Sancia finalmente. — Se soubesse que estávamos seguros, eu faria.

— Então, se... se fazendo isso, garota — disse ele —, eu pudesse salvar você, então sim. Eu faria. Faria tudo num maldito piscar de olhos.

Com as mãos trêmulas, ela o puxou delicadamente do dispositivo de som, levou-o aos lábios e deu um beijo em sua cabeça em forma de borboleta.

<*Obrigada, Clave.*>

<*Não me agradeça ainda, garota. Eu não fiz nada até agora. Quero dizer, eu sou... Não sou exatamente o tipo de cara que participa de uma missão de assassinato. Levando em conta que sou uma chave fedegosa e tal.*>

Berenice sorriu.

<*Talvez eu tenha algumas ideias sobre isso.*>

• 14

As mãos de Berenice trabalhavam rapidamente no compartimento de carga da *Nau-chave*. Este não era exatamente um trabalho difícil ou incomum (ela sabia que Clave funcionava por contato, e, se ele estivesse tocando um dispositivo que estava tocando outro, poderia emitir comandos para todos eles), e ainda assim parecia algo diferente. Era tão pessoal, tão *íntimo* pegar esse dispositivo antigo que pertencera a outra pessoa e retrabalhá-lo dessa maneira.

Um chamejar branco de sua ferramenta de inscrição.

Quem exorciza um fantasma, pensou ela.

O disco ficou mole e depois aderiu com firmeza ao flanco do metal.

Convida outro para entrar em casa.

Outro clarão, e então ficou pronto.

Berenice se levantou e deu um passo para trás, juntando-se a Sancia, que estava encostada na parede do compartimento.

— Clave? Está... funcionando? — perguntou ela.

Houve uma longa pausa. Elas observavam, nervosas.

Em seguida, houve um barulho de chocalho, uma batida, e então o dispositivo começou a se mexer.

A enorme lorica preta se sentou, de modo lento e incerto, como um idoso sem saber o que o fizera acordar. Em seguida, levantou um braço, a manopla batendo na borda do caixote, e tateou o chão, até que pressionou a manopla com força contra a madeira. Houve um chacoalhão tremendo, e a lorica, balançando muito, fez força até que suas pernas encontrassem apoio, e foi ajeitando todos os dois metros e vinte de seu tamanho massivo até ficar de pé.

As pernas estavam abertas demais, totalmente desajeitadas, mas, apesar de tudo, estava de pé.

A voz de Clave ecoou no fundo da couraça da lorica.

— Puta merda — praguejou. — A sensação disso é fedegosamente *incrível*!

Berenice olhou para os joelhos trêmulos da lorica.

— Sério? — disse ela, em dúvida.

— Sim! Um... Um corpo! Um corpo de verdade! Com, tipo, pés e... e todo tipo de merda! E você, de alguma forma, conseguiu colocar o dispositivo de som aqui também!

Sancia riu.

— Talvez a gente devesse ter feito isso antes.

— Deixa eu ver — disse Clave — se eu consigo... — A parte superior do corpo da lorica girou abruptamente a partir da cintura. Berenice estremeceu. Se uma pessoa realmente estivesse dentro dela, teria passado por uma vivissecção instantânea. — Uau! — gritou ele. Uma manopla se debateu com o movimento, quebrando uma das caixas atrás da lorica como se fosse feita de papel. — Ah, merda...

— Colocar Clave numa máquina assassina — afirmou Berenice. — Por que essa ideia não nos ocorreu antes?

— Máquina assassina? — perguntou Clave. Depois de uma pausa, continuou: — Ah, sim. Agora que vejo toda a merda que essa coisa pode fazer, hã... Alguém muito desagradável fez este dispositivo.

— Faz sentido — disse Sancia —, já que a gente está prestes a fazer algo desagradável pra caramba.

O capacete da lorica girou para olhar para elas, emitindo um rangido. Como a parte superior do corpo agora estava voltada para o outro lado, a cabeça tinha ficado totalmente virada na direção das costas.

— Quando a gente vai partir? — perguntou Clave.

— Daqui a pouco mais de um dia — respondeu Berenice. Ela apontou para o teto do compartimento de carga. — Design está equipando a *Nau-chave* agora. Então você tem algum tempo, mas não muito, para se acostumar com essa coisa.

— Mas, como não estou tocando em ninguém — falou Clave —, hum... vou ter de falar alto o tempo todo?

Berenice enfiou a mão no bolso, tirou uma caixinha de madeira, abriu-a e pegou um anel de bronze dentro dela.

— Eu instalei discos-trilha na couraça — disse. Pôs o anel no dedo. <*Qualquer pessoa usando um desses deve ser capaz de se comunicar com você. Certo?*>

<*Certo*>, respondeu Clave, agora parecendo positivamente encantado. <*Cacete, estou começando a achar que vocês planejam incursões militares doidas o tempo todo ou algo assim.*>

<*É como nos velhos tempos de novo*>, disse Sancia. <*Você e eu contra todo esse mundo maldito. A única diferença é que dessa vez tem mais algumas pessoas do nosso lado.*>

• 15

O bater das ondas, o cheiro de salmoura, os gritos das inúmeras aves marinhas acima deles.

<*Estamos prontas para isso?*>, perguntou Berenice.

— Hum — resmungou Sancia. <*Parecemos prontas.*>

Berenice se sentou no lugar onde antes estava deitada, no convés do *Inovação*, e deu uma olhada na frota. Os preparativos pareciam quase concluídos. Conseguiam ver Design dali, seus constituintes rastejando sobre a enorme *Nau-chave* feito formigas cuidadosamente descarnando um gato morto, relatando todos os problemas, situações e diretrizes de uma vez só. E também havia Clave: a lorica gigante era fácil de espiar, as botas aderidas à lateral do casco, marchando com zelo pelo navio e consertando inscrições, discos e armamento enquanto avançava. Ele se mostrou ser duplamente eficiente agora que conseguia andar com as próprias pernas, embora tendesse a esbarrar nas paredes e ficar preso nas portas de vez em quando.

<*Eu, pelo menos, estou pronta*>, disse Sancia. Ela olhou para a esposa. <*Você está?*>

<*O que você quer dizer?*>, perguntou Berenice.

<*Quero dizer que você não gostou muito dessa ideia. Acho que parte de você ainda quer fugir.*>

Berenice pensou nisso e assentiu.

<*Sim, um pouco.*>

<*Por quê?*>

<*Porque... já perdemos muito*>, falou Berenice. <*Prefiro correr, pensar, imaginar e inventar. Prefiro fazer isso a arriscar o pouco que nos resta.*>

Sancia olhou para ela.

<*De mim, você quer dizer. O pouco que resta de mim.*>

Berenice virou-se para a esposa. Observou gotas de suor e umidade se espalharem pelas muitas rugas ao redor dos olhos e da boca de Sancia, as gotas grudadas nos muitos fios brancos brilhando em seu couro cabeludo.

<*É muito errado querer ficar com você só para mim?*>, perguntou Berenice desesperadamente.

<*Não estou condenada, sabe*>, disse Sancia. <*Não mais do que o resto de nós. Quero manter você e todos aqueles que amo seguros, tanto quanto você quer me proteger.*>

Berenice puxou os joelhos para perto do peito, descansou o queixo em cima deles e olhou para longe enquanto a frota manobrava ao seu redor, preparando-se para deixar as Ilhas Givanas pela primeira vez em sua existência.

<*Se você pudesse salvar e proteger algum lugar, seria este?*>, questionou Sancia.

<*O quê?*>, indagou Berenice.

Sancia se ajeitou ao lado dela.

<*Algum lugar para o qual você gostaria de voltar*>, explicou ela. <*Um momento que você poderia envolver em âmbar ou em vidro e preservá-lo para sempre. Seria este?*>

Berenice pensou nisso.

<*Não*>, respondeu ela. <*Não seria este.*>

<*Não seria?*>, disse Sancia. <*Nem com tudo o que construímos?*>

<*Não.*>

<*Então o que seria?*>

Berenice pensou por um momento.

<*A Periferia da Fundição*>, falou. <*O sótão onde morávamos: a maneira como as tábuas rangiam, a sensação da roupa de cama e o cheiro de fumaça no ar... Eu voltaria para aquilo, se pudesse.*>

Sancia sorriu.

<*Não foram dias bons, não. Mas foram bons para nós.*>

<*Sim. Você entrou na minha vida como uma espécie de heroína aventureira de uma peça boba, toda sorrisos e fanfarronice. Você parecia maior do que qualquer coisa que eu jamais conhecera.*>

O sorriso de Sancia cresceu.

<*Você não sabia o quanto eu estava assustada e era estúpida o tempo todo.*>

<*E quando eu descobri*>, continuou Berenice, <*isso não mudou nada.*> Ela agarrou Sancia, abraçou-a com força e sussurrou: <*O que você guardaria? Isso? A frota?*>

<*Quero dizer isso*>, respondeu Sancia. <*Mas sou boba e egoísta, assim como você.*>

<*Então o quê?*>

<*Não este momento*>, afirmou. <*Nem algum no passado. Mas um momento do futuro. Em que estamos velhas e caquéticas. E nossos cabelos estão grisalhos e passamos os dias sentadas ao sol com cobertores nas pernas. E podemos olhar para trás, para todos os momentos que guardamos e salvamos, e recordá-los juntas.*>

Berenice apertou o rosto contra o pescoço da esposa e chorou. Ela a abraçou cada vez mais forte, até que finalmente Sancia disse:

— Isso dói, meu amor.

<*Sinto muito*>. Ela se afastou, fungando. <*Essa é uma coisa muito bonita de se guardar. Espero que a gente chegue lá.*>

— Continue dizendo isso — pediu Sancia. — Continue desejando. Sussurre esse futuro no meu ouvido. Sussurre bastante, e talvez se torne realidade.

III

Fuga da prisão

16

A *Nau-chave* furava os oceanos como uma agulha que atravessa um vasto cobertor escuro, rasgando as ondas, rompendo as correntes, abrindo caminho através de tempestades, vendavais e chuvas torrenciais… E Design se deleitava com cada minuto da jornada.

Que lindeza você é, pensou elu.

Subiu uma onda e girou as muitas catapultas de estriladores do navio em seu posto, sentindo sua amplitude, sua potência, sua precisão.

A partir desse ponto, pensou, *eu poderia lançar uma flecha inscrita através dos vendavais e das rajadas e derrubar uma gaivota em pleno ar a um quilômetro de distância.*

Começou a imaginar a cena: imaginou o giro das catapultas, os fragmentos brilhantes e quentes de metal rasgando os céus chuvosos…

<*Estamos no curso certo*>, disse a voz de Polina, baixinho, a bordo de uma das lanchas atrás da *Nau-chave*. <*Devemos chegar às cercanias de Batista dentro de uma hora.*>

<*Vou observar o horizonte*>, falou Design, <*e notificá-la quando eu divisar nosso alvo.*>

<*Você não vai ficar enrolando, vai?*>, perguntou Polina. <*Sei que você praticamente quer se casar com aquele maldito barco.*>

<*Certamente não*>, fungou Design. <*Sei o que está em jogo.*> Vislumbrou uma mancha cinza de montanhas à distância. <*Sei o que devo fazer esta noite.*>

<*Ótimo. Não se esqueça.*>

No entanto, honestamente, Design gostaria de poder esquecer e dedicar sua atenção, apenas por um momento, a essa maravilha, essa façanha complicada e inspiradora de engenharia, design e *arte*.

Parecia muito injusto que só agora, nessa missão, Design tivesse autorização pela primeira vez para pilotar a *Nau-chave*. Sendo o arquivo vivo de quase todos os pensamentos e memórias de inscrição de Giva, Design geralmente não tinha permissão para se afastar muito da frota. Fazer isso, todos concordavam (inclusive Design), era um risco muito grande.

Mas parecia especialmente injusto que tivesse de pilotar a *Nau-chave* dessa maneira, pois Design não estava realmente a bordo dela. Na verdade, o navio estava completamente vazio.

Em vez disso, os muitos constituintes de Design (ou a quem todos chamavam de "constituintes", pelo menos, pois para Design essas pessoas eram indistinguíveis de si mesme) estavam posicionados nas três dúzias de cúteres e caravelas atualmente seguindo o rastro da *Nau-chave*, sentados em salas de controle, cabines e instrumentos que foram combinados com aqueles a bordo da própria *Nau-chave*. Se Design mexesse o timão duplicado a bordo de um cúter, por exemplo, o timão a bordo da *Nau-chave* também giraria, mudando seu curso. Ainda que, diante de olhos destreinados, eles parecessem uma frota inscrita comum, com os navios menores viajando sob a proteção do galeão, na verdade, as pequenas embarcações eram todas marionetistas, puxando o navio maciço e vazio de um lado para o outro com cordas invisíveis.

A embarcação avançava cada vez mais rápido, enquanto os pequenos cúteres e caravelas lutavam para acompanhá-la.

<*Menos de uma hora até Batista*>, anunciou Polina. <*Armas prontas?*>

Muitos constituintes de Design realizaram simultaneamente suas verificações, garantindo que os métodos inscritos de entrega de munição para os muitos sistemas de armas da *Nau-chave* estivessem ativados.

<*Armas prontas*>, afirmou Design. <*E carregadas.*>

<*Sem sinal de lâmpadas-mortas*>, disse Polina.

<*Não esperávamos nenhuma até aqui, não é?*>

<*Não, mas... devemos ver alguma em breve.*>

<*E aí*>, falou Design, <*as coisas vão ficar complicadas.*>

<*Só não se esqueça das nossas ordens. Chegamos perto e abrimos as portas do inferno. Quebramos e destruímos absolutamente tudo o que pudermos. Principalmente os portões. É* simples, *não?*>

As mãos de Design, às dezenas, ajustaram cuidadosamente inúmeros instrumentos em suas muitas cabines para garantir que a *Nau-chave* permanecesse no curso.

<*Simples. Sim. Muito.*>

<*Bom. Apenas... garanta que sobrevivamos também. Isso seria ótimo. Você consegue espiar alguma coisa à frente mesmo com toda essa tralha que construiu?*>

Design torceu seus muitos narizes. <*Tralha que eu construí... Hum. Permita-me dar uma olhada.*>

"Dar uma olhada" era mais complicado do que parecia. Embora os constituintes de Design fossem os marionetistas da *Nau-chave*, eles ainda não conseguiam ver exatamente para onde ela estava indo da perspectiva dela, não de dentro de todas as suas próprias embarcações, é claro.

Mas Design não era ume inscritore comum. E um de seus primeiros triunfos foi descobrir uma maneira de criar espelhos duplicados, permitindo, assim, que alguém visse o reflexo de uma imagem muito distante. E era por isso que o casco da

Nau-chave agora estava coberto com espelhos de vidro escuro, como escamas nas costas de um lagarto-arborícola.

A qualidade das imagens era sempre um pouco borrada e embaçada, o que significava que Design precisava de muitos, muitos espelhos para construir uma imagem precisa do que havia ao redor da *Nau-chave*, mas Design, é claro, contava com inúmeros pares de olhos, e cada um dos seus constituintes agora olhava para os espelhos duplicados em suas cabines e estudava a paisagem distante aprisionada naquele vidro, construindo uma concepção fragmentada do mundo que havia adiante em sua vasta mente.

<*Vejo… incêndios*>, disse Design. <*Forjas. Fumaça e vapor. E lá… sim. Eu os vejo. Lá estão os portões.*>

<*Os portões de Batista?*>, perguntou Polina em voz baixa. <*Você já consegue vê-los?*>

<*Sim.*>

<*Meu Deus. Como eles são?*>

Design estava ajustando o foco da visão quando Batista apareceu. Elu não estava com medo. Sabia o que encontraria ali naquela noite. Mesmo assim, ficou impressionade com a escala das fortificações.

<*Os portões*>, disse Design, <*são muito grandes.*>

<*Você consegue? É capaz de destruí-los?*>

Elu inspirou o ar profundamente em seus muitos pulmões.

<*Sabe*>, disse, <*acho até que eu consigo?*>

Começou a trazer cada vez mais para perto a sua preciosa *Nau-chave*.

Posicionada na foz do rio Dorata, Batista concedia a todos os navios que chegavam acesso às regiões do interior das nações gothianas, ou pelo menos o que antes tinham sido as nações gothianas, antes de Tevanne aniquilá-las todas. Embora os métodos de produção e transporte de Tevanne muitas vezes parecessem ilimitados, ela ainda precisava de recursos como qualquer nação em tempo de guerra, e o transporte por mar era mais simples. Indiscutivelmente, isso transformou Batista no porto mais movimentado do mundo, inalando navios carregados e exalando navios vazios, o que significava que também era o lugar mais guardado, protegido e fortificado do mundo. Especialmente os portões da fortaleza, que protegiam o rio de invasores.

Design sabia muito bem de tudo isso. A Assembleia Givana tinha avaliado a sabotagem de Batista muitas vezes, mas abandonara o esforço, considerando que não havia esperança de sucesso.

Elu analisou os enormes portões de metal construídos antes da foz do rio, bloqueando qualquer entrada...

Mas, até aí, pensou Design, *não viemos aqui para ter esperança.*

A *Nau-chave* ganhou velocidade. Design olhou para suas dezenas de espelhos e avistou seis formas negras e atarracadas girando lentamente no mar diante de Batista.

<*Navios-catapultas*>, chamou Design. <*Em patrulha. Vou ficar ao alcance de tiros em breve. Prepare-se.*>

<*Entendido*>, disse Polina.

Mais meio quilômetro, depois outro...

Design avaliou muitas coisas ao mesmo tempo: a distância até os barcos-catapultas, as fortificações nas colinas ao redor de Batista, o céu vazio acima da fortaleza, os portões brilhando à luz da lua. Suas centenas de dedos guiaram as catapultas da *Nau-chave* para a posição de ataque.

<*Pronta?*>, perguntou.

<*Sim*>, respondeu Polina.

Um dos barcos-catapultas parou a patrulha, talvez sentindo a aproximação da *Nau-chave*.

<*Tudo bem então*>, disse Design. <*Abrir fogo.*>

A noite se iluminou.

Catorze estriladores aperfeiçoados rasgaram o ar, as flechas de metal tão quentes e brilhantes quanto um raio. Elas saltaram das catapultas da *Nau-chave* e descreveram um arco gigantesco oceano afora; por fim, mergulharam em direção aos seis barcos que patrulhavam a baía na frente de Batista.

A catapulta mais próxima irrompeu num clarão de luz branca e quente quando três estriladores se chocaram contra seu casco, todos correspondendo a acertos diretos. Esses estriladores foram meticulosamente elaborados para penetrar nos cascos de Tevanne, algo que poucas armas poderiam fazer naquele momento, e Design observou por sua matriz de espelhos enquanto o barco parecia simplesmente desaparecer, como se uma estrela tivesse caído do céu e o atingido, apagando-o da superfície do mar.

<*Ah, minha nossa*>, disse Design calmamente.

Os três estriladores seguintes dispararam em direção ao outro barco mais próximo, um o acertando com precisão, possivelmente inutilizando-o, outro acertando de raspão, e um errou; em seguida, vieram mais dois estriladores rumo ao próximo barco mais distante, e depois os disparos atingiram os outros dois. Foi uma sinfonia repentina e estridente de luz, metal e calor, enquanto as próprias ondas pareciam se erguer com o som do armamento inscrito, e, num instante, dois barcos-catapultas foram positivamente aniquilados, um estava danificado ou afundando e três sofreram sérios danos.

Design assistia com prazer enquanto a fumaça e o vapor subiam dos mares à frente. A *Nau-chave* seguiu em frente.

<*Minha nossa, que coisa*>, disse elu. <*A guerra é sempre tão divertida?*>

<*Não fique convencido*>, retrucou Polina.

Ela estava certa, pois, em seguida, as defesas de Tevanne ganharam vida.

Os três barcos-catapultas restantes soltaram seus próprios estriladores, cinco de cada embarcação. Design ficou um pouco irritade com a visão dos projéteis: nunca havia descoberto direito como Tevanne transformara seus estriladores em armas tão sobrenaturalmente mortíferas, mas esperava que eles não fossem um problema naquela noite, ainda não, pelo menos.

Design ficou observando a cena em seu conjunto de espelhos enquanto os estriladores navegavam pela água até eles, cada vez mais perto, e então disparou seu contra-ataque.

Dezenas de baterias de espringais no convés da *Nau-chave* giraram para cima e começaram a cuspir chumaços de chumbo inscrito nos estriladores que se aproximavam, um após o outro. Muitos erraram o alvo, mas não todos, e esses se aderiram às superfícies de metal fervente dos estriladores e ali ficaram…

Então o arco dos estriladores de repente se inclinou e eles mergulharam no mar, a quase meio quilômetro na *Nau-chave*.

Design sorriu. *Que maravilha. Que maravilha!*

Não fora fácil projetar esse contra-ataque: inscrever chumaços de chumbo para que fossem atraídos pelo calor era algo simples, mas inscrevê-los para sobreviver a esse calor e aderir à superfície dos estriladores… bem, isso era outra história. No entanto, Design descobriu uma maneira de fazer isso, atrasando os efeitos daquelas temperaturas altíssimas apenas o suficiente para que entrasse em ação a outra reação inscrita dos maços de chumbo, que era uma corda de densidade simples, levando-os a acreditar que pesavam quinhentos quilos cada um, o que bastava para desviar totalmente qualquer estrilador.

Ilesa e destemida, a *Nau-chave* avançava, cuspindo metal quente nas duas naves distantes. As embarcações tremeluziram e brilharam na face escura do mar, depois foram eclipsadas por uma nuvem de fumaça e desapareceram.

Acabei de gastar cerca de duas ou três mil horas de trabalho em menos de trinta segundos, pensou Design.

Elu observava os portões de Batista, que iam chegando mais perto, por sua matriz de espelhos. Calculava a distância, o vento, a topografia dos morros ao redor do porto.

Mas agora, pensou, *vamos para a parte difícil.*

Viu movimento na escuridão: talvez dezenas, se não milhares de dispositivos ganhando vida nas colinas à frente, girando lentamente para reagir a essa ameaça barulhenta que o barco representava.

<*Polina*>, chamou Design. <*Segure-se. Estamos prestes a ficar ao alcance de...* >

Em seguida, o horizonte ficou branco.

Design estreitou os olhos enquanto observava o conjunto de espelhos. Pela estimativa delu, cerca de trinta estriladores haviam acabado de saltar das muitas baterias salpicadas ao longo da costa, e, escondidas na explosão de luzes, Tevanne também havia lançado várias centenas de lanternas-bombardeiras.

Por um momento, Design não soube ao certo com o que se preocupar mais.

Bem, raciocinou elu, *os estriladores devem chegar aqui primeiro, então...*

As baterias de espringais da *Nau-chave* giraram e borrifaram os céus noturnos enquanto os estriladores iam caindo. Rapidamente, os projéteis brilhantes foram se apagando, um após o outro, mas não todos. Três deles conseguiram passar pela névoa de chumbo inscrito que Design acabara de lançar nos céus e atingiram a *Nau-chave*, dois deles batendo em sua proa, o outro rachando a popa.

Design virava as cabeças de um lado para o outro em suas muitas cabines, verificando os espelhos que mostravam o exterior do casco da *Nau-chave*, bem como aqueles que indicavam pontos críticos no interior da embarcação.

O casco de bombordo foi rompido, pensou elu. Olhou mais para dentro da *Nau-chave* e observou fluxos de água escorrendo por um punhado de corredores. Mediu o nível e os locais da brecha e selou os compartimentos do navio, estancando o problema.

Isso deve bastar por enquanto.

Design trocou de munição quando as lâmpadas-bombardeiras chegaram ao alcance do navio, passando a usar os marretadores, e a *Nau-chave* começou a lançar os canudos desajeitados nos atacantes que se aproximavam. O ar estremeceu e chacoalhou quando os marretadores explodiram: o som era ensurdecedor, mesmo nos lugares onde Design se sentava, curvade em suas muitas cabines.

Tentando me distrair, pensou enquanto outra rajada de estriladores saltava no céu noturno. *Mas não vai funcionar.*

Os pensamentos de Design se bifurcaram uma vez, depois o fizeram de novo, e elu começou a administrar muitas tarefas diferentes ao mesmo tempo: as baterias de espringais na frente despejavam chumaços de chumbo nos estriladores que se aproximavam; as da popa salpicavam as lanternas que se aproximavam com marretadores; as catapultas de estriladores da *Nau-chave* giraram para atingir as baterias nas colinas perto dos portões, e gritavam e uivavam enquanto disparavam uma flecha inscrita atrás da outra pelo ar.

Design sorriu. *Eu consigo dançar e tomar chá ao mesmo tempo, sua desgraçada.*

Apesar de tudo, a *Nau-chave* avançava, uma ilha barulhenta, sibilante e ruidosa que cuspia morte em todas as direções. O ar estava cheio de dispositivos, flechas e estilhaços em queda livre, as águas fazendo um estardalhaço quando eles caíam; o casco do navio estava fumegando com o simples aumento da temperatura enquanto Design desferia seu ataque; e, quando os estriladores de Giva atingiram a costa ao longo das colinas, a paisagem à frente borbulhou com incêndios e fumaça, e o mundo inteiro virou um inferno num instante.

Fico me perguntando, pensou, *se era isso o que Crasedes produzia em seu apogeu.*

Mais incêndios borbulhando, mais fumaça turva; alguma fortificação de pedra desmoronou nas falésias e foi deslizando para o mar.

No entanto, Tevanne é mais poderosa, pensou. *E maior, porém mais lenta. Contudo, certamente está começando a perceber o que estou fazendo aqui esta noite...*

Então, a voz de Polina soou:

<*Temos lâmpadas-mortas no horizonte!*>

— Ah, caramba — disse Design de uma só vez, por meio de muitas bocas.

Elu ainda não ficara com medo, mas agora, era preciso admitir, seu estômago tremia ligeiramente.

Franziu o nariz e espreitou com os olhos do único constituinte a bordo do cúter de Polina. Elu a viu agachada diante do dispositivo que desenvolvera para detectar lâmpadas-mortas, um piãozinho girando num disco preto.

Para consternação de Design, o piãozinho flutuava cada vez mais alto, indicando que, seja lá quantas lâmpadas-mortas houvesse ali, elas se aproximavam muito, muito rapidamente.

— Ah — falou Design em voz alta. — Bem. Não demorou muito.

<*Já atraímos a maldita atenção delas!*>, praguejou Polina. <*Precisamos recuar. Agora!*>

Design ponderou a situação enquanto ainda lançava seu ataque infernal contra Batista, arrasando as fortificações da cidade de modo lento, seguro e gradual.

<*Hum*>, resmungou. <*Mas ainda não estamos exatamente ao alcance delas.*>

<*Maldição, Design!*>

<*Estamos aqui para fazer isso direito. Caso contrário, Berenice e sua equipe estarão em risco. Me dê um momento.*>

A *Nau-chave* avançou, agora a menos de três quilômetros dos portões de Batista. Design estreitou seus olhos enquanto olhava através de seus espelhos respingados de água...

As dobradiças. Os portões precisam ter dobradiças, mesmo que sejam inscritas. Então, onde elas estão?... Ah.

Seis protuberâncias enormes, aglomeradas em torno da base dos portões como carrapatos na barriga de um javali.

Design interrompeu as saraivadas de estriladores e girou suas catapultas, mirando com cuidado.

Quase...

As lâmpadas-bombardeiras giravam em torno da *Nau-chave*, lançando explosivos inscritos e dispositivos de densidade. Alguns atingiram o casco do navio, que gemeu quando começou a pesar uma, dez, cinquenta toneladas.

Ainda assim, a *Nau-chave* prosseguia, mancando, cada vez mais perto de Batista.

Quase...

Mais estriladores iam chegando. Mais vazamentos dentro do navio. Mais comportas se fechando dentro do enorme galeão.

<*Design...*>, chamou Polina.

<*Quase!*>, disse Design.

Os espelhos começaram a se apagar com uma velocidade surpreendente, em todas as cabines de Design.

Estou me cegando, pensou, *estou me cegando...*

No entanto, por meio de um punhado de espelhos funcionais, Design montou uma imagem composta das colinas diante do navio e acionou as catapultas, todas de uma vez.

Quase vinte estriladores partiram urrando das laterais do galeão, trovejando em direção aos portões de Batista, mirando especificamente as dobradiças.

Design não se deu ao trabalho de observar se os estriladores estavam acertando o alvo. Em vez disso, preparou-se para ativar o armamento final do ataque daquela noite.

Essa última ferramenta era essencialmente um tiro de linha gigante, muito parecido com os que Berenice usava em suas missões de sabotagem, mas vários milhões de vezes mais potente.

Enquanto os estriladores avançavam em direção a Batista, Design apontou a catapulta de linha de tiro para a face nua e reluzente dos portões e atirou.

Elu observou enquanto o enorme bloco de ferro voava pelo ar até os portões.

<*A última parte está feita*>, disse Design, tomando fôlego. <*Colocando todas as armas em disparo constan...*>

Então, os estriladores acertaram o alvo.

Design observou através dos espelhos como os portões de Batista de repente pareciam ser emoldurados com a cor branca, e sua superfície escura se iluminava com o brilho cintilante das flechas explosivas.

Em seguida, o tiro de linha atingiu os portões, e a *Nau-chave* foi arrastada à frente, como se tivesse navegado até cair da beirada da terra.

Design soube imediatamente que o navio seria danificado de forma irremediável pelo simples peso da água que estava singrando (havia um limite para o que um casco inscrito conseguia suportar). Embora lhe doesse o coração saber que sua lindeza agora praticamente se desintegrava no mar, os olhos de Design não despregavam do mundo rodopiante que ainda era capturado nos espelhos de suas cabines.

Vamos quebrar essas portas, pensou, *e fazer você conhecer o medo pela primeira vez na vida...*

Em seguida, sentiu.

Uma náusea, um desconforto. Uma *finura* no mundo.

<*Elas estão aqui!*>, gritou Polina. <*Finalmente estão aqui!*>

<*Hum, esse parece ser o caso, sim*>, concordou Design.

Embora as imagens nos espelhos estivessem embaçadas, escuras e girando loucamente enquanto a *Nau-chave* avançava em direção aos portões de Batista, Design conseguia vê-las: manchas de um preto puro acelerando, de modo silencioso e constante, pelos céus repletos de fogo, como pequenos buracos na realidade, flutuando em direção aos portões.

Lâmpadas-mortas. Dezenas delas. Talvez mais. Mais que Design (e tinha certeza que qualquer pessoa na história de Giva) já vira na vida.

— Ah, meu Deus! — gritou Polina.

<*Ah, ok, sim*>, disse Design. <*Vou recuar agora.*>

Todos os pequenos cúteres e caravelas deram meia-volta de modo abrupto e levaram Polina e Design para longe da *Nau-chave* e de volta ao mar aberto o mais rápido que puderam: os marionetistas abandonavam seu boneco gigante no inferno fulminante que haviam criado.

No entanto, Design continuou observando a cena por meio de seus espelhos sobreviventes, ansiose e paralisade, enquanto a *Nau-chave* mergulhava em direção aos portões.

<*Você vai conseguir? Vai destroçá-los antes que as lâmpadas--mortas devorem você vi...*>

Enfim, a proa do galeão se chocou contra os portões a toda velocidade.

Muitos dos espelhos se apagaram instantaneamente, mas não todos. Com a ajuda de alguns ângulos de visão esparsos, Design observou maravilhade quando os portões de Batista tremeram, balançaram e depois caíram no mar, bloqueando totalmente o rio Dorata.

Elu sentiu a emoção da vitória e se sentou em suas cabines, suspirando de alívio.

<*Eu consegui. Está feito. Faria...*>

Então, as lâmpadas-mortas começaram a funcionar.

A *Nau-chave* ainda tinha cerca de quinze espelhos duplicados em operação. Design olhava por um deles quando um grande pedaço da parte interna do navio de repente desapareceu, como se alguém tivesse pegado uma grande pá, retirado uma esfera perfeita do navio e jogado aquele pedaço fora. Depois, em outro espelho, um círculo perfeito dos conveses superiores desapareceu, expondo os muitos corredores da *Nau-chave* ao céu esfumaçado acima.

Em seguida, aquilo foi acontecendo várias e várias vezes, e o galeão gigante ia se dissolvendo rapidamente, pedaço por pedaço. Design possuía quinze espelhos restantes, depois cinco, depois dois, e assistia, fascinade, enquanto o fundo do casco piscava até desaparecer da existência, levando consigo um grande pedaço do mar, deixando para trás uma bolha de espaço curiosamente vazia no oceano embaixo do galeão, que pairou por um momento, como se estivesse congelada, antes que o oceano viesse preencher a lacuna com estrondo.

Depois, o último dos espelhos piscou e foi desligado, e Design teve consciência de que a *Nau-chave* sumira, editada da realidade, como se nunca tivesse existido desde o início.

Elu ficou sentade por um momento, empolgade, entristecide, desnorteade.

<*Minha maior obra*>, refletiu. <*Apagada deste mundo como uma mancha de graxa num pedaço de mármore branco...*>

Os cúteres singravam o mar aberto, levando-os para longe de Batista. Lentamente, Design transferiu seus pensamentos para o constituinte sentado no meio do convés de um barco com Polina, que andava de um lado para o outro como um pai nervoso esperando a notícia de um nascimento.

— Acabou — disse a ela.

Polina parou de andar.

— Acabou? — perguntou. — Elas *já* a afundaram?

— Não — respondeu Design lentamente. — Foi como se todas elas a tivessem mordido, devorando-a como um cardume de peixes atacando um javali que atravessou o trecho errado de um rio da selva, até que... bem, não sobrasse *Nau-chave* alguma.

Fez-se um silêncio atordoado.

— Nesse caso — disse Design —, tudo correu maravilhosamente bem, não acha?

Polina se sentou lentamente, uma das mãos estendida distraidamente para o assento, como se tivesse esquecido onde estava.

— Sim — disse com voz rouca. — Agora é com Sancia e Berenice. Espero para cacete que elas aproveitem ao máximo.

◆◆◆

Encolhida na pequena embarcação, Berenice mantinha os olhos fixos no detector de lâmpadas-mortas em seu colo, observando o piãozinho que girava em cima do disco preto.

<*Nenhuma mudança?*>, perguntou Sancia.

<*Não*>, respondeu Berenice. Ela acompanhava as subidas e descidas do pião, que, por enquanto, eram minúsculas. <*Elas ainda estão em patrulha. Muitas delas.*>

<*Como de costume.*>

<*Sim. Como qualquer noite normal.*>

O mar as sacudia para cima e para baixo, repetidamente. Berenice estava tão acostumada com viagens a bordo de um galeão que descobriu que não gostava de navegar numa embarcação tão pequena. Nem Diela gostava, ao que parecia, já que vomitara num canto havia algum tempo e continuava vomitando a cada dez minutos, apesar de estar com a barriga vazia. Claudia arrotava de vez em quando, mas, consciente de que isso piorava o enjoo de Diela, tapava a boca com o braço.

Berenice tentava ignorar o fedor de vômito e se concentrava no piãozinho. Ninguém em seu pequeno cúter falava. Sabiam que Design e Polina deviam estar lançando seu ataque agora, e não havia nada que pudessem fazer a não ser esperar.

O sobe e desce das ondas, a dor de cabeça, o mal-estar amargo na barriga... mas o olhar de Berenice não vacilava.

A qualquer momento. Vai ser a qualquer momento...

Seus olhos lacrimejavam enquanto fitava o pião.

A qualquer momento. Por favor...

Outra onda, outro redemoinho de náusea.

Em seguida, o pião despencou no ar e caiu no disco com um minúsculo tilintar.

Berenice olhou para o objeto.

<*Elas se... Elas se foram!*>, disse ela. Olhou para cima. <*Mexam-se! Agora!*>

O minúsculo cúter avançou. Berenice fechou o dispositivo detector e subiu os degraus até o convés, avistando um cenário familiar ao longe: as muralhas brancas e em ruínas da cidade que um dia fora Grattiara, espalhadas sob a lua cheia e baixa.

Tevanne não havia reconstruído muita coisa desde o ataque. Ainda estava tão destroçada quanto no dia em que a deixaram.

Mas dificilmente esperariam que voltássemos aqui, pensou. *Especialmente quando parece que estamos lançando um ataque tão grande em outro lugar.*

Claudia apontou para uma praia rasa e arenosa, exatamente onde a *Nau-chave* havia se posicionado quando disparou contra os exércitos de Tevanne poucos dias atrás.

<*Ali. Esse é o lugar.*>

<*Concordo*>, falou Berenice.

<*Mas certifique-se de que não vamos quebrar a porcaria da nossa carga!*>, disse Sancia. <*Seria uma pena se chegássemos tão longe só para fedegar com tudo aqui.*>

O cúter mudou de curso. As cordas balançando na popa estalavam enquanto puxavam seu fardo para mais perto da costa.

Os olhos de Diela estudavam os céus escuros e vazios acima delas.

<*Sem lâmpadas*>, disse. <*Funcionou. Tevanne realmente mordeu a isca.*>

<*Com muita fome, diga-se de passagem*>, comentou Berenice. <*Tevanne sabia que Clave vira algo. Já devia estar esperando um ataque há algum tempo.*>

<*Puta merda, que pena que tivemos de alimentar a desgraçada com a* Nau-chave *para convencê-la*>, lamentou Claudia.

<*Um galeão em troca de um mundo*>, comparou Berenice. <*É uma pechincha.*>

<*Design talvez discorde*>, disse Claudia.

<*Estamos nos aproximando dos baixios agora*>, anunciou Sancia, da cabine. <*Clave?*>

<*Estou pronto*>, disse a voz dele.

Como qualquer pessoa cuja mente estivesse duplicada com a dela, a voz de Clave parecia sussurrar no ouvido de Berenice, mas ela olhou para trás, para onde Clave estava viajando, dentro da curiosa embarcação que seu cúter puxava para Grattiara feito um navio baleeiro carregando a presa ensanguentada. Deu um trabalho infernal puxar aquela coisa pelos mares, já que seu formato de caixa retangular não fora feito para singrar águas de modo algum, mas o cordame se mantivera firme o tempo todo.

Berenice olhou para a carcaça da lâmpada-morta flutuando na água escura atrás deles. *Mas, se você quer entrar no inferno,* pensou ela, *deve usar um disfarce de demônio.*

Por fim, o cúter se aproximou dos baixios. Agarraram as cordas na popa e foram puxando a lâmpada-morta até que conseguissem descer e ficar de pé em cima dela. Uma a uma, desembarcaram do cúter, rastejaram sobre a lâmpada e deslizaram para dentro pela escotilha. Berenice e Diela foram por último, desamarrando as cordas para liberar a lâmpada-morta.

<*Entre*>, ordenou Berenice. <*Entre agora.*>

No entanto, Diela continuava olhando para alguma coisa, com a cabeça voltada à costa.

Berenice não precisou olhar para saber o que a menina via: a lacuna esférica perfeita nas muralhas, o mesmo lugar onde Vittorio morrera poucos dias antes.

<*Diela*>, chamou Berenice. <*Esta noite não. Agora não.*>

Diela desviou os olhos, depois desceu até o topo da lâmpada-morta e deslizou pela escotilha. Berenice a seguiu, jogando fora as cordas, e caiu dentro da câmara oblonga.

<*Merda*>, disse baixo a voz de Sancia. <*Essa vai ser uma viagem de dezesseis horas divertida para cacete.*>

Berenice esperou que seus olhos se acomodassem: o interior da lâmpada estava fracamente iluminado pela luminescência rosada de uma pequena lanterna inscrita num canto. Assim que conseguiu enxergar, olhou em volta para confirmar como as coisas estavam. Tinham reformado o interior da lâmpada-morta do melhor jeito possível, conseguindo o máximo de espaço e de armazenamento de munição enquanto ainda mantinham a maior parte da arquitetura e dos designs responsáveis pelos poderes daquela coisa macabra.

<*Os estoques de munição estão intactos*>, disse Claudia, revisando as pilhas e pilhas de flechas e outros dispositivos. <*As redes estão um pouco úmidas... Deve haver um vazamento em algum lugar. Mas não será muito estranho para quem já dormiu a bordo de um dispositivo frágil uma ou duas vezes... ou bebeu tanto vinho que se mijou.*>

Sancia fez um inventário das ferramentas de inscrição guardadas nas paredes. Eram todas modestas, mas mesmo as ferramentas de inscrição mais modestas eram quase tão complicadas quanto a oficina de um encadernador.

<*Tudo pronto aqui.*>

<*Ótimo*>, falou Berenice. <*E... Diela?*>

Diela não disse nada, olhando para o armário que Design havia instalado no canto da lâmpada-morta.

<*Diela?*>, perguntou Berenice. <*Nosso sistema de mensagens está intacto?*>

<*Eu... acho que sim, senhora*>, respondeu Diela, nervosa. <*Mas, para ser sincera, não tenho certeza se sei o que... o que Design pretendia quando fez isso para... ah, para mim.*>

Berenice examinou o conteúdo do armário de metal. Aos olhos dela, pareciam pouco mais que grandes bolas de metal, do tamanho de um melão maduro, todas muito bem arrumadas em pilhas. Mas Berenice sabia mais que ninguém que os dispositivos inscritos podiam ter a aparência de quase qualquer coisa, especialmente quando era Design que os fabricava.

<*Parecem boas para mim*>, disse ela. <*Eu... suponho. Agora, Capitão. Estamos prontos para decolar com esta nave?*>

Houve um longo silêncio. Em seguida, todos olharam lentamente para a lorica gigante sentada no centro da lâmpada, ao lado do dispositivo de gravidade.

<*Ah!*>, exclamou Clave. <*Eu. Isso é, hã... Isso mesmo.*>

Berenice segurou uma careta. Nenhum dos givanos, é claro, poderia controlar uma lâmpada-morta como Tevanne conseguia. A fusão das inscrições convencionais (como as do dispositivo de gravidade) com as hierofânticas estava muito além do controle de qualquer ser humano comum. Era por isso que Clave sentava no centro da nave, onde antes ficava o console hierofântico, conectado a todos os vários dispositivos horrendos da lâmpada.

Encaixar a lorica dele nesse espaço já fora bastante complicado; mas, como acontecia com qualquer grande aparato inscrito, eles ainda precisavam de um *lexicon* para operar todos os dispositivos, junto com a lâmpada-morta. E foi por isso que Berenice e Claudia montaram um pequeno *lexicon* portátil na parte de trás da lorica de Clave, como se fosse uma mochila, só que essa mochila seria capaz de dobrar a realidade nos mais diversos tipos de emaranhados horríveis se fosse muito danificada.

<*Sim, hã, ok*>, disse Clave. <*Claro! Claro, vamos dar uma chance a essa merda!*>

Claudia e Diela trocaram um olhar nervoso.

<*Você tem certeza, Clave*>, disse Claudia, <*que isso é como pilotar a* Nau-chave?>

<*Ah, não é a mesma coisa de jeito nenhum*>, respondeu ele. <*Esta coisa aqui deveria ser mais fácil, na verdade.*>

<*Sério?*>, perguntou Claudia.

<*Claro. A* Nau-chave *foi feita para ser um navio, antes de mais nada. Mas esta coisa é basicamente só uma estrutura que pode ser adulterada e manipulada. Que é o que eu faço melhor.*> Deu um

tapinha no dispositivo de gravidade ao lado dele, depois inclinou a cabeça da lorica e encolheu os ombros, como se estivesse soltando os músculos para realizar uma façanha atlética. <*Ok. Estou pronto se vocês estiverem prontas.*>

<*Apertem os cintos, por favor*>, pediu Berenice. Sentou-se na cadeirinha ao lado da rede e amarrou-se à parede com uma corda que ia do ombro até o lado oposto da cintura. <*E certifiquem-se de que estão bem presas.*>

Sancia se sentou numa cadeirinha ao lado de sua rede minúscula e fez o mesmo.

<*Eu odeio voar*>, disse ela. <*E tenho certeza de que fiz isso mais que qualquer um de vocês.*>

A lâmpada-morta tremeu ao redor deles. Claudia xingou enquanto se atrapalhava com as cordas.

<*Sim*>, disse Clave. <*Mas eu não estava no banco do piloto nessa época.*>

Berenice sentiu um frio desconfortável na barriga enquanto a lâmpada-morta começava a se erguer do mar lentamente.

<*Isso ainda não me conforta, Clave*>, rebateu Sancia.

Ficaram suspensos no ar por um momento. Berenice não conseguia dar um nome àquela sensação, mas a impressão é que ela não sabia exatamente qual direção era para cima e qual era para baixo: sua barriga dizia uma coisa e seu cérebro dizia outra, e o conflito a fazia se sentir muito mais enjoada que se sentira nas águas turbulentas.

— Ah, meu Deus — gemeu Claudia.

A nave está confundindo a gravidade, pensou Berenice. *Fazendo com que seja possível que essa coisa realmente voe...*

<*Agora segura aí*>, disse Clave. <*Uma coisa é brincar com essa merda em Giva, o duro é fazer ela conseguir vo...*>

Em seguida, dispararam à frente com tanta força e rapidez que Berenice teve certeza de que as correias de seu assento deixariam hematomas nela.

Ouviu todas gritarem ao mesmo tempo: ela, Sancia, Diela e Claudia, berrando de surpresa e consternação quando Clave as lançou no ar, depois passou por cima de Grattiara e mergulhou em Tevanne.

• 17

Berenice não era, por definição, alguém que gritava com frequência. No entanto, enquanto a lâmpada-morta disparava pelo espaço, e continuava disparando e *disparando*, cada vez mais e mais alto, ela percebeu, aos poucos, que estava fazendo exatamente isso: gritando a plenos pulmões com os olhos fechados, gritando por tanto tempo e tão alto que sua garganta começou a doer.

Com grande esforço, abriu os olhos e viu que todos gritavam também, exceto Clave.

<*Puta merda*>, exclamou ele alegremente. <*Tenho que admitir, o dispositivo de gravidade dessa desgraçada faz com que as coisas que a gente usava na Tevanne Antiga pareçam merda de cachorro!*>

Depois de algum tempo, talvez segundos, ou minutos, diminuíram o ritmo e começaram a viajar na mesma velocidade constante. Ou foi o que ela achou, pelo menos. Berenice não conseguia ver nada além das paredes escuras ao seu redor, mal iluminadas pela lâmpada inscrita no teto da nave; mas o rugido do ar diminuiu, até que finalmente ela pôde ouvir o ofegar frenético do resto de sua equipe.

<*Hã, então*>, disse Clave. <*Acho que consegui entender essa coisa. E... creio que agora deveríamos estar em velocidade de cruzeiro.*>

<*Clave*>, rosnou Sancia. <*Seu... Seu tapado! Qual é a merda do seu problema? Não temos mudas de roupa o suficiente conosco, e não quero cagar nas calças logo de cara!*>

Diela abriu os olhos.

<*Ah, meu Deus.*> Ela olhou para baixo, com uma expressão de horror. <*Eu nem tinha pensado nisso...*>

<*O que fiz foi perfeitamente razoável!*>, disse Clave. <*Quase! Chegamos* em Tevanne. *Rapidamente, com segurança. Somos talvez as únicas pessoas vivas que poderiam afirmar isso.*>

Fez-se silêncio enquanto elas entendiam a imensidão do que acabara de acontecer.

<*Saco do vigário*>, disse Claudia. <*Somos mesmo? Estamos nesse poço de demônios?*>

<*Mais ou menos*>, respondeu Clave. <*Estamos muito, muito acima dele, pelo menos. Eu diria que estamos cerca de quinze quilômetros terra adentro.*>

<*Dá para... ver?*>, perguntou Diela.

<*Se você quiser. Eu consigo ver tudo, com a ajuda de todas as pequenas sondas de detecção e proteção embutidas nesta coisa... Mas acho que Berenice mandou colocar uma janela lá embaixo... né?*>

<*Sim*>, respondeu ela.

Com as mãos trêmulas, desamarrou a corda e engatinhou até o meio da nave. Encontrou a pequena trava no chão, soltou-a com cuidado e deslizou-a para trás, revelando uma janela de vidro grosso e, abaixo dela, um mundo diferente de qualquer outro que já vira antes.

Berenice engoliu em seco ao ver a superfície lisa e cremosa dos tufos brancos correndo por baixo deles, salpicados com lascas de luar azul-claro. Perguntou-se por um instante se estava tendo alucinações.

<*São... nuvens?*>

<*São*>, respondeu Clave. <*Baixas. Eu até diria que estamos com sorte e que elas fazem com que seja mais difícil nos localizar... mas*

parece provável que Tevanne consiga enxergar através das nuvens com bastante facilidade.>

Lentamente, Sancia e Diela soltaram-se das correias e engatinharam pelo chão. Juntas, espiaram pela janela como crianças observando girinos numa piscina rasa.

— Puta merda — exclamou Sancia, pasma.

<*Eu... nunca pensei que veria o mundo assim*>, falou Diela. <*Quero dizer... não achei que fosse* possível.>

<*Claudia?*>, perguntou Berenice. <*Gostaria de olhar? É uma bela vista.*>

Claudia sacudiu a cabeça com força, as mãos segurando as alças do assento.

<*Estive a bordo de muitos barcos, e muitas vezes eles já pareciam insanos o suficiente. Um barco que navega no ar... É uma maldita abominação, e eu não quero nem discutir mais isso.*>

<*Não seja boba, Claudia*>, disse Sancia. <*É incrível de se ver.*>

<*Talvez sim*>, concordou. <*Mas Deus não quis que nossos pés fedegosos saíssem do chão por tanto tempo.*>

<*Aqui*>, disse Clave. <*Um trecho sem nuvens está chegando perto. Deve oferecer uma vista mais clara...*>

A superfície branca de repente ficou irregular, e eles engoliram em seco.

Berenice nunca vira um terreno de tal altura na vida. Tinha uma vaga ideia de qual deveria ser a aparência da terra desse ângulo e esperava ver formas escuras e coaguladas dispostas abaixo das nuvens, enrugadas e onduladas, como argila ou lama semiformadas que se acumulam depois de uma chuva.

E essas coisas *estavam* lá, sim, mas não eram escuras.

O mundo lá embaixo estava aceso de cores: com tons rosados, azuis e alaranjados, suaves e nebulosos, e circulavam acima do terreno distante, girando lentamente como dançarinos num baile.

— Lâmpadas — disse Sancia suavemente. — Lâmpadas *normais*. Lâmpadas de luz.

Diela inclinou a cabeça. <*Elas estão... patrulhando. Procurando a gente? Ou algum outro invasor?*>

<*Possivelmente*>, falou Berenice. <*Mas, embora os dispositivos de Tevanne possam não precisar de luz para enxergar, seus hospedeiros provavelmente precisam.*>

Ela reprimiu seu senso de admiração e pegou a luneta. Não ia ser muito útil a essa distância, mas era melhor que nada. Ajustou um dos olhos e observou, a lente trêmula captando formas onduladas abaixo, iluminadas com as cores vacilantes e cambiantes das lâmpadas de patrulha.

<*Estou vendo... colinas*>, disse. <*Pelo menos, acho que são colinas... Está escuro, e nunca as vi dessa altura...*>

Depois, os olhos de Berenice passaram por um padrão incomum, semelhante a uma teia de aranha, rastejando pelos topos das colinas, frisado aqui e ali com manchas cinzentas, e lentamente percebeu o que estava vendo.

<*Muralhas*>, falou em voz baixa. <*Ah, meu Deus. Há tantas muralhas lá embaixo... Abram uma trilha até mim e vejam.*>

Sentiu uma ligeira comichão na parte de trás da cabeça; depois, a curiosa protuberância característica nas extremidades dos olhos; e percebeu que tanto Sancia quanto Diela dividiam a luneta com ela.

<*Quantos... Quantos quilômetros estamos vendo aqui?*>, perguntou Diela.

<*Dezenas*>, respondeu Berenice. <*Centenas.*> Ela movimentou a luneta para cima e para baixo na direção da costa, localizando o brilho das fortificações no topo do que pareciam ser todas as colinas. <*Camadas de muralhas e muralhas que vão se estendendo... meu Deus, devem chegar a centenas de quilômetros rumo ao interior, e não tenho ideia do comprimento. Mais fortificações que qualquer civilização na história, todas iluminadas para capturar qualquer intruso.*> Ela abaixou a luneta e depois se recostou, abalada. <*A que... A que distância estamos do mar agora, Clave?*>

<*Eu chutaria cerca de trinta a cinquenta quilômetros agora*>, respondeu ele.

<*Meu Deus*>. Ela balançou a cabeça. <*Havia tudo isso... só esperando por nós no interior.*>

<*O que você está dizendo?*>, perguntou Diela.

<*Você não percebe?*>, indagou Berenice. <*Nós mal arranhamos a superfície dessa coisa. Durante todos os nossos esforços, todos os nossos ataques. Quase não causamos nenhum dano.*>

◆◆◆

Esforçando-se para se concentrar, Berenice pigarreou.

<*Clave*>, disse ela. <*Por favor, conte-me mais sobre nossa localização.*>

<*Pela minha estimativa*>, respondeu ele, <*e com base nos mapas que fizemos a partir das memórias que Sancia vasculhou... estamos a cerca de oitenta quilômetros do rio Dorata. Assim que o atingirmos, seguiremos até as montanhas.*>

Berenice olhou para Diela.

<*Você já viu e ouviu o suficiente?*>

Ela assentiu, nervosa.

<*Sim,* Capo. *O suficiente para avisar Giva.*>

<*Precisaremos lançar a primeira âncora, então*>, afirmou Berenice. Levantou-se e caminhou até o armário no canto da lâmpada-morta. <*Uma a cada cento e cinquenta quilômetros para manter uma conexão, de acordo com Design.*>

<*Temos certeza de que não deveríamos fazer isso com um intervalo menor?*>, perguntou Claudia. <*Achei que o alcance da maioria dos* lexicons *era de apenas uns vinte quilômetros ou pouco mais. Não cento e cinquenta.*>

<*Design gastou muito tempo com isso*>, explicou Berenice. <*Elu aprendeu a pegar carona nos* lexicons *de Tevanne, sem ela perceber. Então, assim como Tevanne pode enviar uma mensagem de um lado do continente ao outro num piscar de olhos, isso terá o mesmo efeito.*>

Juntas, ela, Sancia e Diela foram retirar uma das bolas de metal desnudas do armário no canto. Era totalmente comum, sendo de um cinza opaco que quase a tornava indistinguível de uma rocha, o que era o objetivo, é claro. Não podiam correr o risco de que Tevanne detectasse esses dispositivos, jogados aqui e ali em seus vastos territórios.

Diela encaixou a âncora no duto de evacuação, e Sancia se ajoelhou e espiou por uma luneta instalada na lateral do duto, que mostrava o chão diretamente abaixo da lâmpada-morta.

<*Esperando que apareça outro ponto sem nuvens...*>, disse ela. <*Eu não quero deixar isso cair acidentalmente em cima do desgraçado de um hospedeiro ou coisa assim. Ali. Um campo sem nada nele. Deve funcionar bem.*> Ela girou uma catraca de madeira na lateral da luneta. A lâmpada-morta tremeu de novo quando a escotilha no fundo do duto se abriu e a pequena bola de ancoragem caiu; depois disso, ela fechou o duto de novo.

<*As ligações de densidade na âncora devem levá-la direto para baixo*>, afirmou Berenice. <*Portanto, deve cair diretamente no alvo.*>

<*Quando é mesmo o primeiro contato com Giva?*>, perguntou Sancia.

<*Dentro de uma hora*>, disseram Diela e Berenice ao mesmo tempo.

Berenice sorriu para a menina.

<*Ótimo. Embora eu não achasse que você pudesse ter esquecido.*>

A intenção de Berenice foi confortá-la, mas Diela pareceu levar a mal suas palavras e não disse nada.

<*Tem... Tem certeza de que quer fazer isso, Diela?*>, perguntou Berenice. <*Sei que a comunicação com Giva não será fácil. Mas, mesmo que não consiga, quero que saiba que ainda é valiosa para o nosso time...*>

<*Eu consigo*>, falou Diela.

<*Eu também sei que você consegue. Mas quero ter certeza de que...*>

<*Eu consigo,* Capo>, interrompeu Diela, agora um pouco ressentida. <*Devo isso a vocês.*>

Berenice fez uma pausa, preocupada, mas assentiu.

<*Entendi.*> Olhou para Clave. <*A primeira âncora já está lá. Estamos alto o suficiente para passar despercebidos?*>

<*Nesse momento, estamos cerca de trezentos metros acima de onde as lâmpadas-mortas geralmente viajam*>, disse Clave. <*Se algum pedacinho de Tevanne nos vir, devemos (à distância, lembrem-se) parecer uma lâmpada-morta comum. Muitas das pecinhas inscritas feiosas dela estão funcionando aqui também, na maior parte. É como se estivéssemos numa colmeia, fantasiados de zangões, andando na ponta dos pés pelas bordas vazias...*>

<*Defina "à distância", por favor*>, pediu Berenice.

<*Tipo um quilômetro e meio*>, respondeu ele. <*Se chegarmos mais perto que isso, ela perceberá que somos apenas um bando de idiotas vestindo uma fantasia de lâmpada-morta e vai arrancar a gente do céu.*>

Berenice suspirou.

<*Bem, nesse caso, é melhor prepararmos o dispositivo de Design. Claudia?*>, chamou ela.

<*Se a alternativa for a morte*>, resmungou Claudia, <*acho que vou me levantar.*>

Com relutância, Claudia soltou suas correias e se juntou a elas na montagem do dispositivo detector que Design havia enviado. A maior parte do sistema parecia um grande globo de vidro (foram obrigados a embalá-lo numa caixa com bastante palha), mas as peças mais importantes eram as inúmeras continhas inscritas a serem colocadas dentro do globo. A coisa toda era tão complicada e delicada que não ousaram montá-la antes da viagem marítima.

Mas, de certa maneira, duvido que fazer isso voando pelo ar seja melhor, pensou Berenice enquanto encaixava os discos do fundo.

Quando estavam terminando, perceberam que o hálito delas havia começado a congelar e precisaram sacudir as mãos para evitar que ficassem duras.

Diela dava tapas nos braços, batendo os dentes.

<*Por que está tão frio?*>

<*Porque estamos a uma altura ridícula no céu*>, respondeu Clave. <*Isso é... algo em que a gente não tinha pensado.*>

Claudia franziu a testa para ele, confusa.

<*O céu fica mais frio quanto mais a gente sobe? O céu é...* frio?>

<*Não sei como dizer a você para não duvidar de algo que está vivenciando ativamente*>, disse Clave. <*Mas sim. Acho que não trouxemos dispositivos de aquecimento, né?*>

Berenice balançou a cabeça.

<*Nenhum que dê para usar. São apenas iniciadores de fogo. E um incêndio a bordo dessa nave macabra é a última coisa de que precisamos.*>

Finalmente terminaram de montar o globo de Design. Tinha cerca de um metro de largura e altura, disposto numa plataforma grossa diante de Clave, como se ele fosse um artista itinerante prevendo o futuro do público diante de um caldeirão.

Design fracassou em seus esforços para descobrir como Tevanne controlava os hospedeiros, mas tais esforços não foram em vão, ressaltou elu. *Embora eu não possa lhes oferecer uma maneira de solapar a fera contra a qual lutamos*, dissera, *estabeleci um jeito melhor de* rastrear *outros consoles hierofânticos. Acontece que o simples ato de ligar um dispositivo que pode arrancar pedaços da realidade é bastante perceptível, se você procurar do jeito certo...*

Sancia girou o interruptor do globo, estendeu as mãos e as colocou na lateral do objeto. Inclinou a cabeça, escutando, e Berenice captou o sussurro de comandos entre sua esposa e esse dispositivo, uma explosão de estranhas instruções passando de um lado ao outro, e em seguida as minúsculas bolas de chumbo no globo de vidro ganharam vida, girando como os últimos restos de areia numa ampulheta. Uma das contas era extraordinariamente grande, com cerca de um centímetro de diâmetro, e ela disparou para ocupar o centro exato do globo. As contas menores giravam em torno dela como uma constelação de estrelas no céu, até que finalmente pararam, com algumas contas presas às paredes do globo de vidro e outras pairando no ar a vários centímetros da grande bola no centro.

<*Tenho de admitir*>, disse Clave. <*Design realmente sabe o que faz.*>

Diela observou Clave com ar incrédulo. Ele estava de frente, olhando para a direção oposta ao globo.

<*Espere. Mas você nem está olhando para...*>

O capacete da lorica se virou para encará-la.

<*É porque, menina*>, disse ele, <*eu não preciso de olhos para ver!*>

Diela quase caiu para trás de surpresa. Sancia golpeou a ombreira dele.

— Pare com isso — disse.

Claudia bateu no globo de vidro.

<*É como uma espécie de truque de circo. Aquela conta grande no meio... somos nós?*>

<*Sim*>, disse Sancia. <*Essa é a nossa nave. E todas as outras continhas são consoles hierofânticos; lâmpadas-mortas ou qualquer coisa semelhante que esteja distorcendo a realidade, suponho.*>

<*E quão preciso é esse negócio?*>, perguntou Claudia.

<*Não o suficiente para correr riscos*>, respondeu Sancia, <*se isso responde à sua pergunta.*>

Diela se esforçou para se levantar.

<*A borda do globo está a trinta quilômetros de distância? Dois?*>

<*Oito*>, respondeu Berenice. Ela se inclinou e examinou algumas contas que estavam a cerca de vinte e cinco centímetros da bola de chumbo no centro. <*O que significa que Clave precisa melhorar a porcaria do trampo dele, já que alguns deles estão muito próximos...*>

<*Entendido*>, disse ele, suspirando.

A lâmpada-morta fez uma curva fechada para a direita, e todas gritaram e se agarraram às paredes para se apoiar.

<*Apertem os cintos!*>, exclamou Berenice. <*Agora!*>

Juntas, correram para se amarrar de volta em seus assentos. Outra afundada tremenda no ar, e sentiram que a lâmpada-morta fazia outra curva e rasgava os céus numa direção totalmente diferente.

<*Dezesseis horas disso*>, reclamou Sancia. <*Meu fedegoso Deus do céu...*>

<*Sinto falta da* Nau-chave>, resmungou Claudia.

<*Eu também*>, falou Diela, e começou a ter ânsia de vômito de novo.

◆◆◆

O ar ficou cada vez mais frio, e logo as quatro se amontoaram sob os cobertores e esconderam as mãos e os pés do ar gelado. O rosto de Berenice ficou fixo numa careta enquanto observava as contas dançarem no globo. Às vezes, chegavam muito, muito perto do grande pedaço de chumbo no centro, representando a lâmpada-morta deles. *Sinto como se Clave estivesse nadando em águas profundas*, pensou ela, *todas repletas de predadores sem olhos...*

<*O que tem lá fora, Clave?*>, perguntou Sancia.

<*Lâmpadas-mortas*>, respondeu ele. <*Abaixo das nuvens. Quando sobem, tenho que subir também, para ficar fora do alcance delas.*>

<*Elas estão procurando a gente?*>, perguntou Claudia.

<*Talvez*>, disse Clave. <*Ou talvez seja assim que se comportam nas profundezas de Tevanne. Não faço ideia. Mas vai ficar mais frio, gente.*>

Claudia se enterrou em seus cobertores, tremendo ainda mais.

<*A boa notícia é que estamos no rio Dorata*>, anunciou Clave. <*E... vamos chegar em uma hora. A conexão com Giva deve ser aberta em breve, né?*>

Berenice olhou para Diela, que agora parecia totalmente apavorada.

<*Sim*>, afirmou Berenice. <*Vamos começar os preparativos agora.*>

Sancia e Berenice saíram cuidadosamente de suas redes. Uma das mãos de Sancia roçou os nós dos dedos nus de Berenice, e com isso veio um pensamento sussurrado:

<*Você acha que ela aguenta?*>

Berenice respondeu rapidamente:

<*Não temos escolha.*>

Berenice se ajoelhou ao lado de Diela e agarrou-lhe o pulso, certificando-se de que não tocaria a pele dela; não seria bom entrilhar de modo profundo com a menina num momento desses.

— Você consegue — disse ela. Cada palavra parecia uma nuvem de gelo, turvando-se na penumbra da lâmpada-morta.

— Eu sei — respondeu Diela, tremendo.

Sancia enfiou a mão no topo do armário de mensagens e tirou dali um pequeno diadema de bronze, semelhante a algo que a pequena nobreza poderia usar em algum reino estrangeiro, mas a superfície interna desse diadema estava coberta de *sigils*.

— E, se precisar cortar a conexão — continuou Berenice —, não nos causará prejuízo.

Sancia entregou o diadema a Diela, que ainda estava presa ao assento. Ela pegou o objeto, seu rosto agora sombrio.

— Você sempre acha que sou fraca — falou Diela.

Berenice fez uma pausa, surpresa.

— Não, Diela.

— Não sou fraca — respondeu, ressentida. — *Não* sou. E não estou fazendo isso para provar nada a você ou a qualquer outra pessoa.

Sancia a estudou com olhos implacáveis.

— Então, por que está fazendo isso, menina?

— Porque — respondeu Diela, colocando o diadema na cabeça — devo isso a todos. — Ela fechou os olhos, e seu pensamento final passou pela mente de Berenice: <*E a ele.*>

O lampejo de um rosto: um jovem, pele escura, barba bem cuidada e aparada, sorriso brilhante, radiante. O coração de Berenice se contorceu ao vê-lo.

Vittorio.

Em seguida, Diela começou a tremer.

Sancia e Berenice ficaram olhando a garota sacudir na cadeira, tendo convulsões como alguém picado por um peixe dolorspina, os olhos revirando, a boca se contorcendo de dor.

— Tem algo errado — disse Claudia.

A presença de Diela desapareceu de suas mentes. Foi uma experiência surpreendente: a própria Diela ainda estava diante deles, viva, mas claramente com dor. Contudo, seus pensamentos, sua mente, suas experiências, tudo o que era compartilhado com eles piscava como a chama de uma vela ao vento.

O coração de Berenice congelou. A única vez que ela experimentara algo assim tinha sido quando alguém morria.

— Não! — disse ela em voz alta, e estendeu a mão para puxar o diadema da cabeça de Diela. Mas a mão de Sancia se esticou, agarrou seu pulso e a segurou.

— O que você está fazendo? — perguntou Berenice.

<*Espere*>, disse Sancia.

A cabeça de Diela pendeu sobre os ombros. Um fio de baba caiu de seus lábios no chão da lâmpada.

— O que diabos você quer dizer com "espere"?! — gritou Berenice. — Olhe para ela!

<*Ela está certa*>, disse Clave. <*Espere. Você ainda não consegue sentir o que está acontecendo. Mas nós conseguimos.*>

Sancia agarrou a mão nua de Berenice.

<*Sinta*>, disse. <*E veja.*>

Berenice sentiu as experiências de Sancia se derramando sobre ela. Embora fossem duplicadas por quase uma década, Berenice sempre ficava surpresa com o quão *diferente* era a maneira de Sancia de perceber o mundo: como a realidade estava sempre acesa com inscrições, com comandos, com conexões invisíveis compartilhando informações através de quilômetros de espaço vazio.

Então, viu Diela e percebeu que não era mais Diela. Estava se tornando outra pessoa.

O diadema era o sinal disso: conseguia ver que, de repente, ele se iluminara com comandos e argumentos, mas estes não vinham de Clave ou de Diela. Vinham de outra entidade muito, muito distante.

<*Está funcionando*>, disse Sancia, <*eu... eu ach...*>

Em seguida, Diela parou de tremer. Sua boca se fechou. Ela abriu os olhos e fungou. Depois se endireitou na cadeira e olhou para as duas.

— Ah — exclamou ela. — Aí estão vocês.

Berenice arquejou. Embora Diela tivesse falado apenas um punhado de palavras, tudo nela agora era diferente: a entonação, a velocidade, o sotaque, tudo. Até a maneira como olhava para eles traía o fato louco, mas indiscutível, de que a identidade que naquele momento observava com os olhos de Diela não era Diela.

— Olá, Anfitrião — disse Sancia.

◆◆◆

Anfitrião-Diela piscou para elas, depois para o interior da lâmpada-morta.

— Parece... ter funcionado — disse, ainda no inconfundível tom baixo e tranquilizador de Anfitrião. — A lâmpada, Clave, as âncoras... tudo. — Pigarreou. — Vocês me perdoarão, espero, se eu falar em voz alta em vez de me comunicar silenciosamente. Isso seria extraordinariamente difícil no momento.

— O que isso está fazendo com Diela? — perguntou Berenice. — Ela parecia estar com dor quando começou, e agora ela simplesmente... se foi.

— Ela não se foi — explicou Anfitrião-Diela. — Ela se tornou temporariamente um de meus constituintes. *Muito* temporariamente. Concluir o alinhamento comigo tão rápido não é aconselhável. Com certeza não é fácil, naturalmente. Mas Diela é muito talentosa. Ela vai melhorar nisso. — Os olhos de Anfitrião-Diela ficaram brevemente desfocados. — Estou recebendo as memórias dela agora... Visões do céu acima de vocês e das muitas, muitas muralhas... E depois, as lâmpadas-mortas abaixo. Clave, você conseguiu evitar ser detectado?

— Até agora — respondeu Clave. — Mas está cheio lá embaixo.

— O que aconteceu em Batista? — perguntou Berenice.

— Foi um sucesso — disse Anfitrião-Diela. — Sem vítimas. A *Nau-chave*, como previsto, foi destruída. Quase duas dúzias de lâmpadas-mortas apareceram e a editaram, pouco a pouco.

— Puta merda... — murmurou Sancia.

Anfitrião-Diela inclinou a cabeça, como se estivesse ouvindo uma voz invisível.

— Polina está aqui, aliás. Ela pede para dizer que foi um pesadelo. Ela também diz olá.

Berenice se esforçou para pensar em como responder. Era tão bizarro saber que não estava realmente falando com Diela, mas sim com Anfitrião, a cadência que estava a quilômetros e quilômetros de distância agora em Giva. A conexão só fora estendida até ali pelas "âncoras" que Design havia criado: pequenos dispositivos semelhantes a discos-trilha que pegavam carona nos próprios *lexicons* de Tevanne, duplicando a realidade ao seu redor para acreditar que *na verdade* eram a âncora anterior na cadeia, e uma antes dessa, e outra antes dessa última, mesmo as que repousavam sob o oceano, até que finalmente a corrente terminava com a âncora original em Giva, que era embalada nas mãos de um dos muitos constituintes de Anfitrião.

Uma só mente, pensou Berenice, *estendida pela face da terra, permitindo que duas pessoas distantes entrilhassem profundamente...* Ela estremeceu. *Talvez um dia Anfitrião acabe abarcando o mundo inteiro.*

— A conexão parece forte — disse Anfitrião-Diela. — Por favor, certifique-se de continuar lançando uma âncora a cada 150 quilômetros. Você deve ter o suficiente para cobrir mais de 250 mil quilômetros quadrados... mas Tevanne é muito mais vasta que isso.

— Percebemos — disse Claudia amargamente.

— O plano continua o mesmo, certo? — perguntou elu. — Levar a lâmpada até as Montanhas Beretto. Aterrissar, escondê-la onde puderem e chegar até a prisão por baixo.

— Sim — assentiu Berenice. — Não houve mudanças. Alguma atividade incomum nos postos avançados tevannenses?

— Nada de lâmpadas — respondeu Anfitrião-Diela —, nada de galeões, nem navios. Tevanne não está enviando nenhuma força ou poder além de suas fronteiras normais. Nem nos perseguiu depois de Batista. Permanece totalmente focada dentro de si mesma.

— Ela acha que fracassamos, então — concluiu Claudia. — Fizemos uma jogada desesperada em Batista e perdemos.

— Talvez — disse Anfitrião. — Esperemos que continue assim. Mas isso depende de vocês não serem detectados...

— Merda, gente! — exclamou Clave da frente da lâmpada. — Temos... hã, alguma coisa!

Deram um pulo, assustadas, e espiaram pela janela de baixo. O tapete de nuvens parecia ininterrupto como sempre.

— O que diabos você quer dizer com "alguma coisa"? — perguntou Sancia.

— Não é alguma coisa *abaixo* de nós! — explicou Clave. — Quero dizer que alguma coisa apareceu à nossa frente!

Berenice virou-se para olhar o dispositivo detector e depois parou, confusa.

O pedaço de chumbo representando sua própria lâmpada-morta ainda estava no centro do globo, mas quase todas as outras contas agora estavam presas de um lado, apontando para a frente e ligeiramente para baixo e para a direita. Eram tantas que pareciam um bando de vespas formando seu ninho na lateral de uma casa.

— O quê... O que diabos esse negócio está dizendo que tem lá fora? — perguntou Sancia.

— Lâmpadas-mortas? — sugeriu Claudia. — Todas numa formação?

— Não são lâmpadas-mortas — respondeu Clave. — Acho que é... tudo uma coisa só. E é *grande*.

Em seguida, o vidro rangeu levemente quando o punhado de contas deslizou pela parede do globo.

— E está se movendo — falou Berenice.

— Segurem-se em alguma coisa — disse Clave. — Vou ver se consigo fazer uma ação evasiva em relação a... o que quer que seja.

Todo mundo correu para se prender nos assentos mais uma vez. Anfitrião-Diela ficou em silêncio, mas, pela expressão no seu rosto, Berenice percebeu que ainda era Anfitrião quem estava por trás dos olhos.

Nesse momento, a lâmpada-morta começou a se mover, inclinando-se para a frente e para trás rapidamente, cortando os céus. O estômago de Berenice se contorcia e revirava, agitando-se sem parar. Claudia gemeu alto, e o rosto de Sancia estava parado numa careta horrível.

— Tenho que manter distância desse negócio — disse Clave. — Se chegar a menos de três quilômetros de nós, estamos perdidos.

— Eu pensei — observou Berenice — que você dissera que precisávamos ficar a *um quilômetro e meio* de distância.

— Verdade — concordou Clave. A lâmpada-morta cortou para o lado mais uma vez. — Mas, com base no que vejo nesse detector… acho que essa desgraça, por si só, mede mais que um quilômetro e meio.

A tripulação se entreolhava, a respiração congelando no ar frio.

— Um… Um galeão voador? — disse Claudia.

— É… possível — falou Berenice. — Imagino. Se Tevanne pode fazer uma lâmpada como esta voar, pode fazer o mesmo com algo maior. — Ela balançou a cabeça. — Mas maior que um quilômetro e meio…

Lentamente, a lâmpada-morta parou de ficar balançando pelos céus.

— Não estamos fora de perigo — disse Sancia em voz baixa. — Estamos?

— Não — respondeu Clave. — Percebi que não temos como contornar essa coisa. É muito grande. Então… vamos ter que passar por cima dela.

— Por cima — repetiu Anfitrião-Diela. — Você pretende voar mais alto.

— Sim — confirmou Clave.

— Onde é mais frio — falou Berenice. — Muito mais frio, provavelmente.

— Sim — disse Clave. — Tão frio que… Não tenho certeza se vamos sobreviver. Ou, pelo menos, se vocês vão.

— Não tem outro jeito? — perguntou Anfitrião-Diela.

— Não — respondeu Clave, contundente.

Elu inclinou a cabeça.

— E as ferramentas de aquecimento a bordo — disse — são muito pequenas para aquecer a lâmpada.

— Sim — concordou Berenice. — Nós as trouxemos para fazer fogueiras. Não para aquecer uma nave no céu.

— E acho que não consigo enganá-las para, tipo, apenas aquecer o ar — falou Sancia. — Normalmente, com dispositivos iniciadores de fogo, é mais fácil iniciar um incêndio gigante. E não temos muita porcaria para queimar.

Anfitrião-Diela assentiu pensativamente.

— Eu não consigo manter vocês seguros — disse elu, e olhou para Berenice. — Mas outra pessoa conseguiria.

Berenice piscou por um momento antes de perceber o que elu estava sugerindo.

— Seria seguro para ela? — perguntou.

— Provavelmente — respondeu Anfitrião-Diela. — Mas há muitas incógnitas com essa nova técnica. No entanto, parece que a escolha é esta, ou vocês perecerão.

Berenice estudou o rosto de Diela, solene e semi-iluminado à luz da lanterna inscrita. Suas bochechas ainda estavam marcadas com as lágrimas da última transição, apenas alguns minutos atrás.

— Ela conhecia os riscos — disse Anfitrião-Diela suavemente. — Vocês todos conheciam.

— Sei disso — disparou Berenice. — Infelizmente, sei disso. — Ela fechou os olhos e cerrou os dentes. — Suba, Clave. Suba o mais rápido que puder. E nos mantenha longe dessa coisa.

— Pode deixar — disse Clave.

A lâmpada-morta deu um impulso e, em seguida, Diela começou a gritar.

Berenice observou a garota se contorcer na cadeira, o rosto crispado de agonia. Ela esticou as cordas presas em volta da barriga, seus punhos cerrados com tanta força que os nós dos dedos estavam brancos feito osso.

<*Eu não pensei que seria assim quando concordei com esse arranjo*>, lamentou Berenice.

<*Ela é mais resistente do que você imagina*>, disse Sancia.

Claudia se inclinou bastante em seu assento, a respiração descrevendo jatos no ar. Enfiou as mãos nas axilas.

<*Espero que todas sejamos*>, disse.

A lâmpada-morta subia e subia; Diela gemia; a cada segundo que passava, o ar ficava mais e mais frio, até que as orelhas e o nariz de Berenice começaram a latejar de dor.

O amontoado de pedaços de chumbo suspensos no detector começou a descer, mas com uma lentidão dolorosa.

— Vamos lá, sua desgraçada — murmurou Clave. — Vamos...

Nesse momento, Diela parou de gritar. Tremendo de frio, elas se viraram para lhe encarar: estava inclinada à frente no assento, com a cabeça baixa. Em seguida, porém, endireitou-se na cadeira, desamarrou-se e cambaleou trêmula pela lâmpada-morta até chegar à bancada e às ferramentas inscritas.

— Eu... preciso admitir — disse ela — que essas *não* são as condições em que eu esperava trabalhar. — Mas sua voz agora era um tanto nasal e esganiçada, a voz de um estudioso irritado por ser perturbado enquanto lia seus preciosos textos.

— Resolva o problema de vez! — disparou Berenice.

Diela a encarou, olhando-a de nariz empinado, o rosto fixo numa expressão de afronta arrogante. Era um rosto que Berenice conhecia bem, pois Design costumava olhar para ela daquele jeito quando estavam trabalhando com afinco em inscrições.

— Me dê um *momento*, então, por favor! — disse Design-Diela. Com uma fungada, começou a trabalhar, pegando os diminutos dispositivos incendiários e empilhando-os todos na pequena bancada na lateral interna da lâmpada.

<*Ela trocou?*>, perguntou Claudia. <*Virou Design agora?*>

— Obviamente — respondeu Design-Diela. Depois, pegou cinco lingotes de ferro, prendeu uma lupa no olho e começou a escrever *sigils*. — Berenice — chamou baixinho. — Vou precisar da sua ajuda para isso.

Berenice teve de bater palmas com força para aquecer as mãos um pouco. Depois, desamarrou-se e começou a mancar até a bancada. Ficou chocada com o quão difícil era se movimentar.

Design-Diela empurrou um punhado de discos para ela.

— Preciso que você faça um disco duplicado — disse. — Um que deve ser inscrito para ignorar o calor. Caso contrário, Sancia vai queimar as mãos.

— Hã, o quê? — perguntou Sancia.

— E vou precisar de quatro deles, por favor — acrescentou Design.

— Entendido — respondeu Berenice. Ela pegou um estilete e começou a trabalhar, construindo os comandos que persuadiam um objeto a ignorar as mudanças de temperatura. Era uma ordem complicada, mas a memória de Berenice para *sigils* ainda era boa depois de todos esses anos.

<*A parte mais difícil*>, disse ela enquanto rabiscava os comandos, <*é colocar minhas mãos para trabalhar nesse frio...*>

Design-Diela olhou para o teto da lâmpada-morta, murmurando baixinho para si:

— Realmente não pensei que precisaríamos de uma lâmpada flutuante *dentro* desta nave... Mas suponho que devemos nos virar...

Berenice ignorou isso e se concentrou em terminar o primeiro disco e passar ao segundo.

A lâmpada-morta ainda subia, e o ar continuava ficando cada vez mais frio.

— Já estamos perto dessa maldita coisa, Clave? — perguntou Sancia. — O que quer que seja?

— Estamos a cerca de um minuto de ficar diretamente em cima dela — disse ele. — Está subindo. Está nos seguindo, mas... não exatamente. Acho que está procurando por nós, mas ainda não nos encontrou.

— Inferno fedegoso... — murmurou Claudia.

— Feito! — disse Design-Diela. Afastou-se da bancada e soltou o primeiro componente: uma pequena lâmpada flutuante, fabricada com madeira fina e papel, que se ergueu para balançar no ponto central mais alto da nave.

— Como exatamente isso aí põe sangue quente nas minhas veias? — perguntou Claudia enquanto estremecia.

— Cale a boca — sugeriu Design-Diela. — Berenice... os discos?

— Feito — anunciou ela, e, com um suspiro, os empurrou para Design-Diela e colocou as mãos nas axilas.

— Ótimo — disse elu, com uma velocidade estonteante.

Será que elu sente o frio, pensou Berenice, *ou simplesmente o ignora?*

Design-Diela aplicou cada um dos discos a três lingotes de ferro, que, Berenice percebia agora, também tinham três pequenos iniciadores de fogo presos a cada um deles. Ainda resmungando descontente, Design-Diela moveu-se ao longo da lâmpada, examinando o ar, depois ergueu um dos lingotes, bem acima de onde Claudia e Sancia estavam sentadas, e o soltou.

O lingote pairou no ar, suspenso no espaço.

— Como... — falou Claudia.

— E-Elu o-o enganou para pensar que está ligado à lâ-lâmpada — disse Sancia. Seus dentes batiam enquanto falava, e ela tremia violentamente de frio. — Mas teve de construir a lâmpada primeiro.

— Correto — afirmou Design-Diela.

Berenice caiu no chão, não suportando mais o ar gelado. A junta nua de seu dedo roçou um pedacinho do chão de metal e instantaneamente grudou; ela o arrancou, deixando um bom pedaço de pele para trás, mas suas mãos estavam tão dormentes que ela mal sentiu.

Estou tão cansada, pensou. A cabeça dela parecia cheia de pedras geladas. *Estou tão cansada...*

Design-Diela colocou os outros dois lingotes no ar acima da tripulação, depois entregou o quarto e último disco para Sancia.

— Peça aos iniciadores de fogo para queimarem forte — disse elu. — Precisam queimar com força total. Faça isso *agora*, por favor!

Tremendo, Sancia pegou o pequeno disco de Design-Diela. Fechou os olhos, inclinou a cabeça e mordeu o lábio...

Por um momento, nada aconteceu. No entanto, um calor lento e flutuante inundou a lâmpada-morta, como se fosse o calor de um forno inscrito. A pele de Berenice estava tão entorpecida que ela levou um momento para sentir aquilo; mas depois, muito lentamente, a sensibilidade voltou às suas extremidades e o terrível peso foi saindo de sua cabeça.

Olhou para cima. Os três lingotes de ferro agora brilhavam com um calor vermelho opaco, como se estivessem numa gigantesca fogueira de carvão, e não pairando no ar.

— Alterei os lingotes para amplificar o calor — explicou Design-Diela. — Mas só até *certo* nível. Caso contrário, bem... isso fritaria a todos nós. — Aproximou-se, olhando para uma de suas pequenas engenhocas. — A parte flutuante foi a parte difícil. Eu simplesmente os teria pregado no telhado se não houvesse uma chance de danificar a lâmpada-morta.

— Graças a Deus — disse Claudia. Ela ergueu as mãos para o lingote flutuante. — Graças a Deus...

— Ainda assim, eu não tocaria neles — aconselhou Design-Diela. — Podem facilmente queimar você.

Berenice levantou-se.

— O-obrigada — agradeceu, ainda tremendo. — Você nos fez um favor imenso. Rapidamente, ainda por cima.

— Não seria capaz de fazer isso sem você e Sancia aqui — disse elu. — Esse sistema de aquecimento deve deixar a nave numa temperatura confortável se vocês desejam manter essa altitude de voo... mas não tenho certeza se iria mais alto. O ar pode ficar muito rarefeito... e não consigo encontrar uma maneira de colocar ar em seus pulmões. — Olhou para as próprias mãos, que estavam azuis e crepitantes. — A garota vai precisar de ajuda, quando eu a deixar. Consigo controlar a dor com bastante facilidade, mas ela não.

Sancia ainda segurava o disco duplicado nas mãos, os olhos fechados.

— Estamos a salvo do ar frio agora, com certeza, mas temos certeza de que estamos totalmente seguros? — perguntou ela. — Clave?

Clave se inclinou para a frente, o *lexicon* estalando enquanto examinava o dispositivo detector.

— Ela... parou. Acho que desistiu. Devemos ter sido só um sinal quase fantasma para eles. Mas, se você quiser dar uma olhada, devemos passar por cima da coisa em segundos.

Berenice, Sancia, Claudia e Design-Diela rastejaram até a janela no chão da lâmpada e olharam para as nuvens azul-escuras.

Por muito tempo não apareceu nada, apenas o cobertor ondulante de nuvens lá embaixo, mas então, em certo ponto, elas pareceram borbulhar e se agitar, e depois...

Surgiu.

Berenice olhou para a coisa embaixo deles. A princípio, seus olhos não conseguiam entender: viu muitos pontos, todos apontando para cima, e formas semelhantes a pedras entre eles, que eram altas e maciças; mas depois parecia haver mais e mais e mais do objeto, subindo silenciosamente por entre as nuvens, como uma baleia rompendo a superfície do mar. Os olhos dela se atrapalharam com a escala da coisa, esse leviatã voador gigantesco, navegando pelos céus sem consciência, perseguindo-os cegamente.

Em seguida, ela viu movimento entre as muitas formas pontiagudas abaixo: minúsculas bolas cintilantes de luminescência, rodando entre as muitas formas semelhantes a pedras.

— Lâmpadas — disse Sancia calmamente. — Lanternas. É uma *cidade*.

A ideia parecia ridícula, mas, quando a coisa lá embaixo se desvencilhou das nuvens, Berenice viu que Sancia estava certa: era uma cidade inteira, flutuando sobre um enorme pedaço de rocha que parecia ter sido arrancado da própria terra. Devia ter cerca de trezentos metros de diâmetro, embora seu perímetro fosse torto e irregular, e a superfície estivesse repleta de prédios e estruturas que subiam ao céu.

— Hum — resmungou Design-Diela. Estreitou os olhos, estudando o enorme espécime. — Olhem para as bordas. Vejam o que compõe as laterais... Existem estruturas minúsculas, instalações, como contas num bracelete.

— Os suportes de gravidade — observou Sancia.

— Sim — concordou Design-Diela. — Caramba! Eu achava que Tevanne fizera coisas maravilhosas com a gravidade, só olhando para suas lâmpadas-mortas... mas nunca imaginei que poderia ter criado algo que as faria parecer brincadeira de criança.

— Sugiro que a gente abra o máximo de distância possível entre nós e aquela coisa maldita — disse Claudia

— Assino embaixo — acrescentou Clave. — Essa coisa me assusta para cacete. Todo mundo, coloquem os cintos.

Voltaram aos seus lugares, mas Berenice agarrou Design--Diela pelo ombro.

— Você vai liberá-la agora — falou ela. — Certo?

— Vou — respondeu Design-Diela.

— Clave, quando você deve pousar?

— Meio-dia — respondeu. — Por aí.

— Então abrirei o sinal quando você pousar, em seis horas — disse elu. — E, em seguida, examinarei o que o inimigo preparou contra nós e verei como posso ajudar vocês a desviar desses obstáculos. Está claro?

Berenice estudou Diela. Suas mãos ainda estavam azuis, e as lágrimas em seu rosto haviam congelado rapidamente, deixando marcas de pele vermelha inchada.

— Berenice? — chamou elu.

— Sim — respondeu ela. — Sim. Claro que está. Sim.

— Ótimo — disse. — Vejo você em seis horas. Mas pelo menos agora já resolvemos um mistério, não é?

— Hã? — indagou Sancia. — Resolvemos?

— Estávamos nos perguntando como Tevanne transportara um exército inteiro pela península grattiarana em uma hora — lembrou elu. — Parecia impossível, mas seria muito fácil se você tivesse uma cidade flutuante para simplesmente levá-los até lá. — Design olhou para elas. — A nova questão é: temos alguma razão para acreditar que essa é a única?

Fez-se um silêncio curto e atordoado.

— Ah, meu Deus — sussurrou Claudia.

— Boa sorte — disse Design-Diela. — E descansem um pouco. — Sorriu para elas. Depois, os olhos perderam o foco, o rosto ficou inexpressivo, a cabeça de Diela se inclinou para a frente, e ela dormiu.

• 18

Clave conduzia a lâmpada-morta pelos céus da meia-noite quase em silêncio, ouvindo os roncos tranquilos da tripulação atrás dele. Era uma sensação surreal estar em tal circunstância (*Bem, naturalmente seria,* pensou ele, *já que estou voando numa lâmpada que basicamente comia pessoas*), mas, para Clave, a experiência era, em certa medida, maravilhosa.

Por muito tempo, ele ficara preso: sozinho, passivo, ignorado, com tantos anos perdidos no escuro ou pendurado no pescoço de Sancia. Mas agora ele não só tinha um corpo, e um corpo forte, diga-se de passagem, como também estava voando pelos ares, observando tudo por meio dos muitos dispositivos de detecção da lâmpada-morta enquanto a luz ia mudando nos céus distantes.

Estou livre, pensou. *Que coisa incrível é isso, ser livre, voar.*

No entanto, teve uma sensação muito curiosa: sentiu como se estivesse sendo observado.

Era muito difícil se aproximar furtivamente de Clave. Embora sua atenção pudesse estar focada em qualquer direção, geralmente mantinha alguma consciência de tudo o que acontecia ao seu redor. Mas percebeu, muito lentamente, que alguém diferente estava na lâmpada-morta, alguém atrás dele, observando-o.

Ele voltou sua atenção para olhar e de repente a viu, apenas por um segundo.

Uma velha, de pele pálida, uma cabeleira branca, mãos arroxeadas que apodreciam, de pé no meio da lâmpada-morta.

Contudo, no exato momento em que se concentrou nela, ela desapareceu.

Clave estava sentado na cabine, atordoado. Examinou toda a lâmpada-morta, flexionando sua visão, estudando cada dispositivo e inscrição que podia ver. Eles estavam sozinhos. Nada se movia, exceto os corpos da tripulação, dormindo profundamente.

Ok, pensou ele. *Isso foi... esquisito.*

Voltou sua atenção para os dispositivos sensoriais do lado de fora da lâmpada-morta, lendo a atmosfera ao seu redor.

Esse é o tipo de coisa que realmente seria capaz de perturbar um homem, pensou.

Ele se concentrou e analisou cuidadosamente a paisagem lá embaixo.

Mas não sou mais um homem, disse a si mesmo. *Sou uma chave. Então... não preciso me preocupar.*

Alterou o curso da lâmpada-morta muito ligeiramente, abrindo caminho entre as nuvens.

Certo? Isso está certo? Acho que está certo.

• 19

Na escuridão da lâmpada-morta, Berenice abriu os olhos.

Levou um momento para se orientar (estavam à deriva num ângulo estranho, o mundo inteiro estava torto em volta dela), mas, em seguida, ela perguntou:

<*Quanto tempo?*>

<*Não muito*>, sussurrou Clave. <*Talvez menos de uma hora até chegarmos lá. Pensei em deixar todas vocês dormirem até o último minuto.*>

<*Não*>, disse ela, e começou a se desamarrar. <*Preciso de todas acordadas. Vamos precisar de todos os cérebros que estiverem disponíveis se quisermos fazer um pouso decente.*>

Ela acordou o resto da tripulação, e tossiram, fungaram e esticaram os membros, doloridos por causa dos assentos duros. Deixou Sancia para o final (ela andava precisando de descanso naqueles dias) e hesitou ao se ajoelhar por cima dela, observando sua cabeça pender sobre os ombros, antes de acariciar sua bochecha enrugada com o nó de um dedo.

— Acorde, meu amor — sussurrou. — Acorde.

Com um bufo, Sancia se sentou.

— Inferno fedegoso — praguejou. — Inferno fedegoso! Eu... Eu... — Gemeu e esfregou o ombro. — Estou com uma *puta* dor no pescoço...

Berenice sorriu.

<*Então levante-se e ande. Vamos.*>

Depois de acordadas, ajoelharam-se ao redor do globo na frente da lâmpada e observaram as minúsculas contas dançando ao redor do vidro. Pareciam não ter fim, feito um pequeno bando de mosquitos voando de um lado para o outro.

<*Isso parece um monte de dispositivos patrulhando lá embaixo*>, disse Claudia.

<*Sim*>, concordou Berenice. Inclinou-se para analisar como as contas balançavam e giravam. <*Se você constrói uma prisão para o homem mais perigoso do mundo, não dá para negligenciar a segurança.*>

Sancia estendeu a mão e tocou num ponto na borda do globo, onde um pequeno punhado de contas pairava no espaço, totalmente estático.

<*É isso, né?*>, disse Sancia. <*Essa é a prisão.*>

Berenice assentiu. Estudou o punhado de contas, imaginando a prisão flutuando em algum lugar nas nuvens à frente deles.

<*Se chegarmos mais perto, não conseguiremos descer sem sermos vistos*>, observou Sancia.

<*Sim*>, afirmou Berenice. <*Mas, se descermos muito longe da prisão, teremos que atravessar quilômetros de território para chegar até ela, se é que é possível atravessá-los sem sermos detectados.*>

Diela fungou e esfregou o nariz. Ainda parecia um pouco abatida depois de alguns momentos como Design e Anfitrião.

<*Então, como aterrissamos?*>, perguntou.

<*Isso supondo que não queremos descer atirando*>, disse Claudia, <*e abrir um buraco.*>

<*Mesmo que sobrevivêssemos*>, ponderou Berenice, <*Tevanne certamente convocaria reforços. Possivelmente, isso incluiria uma daquelas coisas-cidade.*>

<*O que seria ruim*>, acrescentou Clave.

Seu capacete se virou lentamente para olhar para elas. Era a primeira vez que ele falava em quase uma hora, notou Berenice. Clave sempre fora um pouco complicado de entender, mesmo quando o tocava; mas Sancia era muito melhor nisso, e talvez, como Berenice era duplicada com ela, podia sentir que tinha ficado abalado com alguma coisa.

Talvez fosse mais estranho se ele não estivesse *abalado*, pensou, *considerando o que estamos prestes a fazer.*

Em seguida, notou algo: um padrão nas contas girando no fundo do globo.

<*Clave, por favor, leve-nos para o sudoeste, a cerca de oito quilômetros*>, pediu ela.

Sentiram uma descida quando a lâmpada-morta baixou para o lado. As contas no globo se misturaram, reorganizando-se… e então, muito lentamente, ela foi enxergando.

<*Ali*>, apontou Berenice. Bateu no vidro num ponto abaixo deles. <*Olhe aqui, neste lugar. De vez em quando, quase nenhum dos dispositivos abaixo passa perto desse ponto.*>

Todos observaram com atenção, mas Berenice percebeu que estava certa: havia uma brecha nas patrulhas, como se estivessem evitando um objeto que pudesse bloquear sua passagem.

<*Um pico numa montanha*>, falou Berenice suavemente. <*Algo que eles precisam contornar quando estão voando, talvez…*>

<*Clave, esta coisa pode pousar lá?*>, perguntou Sancia.

<*Considerando que funcionalmente eu sou esta coisa onde estamos*>, respondeu ele, <*claro. Posso pousar vocês em quase qualquer lugar. Fazer isso* sem ser detectado, *porém… Isso é mais difícil.*>

<*Mas as patrulhas deixam uma brecha*>, falou Berenice. <*Podemos ver, está claro como o dia.*>

<*Sim, mas não é uma* grande *brecha*>, disse Clave. <*Lembre-se: temos de ficar a pelo menos um quilômetro e meio de distância de qualquer dispositivo que possa nos detectar. Fazer isso enquanto descemos por este cilindro estreito e vertical de espaço vazio,*

enquanto todos aqueles monstros lá fora giram e patrulham ao nosso redor... Isso é mais complicado.>

Sancia balançou a cabeça.

<*Se viemos até aqui*>, disse, <*só para descobrir que não podemos nem chegar até a maldita prisão...*>

<*Eu disse que era* mais complicado>, repetiu Clave. <*Mas não impossível.*> Pensou um instante. <*Definitivamente existe um padrão. E... se leio os movimentos corretamente, temos uma janela de oportunidade a cada, ah... sete minutos mais ou menos.*>

<*Tudo bem?*>, disse Sancia. <*Eu sinto que você está prestes a dizer alguma supermerda.*>

<*Correto*>, concordou Clave. <*Porque a janela de oportunidade dura cerca de quarenta segundos.*>

Um nó de horror se formou na barriga de Berenice ao perceber o que ele estava sugerindo.

<*Então...*>, concluiu Sancia. <*Você está dizendo que a única maneira de passar... é cair. Diretamente para baixo. Da nossa altura atual. Em quarenta segundos. O que significa o mais rápido possível.*>

<*Bem, o mais rápido possível ao mesmo tempo que mantenho todos os cérebros de vocês no lugar*>, respondeu Clave. <*É.*>

◆◆◆

Berenice e Sancia trabalharam rapidamente, juntando cordas com minúsculos dispositivos adesivos para dar mais segurança aos assentos.

<*Orso sempre dizia*>, lembrou Sancia, <*que a chave para a inovação é se jogar de um penhasco e construir asas na descida.*>

<*Dizia mesmo*>, concordou Berenice. Juntas, começaram a prender as novas amarras de segurança em todos os assentos.

<*Mas eu nunca pensei que faríamos literalmente essa merda*>, disse Sancia.

Claudia se prendeu em seu assento.

<*Clave?*>, chamou ela. <*Você realmente sabe o quão rápido consegue cair e nos manter vivas?*>

<*Hã*>, respondeu ele <*Tenho uma boa ideia. Mas... quero dizer, nunca fiz isso antes, pessoal.*>

Claudia olhou para o nada com raiva, depois para as cordas que cruzavam seu peito.

<*Tem... Tem mais dessas?*>, perguntou.

<*Nada que fizesse diferença*>, falou Berenice, sentando-se.

— Ah, meu Deus — lamentou Diela. Respirou fundo e prendeu todas as alças. — Eu não sabia como seria voar, mas *definitivamente* não quero saber como é cair.

<*Não é tão ruim*>, disse Sancia. <*De repente, parece que caí em pleno ar tantas vezes na minha vida...*>

Berenice não disse nada, pois sabia que eles não iriam simplesmente cair: Clave faria a equipe despencar muito mais rápido do que a gravidade comum jamais conseguiria. Tentou acalmar a mente para impedir que esse conhecimento vazasse para os outros.

<*Estamos... Estamos todas prontas?*>, perguntou.

Elas assentiram.

<*Então, Clave*>, pediu Berenice, <*avise quando a janela se abrir.*>

<*Deixa comigo*>, respondeu ele.

Fez-se um silêncio muito comprido. Todas esperaram, sem fôlego, o início da queda, mas nada aconteceu.

<*Clave?*>, chamou Sancia.

<*Ah, hã, temos três minutos até a janela se abrir, na minha estimativa*>, disse ele.

<*Três minutos...*>, repetiu Claudia. O rosto dela já estava pálido. <*Meu Deus. Clave, seu maldito, se eu não chegar em casa para ver meu garotinho, juro que vou assombrar sua bunda fedegosa pelo tempo que for preciso.*>

<*Anotado*>, falou Clave, azedo. <*Além disso, que merda, obrigado pelo incentivo! Não é como se isso fosse difícil nem nada.*>

Ficaram sentadas em silêncio. A espera parecia interminável. Berenice tentou fazer as contas de cabeça para se distrair. *Quantos quilômetros? Quantos metros devemos cair? Quão rápido devemos descer para atravessar tudo em quarenta segundos?* Desistindo, tentou contar os segundos, mas logo sentiu que estava indo muito rápido ou muito devagar, e desistiu também.

Todas ofegavam, nervosas, na lâmpada-morta; todas exceto Sancia, que estava sentada ali com uma expressão de resignação.

<*Vai terminar antes que vocês percebam*>, disse ela. <*Confiem em mim. É sempre assim.*>

<*É bom ouvir isso*>, falou Diela, trêmula. <*Então vocês vão me julgar se eu fizer xixi em mim mesma?*>

<*Inferno, garota*>, retrucou Claudia, <*se eu sair dessa sem ficar coberta de merda ou enjoada, vou considerar uma vit...*>

Então, eles caíram.

A simples mudança de aceleração foi indescritível: num momento, estavam suspensos no espaço; no momento seguinte, o corpo de Berenice estava uivando, gritando, berrando, suas pernas e braços voando impotentes para cima, todo o seu ser implacavelmente rasgado nessa direção. Não conseguia respirar, não conseguia se mover ou lutar contra o impulso, nem conseguia ver: o mundo estava se movimentando muito rápido, muito louca e impossivelmente *rápido* para que seu corpo funcionasse.

Seus ouvidos zuniam. O interior de seu nariz doía. A cabeça latejava, e de repente ela estava muito consciente de que seu corpo era pouco mais que uma bolsa de fluido, e todo aquele fluido de repente foi forçado para cima, para o peito, os ombros, o crânio...

Ele foi rápido demais, pensou ela. *Vamos morrer.*

Descobriu que Sancia estava errada: a queda não acabou antes mesmo que ela soubesse que havia acontecido. Parecia continuar infinitamente.

Por favor, pare, gritou ela sem palavras para o mundo que se agitava e não parava de girar. *Por favor, apenas desacelere! Pare ou desacelere um pouco! Eu não me importo se a gente levar um tiro e cair, eu não me importo!*

No entanto, a lâmpada-morta não parou. Continuava caindo sem parar e sem parar, e Berenice começou a se desesperar: não pararia nunca. Eles cairiam até morrer.

Mas, em seguida, de uma maneira quase inimaginável, diminuíram o ritmo aos poucos; depois, diminuíram ainda mais a velocidade; e, por fim, houve um estrondo chacoalhado quando a lâmpada-morta atingiu alguma coisa.

Por um instante, Berenice não conseguia pensar. A cabeça doía demais, e ela sentia como se estivesse girando, mas conseguia perceber que o mundo estava parado, apesar de o ar estar cheio de gritos, cheio de uivos, guinchos e rosnados enquanto sua mente se agitava e ela tentava se lembrar de como seu corpo funcionava.

Depois, teve a mais estranha das sensações: percebeu que estava gritando e não conseguia *parar*. Estava de volta ao seu corpo, à sua mente, e, embora doesse em incontáveis lugares, sabia que estavam seguros; e, ainda assim, simplesmente não conseguia parar de gritar. O pânico selvagem e turbulento dentro dela simplesmente não ia embora, não importa o quanto a parte fria e imparcial de sua mente tentasse contra-argumentar.

E então se deu conta: esse pânico não era dela.

Diela, pensou.

Ainda gritando, Berenice forçou a cabeça a se virar para a garota, amarrada na parede oposta. Seus olhos estavam fechados e todo o seu corpo tremia enquanto ela gritava repetidamente. Em seguida, Berenice viu que Sancia e Claudia estavam fazendo exatamente o mesmo, gritando em seus assentos com os olhos bem fechados.

Ela abriu trilhas para todos nós, pensou Berenice. *Estamos sentindo tudo o que ela sente.*

Em algum lugar, podia ouvir Clave gritando:

— Que merda é essa? Que diabos! Nós paramos! Pessoal, *paramos*!

Berenice o ignorou. Ela se concentrou, respirou fundo e então (ainda gritando descontroladamente, suas bochechas agora transbordando de lágrimas) desamarrou as correias e cambaleou pela lâmpada-morta até a garota.

Ou isso funciona, pensou ela, *ou eu dou um soco nela e a faço desmaiar.*

Então se preparou e encostou a testa nua na de Diela.

Instantaneamente, a sensação de pânico triplicou, quintuplicou, octuplicou: ela *era* Diela, sentia e vivia tudo o que a garota sentia, tão duplicadas que quase não havia diferença entre as duas, exceto pelo fato de que a parte calma, fria e distante da mente de Berenice agora também estava sendo imposta à mente de Diela.

Ela disse, com muita força: *Estamos seguras. Paramos. Estamos seguras. Calma. Calma, calma, calma.*

Lentamente, os gritos diminuíram, pouco a pouco, até que Diela chorou em seu assento, seu corpo ainda tremendo. Em seguida, Sancia e Claudia pararam de gritar atrás dela, e ambas ficaram sem fôlego.

— Ah, meu *Deus*! — exclamou Sancia. — Não sei o que foi pior: a queda, ou aquela merda louca!

— Eu voto na queda — gemeu Claudia. — Totalmente.

<*Eu... Sinto muito,* Capo>, disse Diela, arquejando

<*Eu sei*>, falou Berenice. <*Eu sei, eu sei. Mas você está segura agora. Vou precisar de você ativa e inteira. Entendido?*>

Diela assentiu, fungou e desamarrou as alças.

<*Sim,* Capo.>

<*Ótimo.*> Berenice olhou para Clave. <*Estamos na montanha?*>

<*Sim*>, respondeu ele. <*Achei um lugar protegido para nós a sudoeste de uma das montanhas ao redor do vale. A prisão e toda aquela porcaria em volta dela ficam no lado oposto, no nordeste.*>

<*E não fomos detectados?*>, perguntou ela.

Fez-se uma pausa enquanto Clave pensava.

<*Nenhuma mudança nas patrulhas.*>

Berenice assentiu com a cabeça, respirou fundo e avaliou a situação. Seus ombros doíam por causa das tiras de proteção (ela não tinha dúvidas de que ficaria com hematomas), a cabeça latejava e os ouvidos zuniam. Mas o equipamento deles parecia intacto, e, quando abriu trilhas para Sancia, Claudia e Diela, passando rapidamente por suas mentes, todas pareciam mais ou menos inteiras.

<*Então vamos para fora*>, disse. <*E vamos ver que mundo nos espera.*>

• 20

Sancia parou na escotilha da lâmpada-morta, flexionando o pequeno músculo em seu cérebro enquanto espiava através das paredes e tentava enxergar o mundo além delas. Não viu nada: nenhum emaranhado prateado de lógica, nem o vermelho reluzente e horrendo de um dos comandos mais profundos, e então, satisfeita, abriu a escotilha e saiu cuidadosamente.

Estremeceu quando o ar frio da montanha bateu em seus olhos e depois os apertou à luz ofuscante do dia. *Está muito mais quente que quando estávamos no topo dos malditos céus,* pensou. *Já é alguma coisa.*

Ela estudou os arredores. Tinham pousado num bosque denso de árvores altas e prateadas, seus troncos brancos feito ossos, as folhas delicadas e brilhantes ao vento. Além delas, vislumbrou o irregular horizonte amarronzado das montanhas, que se curvavam em volta deles como um gato dormindo num lugar iluminado pelo sol quente.

Parou por um instante, impressionada com a visão de um lugar tão bonito, mas desolado; tudo quieto de um jeito tão absoluto que era de tirar o fôlego. Sancia nunca conhecera nada além das selvas quentes, úmidas e barulhentas e dos becos apertados da Tevanne Antiga. Ser literalmente jogada num lugar tão parado e silencioso era perturbador, mas estranhamente capaz de provocar admiração.

Então, viu-as à distância, zunindo pelos céus distantes como abutres: três lâmpadas-mortas, seguidas por minúsculos bandos de dispositivos voadores menores, talvez lâmpadas-espringais ou alguma outra engenhoca terrível. Estavam muito longe para ela analisar com sua visão inscrita, mas não tinha dúvidas de que eram hostis.

Estamos sozinhos, pensou ela, *mas num mundo cheio de olhos.*

Ela sentiu Berenice focalizando sua atenção nela, lendo seus sentimentos, e lhe permitiu abrir uma trilha até seus olhos muito brevemente, para que examinasse os arredores.

<*E sua bainha, está segura?*>, perguntou Berenice.

<*Tão segura quanto possível, acho*>, disse Sancia.

Ela puxou o tecido cinza-escuro enrolado em seus membros. Era um novo dispositivo que tinham desenvolvido e que ela achava desconfortável: parecia um traje cinza-escuro bizarro que escondia completamente suas formas, deixando livre apenas uma pequena fenda para seus olhos, mas tinha minúsculos discos de latão tecidos ao longo dele que, esperava ela, executavam uma variedade de tarefas invisíveis.

Tevanne desenvolvera métodos muito mais eficientes de achar intrusos que a visão normal: formas inscritas de detectar batimentos cardíacos, sangue vivo, certas inscrições e assim por diante. A questão era como mascarar esses sinais que ela procurava, e a solução mais simples era uma bainha duplicada: uma peça de roupa que envolvia a pessoa e estava duplicada com meia dúzia de outras iguais, embora todas estivessem vazias e fossem carregadas, dobradas, numa mochila nas costas do usuário.

Isso significava que, quando os vários dispositivos sensoriais de Tevanne olhavam para uma bainha duplicada contendo uma pessoa viva, a realidade argumentava *simultaneamente* que ela correspondia a seis outras peças de roupa que não continham absolutamente nada, e isso amortecia tanto o sinal que Tevanne estava procurando que era simplesmente registrado como um erro e, portanto, ignorado.

Sancia olhou para si mesma.

<*A bainha parece estar firme. Nenhuma das lâmpadas me detectou, embora pareçam estar a alguns quilômetros de distância.*>

<*Se você tiver algum problema*>, falou Berenice, grunhindo levemente enquanto descia usando sua própria bainha, <*precisamos saber agora. Já que todas nós vamos usá-las até a missão terminar.*>

<*Essas coisas não vão explodir com a gente dentro, vão?*>, perguntou Sancia.

<*San...*>

<*Quero dizer, duplique as coisas do jeito errado, ou duplique algo que está dentro de alguma coisa que já está duplicada, e...*>

<*E vai entrar em combustão!*>, falou Berenice. <*Sim! E foi muito complicado de fazer, já que nós mesmas somos duplicadas com outras pessoas e, portanto, provavelmente não deveríamos estar dentro de um espaço duplicado. Mas só nossas mentes é que são duplicadas, e não nossos corpos.*>

Sancia ajudou Berenice a sair da escotilha.

<*Foi o que aconteceu na Tevanne Antiga, certo? Você e Orso duplicaram aquela caixa para pensar que continha um* lexicon, *e...*>

Berenice riu baixinho.

<*E explodiu. Sim. Orso nem me disse que isso aconteceria até que fosse tarde demais. Graças a Deus ele estava certo quanto ao momento, caso contrário o dispositivo de gravidade que você estava montando teria morrido embaixo de você, e você teria despencado para a morte.*>

Elas começaram a deslizar em direção à borda da lâmpada-morta.

<*Gostaria que ele estivesse aqui*>, disse Sancia.

<*Eu também*>, concordou Berenice.

Elas caíram numa moita. Berenice pegou sua bússola, observou-a, depois esquadrinhou o horizonte, e, em seguida, apontou para noroeste. Elas partiram, com a intenção de prosseguir apenas o suficiente para se orientar, com as espringais nas mãos e os floretes nas costas.

Caminharam até chegar a uma pequena elevação, que lhes permitia espiar a noroeste sobre a montanha. Lá elas viram: um ponto gorducho e escuro pendurado no céu ao longe, como um beija-flor preto feito azeviche decidindo de qual flor beber.

Elas ficaram em silêncio ao ver aquilo. Por um momento, ficaram apenas paradas, olhando.

<*Lá*>, falou Berenice suavemente. <*É aquilo.*>

<*Mal posso acreditar que chegamos tão perto*>, disse Sancia.

<*Eu também*>, concordou Berenice. Pegou a luneta e observou a prisão distante. <*Mas agora eu me pergunto... como chegar mais perto?*>

Sancia fechou os olhos e abriu uma trilha até Berenice, vislumbrando o que via pela luneta. Parecia um enorme cubo preto, plano, simplesmente pendurado no céu, com cinco lâmpadas-mortas fazendo círculos lentos ao redor dele, cada uma seguida por minúsculos grupos de lâmpadas menores, subindo e descendo alegremente como patinhos num riacho.

<*Tem duas mais perto*>, falou Berenice. <*E mais três numa patrulha mais ampla...*> Ela balançou a cabeça. <*Vencer uma lâmpada-morta já é difícil o suficiente. Mas devemos destruir cinco desta vez? Como?*>

<*Começando por onde elas são vulneráveis, eu acho.*> Sancia fez um muxoxo, pensando na situação. <*Pelo vale, talvez?*>

Berenice assentiu.

<*Sim. Não acho que essa coisa esteja apenas flutuando por conta própria. Deve haver algum artifício inscrito para apoiá-la.*>

<*Sim*>, disse Sancia. <*Porque é Crasedes. E prender o primeiro de todos os malditos hierofantes... Isso não deve ser uma coisa fácil de fazer.*> Ela sorriu sem humor. <*Muita merda para a gente brincar em outras pala...*>

De repente, ela viu algo no cume acima das duas e congelou.

Não precisou dizer nada: Berenice sentiu a súbita chama do medo em Sancia, e as duas caíram juntas no chão, escondidas no matagal.

Sancia ficou ali, ofegante e revisitando freneticamente o que havia vislumbrado: o contorno de uma fortificação, ou uma muralha, erguendo-se alta entre as árvores acima delas.

<*Há algo postado ali?*>, perguntou Berenice.

<*Não sei.*> Sancia flexionou a visão inscrita, mas não conseguiu ver nenhuma alteração no deserto ao redor delas. <*Não vejo nenhum dispositivo. Portanto, o que quer que esteja lá em cima não é inscrito... Acho que poderia ser a casa de algum homem idiota da montanha?*>

<*Ele teria que ser muito idiota*>, falou Berenice, <*se continuasse vivendo aqui com tantas lâmpadas-mortas circulando acima dele.*>

Sancia se preparou e então espiou através da vegetação rasteira o cume acima delas.

<*Ah*>, exclamou. <*Acho que entendi...*>

Juntas, ambas se levantaram cautelosamente, olhando para a estrutura no topo do cume. Era uma muralha, mas estava terrivelmente envelhecida, tendo muitos dos outros pedaços da estrutura se deteriorado ou caído há muito tempo. O que ainda estava de pé estava coberto de líquen e manchado pelas muitas neves.

<*Que diabos é isso?*>, perguntou Sancia.

<*Não sei*>, falou Berenice. <*Mas vamos investigar. Com cuidado.*>

Rastejaram através do mato. Ao se aproximarem, encontraram coisas estranhas caídas ali: pedras enormes, perfeitamente quadradas; cilindros de pedra longos, lisos e serrilhados que Sancia pensou que poderiam ter sido colunas; e fragmentos do que pareciam ter sido esculturas, retratando homens carrancudos e barbudos e muitas, muitas portas. Todos eles haviam caído de um dos lados da montanha, arrastados ao longo de muitos anos, presumiu Sancia, por incontáveis neves de inverno.

O epicentro parecia ser o pico da montanha, que fora achatado para formar uma espécie de fundação. Um punhado de colunas permanecia lá, junto com os restos fantasmagóricos da velha muralha. Além disso, não havia nada além de poeira e rocha.

<*Meu Deus*>, disse Sancia. Ela chutou uma pedra numa encosta rasa. <*De onde diabos veio todo esse material antigo?*>

Berenice deu de ombros.

<*Existem montes de ruínas ao redor dessas terras, pelo que eu li. Dizem que, com o poder de alguém como Crasedes, era fácil construir, construir e construir...*>

O olhar de Sancia desviou-se para o grande ponto escuro no horizonte.

<*Então Tevanne está mantendo Crasedes prisioneiro basicamente em sua maldita cidade natal.*>

<*Crasedes controlou este continente bem antes de Tevanne, e por muito mais tempo*>, falou Berenice. <*Um fantasma do que já foi, preso sobre as ruínas do lugar que construiu... Faz um certo sentido dramático, não faz?*> Ela começou a rastejar de volta pela encosta até a lâmpada-morta. <*É quase uma pena saber que vamos libertá-lo e matá-lo.*>

◆◆◆

Clave deu bastante trabalho para sair da lâmpada-morta (ele era muito bom em pular, como dizia a elas sem parar, enquanto o ato de escalar estava sendo mais complicado), mas, assim que se desvencilhou, eles começaram a cruzar os picos, Berenice indo na frente enquanto ziguezagueavam silenciosamente em meio a pinheiros e árvores brancas cintilantes. Seus trajes inscritos não eram muito confortáveis, obscurecendo suas bocas e feições, mas seriam intoleráveis se o ar não estivesse tão seco e frio, um clima que Berenice nunca encontrara na vida.

<*Precisamos de um ponto de observação para inspecionar a área*>, explicou Berenice. Ela indicou com a cabeça um cume distante ao sul, depois outro do outro lado do vale, a nordeste. <*Aqueles devem funcionar bem.*>

Caminharam por horas pelos picos e pelas colinas. Às vezes, chegavam a penhascos rochosos, e ali Sancia se destacava, abrindo trilhas nos pensamentos de cada um deles para orientá-los sobre como escalar tal superfície. Mas a maior parte da jornada foi passada rastejando no meio dos arbustos magrinhos, às vezes topando com um fragmento coberto de líquen de alguma ruína que se desfazia: um pedaço de paralelepípedo, ou talvez parte de uma estátua amputada, ou simplesmente uma laje gigante e lisa. A maioria parecia pedra comum, mas então Sancia apontou para uma parede cambaleante.

<*Vejam. Vejam os tijolos.*>

Diela se inclinou.

<*O que tem eles?*>

<*Vejam as marcações neles.*>

Berenice inclinou a cabeça, seus olhos dançando sobre as pequenas rugas e espirais desgastadas na lateral de cada pedra, quase como se fossem entalhes, e então ela percebeu que cada tijolo tinha o *mesmo* conjunto de entalhes gastos. E, o mais surpreendente, ela percebeu que conhecia alguns deles.

<*São inscrições*>, falou Berenice. <*Inscrições para durabilidade, resiliência... Simples, mas ainda assim inscrições.*>

Sancia assentiu.

<*É por isso que tudo aqui ainda está de pé, se é que se pode dizer que está de pé. Essas são todas fortificações antigas inscritas. Deve ter sido um pé no saco para fazer, usando nada além de um martelo e um cinzel.*>

<*Eles inscreveram cada maldito* tijolo?> Claudia olhou ao redor para o vale pontilhado de ruínas. <*Meu Deus. O que diabos aconteceu aqui?*>

Ninguém respondeu. Berenice olhou para trás, para uma muralha longa e irregular que se estendia por uma colina ao longe, e de repente pensou: *Os homens vieram para essas terras, fizeram suas construções nelas e depois construíram coisas para esvaziar as terras de outros homens.*

<*Chega*>, sussurrou Sancia. <*Vamos indo.*>

◆◆◆

Separaram-se quando chegaram perto da borda do vale, com Sancia e Claudia indo para o sul e Berenice, Clave e Diela indo para o nordeste.

<*Fiquem de olho nos dispositivos*>, pediu Berenice a Sancia e Clave. <*Ainda estamos longe da prisão... mas é difícil acreditar que Tevanne deixaria este lugar desprotegido.*>

Eles continuaram em movimento, rastejando por entre as árvores e escalando as pedras, sempre atentos ao vale mais além... e então algo pareceu mudar.

Foi a mais curiosa das sensações, como se uma nuvem estranha tivesse passado na frente do sol, cobrindo o mundo abaixo dela com uma tonalidade de cor que as mentes deles sabiam que não era normal.

<Capo>, sussurrou Diela. <*Você sentiu isso?*>

<*Sim*>, respondeu Berenice. Ela olhou para trás, para o caminho que tinham acabado de seguir. <*Sinto que passamos por algum tipo de limite ou barreira...*>

Em seguida, a voz de Sancia, de muito longe:

<*Nós também sentimos isso... assim que me aproximei do vale.*>

Berenice lançou um olhar para as árvores irregulares mais abaixo, e para a enorme caixa preta flutuando lá em cima.

<*Você acha que é... é ele?*>, perguntou Sancia. <*Ou é...*>

<*Não tenho certeza*>, respondeu Berenice. <*Mas precisamos descobrir.*>

Berenice e sua metade da tripulação chegaram ao cume assim que o sol passou do meio-dia. Os três pararam diante daquela visão: o vale se desenrolava diante deles, pontilhado com meias colunas e meias muralhas, como se esse lugar fosse o cemitério de alguma espécie de animal de pedra maciça. Muito mais perturbador que essa visão, no entanto, foi perceber que eles estavam quase na mesma altura que as lâmpadas-mortas distantes, as quais serpenteavam lentamente pelos céus.

Contudo, o que mais os enervava era a própria prisão: um enorme cubo de escuridão sólida, flutuando placidamente no céu. Havia alguma qualidade naquela escuridão que os deixava enjoados, como se ela devorasse a própria luz, negando ao cubo um senso de definição.

<*Que lugar assustador do caramba*>, comentou Diela.

<*Sim...* >, disse Clave. <*Mas parece... estranhamente familiar.*>

Berenice olhou para ele. Embora sua armadura fosse, é claro, inexpressiva, ele parecia ter uma fixação por um segmento da muralha que ainda estava de pé, pontuado por uma única janela alta e fina.

<*Como assim?*>, perguntou ela.

Clave estremeceu, a enorme lorica chacoalhando com o movimento.

<*Eu... não sei. É só uma sensação, acho.*>

<*A pergunta mais importante é*>, falou Berenice, <*você está vendo... Bem, Tevanne? O corpo singular de Tevanne, imagino?*>

<*Você quer dizer aquela coisa que Gregor é agora?*>, indagou Clave. Ele estudou o vale e depois encolheu os ombros. <*Não estou perto o suficiente para ver muita coisa. Mas... acho que não.*> O capacete dele se virou para olhar Berenice. <*Talvez você estivesse certa. Talvez aniquilar Batista realmente tenha atraído essa... essa coisa para longe daqui, seja lá o que for.*>

<*Esperemos que sim*>, falou Berenice.

Ela ficou de quatro e se arrastou até a borda da ravina, com a luneta na mão. Chegando lá, encaixou o olho na luneta e espiou o vale. Por muito tempo, não viu nada, apenas as intermináveis ondulações de árvores, o estranho amontoado de velhas ruínas e as lâmpadas-mortas com seus pequenos bandos de lanternas acima delas. No entanto, enquanto esquadrinhava as árvores, viu-se piscando com força. Algo em relação à luz lá embaixo (a curvatura das sombras, a maneira como as pontas dos pinheiros se encontravam com o céu) a fazia forçar a vista.

<*Tem algo errado com aquele lugar,* Capo>, falou Diela suavemente. <*Eu não gosto de olhar para ele.*>

<*Nem eu*>, disse Clave.

Berenice tentou ignorar a estranha dor que crescia na frente de seu crânio e então finalmente avistou algo: uma cúpula preta e lisa, projetando-se logo depois das pontas das árvores, como uma imensa pedra de vidro vulcânico polido, e parecia estar posicionada diretamente abaixo da prisão flutuante.

<*É isso*>, falou Berenice. <*Tem de ser... não sei, o nexo de controle para Crasedes.*>

<*O que... é isso?*>, perguntou Diela.

<*Para ser totalmente franca, não faço ideia*>, disse ela. Observou as árvores ao redor da cúpula, mas não viu torres ou qualquer outra estrutura.

<*Então... podemos só caminhar pela floresta em nossos trajes*>, falou Diela, <*entrar lá e desligar a coisa?*>

<*Certamente não pode ser tão fácil...*>, observou Berenice.

Então a voz de Sancia, muito fraca, mas no limite do alcance:

<*Ber, olhe para o sul do vale. Há um riacho minúsculo ali.*>

<*E daí?*>

<*Apenas olhe. Não estamos sozinhos.*>

Levou um momento para encontrá-lo, mas, quando conseguiu, parecia ser pouco mais que um riacho comum de montanha, borbulhando alegremente ladeira abaixo. Berenice o estudou, imaginando o que Sancia poderia querer que ela visse...

Em seguida, alguém passou por cima do riacho.

Berenice piscou e posicionou a luneta para vê-los melhor: não era uma pessoa, ela percebeu, mas muitas, todas caminhando em linha reta, com movimentos lentos e cuidadosos enquanto atravessavam o pequeno riacho. Ela os contou: seis homens e cinco mulheres, vestidos de cinza-escuro, com armaduras leves. Pareciam ser de muitas raças, embora suas figuras fossem difíceis de discernir quando andavam rumo às sombras da floresta.

<*Hospedeiros*>, disse Claudia.

<*Concordo*>, respondeu Berenice. Ela apertou os olhos. <*Mas estão desarmados.*>

<*Faz sentido*>, falou Diela. <*Por que armá-los? No instante em que um deles avistar algo, as lâmpadas-mortas acima saberão também. Você não precisa de um florete com coisas assim do seu lado.*>

<*Um deles parou e está fazendo alguma coisa*>, disse Sancia. <*Olhem.*>

Berenice estreitou os olhos e observou um retardatário deixar o grupo e se aproximar de um pinheiro alto. Ela o observou enquanto subia na árvore e cuidadosamente ajustava... alguma coisa.

Algum pacotinho escuro, preso entre os galhos. Por mais que se concentrasse, Berenice não tinha como dizer exatamente o que era.

O hospedeiro desceu, juntou-se ao grupo, e eles continuaram a adentrar a floresta. Depois, enxergou apenas um borrão de galhos e sombras, e ela os perdeu.

<*Suponho*>, disse Clave, <*que eles não estejam deixando cartas de amor.*>

<*Não*>, falou Berenice, apertando os olhos para enxergar o pacote na árvore. <*É um dispositivo. Tem que ser.*>

<*Mas de que tipo?*>, perguntou Claudia.

<*Detecção, certamente*>, respondeu Sancia.

Uma pausa enquanto todos pensavam naquilo.

Diela verbalizou o pensamento antes que ele passasse pela cabeça de Berenice:

<*Se eles colocaram um desses negócios numa árvore*>, disse calmamente, <*não poderia haver mais deles?*>

Berenice estudou a floresta que se espalhava lá embaixo, com um muxoxo, pensando.

<*Claudia*>, chamou ela. <*Anote as trilhas de patrulha dos hospedeiros. Tente ver se há um padrão. E, do nosso lado...*> Ela olhou para Clave. <*Acho que é hora de enviar nosso batedor.*>

<*Por que será que eu não gosto do jeito que você disse isso?*>, resmungou ele.

◆◆◆

Clave tremia enquanto sua grande manopla, de modo lento e cuidadoso, desmontava sua couraça, ou melhor, a lorica em torno dele tremia, já que suas próprias emoções se manifestavam no metal. Não estava gostando nada daquilo, na verdade: nunca se afastara do que agora considerava *ser* ele mesmo, e a experiência era enervante, parecida com enfiar uma agulha gigante no próprio braço.

<*Nós... Nós temos certeza de que queremos fazer isso?*>, perguntou ele. <*Tipo, estou disposto a fazer todo tipo de doideira, gente, mas se isso der errado, estaremos em apuros.*>

<*Deve funcionar*>, falou Berenice. Recostou-se onde ela e Sancia tinham terminado de inscrever duas pequenas cápsulas de aço, com aproximadamente o comprimento e a largura de dois dedos. <*É duplicação básica, que conhecemos muito bem.*>

<*Sim, mas você vai* me *duplicar.*> Ele continuava enviando comandos para a lorica, os dedos grandes do dispositivo segurando delicadamente sua cabeça e o tirando lentamente da fechadura. <*Ou o espaço que me segura, pelo menos. Certeza de que ele não vai estourar feito um balão?*>

<*Só estamos duplicando o espaço uma vez*>, explicou Berenice. <*Não aninhando coisas duplicadas dentro de coisas duplicadas. Você age como se não fizéssemos isso o tempo todo!*>

<*Sim, bem, geralmente você não está me colocando dentro das coisas duplicadas*>, murmurou Clave.

— O ângulo é bom — disse Claudia suavemente, olhando pelo cano de sua espringal para floresta lá embaixo. — Eu consigo acertar o tiro.

<*Fale em silêncio, por favor*>, pediu Berenice.

Claudia, lenta e cuidadosamente, reposicionou a perna direita para se ajustar melhor na encosta de pedra.

<*Desculpe, Ber. Fiquei um pouco absorta nisso... Mas devo conseguir levá-lo lá para baixo em segurança, Clave.*>

<*É simples*>, disse Sancia. Ela abriu um canudo e estendeu a mão. <*As cápsulas são duplicadas para acreditar que são iguais. Portanto, se colocarmos você numa e dispararmos a outra lá embaixo, essa cápsula acreditará que você está no vale. Então você deve ser capaz de espiar lá de baixo e ver o que são todos aqueles pequenos dispositivos, e o que está acontecendo naquela cúpula enorme também.*>

<*Isso normalmente não funcionaria se estivéssemos colocando uma pessoa viva num espaço duplicado*>, falou Berenice. <*Mas você, ah...*>

<*Eu não sou uma pessoa viva*>, completou Clave, direto.

<*Bem. Não uma pessoa convencional, pelo menos.*>

<*Ótimo. E se Tevanne tiver algum dispositivo horrível lá embaixo que possa pegar o outro lado da conexão?*>

<*Então eu abro a cápsula e despejo você para fora, quebrando-a*>, disse Sancia.

<*É também por isso que estou mirando num trecho escuro e vazio a cerca de cem metros da cúpula*>, explicou Claudia suavemente. <*Você vai ficar cerca de meio metro abaixo do solo, e, se as ligações de densidade de Sancia funcionarem, a cápsula vai se enterrar um pouco mais fundo. Difícil de detectar.*>

<*Merda do inferno*>, resmungou Clave. <*Acho que é vingança por eu ter derrubado vocês do céu.*> Ele emitiu mais alguns comandos para a lorica, e ela estendeu a manopla, segurando a si mesmo. <*Nossa conexão será interrompida no instante em que você*

me colocar na cápsula. Então acho que pode me disparar lá embaixo, esperar vinte segundos e me tirar do canudo para eu contar o que vi... pegou?>

Sancia tomou-o nas mãos. A lorica permaneceu numa posição desajeitadamente congelada: couraça aberta, manopla estendida. Então ela se ajoelhou e cuidadosamente o colocou numa cápsula, seus dedos nus apertando a cabeça da chave em forma de mariposa.

<*Boa sorte*>, sussurrou ela.

<*Ok, ok*>, disse Clave.

A porta da cápsula se fechou e, pela primeira vez em muito tempo, o mundo de Clave ficou em silêncio.

Ele ainda podia ver, é claro, percebendo todas as incontáveis inscrições ao seu redor: o *lexicon* em miniatura nas costas da lorica; a espringal intrincadamente inscrita e poderosa de Claudia; e os muitos discos minúsculos embutidos nas givanas, essas minúsculas cintilações de vermelho-sangue em suas mãos, junto com a estrela flamejante e crepitante no crânio de Sancia. Mas ele não podia falar com elas, nem ouvir seus pensamentos e sentimentos. O silêncio súbito e abrupto foi surpreendente.

Em seguida, ele se sentiu... em movimento.

Mas não era bem isso: sentia-se mover e não se mover ao mesmo tempo. Sua mente se viu confrontada com a sensação impossível de ocupar dois espaços separados ao mesmo tempo, um espaço nas mãos de Sancia e outro sendo carregado na espringal de Claudia.

Rapaz, eu odeio essa merda, pensou.

Um clique alto quando a espringal aninhou o pequeno cilindro em seu compartimento. Ele podia ouvir a respiração de Claudia, lenta e constante, o rosto dela apertado contra o cano. E depois...

Ele voou.

Clave achava que tinha se acostumado a voar, já que acabara de pilotar uma lâmpada-morta atravessando boa parte do continente, mas agora era diferente. Isso era não apenas incontrolável (uma aceleração repentina e desvairada sobre a qual não tinha poder nenhum), mas ele *também* sentia como se estivesse totalmente imóvel, agarrado nas mãos de Sancia. A experiência inteira era a de uma fratura, como se sua própria mente estivesse sendo dividida em duas.

Inferno fedegoso, pensou, *odeio essa merda!*

Depois a cápsula parou, com um baque alto e úmido. Clave observou o mundo ao seu redor escurecer de repente, obscurecido pela terra molhada e pedregosa e pelas muitas raízes e gavinhas pálidas e delicadas da grama crescendo acima dele.

Já fui enterrado uma vez antes, pensou. *Gostei menos ainda desta vez...*

No entanto, ele ainda podia perceber as inscrições ao seu redor: emaranhados selvagens e rodopiantes de prata e vermelho-sangue, alguns circulando em torno dele como cometas, outros enormes e estáticos como sóis distantes. A imersão repentina num mundo sobrecarregado com tantos comandos complicados era desconcertante.

Ok, seu tapado, pensou. *Foco. Foco...*

Ele olhou em volta e espiou os hospedeiros instantaneamente, as pequenas bolas de vermelho fervente balançando lentamente na escuridão enquanto as pessoas acima dele seguiam fazendo sua patrulha. Estava familiarizado com essa ligação, tendo visto isso nos muitos hospedeiros que encontraram durante os ataques da equipe, e espiou treze deles nas proximidades, embora tivesse certeza de que haveria muitos mais em outros lugares.

Em seguida, espiou o que presumiu serem os dispositivos que os hospedeiros haviam colocado nas árvores: minúsculos emaranhados brancos e brilhantes, profundamente sensíveis ao calor, ao movimento e a muitos outros fenômenos curiosos...

E devem ser sensíveis a corpos de certo tamanho, pensou. *Já que não pareceram dar a mínima para a cápsula.*

Ele também notou que havia um comando mais poderoso operando dentro deles: buscar um... um sinal, uma mensagem, uma... uma presença.

Para ver se algum movimento próximo, pensou ele, aterrorizado, *é acompanhado por um dos discos de comando de Tevanne. Maldição...*

Contou onze dos pequenos dispositivos nas árvores ao seu redor e, consternado, percebeu que toda a floresta devia estar preparada para detectar intrusos.

Voltou sua atenção para a estrutura na extremidade do seu campo de visão: supôs que fosse a gigantesca cúpula preta. Era difícil não a perceber, já que fervia com emaranhados prateados de inscrições num padrão que ele achava muito familiar.

Um lexicon, pensou. *Assim como numa fundição da Tevanne Antiga. Um dos grandes...*

Mas esse espécime era diferente: não apenas estava curiosamente disposto no coração da terra (por algum motivo, havia muitos dispositivos de movimento embutidos em torno dele), mas, quando Clave analisou suas camadas de lógica e comandos, viu que, no coração dessa estrela branca brilhante, havia algo incomum... Algo perturbador.

Havia vinte discos aninhados no *lexicon*, mas eram de uma cor vermelho-sangue profunda, que pulsava e brilhava de uma maneira repugnante.

Ah, que merda, pensou. *Eu realmente espero não estar vendo o que acho que estou vendo...*

E em seguida, o mundo mudou, rachou, quebrou, dividiu-se, a floresta se foi, e a luz entrou.

Clave arfou ao cair nas mãos de Sancia.

<*Puta merda!*>, disse ele. <*Pu... Puta merda! Você tem que me avisar antes de fazer essa porcaria de novo!*>

<*Eu avisei*>, falou Sancia. <*Você simplesmente não ouviu. Funcionou?*>

<*Sim...*>, respondeu Clave, ainda ofegante. <*E, inferno fedegoso... Você não vai gostar disso.*>

◆◆◆

A tripulação assistiu enquanto Sancia cuidadosamente recolocava Clave na couraça da lorica.

<*Aproximar-se pela floresta vai ser quase impossível*>, disse ele. <*Todos os dispositivos lá embaixo são sensíveis a gestos e movimentos. Se uma coisa do tamanho errado... Ah, espere, espere...*> Ele suspirou de alívio quando a lorica ganhou vida em torno dele. A experiência foi estranhamente semelhante a se sentar numa cadeira conhecida depois de um dia muito longo. <*Ah, merda, isso é bom...*>

<*Clave*>, falou Sancia. <*Chega.*>

<*Certo, certo*>, continuou ele. <*Enfim. Se uma coisa do tamanho errado tentar passar pelo espaço em torno desses pequenos detectores, e se* não *for acompanhada de um disco de hospedeiro...*> Ele apontou para cima com um dedo de metal maciço. <*... Estou disposto a apostar que as lâmpadas-mortas a editam da realidade num segundo.*>

Berenice estreitou os olhos e observou o vale escuro abaixo. <*Qual é o alcance desses pequenos dispositivos?*>

<*Longe demais para eu tentar adulterar*>, disse Clave. <*Ou para San tentar. E deve haver centenas deles lá embaixo. Talvez milhares.*>

<*E o ponto de controle?*>, perguntou Sancia.

<*É um* lexicon>, respondeu Clave. <*Mas... de um tipo incomum. Ele tem um monte de dispositivos de movimento e propulsão ao redor dele.*>

<*Por quê?*>, indagou Berenice. <*Por que um* lexicon *precisaria dessas coisas?*>

<*Não sei*>, disse Clave. <*Mas fica pior. Vocês se lembram daquelas coisas na Montanha dos Candiano, nos* lexicons?>

<*Sim*>, disse Sancia. <Lexicons *que usavam discos de definição com inscrições hierofânticas, cada disco de comando contendo uma pessoa... Bem, uma alma, eu acho.*>

<*Concedendo a eles um controle sem precedentes sobre a realidade...*>, completou Berenice, abalada.

<Isso *é o que está lá embaixo*>, disse Clave. <*É isso que Tevanne está usando para controlar a prisão e manipular o tempo de Crasedes. Com* vinte *discos.*>

Claudia fez uma careta.

<*Vinte discos... Vinte malditos discos hierofânticos...*>

<*O que isso significa?*>, perguntou Diela.

<*Significa que o* lexicon *lá embaixo deve influenciar a realidade de todo o maldito vale, assim como Crasedes tentou fazer com a Tevanne Antiga durante a Noite Shorefall*>, disse Sancia. <*É provavelmente por isso que nos sentimos enjoados quando chegamos muito perto. Estávamos entrando na zona de influência dessa... coisa.*>

<*É*>, concordou Clave. <*E é por isso que esse vale dói só de* olhar.>

<*Se conseguíssemos controlar aquele maldito, bem*>, disse Sancia. <*A gente poderia fazer muita merda. Tirar Crasedes da prisão como se estivesse estourando uma espinha. Mas...*>

Berenice ergueu sua luneta e estudou a cúpula preta.

<*Mas fazer isso vai ser muito difícil.*>

Houve um silêncio pensativo enquanto a equipe olhava para o vale, avaliando a melhor rota para o ataque.

Diela recuou e olhou para o céu.

<*O sol está num lugar estranho no céu aqui... Mas acho que vai escurecer logo.*>

<*Sim*>, falou Berenice suavemente. Ela ficou de pé. <*Olhem para este lugar e lembrem-se. Estudem-no. Gravem-no em suas mentes. Porque, da próxima vez que voltarmos, será para atacar.*>

Eles partiram para o sudoeste, para o outro lado das montanhas, protegendo-se das lâmpadas-mortas e do vale abaixo. Levou um momento para Clave se lembrar de todos os pequenos mecanismos internos da lorica, como os pés, as mãos e todo o resto gostavam de se mover, mas lentamente começou a avançar, arrastando-se pela encosta.

Em seguida, teve aquela sensação perturbadora de estar sendo observado mais uma vez. Ele girou a lorica, estudando a paisagem ao seu redor. Olhou novamente para a muralha desmoronada lá embaixo, cada pedra do tamanho de uma carruagem. A muralha parecia curiosamente familiar de novo: havia um segmento coberto de musgo que ainda estava de pé, com uma janela alta e pontiaguda, e algum elemento desse trecho (a curvatura da pedra, a inclinação do arco, talvez) mexeu com algo profundo dentro dele.

Então ele a viu, apenas por um instante: um lampejo de seu rosto e de sua juba de cabelos brancos enquanto passava pela janela, como se estivesse passeando casualmente pelo fantasma da estrutura. Depois, ela se foi.

Clave olhou para a janela. Esperou para vê-la sair do outro lado do fragmento de muralha, mas a mulher nunca reapareceu. Mais uma vez, ele flexionou sua visão inscrita, olhando através das ruínas em busca de algo que estivesse fora de lugar, mas não conseguiu ver nada.

<*Clave!*>, disse a voz de Sancia bruscamente. <*Vamos!*>

Ele se afastou da ravina, ainda olhando para a janela vazia.

<*Estou indo!*>, disse ele. <*Estou chegando!*> Com um rangido suave, foi subindo apressado a encosta.

• 21

Acamparam entre as ruínas, onde três colunas tinham caído juntas, formando uma espécie de caverna rasa. Mastigaram pão de feijão e beberam água fervida, tentando resistir ao frio das montanhas à noite.

<*O que eu daria*>, resmungou Claudia, <*por um pouquinho só de sal...*>

<*Então*>, disse Clave. <*O que vamos fazer?*>

Berenice engoliu em seco, pigarreou (um velho hábito, apesar de sua fala silenciosa) e perguntou:

<*O que vemos como nossas opções?*>

Sancia tirou algo dos dentes e jogou fora.

<*Atravessar a floresta com certeza parece difícil pra caralho.*>

<*Concordo*>, disse Claudia. <*E se fizermos o que fizemos em Grattiara? Atirar numa lâmpada-morta com um disco-trilha para Clave, colocar alguém lá para anular a coisa e usá-la para desencadear o inferno?*>

<*Porque demora um bom tempo para Clave realizar uma edição*>, afirmou Berenice. <*Imagine as muitas necessárias para editar todas as outras lâmpadas-mortas para fora da realidade.*>

<*E Clave ainda estaria fora de ação por pelo menos dois dias depois de emitir um comando tão grande*>, disse Sancia.

Claudia fechou a cara.

<*O que significa que não conseguiríamos matar Crasedes: fazer o que de fato viemos fazer aqui.*>

Sentaram-se em silêncio no pequeno abrigo, o céu azul-claro acima deles lentamente adquirindo um tom roxo-escuro.

<*Uma coisa a respeito da qual concordamos*>, disse Sancia lentamente, <*é que apenas os hospedeiros entram naquele vale sem serem aniquilados, certo, Clave?*>

O capacete de Clave arranhou o teto quando ele assentiu.

<*Certo.*>

<*Então o problema parece... meio claro*>, disse Sancia. <*Né? Temos que conseguir nosso próprio hospedeiro. Essa é a única maneira de entrar.*>

Eles olharam para ela, chocados.

<*Pelo que eu me lembro*>, falou Berenice, <*é terrivelmente difícil quebrar o controle de Tevanne sobre seus hospedeiros.*>

<*É, mas eu tenho uma ideia*>, disse Sancia. <*Embora eu não saiba os detalhes. Então...*> Ela olhou para Diela. <*Teremos que perguntar para alguém que saiba.*>

Diela se encolheu onde estava sentada.

— Ah, merda — praguejou.

◆◆◆

— Isso não é... não é *exatamente* o tipo de ajuda que pensei que daria a vocês — disse a voz de Design, hesitante.

Berenice observou a mão de Diela se erguer e esfregar o queixo, num gesto ansioso e impaciente. Lentamente, começou a balançar para a frente e para trás ainda sentada, como um brinquedo mecânico: todos os sinais reveladores de que a inteligência dentro dela não era a dela.

— Sim, sim — assentiu Sancia com irritação. — Entendo.

— Por favor, vamos falar baixinho — sussurrou Berenice. — Existem cinco lâmpadas-mortas do outro lado desta montanha, e não temos ideia de quão sensíveis são os dispositivos delas, quaisquer que sejam.

— Falando nisso... — Design-Diela olhou para as colunas desmoronadas acima do grupo, depois estendeu a mão e gentilmente levantou a ponta da cobertura inscrita para espiar o cemitério de ruínas ao longe. — Onde vocês *estão* exatamente?

— Escondidos numa das muitas ruínas daqui — disse Sancia. — Provavelmente costumava ser a quadra de bola e garrafas ou o banheiro de Crasedes alguns milhares de anos atrás ou algo assim.

— Possivelmente... — Design-Diela franziu a testa para um pedaço manchado de tríglifo ao longe. — Mas eu pensei que as obras de Crasedes tendiam a se manter de pé de um jeito melhor que essas, dado que foram feitas com privilégios hierofânticos...

— Podemos ter mais foco? — pediu Berenice.

— Ah — falou Design-Diela. Largou a cobertura. — Perdão. Então, contem-me tudo desde o início, por favor... porque francamente espero ter ouvido mal.

— Os hospedeiros são a única coisa que pode chegar perto da prisão — explicou Sancia. — Portanto, a única maneira de conseguirmos chegar perto, pelo que estou achando, é se tivermos um dos discos que Tevanne usa para de fato *controlar* um hospedeiro. Já que você passa tanto tempo brincando com elas, queria saber se você tem alguma sacada sobre isso.

— Mas... Mas fazer isso daria a Tevanne o *controle* sobre vocês — disse Design-Diela, com horror. — Morremos de medo só com a ideia de um de vocês ser capturado, mas você quer fazer isso com *todos* vocês de uma vez?

— É por isso que não quero que sejam discos hospedeiros *reais* — retrucou Sancia. — Tipo... talvez alguns semifuncionais. Que funcionem apenas o suficiente para enganar os dispositivos de proteção lá embaixo, fazendo-os acreditar que somos de lá.

— Não, não, não — protestou Design-Diela. O ritmo de seu balanço aumentou. — Esta não é a Tevanne Antiga, e essas coisas não são insígnias. Eu *estudei* os malditos discos que coletei *um bocado* desde que todos vocês partiram, e você está pensando neles de um jeito totalmente invertido! Eles não são apenas, ah, sinais ou algo assim. São como um cano para sua *mente*, despejando a própria Tevanne dentro dela, e é um fluxo *unidirecional*. Mesmo um cano meio aberto, que parece ser o que você está propondo, ainda estaria despejando Tevanne na porcaria do seu cérebro! E isso não é algo que qualquer um de nós deseje!

— Conseguiríamos colocar o disco em mim? — sugeriu Clave. — Eu engano dispositivos o tempo todo. Posso fazê-lo pensar que sou... vocês sabem, um cara com um corpo real de carne e osso, como o que fizemos com a lâmpada-morta.

Design-Diela balançou a cabeça.

— Isso funcionou para produzir uma *faísca* quando testamos a lâmpada-morta. Mas, com base no que você descreveu sobre os dispositivos de proteção lá embaixo, esse tem de ser um comando *contínuo*, e isso significa que precisamos de um corpo real de carne e osso.

Sancia estreitou os olhos. Em seguida, uma expressão distante tomou conta de seu rosto, uma que Berenice conhecia bem e que a encheu de pavor. *A mesma expressão que tinha,* pensou ela, *quando viu Orso partir...*

— Então eu consigo fazer isso — disse Sancia suavemente.

Todos olharam para ela. A manopla de Clave caiu em seu colo com um baque surdo.

— Fazer... o que exatamente? — perguntou Design-Diela.

— Vocês montam um disco de hospedeiro semifuncional — respondeu Sancia — e... o colocam em mim. *Apenas* em mim.

Embora estivesse bastante frio agora, Berenice sentiu um súbito calor no rosto e um suor doentio escorrendo pelas costas.

— San... — disse ela.

— E, como é um dispositivo — continuou Sancia —, consigo controlá-lo. Contê-lo. Posso adulterar os dispositivos que toco, e, se estiver dentro de mim, ainda vou tocar nele, né?

— Isso significaria que você estaria *lutando* contra Tevanne, em sua mente, durante todo o caminho pela floresta! — falou Berenice. — Isso é o que ela estaria tentando fazer com você, tipo... como as cadências se alinhando com seus constituintes!

— Ah, fala sério! — disse Design-Diela, magoade. — Não é nada disso...

— É por isso que *não* é algo que precisamos considerar! — exclamou Berenice.

— Você está ficando alterada — alertou Sancia.

Houve um momento tenso enquanto as duas se encaravam. Nenhuma delas disse nada.

— Eu posso ajudar — disse Clave. — Você levará um disco-trilha que chega até mim de qualquer maneira. Mantenha-o pressionado contra sua pele até lá, e posso ajudar a combatê-la. Um humano inscrito é um dispositivo, mesmo que seja do tipo vivo, e vou ficar mexendo em você, para que continue sendo, bem... você mesma.

— Mexer com a mente de Sancia... — Design-Diela fez uma careta e se contorceu na cadeira. — Se essa é a abordagem que preferimos, então... sim, posso ajudá-los a fabricar essa coisa. Estou *muito* relutante em tentar, mas posso.

Berenice olhou para Sancia, seu foco dançando de um lado para o outro entre os olhos da esposa e a cicatriz na lateral de seu crânio, ainda branca e brilhante como a pele de um sapo depois de todos esses anos. Ela lutou contra o sentimento louco e irracional que às vezes crescia em sua mente: *Está ficando maior. Um dia a cicatriz vai ficar tão grande que vai comê-la.*

Desvencilhou-se e agarrou a mão de Sancia.

<*Não estou pedindo para você fazer isso*>, sussurrou Berenice.

<*Eu sei*>, disse Sancia.

<*Eu vim aqui para nos salvar*>, falou Berenice. <*Para salvar você.*>

<*Eu sei*>, repetiu Sancia. <*Mas não vim para ser salva, meu amor. Vim para lutar. E não há dança durante uma monção.*>

Berenice segurou a mão dela por mais um momento, ainda encarando seus olhos. Então, cedeu e a soltou.

— Vamos trabalhar — disse ela.

• 22

Eles trabalharam até tarde da noite, auxiliando Design--Diela a criar linhas e comandos tão obscuros que apenas Clave era capaz de fazer sugestões significativas. A princípio, parecia que demoraria até o amanhecer, mas Design-Diela anunciou que ia terminar pouco antes da meia-noite. Berenice assentiu, exausta, e depois declarou que todos precisavam descansar para garantir que o dia seguinte fosse tranquilo

Todas se deitaram, colocando suas esteiras finas no chão rochoso do abrigo e se protegendo da noite fria com cobertores grossos. Clave, sendo o único membro da tripulação que não precisava dormir, ofereceu-se para ficar de guarda.

A respiração das inscritoras ficou mais suave e se transformou em roncos silenciosos. Clave ficou sentado durante horas, olhando através da cobertura com sua visão inscrita. Não viu nenhum indício de dispositivos do lado de fora, nenhuma distorção da lógica, nenhum pacote de pequenos comandos flutuando pelo mundo que ele pudesse enxergar.

Uma noite tranquila, pensou. Observou pela fenda na cobertura enquanto o vento fazia um punhado de folhas dançarem pelas ruínas. *Mas por que não sinto porcaria nenhuma de tranquilidade?*

Ficou pensando naquilo. Talvez porque estivesse acostumado com Giva, onde podia sentir e interagir com dezenas de dispositivos e mentes ao mesmo tempo. Havia sempre conversa por lá, sempre algo novo em que se podia mexer ou com que brincar, especialmente quando ele estava na *Nau-chave*. Aqui tudo parecia isolado, silencioso e abandonado demais.

Ele se perguntou quem sobreviveria amanhã. Havia testemunhado muitas mortes durante seu tempo com os givanos, mas as coisas nunca pareceram tão desesperadoras quanto agora. No entanto, nunca se perguntou se ele próprio sobreviveria. Pois, embora Clave não conseguisse se lembrar, ele durara mais que muitos impérios.

Existia há milhares de anos e provavelmente existiria por outros milhares. Era provável que sobrevivesse às cadências, e a Giva, e talvez até a Tevanne. Talvez ele existisse até que todo o mundo estivesse vazio de vida, e nada restasse além de pedra, céu e mares frios e escuros.

Clave espiou através da cobertura o mundo despedaçado lá fora. *Talvez o futuro seja esse,* pensou. *É tão ruim assim?*

Observou enquanto o vento brincava com outro punhado de folhas.

Como eu cheguei aqui? E como diabos vou sair?

E então ele sentiu.

Era exatamente como a sensação que teve na lâmpada-morta, enquanto todas dormiam, enquanto navegavam pelos céus: a sensação de ser observado, de ser examinado, por alguma presença.

Clave ouviu um som de chocalho no abrigo. Percebeu que sua armadura estava tremendo.

Não, não, não, pensou.

Flexionou sua visão inscrita. O mundo do outro lado da bainha permanecia escuro.

Estou sozinho. Não há inscrições. Não há nada.

Ele se moveu para o lado, espiando pela fenda na cobertura.

Não há nada, nada...

Então, ele a viu.

Estava sentada a seis metros de distância no chão, do outro lado da cobertura da barraca, seu rosto perdido na escuridão, mas seu cabelo branco brilhante cintilando sob a luz nublada das estrelas, as ruínas escuras e tortas atrás dela.

Clave congelou.

— Não — sussurrou ele.

Esperou que se movimentasse, mas ela não o fez. Ficou simplesmente sentada no chão, silenciosa e envolta em sombras. Estava vestindo uma roupa marrom simples, como antes, mas a pouca carne que ele conseguia ver estava descolorida e apodrecida, suas mãos e seus pés curiosamente arroxeados, como se o sangue tivesse se acumulado ou coagulado. No entanto, o que mais o impressionou foi a sensação provocada por seu olhar, o imenso peso de sua atenção, pois, embora seu rosto estivesse sombrio, ele podia senti-la observando-o, estudando-o, sentindo-o.

Em seguida, veio-lhe um pensamento.

Posso penetrar na mente de outras pessoas, pensou, de modo distante. *Mas... será que ela está tocando a minha?*

Então, as coisas pareceram ficar borradas, e ele estava em outro lugar.

• 23

Há o cheiro de poeira e suor, e o aroma semelhante a cobre que o sangue tem.

Alguém o empurra para a direita, alguém alto, de ombros enfeitados com cota de malha fina, o capacete brilhando ligeiramente. Clave murmura um pedido de desculpas e continua seguindo a procissão de soldados pelo túnel escuro.

Finalmente eles param. Então vem um sussurro:

— Todos prontos?

Eles assentem com um murmúrio. Todos, exceto Clave, que pensa, infeliz: Nem a pau. Como é que eu vim parar aqui?

— Tudo bem, então — diz a voz. O sussurro se transforma num grito áspero. — Abram a porta!

Um rangido. Depois, a extremidade escura do túnel se enche de luz, e eles tropeçam para fora.

Clave tem de apertar os olhos enquanto cambaleia pela pequena porta de madeira. O brilho da luz do dia é ofuscante, e ele pisca enquanto observa ao redor, olhando para o túnel pelo qual eles vieram e as enormes muralhas brancas acima dele. Os soldados que tropeçaram com ele o ignoram completamente e, por um momento, Clave apenas fica parado ali, sozinho sob a luz do sol e o ar frio diante das altas muralhas brancas.

Em seguida, vê o cadáver caído no chão diante dele.

O corpo jaz torto sobre a colina na base da muralha, a terra ao seu redor escura com sangue, as costas e a garganta perfuradas por flechas. Atordoado, Clave olha em volta e vê muitos outros: centenas, talvez milhares de corpos, todos agrupados ao pé da muralha naquele trecho, todos vestidos com armaduras de couro baratas. O cheiro de podridão é insuportável. O ar está cheio de moscas. Ele nunca viu tantos mortos em toda a sua vida, e de repente parece loucura que a vida comum da cidade continue a menos de quatrocentos metros deste local, atrás daquelas altas muralhas brancas.

— Claviedes! — gritou uma voz. — Aqui, rapaz.

Ele olha para cima. Os soldados estão se espalhando entre os cadáveres, espadas desembainhadas enquanto verificam os mortos. O capitão deles está ao pé da muralha, acenando impacientemente.

— Venha, então! Rápido!

Clave atravessa os mortos, pisando com cuidado, em suas sandálias de madeira, para evitar o sangue. Finalmente chega perto do capitão, que está no topo de uma enorme pilha de pedras cinzentas despedaçadas. Ele aponta quando Clave se aproxima.

— Aqui é onde eles mais concentraram suas máquinas de cerco.

Clave olha para cima. A enorme muralha branca carrega uma curiosa marca empoeirada acima deles, sem dúvida criada pelo impacto de tantas pedras e pedregulhos arremessados, mas a muralha em si parece totalmente intacta.

— Posso lhe fazer uma pergunta, nomeante? — diz o capitão solenemente.

— Hã, si-sim? — responde Clave, um pouco surpreso por ser tratado por aquele título.

— Por que atacaram aqui? — pergunta o capitão. — Por que esse pedaço da muralha?

Clave engole em seco, lutando contra a náusea.

— Eu, ah, suspeito que seja porque ela se curva para dentro. Num ângulo bastante agudo, aliás. Se fosse uma muralha convencional, teria caído.

O capitão acena com a cabeça, ainda solene, depois sorri maliciosamente.

— Muralha convencional... Talvez devêssemos adicionar mais truques como este às nossas fortificações. Enganando esses filhos da mãe para que lancem mais pedras e homens contra nós, para que possamos abatê-los feito gado doente. Isso faria sentido para você, nomeante?

Clave pisca, sentindo-se totalmente incapaz de avaliar métodos de reduzir homens a carne podre. Por fim, encolhe os ombros e acena com a cabeça.

O capitão olha para a extensão de cadáveres ao pé da muralha.

— Deve haver quatro mil mortos aqui. Isso vai exauri-los por um bom tempo. Talvez o próximo verão seja pacífico, afinal de contas.

Clave analisa um dos corpos. Embora ele próprio seja um homem jovem, o corpo no chão deve ser ainda mais jovem, talvez um garoto de quinze ou dezesseis anos, atingido por uma flecha na bochecha, fragmentos de dentes visíveis através da ferida: aqui, um pedaço de molar; ali, a ponta de um canino.

— Quem são eles? — indaga.

— Você não sabe? — pergunta o capitão, surpreso.

— Conheço muralhas, pedras e metais — responde Clave —, mas pouco mais que isso.

— Curioso... — diz o capitão. — São escravizados. A maioria dos exércitos ao sul é formada por escravizados. Criados para invadir outras nações, capturar e escravizar essas pessoas e criar mais exércitos de escravizados para capturar mais nações.

Clave olha para a criança morta aos seus pés.

— Estamos fazendo alguma coisa para detê-los, senhor?

— Não estamos — diz o capitão. — Porque isso seria suicídio. E jogaria fora nossa única vantagem. — Ele olha para as altas muralhas brancas. — Somos capazes de nomear. E somos capazes de construir.

Clave se junta ao capitão para observar as muralhas. Elas têm doze metros de altura e são feitas de pedras brancas que parecem curiosamente gelatinosas, como se tivessem sido recobertas com uma camada grossa de gesso ou talvez derretidas sob um calor elevado.

Clave sabe que, por mais louco que isso possa parecer, a impressão está muito mais próxima da verdade que se poderia imaginar.

— Você pode confirmar que a muralha não está danificada? — pergunta o capitão. — Pode dar uma olhada e verificar?

— Vou precisar me aproximar.

— Então não faça cerimônia.

Clave caminha até a muralha, retira uma pedra e se posta diante dela. Concentra-se, acalmando a mente, e em seguida...

Ele a sente. Ele a sente na parte frontal de sua mente, como se houvesse um espinho ou uma semente presa em seu cérebro e a única maneira de tirar essa coisa fosse olhar para as pedras, e então a pequena semente imaginária em sua mente se contorce, abre-se, floresce...

Não, não, não é bem isso. É mais como uma fechadura: algo que secretamente deseja se abrir. Você só...

— ... tem de mexer nela no lugar certo — sussurra Clave.

E ele os vê. Vê os símbolos dançando, deslizando, rastejando pelas superfícies das pedras. Pode vê-los na descoloração da rocha, na maneira como a luz do sol brinca em cima de suas superfícies irregulares, na maneira como ela brilha, tão tênue, aqui e ali.

Símbolos. Sigils. *Nomes para esta substância, este objeto, todos dizendo muito claramente:*

Pedra.

Ele solta o ar, mantendo seu foco, e dá um passo atrás para analisar as muralhas, agora lendo todos os nomes mais recentes *que foram escritos nas pedras: cada tijolo cuidadosamente produzido, marcado manualmente com símbolos para conceder-lhe força além do natural, para que se apegue a todos os outros tijolos ao seu redor, para que suporte o pior ataque que pudesse ser lançado contra ele...*

Clave inclina a cabeça, lendo os nomes nas muralhas. Depois, pisca e olha para baixo, e os nomes florescem lá também, a seus pés, no solo, no couro e na madeira de suas sandálias, e na carne e no sangue dos corpos à sua volta, toda a matéria bruta do mundo cantando para ele, todos os componentes da criação cantando seus nomes repetidamente.

Ele inspira e expira novamente, e os nomes desvanecem de seus olhos.

— A muralha ainda é forte — diz ele. — Nada se alterou. Todos os nomes ainda estão como os fizemos.

O capitão observa Clave.

— Você realmente é capaz de ver os nomes em todos os lugares? Em tudo?

— Por algum tempo, sim.

O capitão balança a cabeça, admirando as enormes fortificações.

— Eu queria ser um nomeante, sabe. Não tinha talento para isso. Eles me fizeram olhar, olhar e olhar para um tijolo de chumbo, mas nunca vi nada… — Ele toca na muralha branca com a mão. — Por favor, faça um pedido a seus superiores, então. Os generais querem continuar expandindo as muralhas, construindo cada vez mais nas áreas circunvizinhas a cada inverno, ocupando mais terras. Os tsogeneses não têm como invadir o que não conseguem atravessar.

— Mais muralhas — diz Clave, suspirando um pouco. — Sim, senhor.

Mais muralhas, ele sabe, significam mais tijolos: mais horas passadas nas oficinas de nomeantes esculpindo nomes cuidadosamente em cada pedra individual, produzindo os materiais sem parar; mais horas sendo enviado para verificar as muralhas, para verificar os tijolos, verificar e confirmar, verificar e confirmar, espreitando o mundo com sua visão de nomeante para confirmar que tudo está certo, mesmo em lugares horríveis como este, onde o solo está molhado com o sangue de crianças e o ar enxameia com as moscas.

Quando Clave foi treinado pela primeira vez como nomeante, disseram que era uma bênção. No entanto, nesse momento, ele vislumbra o que será seu amanhã, e o dia seguinte, e o dia depois deste: o de um faz-tudo insignificante e entorpecido, seguindo ordens para encontrar maneiras melhores de fazer muralhas melhores para matar mais escravizados desamparados.

É então que ele pensa: É isso mesmo que vai ser a minha vida? Será que vou passar o resto dos meus dias produzindo esses horrores banais?

Então, algo acontece.

Os olhos de Clave registram o movimento à sua direita, algo se mexendo no chão; em seguida, um dos cadáveres se senta, abre a boca cheia de dentes amarelados para gritar e golpeia à sua frente com uma lança.

Clave sente algo molhado espirrando em seu rosto. Ele olha, pasmo, e vê a lança saindo do corpo do capitão, exatamente onde a cota de malha termina.

O capitão olha para a ferida com a boca aberta, que fica se mexendo com ar de imbecilidade. Depois, cai para a frente.

O guerreiro que urrava (o qual, agora ficou claro, definitivamente não está morto) arranca a lança dos flancos do capitão e fita Clave com olhos arregalados e insanos. Rosna algo numa língua desconhecida e dá um salto para a frente.

Clave se vira e corre. Ele dispara em meio à pilha de pedras e aos corpos em volta dele, sandálias pisoteando loucamente o chão; os soldados estão gritando ao seu redor, urrando; ele consegue ouvir os passos do guerreiro escravizado atrás de si, berrando com ele; então, algo fere seu ombro esquerdo, e o braço lateja de dor. Depois, há um estalo, e ele cai no chão, olhando para o céu brilhante da manhã.

Algo sibila nas proximidades: a haste da lança, embora a ponta esteja quebrada e ausente. Clave olha para ela de onde está caído, depois para o guerreiro que se aproxima, o qual grita e desembainha uma adaga, erguendo-a alto.

Então, numa cena impossível, da barriga do soldado parece brotar madeira: a haste de uma flecha aparece magicamente dentro dele, saindo de seu corpo logo abaixo do esterno; em seguida outra flecha, depois uma terceira. O rosto do guerreiro fica parado, e ele tosse. Ele tomba e jaz ao lado de Clave, seus olhos opacos e vazios.

Em seguida, todos se põem a gritar. Os soldados pegam o capitão, que está inerte e inconsciente; depois, para confusão de Clave, eles também o pegam. Ele se pergunta por quê, até olhar para o ombro esquerdo e perceber.

A ponta da lança não está faltando. Está alojada profundamente em seu braço.

Ah, *pensa ele.*

Os soldados levam Clave e o capitão de volta pelo pequeno túnel na muralha. Em seguida, deitam-nos em macas e os levam para a cidade, gritando para as pessoas: "Saiam do caminho, saiam do caminho".

Clave se sente fraco. A cidade é um borrão em volta dele, um emaranhado de paredes brancas e telhados de bronze brilhando com a luz do sol, a paisagem cravejada com ciprestes e pinheiros. Ele pisca, a respiração alternadamente fria e quente no peito. As torres giram acima dele, os enormes pináculos brancos cortando o céu de um azul intenso. Olha para o lado e vê o capitão ainda deitado na maca, sangue jorrando do lado do corpo como água do convés de um navio, enquanto o transportam pela cidade.

Para onde, *pensa Clave fracamente*, estamos indo?

Mas então ele enxerga algo à frente: o salão dos reparadores, o enorme prédio arredondado que se ergue perto da base das torres; e, ali, o fosso em volta do edifício, e a ponte estreita que conduz à porta minúscula em sua base, uma porta que permitiria apenas a passagem de uma fileira estreita de pessoas, como a de uma fortaleza.

Ah, *pensa* Clave. Eles não sabem.

Ele levanta a mão e tenta detê-los. Mas sua respiração está fraca demais, e eles continuam a correr.

Os soldados carregam Clave e o capitão até a reparadora que está de guarda na ponte e gritam:

— Precisamos de ajuda! Precisamos de ajuda agora, agora!

A reparadora olha para o capitão deitado na maca e assente, acenando para que passem, e os dois soldados o levam pela ponte até o salão dos reparadores.

Em seguida, os dois que carregam Clave se aproximam. A reparadora olha para ele. Vê as marcações em sua túnica e levanta a mão.

— Não. Esse não.

— O quê? — indaga um soldado, indignado. — Ele está ferido!

Ela olha fixamente para os dois soldados, com uma expressão sombria e feroz debaixo do capacete.

— Ele é um nomeante.

Os soldados olham para Clave

— Ah — diz um deles. — Eu... Eu não...

— Coloquem-no no chão — ordena a reparadora. — Eu vou cuidar dele.

Os soldados deitam Clave no chão e descem a ponte até o salão. Assim, ele fica sozinho com essa reparadora na ponte.

Clave está estirado na maca, fitando o azul intenso do céu, cheio de sofrimento. É claro que ele sabe por que não podem levá-lo até o salão: os nomeantes veem os nomes escritos na realidade ao seu redor, e, quando as pessoas morrem ao redor deles, veem nomes que não deveriam *ver. Nomes estranhos o suficiente para levá-los à loucura.*

Mas seria melhor estar naquele salão e louco, *pensa Clave conforme seu corpo vai esfriando*, ou preso aqui e morto?

Ele se pergunta se é realmente assim que sua vida vai acabar: morrendo de uma maneira estúpida, depois de um trabalho estúpido, monótono e horrível, seus parcos anos de vida piscando e se apagando, como a chama de uma vela oleosa tocada por uma gota de chuva.

Vou morrer tão jovem, *pensa ele.* E hoje, este dia terrível, será a coisa mais interessante que já aconteceu comigo.

A mulher se ajeita para ficar em cima dele; depois, enfia a mão em sua bolsa e tira dali um punhado de ataduras.

— Fique comigo, por favor — diz ela.

Clave sussurra:

— Tentei contar a eles...

— Tenho certeza de que tentou. O importante é você ficar acordado. — Ela olha para a ponta da lança alojada no braço de Clave.

— Vou ter de tirar isso de você antes que eu possa limpar sua ferida. A sensação não vai ser boa. Tudo bem?

Ele fica deitado na maca, piscando. Não tem ideia de como responder a essa pergunta.

Eu vou morrer, *pensa.*

— Só fique comigo — diz a mulher. — Me dê um segundo e vou arrancar isso.

Eu vou morrer com toda a certeza, *pensa Clave.*

E fica imaginando. Fica imaginando quais nomes poderia vislumbrar enquanto passa deste mundo para o próximo.

Talvez eu veja anjos, *pensa.* Talvez eu veja coisas lindas, lindas…

A reparadora se ajoelha ao lado dele e tira o capacete.

Os cabelos dourados e ondulados derramam-se sobre os ombros numa cascata cintilante. Ela sacode sua juba amarela e reluzente e a tira dos olhos; depois se ajoelha mais perto, observando a ferida dele, sua testa lisa e perfeita franzida de preocupação, os olhos largos e claros brilhando em seu rosto pálido, em forma de coração. Tem o olhar de uma pessoa de confiança imaculada, com total controle de si, alguém que poderia convencer as estrelas no céu a formarem novas constelações, se tivesse tempo suficiente para isso.

— Fique parado — diz ela.

Clave fica parado, olhando para ela. A respiração do rapaz fica tênue e fraca por razões inteiramente novas.

— Vai sair muito sangue — explica ela — quando eu tirar isso. — Seus olhares se cruzam, os olhos calmos e verdes da moça fitando os dele. — Não perca a consciência. Fique acordado. Só fique comigo.

Muito fraco, Clave assente, e, sem aviso prévio, ela arranca a ponta de lança do corpo dele.

Ele grita de dor e indignação, cheio de revolta por ela não ter avisado quando faria aquilo. Clave olha para ela, observando enquanto a moça verifica a ponta de lança ensanguentada para ver se está inteira e se algum fragmento ainda pode estar em seu corpo;

depois, sua fúria diminui conforme ela se aproxima, envolvendo-o em seus braços fortes e levantando-o para enfaixar o ombro com tecido branco apertado, sussurrando:

— Fique comigo, só fique comigo. — Seus dedos trabalham com enorme rapidez, puxando as ataduras, arrumando-as com precisão. Em seguida, ela o deita na maca, senta-se, solta um bufo e diz: — Ufa. Foi fácil, não foi?

— Da-Da próxima vez — sussurra Clave —, me avise.

— Bem, espero que não haja uma próxima vez.

— Depende. Você sempre fica de guarda nesta ponte?

— O quê? — pergunta ela. — Por quê?

— Porque se fica — diz Clave, sua voz pouco mais forte que um rangido —, eu... talvez eu tenha de me machucar amanhã e aparecer de novo.

Ela olha para ele. Solta uma risada curta e incrédula.

— Você está falando sério?

— Mortalmente sério — sussurra ele. Tenta dar um sorrisinho metido. — E disso eu entendo. Estou só metade vivo agora.

Ela dá outra risada incrédula, mas olha para ele de um jeito ladino, topando participar da brincadeira.

— Não sei. Alguém que faz piadas no leito de morte deve ser absolutamente insuportável quando está bem de saúde.

— Por que você não me ajuda a chegar lá — diz ele — e vamos descobrir?

Ela ri de novo, um riso real, verdadeiro. E Clave pensa, pela primeira vez naquele dia, que talvez o amanhã seja mais interessante do que pensava.

◆◆◆

A visão mudou, borrada, distorcida.

Clave viu a mulher de cabelos dourados manchada com o sangue dele e sorrindo; depois, ela estava no escuro, mal iluminada por uma pequena chama de vela, e ele sentiu a pressão de sua carne quente e o remexer de seu hálito no pescoço dele, a mão na dela enquanto a abraçava.

Fique comigo, sussurrava para ela. *Fique comigo...*

O roçar do cabelo e o cheiro de sua respiração; um grunhido de dor e depois um grito.

O choro de um bebê, o choro de um recém-nascido, alto, estridente e furioso com a repentina obrigação de respirar.

Ah, meu Deus, pensou.

E, em seguida, alguém que não deveria estar lá apareceu ao lado dele: uma mulher na casa dos cinquenta, com pele escura e enrugada e cabelos curtos, com fios pretos e brancos. Ela estava olhando para ele, espantada; estendeu a mão, agarrou o braço dele e disse:

— Clave, acorde. Acorde, acorde, *acorde!*

◆◆◆

A enxurrada de imagens vazou da mente de Clave como água de uma bolha lancetada. Depois, voltou a ser ele mesmo, tornou-se de novo a chave trancada na armadura, mas não estava mais no abrigo com Sancia e os outros.

Olhou em volta, confuso. Estava de pé nas ruínas, a luz da lua brilhando através de uma janela alta e estreita à sua direita, e Sancia estava ao lado dele, segurando seu grande braço de metal.

<*C-Clave?*>, disse, abalada. <*O que diabos foi isso?*>

<*Hãã...* >, resmungou ele. Olhou para as ruínas destroçadas. <*Sancia? É realmente você?*>

<*Sim!*>, respondeu ela. <*Caramba, o que foi isso?*>

<*Eu... honestamente não sei*>, respondeu devagar.

<*Isso foi um sonho?*>, perguntou ela.

<*Ah...*>

<*Eu estava* dentro *dos seus sonhos? Nem sabia que você era capaz de sonhar! Ou que... que eu podia estar num dos seus malditos sonhos! Quero dizer... que merda, Clave, que merda!*>

Clave ficou ali em silêncio. Depois se sentou lentamente nas sombras das muralhas destroçadas.

<*Então... O que você viu, San?*>, perguntou. <*Você viu todas as coisas que eu vi?*>

<*Eu vi você fazendo... fazendo coisas estranhas com uma muralha*>, disse ela. <*Havia um monte de cadáveres por perto. Depois você se machucou, eles te carregaram e você ficou com tesão pela garota medicineira que cuidou da sua ferida.*>

<*Ah, sim*>, disse Clave. <*Resumindo, foi isso.*>

<*Aquilo era uma memória?*>, perguntou Sancia. <*Aquilo tudo realmente aconteceu com você?*> Olhou para ele e pareceu notar o silêncio de Clave. <*Você está bem?*>

Com uma vozinha abafada, ele respondeu:

<*Não.*>

Ela o observou por um momento. Depois se sentou ao lado dele, colocou a mão em sua manopla e ficou em silêncio. Ficaram olhando para as montanhas iluminadas pela lua por muito tempo, sem dizer uma só palavra.

<*Eu era um... um homem*>, Clave disse finalmente. <*Um rapaz. Eu... eu sabia que tinha de ter sido humano, antes. Mas... saber, realmente* saber... *deve ter sido há* tanto tempo. *Não é algo que eu realmente tivesse chegado a imaginar.*>

<*Mas o que você estava fazendo?*>, perguntou Sancia. <*Você caminhou até aquela muralha e olhou para ela e você... não era algo parecido com a visão inscrita. Você não viu coisas inscritas. Você viu os* sigils *básicos para tudo* em *tudo. Era isso mesmo?*>

<*Parece que sim*>, disse ele.

<*Mas isso é loucura!*>, exclamou Sancia. <*As pessoas não conseguem fazer isso, conseguem?*>

<*Bem...*> Clave olhou ao redor, estudando as pedras, as muralhas, as pequenas árvores sem folhas. <*Quero dizer, acho que é assim que vejo as coisas agora. Como uma chave.*>

<*Hã?* Sério?>

<*Sim. Quer dizer, a gente sempre se perguntou como eu vejo as coisas, já que não tenho, tipo, olhos e tal. Mas, ao voltar para aquela... aquela memória, quando eu era uma pessoa normal feita de carne e osso, eu... eu percebi. Não vejo o mundo como as pessoas o veem agora. Eu vejo os* sigils *embutidos nele. Os nomes comuns que fazem das coisas normais o que são, todos oscilando e se mexendo ao meu redor. Exatamente como me ensinaram a enxergá-los há tanto... há tanto tempo...*> Ele desviou o olhar. <*Você só precisava aprender a colocar a cabeça no lugar certo.*>

Sancia ficou olhando para ele, assombrada.

<*Você entende o que está dizendo, certo?*>, perguntou ela. <*Você está dizendo que seu povo, tipo,* alguns milhares de anos atrás, *descobriu uma maneira de meditar para ver* sigils *em todos os lugares. Vocês... Vocês devem ter sido os primeiros inscritores!*>

<*É*>, disse ele com voz fraca. <*Incrível.*>

<*E... E no sonho*>, continuou Sancia. <*Eles disseram que você não tinha permissão para ficar perto de moribundos, porque você veria coisas. Você veria nomes:* sigils. *Comandos.*>

<*Sim.*>

<*Esses devem ser os... os comandos profundos, os dos hierofantes, certo? Os que fizeram de Crasedes o que ele é hoje. Foi assim que eles foram descobertos!*>

Clave não respondeu.

<*Você só está pensando nela, não é?*>, perguntou Sancia.

<*Na garota, sim*>, disse Clave. Ele olhou para ela, seu capacete rangendo. <*Meu Deus. Ela era* linda. *Quando a enxerguei, naquela visão, era como se eu... como se eu sentisse tudo de novo.*>

<*Ela era muito bonita*>, admitiu Sancia. <*Mas eu nunca vi alguém com* cabelo amarelo. *Isso foi estranho pra caramba.*>

<*Eu estava prestes a dizer que também nunca tinha visto*>, disse Clave. <*Mas obviamente isso não é verdade.*>

Sancia coçou a cabeça.

<*Por que você se lembrou disso?*>, perguntou. <*Você nunca conseguiu se lembrar de nada antes. Por que agora?*>

<*Eu... Eu não sei*>, respondeu. <*Acho que talvez, quando entrei em Tevanne, algo em mim se quebrou. Como se fosse uma represa segurando todo esse monte de coisas velhas e mortas, e agora tudo isso está vazando para dentro de mim. Essas memórias florescendo dentro de mim, feito algas numa lagoa.*> Ele olhou para onde a mulher velha se sentara, encarando-o. <*Mas... quase sinto que alguém está fazendo isso comigo. Como se quisessem que eu lembrasse.*>

<*Tevanne?*>, perguntou ela.

<*Não. Eu sei como é a sensação do que vem de Tevanne. Era... outra pessoa. Isso se for uma pessoa. Talvez seja apenas mais um fantasma em minhas memórias.*>

Ele olhou para a escuridão das ruínas, imaginando se poderia ver a velha apodrecida novamente, espreitando por trás de alguma pedra ou coluna destruída. Mas eles estavam sozinhos.

<*Por que alguém iria querer que você se lembrasse de levar uma lançada e, depois, de ficar caidinho por uma garota?*>, perguntou Sancia. <*Parece sem sentido.*>

<*Não faço absolutamente a menor ideia fedegosa.*> Ele se levantou devagar. <*Todo mundo que eu vi naquela memória... Todos eles devem estar mortos, certo?*>

Sancia pensou um pouco.

<*Eu diria que eles têm de estar, sim. Já faz milhares de anos.*>

<*Gostaria de não ter me lembrado. É o que eu preferiria, de verdade, garota. Eu só quero ser uma chave carregada por você: pronto para consertar, para reparar, para resolver as coisas para você. Lembrar das coisas torna ainda mais difícil o que tenho de fazer amanhã.*>

<*Você ainda acha que consegue?*>, perguntou Sancia.

<*Acho que vou ter de conseguir*>, respondeu simplesmente. <*Não temos escolha. Vamos. Vamos levar você de volta para a cama.*>

Retornaram devagar ao abrigo. Clave fez uma pausa enquanto se abaixava para entrar no local engatinhando.

No finalzinho de seu sonho, ele ouvira o choro de um bebê. Poderia ter sido seu próprio filho? Será que a mulher da ponte tinha sido a mãe de algum filho que ele tivera em sua vida passada?

E, se for assim, pensou, *será que a criança que antes dormia na barriga dela agora dorme numa prisão, não muito longe daqui?*

• 24

No dia seguinte, acordaram bem antes do amanhecer. Depois, fizeram as malas, ajustaram o equipamento, arrumaram seus trajes e esperaram enquanto Clave vasculhava os céus e os arredores em busca de algum dispositivo. Após a confirmação de que as cercanias estavam limpas, começaram a voltar pelos caminhos trilhados na noite anterior, em direção ao vale das ruínas, à prisão sombria e às lâmpadas acima dela.

Atacariam ao meio-dia, decidira Berenice. Embora houvesse muitos rumores nos últimos oito anos de que Crasedes havia encontrado maneiras de se fortalecer (alguns diziam que ele podia voar a qualquer momento agora, enquanto outros relatavam que ele era capaz de iniciar incêndios com o pensamento), a realidade ainda acreditava que Crasedes estava morto e ficava mais certa disso no auge do dia. Ele ficaria mais fraco quando o sol estivesse alto no céu. Péssimo para quem precisava se esconder, mas era o único jeito.

Finalmente, chegaram aonde deveriam se separar.

<*Claudia, Diela*>, falou Berenice. <*Posicionem-se no outro lado do vale e digam quando estiverem prontas. Clave, prossiga para o vale e verifique se o caminho está livre para Sancia.*>

<*Certo,* Capo>, disse Diela.

Clave bateu continência, sua enorme manopla de metal parando a poucos centímetros do capacete, o que certamente teria feito um enorme estrondo. Depois os três partiram juntos, Claudia e Diela deslizando com fluidez pela folhagem, feito raposas-da-estepe, e Clave impassivelmente triturando seu caminho de descida.

Elas se entreolharam. Berenice se perguntava o que dizer, mas não conseguia pensar em nada.

<*Porque*>, disse Sancia, <*não há nada a dizer. Sabemos quem somos. E sabemos por que estamos fazendo isso.*>

Berenice assentiu. Em seguida, puxaram para baixo suas bainhas duplicadas e se beijaram, com um abraço apertado.

Achei que eu já tivesse dado beijos desesperados antes, pensou Berenice. *Mas este é o mais dolorido.*

Elas se soltaram. Houve uma pausa enquanto se encaravam durante um último momento, e então Sancia puxou de volta sua bainha duplicada, virou-se e iniciou a descida.

◆◆◆

À medida que Sancia descia para o vale, o mundo à sua volta mudava.

A mudança era invisível a olho nu: as folhas frágeis e prateadas da vegetação ainda enroladas ao seu redor, iluminadas pela luz do sol do meio da manhã; o chão abaixo dela ainda estava molhado com a neve do inverno de muito tempo antes despertando de alguma primavera escondida; os tijolos pretos ainda circulavam acima dela, tão escuros e frios que pareciam absorver a luz como uma esponja.

Mas o mundo estava mudando. A *realidade* estava mudando. Ela podia sentir isso em seus ossos, como se saísse do mundo real e entrasse numa pintura, onde tudo poderia ser desfigurado ou mudado com um simples borrifo de água.

<*Aqui é muito estranho, garota*>, sussurrou Clave em seu ouvido. <*Como se estivéssemos na porcaria do sovaco da criação.*>

Sancia flexionou sua visão inscrita e avistou Clave espreitando entre os arbustos à frente, uma mancha fervente de carmesim num mundo de cinzas e verdes. Ela tocou o lugar onde o disco-trilha dele pendia de seu pescoço.

<*Com que tipo de sovaco você está acostumado, Clave?*>, perguntou ela.

<*Você sabe o que quero dizer. A realidade vai ficando doida de pedra quanto mais nos aproximamos daquela... daquela* coisa. *Quer dizer, meu Deus, parece que é noite aqui. Noite profunda... mas eu ainda consigo ver o sol brilhando...*>

Sancia olhou para cima, através do dossel da floresta do vale, e avistou a cúpula preta que se projetava acima das extremidades das árvores e a enorme prisão sombria suspensa acima dela.

<*Tem certeza de que estamos a uma distância suficiente?*>

<*Sim*>, disse ele. <*Consigo enxergar mais longe que você. Estamos seguros aqui, mas, se chegarmos mais perto, todo o vale acordará.*> Sua voz baixou. <*Meu Deus. Estamos na barriga de um monstro.*>

Ela finalmente se juntou a Clave na moita, ofegando e suando. Percebeu que ele estava certo: *parecia* noite ali embaixo, como se o sol estivesse distante, e o céu, carregado de sombras. As árvores assomavam acima da cabeça dela, altas e imponentes, e a escuridão deslizava em volta de seus troncos.

Sancia puxou a bainha por cima da boca e deixou escapar uma baforada de ar muito leve. Observou, achando graça, mas preocupada, enquanto uma pequena nuvem de vapor aparecia e desaparecia.

Clave a estudou com os olhos vazios de seu capacete.

<*Eu até perguntaria se você realmente quer entrar lá, garota*>, disse ele, <*mas já sei a resposta.*>

Sancia ajoelhou-se, tirou da mochila uma caixinha de madeira, depositou-a no chão e a abriu. Dentro estava a pequena lâmina escura que Design e Berenice haviam feito: aquela que, ao provar seu sangue, a transformaria em algo (ou alguém) muito, muito diferente.

<*É*>, suspirou ela. <*Eu também, Clave.*>

◆◆◆

Berenice caminhou quase um quilômetro e meio ao redor da borda oeste do vale. Quando chegou ao local escolhido, ajoelhou-se e começou a preparar o que Sancia considerava seu "seguro": espringais de um quilo que podiam ser acionadas remotamente, algo semelhante ao que haviam feito em Grattiara, mas estas estavam apontadas para a cúpula preta abaixo dela.

Elas devem arrancar qualquer proteção que estiver nas árvores, pensou ela. *E isso vai dar a Sancia algum tempo para desaparecer dali, caso algo dê errado.* Encaixou uma das cápsulas grandes na espringal, verificou a pontaria e deu um passo para trás. *Ou, pelo menos, é o que eu espero...*

Voltou para seu esconderijo, pegou a espringal e prendeu cuidadosamente uma luneta inscrita na coronha da arma. Depois, examinou o vale abaixo através dela, esquadrinhando as árvores e a grama em busca de possíveis movimentos. A calma daquilo tudo a perturbava: seria uma cena muitíssimo agradável e bucólica, se não fosse pela sombra projetada pela prisão flutuante.

<*Em posição,* Capo>, sussurrou a voz de Claudia.

<*Ótimo*>, respondeu Berenice. <*Um momento.*>

Respirou fundo, os pulmões invadidos por lufadas do ar frio da montanha, fechou os olhos e se concentrou.

Abrir uma trilha até Claudia foi difícil (ela estava muito longe para ser captada com clareza), mas Berenice realizou com cuidado aquele estranho ritualzinho interno de fazer seus pensamentos atravessarem a distância que as separava, até que conseguiu sentir Claudia deitada nas pedras, um olho pressionado contra a coronha de sua espringal.

<*Estou vendo os hospedeiros*>, sussurrou Claudia. <*Patrulhando, tal como ontem...*>

Berenice teve vislumbres fracos do que Claudia estava vendo: silhuetas de pequenas figuras meio escondidas entre os pinheiros abaixo delas.

Graças a Deus, pensou ela, *que a visão de Claudia ainda é tão boa.*

<*Sancia está na porção sul-sudoeste do vale*>, disse Claudia suavemente. A lente de aumento de sua espringal girou até focalizar uma moita de arbustos no fundo de uma ravina. Apenas os olhos mais aguçados poderiam ter visto a ponta preta do capacete de Clave aparecendo. <*Então, naturalmente, eu gostaria de chamar a atenção deles para o leste, longe dela...*> Mais uma vez a lente girou, agora para observar o lado leste do vale. <*Tem uma ravina ali. Deve ser útil.*>

<*Útil*>, ecoou Sancia. <*Quando devemos esperar que os hospedeiros apareçam por lá, para podermos começar toda essa merda?*>

<*São quase nove da manhã agora*>, falou Claudia baixinho. <*Vocês têm... ah, um pouco mais de uma hora até eles fazerem aquela visita. Se a patrulha deles for como a de ontem, e não sabemos se vai ser mesmo...*>

Houve um silêncio incômodo.

<*Em outras palavras*>, concluiu Berenice, <*fique de guarda e esteja pronta para se mexer de uma hora para outra.*>

<*Que ótimo*>, resmungou Sancia.

◆◆◆

Sancia estava ajoelhada na moita, ouvindo a floresta ao seu redor. Um silêncio opressivo pairava no ar, e ela sentiu que as sombras estavam ficando mais pesadas, fechando-se ali onde aguardavam.

<*Quero que você saiba, garota...*>, disse Clave, e depois parou.

<*Que eu saiba o quê?*>, perguntou Sancia.

<*Que tenho duas espringais e cerca de cem minúsculas flechas inscritas embutidas nessa coisa.*> Acenou com uma das enormes manoplas, gesticulando para sua armadura.

Sancia olhou para ele, confusa.

<*Hã?*>

<*E uma grande alabarda inscrita que seria capaz de cortar uma enormidade de árvores*>, disse ele. <*Sem falar do fato de que acho que consigo pular, tipo, trinta metros de altura.*>

<*Aonde você quer chegar?*>

<*Estou dizendo*>, falou Clave pacientemente, <*que, se você se enfiar num aperto por lá, deixa comigo que eu resolvo.*>

<*O quê? Todas essas lâmpadas-mortas iriam arrancar você da realidade num piscar de olhos!*>

<*Talvez*>, disse ele. <*Talvez não. Mas ainda prefiro tentar. Porque eu vou ser seu único apoio daqui em diante.*>

Algo tremeu no fundo da barriga de Sancia ao ouvir aquilo. Ela olhou para a escuridão da floresta, que abria sua goela diante dela; depois, olhou para a pequena lâmina preta apoiada na caixa aos seus pés.

<*No exato momento em que enfiar essa coisa em você*>, prosseguiu Clave, <*vai ficar isolada do resto da sua equipe. De Berenice, de todas elas. Porque não podemos arriscar que Tevanne chegue até elas também.*>

<*Eu sei.*>

<*Só* eu *vou conseguir te ouvir, ou saber como é lá dentro. Você vai falando comigo, e eu vou transmitir coisas para elas e vice-versa. Vou ter de atuar como Anfitrião da nossa pequena equipe, transportando mensagens. Mas é a única ajuda que você vai ter.*>

<*Eu sei!*>, sussurrou ela.

<*Então você sabe que eu não vou encarar essa tarefa de um jeito leviano*>, completou ele.

Sancia olhou para a prisão, pendurada acima deles como um erro no tecido da realidade. Ouviu-se um clique suave das manoplas de Clave enquanto elas se flexionavam lentamente e formavam punhos fechados, uma, duas, três vezes.

Em seguida, a voz de Claudia, nítida e fria:

<*Sancia.*>

<*Sim?*>

<*Tem um alvo seguindo para o leste.*>

Sancia fechou os olhos e se estendeu na direção de Claudia, tateando vale afora até tocar sua visão. Captou uma cena confusa e desbotada através de uma lente de alta potência: um punhado de figuras desarmadas usando trajes cinzentos, abrindo caminho entre as árvores.

<*Essa é a nossa brecha?*>, sussurrou Berenice.

<*Não sei*>, disse Claudia. <*Mas fique alerta.*>

◆◆◆

Berenice fechou os olhos onde estava deitada no chão da floresta, concentrando-se o máximo possível em sua trilha para Claudia. Podia ver através dos olhos da companheira, observar enquanto rastreava os hospedeiros com sua espringal, seguindo-os à medida que se aproximavam do lado leste do vale, onde o chão se inclinava e era engolido por trepadeiras e arbustos.

Berenice não perguntou se Claudia era capaz de dar aquele tiro. Teria sido uma ideia absurda para qualquer outro soldado: disparar um único dardo de dolorspina que se deslocaria oitocentos metros pelo ar, esbofeteado por ventos e brisas errantes, até que ele mergulhasse no pescoço de um ser humano na hora exata.

Mas Berenice sabia que, se alguém fosse capaz de fazer isso, esse alguém seria Claudia.

<*Quando o dardo acerta o alvo*>, sussurrou Claudia, <*o hospedeiro desliga, né?*>

<*Teoricamente sim*>, falou Berenice.

A pequena fileira de hospedeiros foi deixando a cobertura da floresta e se aproximou da ravina no lado leste do vale.

<*Tevanne perde toda a conexão com eles*>, explicou Diela. <*Tudo o que ela sabe é onde seu hospedeiro foi desligado.*>

<*De novo*>, falou Berenice, <*teoricamente é isso.*>

Ela observou enquanto Claudia fixava sua visão num hospedeiro em particular: o homem na parte de trás da fila, seguindo em frente com a mesma marcha esquisita e mecânica que os outros.

<*Ok*>, sussurrou Claudia. <*Vamos ver se eu consigo fazer o pessoal do vale dançar.*>

Berenice observou Claudia enquanto ela apreendia os movimentos da fileira de hospedeiros: sua velocidade, a maneira como atravessavam o terreno irregular, o modo como balançavam a cabeça para trás e para a frente enquanto procuravam flagrar invasores. Então Claudia levantou sua mira muito, muito ligeiramente, direcionou o tiro para o que parecia ser um trecho de grama vazio na beira da ravina e disparou a flecha.

Berenice olhou pelos olhos de Claudia, seu sangue queimando de ansiedade enquanto observava a fila de hospedeiros se movimentando ao longo da ravina no ritmo lento e cadenciado de sempre. Inutilmente, tentou enxergar a flecha no ar, procurando um vislumbre de metal ou um risco preto passando, mas não havia nada. Ela não fazia ideia se o tiro havia dado errado ou não.

Um segundo se passou, embora parecesse mais uma era inteira.

Nada mudou. Os hospedeiros continuaram andando.

Ela errou?

Mais tempo foi passando. O último hospedeiro na fila chegou à beira da ravina, olhando para longe.

Ela errou. Só pode ter errado. Faz muito tempo, muito tempo...

O hospedeiro se virou, juntando-se aos outros, e começou a segui-los de volta à floresta...

E então ele parou.

Deu um salto.

Ficou inerte e tombou.

Berenice assistiu, surpresa e em êxtase, quando o último hospedeiro da fila caiu de costas na ravina e deslizou pelas trepadeiras e folhas lá embaixo, completamente escondido.

<*Ah, graças a Deus*>, sussurrou Claudia. <*Agora, vamos ver se isso chamou a atenção de...*>

Não precisou terminar o pensamento: os outros hospedeiros congelaram instantaneamente; depois giraram o corpo e olharam para a ravina.

Berenice não se atreveu a respirar enquanto observava pelos olhos de Claudia. Os hospedeiros não se moveram a princípio, cada um examinando as moitas e a floresta ao seu redor, e então, lentamente, aproximaram-se da borda do despenhadeiro, espalhando-se para cobrir mais terreno.

Berenice abriu um olho e observou as lâmpadas-mortas acima dela. Pararam de patrulhar o céu e agora estavam penduradas no ar, totalmente imóveis.

<*Nós chamamos a atenção dela. Pois é.*>

<*Mas as lâmpadas ainda não estão fazendo nada...*>, falou Diela. <*Certo? Caso contrário, estaríamos mortas.*>

<*O mais importante*>, disse Sancia, <*é saber se todo o restante dos hospedeiros está sendo atraído para o leste, para investigar. Porque, caso contrário, eu estou fedegada.*>

Berenice pegou uma luneta e observou as clareiras do vale. A princípio, não viu nada, nenhuma indicação de movimento; mas depois apareceu uma figura escura, que disparou no meio das árvores, e depois outra, e mais outra.

<*Estão se movimentando*>, anunciou ela. <*Sancia?*>

<*É*>, disse Sancia calmamente. <*Eu sei. É hora de entrar.*>

◆◆◆

Sancia respirou fundo enquanto pegava a pequena lâmina preta.

<*Estarei com você*>, disse Clave. <*A cada passo do caminho.*>

Ergueu a lâmina do seu lado esquerdo, na direção da parte do ombro com mais gordura.

<*Vai precisar ficar muito atenta*>, continuou Clave. <*Ainda pode haver hospedeiros na floresta. Vou olhar, mas você vai precisar ficar de olho também.*>

<*Eu sei*>, sussurrou ela.

Agarrou a lâmina, a ponta longa e fina a apenas um fio de cabelo de distância da superfície de sua bainha duplicada.

<*Seja rápida*>, disse Clave, sua voz tremendo. <*Aja com ponderação. E dê liberdade aos outros.*>

Ela riu, um som infeliz e desesperado, e enfiou a lâmina no ombro.

O mundo mudou.

• 25

A luz morreu, tudo ficou cinza e frio. O corpo de Sancia permaneceu parado. Seus olhos perderam o foco, sua mandíbula se abriu. Tudo ficou entorpecido, de forma instantânea e avassaladora, de tal modo que alguém poderia ter cortado sua mão e ela mal teria notado.

Então, curiosamente, perdeu a capacidade de registrar ou *notar* o mundo ao seu redor. Não é que tivesse ficado cega e surda; o que aconteceu é que uma parte essencial de sua mente (a parte que produzia palavras e, mais especificamente, a que produzia palavras para que ela pudesse dizer a si mesma o que estava acontecendo) de repente ficou em silêncio, como se tivesse sido apagada dentro dela.

Em vez disso, seus pensamentos, seu ser, sua vontade, foram substituídos por um só pensamento ardente e nítido:

<*LESTE.*>

Sem pensar, levantou-se, deu a volta e correu para o leste, braços e pernas sincronizados enquanto varava o mato. Galhos e espinhos cortavam suas canelas e antebraços, mas a dor era algo distante. Mal sabia que estava respirando, uma lenta e metronômica contração dos pulmões na caixa torácica; não era de forma alguma o enchimento e esvaziamento de um órgão, mas algo semelhante ao tique-taque de um relógio, cujos ponteiros se mexiam acertados por outra pessoa.

Tem algo errado, não tem?

Foi o que ela pensou. Mas a parte dela que tinha conhecimento das coisas, a parte que poderia reter esse conhecimento e usá-lo, estava paralisada e congelada, como um feixe de nervos emaranhados num músculo com cãibra. Ela simplesmente corria e corria sem parar, atravessando o mato.

<*LESTE*>, urrava a voz em sua mente. <*LESTE. VÁ. CORRA. OLHE. VEJA. OBSERVE.*>

E ela obedeceu. Não podia imaginar nenhum outro curso de ação. Algo se agitou nela, uma fraca memória de uma memória de uma memória...

Já passara por isso antes. Lembrava-se de algo assim em pedaços, como se vislumbrasse a paisagem à frente através da fumaça e da neblina... Acontecera num prédio destruído, e uma mulher segurara um equipamento na mão, e isso a fizera acreditar que não era uma pessoa.

<*Não é uma pessoa*>, sussurrou alguma parte perdida de Sancia. <*Mas uma ferramenta, uma coisa...*>

Em seguida, ouviu uma voz, malandra, estridente, em pânico: <*Garota, garota, garota, garota, pare! Pare! PARE!*>

Clave, pensou ela.

O feitiço começou a rachar, mas não se quebrou. Ela ofegou e desacelerou, arquejando, tentando recuperar o fôlego na floresta. Conseguia ouvir Clave gritando com ela, mas era como se estivesse longe.

<*LESTE*>, berrou a voz em sua mente. <*VÁ. PROCURE. ENCONTRE. INVOQUE NOSSAS EDIÇÕES. VÁ.*>

Ignorou a voz. Lembrou-se da última vez, com Estelle Candiano, na Montanha. E então soube como se libertar daquilo.

Encontre a coisa que não pode mudar, que não pode ser dominada, pensou ela. *E comece a partir daí.*

Soube, naquele instante, aonde ir.

Uma imagem se desenrolou em sua mente: uma mulher sentada no convés de um navio, olhando para a frota em volta dela, o sol poente resplandecendo brilhante, envolto numa trama de nuvens. *Você entrou na minha vida como uma espécie de heroína aventureira de uma peça boba*, dizia a mulher, *toda sorrisos e fanfarronice. Você parecia maior que qualquer coisa que eu jamais conhecera.*

Berenice, pensou Sancia.

Um calor inundou suas mãos, seus pés. Podia sentir seu corpo novamente, só um pedacinho de si mesma do qual se apossava de novo.

E o usou para revidar.

Fazia muito tempo desde a última vez que adulterara Tevanne, mas era algo tão familiar quanto navegar por um trecho de correntes perigosas ao lado do porto onde você mora. Ela bombardeou o pequeno disco em seu ombro com perguntas, com comandos, com pedidos para que ele fosse mais específico:

<*Que leste?*>, perguntou ela.

<*A LESTE DE TUDO*>, disse a voz em sua cabeça.

<*Mas a leste de qual tudo?*>

<*A LESTE DE TUDO.*>

<*Qual tudo?*>

<*A LESTE DA... DA POSIÇÃO AGLOMERADA DE ENTIDADES GLOBULARES DE PROTEÇÃO DA INSTALAÇÃO PRISIONAL.*>

<*Como posso confirmar meu posicionamento em relação às entidades globulares da instalação prisional?*>

<*AH...*>

<*Como posso confirmar se sou membro das entidades globulares da prisão?*>

<*VOCÊ... AH...*>

E foi em frente, sem parar. Como todas as coisas projetadas por Tevanne, o disco não estava acostumado a ser questionado e não tinha ideia de como lidar com aquilo. Tevanne falava apenas a língua da dominação e, portanto, não entendia o conceito de conversa.

Enquanto argumentava, sentia cada vez mais o calor retornar ao seu corpo, e então, finalmente, podia respirar e pensar.

Ela soltou o ar.

— Haaah... Puta merda — disse com um suspiro.

<*Garota!*>, gritou Clave. <*Você está de volta?*>

<*Sim.*> Sancia se encolheu quando alguma parte interna de seu corpo de repente resistiu a ela, como se um osso dentro dele fosse magneticamente puxado para o leste, mas deu um jeito de controlar aquilo. <*Mais ou menos.*>

<*Isso foi fedegosamente magistral. Uma merda incrível. Vou te ajudar a gerenciar isso da melhor maneira possível. Mas vamos ver se você consegue se mover, hein?*>

Uma dormência estranha e ardente pulsava para cima e para baixo nos membros dela, como se os nervos não tivessem certeza do que dizer ao corpo. No entanto, conseguiu virar a cabeça e olhar em volta.

Não se lembrava daquela parte da floresta. Não conseguia mais ver o sol, e o ar parecia abafado, úmido e pesado, de um jeito que não era natural.

<*Onde estou?*>

<*Bem, você correu cerca de meio quilômetro* na direção contrária *da que deveria seguir*>, disse Clave. <*Você precisa dar a volta*, agora, *e voltar! Ali, seguindo o leito antigo do riacho! E rápido! Claudia arrumou uma brecha para você, mas essa coisa maldita é difícil para cacete de enfrentar!*>

Ela espiou o leito do riacho, desceu até ele e começou a correr. A experiência foi bizarra, como se estivesse pilotando o corpo de uma pessoa distante. Tinha que continuar protelando os comandos de Tevanne enquanto corria, alimentando-os com perguntas triviais para que tentassem resolvê-las, o que não tornava as coisas mais fáceis. Milagrosamente, não tropeçou.

Flexionou sua visão inscrita enquanto corria, e a floresta escura se iluminou com pequenas estrelas: todos os incontáveis dispositivos escondidos nas árvores, projetados para detectar qualquer movimento ou presença que não pertencesse àquele lugar.

<*Todos dormindo*>, disse Clave. <*E tudo quieto. Está funcionando! Você está passando no teste, garota!*>

Ela continuou correndo, os galhos voando ao redor metro após metro, a passagem dela totalmente despercebida e inconteste.

Só mais alguns metros, pensou. *Só um pouco de corrida, então eu entro no* lexicon, *e depois... acabou, certo? Simples. Mundo salvo, tudo terminado.*

Ela olhou para o alto, através da copa das árvores acima. Eram muito fechadas para que pudesse ver, mas Sancia imaginou as lâmpadas-mortas ainda lá em cima, silenciosas, escuras e vigilantes.

Simples, disse a si mesma. *Certo.*

◆◆◆

Uma voz em seu ouvido; era Clave, sussurrando:

<*Ber?*>

Berenice se endireitou.

<*Sim?*>

<*Estamos dentro*>, disse a voz de Clave. <*Ela está em ação. Nenhum problema até agora.*>

<*Ótimo*>, falou Berenice. Analisou os hospedeiros, ainda serpenteando no topo das montanhas perto de onde Claudia e Diela se esconderam, e depois as lâmpadas-mortas, que ainda pairavam silenciosamente lá em cima. <*Nenhum sinal das lâmpadas. Não parecem ter reagido.*>

<*Ufa*>, disse Clave. <*Avise-me assim que vir algo.*>

<*Pode deixar*>, respondeu Berenice.

Ela apertou o olho na luneta, tentando espiar algum sinal de sua esposa correndo por aquela floresta estranhamente escura, mas não conseguiu ver nada.

<*Como é bonitinho*>, falou Claudia, <*achar que teremos uma chance de avisar Clave antes que aquelas lâmpadas façam alguma coisa.*>

◆◆◆

Sancia havia esperado que sua missão na floresta fosse muitas coisas: aterrorizante, angustiante, dolorosa ou pior. O que parecia razoável, afinal, o que mais poderia acontecer com quem se aventura nesse lugar estranho e misterioso, cheio de olhos invisíveis, guardas letais e irracionais, seus ossos queimando com a presença de Tevanne, a pequena faca em seu ombro doendo a cada passo?

Mas uma coisa que não esperava era que fosse uma experiência cheia de alegria.

No entanto, enquanto dançava entre os troncos das árvores e rastejava pelas sombras, enquanto sua visão inscrita mostrava o punhado de hospedeiros restantes na floresta, sua mente e seu corpo ganharam vida.

Isso me lembra, pensou enquanto saltava silenciosamente por cima de um barranco esfarelando, *do trabalho em que roubei aquelas pedras preciosas na Valeta Velha... Rastejando por aquele armazém, deslizando pelas vigas do telhado.* Estreitou os olhos e se agachou nas sombras enquanto dois hospedeiros passavam entre as árvores ao redor, ignorando a presença dela; assim que viraram as costas, ela escapuliu. *Ou estou pensando no trabalho no Visgo, onde tive que marcar a carruagem carregada de especiarias?*

Como era maravilhoso se mover, rastejar, sentir-se jovem de novo, ainda que brevemente.

<*Não muito rápido*>, lembrou Clave. <*As sentinelas vão se dar conta se um hospedeiro começar a correr.*>

<*Sim...*> Sancia diminuiu a velocidade, correndo para trás de uma árvore enquanto um hospedeiro distante se desviava um pouco de sua rota predeterminada.

<*Parece com os velhos tempos, hein, garota?*>, perguntou Clave.

<*Sim*>, concordou. <*Não acredito que estou com saudade de ficar faminta e desesperada...*>

Seu joelho direito começou a queimar de dor, e ela grunhiu e desacelerou. Ajoelhou-se e o esfregou, totalmente consciente de que essa dor não tinha nada a ver com a vontade de Tevanne percorrendo seus ossos.

Ainda sou uma menina na minha cabeça, pensou, *mas este corpo...*

Prosseguiu mancando, mandíbula cerrada, visão inscrita flexionada, a floresta escura iluminada com inscrições que flutuavam. Viu a cúpula à frente: uma bola reluzente e maciça de inscrições e lógica, como um emaranhado de fios feitos de luz das estrelas, e depois viu a sombra um pouco antes, uma linha preta atravessando as árvores, como a separação entre a noite e o dia, com todas as árvores além daquela divisa quase perdidas na escuridão.

Olhou para a linha e depois para cima. A imensa prisão sombria estava agora quase diretamente acima dela, projetando a sombra profunda que havia embaixo.

Examinou a floresta. A maioria dos hospedeiros se fora, mas dois permaneciam, próximos um do outro, no lado oeste da cúpula.

<*Deve ser a entrada*>, disse ela. <*Mas, se tirarmos os hospedeiros dali, Tevanne saberá exatamente onde estamos.*> Fez um muxoxo, pensando. <*Vou procurar outra maneira de entrar, se é que existe uma.*>

Ficou debaixo da sombra da prisão. Ali estava escuro como se fosse meia-noite, e ela perambulou pela floresta, pouco mais que um lampejo de sombra naquele lugar escuro.

Em seguida, viu algo logo à frente e parou.

Uma parede se erguia entre ela e a cúpula, feita de pedra lisa e escura, com cerca de três metros de altura.

Observou a parede. Olhou ao longo de seu comprimento e percebeu que devia se estender por todo o perímetro da cúpula.

<*O que... Que diabos é isso?*>, perguntou. <*Clave, chegou a ver uma parede quando disparamos você aqui embaixo?*>

<*Não...*>, respondeu ele. <*Porque... hum, essa parede não é inscrita, San. É feita só de pedra burra.*>

Ela se deu conta de que Clave estava certo: era só uma parede convencional, bem-feita, mas sem melhoramentos e inalterada; pedras simples, coladas com argamassa simples. Ela deslizou entre as árvores, caminhando lentamente ao longo da parede. Olhou para cima, para ver se algum galho poderia ajudá-la a escalar o muro, mas estacas compridas, de ferro, estavam espalhadas no topo da estrutura.

<*Por que diabos a entidade inscrita mais poderosa do mundo*>, perguntou Clave, <*se deu ao trabalho de construir uma maldita parede de tijolos, simples e enorme?*>

<*Não faço ideia.*> Aproximou-se de onde os dois hospedeiros estavam postados e viu que estavam de pé em frente a uma porta alta, feita de ferro e madeira, com uma enorme maçaneta de ferro e uma fechadura ao lado. Um chaveiro pendia da cintura de um dos hospedeiros, mas, tal como a parede, também estava inalterado, era só uma simples chave de ferro. <*Mas não tenho certeza se estou pronta para bater carteiras no momento.*>

Esgueirou-se de volta para o outro lado, andando por toda a extensão da parede ao redor do *lexicon*, os comandos de Tevanne ainda entoados e resmungados no fundo de sua cabeça, até que chegou ao extremo leste do muro. Lá encontrou outra porta alta, mas essa não estava protegida.

Sancia se agachou nas sombras, sua visão inscrita flexionada, estudando a porta, a parede, as árvores; tudo.

Mas não havia nada. Ou nada incomum, apenas os minúsculos dispositivos de proteção nas árvores, as sombras e o *lexicon* mais adiante.

<*Como assim, como assim, caramba?*>, disse baixinho. <*Por que construir algo convencional quando você pode fazer algo extraordinário?*>

<*Não sei*>, respondeu Clave. <*Mas... estamos falando de uma mente maluca que é metade fantasma e metade dispositivo. Então. Talvez ela faça alguma merda estranha de vez em quando?*>

Ela olhou em volta com cuidado.

<*Vou tentar entrar.*>

<*Vou ficar de olho.*>

Respirou fundo e saiu correndo da cobertura das árvores rumo à parede. Quando chegou à porta, ajoelhou-se, virou-se e estudou a floresta. Novamente, não havia nada: nenhum movimento, nenhum som.

Virou-se para a porta de madeira, analisando-a mais de perto. Era exatamente o que parecia: uma porta convencional, uma maçaneta convencional e uma fechadura convencional.

Com o coração palpitando, tentou abrir a maçaneta, mas não se surpreendeu ao descobrir que estava trancada.

<*Maldição*>, praguejou calmamente. <*Faz séculos desde que arrombei uma fechadura pela última vez...*>

<*Ué*>, disse Clave. <*Por que você precisa fazer isso?*>

<*Porque eu não quero quebrá-la?*>

<*Hum*>, falou Clave. <*Quero dizer, você está com meu disco, não está? O que significa que posso enviar comandos para onde você está?*>

<*É? E daí?*>

<*Caramba, garota. Você esqueceu que eu sou muito bom com fechaduras? Com* todas *as fechaduras?*>

Ela piscou. Porque, de fato, tinha esquecido.

Por muito tempo, Sancia pensara em Clave quase exclusivamente como uma ferramenta hierofântica, feita para interferir em objetos inscritos: armas, dispositivos, *lexicons* e coisas do gênero. Afinal, eram essas capacidades que o tornavam tão essencial para o desenvolvimento de tudo o que mantinha a segurança de Giva.

Mas frequentemente ela se esquecia de que ele era mais que isso, pois Clave também podia destrancar *qualquer* fechadura, inscrita ou não.

Na verdade, geralmente tentava esquecer que Clave podia fazer isso, pois era algo totalmente inexplicável para ela e para todos os inscritores que já conhecera. Uma ferramenta inscrita, como todos sabiam, não deveria ser capaz de emitir comandos para algo que não estava ouvindo, como uma fechadura "burra", e, no entanto, Clave era capaz disso. A primeira coisa que fez com ele, na verdade, foi destrancar inúmeras fechaduras não inscritas.

Sancia sentiu sua pele começar a se arrepiar quando se ajoelhou à sombra da parede. Crasedes mencionou uma vez que Clave fora projetado para penetrar ou contornar *todas* as barreiras, não apenas as inscritas. Lembrou-se de uma memória que vislumbrara uma vez: Crasedes, flutuando num peristilo antigo, Clave na mão dele e milhares de cadáveres ao seu redor... e ali, diante de ambos, um conjunto de portas pretas escancaradas no próprio espaço.

Talvez, pensou, *Clave tenha sido feito para abrir* uma porta *específica, e seu poder sobre fechaduras convencionais seja apenas um efeito colateral disso...*

Ela estremeceu. Não era a primeira vez que tinha esse pensamento, mas parecia muito mais perturbador naquele mundo de frio e sombra.

<*O que você está esperando, garota?*>, perguntou Clave. <*Vai ser como nos velhos tempos também.*>

<*O que você quer dizer?*>, indagou ela.

<*Quando nos conhecemos. Você me levou a um beco sujo e me fez destrancar a porta de um campo. Lembra? Vai ser igualzinho.*>

Sancia sorriu de leve.

<*Isso mesmo...*>

Tirou o disco-trilha do pescoço.

Igualzinho, pensou.

O disco-trilha era afunilado como uma lágrima, e ela apontou a extremidade estreita do objeto para o interior da fechadura enquanto a levantava.

Mas, pensou ela de repente, *será que está sendo igualzinho* demais?

A ponta do disco-trilha deslizou para dentro.

Imediatamente, ouviu-se um *pop* do lado de dentro da porta. A fechadura girou e a porta se abriu suavemente, apenas uma fresta.

E, em seguida, tudo mudou.

Uma força percorreu Sancia como chumbo em seu sangue: um comando. Mas essa ordem não era como a anterior, a de correr para o leste e procurar Claudia e Diela. Em vez disso, essa ordem era para ficar...

Bem, onde ela estava. Chegar à cúpula, ao centro da floresta no vale, e olhar.

O impacto do comando foi quase forte demais. Ela caiu de quatro e tentou não ofegar alto.

<*Cla-Clave?*>, chamou. <*O quê... Que diabos?*>

<*Ah, alguma coisa acabou de mudar*>, disse ele suavemente. <*É Tevanne, está... está alterando suas ordens. Está enviando todos os hospedeiros até* aqui. *Meu Deus...* > Ele gemeu. <*Merda, garota, eu acho... acho que ela sabe que você está aqui...* >

Então veio uma voz, alta, fria e assustadoramente oca:

<SANCIA...>, disse. <*É VOCÊ?*>

26

<Capo>, disse a voz de Claudia suavemente. <*Temos problemas. Os hospedeiros pararam.*>

<*Tipo, localizaram você?*>, perguntou Berenice.

<*Não. Tipo, pararam de* me procurar.>

Berenice pegou a luneta, o ermo girando enquanto ela procurava o ângulo certo. Finalmente, encontrou os hospedeiros e viu que Claudia estava certa: não estavam mais subindo as encostas atrás dela. Em vez disso, pararam onde quer que estivessem, fosse de pé ou pendurados nas rochas, e depois começaram a olhar em volta de si com um ar curiosamente distraído, como se tivessem acabado de deixar de lado o livro que estavam lendo para concluir uma tarefa, mas agora não conseguissem encontrá-lo.

Em seguida, observou com horror mudo enquanto todos os hospedeiros, simultaneamente, voltaram-se na direção do vale e começaram a correr no meio das árvores.

Ah, não, pensou ela. *Ah, não...*

Depois, ouviu a voz de Clave:

<*Berenice!*>

Berenice se ajeitou, assustada ao escutá-lo depois de um silêncio tão longo.

<*Clave? O que há de errado?*>

<*Acione o seguro!*>, gritou ele. <*Faça isso agora! Ela achou a gente!*>

Berenice parou só um segundo para processar aquelas palavras. Antes que pudesse agir, algo a atingiu: uma onda de náusea tão poderosa e extrema que ela perdeu totalmente o controle de si mesma e vomitou na moita que havia ao lado.

Agachou-se, ofegando descontroladamente. Sabia qual era a sensação: como se um hierofante estivesse por perto, mas pior, como se talvez uma *dúzia* de hierofantes flutuasse no céu.

Ergueu os olhos para ver as lâmpadas-mortas pretas girando lá em cima, mas todas haviam parado e agora estavam congeladas no espaço.

Estão acordando, pensou ela.

<*Vá em frente agora, agora, AGORA!*>, gritou Clave.

Ela ergueu o gatilho na mão e disparou.

Observou enquanto duas listras brilhantes de prata giraram silenciosamente no ar acima do vale e se precipitaram rumo à cúpula. Olhou para as lâmpadas-mortas de novo, ciente de que aqueles espectros poderiam ter sentido o tiro e eram capazes de descobrir rapidamente de onde viera.

Espero, pensou ela, *que a distância entre mim e aquelas espringais seja suficiente.*

◆◆◆

Sancia estremeceu quando o ar ao seu redor de repente rachou, rugiu e explodiu em pedaços. A princípio, seu coração gelou de terror. *Lâmpadas-mortas,* pensou em desvario, *lá vêm elas, lá vêm elas*. Mas depois percebeu que já ouvira esse som antes.

Não, não, disse a si mesma. *São os marretadores, são só os marretadores...*

É claro que ela reconheceu o som, afinal, ajudara a projetar aquelas coisas, mas a onda de choque da ignição a poucos metros dela lhe dava a sensação de estar no centro de uma tempestade.

A poeira voava ao seu redor. Os galhos chicoteavam e giravam com o vento repentino. Sua audição foi apagada, substituída por um som alto e metálico de *iiii*.

<*Mexa-se!*>, gritou Clave. <*Agora!*>

Sancia olhou pela porta aberta e viu o *lexicon* do outro lado, talvez a seis ou dez metros de distância dela.

<*Não!*>, disse Clave <*Ela ainda não percebeu que você está disfarçada de hospedeiro, mas se tentar entrar agora,* vai perceber! *Mexa-se de uma vez!*>

Ela correu para a floresta, apertando o disco-trilha na mão, o coração martelando, os ossos doendo ao sentir a vontade de Tevanne.

<*Que diabos!*>, falou Clave, ofegante. <*Como ela sabia? Como diabos ela* sabia?>

<*Não é óbvio?*>, rosnou Sancia para ele.

<*Não, não é mesmo, caramba!*>

Esquivou-se de uma árvore, consciente dos emaranhados de luz vermelho-sangue balançando acima de seu ombro: hospedeiros, chegando perto até demais.

<*Imagine alguém que poderia passar pelos hospedeiros*>, disse ela, <*pelas proteções, pelas lâmpadas-mortas... quem poderia fazer isso?*>

<*Hum, bem...*>

<*Alguém que está com* você, *é claro!*> Ela deslizou por uma brecha no mato alto, seus tornozelos latejando de dor quando se dobraram num nível que não tentavam atingir havia muito, muito tempo. <*Então, o que Tevanne faz? Ela monta um obstáculo que* só você *poderia eliminar, Clave, para alertá-la quando você chegasse aqui! Inferno, ela deve ter configurado algum... algum dispositivo de proteção por perto para saber que aquela porta nunca,* nunca *deve abrir!*>

<*Ela... ela estava* esperando *a gente?*>, perguntou ele, atônito. <Me *esperando?*>

<*A gente está falando de Tevanne!*>, disse ela. <*Ela aprende! Lembra! É capaz de esperar qualquer coisa! Caramba, com certeza não vai esquecer a* única *ferramenta inscrita que pode desafiar sua vontade!*> O joelho de Sancia latejava de dor enquanto ela corria. <*Como diabos eu vou sair daqui?*>

<*Os... Os marretadores explodiram todos os dispositivos das árvores num raio de cem metros ao redor da cúpula*>, explicou Clave. Parecia abatido com a surpresa. <*Portanto, ela está cega para você por enquanto e ainda não percebeu que estou fazendo você parecer um hospedeiro. Mas definitivamente sabe que está sob ataque. Só fique longe da cúpula, porque...*> Ele vacilou.

<*Porque o quê?*>

<*Porque alguma coisa está... alguma coisa está mudando lá den...*>

Em seguida, ouviu-se um estalo tremendo, e o chão ribombou.

Sancia se virou, desnorteada. Mal conseguia ver a ponta da cúpula preta de onde estava, mas algo acontecia com a estrutura: estava se dividindo, rachando ao meio ao longo de uma linha comprida e uniforme... e depois começou a recuar.

O domo estava se abrindo.

◆◆◆

Berenice olhou pela luneta enquanto a gigantesca cúpula preta se abria, suas duas metades recuando para dentro da terra.

<Capo>, chamou Diela em voz baixa. <*Estou... Estou realmente vendo isso?*>

<*Sim*>, respondeu Berenice. <*Parece que sim.*>

A poeira subia das bordas da cúpula que se enterrava, e, como ela se somava à escuridão sobrenatural da floresta, era difícil ver o que havia dentro da estrutura, mas definitivamente havia algo lá.

Mas não pode ser o lexicon, pensou Berenice. *Pode? Expor a parte interna de um* lexicon *ao ar livre seria como... como arrancar a parte superior do crânio e expor o cérebro a uma tempestade...*

Mas, em seguida, a coisa dentro da cúpula estremeceu.

Chacoalhou.

E se levantou.

— Ah, meu Deus — sussurrou Berenice.

◆◆◆

— Ah, meu Deus fedegoso — disse Sancia em voz baixa.

Ficou olhando fixamente enquanto a coisa emergia da sombra da cúpula. A poeira dificultava a visão, mas era algo enorme, com quase cinco metros de altura e seis de largura, forjada com o que parecia ser bronze escurecido, um aparato pesado, desajeitado e trêmulo que ficava cada vez mais alto.

Sancia flexionou sua visão inscrita, e a coisa se iluminou como se fosse mil estrelas. A superfície estava repleta de *sigils* e inscrições, cada centímetro aperfeiçoado, cada faceta projetada para negar a realidade ou dobrá-la à sua vontade, e havia *camadas* nela, como pétalas de rosa, esferas girando dentro de esferas dentro de outras esferas, todas incrustadas com comandos que podiam se ajustar e mudar instantaneamente.

<*Puta merda*>, disse Clave. <*Puta* merda!>

Sancia se encolheu junto a uma árvore e olhou para a coisa.

Em seguida, de modo lento, num silêncio completo e bizarro, ela se virou, e Sancia a viu por inteiro.

Tinha um formato estranhamente humano, como uma gigantesca armadura negra, com um torso e uma pelve de muitos segmentos; no entanto, possuía quatro braços nos ombros, quatro pernas no que deveria ser a cintura e nenhuma cabeça visível. Os braços terminavam em curiosos discos de muitos dedos que lembravam vagamente aranhas morrendo de costas para o chão.

Mas não conseguia afastar a impressão de que já vira algo assim antes, havia muito tempo…

Ou talvez não tanto tempo, pensou.

Uma imagem se acendeu em sua mente: Gregor, sangrando e chorando no chão dos aposentos em ruínas de Estelle Candiano, vestido com uma armadura preta e sussurrando: *Não quero mais ser isso.*

Uma lorica, pensou ela. *Ah, meu Deus, é uma lorica gigante.*

O que obviamente a fez pensar em Clave, encolhido a pouco menos de dois quilômetros de distância dela, com seu minúsculo *lexicon* preso às costas.

Flexionou a visão inscrita novamente. O enorme dispositivo se iluminou mais uma vez, e ela viu vinte círculos vermelho-sangue em chamas aninhados em sua barriga, como carvões em brasa.

<*Caramba*>, disse Sancia. <*É você, Clave!*>

<*O quê!*>, gritou ele. <*Como assim, eu?*>

<*Eu… quero dizer, é como você, mas multiplicado por um bilhão!*>, disse ela. <*Essa maldita coisa gigante* é *o* lexicon! *Um* lexicon *gigante, ambulante e lutador!*>

<*Você… quer dizer que temos de* entrar *naquela coisa?*>, perguntou ele, horrorizado.

<*Caralho, acho que sim!*>

Uma pausa, e depois a gigantesca lorica deu um passo cauteloso na direção de Sancia.

O chão tremeu como se tivesse sido atingido por uma grande pedra. A floresta pareceu ficar mais escura e fria ao seu redor, e ela começou a tremer. Em seguida, notou algo incomum: a gigantesca caixa preta de paredes nuas, lá no alto, também se mexeu, como se estivesse presa por um cordão invisível ao topo da enorme lorica.

É ela que está mantendo a prisão inteira, pensou Sancia rapidamente. *Está carregando Crasedes com ela…*

A coisa deu mais um passo, e o chão tremeu novamente.

<*Ahhh... alguma ideia para me ajudar aqui?*>, perguntou ela.

<*Claro*>, respondeu Clave. <*Dá o fora daí! Mas vê se* não *corre! Tevanne com certeza está a procurando que nem doida, e, se você correr perto dos dispositivos de proteção, isso vai denunciá-la.*>

<*Então... tenho de me afastar casualmente de um monstro gigante*>, concluiu Sancia.

<*Ah, sim. É tipo mais ou menos isso.*>

Fazendo uma careta, rastejou de volta para a floresta, tentando se mover no que esperava ser um ritmo lento e normal. Para seu horror, a enorme lorica a seguia, seu andar cuidadoso e meticuloso, como se fosse o zelador dessa floresta e não desejasse pisar em nenhum arbusto antigo. A enorme prisão sombria movia-se com ela, deslizando silenciosamente para o sul sobre o vale. O mais assustador era o *silêncio* da coisa: não havia um só gemido de metal nem um rangido de qualquer junta enquanto as quatro pernas enormes se arrastavam silenciosamente atrás dela, num movimento estranhamente semelhante ao de um caranguejo.

<*Sancia!*>, sibilou Clave. <*Passe para a direita. Agora!*>

Ela não parou para perguntar por quê. Disparou para a direita, parando sob a cobertura de um pinheiro velho e gigantesco, e em seguida tudo ficou envolto em sombra, houve um vislumbre de algo preto à sua esquerda, um estalo ensurdecedor, e depois farpas e poeira choveram sobre ela.

Sancia se esforçou para não gritar, cobrindo os olhos e o rosto. Assim que a chuva de detritos se dissipou, ela espiou por entre os dedos e viu que a floresta à sua esquerda havia sido completamente dizimada, os troncos faltando, sobrando apenas tocos esgarçados com as fibras e o cerne de fora.

A enorme lorica estava quase diretamente em cima dela agora, sua enorme carapaça escura pendurada delicadamente no ar. Um de seus braços estava coberto de poeira e folhas de pinheiro.

Deve ter cortado a floresta, pensou, *como uma foice que corta o trigo...*

<*Tevanne sabe que você certamente está no meio das árvores*>, sussurrou Clave. <*Está tentando te assustar.*>

<*Pode considerar que estou me cagando de tão assustada!*>, disse Sancia.

<*Mas você deveria estar protegida aqui. Tevanne não vai cortar árvores de um jeito que poderia matar seus próprios hospedeiros, e ainda é isso que ela pensa que você é.*>

<*O-O quê?*>, perguntou Sancia, indignada. <*Tevanne nunca teve problema nenhum para matar os próprios hospedeiros! Aos montes!*>

<*Ah. Certo*>, disse Clave. <*Merda. Bem, só... só fique aí um instante.*>

Observou enquanto um enorme pé de metal preto desceu a menos de quatro metros de onde ela estava, esmagando uma árvore inteira.

<*Ficar aqui*>, disse ela, <*parece uma péssima escolha!*>

<*Ficando aí, parece que você está obedecendo ao comando de Tevanne!*>, explicou Clave. <*O de vir aqui e procurar intrusos!*>

Ela olhou para o leste. <*Mas... todos os outros hospedeiros não estão voltando agora? Vindo aqui para me procurar? Um lugar onde eles poderiam me* ver?>

Uma pausa.

<*Bem. Sim*>, respondeu Clave. <*E sim, isso não é bom. Ah. Me dá um tempo para pensar, ok? Isso ficou muito mais difícil. Tevanne sabe que está sob ataque agora, e eu não sei o que diabos ela vai faz...*>

Outro tremendo estrondo à sua esquerda, e outra chuva de poeira e madeira. Virou-se, de olhos fechados; depois abriu uma pálpebra e viu a enorme lorica parada em outro trecho de floresta devastada.

Estou ficando sem árvores para me esconder, pensou.

Sancia observou a lorica. Balançava para a frente e para trás em cima das pernas, um pouco como um homem que ficou de pé o dia todo e está tentando fazer com que as pernas continuem flexíveis. Mas depois... depois pareceu simplesmente congelar.

A enorme lorica pairava entre as árvores como uma aranha em sua teia, com um dos pés cuidadosamente levantado.

Sancia se preparou para outra pancada, mas nada aconteceu.

<*O que ela está fazendo?*>, perguntou.

<*Parece que... nada*>, respondeu Clave. <*Talvez tenha desistido de te encontrar...*>

Ela soltou o ar lentamente, com alívio.

<*Sério? Graças a Deus...*>

<*Não, isso é ruim*>, disse Clave. <*Porque Tevanne tem* muito *mais armas à sua disposição aqui que só esse gigante maldito, e agora sabe que você conseguiu ajuda de algum lugar lá fora. Sabe que você não está sozinha.*>

A pele de Sancia esfriou.

<*Você quer dizer... tipo, Claudia? Ou* Berenice? *Você quer dizer que o alvo de Tevanne pode ser...*>

Houve um estalo forte na borda do vale, quase exatamente onde Berenice estava estacionada, e, em seguida, diante da incrédula Sancia, as montanhas ao longe começaram a desmoronar.

Ela fitou a cena horrorizada.

— Ah, não — sussurrou. — Ah, não, ah, não, ah, não...

◆◆◆

Berenice espiou pela luneta em sua espringal, observando enquanto a lorica gigante andava pela floresta esmagando tudo de modo errático, seguida por aquele estranho halo de escuridão lançado pela prisão acima dela, e então a lorica parou.

Berenice apertou o olho para ver melhor. *Isso não pode ser bom.*

Em seguida, a náusea a atingiu novamente e ela soube que o mundo estava mudando.

A primeira coisa que aconteceu foi que tudo de repente parecia *fino*. Lutou contra a sensação desvairada e alucinante de que ela e todo o mundo ao redor eram apenas desenhos em papel fino, papel salpicado de água e caindo aos pedaços, e ela estava presa num desses pedaços, o mundo se transformando em maçaroca mole ao seu redor...

Ela largou a espringal, congelada de horror. *Uma edição*, pensou. Olhou para as lâmpadas-mortas. *Tevanne está... editando a realidade.*

Depois, sentiu: *sentiu* a mudança no ar, como se tudo estivesse se inclinando para o norte.

E depois a borda do vale à sua esquerda se foi. Isso mesmo: de forma completamente genuína, de repente, o trecho do vale se foi.

Ela teve um vislumbre do processo só por um instante: um enorme pedaço de pedra, árvores e terra a nordeste acabara de ser... extirpado. Sumiu. Foi cortado feito um tumor. O segmento desaparecido de... Ela se esforçou para encontrar a palavra: Terra? Vale? Realidade? Tudo? Aquilo era perfeitamente esférico, cada tronco e galho e pedra seccionado numa curva suave e arqueada, como se alguém tivesse esculpido um globo perfeito a partir da própria criação, com oitocentos metros de diâmetro, e depois o fizesse desaparecer.

Em seguida, veio a enorme rajada de ar, uma explosão vertiginosa e insana quando a atmosfera se precipitou para preencher a lacuna que acabara de ser criada, seguida por um estalo tremendo, capaz de chacoalhar os ossos.

Berenice foi arremessada para trás pela força do golpe. Uma imensa nuvem de poeira surgiu quando o que deviam ser cinco ou sete centímetros de solo da floresta foram lançados no ar pela onda de choque.

Ela fechou os olhos enquanto pedaços de terra choviam sobre ela, mas notou a localização da edição: quase exatamente onde posicionara as espringais para disparar os marretadores.

Acho, disse para si mesma, *que Tevanne realmente notou de onde vieram os tiros...* Refletiu que, se tivesse ficado perto das espringais, teria ido para o espaço tão rápido que nem saberia que estava morta.

Em seguida, ouviu-se um som estrondoso, e ela começou a deslizar.

— Que merda, hein — disse.

Abaixo dela, a terra se transformou em lama seca quando caiu. Não demorou muito para perceber o que estava acontecendo: as lâmpadas-mortas cortaram fora uma enorme seção transversal da borda do vale, o que, naturalmente, desestabilizou tudo ao redor do corte, levando a uma enorme avalanche de solo, detritos, pedra, tudo.

Incluindo qualquer pedaço de terra em que estivesse sentada agora.

Abriu os olhos enquanto deslizava, mas não conseguia ver no meio da poeira e da chuva de terra. No entanto, estava ciente de que acelerava muito, muito rápido, provavelmente em direção a algum precipício que a jogaria naquele abismo recém-nascido, apenas para ser esmagada no chão lá embaixo, ou morrer sufocada nos montes de terra acumulada.

Não, pensou ela. *Não, não, hoje não, não desse jeito...*

Num piscar de olhos, pegou seu florete inscrito. Rolou enquanto deslizava, pedras atingindo seu capacete e ombreiras abaixo da bainha duplicada, e enfiou a espada na terra atrás dela como se estivesse trespassando um inimigo.

A lâmina não ficou presa. Fosse qual fosse o solo no qual tinha fincado a arma, ele também devia estar escorregando.

Não.

Empurrou a espada com cada vez mais força, na expectativa desesperada de que o florete encontrasse algo, qualquer coisa, para estabilizá-la...

Por favor, pensou. *Por favor, por favor...*

Então, deu certo, a lâmina balançando com tanta força em suas mãos que o cabo quase foi arrancado delas.

Rosnou em voz alta, cerrando os dentes enquanto lutava como uma louca para se segurar. Imaginou que a lâmina havia encontrado algum pedaço ou camada de pedra, mas, para seu espanto, ela não parou de cair. Em vez disso, desacelerou, e sua queda livre se transformou num deslizamento paulatino e errático.

Florete inscrito, pensou. *Está cortando a porcaria da pedra...*

Torceu o florete nas mãos, virando a parte plana da lâmina para baixo.

Por favor, por favor, por favor...

A velocidade foi diminuindo cada vez mais.

E, então, ela parou.

Abriu os olhos. O mundo ainda girava, imerso na poeira, pedras e terra ainda caiam das rochas ao seu redor, mas agora ela estava pendurada por cima da gigantesca abertura esférica nas montanhas, seus pulsos e dedos latejando de dor enquanto segurava a espada.

Suponho que deveria me sentir grata, pensou, *por fazer meus exercícios de punho...*

<*Berenice!*>, gritou Clave. <*Ber, Ber, Ber! Você... Você está viva?*>

Ela olhou para baixo. Era uma queda de quase quinze metros até as pilhas de cascalho e terra.

<*Ahh, sim*>, respondeu, hesitante. <*É o que está parecen...*>

Então, ouviu um estalo alto e olhou para cima.

Um gigantesco pinheiro centenário assomava acima dela, cambaleando para a frente e para trás enquanto o solo solto o puxava para baixo, e então, lentamente, oscilou, balançou e caiu, despencando encosta abaixo até onde estava pendurada.

Observou, horrorizada, quando a árvore ricocheteou num afloramento cerca de seis metros acima dela com um baque tremendo, indo direto na sua direção.

Berenice fechou os olhos, virou-se, apoiada no florete, e apertou as costas contra o penhasco, preparando-se para o impacto.

Uma lufada de ar chegou até ela, perfumada com seiva de pinheiro, e depois um som suave de brisa vindo de baixo.

Ela abriu os olhos de novo e viu o pinheiro enterrado no solo que se acumulava logo abaixo dela.

<*Ok, ah, sim*>, disse. <*Agora posso confirmar. Continuo viva. Sim.*>

<*Ah, graças a Deus*>, falou Clave.

<*Só... me dê um segundo para achar um lugar seguro aqui...*>

As mãos e os antebraços de Berenice latejavam de dor. Ignorando isso, puxou uma pequena faca inscrita e a enfiou na rocha acima dela. A faca ficou firme ali. Berenice arrancou da pedra seu florete inscrito, ergueu-o, mergulhou-o na rocha numa posição mais alta do penhasco e içou a si mesma para cima.

<*Preciso inventar alguma coisa*>, pensou enquanto arrancava a faca inscrita e a cravava mais alto no penhasco, subindo devagar, pouco a pouco. <*Preciso inventar algo para ajudar na próxima vez...*> Tentou não olhar para a esfera perfeita de realidade perdida logo abaixo dela. <*Vou deixar anotado.*>

◆◆◆

<*Berenice está viva!*>, disse Clave no ouvido de Sancia. <*Ela está viva, está bem!*>

Sancia soltou um suspiro trêmulo no lugar onde estava, agarrada a um velho pinheiro maciço.

<*Ah, graças ao fedegoso Deus...*>

<*Tevanne a atacou, acho que esperando matá-la, expor você ou ambos. Mas...*> Clave vacilou. <*Espere. Garota... olhe para o norte. Dê uma olhada nisso!*>

Sancia fitou por entre as árvores a extremidade norte do vale. Não tinha certeza do que ele falava, mas notou um movimento no céu: uma das lâmpadas-mortas que formavam o pequeno halo horrendo ao redor da prisão agora despencava no ar. Ela assistiu, chocada, enquanto o tijolo preto colidia com as montanhas abaixo.

<*Acho que Tevanne usou todas as pessoas lá dentro*>, disse Clave calmamente, <*para fazer essa edição. Uma lâmpada-morta já foi, quantas faltam?*>

<*Um monte do cacete*>, praguejou Sancia. <*E temos de* entrar *naquele* lexicon *gigante para fazer alguma coisa quanto ao resto! E nem sabemos direito o que* é *essa porcaria fedegosa!*>

Um pensamento lhe veio à cabeça. Observou enquanto a lorica recomeçava sua corrida cuidadosa pela floresta, empurrando gentilmente pinheiros gigantes para fora do seu caminho.

Sancia olhou para cima. A prisão sombria seguia a lorica, pairando sobre a enorme armadura como uma nuvenzinha escura amaldiçoada para seguir alguém.

Carregando Crasedes, pensou novamente. *E é uma carga pesada.*

<*Clave*>, chamou ela. <*Vou direto até aquela coisa.*>

<*Você vai fazer* o quê?>, perguntou ele.

<*E preciso que você a estude. Essa coisa está tomando conta da prisão, mantendo Crasedes como refém. Acho que é uma tarefa muito difícil para qualquer dispositivo, mesmo para os de Tevanne. Quanto mais soubermos sobre o nível de dificuldade dessa tarefa, mais fácil vai ser acabar com isso.*>

<*Inferno fedegoso*>, disse Clave. <*Pode até ser. Tenta aí.*>

Virou à esquerda e caminhou da maneira mais lenta e calma que conseguiu em direção à engenhoca gigante, que ainda pairava sobre a floresta, com uma perna levantada cuidadosamente. Sancia olhou para o enorme pé de metal, imaginando como seria se caísse em cima dela.

<*Estou vendo*>, sussurrou Clave. <*Estou vendo... Sim. Ok. Você tem razão. É o* lexicon *mesmo, e é ele que está tomando conta da prisão, sim, mas... mas é estranho.*>

<*Alguma coisa útil?*>

<*Talvez. A lorica gigante consegue controlar a gravidade, sim, quero dizer, obviamente está fazendo a prisão flutuar, mas também foi construída para ser extraordinariamente resistente a qualquer alteração na gravidade.*>

<*Hã?*>

<*Posso ver os comandos incorporados daqui... Por alguma razão, foi feito um esforço para afirmar de forma inabalável e sem parar qual é o caminho para baixo, qual é o caminho para cima e refutar quaisquer esforços para sugerir o contrário...*>

Sancia suspirou.

<*Merda. Claro.*>

<*Claro o quê?*>

Seus olhos se viraram para a prisão flutuante lá em cima.

<*Quem nós conhecemos que adora zoar a gravidade?*>

<*Ah, merda. Você quer dizer...*>

<*Sim. Todos nos perguntamos como Tevanne capturou Crasedes. Suponho que* essa *é a coisa que permitiu isso! Foi construída para lutar contra as habilidades dele! E agora está funcionando como seu carcereiro!*>

<*Então, se não conseguimos vencer Crasedes antes...*>, disse Clave. <*Como diabos vamos derrotar a coisa que o derrotou?*>

Sancia pensou no assunto.

<*Conte a Berenice. Agora. Certifique-se de mencionar a merda da gravidade.*>

<*Você tem ideias?*>

<*Não. Mas conheço minha esposa bem o suficiente para saber como dar ideias* a ela.>

◆◆◆

<... *resistente à gravidade*>, sussurrou Clave no ouvido de Berenice. <*É o* carcereiro *de Crasedes.*>

Berenice estava empoleirada numa ponte estreita de pedra acima do abismo, observando enquanto o dispositivo gigante recomeçava a rondar a floresta abaixo, ainda envolta na escuridão. <*Interessante...*>, disse ela baixinho.

<*Interessante? Está mais para fedegosamente horrível!*>, falou Clave. <*Temos de* invadir *essa coisa,* enquanto *ela persegue Sancia como um gato atrás de um rato num celeiro,* sem *acionar nenhuma das proteções e oferecer um alvo àquelas malditas lâmpadas-mortas!*>

Berenice apertou o nariz e assoou. O que pareciam ser umas dez toneladas de poeira saíram jorrando de suas narinas e aderiram à parte interna de seu traje, o que ela achou nojento, é claro, mas pouco podia fazer a respeito.

<*É basicamente um dispositivo de gravidade gigante*>, disse ela. <*Esse é o resumo da história?*>

<*Isso é... incrivelmente reducionista, mas ok*>, falou Clave.

<*E como ela está definindo essas relações com a gravidade?*>

<*Com a mesma merda de sempre?*>, disse Clave. <*Comandos sobre a superfície da terra, o fluxo atual da gravidade, orientação, estabilidade... Coisas que fazemos o tempo todo, só que beeem maiores e mais espalhafatosas.*>

Berenice inclinou a cabeça, pensando. Estava familiarizada com orientação e estabilidade, e sabia como elas eram fracas.

<*Então*>, disse lentamente, <*o troço tem que ficar calibrado. Coordenado. Mas não há como você decifrá-lo com base nas inscrições dele por meio de contato direto...*>

<*Isso. Esse maldito é a coisa mais indecifrável que tem por aí.*>

Mas "indecifrável" muitas vezes também significava "inflexível", como sabia Berenice, o que significava que poderia ser uma fraqueza.

Ela franziu a testa. O que Sancia às vezes dizia?

— Uma fechadura inscrita — disse baixinho — é tão forte quanto a porta onde está inserida...

— Hã? — perguntou Clave.

<*E se... E se embaralharmos o que a lorica sabe sobre o que é para cima e o que é para baixo, e sobre a superfície da terra?*>, sugeriu ela. <*Não usando inscrições, mas movendo-a fisicamente? Tipo... o que aconteceria se fosse derrubada?*>

Ele riu desesperadamente.

<*Essa coisa venceu Crasedes! Como é que os truques de gravidade que aplicamos podem funcionar melhor que ele?*>

<*Porque*>, falou ela, estudando a prisão flutuante, <*acho que ainda está lutando contra Crasedes. Ainda está mantendo todas as disposições que o mantêm subjugado. Só precisamos sobrecarregar essas disposições e tudo pode desmoronar.*>

<*Sobrecarregar? Ber, você não está prestando atenção em mim. Com ou sem Crasedes, teríamos que derrubar a porcaria de uma montanha nessa coisa para conseguir isso.*>

Ela olhou para a esquerda, onde os penhascos ainda estavam se dissolvendo.

<*E se fizéssemos exatamente isso?*>

<*Hã. O quê?*>

Ela olhou para o horizonte, analisando cada montanha.

<*Teríamos de colocá-la no local certo, é claro... e oferecer a Tevanne a isca certa...*>

<*Ber, do que diabos você está falando?*>, perguntou Clave.

Então, ouviu-se a voz de Diela, calma e delicada:

<*Ela está falando de nós.*>

<*Correto*>, falou Berenice. <*Diela, abra uma trilha para mim, use os meus olhos, e vou mostrar onde você precisa estar. E, Clave, você também vai ter de se posicionar.*>

<*Para... fazer o quê mesmo?*>, perguntou Clave, um tanto trêmulo.

<*Bem, você anda muito animado com esse negócio de ter um corpo, não anda?*>, respondeu ela. <*Por que não descobrimos tudo o que ele pode fazer?*>

◆◆◆

<*Garota*>, falou Clave com um suspiro no ouvido de Sancia. <*Se você pudesse ouvir a merda louca que sua esposa está sugerindo...*>

Sancia estreitou os olhos para ver melhor as franjas orientais da floresta. Era só imaginação ou ela conseguia enxergar algumas figuras cinzentas ali, vindo devagar na sua direção?

<*Imagino que ela tenha tido ideias?*>

<*Sim...*>, respondeu Clave com relutância. <*Escute. Em cerca de vinte segundos, você vai começar a se afastar daquela coisa.*>

<*Espere. Isso não seria uma* contradição direta *aos comandos de Tevanne?*>, perguntou Sancia. <*O que a tornaria imediatamente ciente de que não sou um hospedeiro?*>

<*Sim*>, concordou Clave. <*Mas ela terá outras coisas com que se preocupar depois disso.*>

<*Tipo o quê?*>

<*Tipo eu pulando na cara daquela coisa grandona*>, disse ele. <*E dando uma surra nela.*>

A boca de Sancia se abriu.

<*O quê?!*>, exclamou ela.

<*Sim...*>, falou Clave. <*De novo, isso é ideia da sua esposa, então não reclame comigo.*>

<*Além de toda a loucura* óbvia *de tentar fazer isso*>, disse Sancia, <*as lâmpadas-mortas não iriam simplesmente tirar você da realidade enquanto está lutando contra aquilo?*>

<*Ber acha que não. Aparentemente, as edições da lâmpada--morta não são, tipo,* cirúrgicas. *Arrancam um grande pedaço da realidade e jogam fora. Portanto, se eu conseguir agarrar aquele gigante maldito e me segurar ali, elas não podem me matar, porque provavelmente acabariam com a coisa que mantém Crasedes como prisioneiro também.*>

<*Então...* você *é quem vai conseguir entrar no* lexicon?>

<*Não*>, disse ele. Soltou um suspiro longo e lento. <*É aí que fica... complicado. Olhe para o sul. Está vendo aquela coisa gigante tipo uma montanha lá em cima?*>

Olhou para o sul e viu do que falava: um penhasco alto e irregular de granito, estendendo-se sobre o vale.

<*Sim?*>

<*Sua esposa quer derrubar aquele filho da puta enorme. Meu trabalho é enfraquecer a lorica e depois transportá-la para o lugar certo. O seu é entrar quando terminarmos. Entendeu?*>

Ela respirou fundo.

<*Não. Nem* fedegando. *Mas confio na minha esposa.*>

Berenice se ajoelhou à sombra do penhasco enquanto preparava sua última espringal. *Assim que essa disparar,* pensou, *tenho um florete, uma faca e nada mais.*

Abaixou-se e aplicou cuidadosamente os discos de duplicação no gatilho do dispositivo.

Mas até aí, se falharmos, há uma chance razoável de o mundo acabar. Portanto. Prioridades.

Depois que os discos foram aplicados, deu a volta e verificou as linhas de visão da espringal. A arma estava mirando para disparar suas muitas flechas sobre a floresta, na direção geral da lorica gigante; mas, na verdade, ela não estava tão preocupada com isso. Só queria atirar, atirar muito, e atrapalhar bastante o negócio.

<*Claudia*>, disse ela ao terminar. <*Como estamos?*>

<*Ainda me posicionando!*>, exclamou Claudia. <*Você... Você pegou o mais fácil!*>

Fechou os olhos, abriu uma trilha até Diela e viu que a garota estava escarranchada numa abertura gigante nas rochas, com Claudia se equilibrando de modo improvisado em seus ombros enquanto posicionava sua espringal na parte inferior do penhasco.

<*Estou contente*>, disse Diela, arquejando, <*que tenha nos obrigado a fazer todos aqueles exercícios de perna,* Capo...>

<*Estamos certos de que isso vai funcionar?*>, perguntou Claudia, ofegante.

<*Relativamente certos*>, falou Berenice. <*Tevanne tem comandos, reações e instintos prescritos... Muitas vezes, reage sem pensar. Espero que isso aconteça novamente.*>

<*Se Clave sobreviver*>, disse Claudia.

<*Se Clave sobreviver, isso*>, repetiu Berenice.

<*Eu consigo ouvir vocês, suas cuzonas*>, xingou Clave no ouvido dela. <*Falando nisso... Espero que estejam prontas, porque estamos prestes a começar aqui.*>

Berenice se sentou, protegeu os olhos do sol do meio-dia e espiou o vale. Gostaria muito de ainda ter sua luneta, mas isso, junto com boa parte do resto do seu equipamento, havia se perdido no deslizamento de terra. No entanto, ainda conseguia ver a lorica gigante seguindo devagar em direção ao ponto onde Clave estava agachado no extremo sul do vale, com o enorme cubo preto flutuando silenciosamente acima dela.

<*Sancia já foi se posicionar?*>, perguntou Berenice.

<*Sim. Caminhando direto na minha direção num ritmo calmo e lento. Tevanne deve estar curiosa e quer descobrir o que está acontecendo; acho que não consegue acreditar que a disfarçamos de hospedeira.*>

<*Ótimo*>, falou Berenice. Partiu para o oeste num trote muito rápido. <*Claudia, Diela, arrumem isso e depois* deem o fora *o mais rápido que puderem.*>

<*Entendido*>, grunhiu Claudia.

<*Clave... boa sorte*>, falou Berenice.

<*Ok, ok*>, respondeu ele.

◆◆◆

Clave se agachou numa moita, acompanhando tudo com seus vários sentidos enquanto a lorica gigante se aproximava. Estava focado num sentido em especial: a sensação de que o chão tremia sob seus pés a cada passo daquela coisa enorme.

Puta merda, pensou. *Puta merda, ela é grande, ela é grande...*

<*Quase aí*>, sussurrou Sancia. <*Quase...*>

A prisão flutuava mais perto, e o véu de sombra inundava as árvores ao redor dele. Clave se agachou, muito mais baixo que se sua própria lorica estivesse ocupada por um humano de verdade, a parte de trás do grande traje de guerra quase tocando o chão.

É só uma luta, disse a si mesmo. *Só outra luta com um grande dispositivo inscrito. Você já fez isso antes.*

O chão tremia embaixo de Clave, cada vez mais forte, cada vez mais rápido. Lembrou-se de todas as instruções que Berenice lhe dera, instruções que agora pareciam totalmente absurdas.

Além do mais, é... só uma luta, literalmente, pensou. *Tipo, usando os punhos e essa merda toda.*

<*Clave, o negócio está acelerando*>, disse Sancia, em pânico. <*Eu acho que ele está... acho que está* realmente *interessado em mim!*>

Ele verificou suas armas: as espringais, seu lançador de flechas, a alabarda e, claro, seus braços e suas pernas, que eram tão mortais quanto todo o resto. Espreitou através do disco-trilha em volta do pescoço de Sancia, navegando pelos muitos comandos que permitiam que sua consciência existisse em dois lugares ao mesmo tempo, e viu que ela estava certa: o dispositivo gigante não se deslocava mais cautelosamente pela floresta, mas rastejando diretamente atrás dela num ritmo rápido.

Hora de ir, pensou.

Mas parou um instante.

Não tinha ideia de como fazer esse tipo de coisa: como lutar usando um corpo, como tomar parte numa batalha verdadeira num espaço físico. A ideia francamente o aterrorizava.

Um lampejo de memória: um homem numa fantasia de Papai Monção, inclinando-se por cima de Sancia e sussurrando a ela: *Ele não pode te salvar agora. De qualquer forma, ele nunca foi muito bom em salvar as pessoas.*

Clave tentou tirar aquele pensamento da cabeça. *Cale a boca...*

O chão tremeu novamente. A lorica gigante estava logo depois das árvores na frente dele.

<*Clave?*>, perguntou Sancia. <*Você... Você está...*>

A voz de Crasedes, suave e mortal: *Isso sempre ficou por minha conta.*

A lorica de Clave chacoalhou em torno dele, então seu dispositivo de voz ganhou vida.

— Apenas *CALE A BOCA!* — rugiu ele.

E saltou.

◆◆◆

Sancia não sabia o que a assustara mais: o súbito grito de "CALE A BOCA!", que foi alto o suficiente para penetrar em seus ouvidos já ensurdecidos, ou o estilhaçar das árvores diante dela quando algo enorme e preto irrompeu através da mata, acelerando pelo ar acima de sua cabeça. Levou um momento para perceber que era Clave.

Virou a cabeça bem a tempo de vê-lo bater no torso da lorica gigante, fazendo um estridente som metálico, como se alguém tivesse derrubado um sino de duas toneladas de uma torre de relógio. O impacto foi tão tremendo que as árvores e a grama ao redor ficaram dançando com a onda de choque, tão tremendo que as duas pernas dianteiras do dispositivo foram levantadas do chão e ele cambaleou para trás como um bêbado que perdeu o equilíbrio tentando subir uma ladeira.

Por um momento, Sancia ficou exultante: *Será que ele vai conseguir apagar esse negócio com tanta facilidade?*

O dispositivo gigante cambaleou para trás, mas depois se endireitou. Sancia viu que Clave estava grudado no torso da lorica, quase como uma mosca esmagada por um rolo de pergaminho. Percebeu que ele devia ter ativado os dispositivos de adesão nas manoplas e botas de sua armadura (dispositivos para ajudar os soldados a escalar paredes e penhascos) e agora seria quase impossível removê-lo dali.

A lorica gigante ficou lá na floresta, parecendo um tanto perplexa por ficar com aquele grande homem de metal repentinamente pendurado na sua frente.

Em seguida, levantou os braços e começou a esmurrá-lo.

Os golpes eram tão rápidos e ferozes que era difícil para os olhos de Sancia entenderem o que estava acontecendo. Observou horrorizada a armadura de Clave, que ia ficando amassada pelo ataque: primeiro a parte de trás da couraça, depois a ombreira, depois as grevas... Levaria apenas alguns segundos para que ele fosse feito em pedaços.

— Clave! — gritou ela em voz alta.

<*San!*>, rosnou Clave. <*Se você não sair daqui, é como se eu tivesse feito essa burrice de merda por nada!*>

— Ah, filho da puta! — xingou ela em voz alta. Depois se virou e correu para o sul, em direção ao penhasco.

• 27

Clave sabia que uma lorica de uso militar fabricada pela Transportes Dandolo fora projetada para resistir a um golpe direto de um estrilador, mais precisamente um estrilador fabricado pela Casa Morsini, que era o melhor projétil disponível quando essa armadura específica fora projetada. Clave sabia disso porque tal intenção fora literalmente escrita na estrutura do aparato: a couraça, os coxotes, as faldas, o peitoral, todos eles foram forjados e tecidos com comandos para serem resistentes de um jeito espetacular e impossível. As mentes mais brilhantes da Transportes Dandolo fizeram essa armadura para que ela conseguisse atravessar o inferno e sair inteira dele.

Mas, quando Clave se agarrou ao peito da lorica gigante, com os punhos dela desabando por cima dele, rapidamente percebeu que as mentes mais brilhantes da Transportes Dandolo não tinham a mais puta ideia do que estavam fazendo.

Não é que a lorica gigante de Tevanne simplesmente o socasse. Em vez disso, o impacto de seus punhos era semelhante a ser atingido por um galeão mercante indo a toda velocidade. Quase *literalmente*. Ele podia perceber os comandos com que Tevanne alimentava o dispositivo gigante: comandos para tornar os punhos extraordinariamente densos e rápidos, e comandos para que a superfície da couraça de seu torso se tornasse extraordinariamente densa e durável, de modo que os braços do dispositivo não perfurassem seu próprio peito e esmagassem o *lexicon* dentro dele. Ela mudava todas as propriedades físicas da lorica inteira de segundo em segundo.

Em resumo, era algo que Clave fazia com outros dispositivos todos os dias. Mas, desta vez, aquilo era usado para aniquilá-lo.

Observou de dentro da armadura enquanto um punho o golpeava com enorme estrondo. Escutava conforme seu dispositivo de guerra fazia relatórios sobre sua condição: perna direita desestabilizada, braço direito totalmente comprometido...

Puta merda, pensou Clave.

Outro golpe, e depois outro. Sua armadura lhe disse calmamente que a integridade estrutural da couraça agora estava seriamente comprometida. A única coisa que permanecia totalmente intacta era a couraça do minúsculo *lexicon* em suas costas.

Outro golpe, e depois outro.

Sua mente disparava. Sentia a si mesmo (seu verdadeiro eu, preso na chave) chacoalhando no dispositivo de voz dentro da couraça da lorica.

No entanto, agora notara algo, ao observar os comandos dançando pelo dispositivo gigante: o troço estava diminuindo a velocidade. Cada alteração, cada reviravolta nas regras do dispositivo vinha cada vez mais devagar.

Está lutando sob o peso de tudo o que precisa manter funcionando.

Outro golpe.

A única coisa a fazer é aumentar seu fardo.

Rapidamente, avaliou o estado da própria armadura. Estava cheia de inscrições que podiam manipular as crenças da armadura sobre densidade, velocidade, aceleração, resistência à tração...

Falou com sua armadura, cobrindo suas inscrições com argumentos, alterando suas definições, trabalhando desesperadamente para convencê-las de que eram muito, muito mais densas do que acreditavam anteriormente...

Vai, pensou ele, *vai*...

O punho da lorica gigante começou a descer.

Sussurrou para sua armadura, cantando para ela, reescrevendo sua própria natureza.

— Vai! — gritou em voz alta.

O braço esquerdo de Clave girou, rápido como um raio.

Houve um som abafado de algo rangendo e...

Ele deteve a coisa, agarrando o punho gigante como se fosse uma bola enorme.

Ficou tão surpreso que tudo o que conseguiu fazer foi olhar: seu bracinho, sua pequena manopla, pressionado contra o punho gigante da enorme lorica que ainda estava exercendo pressão sobre ele, e, ainda assim, conseguia segurar tudo aquilo.

Não pôde evitar e gritou em voz alta:

— Puta *merda*!

A lorica gigante tremeu, chacoalhou e fez cada vez mais força. Clave sentiu a pressão aumentar em sua armadura, mas, em resposta, emitiu mais e mais comandos, distorcendo os conceitos que ela tinha acerca de sua própria física como se fosse um pedaço de palha, e sua armadura ouviu, obedeceu e reagiu, levantando seu torso e se distanciando da couraça da lorica gigante.

Uma luta de inscrições, percebeu ele. *Mas de um tipo em que reescrevemos a natureza de nossos dispositivos de segundo a segundo...*

O braço da lorica gigante estremeceu, fez força, balançou, e mesmo assim Clave o empurrou para trás, resoluto.

Depois veio um barulho, o primeiro desse tipo que ele já tinha ouvido: embora a gigantesca fera negra estivesse totalmente silenciosa até o momento, agora havia um leve ganido de metal, talvez o ganido de um cachorro que, de repente, não sabe o que fazer.

Clave girou o capacete. Seu dispositivo de voz sibilou:

— Agora peguei você, seu *idiota de merda!*

Ergueu o braço direito amassado e, com um *clique-claque*, sua alabarda surgiu, reluzente.

Arremessou-a num arco suave e rápido, alimentando-a com mais e mais argumentos enquanto voava, enganando a lâmina, fazendo-a acreditar que era enorme, densa, tão grande quanto a lua lá em cima...

A lâmina atravessou o membro da lorica gigante, cortando-o completamente. Pedaços de metal e couraça choveram sobre ele com um retinir suave. A lorica cambaleou para o lado, como se estivesse totalmente surpresa com a maneira como as coisas tinham caminhado.

Clave explodiu numa gargalhada louca e cheia de deleite. Jogou o punho decepado para longe e empurrou a si mesmo para longe do torso da lorica, enquanto os discos de adesão em suas botas ainda estavam ativos; assim, agora estava em posição perpendicular à fera gigante. Em seguida, desceu correndo pela superfície do dispositivo.

Levantou a alabarda de novo, com a intenção de esmagar uma das pernas da lorica, o que faria com que fosse muito mais fácil derrotá-la. Mas então viu um borrão escuro descendo rapidamente por cima da lorica: outro braço, desta vez brilhando com comandos para torná-lo mais rápido que um raio.

Clave só teve cabeça para gritar *Ah, merda!* antes que o punho da lorica o arrancasse da frente dela, com um pedaço da couraça do torso ainda preso na sua bota.

Gritou alto enquanto disparava pelo ar, chacoalhado pelo enorme braço da lorica conforme ela tentava jogá-lo no meio da floresta, e uma vez que estivesse visível, sabia Clave, as lâmpadas-mortas acima o aniquilariam.

Seu braço direito meio detonado se esticou e ele bateu com a manopla esquerda na superfície do punho da lorica. Despejou argumentos no disco de adesão da manopla, forçando-o a acreditar que não estava apenas ligado à lorica, mas *era* a lorica, fazia parte dela, ela nunca poderia soltá-lo, nunca, jamais...

A lorica gigante sacudiu sua enorme mão, mas Clave permaneceu preso a ela, pendurado nas costas da mão.

A lorica pareceu ficar surpresa com isso. Sacudiu-o várias vezes, como alguém tentando tirar uma meleca da junta dos dedos, e ainda assim ele se recusava a soltar, e chacoalhava loucamente, urrando e gritando.

E eu aqui pensando que realmente estava chegando a algum lugar, refletiu Clave.

A coisa tentou se livrar dele só mais algumas vezes, e então fez o que ele temia: começou a balançá-lo como um chicote e batê-lo no chão, para cima e para baixo, para cima e para baixo.

Chocou-se contra o chão uma, duas, três vezes. Na quarta, o impacto foi tão forte que ele afundou vários metros na terra vermelha e poeirenta. A lorica parou apenas o tempo suficiente para que ele visse pequenos esquilos terrestres correndo em pânico; ele devia ter bagunçado o ninho subterrâneo dos bichos, imaginou.

Pelo menos não sou o único que está tendo um dia ruim.

A lorica o ergueu e o girou de novo, batendo-o em árvores, rochas e até em seu próprio punho decepado. Clave se segurou, gritando mais e mais comandos para o pedacinho de metal inscrito que o prendia ao punho da fera (não mais do que trinta centímetros quadrados de aço, estimou ele), sabendo que cada segundo que dedicava a se agarrar causava mais dano ao resto de sua armadura.

Sentiu que estava perdendo uma ombreira; depois um pouco de seu antebraço e saiote.

Estou me desfazendo, pensou. *Estou chovendo sobre esse vale feito sementes de dente-de-leão...*

Sabia que aquilo não poderia durar muito mais tempo. Pensou rapidamente sobre o que fazer, tentando se orientar enquanto girava no ar.

Espiou o penhasco ao sul. Estava a apenas oitocentos metros de onde precisava estar, talvez menos.

Uma ideia desabrochou na cabeça dele.

Esperou até que a lorica gigante o erguesse ao máximo: em seguida, falou com as inscrições de densidade crivadas na sua armadura, comandos que fizeram sua couraça acreditar que era mais dura que mil toneladas de aço usinado, e começou a convencê-las a octuplicar suas definições; depois, a octuplicá-las novamente; e fez isso de novo, e de novo, e de novo...

Em menos de um segundo, a armadura de Clave se tornou tão pesada quanto dois galeões de uma casa comercial.

A lorica gigante cambaleou, perplexa por, de repente, estar segurando algo tão pesado.

Clave se chocou contra o chão da floresta com um baque ensurdecedor e esmagou boa parte do punho da lorica também. Verificou sua própria armadura enquanto caía, ouvindo os argumentos dançando através do metal; ficou satisfeito ao descobrir que a maior parte tinha aguentado bem, embora seu dispositivo de voz, compreensivelmente, não estivesse mais funcionando direito.

Observou de dentro da armadura enquanto afundava no chão, quase puxando a enorme lorica para o fundo por cima dele. Percebeu que isso não era sustentável (não dava para fazer com que o vale inteiro desmoronasse por cima dele) e cobriu sua armadura com comandos novamente, alterando a física e restaurando as densidades para uma fração do que havia acabado de atingir.

Chacoalhando e guinchando, levantou-se e se virou para a grande lorica, ainda segurando seu braço. Observou enquanto o monstro cambaleava, ainda tentando se recuperar.

Agora, pensou ele, *o negócio é fedegar todas as suas calibrações de gravidade.*

Torceu seu corpo de metal gigante, lançando a alabarda para a frente, enviando seus muitos argumentos ao longo da haste da arma e guiando-a para a parte mais fraca da perna da lorica. Observou com satisfação a enorme lâmina preta afundar na parte de trás do joelho; depois, retraiu a alabarda, puxando-a para trás o mais forte que pôde. O joelho explodiu numa chuva de bronze escuro.

A lorica não tombou como ele desejava; em vez disso, as três pernas restantes dançavam, movendo-se para a frente e para trás com habilidade enquanto equilibravam o enorme peso do monstro.

Então, Clave se ajoelhou, com o braço da lorica ainda preso em sua mão, fincou bem os calcanhares no chão e deu um salto para cima.

Possivelmente, pensou ele, era o maior salto jamais tentado com uma lorica de guerra da Transportes Dandolo. Argumentou com quase todos os aspectos da natureza física da armadura a cada etapa do movimento, desde a flexão de seus tornozelos até a maneira como ela fendia o ar, e a reformulou para atingir dois objetivos específicos.

Para começar, elevou a própria densidade novamente. Ficara muito bom nisso, então foi fácil, e, num piscar de olhos, ficou pesado como um galeão de novo, mas a densidade não era exatamente uma característica útil ao saltar

Mas a segunda parte...

Flechas inscritas são inscritas para acreditar que não estão voando, pensou enquanto saltava. *Mas* caindo, *direto para baixo, em direção à terra. Portanto, trata-se apenas de fazer com que todas as minúsculas inscrições de gravidade nesta coisa acreditem nisso... mas para fazer meu dispositivo pensar que estou caindo* para cima.

Saltou, despejando comandos para as inscrições de gravidade dentro da lorica.

E, depois, caiu. Diretamente para cima.

E, porque ainda segurava o braço da lorica gigante, ela disparou junto com ele.

Devia ser a visão mais bizarra do mundo, ele achava, essa pequena partícula de metal girando céu adentro, arrastando esse chocalho gigante com ela, pedaços de metal e couraça chovendo no vale lá embaixo, e, mais absurdamente, eles *aceleravam*, voando cada vez mais rápido.

Cada vez mais alto, pensou.

O ar ficou frio em torno dele. Sentia a condensação gelada grudando em sua armadura.

Mais alto, pensou. *Mais alto, mais alto, mais alto...*

A lorica, então, fez o que ele esperava: ajustou as próprias densidades, as próprias gravidades e contrabalançou os comandos de Clave para arrancá-lo dos céus e trazê-lo de volta à terra.

Sentiu-se bruscamente puxado para baixo, como se tivesse escalado uma corda que se soltou abruptamente, e depois eles despencaram rumo ao vale.

Os punhos da lorica o golpeavam enquanto caíam, tentando agarrá-lo e segurá-lo perto de si, talvez para esmigalhá-lo quando aterrissassem. Ela ainda não percebera o objetivo de Clave: ele *queria* que a lorica caísse na terra.

Estudou a paisagem abaixo, fez alguns cálculos e percebeu que, embora a lorica estivesse caindo, não estava caindo no lugar certo.

Preciso ajustá-la, pensou. *Só uma cutucada...*

Percebeu que isso não seria fácil. Podia brincar com as inscrições dentro de sua armadura, mas havia alguns limites estritos: não podia voar, não podia mudar abruptamente de direção no ar. Todas as suas permissões de gravidade estavam ligadas aos movimentos físicos da armadura.

Então, precisaria pular novamente, mas como estava voando, não tinha muitas superfícies *a partir de onde* pular.

Olhou para a prisão sombria acima dele, caindo exatamente na mesma velocidade que a gigante lorica mais embaixo.

Ah.

Diminuiu a densidade, talvez um pouco demais, e foi arremessado pelo vento até bater no fundo do cubo preto gigante.

Por um instante, quis dar uma olhada lá dentro, flexionar a visão e ver se conseguia enxergar dentro da prisão gigante, e espiar...

Não, disse consigo. *Não, ainda não.*

Gemendo, forçou sua armadura a ficar no fundo da prisão, seu capacete voltado para baixo enquanto a prisão zunia em direção à terra como um cometa quadrado e preto. Em seguida, agachou-se o máximo que pôde e saltou.

Clave disparou em direção à terra, o ar passando veloz pelas rachaduras em sua armadura. Ao passar pela lorica gigante, estendeu a mão, agarrou-a com suas manoplas, ativou os discos de adesão nas palmas das mãos e segurou firme.

Estudou o terreno abaixo, espiou o penhasco na ponta sul do vale e fez mais alguns cálculos.

<*Berenice*>, chamou ele. <*Manda ver!*>

<*O quê? Você está muito alto!*>, respondeu ela.

<*Em breve não estarei!*>, disse ele. <*Vai logo!*>

Reuniu o máximo de força que pôde, despejando argumentos em sua armadura, e arremessou a lorica na base do penhasco, usando toda a densidade e a gravidade auto-ordenadas dela para fazê-la cair como um cometa do céu.

Clave pensou que agora ela poderia estar no alvo. Talvez.

Diminuiu sua densidade, mergulhou para o lado, e ele e sua armadura começaram a flutuar rumo à terra, como a mais delgada das folhas.

Se eu errar, pensou, *Ber vai ficar muito puta.*

◆◆◆

Berenice apertava os olhos para enxergar o céu enquanto Clave realizava suas acrobacias estratosféricas com a lorica gigante. Precisava admitir: imaginara que ele faria alguma coisa, mas não acreditara que dominaria o uso de sua armadura tão rapidamente.

Em seguida, respirou fundo e sussurrou para Claudia e Diela:

<*Vocês estão longe?*>

<*Não sei o quão longe precisamos ficar no caso dessa merda!*>, retrucou Claudia. <*Mas estamos correndo o mais rápido que podemos, se é isso que você quer dizer!*>

Berenice ergueu o próprio gatilho duplicado.

<*Então mandem ver*>, disse.

Apertou o gatilho e olhou para o sul. Correu para o oeste ao longo da borda do vale, quase voltando para onde a montanha tinha se desintegrado. Não tinha certeza se aquele era um lugar seguro, mas era tarde demais agora: viu a espringal que montara no penhasco ganhar vida, cuspindo flechas na floresta abaixo. Ela a armara com flechas de velas (as mesmas flechas que Claudia usara para incendiar os campos de Grattiara), e observou as alegres faíscas cor-de-rosa rodopiarem por cima das árvores.

Isso era, é claro, inútil numa situação de combate, a menos que você quisesse ser notado. Mas era exatamente isso o que Berenice queria.

Olhou para o penhasco, depois para as lâmpadas lá em cima e para a lorica gigante despencando no céu, então de novo para o penhasco. Nada aconteceu.

Vai, pensou ela. *Vai*...

Em seguida, a espringal de Claudia começou, bem do lado leste do penhasco, a lançar flechas de vela na floresta. O ar do meio-dia brilhava e cintilava como o broche de uma ricaça.

Olhou ao redor do vale. Nada estava mudando. Tevanne não estava reagindo.

E então...

O ar pulsou. O estômago de Berenice se contraiu com a náusea. Houve uma sensação peculiar de inclinação, como se estivesse no convés de um navio que acabara de mudar de direção, seguindo rumo ao sul...

E depois duas bolhas enormes apareceram na face do penhasco, mas eram bolhas de nada, apenas espaço vazio e desnudo.

Ficou olhando, maravilhada, horrorizada. *Que coisa impressionante*, disse a si mesma, *é testemunhar a mudança do mundo...*

No entanto, notou com satisfação que as lâmpadas-mortas haviam apagado a parte de baixo do penhasco, quase exatamente onde ela, Claudia e Diela esconderam as espringais.

O que significava que toda a montanha acima daquele ponto agora estava quase totalmente sem apoio.

Houve um estrondo no solo e, em seguida, a ponta sul do vale começou a desmoronar, enormes pedaços de granito rosa-marrom se soltando das garras das montanhas e caindo.

Ela estava tão hipnotizada pela cena, na verdade, que se assustou quando a lorica monstruosa desceu do céu e mergulhou diretamente no coração da pedra em ruínas. Depois, o topo do penhasco cambaleou e caiu onde a lorica tinha acabado de desabar.

Berenice esperou. Mais pedaços do vale meridional desmoronaram em torno da lorica. Ela não saiu dali.

Ser lançado vários quilômetros para o alto no ar, pensou Berenice, *e depois ser enterrado no subsolo... Isso pode fazer com que um dispositivo de gravidade sobrecarregado fique muito, muito,* muito *confuso.*

◆◆◆

Sancia fechou os olhos e flexionou a visão inscrita enquanto a ponta sul do vale desmoronava. Escondera-se numa pequena fenda nas ravinas, no lado oeste do penhasco, e observou com grande ansiedade enquanto a terra tremia ao redor dela, e mais e mais pedras caíam sobre o local onde a lorica pousara.

Olhou para cima. A prisão sombria no céu balançou, mas não caiu, ainda não.

Lentamente, a avalanche diminuiu. Sancia deslizou para fora da fenda e se aproximou da enorme pilha de terra e pedra, olhando para a frente. Ela viu que a imensa lorica estava enterrada sob quase três metros de pedra e solo, e todos os seus dispositivos estavam enlouquecendo.

<*Garota?*>, exclamou Clave. <*Está viva?*>

<*Estou*>, respondeu ela, ouvindo o som do solo que se acomodava e das pedras que batiam. <*Por enquanto!*>

<*Então você tem que se mexer rápido!*>, disse ele. <*Ainda estou ouvindo as ordens de Tevanne através daquela lâmina em seu ombro, parece que nós a sobrecarregamos! Muita merda acontecendo, muitos hospedeiros para rastrear, muita porcaria quebrando! Você tem uma janela, mas é pequena! Depressa!*>

Esperou até que os sons da avalanche diminuíssem, depois saiu de seu abrigo e se aproximou.

A poeira estava abaixando quando ela chegou mais perto. A enorme lorica quase conseguira, percebeu Sancia: a coisa quase escapara da avalanche usando o único braço restante. No entanto, Clave a danificara gravemente, quase tanto quanto a avalanche, e ela só conseguira escapar pela metade, com as pernas quebradas ainda presas no solo. Sancia não precisou usar a visão inscrita para ver que as inscrições de gravidade estavam fracas e sobrecarregadas: pedras e partículas de poeira flutuavam cambaleantes por cima dela, como moscas bêbadas zumbindo sobre um barril de vinho. Sentiu partes do próprio corpo ficarem mais pesadas e outras ficarem mais leves conforme se aproximava.

Espero que isso não impeça todo o sangue de ir para o meu cérebro, pensou. *Ou de sair dele.*

Viu seu alvo quando se aproximou: uma pequena escotilha, trancada com uma fechadura, posicionada bem no topo do torso da lorica.

Sancia se equilibrou em cima das pedras, correndo o mais rápido que podia e subindo habilmente entre os escombros, ignorando as dores nos joelhos e tornozelos. Colocou a mão na portinhola e deparou com um argumento familiar de Tevanne.

<*DISTRIBUIÇÃO DEVE OCORRER APENAS*>, engasgava o dispositivo, <*QUANDO... QUANDO AQUELES QUE PORTAM O... O SINAL... SÃO ENCONTRADOS COM A VONTADE...*>

Ela decifrara esse argumento antes, durante suas muitas incursões com Berenice; era ainda mais fácil agora, com um dos discos de Tevanne enterrado em seu ombro. Superou a defesa facilmente, e a escotilha se abriu.

Olhou para dentro. Uma escotilha pequena, que podia ser escalada por um hospedeiro, talvez... e, depois, os discos ali dentro.

<*O comando está pronto aí com você, Clave?*>, perguntou.

<*Sim*>, respondeu ele, suspirando. <*Mais um comando. Eu dou essas ordens para o otário, e todos nós vamos para casa e ficamos bêbados.*>

Subiu na escotilha e deslizou para as entranhas do imenso *lexicon*.

Flexionou a visão inscrita e focalizou os vinte discos vermelhos ardendo nas profundezas. Precisava colocar Clave o mais próximo possível deles, para encontrar o componente desse *lexicon* que o unia com o resto da consciência mais ampla de Tevanne, e ali ele seria capaz de se apossar daquela fera e controlar a própria realidade do vale, bem como a prisão lá em cima.

Desceu para a pequena câmara central e identificou o componente quase imediatamente: um pequeno disco de aparência insossa, instalado no canto.

Assim como tantas outras coisas inscritas, pensou ela, rastejando até ele. *Parece tão comum... e ainda assim é capaz de tanta coisa.*

Ergueu o disco-trilha, mas, antes de abaixá-lo, ficou congelada e se virou.

Observou o espaço ao seu redor. Poderia jurar que tinha vislumbrado algo perto do seu ombro...

Ou quem sabe alguém. Um homem, talvez, de cujos olhos e nariz escorria sangue, seu rosto suspenso na escuridão daquele lugar, atrás dela.

Sozinha na escuridão, Sancia sussurrou:

— Gregor? — Mas não havia nada.

Cerrando os dentes, virou-se e bateu com o disco-trilha de Clave no disquinho simples, então se preparou.

◆◆◆

Berenice, Claudia e Diela se amontoavam nas árvores por cima do que restava da ponta sul do vale, tentando espiar através da poeira.

<*Ela entrou!*>, disse Clave. <*E agora... esperem! Ela conseguiu! Vai demorar um segu...*>

Sua voz desacelerou e se esticou, transformando-se num longo e sustentado som de *uuuuu.*

Ficaram de pé num salto quando ouviram isso. Em seguida, olharam para a prisão e as três lâmpadas-mortas remanescentes, lá em cima. Nenhuma delas estava se mexendo, pelo menos ainda não.

— Olhem! — falou Diela, tão animada que soltou em voz alta.

Apontou para cima. E elas viram, para sua surpresa, que a prisão estava se mexendo.

Foi subindo, subindo, subindo, até atingir o mesmo nível das três lâmpadas-mortas remanescentes penduradas no ar ao redor do vale. E depois disparou na direção delas.

Berenice se encolheu quando a prisão sombria se mexeu. A ideia era sua, e ela ainda não estava convencida de que funcionaria.

O lexicon *está constantemente influenciando a realidade do vale,* sugerira ela. *O que o torna mais forte que as lâmpadas-mortas, de certa forma. Mas não há nada que ele influencie mais que a prisão, então, por que não deixar Clave usar* isso *como arma contra* elas?

Assistiu à prisão colidindo com a primeira lâmpada-morta, o enorme cubo preto batendo com tudo contra o tijolo preto menor. Um canto da lâmpada se desfez em pedaços com o impacto, e a nave saiu girando, até se chocar contra as encostas mais abaixo.

— Funcionou — disse Claudia. — Puta merda, está *funcionando*!

A prisão flutuante agora tinha o ímpeto inicial a seu favor, e as duas lâmpadas-mortas restantes ainda não haviam se mexido (talvez Tevanne estivesse paralisada, ou atordoada, ou assoberbada com tudo aquilo), e Berenice assistiu, ligeiramente incrédula, enquanto o cubo esmagava uma e depois a outra, transformando ambas em estilhaços quase instantaneamente.

— Nós... Nós conseguimos — falou Diela. — Nós vencemos.

Em seguida, a prisão despencou direto para a terra.

— Quase — corrigiu Berenice. — Agora, o prisioneiro.

◆◆◆

Clave pousou com leveza e disparou pela floresta, tentando se lembrar de onde estava.

Sabia que estava dentro da armadura. Sabia que estava fazendo com que se movimentasse. Sabia disso.

Mas também sabia que estava nas mãos de Sancia, no disco-trilha, que lhe permitia capturar o *lexicon*, o qual era...

O vale. As montanhas. A realidade. Tudo isso. Mas especialmente...

A prisão. A câmara preta caindo do céu, caindo, caindo, caindo, e logo ela se chocaria contra a pedra e se abriria, e então ele veria...

Lembre-se de onde você está.

Ele atravessava as árvores, as pedras, as ruínas, as muralhas, as... as...

(Fique...)

Hospedeiros à direita, à esquerda, armados com espringais, cobrindo-o com flechas, como o som de granizo no casco de um navio.

— Não — disse Clave. — Não, não, eu não... Não me importo com vocês...

(Fique comigo.)

Seus comandos alimentavam o *lexicon*, o mundo, a vasta prisão sombria descendo como alguma lua terrível se pondo...

— Eu me espalhei demais — falou Clave em voz baixa. Saltou para a frente, empurrando para o lado um hospedeiro, sem saber se o matara ou não, incapaz de compreender o que estava fazendo. — Demais. Muito de mim... em todos os lugares...

A prisão, ainda caindo, caindo. Flechas presas nos braços de Clave, na couraça, nas pernas, em todos os lugares. Conseguia ver a prisão agora, via de dentro de sua armadura, mas via de dentro do *lexicon* ao mesmo tempo, o *lexicon* cantando na escuridão, sussurrando para o mundo...

Eu vou matar...

A prisão se chocou contra as encostas. Suas quatro paredes gemeram, tremeram e começaram a cair, muito lentamente, muito, muito lentamente.

Eu vou... matar...

Saltou por cima de uma ravina, disparando em direção à prisão sombria como uma estrela cadente.

E, quando pousou, ele a viu.

Ela o esperava. De pé perto das avencas, entre as sombras do fundo da floresta à sua direita, seu cabelo uma nuvem de prata pálida, as mãos arroxeadas e apodrecendo.

Não, pensou ele.

Ela abaixou a cabeça. A escuridão parecia crescer à sua volta.

Não, não quero ver! Agora não! Agora não!

As coisas ficaram borradas.

• 28

Clave está de pé sobre a ponte estreita, o salão dos reparadores baixo e espalhado logo depois do fosso. Ele está esperando, e se esforçando muito para não chorar.

Clave olha para a pedraria na ponte à sua frente. Este é um lugar para o qual ele voltou muitas vezes na vida, e as visitas muitas vezes foram jubilosas: foi aqui que sua vida mudou, onde conheceu o amor, onde o arco de seus dias de repente se inclinou rumo ao contentamento.

Mas nada daquilo o conforta agora. A lembrança de tantas carícias e tantos beijos passados parece agora uma zombaria terrível.

Vê movimento no final da ponte. Sua esposa está conversando com alguém ali na porta do salão. Ele espera, impaciente e apavorado, a lua enorme e cheia no céu noturno, as ruas da cidade silenciosas e quietas, exceto pelo som de tosse, e de choro em algum lugar.

Escuta a tosse. Ela se arrasta durante muito tempo, e, quanto mais ele a escuta, mais fica destruído.

Clave inclina a cabeça e enxuga as lágrimas. Pois as muralhas que ajudou a projetar há tanto tempo podem barrar muitas coisas, mas não isso. Não a epidemia. Não a pestilência.

Percebe que ela está voltando e para de andar de um lado para o outro. Observa-a avançar, novamente impressionado com sua beleza, manchada apenas pela tristeza em seu rosto. Em seu qua-

dril, equilibra uma criança pequena: um menino de não mais que três anos de idade. A criança parece cansada. Já passou da hora de dormir.

— Já combinei tudo — diz ela com voz rouca quando se aproxima dele. — Eles vão deixar você entrar. Mas só por um minuto.

Engole em seco, acena com a cabeça e a segue. Nunca desceu esta ponte, nem uma só vez, e ela está quebrando muitas regras para permitir isso. Mas muitas regras foram ignoradas desde que a peste apareceu pela primeira vez nesta cidade.

Os reparadores no portão olham furiosos quando se aproxima.

— Só deixo você entrar por pena — diz um homem. — E pelo tanto que vocês dois trabalharam por todos nós. Mas você deve *voltar rapidamente. Compreende?*

Clave assente.

— Vou voltar — diz ele, a voz pequena e estrangulada.

— Há muita morte aqui — fala o homem. — Se você deseja permanecer são, nomeante, partirá tão rapidamente quanto veio.

Clave assente com a cabeça de novo.

O reparador abre a porta com relutância e permite que Clave entre, cansado demais para se preocupar com blasfêmia. Sua esposa o leva para dentro com o filho ainda no colo, para o corredor tão cheio do barulho da tosse, dos choros e gemidos. A criança franze a testa, assustada com os sons, mas não chora, embora estenda a mão para Clave, que o pega nos braços.

Giram e giram, descendo as escadas e passando por uma porta atrás da outra. Finalmente, chegam a uma pequena câmara no final de um corredor.

É um quarto pequeno, vazio, exceto por uma cama com cortinas e lâmpadas inscritas a cada lado. Os reparadores ficam de um lado da sala, as bandagens bem amarradas em torno de suas mãos, bocas e olhos, o pano perfumado com óleos para abafar a peste.

— Vocês devem manter distância — dizem eles. — Devem ficar para trás.

Clave e a esposa concordam. Em seguida, os reparadores puxam a cortina em volta da cama.

Uma garotinha está deitada, envolta num pano semelhante, embebido em óleos. Os reparadores haviam envolvido seus braços, pés e pescoço, mas o rosto está descoberto.

Clave olha para o rosto da filha, sua primogênita. Suas feições ainda pálidas e perfeitas, embora sua boca esteja arroxeada e machucada pela doença.

Minha borboleta, *pensa ele.* Minha borboletinha.

— Ah, meu Deus — geme a esposa ao lado dele. — Ah, meu Deus, meu Deus, meu Deus...

Ela começa a caminhar em direção à cama.

— Fique para trás — diz um dos reparadores. — Fique para trás e se despeça!

Clave fica paralisado quando sua esposa se aproxima. Encara o rosto de sua filha, a meros sopros de distância do precipício da morte.

Os reparadores correm para segurar a esposa de Clave. Ela estende um braço, tentando alcançar o corpinho na cama, tentando tocá-la mais uma vez, mas eles não a deixam ir mais longe.

— Meu Deus! — grita sua esposa. — Não, não, meu Deus, meu Deus!

— Despeçam-se e vão embora! — ordenam os reparadores. — Ofereçam a ela seu amor e vão!

O mundo todo grita. Clave está segurando seu filho com força, segurando-o com força, agarrando tanto seu corpinho que o menino grita.

— Papai, para! — chora a criança.

— Não! — grita sua esposa. — Não, não, não, por favor, não!

— Papai! — diz a criança. — Papai, para, para, para!

Os gritos aumentam e aumentam em torno dele, e depois...

Então, ele sente.

Um espinho em sua mente.

Seu coração é uma fechadura, e seus pensamentos são a chave.

O mundo está cheio de nomes mutáveis em torno dele, nomes que permanecem nas sombras da existência e aparecem apenas ocasionalmente, aproximando-se da luz só durante aquele momento de passagem, a transmutação repentina e impiedosa da vida em... em...

Deveria desviar o olhar. Deveria fechar os olhos e desviar o olhar. Mas não faz isso.

Clave vê os nomes do mundo atrás do mundo. Ele os vê em volta da cama de sua filha, entrelaçando-se onde ela está deitada. A respiração dele o deixa e ele cai de joelhos em assombro, e percebe que os nomes estão descrevendo algo. Estão lhe mostrando, talvez. Algo que está escondido atrás das cortinas do mundo todo, esperando por ele.

Ouve a própria voz como se viesse de muito, muito longe.

Ela sussurra:

— Uma... Uma porta?

• 29

Clave estava de pé na floresta, observando enquanto a prisão descia até ele, caindo suavemente do céu.

Percebeu que estava gritando. Gritava:

— *Fique comigo! Fique comigo!* — No entanto, seu dispositivo de voz estava danificado, por isso as frases saíam num timbre desumanamente alto e desumanamente grave, suas palavras malformadas ecoando pelo vale destruído.

As paredes escuras da prisão caíram, a caixa se abriu diante dele como uma flor. E no meio dela, de pé...

(papai, para)

Um homem de preto.

Olhava para o outro lado, de costas para Clave, esquadrinhando as distâncias como se estivesse impressionado com a visão daquele lugar. Clave disparava na direção dele, correndo o mais rápido que podia, mas então...

O homem de preto se virou.

Seu rosto sem feições, cintilante, sem olhos, sem expressão... e, em seguida, inclinou a cabeça.

E falou.

Urrou:

— *CLAVIEDES*!

A raiva em sua voz, a fúria, a tristeza. Sem nem perceber, Clave parou onde estava, atônito.

Por um instante, Crasedes ficou imóvel. Mas depois tremeu de raiva e gritou:

— *EU NÃO QUERIA QUE VOCÊ VIESSE ATÉ MIM! EU NÃO QUERIA ISSO, SEU IDIOTA MALDITO, MALDITO!*

Em seguida, flexionou as pernas, como se agachasse no chão, e saltou. Subiu ao céu...

Mas, depois disso, não parou. Simplesmente continuou subindo.

Clave assistiu, atordoado, enquanto Crasedes disparava para o céu.

Berenice, Claudia e Diela olhavam enquanto a pequena figura preta disparava como uma pulga saltando das costas de um porco e depois subia, disparando direto para o céu do meio-dia até ficar menor que uma semente de papoula, e então se foi.

Pararam por um instante, abatidas com a surpresa, sem saber se acreditavam no que tinham acabado de ver.

— Bem — falou Diela. — Acho que agora ele consegue voar.

◆ 30

Berenice corria.

Corria enquanto a tarde se transformava em noite, a respiração irregular em seus pulmões, os joelhos doendo, os tornozelos latejando, o interior de seu traje e a boca cobertos de poeira. Corria sem parar, num mergulho interminável na floresta, escalando as encostas rochosas, cambaleando o mais rápido que podia com Claudia e Diela logo atrás.

<*Depressa!*>, gritou a elas. <*Depressa, depressa!*>

<*A gente fez tudo com pressa pra caramba*>, ofegou Claudia, <*nas últimas quatro horas!*>

Berenice parou para ajudar Diela a descer uma saliência de pedra. Houve um estalo, e uma flecha inscrita se chocou contra as pedras logo acima, cobrindo-as com rocha pulverizada.

<*Perto demais!*>, exclamou Berenice. Saltou para onde as encostas terminavam num pequeno riacho da montanha, ofegando quando a água gelada entrou dentro das suas botas. Olhou para cima e viu figuras na borda das rochas acima delas, talvez oitocentos metros acima, apontando espringais para elas.

<*Mexam-se, mexam-se!*>

Correram para o riacho, flechas caindo ao redor. Estavam fugindo desde o colapso da prisão, desde que Clave destruiu o *lexicon* dentro da lorica gigante, fugindo do súbito ataque de hospedeiros que apareceram feito um enxame por entre as árvores após toda aquela destruição. Berenice não sabia o que havia acontecido com Clave ou Sancia, ou mesmo onde estavam. Era uma sensação incomum e desconfortável, pois sempre os sentira por perto nos últimos anos.

Estou muito longe deles, pensou ela. *Muito longe, muito longe... Se é que estão... Se é que minha esposa está...*

Não podia suportar aquele pensamento. Em vez disso, concentrou-se na fuga e na segurança.

Continuaram correndo. Flechas choviam sobre elas. Por mais assustador que fosse, tudo o que Berenice queria era parar, sentar e descansar. Suas pernas pareciam feitas de chumbo, seus pulmões doíam, cada parte do corpo dela latejava. Ainda assim, continuavam a correr.

Berenice francamente não tinha ideia de como os hospedeiros estavam funcionando (tendo destruído um *lexicon* tão essencial, pensou que todos deveriam ter sido libertados), mas ela tinha uma suspeita sombria sobre por que eles ainda pareciam estar sob o feitiço de Tevanne.

Olhou para o céu atrás delas. *Porque uma daquelas coisas está próxima. Uma daquelas cidades voadoras deve estar por perto, provavelmente perseguindo a mesma coisa que acabamos de libertar.*

Esse pensamento não a consolou. Berenice se lembrou do absurdo do momento, da pura loucura de tudo aquilo: Crasedes parado ali, fraco e vulnerável; Clave, enorme e imponente em sua armadura, com todas as vantagens a seu favor; e, no entanto, ele apenas... ficou imóvel, observando, até que Crasedes partiu sem esforço.

Será que acabamos de condenar a criação? Isso foi uma vitória? Ou apenas adiamos o inevitável?

Em seguida, sentiu um calor no fundo de sua mente. Era algo que transmitia medo, ira, cansaço e, por fim...

<*BER!*>, gritou a voz de Sancia. <*Ber! Eu te achei, eu te achei! Você está perto, você está perto!*>

Todas as três engasgaram de alívio quando a voz de Sancia se infiltrou em suas mentes. Berenice sufocou um grito.

<*Você está viva!*>, disse. <*Você está viva, você está viva!*>

Abriu uma trilha até Sancia e sentiu sua localização; talvez oito quilômetros rio abaixo, no lado oeste de uma serra próxima. E, junto com ela...

<*Ber*>, falou a voz de Clave. <*Eu vou até vocês. Trarei vocês para cá em segurança. Mas não parem de correr.*> Sua voz era rouca, baixa, talvez derrotada.

No que pareceram meros segundos, uma sombra passou por cima, e então Clave caiu no chão logo atrás dela. Berenice ficou olhando para ele. Sabia que havia sofrido danos tremendos durante a luta, mas ainda assim foi surpreendente vê-lo: seu capacete esmagado, o braço direito que parecia prestes a cair e as pernas que tinham buracos, com pedaços arrancados na região das coxas.

<*Posso levar uma de cada vez*>, disse ele.

<*Levar a gente?*>, perguntou Claudia. <*Como?*>

<*Eu seguro você. E nós pulamos.*> Ele estendeu os braços, ou o que restava deles. <*Suba em mim. Agora.*>

Mais uma vez, o tom dele estava estranho. Então Berenice percebeu: mesmo em momentos de pânico, sempre havia uma entonação malandra e sincopada nas palavras de Clave, uma alegria espertinha por trás de todos os seus comentários; mas agora isso se fora. Agora suas frases eram curtas e seu tom, monótono.

<*Diela primeiro*>, falou Berenice. <*Em seguida, Claudia. Depois eu.*>

Clave ficou totalmente imóvel enquanto Diela subia em seus braços. Em seguida, sua armadura ganhou vida, e ele a embalou numa postura curiosamente paternal, empurrando seus joelhos para perto do pescoço. Depois, agachou-se, saltou e saiu voando pelo ar, até que eles se perderam no céu noturno.

— Puta merda — disse Claudia.

Houve um estalo e, em seguida, outra flecha atingiu uma árvore próxima. Berenice olhou para trás. A luz estava morrendo no céu, mas ela ainda podia ver movimento nas encostas atrás delas.

<*Continue correndo!*>, gritou.

Correram. Em segundos, Clave desceu do céu novamente, tomou Claudia em seus braços e saltou para longe outra vez. Berenice corria sozinha. Outra fração de segundo e ele estava de volta, suas grandes botas batendo no solo pedregoso.

Clave lhe estendeu os braços.

<*Venha.*>

O salto foi assustador. Berenice nunca experimentara nada parecido, e mais estranha ainda era a consciência de que o objeto que a segurava alterava sua própria gravidade e densidade enquanto voava. Mas ele flutuou suavemente por uma abertura nos galhos dos pinheiros, e eles pousaram em segurança nos arbustos, ao lado de Sancia e do resto da equipe.

Diela e Claudia se sentaram ofegantes nas folhas de pinheiro, tirando as botas e despejando poeira e pedra para fora dos calçados. Mas Berenice só tinha olhos para a esposa: Sancia parecia cansada e abatida, e a maneira como estava sentada sugeria que o quadril, as costas e possivelmente os joelhos estavam doendo de novo. Mas estava viva.

<*Você parece péssima*>, disse Sancia.

Berenice olhou para baixo e percebeu que ela estava certa. Na altura das mãos e das canelas, seu traje estava quase em frangalhos, o tecido cinza manchado com o sangue de mil pequenos cortes e feridas. Esforçou-se para pensar por um momento.

<*Nós... não conseguimos voltar para nossa lâmpada-morta*>, falou. <*Havia hospedeiros demais, o jeito foi correr.*>

<*Nem nós*>, disse Sancia. <*Clave me tirou daquele* lexicon *quebrado, mas, quando chegamos perto da lâmpada, o lugar estava lotado de hospedeiros. Ele simplesmente me segurou e pulou na direção de vocês. É um milagre a gente sequer ter achado vocês.*>

<*Então*>, disse Claudia, em tom sombrio. <*Estamos presos aqui?*>

Fez-se silêncio.

<*Estamos presos aqui*>, repetiu Claudia, mais firme, <*no topo dessas malditas montanhas, com um exército inteiro nos perseguindo e nenhum lugar para onde ir?*>

<*E... será que a gente chegou a vencer?*>, falou Diela. <*Ao libertar Crasedes, nós... fizemos o que viemos aqui para fa...*>

<*Não!*>, rosnou Sancia. <*Não, maldição, não fizemos porcaria nenhuma! Tevanne ainda pode capturar Crasedes, e aí a gente volta para onde começou!*>

Outro silêncio. Diela desviou o olhar, envergonhada.

<*Posso dar uma olhada*>, disse Clave. <*Ver quais são nossas opções, onde está o inimigo, depois continuar levando todos nós para onde eles* não estão. *Se pudermos sair dessas montanhas, talvez... talvez possamos nos safar.*> Seu capacete maltratado se virou para olhar para o norte. <*Talvez.*>

<*Faça isso*>, falou Berenice. <*Continue pulando conosco, carregando uma a uma. É tudo o que damos conta de fazer por ora.*>

◆◆◆

O que se seguiu foi a jornada mais bizarra que Berenice já enfrentara na vida. As quatro se escondiam em algum aglomerado de árvores ou atrás de um monte de pedras e esperavam que Clave despencasse do céu escuro para agarrá-las e voar para longe novamente, feito um bicho-papão dos contos de fadas, roubando crianças à noite. No começo, era algo estranhamente alegre, essa coisa de montar naquele corpo de metal e sair flutuando pelos céus; mas, quando tiveram de fazer a mesma coisa inúmeras vezes, aquilo se tornou um fardo horrendo.

Pior ainda era a visão das montanhas no ápice de seus saltos. Enquanto o céu escurecia, começaram a ver as luzes esbranquiçadas e rosadas que as estepes e as florestas filtravam enquanto as patrulhas de lanternas as revistavam, em parceria com tropas de hospedeiros tevannenses, era de se esperar. Toda vez que pulavam, parecia haver mais: mais luzes, mais lanternas, como se as montanhas estivessem sangrando a própria luminescência.

A longa noite continuou. Escondiam-se e pulavam, escondiam-se e pulavam. Diela e Claudia acabaram cochilando enquanto esperavam o retorno de Clave, e Berenice as cutucou sem piedade.

<*Durmam quando estiverem seguras*>, disse. <*E ainda não estamos.*>

Mas sabia, pela posição da lua, que já estava terrivelmente tarde, perto da meia-noite.

Quanto tempo mais podemos aguentar? Quanto mais vamos poder avançar, quase sem comida ou armamentos, e sem conseguir dormir?

Finalmente Clave levou Berenice para um último esconderijo, juntando-se às outras num pequeno bosque de pinheiros ao longo de uma serra. Em vez de agarrar Sancia e pular mais uma vez, ele olhou lentamente em volta.

<*Estamos em apuros*>, disse. <*Não tenho certeza de para onde pular da próxima vez. E estão todos chegando perto.*>

<*O que podemos fazer?*>, perguntou Berenice, agachada no escuro.

<*Render-se não é uma opção*>, respondeu Sancia.

<*Nunca disse que era*>, disse Clave.

Fez-se silêncio. A noite estava cheia de sons suaves de movimento: pedras que rolavam um pouco, o estalo de um galho, um barulho como o de pés correndo em cima de montes de cascalho. Diela olhou para a escuridão salpicada de rosa, com os olhos arregalados e temerosos.

<*Então, o que a gente faz?*>, perguntou Berenice.

<*Há uma opção*>, disse Clave. <*Eu poderia... abrir caminho.*> Apontou para o noroeste. <*Há uma elevação estreita de rocha ali. As forças de Tevanne são poucas do outro lado, por enquanto. Eu*

poderia atravessar ali, abrir caminho para vocês, e todas poderiam seguir. Mas vai ser perigoso. A elevação poderia desmoro...>

Então, uma voz ecoou na escuridão:

— *Sancia.*

Todos levaram um susto. O som da voz era muito *estranho*, muito perturbador, mas Berenice não conseguia identificar exatamente o porquê disso. Depois a voz voltou a falar, dizendo mais uma vez:

— *Sancia.*

— Ah, meu Deus — falou Diela suavemente. — São todos eles...

Berenice percebeu que Diela estava certa: os hospedeiros que Tevanne controlava falavam todos ao mesmo tempo, uma identidade falando por milhares de bocas. Era como se as montanhas inteiras gritassem no escuro, entoando:

— *Sancia. Sancia. Sancia.*

Sancia se inclinou lentamente para a frente e tapou os ouvidos com as mãos.

<*Ah, meu Deus*>, disse. <*Por favor, façam isso parar...*>

— *Sancia* — falava Tevanne. — *Sancia, Sancia. Está feito. Acabou.*

Clave se agachou mais.

<*Eles estão chegando muito perto...*> Seu braço se levantou e apontou para o sul. <*Lá embaixo.*>

Berenice percebeu que ele estava certo: a luz rosada e branca vazava pelas árvores mais abaixo, acompanhada pelo som de dezenas de passos.

— *Vou poupar você* — disse Tevanne. — *Vou poupar você. Mas só se você ceder.*

Os dedos de Sancia estavam cravados em seu couro cabeludo acima das orelhas, os nós dos dedos brancos de tanto esforço.

— *Renda-se* — falou Tevanne. — *Renda-se. Por favor.*

<*Muito perto agora*>, disse Clave suavemente. <*Quarenta deles, logo ali.*>

— *Você pode se tornar eu* — sussurrou Tevanne na escuridão estroboscópica. — *Posso mostrar a você. Posso mostrar como é saber* tanto...

Sancia estremeceu ao lado de Berenice. Berenice olhou para a esposa, pensando, e pediu:

<*Clave. Faça o que disse.*>

<*Fazer o quê?*>

<*Limpe o caminho à frente. E nós vamos te seguir.*>

Clave olhou para ela por um bom tempo. Depois disse:

<*Preparem-se. Corram quando eu mandar.*>

Agachou-se e desapareceu na escuridão. Houve um longo silêncio, rompido apenas pelas palavras sussurradas de Tevanne, e depois um estalo, seguido por um tremendo estrondo.

<*Mexam-se!*>, gritou Clave. <*Mexam-se, agora, agora!*>

Levantaram-se e correram encosta acima em direção a Clave. O ar estava nublado com poeira mais uma vez, agora revelada pelas luzes rodopiantes dos hospedeiros, mas o pior era correr cegamente pelo terreno instável: Clave havia desestabilizado todo o topo da colina, e pedras e terra estavam caindo ao redor das quatro.

Atravessaram correndo a abertura recém-criada na encosta, em pânico e às cegas. Tudo parecia estar girando, piscando, ondulando; flechas se derramavam nas pedras ao redor delas; Berenice ouviu Claudia gritando, Sancia xingando; Tevanne estava gritando: *"Sancia! Sancia!"*; viu Clave parado na abertura estreita, segurando uma enorme pedra e jogando-a de lado, depois outra, e mais outra; então chegou ao fim da abertura que ele criara e olhou do outro lado.

As encostas abaixo estavam repletas de luz. Tevanne, ao que parecia, tinha reagido rápido. Não havia para onde correr.

<*Não*>, falou Berenice com voz fraca. <*Não, não...*>

Em seguida, sentiu uma dor súbita em seu braço direito, mas percebeu instantaneamente que não era sua dor.

Ouviu Diela gritando de agonia. Correu pela escuridão empoeirada e encontrou a garota caída no chão, com a mão direita presa debaixo de uma enorme pedra que devia ter caído do cume destruído. Berenice se ajoelhou, chorando, e tentou arrancá-la dali, mas era muito pesada.

<*Merda!*>, gritou Clave. De repente, estava ao lado de Berenice, levantando a pedra sem esforço. <*Merda, merda, merda!*>

Berenice não conseguia ver o ferimento, mas sentiu umidade e calor na mão de Diela, bem como algo pontiagudo: osso, decerto. Ela arrancou o cinto, enrolou-o no bíceps da garota e apertou bem.

O mundo girava com luzes ao redor deles. O ar estava carregado com o som de passos e os cânticos de *Sancia, Sancia...*

Estava ajoelhada ao lado de Berenice, segurando Diela e balançando para a frente e para trás.

— Ah, não. Ah, não, não, não...

— O que fazemos? — gritou Claudia. — Corremos?

— Nem a pau! — rosnou Berenice. Amarrou o cinto. — Não vou deixá-la!

— São muitos! — berrou Clave. Sua armadura chacoalhava e tilintava enquanto ele andava ao redor delas, tentando enfrentar seus perseguidores por todos os lados. — Muitos... muitos!

Claudia sacou sua espringal e começou a girar o corpo, sem saber para onde apontá-la.

— Sancia, Sancia...

Diela gritava sem parar.

Berenice fechou os olhos.

É isso. É agora...

Os gritos de Diela aumentavam cada vez mais. Um mundo inteiro de gritos, a noite escura guinchando loucamente.

De repente, Berenice percebeu... não era Diela gritando.

Eram os hospedeiros. Não estavam mais falando. Estavam todos gritando ao mesmo tempo.

Abriu os olhos. As luzes rodopiantes pararam, assim como o som de passos. Agora havia apenas gritos, como se os milhares de hospedeiros naquele vale estivessem numa agonia indescritível...

— Que diabos! — exclamou Claudia. — O que diabos está acontecendo?

Berenice viu movimento ao norte. As lâmpadas permaneciam congeladas no espaço, mas... mas algo estava surgindo diante deles.

Arquejou. Era um corpo, percebeu, um corpo humano; não, eram *dezenas* de corpos humanos, talvez centenas, erguendo-se no ar como marionetes de cordas, seus braços e pernas abertos... e estavam gritando.

Uma náusea invadiu o estômago de Berenice, mas aquela era muito, muito familiar.

— Não! — gritou Sancia. — Não! Não, não, não, ele não! *Ele não!*

Berenice assistiu, horrorizada, conforme os corpos sombrios dos hospedeiros pareciam se desfazer de repente, como se a carne e os ossos fossem um papel amassado por um artista insatisfeito com o esboço que fizera. Ouviu-se um som curiosamente úmido vindo de todo o vale, como o de chuvas passageiras espalhadas por vários lugares, e um cheiro acre, de cobre, impregnou o vento empoeirado.

Em seguida, num instante, todas as lanternas se apagaram, e o vale foi coberto por uma escuridão total.

Ah, não, pensou Berenice. *Ah, não, ah, não, ah, não...*

O silêncio se estendeu sem parar; o único som era o de Diela choramingando a seus pés.

E, então...

Um tremendo estrondo a alguns metros de distância deles, como se algo enorme tivesse acabado de cair do céu.

Berenice mergulhou para cobrir Sancia e Diela o melhor que pôde. Mas, em seguida, nada aconteceu. A noite permaneceu escura e silenciosa.

<*Pessoal*>, disse Clave suavemente. <*Pessoal, puta merda. Puta merda, é a nossa lâmpada-morta...*>

Berenice soltou Sancia e Diela e espiou cautelosamente por cima do ombro. Ela viu que Clave estava certo: uma lâmpada-morta estava nas encostas abaixo deles, sua forma quadrada mal iluminada pela luz da lua coberta de fumaça.

Alguma coisa caiu dos céus escuros e pousou no topo da lâmpada-morta.

Um homem, ou algo em forma de homem. Vestindo um manto e uma máscara pretos que brilhava mesmo naquela luz fraca, embora uma rachadura estreita agora atravessasse sua face, do queixo à testa.

Crasedes Magnus estava sentado de pernas cruzadas em cima da lâmpada-morta deles, a cabeça apoiada nos nós dos dedos, como uma criança entediada num piquenique.

— Boa noite — disse ele, sua voz profunda e sedosa. — Acho que vocês perderam isso.

• 31

Fez-se um silêncio longo e terrível, interrompido apenas pelos gemidos de Diela. Berenice olhou para Crasedes, perplexa, apavorada, sem saber se devia acreditar que aquilo estava realmente acontecendo. Então, Sancia ficou de pé.

— Vai se *fedegar*! — rosnou ela. — Seu bosta! O que diabos você quer? O que diabos você *quer*?

— Ir embora — disse Crasedes simplesmente. — De preferência, muito rapidamente. — Ele olhou para o céu noturno. — Não terei muito tempo, infelizmente. Muitos danos me foram infligidos...

— Danos? A *você*? Seu... seu desgraçado! — rosnou Sancia. — Seu *desgraçado* podre e fedegoso! Por que eu não deveria dizer a Clave para despedaçar você, matar você agora mesmo e terminar o trabalho que começamos há oito anos?

Berenice olhou para Clave. Ele parecia longe de estar pronto para tal tarefa: estava totalmente congelado, seus olhos vazios fixos em Crasedes.

— Porque você sabe que não vou deixar — falou Crasedes. — É a escuridão mais profunda. O mundo está fraco. Não importa a força de Clave, esta é a *minha* hora. — Ele inclinou a cabeça. — Mas eu espero que você perceba... Não estou usando isso para prejudicá-la. Ou para arrancar Clave daquela armadura e usá-lo para destruir a realidade. O que eu poderia muito bem fazer. Em vez disso, estou pedindo *educadamente* que entre em sua nave aqui e venha comigo para um lugar seguro. Porque, do contrário, você e seus amigos terão um destino pior que a morte.

— Você... Você realmente acha que eu poderia acreditar em você? — cuspiu Sancia. — Que em *algum momento* eu acreditaria que você pode nos ajudar?

— O que acho é que você deveria acreditar — disse Crasedes — que existem cerca de trinta... como você as chamou agora há pouco? Lâmpadas-mortas? Pois muito bem: trinta *lâmpadas-mortas* se aproximando deste ponto exato para me caçar. Pessoalmente, não tenho intenção de estar aqui quando elas chegarem. Se *você* estiver aqui, a escolha será sua.

Fez-se um silêncio longo e gélido enquanto Sancia e Crasedes se encaravam.

— Gostaria de ter chegado aqui antes — prosseguiu Crasedes calmamente —, mas tinha outros assuntos para resolver. No entanto, vim para oferecer a você algo mais que apenas segurança. — Ele se inclinou para a frente e disse baixinho: — Nós dois sabemos o que Tevanne quer. Mas só eu sei onde *está*.

Outro instante de silêncio.

Berenice olhou para a esposa e apertou a mão dela.

<*San, eu... eu acho que a gente deveria...*>

<*Mas é um desgraçado*>, disse Sancia. <*O desgraçado mais completo e absoluto...*>

<*Sim. Eu sei. Mas estamos numa situação desgraçada.*>

Sancia fechou os olhos. Depois respirou fundo e disse:

— Ajude-nos a colocar Diela na lâmpada-morta.

◆◆◆

Sancia, Claudia e Berenice ajudaram a amarrar Diela em seu assento dentro da lâmpada, ajeitando cuidadosamente o braço quebrado enquanto enrolavam as correias em volta de seu corpo; depois, foram ocupar seus próprios assentos. Crasedes, estranhamente, escolheu ficar com eles dentro da nave.

Berenice sentia ânsias, incapaz de suportar a presença de um hierofante tão perto dela.

— Pode... Você pode pelo menos voar do nosso lado *lá fora*? — perguntou.

— Eu preferiria, é claro, mas receio que não — disse ele. — Em algumas horas, não poderei mais confiar nas minhas próprias forças. — Curvou-se ligeiramente, como se estivesse carregando um peso tremendo. — Embora a situação possa ser invisível para vocês, eu estou... ferido. — Sentou-se no chão aos seus pés, olhando para a frente, talvez para Clave, que retomou sua posição na frente da lâmpada, reconectando-se, junto com seu *lexicon* portátil, ao funcionamento da nave.

— Aonde estamos indo? — indagou Sancia, emburrada.

— Para cima — respondeu Crasedes. — E bem para o norte, para os desertos além das Montanhas Trizti. Vou guiá-los para a segurança a partir de lá.

— As Montanhas Trizti? — perguntou Claudia. — Meu Deus, só as vi em mapas, mas... devem estar a *horas* de distância.

— Então sugiro que vocês partam agora — disse ele —, para que possamos estar lá o mais cedo possível.

— Como saberemos se o caminho é realmente seguro? — indagou Berenice.

Crasedes olhou para ela com seus olhos escuros e vazios.

— Tenho lutado na linha de frente dessa guerra por muito, muito tempo. Sei *muito mais* sobre nosso inimigo que você. — Mais uma vez, olhou para cima, como se pudesse ver o céu através do teto da nave. — O suficiente para saber que precisamos ir embora. *Agora*. Caso contrário, não serei útil para vocês.

A lâmpada-morta levantou-se em silêncio do chão da floresta. Depois, como antes, dispararam para cima, lançando-se nas camadas mais altas da atmosfera. Berenice fez uma careta ao sentir o sangue deixar seu rosto, e Diela gritou de dor, mas continuaram subindo e subindo, navegando céu adentro. Embora a sensação fosse horrível, Berenice não pôde evitar sentir alívio por estarem deixando para trás aquele vale miserável e todos os seus horrores.

Diela continuou choramingando e soluçando enquanto segurava o braço quebrado. Por fim, Sancia não aguentou mais. Soltou-se e se aproximou cambaleando da garota.

<*Sua cabeça vai doer quando você acordar*>, disse, remexendo no bolso de trás. <*Mas vai doer menos do que está doendo agora.*>

Ela tirou dali um dardo de dolorspina e o cravou no braço da garota. Diela gritou, mas depois sua cabeça pendeu para o lado e ela ficou imóvel. Sancia voltou ao assento, mas Berenice não precisava ser duplicada com ela para saber seus pensamentos: o rosto da esposa estava pálido e infeliz, e assim permaneceu pelo resto da subida.

Em seguida, Clave sussurrou baixinho:

<*Berenice?*>

<*Sim?*>

<*Eu odeio dizer isso agora, mas... lembra quando vimos uma daquelas coisas tipo uma cidade flutuante?*>

<*Ah... sim?*>

<*Bem... Acho que temos outra pela frente. Ao norte. Na direção para onde ele nos disse para voar.*>

Berenice olhou para o dispositivo detector, ainda situado logo atrás de Clave, e viu que o espaço vazio girava com contas de chumbo, mas, como ele havia dito, um enorme amontoado de contas flutuava no espaço ao norte deles.

<*Quer... Quer que eu suba?*>, perguntou Clave. <*Disparo para as partes frias do céu de novo? Ou você quer que...*>

— Por favor, continue direto para o norte — disse Crasedes.

— Não podemos — disparou Sancia. — Há uma enorme coisa voadora no caminho, cuzão.

Crasedes inclinou a cabeça, pensativo.

— Não por muito mais tempo. O caminho é seguro, garanto.

— É... o quê? — perguntou Claudia.

Então Berenice apontou para o detector.

— Vejam!

Observaram as contas girando no grande globo de vidro, mas o grupo de contas que correspondia à cidade, viram eles, descia lentamente, caindo no ar pouco a pouco, até que ficou bem abaixo deles.

— O caminho é seguro — repetiu Crasedes. — Eu lhes asseguro.

Entreolharam-se.

<*Clave*>, disse Sancia. <*Acho que... faça como ele diz.*>

<*Ok, mas... Droga. Tem muita fumaça por ali...*>, falou Clave.

Berenice franziu a testa. Olhou para Crasedes, imóvel no chão, como uma estátua. Em seguida, soltou-se e rastejou até o centro do assoalho, na frente de onde Crasedes estava sentado, seu estômago latejando de náusea. Ele não reagiu, simplesmente continuou sentado ali.

<*Ber?*>, disse Sancia. <*Que diabos você está fazendo?*>

Berenice destrancou a escotilha no chão e puxou-a para trás. Instantaneamente, o interior da lâmpada-morta se encheu com uma luz amarela brilhante e perversa, derramando-se pela janela.

Olhou para baixo e engoliu em seco.

— Ah, meu Deus...

Assim como na vez anterior, eles estavam quilômetros acima da superfície do mundo, com uma das cidades flutuantes de Tevanne abaixo da nave, mas ela estava infestada de incêndios e sangrava fumaça escura, suas torres destroçadas e fumegantes, e não flutuava verticalmente, mas um pouco inclinada, uma massa titânica de pedra e metal cambaleando pelos céus como um navio danificado que a água invadia. A escala absoluta da destruição era incompreensível: era como se uma lua inteira fosse uma mariposa frágil que tinha voado muito perto da chama de uma vela e agora girava na noite enquanto suas minúsculas asas empoeiradas se desintegravam.

— Meu Deus — disse Claudia com a voz rouca. — Meu Deus, meu Deus…

Sancia olhou lentamente para Crasedes.

— O que você fez? — perguntou ela.

Ele a encarou de volta, sua brilhante máscara preta iluminada por baixo pela luz das enormes chamas.

— Eu disse a vocês — explicou suavemente. — Eu tinha outros assuntos para resolver antes de vir ajudá-los. O caminho é seguro. — Apontou para a frente. — Agora. Para o norte, por favor.

Assim que se estabilizaram e o voo adquiriu um ritmo uniforme, Berenice e Claudia se soltaram e se ajoelharam diante de Diela, limpando suas feridas, embora soubessem que não poderiam oferecer nenhuma ajuda real até que a lâmpada-morta aterrissasse: cada pequeno mergulho e sacudida fazia com que uma cirurgia fosse impensável, e todas elas lutavam contra a náusea das idas e vindas da nave, junto com a náusea causada pela presença de um hierofante sentado de pernas cruzadas aos pés da equipe.

<*Vai dar para salvar o braço dela?*>, perguntou Sancia.

<*Não sei*>, respondeu Berenice. <*Acho que sim. Mas, se não conseguirmos juntar os ossos logo… não sei se vai valer a pena. Seria melhor… cortar.*>

Sancia olhou para o rosto pálido e suado de Diela e virou-se para encarar Crasedes.

— Tudo isso por sua causa — disse com a voz rouca.

Crasedes se virou para olhá-la, mas não falou nada.

— Como sabemos se chegamos a tempo? — perguntou Sancia. — E se você já entregou tudo? Contou a Tevanne tudo o que sabia?

Ele a encarou de volta, implacável e inescrutável.

— Seu bosta — murmurou Sancia. — Você nos *enganou* para resgatá-lo? Para arriscar tudo por você?

— Eu não enganei vocês — disse Crasedes. — Nem *pedi* para virem me salvar. Esperava que vocês estivessem mais adiantados na luta que eu... — Ele olhou para Clave, na frente dele. — Mas parece que me enganei.

— Você entende o que fez para... para esta menina aqui... — Olhou para Diela e as lágrimas brotaram de seus olhos. — Só para te libertar. Uma coisa podre feito você.

Crasedes a observou por um momento.

— Não vou demorar muito — falou ele.

— Muito para quê? — perguntou Berenice.

— Muito até... Bem. Você vai ver — disse. — Mas posso muito bem fazer algo de útil enquanto consigo... — Levantou a mão, flexionou levemente os dedos enluvados pretos... e, em seguida, o ar pareceu tremer.

Diela acordou gritando de dor. Tremia na cadeira, jogando a cabeça de um lado para o outro, o braço mutilado esticado para a frente, e ainda assim Berenice podia ver que seu braço estava mudando, ondulando, os fragmentos de osso saliente se retraindo lentamente e deslizando para dentro de seus músculos dilacerados.

— O que você está fazendo? — gritou Sancia. — Pare! *Pare!*

Mas ele não parou: Crasedes continuou virando suavemente a mão no ar, e Diela continuou gritando, cada vez mais alto, até que ela finalmente desmaiou de novo.

— Diela? — exclamou Berenice. — *Diela?*

Crasedes finalmente abaixou a mão, e a estranha pulsação no ar cessou. O braço de Diela parou de tremer, mas ela não acordou.

— Pronto — disse ele. — As fraturas dela devem estar corrigidas agora. Muito melhor que antes.

Piscando, Berenice analisou o braço de Diela e viu que ele estava certo: os terríveis ângulos e fragmentos de osso haviam desaparecido e, embora a carne ainda estivesse rasgada em muitos lugares e precisasse de tratamento, o ferimento estava muito melhor que antes.

— Como sabemos se deu certo? — perguntou Claudia. — Quero dizer... Havia *muitas* fraturas.

Crasedes se recostou.

— Estou bem familiarizado com a manipulação do corpo humano, para dizer o mínimo — disse ele. — Um braço quebrado, alguns dedos, um punhado de ligamentos rompidos: isso é, comparativamente, uma solução simples. Embora eu admita... *fazer reparos* geralmente não é minha prioridade.

— Está esperando que a gente agradeça por isso? — perguntou Sancia. — Meu Deus, do jeito que ela gritou...

— Não espero que vocês digam nada — falou ele. — Em vez disso, vou precisar de você e de todo o seu pessoal nas melhores condições possíveis para o que deve ser feito a seguir.

— Não vamos fazer merda nenhuma para você — rosnou Sancia.

— Não seria só para mim, Sancia. Pela primeira vez, espero, você e eu queremos a mesma coisa. — Ele olhou para o grupo. — Tenho apenas mais alguns momentos, mas... presumo que todos vocês estejam cientes, *em alguma medida*, do que Tevanne procura, certo? Da razão pela qual fui preso?

Houve uma pausa tensa.

— A porta — falou Berenice baixinho. — A câmara no centro do mundo.

— Sim — confirmou Crasedes. — A abertura para a realidade por trás da realidade. — Recostou-se, parecendo se fundir às sombras no canto da lâmpada-morta. — O inimigo busca entendê-la. Toda a sua vontade está empenhada em criar a sua própria porta. Mas tivemos sorte até agora, pois progrediu muito pouco. Não sabe o que é a abertura, nem como surgiu, nem como criar a sua. O método permanece fora de seu alcance.

— Quão certo você está disso? — perguntou Berenice.

— Muito. Porque ela me capturou e me interrogou especificamente na esperança de aprender esse método. Mas... nesse ponto, Tevanne ficou desapontada, pois tal conhecimento foi roubado de meus pensamentos há muito tempo.

— Por Valeria — disse Sancia. — Quando ela enganou e arruinou você.

— Correto — concordou friamente. — Mas o inimigo não está sem opções, infelizmente. Se você não pode aprender a fazer uma coisa, e se ninguém quiser lhe ensinar como fazê-la... em vez disso, você encontra um *exemplo* da coisa e, em seguida, adivinha a natureza de sua criação.

Berenice sentiu a pele se arrepiar com uma onda de calafrios.

— Meu Deus... — falou. — Espere. Espere, você está dizendo que... que mais portas existem por aí, *agora mesmo*? Um exemplo para ela encontrar e copiar?

Ele assentiu.

— Essa é a minha preocupação — disse ele.

— Que diabos! — praguejou Sancia. — Você deixou malditos buracos na realidade que simplesmente... simplesmente ficaram largados em tudo quanto é lugar?

— Certamente, não — respondeu ele. — Sabiamente, destruí todos os vestígios de minhas obras desse tipo. Fiz isso logo no início da minha guerra contra o construto, para evitar que caísse nas mãos dela. Mas Tevanne passou a acreditar que um exemplar *ainda subsiste*. Uma abertura que eu mesmo não sabia que existia. Que eu *não* criei, mas que foi moldada por outro. E passei a acreditar que Tevanne está correta quanto a essa hipótese. A única opção agora é encontrar esse último exemplar, essa última porta, e destruí-la antes que o inimigo possa alcançá-la. — Ele lhes lançou um olhar. — Esta é uma responsabilidade que todos devemos assumir. Juntos, gostemos ou não.

Elas consideraram a proposta, seus rostos sombrios na escuridão barulhenta.

<*Isso tudo me soa fedegosamente doido pra caramba*>, disse Claudia.

<*É verdade, mas estamos lidando com coisas malucas*>, observou Berenice. <*Vamos acreditar nele?*>

<*Não soa como o Crasedes que conheço*>, falou Sancia. <*Ele nunca foi o tipo de cuzão que prefere destruir uma arma em vez de usá…*>

— Vocês devem estar se perguntando por que eu não usaria essa abertura para meus próprios fins — supôs Crasedes.

Berenice reprimiu um revirar de olhos.

<*Ora. Lá vamos nós.*>

— Mas é porque não tenho mais a capacidade para isso — disse ele. Inclinou a cabeça muito ligeiramente. — É verdade que alguém pode executar comandos do outro lado da porta, permitindo edições e mudanças numa escala que vocês dificilmente são capazes de imaginar. Mas *eu* não consigo. Estou muito fraco. Fazer isso me destruiria total e definitivamente. Portanto. Destruição é minha única escolha.

Berenice o estudou. Apesar do dano que ele acabara de infligir às forças de Tevanne, percebeu que parecia fraco: havia algo na curvatura de seus ombros, na maneira como inclinava a cabeça, na rigidez artrítica de seus membros. Embora na Tevanne Antiga ele supostamente fosse uma sombra de seu antigo ser, agora ele parecia uma sombra até disso.

— Supondo que tudo isso seja verdade — falou Berenice. — Tem certeza de que você sabe onde fica essa porta? Que está nesses… nesses ermos que você mencionou?

— Tenho bastante certeza de que ela pode ser encontrada lá — respondeu Crasedes.

— Então… por que você ainda não a destruiu? — perguntou ela. — Você teve oito anos para isso. Por quê?

— A resposta simples é: eu não sabia de sua existência — disse Crasedes. — Mas o inimigo me interrogou implacavelmente. A partir de seu interrogatório, percebi que ele tinha fragmentos de conhecimento; ele me perguntou sobre paisagens, histórias, pragas, grandes migrações e muito mais. Tevanne não era capaz de dar sentido ao conhecimento que tinha... mas tudo aquilo fez sentido para *mim*, pois sou muito mais velho que ela e sei muito mais. — Inclinou a cabeça. — Embora eu não saiba a localização *exata* da porta, percebi que a resposta está em nosso destino atual: os locais ermos.

— E você não contou isso a Tevanne? — perguntou Sancia, desconfiada.

— Se eu tivesse dito — retrucou ele —, eu ainda existiria? Você existiria?

— Mas como você foi interrogado, para começo de conversa? — falou Berenice. — Como Tevanne capturou vo...

Crasedes balançou a cabeça.

— Sou capaz de entender todas as suas preocupações, mas basta. Respondi a todas as perguntas que pude. Estamos sem tempo. Ou melhor, *eu* estou sem tempo.

— O que diabos você quer dizer? — indagou Sancia. — Como podemos confiar em você se não responde às nossas perguntas?

— Porque logo não serei capaz de responder! — cortou ele. — Minha prisão não aconteceu sem... consequências. — Deu um suspiro. — Terei que administrar essas consequências quando o sol nascer e eu ficar fraco.

— Que consequências? — perguntou Sancia. — Você parece bem para mim.

Crasedes a ignorou e olhou para Berenice.

— Você... você parece uma pessoa sensata. Nas próximas horas, não poderei protegê-los. É possível que nem consiga me mexer. Simplesmente continue para o norte, passando pelas Montanhas Trizti, e me mantenha a salvo. — Ele fez uma pausa. — Estarei à sua mercê. Da forma mais completa possível. Não terei escolha a não ser confiar em você. Portanto, devo perguntar: você confiará *em mim*? Vai me manter seguro e me ajudar a sabotar os planos de nosso inimigo?

Berenice fez uma careta, o estômago ainda revirando de náusea. De repente, parecia tão louco que tivessem viajado meio mundo para matar essa pessoa, essa coisa, e agora eram solicitados a cuidar dela como se fosse uma criança adormecida.

<*Clave*>, perguntou Berenice, <*quanto tempo levaria para voarmos de volta para Giva? Existe algum caminho de volta daqui?*>

<*Só Deus sabe*>, respondeu Clave. <*Ou teríamos de fazer um desvio enorme no caminho ou percorrer todas as terras de Tevanne. Tenho certeza de que ela já deve ter se preparado para nós.*> Houve um solavanco quando a lâmpada-morta foi empurrada por alguma rajada de vento errante. <*Gosto de voar, mas relutaria em tentar isso.*>

<*Então estamos realmente presos aqui*>, disse Claudia, mal-humorada. <*Estamos presos no topo do mundo com um exército em nosso encalço e nada além de um hierofante doido e ferido como companhia.*>

Berenice agarrou as cordas que a prendiam ao assento. Queria desesperadamente que isso acabasse, que *terminasse*. Haviam empenhado o suficiente: seu sangue, seu trabalho, seu pânico e sua preocupação. Os riscos tinham sido altos até agora e pareciam apenas aumentar a partir dali.

Olhou para Crasedes, que ainda a observava com olhar frio e vago.

— E então? — disse ele.

Virou-se para Sancia, que parecia claramente exausta.

<*Não sei*>, falou Sancia. <*Sinceramente, não sei.*>

Cada vez que puxamos uma corda do nó em que estamos, pensou Berenice, *duas outras dobras do nó ficam mais apertadas.*

Assentiu.

— Tudo bem. Vamos fazer isso.

Crasedes manteve o olhar nela.

— Você me ouviu? — perguntou ela. — Nós vamos em frente. Vamos ajudá-lo.

Mesmo assim, Crasedes não fez nada; ficou lá sentado, congelado, com o rosto coberto pela máscara voltado fixamente para o dela.

— Hã... olá? — falou Berenice.

Finalmente, Crasedes se mexeu: inclinou-se para a frente e olhou em volta como se estivesse um tanto confuso.

— Que... Qu-Que horas são? — perguntou, trêmulo.

— Hein? — disse Claudia.

— Exatamente agora, que... que horas são? — perguntou ele. — Exatamente *agora*?

Elas o encararam, confusas.

— Me responda, por favor! — Ele olhou freneticamente ao redor, antes de finalmente olhar para Berenice. — Quanto tempo se passou desde que você me libertou?

— Você não sabe? — perguntou Berenice.

— Não! — falou ele com raiva. — Não, não sei! Responda rápido, senão vou perder tempo de novo!

<*Hã, isso tem a ver*>, disse Claudia, <*com as consequências de que ele estava falando?*>

<*Sancia?*>, chamou Berenice. <*Você se lembra dele fazendo isso na Tevanne Antiga?*>

<*Claro que não*>, respondeu Sancia. <*Isso é novo.*>

— Faz pouco mais de quarenta minutos que resgatamos você — falou Berenice.

— Quarenta minutos? — repetiu ele. — Tem certeza?

— Sim. Por quê?

— Não quarenta dias? Ou quarenta... quarenta anos?

— Nã-Não? Claro que não!

— Claro que não — disse com a voz fraca. Ele se sentou e depois olhou em volta um pouco distraidamente, até ver Sancia. — Isso mesmo. Se... Se Sancia está aqui, não pode ter demorado tanto. Não faz muito tempo... — Tocou as laterais do rosto mascarado, como se estivesse tentando manter o próprio crânio inteiro. — Quanto... Quanto tempo durou a guerra até agora?

— Oito anos — falou Sancia.

— Oito anos... — repetiu calmamente. — Qual calendário vocês estão usando?

— O calendário tevannense, é claro — respondeu Berenice.

Ele desviou o olhar, perturbado.

— Tevannense... estamos no mês de Dimanta?

— Furio — falou Berenice. — É o décimo dia de Furio.

— Furio — repetiu suavemente. — O décimo. Tevannense. Oito anos. Sim. — Ficou sentado por um momento com o queixo entre as mãos de luvas pretas, como se estivesse lutando com um tremendo problema matemático. — Eu só... só acho que não consigo... lembrar... quando... — Depois, gemeu miseravelmente e caiu para trás, sua cabeça mascarada atingindo o chão da lâmpada-morta com um baque doloroso.

Todos olharam espantados.

— Puta merda — disse Claudia. — Ele está morto?

Sancia estreitou os olhos, flexionando sua visão inscrita.

<*Ele não está morto. Ainda é o emaranhado gigante e vivo de inscrições horríveis que sempre foi. Certo, Clave?*>

<*Certo*>, respondeu Clave em voz baixa.

Olharam durante muito tempo para Crasedes, imóvel e silencioso no chão.

<*Bem*>, disse Sancia. <*Alguém quer usar o primeiro de todos os hierofantes como apoio para os pés?*>

<*Acho que dormir é uma opção muito melhor*>, falou Berenice. Fez uma careta quando seu estômago revirou de novo. <*Se é que a gente consegue dormir nessas condições.*>

<*Vou tentar dormir por alguns minutos*>, disse Claudia. Ela se recostou em seu assento. <*Então, vou enfiar um dardo em mim para dormir que nem a Diela, e depois eu aguento a ressaca.*>

Montaram ninhos toscos em seus assentos desconfortáveis e se acomodaram, já tremendo conforme o ar frio vazava para dentro da lâmpada-morta. Berenice ativou os aquecedores de ar que Design havia feito para elas, e eles ajudaram bastante, mas seus ossos e articulações ainda estavam terrivelmente frios, talvez por pura exaustão.

No entanto, Sancia não fechou os olhos. Continuou olhando para Clave, sentado na frente da lâmpada-morta. Por fim, perguntou:

<*O que aconteceu lá, Clave?*>

Berenice abriu os olhos em seu ninho, esperando.

<*Eu hesitei*>, disse Clave finalmente. Sua voz soou curiosamente estrangulada. <*Só um segundo. Mas isso já bastou.*>

<*Alguma coisa... aconteceu?*>, indagou Sancia.

Berenice franziu a testa. Aconteceu? O que isso significava? No entanto, no instante em que ela perguntou, a resposta vazou dos pensamentos de Sancia.

Clave: ele se lembrara de algo. Algo de muito tempo atrás, antes que fosse uma chave. Tão profunda era a exaustão de Berenice que essa revelação mal fez seu pulso acelerar.

<*Não*>, respondeu Clave. <*Gostaria de ter uma explicação. Mas não tenho. Eu simplesmente hesitei.*>

Ficaram sentados no escuro, as paredes da lâmpada-morta estalando conforme ela disparava pelos céus.

<*Durma um pouco, garota*>, falou Clave com um suspiro. <*Sei que eu com certeza gostaria de poder dormir.*>

Depois de dar uma última olhada em Berenice, Sancia puxou o cobertor até o pescoço e fechou os olhos. Berenice a observou por mais um momento, depois estudou o resto de sua equipe (Claudia, depois Diela, e finalmente Clave e a monstruosidade de preto deitada no chão) antes de fechar os olhos também e o sono se derramar para dentro de sua mente.

◆◆◆

Clave observava o mundo lá embaixo através dos equipamentos sensoriais da lâmpada-morta, enquanto o sol desabrochava no horizonte e projetava a fraca luz do amanhecer nos céus.

Via as montanhas abaixo, altas, irregulares e cobertas com muita neve. Via-as afunilar para o oeste, achatando-se numa ampla e árida planície desprovida de umidade, e ao longo de toda a base da montanha havia ruínas. Algumas eram antigas: colunas, arcos, estradas, pontes. Outras eram novas: cascas de cidades, queimadas, bombardeadas e dissecadas, feito um grande animal que tivesse sido caçado e retalhado ali mesmo.

Ruínas e mais ruínas, pensou enquanto as inscritoras dormiam. *Ruínas e mais ruínas e mais ruínas...*

Navegou rumo ao amanhecer. E então, exatamente como antes, ele a sentiu.

Sentada no canto à esquerda de Crasedes, envolta na escuridão, seus pés arroxeados e apodrecidos mal aparecendo nas sombras. Sentava-se imóvel enquanto o observava pilotar a lâmpada-morta, sem nem mesmo respirar.

— Você está aqui — sussurrou Clave — para me fazer lembrar mais?

Como antes, ela não se mexeu nem falou.

— Quem é você? — murmurou ele. — Quem era você?

Nada.

— Eu abri a porta? — perguntou ele suavemente. — Ou foi você? Ou nenhum de nós?

Nada ainda.

— O que você quer de mim? — indagou ele. — Meu Deus, só me diga o que você *quer*.

Então, pela primeira vez, ela se mexeu: virou a cabeça coberta de branco para olhar não para Clave, mas para o canto da lâmpada-morta, onde Crasedes jazia encolhido no chão.

Clave seguiu o olhar dela, observando a coisa que um dia fora seu filho. E, embora a visitante não falasse, sentiu uma intenção emergir em seus pensamentos, uma vontade fria, gélida.

— Entendi — sussurrou ele. — Entendi.

IV

A porta

• 32

Berenice não dormiu bem na lâmpada-morta. Estava muito frio, com muitas correntes de ar gelado serpenteando por cima das pessoas; a nave se mexia demais, mergulhando de um lado para o outro nos céus; e, claro, era impossível descansar muito com um hierofante ao seu lado, fazendo sua barriga borbulhar como uma panela de sopa. Ainda assim, ela tentou várias vezes fechar os olhos, enterrar a cabeça no cobertor e encontrar o sono.

Então, Clave sussurrou:

<*Ber.*>

Berenice abriu os olhos, sentindo-se péssima. Tudo parecia pesado e cada parte de sua cabeça doía. *Sinto que ficar tanto tempo de olhos fechados*, pensou, *só me deixa mais cansada.*

<*Ber*>, sussurrou Clave de novo. <*Você precisa ver isso.*>

<*Chegamos lá?*>, perguntou ela.

<*Não. Mas... estamos em algum lugar. Olhe pela janela. Acabamos de passar pelas Montanhas Trizti, nos ermos que ele mencionou. Você sabia que eles eram assim? Eu não.*>

Resmungando, quase passando mal, Berenice desamarrou as correias e saiu de seu ninho de cobertores. Olhou ao redor antes de abrir a janela. Claudia se mexeu um pouco, suspirando de frustração enquanto tentava dormir. Diela ainda estava desmaiada, o rosto tenso de dor. Apenas Sancia parecia estar dormindo profundamente: como a pessoa mais acostumada ao desconforto, ela conseguia dormir em quase qualquer lugar.

Berenice olhou com ciúme para a esposa. *Deveria ter aberto uma trilha até ela e pegado carona nesse sono... se é que ia funcionar.*

Em seguida, olhou para o outro ocupante da lâmpada-morta: o pano preto amassado no canto e o brilho da máscara preta junto dele. Muitas vezes, tinha duvidado de que houvesse um corpo humano real dentro daquele pano, mas isso parecia especialmente impossível agora.

De qualquer maneira, pensou enquanto segurava a janela corrediça na parte inferior da lâmpada-morta, *ele não vai acordar.*

Depois, abriu uma fresta na janela, espiou por ela e arquejou.

Viu estepes irregulares, salpicadas de árvores baixas que estavam tingidas com o branco da neve tardia; depois, as estepes ficavam mais planas e viravam campinas, e além delas o mundo estava...

Rasgado. Não havia outra palavra para descrever aquilo. O próprio solo estava rasgado, cortado e rachado, com abismos e desfiladeiros que se estendiam profundamente terra adentro. Ainda mais estranho era o fato de que a terra, ali, era inexplicavelmente *prateada*. Berenice pensou que poderia ser culpa da neve das estepes, mas, quanto mais observava o cenário passar por baixo deles, mais sabia que estava errada.

<*É vidro*>, disse Clave.

<*O quê?*>, perguntou Berenice.

<*É vidro*>, falou ele de novo. <*A terra aqui, a areia... é... é como se tivesse sido fervida e derretida até virar vidro, de uma só vez. Foi rachando e se esfarelando ao longo dos anos, então tudo parece... bem. Brilhante.*>

Berenice olhou para os ermos reluzentes lá embaixo, os campos brancos cortados por fendas do mais profundo preto.

<*Sendo uma garota dos trópicos, ah, me sinto na obrigação de perguntar... Não tem como isso ser um fenômeno natural, correto?*>

<*Você me pegou, Ber*>, disse Clave. <*Mas... todos esses abismos estão indo na, ah, mesma direção?*>

Esticou a cabeça na direção da janela, observando toda a paisagem, e viu que ele estava certo: por mais bagunçados, disformes e irregulares que fossem, os abismos pareciam vagamente se irradiar de algum ponto, como os fios de uma teia de aranha.

<*Que horas são?*>, perguntou ela.

<*Pouco depois do meio-dia*>, respondeu Clave.

Olhou para Crasedes.

<*Se pudéssemos colocar um disco-trilha nas mãos dele, para que pudesse se conectar a nós da mesma forma que fazemos com você, Clave... provavelmente seríamos capazes de ouvi-lo, certo?*>

<*Hã, sim, teoricamente. Ele é basicamente um dispositivo gigante. Mas isso significaria dar a Crasedes acesso aos seus pensamentos, o que não parece... uma grande ideia.*>

<*Hum. Verdade. Ele não vai acordar tão cedo para nos dizer aonde ir, então... acho que devemos seguir os abismos, certo? Se estamos procurando uma porta ou uma abertura... ou, diabos, sei lá o quê, eles podem servir como setas apontando o caminho.*>

<*Pode deixar*>, disse Clave. A lâmpada-morta se inclinou para cortar o ar.

◆◆◆

Sancia e Claudia acordaram quando eles se aproximaram do centro dos abismos. Havia pouquíssimo de água e comida sobrando, então todos beberam com moderação da mesma caneca.

<*Precisamos guardar isso para Diela*>, aconselhou Berenice, e mastigaram o pão de feijão com a boca seca, sentados perto da janela aberta como se fosse uma fogueira.

Em seguida, Clave disse:

<*Vejo algo.*>

<*O que é?*>, perguntou Berenice.

<*Não sei*>, respondeu ele. <*Deixe-me subir para que você possa dar uma olhada...*>

A lâmpada-morta se inclinou para cima, navegou por mais algumas dezenas de metros, e então as três respiraram fundo.

Quase duas dúzias de pináculos de pedra estranhamente finos e inclinados brotavam da terra no centro dos abismos. Brilhavam curiosamente na luz refletida pelo terreno plano. Pareciam feitos de uma pedra de um branco vívido e lembravam o algodão-doce que Design descobrira como fabricar em Giva. Berenice se lembrou de um grupo de corais que ela vislumbrara uma vez enquanto navegava pelo Mar Durazzo, mas essa comparação parecia errada, porque tudo naquele lugar era muito *antinatural*: os abismos, a brancura dessas altas torres e seu isolamento aqui nas estepes; a maneira como pareciam cambalear ou inclinar-se para um lado e para o outro, como pilhas de moedas de marfim... e mais estranho ainda, alguns dos pináculos eram pontilhados de curiosas aberturas e buracos, como a colmeia de algum inseto gigante.

<*Que diabos é esse lugar?*>, perguntou Berenice.

<*Não faço ideia*>, disse Sancia suavemente. <*Mas... já vi isso antes.*> Olhou para Clave. <*E você também.*>

<*Sim...*>, assentiu Clave. <*Quando fui até Tevanne e vi os pensamentos dela. Ela estava pensando neste lugar... e na escrita prateada, curvando-se sobre um buraco negro na face de uma parede cinza.*>

<*A porta*>, falou Sancia. <*Inferno do caramba. Será mesmo que... bem, que é aqui?*>

Houve um silêncio incômodo.

<*Acho que, com Crasedes ainda fora de combate*>, afirmou Berenice, <*devemos olhar mais de perto. Clave, você vê alguma coisa preocupante?*>

<*Nenhum sinal de Tevanne*>, disse ele. <*Acho que podemos entrar.*>

A lâmpada-morta se aproximou, contornando o aglomerado de pináculos brancos. Alguns foram desenraizados pelos abismos, mas não se despedaçaram ao cair e, em vez disso, permaneceram totalmente inteiros. Foi só quando Clave parou sobre uma dessas torres caídas que Berenice percebeu algo.

A torre caída estava coberta de pequenos buracos, assim como as outras... mas agora ela via que o buraco tinha uma forma. Era alto e estreito, e apontava para o topo de uma forma muito familiar.

— Uma janela — disse suavemente. Olhou para os outros buracos na lateral da torre e viu que estava certa. — Meu Deus, está coberta de janelas. Não são montanhas, são edifícios. São *torres*. Aquilo era uma *cidade*!

Clave subiu de novo, e ela viu que estava certa: as outras torres estavam cobertas não apenas por janelas, mas pelos restos do que um dia deviam ter sido varandas e escadas aqui e ali, as quais tinham até pedaços de corrimão.

<*Ah, meu Deus*>, falou Claudia suavemente. <*É realmente uma cidade. Ou foi. Maior que qualquer uma das outras ruínas hierofânticas que eu já ouvi serem descritas, certo?*>

<*Sim*>, confirmou Berenice calmamente, observando as torres semelhantes a ossos que se estendiam até eles, como a espinha de uma imensa serpente enterrada nas estepes. <*Eu nunca soube que esse lugar existia.*>

Sancia olhou pela janela.

<*Sim... mas não acho que seja uma cidade hierofântica.*>

<*O que te faz dizer isso?*>, perguntou Claudia.

<*Você está vendo essas torres? Tipo, o que tem* dentro *dessas torres?*>

Houve uma pausa.

<*Ah*>, disse Clave. <*É tão... tão fraco que nem pensei em procurar, mas puta merda...*>

<*Puta merda o quê?*>, indagou Claudia. <*O que está acontecendo?*>

<*Abram uma trilha para mim*>, falou Sancia. <*E vejam.*>

Berenice fechou os olhos e assim o fez, tateando até o lugar atrás dos olhos de Sancia. Depois, espiou e enxergou.

As torres abaixo brilhavam muito, muito fracamente com esbeltas e prateadas espirais de lógica. Elas foram inscritas: ou melhor, cada tijolo e cada pedra tinham sido inscritos, traçados com comandos para manterem-se juntos, permanecerem fixos no espaço, controlarem suas densidades, dependências e adesões...

<*Inscreveram cada tijolo neste maldito lugar?*>, perguntou Claudia. <*Quanto tempo deve ter demorado?*>

<*Décadas*>, respondeu Berenice. <*Séculos.*> Balançou a cabeça. <*Sempre achei complicadas as construções dos campos... mas, meu Deus, se não tivéssemos* lexicons, *acho que elas seriam assim. É como as muralhas quebradas que encontramos no vale das ruínas.*>

<*Ainda não vejo nenhum sinal de Tevanne*>, disse Sancia. <*Este lugar está vazio. Nem vejo nenhum animal selvagem aqui. Nem mesmo cocô de rato.*>

Claudia olhou para Berenice.

<*Seguro para pousar, então?*>

Diela gemeu levemente e se mexeu em seu sono, seu rosto pingando de suor.

Claudia tocou a testa da garota com uma das mãos.

<*Ela está quente. E a ferida ainda precisa de muito mais tratamento.*>

<*Pouse*>, falou Berenice. <*Agora, Clave.*>

<*Entendido*>, disse ele.

Observou enquanto o mundo na janela girava; depois, a nave parecia ter como alvo um pequeno amontoado de ruínas na extremidade mais distante da cidade.

<*Estou tentando encontrar um lugar que pareça estável*>, explicou Clave. <*Todo o resto aqui parece que pode desmoronar se uma gota de mijo o atingir. Só um momento.*>

Aterrissaram numa larga extensão de solo arenoso e vítreo, ao lado de um punhado de paredes e telhados quebrados que, nos tempos antigos, poderiam ter sido um armazém ou depósito. Em seguida, saíram e carregaram Diela cuidadosamente até as ruínas.

Clave pegou Crasedes na lâmpada-morta, jogando-o ao lado da parede como se fosse um saco de melões, e então começaram a trabalhar. Usaram iniciadores de fogo inscritos para fazer uma chama, ferveram o que restava de sua água potável e esterilizaram seus instrumentos médicos. Depois, Berenice, que tinha os melhores olhos e as mãos mais firmes, começou a limpar e suturar cuidadosamente as feridas de Diela.

O trabalho levou horas, e ela notou com consternação que a menina não gemia nem se contorcia quando a agulha entrava e saía de sua carne.

<*O que temos em termos de remédios?*>, perguntou Sancia.

<*Astrazella*>, disse Claudia. Tirou um pequeno extrato do pacote medicineiro deles e o ergueu. <*Ajuda a combater febres e dores. É o melhor que temos, mas...*>

Não precisava falar o que vinha depois em voz alta. Todos estavam cientes de que combater febres e dores era muito diferente de lutar contra uma infecção.

Berenice terminou seu trabalho.

<*Precisamos manter essas bandagens limpas*>, disse em voz baixa. <*Ou então a infecção vai piorar. E ela tem que continuar bebendo água.*>

<*Então precisamos pegar água*>, falou Claudia, pesando um de seus barris. <*Mal sobrou um litro aqui. Vi muito deserto lá fora, mas também alguns riachos de montanha.*>

Berenice pensou nisso, tentando conter o desespero que crescia em sua mente. Olhou para Diela, lembrando-se de um momento, poucos dias atrás e com outro grupo de pessoas, quando eles se reuniram em torno de uma caixa contendo apenas um uniforme vazio.

<*Vamos deixar a água doce que temos para Diela*>, disse ela finalmente. <*Duas pessoas ficam aqui com ela e... com ele.*> Ela

torceu o nariz para Crasedes. <*Os outros dois vão explorar. Assim, há sempre um parceiro para ajudar. Certo?*>

Assentiram.

<*Parece mais sensato que Clave fique aqui*>, observou Claudia. <*Já que ele é o único que pode matar, você sabe...*> Olhou para onde Crasedes estava. <*Se ele causar algum problema.*>

<*Verdade*>, disse Clave.

<*E acho que seria sensato enviar alguém com você que possa observar inscrições*>, falou Sancia. Fez uma careta, olhando para as planícies repletas de abismos ao longe. <*Deus, parece terrível lá fora... mas acho que vou com você.*>

<*Então eu fico aqui com Diela*>, concluiu Claudia. Tocou a bochecha da jovem, seu rosto se enrugando numa expressão de preocupação maternal. <*Só se apressem. E não se machuquem. Não precisamos de mais ninguém ferido aqui.*>

Juntas, Sancia e Berenice abriram caminho pelas colinas irregulares, os barris de água vazios pendurados nas costas e cobertores esvoaçantes nos ombros. Não se prepararam para um clima tão frio como aquele, e Berenice desejou desesperadamente que tivessem empacotado alguma roupa mais grossa para bloquear o vento.

Inclinou-se contra o vento e deu uma olhada no aglomerado de torres altas e inclinadas à sua direita.

<*Então*>, disse ela. <*Clave tem se lembrado de certas coisas.*>

<*Sim*>, falou Sancia lentamente. <*Eu queria falar com você sobre isso. Quanto você pegou de mim até agora?*>

<*Vislumbres. O suficiente, eu acho. Ele se lembrou de ser um menino, de se machucar, de conhecer uma garota... É isso?*>

<*Até agora.*> Olhou para os fragmentos de paredes onde estavam acampados. <*Mas minha preocupação é que ele esteja se lembrando de mais coisas e simplesmente não tenha nos contado.*>

<*E não podemos abrir uma trilha até ele e dar uma olhada*>, falou Berenice.

Sancia balançou a cabeça.

<*O cérebro dele não é como o nosso. Já que, bem, ele não tem um. Pode abrir uma trilha até nós, mas nós não podemos entrar em seus pensamentos, a menos que ele nos deixe entrar.*>

Seguiam em frente pelas planícies vítreas, a areia prateada rangendo sob os pés.

<*Desculpe não ter te contado*>, disse Sancia. Tossiu, sem jeito. <*Depois, tipo, da primeira vez.*>

Berenice assentiu.

<*Eu sabia que algo estava errado. Mas... Bem. Tínhamos muita coisa na cabeça na época.*>

<*Sim. Tipo como não morrer e tudo o mais.*>

Elas pararam; Berenice agarrou e apertou a mão de Sancia e olhou em seus olhos.

<*Estou feliz que você esteja viva*>, disse ela. Então riu, um som infeliz e desesperado, mas o sentimento era doido e honesto demais para não ser engraçado.

<*Eu também*>, falou Sancia. <*E fico feliz que aquela... aquela maldita lâmpada-morta não tenha eliminado você da criação. Merda...*> Balançou a cabeça, suspirando. <*Sinto que dizemos muito essas coisas hoje em dia. Eu me pergunto por que não dissemos isso quando não estávamos sendo ameaçadas letalmente o tempo todo.*>

Berenice sorriu, mas só brevemente, lembrando-se de que um membro de sua equipe provavelmente estava à beira da morte. Mais uma vez o desespero a atingiu, e parecia que uma água fria e lamacenta estava se acumulando no fundo de seu coração.

<*Vamos nos apressar então*>, disse Sancia severamente. <*E fazer tudo o que pudermos.*>

<*E* consertá-la, *certo*>, falou Berenice.

Sancia seguiu em frente.

<*E consertá-la?*>, repetiu Berenice atrás dela.

<*Sim*>, respondeu Sancia. <*Espero que sim.*>

Berenice fez uma careta. Protegia os olhos, observando a paisagem ao seu redor. *Pelo amor de Deus,* pensou. *Como eu gostaria de estar com a minha luneta...* Em seguida, teve um vislumbre que era diferente do brilho prateado das areias, um fiozinho frágil que vinha serpenteando das montanhas distantes ao sul para contornar as torres brancas.

<*Pronto*>, disse ela. <*Água. Parece que... que* pode *ser acessível.*> Olhou para o abismo mais próximo. <*Talvez.*>

Continuaram, as enormes sombras da torre se espalhando como leviatãs marinhos nadando acima delas no oceano. Berenice contemplou aquelas estruturas, pensando.

<*Naquela memória do Clave*>, disse ela calmamente. <*Ele se lembrava... Lembrava-se de tijolos sendo colados, certo? Inscritos para ficarem grudados, um a um, numa muralha branca?*>

<*Sim, de uma forma muito estranha e primitiva*>, falou Sancia. <*Deve ter demorado uma eternidade.*>

Berenice observou uma espiral de pó branco como osso dançar pelas torres.

<*E aquelas torres... Você as viu com sua visão inscrita. Não foram feitas da mesma maneira?*>

Sancia assentiu:

<*Você acha que o povo de Clave construiu este lugar. Muito tempo atrás. E talvez as ruínas da prisão também.*> Olhou em volta. <*Remanescentes de seu povo... seja lá quem fossem.*>

<*Não apenas isso. Quando ele estava na maca, olhando para cima, ele viu torres, não foi? Brancas.*> Olhou para Sancia. <*San, acho que isso pode ser* aquela cidade. *Acho que esse pode ser o lugar de que ele se lembrava.* O lar *dele.*>

Sancia ficou olhando.

<*De jeito nenhum. Não me lembro de as torres serem... serem* tão *altas...*>

Berenice deu de ombros.

<*Talvez elas tenham ficado mais altas depois. Recebido um acréscimo. Eu só queria saber... O que aconteceu aqui?*>

Finalmente, chegaram onde o riacho desaguava no abismo. Era uma queda de centenas, talvez milhares de metros. Ambas estudaram o riacho cuidadosamente, medindo onde o fluxo era mais raso e fraco.

<*Pode ser complicado*>, disse Sancia cautelosamente. <*Estou acostumada a dar passos complicados. Talvez eu devesse ser a pessoa que...*>

<*Não!*> retrucou Berenice. <*Não, droga! Não vou perder outra... Deixa para lá.*> Ela tirou um dos barris de água de suas costas, caminhou até a beira do riacho e o encheu de maneira desafiadora. <*Este local está bom!*>

Sancia caminhou devagar atrás dela, observando-a recolher a água frenética e furiosamente, barril após barril.

<*Você sabe*>, disse Sancia. <*Você sabe que é... é muito possível, Ber, que, mesmo que consigamos água, pode não funcionar. Certo?*>

<*Cale a boca, San*>, falou Berenice.

<*Combater infecções é difícil*>, continuou Sancia. <*É uma coisa terrivelmente complicada e...*>

<*Então vamos salgar a ferida*>, sugeriu Berenice. <*Sabe-se que isso ajuda.*>

<*Não temos sal aqui, Ber.*>

<*Então cortamos!*>, exclamou Berenice. <*Vamos cortar o... o maldito braço fora, exatamente como deveríamos ter feito no início, e...*>

<*Não*>, disse Sancia. <*Cortar agora não seria só inútil. Não está mais no braço dela, está no sangue. Isso pioraria a situação.*>

Berenice olhou para Sancia por cima do ombro, com lágrimas nos olhos.

— Você vai me ajudar ou não?! — gritou.

Sancia olhou para ela, depois analisou o riacho, tirou com cuidado os barris dos ombros e começou a enchê-los um por um.

<*O que você quer que eu faça?*>, perguntou Berenice. <*Você quer que eu só assista? Que eu observe essa coisa levando-a para longe de mim, pedaço por pedaço, comendo-a por dentro como, como...*>

<*Como no meu caso?*>, completou Sancia. <*Como o que está acontecendo comigo?*>

Berenice olhou para as águas que corriam à sua frente.

<*Quando isso acontecer comigo, Ber*>, disse Sancia, <*você vai fugir procurando uma solução? Ou vai ficar comigo?*>

A boca de Berenice se contorceu de raiva.

— Ah, vai se fedegar, San — falou ela. — Vai se *fedegar*. — Em seguida, colocou os barris nos ombros, virou-se e começou a longa caminhada de volta.

◆◆◆

De pé no canto do depósito arruinado, Clave olhava para a forma escura no chão e ouvia o vento gritando em todos os pequenos furos nas muralhas esfareladas.

Observava enquanto o manto preto tremia ao vento.

Ele não é meu, pensou. *Não mais. Ele não tem mais nada a ver comigo.*

— Merda — sussurrou Claudia. — Merda, merda, merda. — Depois, em silêncio: <*Isso não é bom*>.

— Hein? — disse Clave em voz alta. Olhou em volta, vagamente ciente de que muito tempo havia se passado desde que tinham pousado, mas sem saber quanto.

Diela estava deitada na pilha de lençóis, o rosto pingando de suor, a pele manchada. Sua respiração havia mudado, transformando-se num suspiro ofegante e úmido que chacoalhava em seu peito de um jeito horrível. Mas o pior de tudo era sua aparência: o rosto estava encovado e pálido, como se tivesse envelhecido cinquenta anos. Embora Clave não tivesse olfato direto, era capaz de inferir que ela tinha se sujado, e Claudia fora forçada a erguer o braço ferido da moça para evitar que se contaminasse ainda mais.

— Deus, Deus — disse Claudia. — Eu… não sei o que fazer além de tentar dar água para ela. Você sabe algo sobre esse tipo de coisa, Clave?

Clave olhou para Diela. Sua mente vagou de volta para outra garota, enrolada num pano, a respiração diminuindo dentro dela enquanto outra doença consumia seu corpo.

— Clave? — chamou Claudia.

— N-Não — gaguejou ele. — Não sei. Gostaria de saber o que fazer. Gostaria de...

Juntos, ficaram de pé perto da garota moribunda. Contavam cada respiração dela, regozijando-se cada vez que seu peito subia, depois observando, num clima de suspense terrível, enquanto esperavam que ela respirasse mais uma vez.

— Espero que voltem logo — disse Claudia. — Mas não consigo imaginar que elas possam fazer alguma coisa. — Piscou como uma coruja, olhando para o abrigo coberto de areia em volta deles. — Ei... que horas são?

— Hein? — perguntou Clave novamente. Sacudiu-se e olhou ao longe. O sol estava baixo no céu, quase tocando as planícies prateadas ao redor das torres. — Eu diria que está ficando tarde.

Claudia se virou.

— A essa altura, Crasedes não deveria estar acordan...

Ela congelou. Clave a fitou, depois seguiu seu olhar.

Crasedes não estava mais deitado no canto da sala. Agora, estava parado atrás deles, olhando para onde Diela jazia no chão, com a cabeça inclinada.

— Vocês gostariam de salvá-la? — perguntou ele, num tom calmo e educado. — Porque, se quiserem, acredito que posso dar um jeito nisso.

◆◆◆

Berenice sabia que algo estava errado no momento que se aproximou do abrigo: primeiro, sentiu uma ansiedade fervendo em sua cabeça; depois, quando se aproximou, ouviu Claudia e Clave brigando.

<*Eu fiquei sentada numa lâmpada-morta com ele durante metade de um dia!*>, dizia Claudia. <*Então, sim, quero dizer, eu* meio *que confio nele!*>

<*Se o deixarmos ir, só Deus sabe o que fará!*>, rebateu Clave. <*Ele poderia sair voando por aí de novo!*>

Berenice se abaixou e cambaleou morro acima, depois correu para o abrigo. Estacou diante daquela cena: Claudia e Clave parados no canto, observando Crasedes sentado no chão ao lado de Diela, curvado sobre ela e olhando de perto seu braço, depois seu peito, depois sua cabeça.

— Eu posso salvá-la — disse ele casualmente enquanto Berenice entrava no recinto. — Mas esses dois parecem não ter certeza de que gostariam que eu fizesse isso.

<*Ele diz que precisa ir buscar alguma coisa*>, falou Clave com raiva. <*Uma planta ou alguma outra besteira.*>

<*Ele nos ajudou até agora!*>, argumentou Claudia. <*Se ele realmente pode voar, por que não está fazendo isso agora?*>

<*Porque sabe que eu o pegaria*>, rosnou Clave, <*e o mataria.*>

Berenice colocou os barris de água no chão.

— Que... Que planta é essa de que você precisa? — perguntou.

— Não é tecnicamente a planta — explicou Crasedes —, mas um mofo que *cresce* na planta. No entanto, isso é pedantismo, na verdade. Não será difícil de encontrar, não se sairmos agora e chegarmos lá a tempo.

Berenice olhou para Diela. A garota parecia horrível: seu braço estava inchado feito pão que fora mergulhado na água, e havia um inchaço em torno de seus olhos e pescoço que fazia seu rosto parecer deformado.

Outra criança que levei à morte, pensou ela. *Meu Deus, meu Deus...*

Crasedes se levantou.

— Se vocês desejam salvá-la, precisamos partir imediatamente. Mas acredito que consigo curá-la.

◆◆◆

Clave carregou Berenice e Crasedes por cerca de cinco quilômetros rumo a oeste, perto de uma cadeia de colinas e montanhas que pareciam ter sido poupadas de grande parte da devastação que atingira o lugar. A viagem não foi confortável (o hierofante estava terrivelmente perto, tanto que os olhos de Berenice lacrimejavam e seu estômago parecia estar cheio de facas), mas finalmente Crasedes instruiu Clave a descer na ponta de uma ravina alta, esculpida pela neve derretida da montanha.

Assim que Clave pousou, Crasedes saiu sem rumo para o mato baixo, com o ar de um professor dando um passeio no intervalo entre as aulas. Berenice o seguiu, esquivando-se cuidadosamente da folhagem esparsa; depois Clave a seguiu, caminhando impassivelmente por entre as folhas e árvores com absoluta indiferença.

— Que maldita planta estamos procurando? — perguntou Berenice.

— Um lampejo de roxo escuro, espreitando entre a vegetação rasteira — respondeu Crasedes. — Um broto arroxeado, salpicado de branco e talvez apresentando uma flor rosa esbelta. Mesmo que agora eu tenha força para me movimentar, minha visão ainda não é exatamente o que costumava ser...

— Se você tentar voar — ameaçou Clave —, vou te despedaçar.

— Ah, não vou conseguir controlar minha gravidade por mais ou menos uma hora — disse Crasedes casualmente. — Depois que o dano se instalou, tornou-se muito complicado.

— Que dano é esse mesmo? — indagou Berenice.

Mas Crasedes havia se afastado, andando pela ravina, curvando-se aqui e ali para espiar a base de uma árvore baixa e atrofiada. Berenice fez o mesmo, mas Clave se absteve, optando por seguir Crasedes e vigiá-lo de perto.

— Como você tem tanta certeza de que isso vai ajudar Diela? — perguntou Berenice.

— Estou vivo há quatro mil anos — disse Crasedes. — Não é lógico que eu tenha adquirido algum conhecimento sobre remédios durante esse tempo?

— Não acho que pessoas imortais e indestrutíveis necessariamente saibam muito sobre medicina.

— Isso talvez seja verdade. — Atravessou a ravina, agachou-se para olhar alguma coisa, depois voltou a se levantar, balançando a cabeça. — Certa vez, uma peste chegou a este lugar — continuou ele. — As pestes, é claro, visitam todos os lugares, havendo tempo suficiente... Mas essa foi particularmente ruim, eliminando mais da metade da população. Eles aprenderam muitas coisas ao tentar tratá-la. Um método específico teve algum sucesso, mas apenas no tratamento de infecções nos sobreviventes. A peste em si, como descobriram, não tinha solução. — Olhou para Clave. — Um broto arroxeado, salpicado de branco... Fervido em água, depois escorrido e moído numa pasta. Isso é familiar para você, Claviedes?

— Não — disse Clave, irritado.

— Entendo — falou Crasedes. — Interessante. — Continuou descendo a ravina, ziguezagueando de um lado para o outro enquanto estudava o solo rochoso.

Berenice o alcançou.

— Esta era uma cidade, não era?

— Era — respondeu ele.

— E era a sua cidade — disse ela. — A cidade de Clave. O lar de vocês.

Crasedes fez uma pausa, agachando-se sob uma samambaia frágil e frondosa. Seus olhos escuros e vazios a encaravam através das folhas.

— Coisas como Clave e eu não têm lar — disse ele. — Quando você sobrevive às civilizações, o conceito de ter uma casa se torna um pouco discutível. Você *poderia* dizer que já fomos pessoas e, portanto, tivemos lares e vidas, e isso é verdade; mas é um pouco como o vidro daquelas planícies. Em alguns lugares, voltou a ser areia, mas em outros é grosso e duro, e resiste a qualquer rachadura ou desmoronamento. Então, ainda é areia ou é vidro? Lembra-se de ser areia? Ou será que isso importa depois de tal transmutação?

Caminhou para a folhagem, abaixando-se e olhando para o solo.

— Talvez seja mais preciso dizer — continuou ele — que, certa vez, houve uma criança que nasceu naquela cidade, filha de um homem e de uma mulher. E, quando a peste veio, a criança foi mandada para longe, para viver com parentes num lugar que consideravam seguro. A criança tinha uma vaga lembrança de seu pai e de sua mãe, mas nada mais. — Subiu a borda da ravina, olhando para as torres à distância. — Algo aconteceu na cidade, e o mundo se quebrou. E depois um homem foi até a criança, fugindo deste lugar e do que havia acontecido aqui. Mas, embora o homem tivesse o mesmo nome e a mesma aparência do pai do menino, não era o mesmo homem. Pois como poderia ser? Como a areia naqueles desertos, ele foi transmutado em outra pessoa pelo que viu. — Virou-se e caminhou de volta para a ravina. — E ambos seriam transmutados de novo, e de novo, e de novo, ao longo de suas vidas, versões após versões de si mesmos... Areia em vidro e vidro em areia.

Berenice o observava, encarando seus olhos vagos.

— Você acha que foi Clave, não é? — perguntou com delicadeza. — Você acha que ele fez a primeira porta, a que Tevanne está procurando.

— Eu não sei — disse ele num tom agradável. Mais uma vez, olhou para Clave. — Claviedes nunca me contou o que aconteceu com este lugar. — Havia um leve tom amargo nas palavras de Crasedes. — Eu mal conhecia o homem que era meu pai, mesmo quando o sangue ainda pulsava em sua carne. Mas havia pouco tempo para conversar. Pois, uma vez que a cidade caiu e as muralhas desmoronaram, os traficantes de escravizados vieram… e o mundo foi mudado mais uma vez. — Ele entrou no mato. — Acredito que Clave seja o único sobrevivente dessa catástrofe que ainda vive neste mundo. Então, talvez possa ajudar. Talvez. Mas vamos procurar a porta de qualquer modo. Afinal, é o que devemos fazer.

— Procurar onde? — perguntou Berenice. — Naquelas torres? Como poderíamos revistar tudo aquilo?

Crasedes fez uma pausa e olhou para ela.

— Ah. Você viu os abismos, certo?

— Bem, sim?

— Mas você olhou *para dentro* dos abismos, para ver o que há lá embaixo?

— O que tem… lá embaixo? — ecoou ela. — Não. O que você quer diz…

— A-há! — exclamou Crasedes alegremente. Agachou-se e depois se levantou segurando uma plantinha estranhamente carnuda, com um caule roxo-escuro e uma flor rosada minúscula, trêmula e delicada.

— Isso é o que queríamos achar? — perguntou Berenice.

— Não. Queremos *isso*. — Apontou para a base da planta, onde havia bulbos ou orbes escuros ainda cobertos com terra cinza; mas no alto, onde convergiam para o caule da planta, havia um resíduo branco e emaranhado. — Essa substância singela é o que vai devolver o sangue e os pulmões à sua amiga. Quando devidamente preparada, é claro.

◆◆◆

Quando voltaram, o sol era uma lâmina vermelha no horizonte, e Claudia e Sancia estavam sentadas ao lado de Diela, cuja respiração ofegante agora estava tão alta que se podia ouvi-la fora do abrigo. Parecia que mais poderes de Crasedes tinham retornado a ele: houve um tremor no ar quando ele entrou, e instantaneamente iniciadores de fogo, panelas e barris de água começaram a se mover no abrigo como objetos encantados de uma história infantil. Em pouco tempo, estava sentado diante de um caldeirão borbulhante, murmurando enquanto arrancava a polpa dos bulbos da planta e a jogava na água.

Berenice sentou-se ao lado de Sancia, sentindo-se repentina e tremendamente envergonhada pelo que dissera à esposa. Então as duas se deram as mãos, observando a cena bizarra: o primeiro de todos os hierofantes brincando de boticário.

<*Sinto muito*>, falou Berenice.

Sancia assentiu com a cabeça.

<*Eu... Não sei como te perder*>, continuou Berenice. <*Não consigo imaginar. Então não imagino.*>

<*Eu sei*>, sussurrou Sancia.

<*Eu só sei como sobreviver. Isso é tudo o que sobrou do que eu sei.*>

<*Isso também era tudo o que eu sabia*>, disse Sancia. <*Até te conhecer.*> Suspirou profundamente. <*Então vamos sobreviver e ajudar todos os que amamos a fazer o mesmo.*>

— Acredito que isso deva servir — falou Crasedes. Tirou a panela do pequeno iniciador de fogo, pegou um pilão, deixou escorrer a água e misturou cuidadosamente o conteúdo restante. Quanto mais moía, mais o lodo ficava branco, quase como leite. Ele pegou uma colher pequena, enfiou-a na pasta branca para pegar um pouquinho, esperou que esfriasse e a colocou na boca de Diela. — Pronto. Vamos esperar três horas e depois administrar mais. O calor em sua fronte deve baixar, a transpiração e a incontinência devem diminuir também.

— Você está realmente dizendo que essa plantinha que você encontrou pode salvá-la? — perguntou Claudia.

— Provavelmente — disse Crasedes. — Funcionou com outros. Pode funcionar agora. Mas é *muitíssimo* importante que continuemos dando a ela essa mistura. Se pararmos muito cedo, a febre voltará. Mas ela tem tempo agora, embora nós, infelizmente, não o tenhamos. — Olhou em volta para eles, passando de rosto para rosto. — Tevanne certamente está se recuperando e sabe para que direção fugimos. Suas forças nos encontrarão. Devemos aproveitar o tempo que temos.

— Então, qual é o seu plano? — perguntou Sancia. — Você simplesmente vai até aquelas torres, para bisbilhotar e ver o que encontra?

— Não é bem assim — disse ele. — Afinal, Claviedes viu os pensamentos do inimigo, não viu? Foi assim que vocês ficaram sabendo da porta, não é?

Sancia assentiu com relutância.

— Sim. Nós a vimos. Ou vimos o que Tevanne imagina que seja, eu acho.

— Sim. Então, temos uma boa ideia do que estamos procurando. — Ele se virou para olhar para as planícies vítreas, que agora eram de um roxo brilhante à luz do pôr do sol. — Vim aqui uma vez por curiosidade, para tentar saber o que havia acontecido com este lugar e que lições eu poderia tirar disso. Isso foi há séculos, e só encontrei ruínas. Mas estou familiarizado com o que está abaixo das torres... e me lembro de um bom ponto de partida para nossa busca.

— E... o que *está* abaixo das torres? — perguntou Berenice.

— Tudo — disse ele. — Grande parte da cidade foi... *deslocada*, suponho, quando a abertura original foi feita. Você vai ver quando for comigo.

Houve um silêncio alto.

— For... For com você? — disse Sancia. — Lá fora? *Dentro* de um dos abismos?

— Achei que estivesse claro — falou Crasedes. — Eu disse que *nós* devemos destruir a porta.

— Sim, mas você não mencionou essa coisa de entrar em abismos gigantes cheios de ruínas no meio da noite — disse Claudia. — Pode fazer sentido para um imortal inquebrável, mas é totalmente louco para mim.

Crasedes suspirou.

— Mas... não sou tão inquebrável como costumava ser. Vou precisar de ajuda.

— Especialmente de Clave — falou Berenice. Olhou para ele, de pé na parte de trás do abrigo. — Já que ele é a única pessoa que já esteve aqui quando o lugar realmente era uma cidade.

— Sim — confirmou Crasedes. — É possível, embora improvável, que ele se lembre de alguma coisa. — Virou o rosto mascarado para Clave. — A menos, é claro, que você *já* tenha se lembrado de algo, Claviedes?

Houve um longo e tenso silêncio.

— Eu vou — anunciou Clave calmamente.

— Ótimo — disse Crasedes. — Suponho que o resto de vocês também comparecerá...

<*Você... tem certeza, Clave?*>, perguntou Sancia. <*Este... Este lugar parece uma fossa cheia de horrores.*>

<*Eu vou*>, repetiu Clave. <*T-Talvez encontremos algo útil lá.*> Com um guincho, seu capacete se virou para olhar para Crasedes, sentado ao lado de Diela. <*Talvez algo que quebrou o mundo também possa consertá-lo.*>

Berenice franziu a testa, estudando a postura dele e a suavidade de sua voz, mas guardou seus pensamentos para si mesma.

<*Eu posso ficar para observar Diela*>, disse Claudia. <*E continuar lhe dando essa pasta. Mas, se vocês forem lá nos abismos, lembrem-se: não temos mais armas.*>

<*Exceto pelos discos-trilha*>, falou Berenice. <*Para Clave. E ele só pode ser usado contra uma coisa...*> Ela olhou para Clave. <*Se tocarmos em Crasedes com um disco-trilha, você ainda pode ter acesso a ele, certo? E assim nós... você ainda pode matá-lo com esse tipo de coisa, né?*>

<*É uma ideia*>, disse Clave. <*Mas ele teria acesso aos meus privilégios também... Poderia sair da realidade num piscar de olhos, como fez durante a Noite Shorefall, apesar de que, como é apenas um disco-trilha, ele provavelmente só conseguiria usá-lo uma vez.*>

Berenice balançou a cabeça.

<*Ainda quero saber mais sobre tudo isso. Não vou arriscar mais ninguém antes de estar convencida de que...*>

— Por mais que eu *aprecie* suas conversas silenciosas — falou Crasedes, teatralmente alto —, elas me parecem um *pouco* longas...

Berenice o encarou.

— Tudo bem. Você disse que descobriu onde ficava essa porta, baseado inteiramente nas perguntas de Tevanne, certo? Mas você nunca nos contou como acabou naquela prisão, para começo de conversa. Como ela capturou você?

Crasedes ficou em silêncio por muito tempo antes de finalmente suspirar.

— Suponho que eu esteja lhe devendo essa história — resmungou ele. — Resumindo, eu me tornei... ambicioso demais, e me descuidei.

<*Faz sentido*>, disse Sancia.

— Eu equilibrei a luta contra Tevanne por muitos anos — continuou Crasedes —, mas só podia me defender, nunca atacar. Eu não conseguia ver nenhuma fraqueza nos desígnios do inimigo... exceto uma. — Inclinou-se para a frente. — Vocês devem estar cientes de que a duplicação de mentes é uma coisa perigosa: o que conecta também *controla*. E Tevanne está conectada a milhares e milhões de escravizados e naves, de forma que ela precisa administrar essas conexões com muito cuidado. Acabei concluindo que deve haver alguma ferramenta, algum artifício ou função real que gerencie isso para Tevanne. Em outras palavras, um lugar onde Tevanne fica vulnerável. Vocês entendem?

Todos olharam para ele, impassíveis. Em seguida, Claudia caiu na gargalhada e bateu palmas.

— O regulador de Design! — gritou. — Puta merda, *Crasedes* também está procurando por isso?

Crasedes inclinou a cabeça.

— O que... O que é isso, ora?

— Há muito tempo especulamos que esse mesmo dispositivo deve existir — explicou Sancia. — Esse... Esse regulador. É um inferno ouvir você concordar com a gente.

— Interessante — disse Crasedes. — Quem é... Design?

— Uma longa história, para a qual não temos tempo — falou Berenice.

— Entendo — disse ele. — Bem. Eu tinha minhas *próprias* ideias e, por fim, pensei que sabia o suficiente para explorar essa vulnerabilidade. Pois vocês são capazes de adivinhar onde Tevanne poderia *guardar* tal aparato...

Berenice estreitou os olhos e então se deu conta da resposta óbvia.

— A cidade voadora — arriscou ela.

— O que é isso? — perguntou Claudia.

— As cidades voadoras que vimos — falou Berenice. — As cidadelas. O regulador está... lá dentro, certo? Ou existe um em cada uma delas?

— Correto — disse Crasedes. — As cidadelas, como você diz, agem mais ou menos como pontos de controle para o inimigo. E esse aparelho, esse regulador, é colocado em cada uma para garantir que o controle seja estável. Consegui de fato *encontrar* esse regulador numa dessas cidadelas e tentei roubar o objeto para estudá-lo... mas, no instante que o toquei... — Suspirou. — Bem. A cidadela inteira morreu e caiu do céu.

Eles o encararam.

— O quê? — perguntou Sancia. — Tocar nesse negócio... simplesmente *matou* uma daquelas cidades voadoras?

— Sim — respondeu ele. — Tevanne está ciente de que isso é uma vulnerabilidade. E preferiria perder uma cidadela inteira a permitir que alguém a explorasse. — Apoiou o queixo na mão. — Eu fiquei preso em meio a vários milhões de toneladas de pedra, caindo do céu... e, quando consegui me livrar dos escombros, enfrentei uma arma que o inimigo havia projetado especificamente para me enfrentar.

— A lorica gigante — lembrou Sancia. — Na qual o Clave aqui conseguiu bater pra cacete. — Ela deu um tapinha na armadura dele com orgulho.

— Sim. — Crasedes olhou para ele, um tanto preocupado. — Com bastante facilidade, aliás. Que curioso...

A pausa inquieta continuou, como se algum aspecto desse fato o incomodasse, mas ele não falou mais sobre aquilo.

Finalmente, Crasedes disse:

— A porta é a prioridade. Se o inimigo conseguir duplicá-la, não haverá fraqueza ou poder que possa detê-lo. Mas assim que tivermos resolvido isso, contarei tudo o que sei sobre a fraqueza de Tevanne. Dessa forma, sabotamos os planos imediatos do inimigo e desenvolvemos uma forma de derrotá-lo. Mas, repito, a porta *deve* ser a prioridade. — Ele examinou o recinto. — Essa aliança é razoável para todos vocês?

— Acho que sim, inferno — falou Sancia. Levantou-se, caminhou até a muralha despedaçada e espiou os pináculos distantes. — Desde que todos nós voltemos inteiros dessa coisa.

— Claro. Vocês estarão sob minha proteção. — Crasedes levantou os pés e se sentou no ar em sua pose já conhecida, de pernas cruzadas. — Não pode haver maior segurança.

33

Eles decidiram levar a lâmpada-morta para mais perto da cidade, embora tivessem deixado algum equipamento para trás. Oficialmente, era para facilitar os cuidados com Diela, mas Sancia e Berenice pegaram dois discos-trilha para Clave enquanto estavam a bordo, um para cada uma. No entanto, Sancia deixou um terceiro com Claudia, dizendo:

<*Só se for o caso.*>

<*Só se for o caso de quê?*>, perguntou Claudia.

<*Não faço ideia*>, respondeu Berenice. <*Mas eu sei que prefiro que você possua os poderes de Clave numa situação difícil. E mais uma coisa...*> Pegou uma pequena caixa de ferro e a entregou. <*Aí dentro você vai encontrar o diadema de Diela. Porque, se ela acordar...*>

<*Você quer que eu mande a garota fazer aquilo?*>, indagou Claudia, atordoada. <*Enquanto ela ainda está doente?*>

<*Quem decide é ela*>, falou Berenice. <*Diela se conhece bem. Mas temos que contar a Giva nossa situação o mais rápido possível, e só ela pode fazer isso.*>

Assim que terminaram, subiram na lâmpada-morta mais uma vez e partiram, subindo e descendo nos céus noturnos. Dessa vez, Crasedes não se sentou, mas ficou flutuando ligeiramente acima do fundo da nave, com as mãos entrelaçadas no colo. Sancia e Berenice observavam tudo pela janela do fundo da lâmpada, contemplando as pálidas torres brancas. Pareciam tremer de modo curioso à luz das estrelas, enquanto nuvens frágeis corriam pelos céus acima delas.

— Claviedes — chamou Crasedes —, seria ótimo se você pousasse na base da torre logo ao norte. Eu *gostaria* que você descesse dentro do próprio abismo, mas… suspeito que tudo seja bastante instável.

A lâmpada-morta inclinou-se para o lado, seguindo suas instruções.

— Não me chame assim — retrucou Clave.

— Não entendi.

— Meu nome é Clave — disse ele. — É quem eu sou agora. — O capacete se virou para olhar para Crasedes. — Vidro, areia e transmutação, certo?

Crasedes ficou em silêncio por um momento. Depois respondeu:

— Como quiser.

Continuaram a navegar.

— Diga-me, *Clave* — indagou Crasedes de modo casual —, o que você andou fazendo no oceano com Sancia, Berenice e todo o povo delas? Estava construindo sua utopia com todas essas — seu rosto mascarado se virou para Berenice — pessoas interessantes?

— É uma utopia melhor do que você já conseguiu — retrucou Clave. — Ou virá a conseguir, agora.

— Verdade — disse Crasedes. — Nunca mais tentarei remodelar o mundo dos homens. Eu não tenho mais forças. Mas eu me pergunto: você se lembra de *por que* eu tentei para começo de conversa?

— Porque você enlouqueceu, suponho — respondeu Clave, com raiva.

— Hum. Esse é o seu grande problema. Suas memórias são tão confusas que nem consegue se lembrar de que lado você estava, e em qual luta.

— Cale a boca.

Houve um silêncio comprido e ensurdecedor.

Berenice silenciosamente estendeu a mão, agarrou a de Sancia e sussurrou:

<*Clave está bem?*>

<*Não*>, respondeu Sancia. <*Definitivamente não. Mas não tenho certeza de como ele poderia estar.*>

<*O que você quer dizer?*>

<*Tipo, encontrar Crasedes de novo? Ir para o lar dele, que foi o palco de tantos horrores, sabendo que pode ter dado uma mãozinha para que acontecessem? Como alguém conseguiria administrar tudo isso?*>

Berenice soltou a mão de Sancia, percebendo a sensatez do que ela dissera. Mas algo ainda a incomodava. Clave estava curiosamente confuso desde a fuga da prisão, quase distraído, como se estivesse ouvindo alguma outra coisa que os demais não conseguiam ouvir.

Mas o que poderia afetar a única entidade que sabemos que não pode ser afetada?, pensou ela.

Finalmente, chegaram ao local indicado por Crasedes. Pararam ao lado de uma das torres de pedras brancas ondulantes e rachadas e começaram a deslizar lentamente para baixo. Berenice olhou de soslaio para onde Crasedes estava sentado, no ar. Estava espiando pela janela também, seu rosto mascarado brilhando à luz das estrelas.

— Esse é o mesmo abismo que você usou da última vez que veio aqui? — perguntou ela.

— Hum. Não. — disse Crasedes. Apontou para um buraco curiosamente redondo e escancarado nas planícies a oeste. — Quando cheguei aqui, séculos atrás, abri minha própria entrada. Mas fazer isso agora seria... imprudente.

— Por quê?

— Porque, mesmo que seja noite, ainda estou danificado.

— Que tipo de dano? Você ainda não explicou isso.

Crasedes não respondeu.

— Quando Sancia te viu, ela disse que achava que Tevanne estava... fazendo algo com você — falou Berenice. — Distorcendo seu tempo. Esticando-o. Dobrando-o. Foi isso mesmo?

— Por que isso é importante para você agora? — perguntou Crasedes. Parecia um pouco ofendido.

— Porque você disse que estamos sob sua proteção — respondeu Berenice —, mas também vive dizendo que está fraco. Eu gostaria de saber exatamente o quão fraca será a sua proteção lá dentro.

— Entendo — disse ele. Ficou em silêncio, pensando. — Tomei... precauções, ao longo dos anos, para me proteger contra vários tipos de ataques. Não posso, por exemplo, ser editado para fora da realidade, como as lâmpadas-mortas fizeram com tantos inimigos de Tevanne. Mas sou velho. Contenho o conhecimento de muitos e *muitos* anos. Sou como um reservatório, cheio de água; e Tevanne, com bastante perspicácia, percebeu qual seria a minha maior vulnerabilidade.

— Enchê-lo — concluiu Berenice, dando-se conta da questão — e fazê-lo transbordar...

— Ou quebrar — completou Crasedes. — Já era difícil o suficiente administrar a extensão das memórias que eu possuía. Mas Tevanne estendeu meu tempo e encheu minha mente com muitos, muitos anos que eu não tinha antes. Anos preso num só lugar, olhando para uma parede preta e vazia...

— Você teve a sensação de ficar lá por quanto tempo? — indagou Sancia.

Inclinou a cabeça, pensando.

— Cerca de dez vezes o meu tempo de vida normal, algo em torno disso.

O queixo de Sancia caiu.

— Puta merda...

— Você passou *quarenta mil anos* naquela prisão? — perguntou Berenice.

— Ou algo em torno disso — disse ele de novo. — Isso faz com que a classificação das minhas memórias seja muito mais difícil. São como... pequenas ilhas num oceano escuro, mas é preciso navegar entre elas sem bússola... E, quando o sol nasce e eu fico fraco, não consigo navegar. Esqueço como me movimentar, como respirar. Usei minhas últimas forças após a fuga, mas, depois disso, minhas energias precisam ser dedicadas a manter minha consciência, caso contrário... — Ele parou de falar.

— Preparem-se para o pouso — anunciou Clave. — Ou para o que diabos for acontecer *depois* que pousarmos...

Seguiram viajando num silêncio ansioso.

— Caso estejam curiosos — falou Crasedes suavemente —, é terrivelmente estranho voltar à antiga morada de seus pais e antepassados, e saber que tecnicamente você agora é muitas vezes mais velho que eles.

<*Merda*>, praguejou Sancia silenciosamente. <*Fedegosamente, eu concordaria.*>

— Aqui vamos nós — disse Clave.

A lâmpada-morta pousou com um baque suave. Berenice ficou tensa, esperando que a terra escorregasse abaixo deles e que fossem jogados no abismo... mas o chão estava firme.

— Eu... acho que estamos bem — disse Clave.

— Excelente — falou Crasedes. Gesticulou com um dedo, e a escotilha acima deles desatarraxou e abriu. — Vamos examinar o terreno.

◆◆◆

Entrar no abismo parecia extremamente difícil. O lugar não oferecia apoios para as mãos, nem escadas, nem declives que pudessem ser atravessados facilmente. Mais uma vez, Crasedes se ofereceu para fazê-los flutuar. Tal era a preocupação de Sancia em descobrir uma maneira de descer que ela até chegou a considerar a oferta.

Nesse momento, Clave falou, assomando imenso por cima do ombro dela:

— Consigo fazer isso.

— Fazer o quê? — perguntou Sancia. — Pular com a gente lá embaixo? Você iria fazer em pedacinhos toda essa porcaria de lugar.

— Posso controlar minhas densidades — disse ele. — E minha gravidade. Posso segurar vocês duas, e aí flutuaremos lá para baixo feito uma pena. — O capacete dele tombou para o lado. — Desde que vocês não escorreguem e caiam dos meus braços, é claro.

— Nesse caso — complementou Crasedes —, posso ajudar.

— Vamos fazer o que Clave propôs — falou Sancia, estremecendo. — Só seja... cuidadoso.

— Ah, não diga — ironizou Clave.

Ele pegou as duas em seus braços, e, agarrando-as com força, disse:

<*Segurem suas entranhas, crianças.*>

Então, com um salto leve, pulou no abismo. Berenice segurou um grito, mas depois eles diminuíram a velocidade abruptamente e desceram aos poucos no abismo.

<*Ahh, cara*>, disse Sancia, fazendo uma careta. <*Esqueci o quanto odeio essa merda.*>

<*Sim*>, concordou Berenice. Arquejou. <*Inscrever a gravidade é sempre, ahh, muito horrível.*>

<*Se vocês duas quiserem descer sozinhas, fiquem à vontade*>, falou Clave.

Continuaram deslizando suavemente cada vez mais para baixo. Sancia pegou uma lanterninha flutuante e a acendeu, e a luz dela balançava atrás dos três feito um inseto-de-fogo, sua luminescência dançando sobre as pedras ao redor deles.

<*O que Crasedes quis dizer quando falou que tudo estava aqui embaixo?*>, perguntou Berenice. <*Só vejo pedra.*>

<*Espere um pouco*>, disse Clave. <*Acho que estou vendo algo...*>

Em seguida, a luz dançou pela escuridão, e eles enxergaram. As paredes do abismo não eram de pedra, mas feitas de *edifícios*, pilhas e pilhas de prédios em ruínas, cinzentos e manchados, como os pisos de uma estrutura maciça pressionados todos juntos. Para Berenice, lembravam as catacumbas de terras distantes sobre as quais ela tinha lido, e os labirintos subterrâneos construídos para abrigar os mortos, mas eram claramente casas e estruturas comuns. Todas eram antigas, tendo perdido muito da decoração e da ornamentação, mas a estrutura, o design e as plantas baixas permaneciam, como o esqueleto do cotidiano de uma civilização emergindo da terra escura.

— Puta merda — disse Sancia. — A cidade inteira é subterrânea?

— O que não foi perdido — falou Crasedes — foi deslocado. — Deslizava pelo ar ao lado deles, ainda sentado de pernas cruzadas. — É uma coisa muito ruim, sabe, quando a realidade esquece como o próprio espaço funciona.

— E foi essa abertura, ou porta, ou o que quer que seja, que causou isso? — perguntou Sancia.

— Suspeito que sim — respondeu Crasedes. — Mas vamos descobrir a verdade esta noite, espero.

Berenice observava pilha após pilha de estruturas que iam passando por ela.

— Como diabos — disse — tudo isso ainda está... bem, *aqui*? Não deveria ser tudo pó? A tal alteração maciça que ocorreu aqui, seja lá o que tenha sido, de alguma forma preservou também todos os edifícios?

— Hum. — Sancia estreitou os olhos e falou: <*Ber... abra uma trilha para mim.*>

Berenice fez isso, franzindo a testa enquanto deslizava para trás dos olhos de Sancia, e arquejou quando as paredes ao redor deles se iluminaram com tênues emaranhados prateados de inscrições, tudo silenciosamente enrolado na pedra.

— Ah, meu Deus — exclamou Berenice suavemente. Inclinou-se para a frente. — E tudo está inscrito de modo tão... tão *diferente*...

— Sim — disse Crasedes. — As pessoas deste lugar conheciam a vinculação de comandos, mas desenvolveram um método de fazê-la sem sacrifícios. Ou os *lexicons* desajeitados de vocês. — Aproximou-se das paredes, espiando as fileiras de janelas. — Cada pedra deu muito trabalho para fazer, mas eles sabiam que cada pedra duraria séculos. Existem muitas criações nas profundezas deste lugar que perduraram, porque são quase indestrutíveis. Algumas delas até *eu* teria problemas para destruir.

Depois do que pareceu uma eternidade descendo, eles finalmente chegaram ao fundo do abismo. Grande parte dele tinha se transformado num vasto lago subterrâneo, alimentado pelos riachos acima. Mas pareciam ter chegado à camada mais inferior, onde antes ficava a rua. Enormes pedras de pavimentação se projetavam da água como dentes quebrados, todos gravados com comandos de durabilidade e densidade. Clave pousou na ponta de um deles, ainda segurando Sancia e Berenice em seus braços.

Crasedes flutuou sobre a água.

— Acredito que vocês vão precisar de um barco.

— Sim — disse Sancia. — Mas nós não trouxemos nenhum barco fedego...

Crasedes agitou uma das mãos, e uma das pedras do pavimento emergiu da água como um tubarão saltitante e em seguida pareceu explodir de repente, estourando numa nuvem de poeira branca... porém, a poeira baixou, e eles viram que ele tinha, aparentemente de modo instantâneo, esculpido toda a pedra, de maneira a lhe conferir uma forma simplificada de barco pequeno e hidrodinâmico.

— Não vai ser fácil para a gente navegar — observou Berenice — num barco feito de pe...

Sacudiu a mão novamente. Ouviu-se um estalo, e inscrições se espalharam pela superfície da pedra: inscrições que a convenciam de que não era pedra, mas, na verdade, era madeira, e, de quebra, um tipo de madeira leve e à prova d'água.

Eles observaram enquanto o barco de pedra desceu lentamente e começou a balançar nas águas. Em seguida, ele disparou e se posicionou bem do lado da pedra de pavimentação.

— Talvez eu não consiga moldar minhas ferramentas antigas — disse Crasedes. — Mas as inscrições convencionais eu ainda conheço muito bem. — Inclinou a cabeça. — Todos a bordo.

— Que exibido fedegoso — murmurou Sancia. Os três desceram cuidadosamente e subiram na embarcação. Ela girou lentamente e depois disparou para o labirinto de câmaras no fundo do abismo, enquanto Crasedes ia flutuando silenciosamente atrás deles.

◆◆◆

Os quatro percorreram os canais e as passagens da cidade em ruínas, curvados e olhando para as paisagens do entorno. Grande parte das profundezas parecia ser uma mistura de solo e estruturas construídas, com uma cornija ou uma janela surgindo do barro como um rubi na parede de uma mina. Em outros lugares, prédios inteiros ou ruas se estendiam diante deles em grutas e cavernas, uma praça, um monumento ou uma encruzilhada simplesmente suspensos nas camadas subterrâneas.

— Para onde você está levando a gente? — perguntou Sancia.

— Grande parte da cidade foi perdida — respondeu Crasedes. — Mas nem tudo... Começaremos onde algumas partes dela sobrevivem e veremos que pistas podemos encontrar. Pois a abertura *deve* estar em algum lugar dentro desse labirinto.

Flutuavam por um túnel tão estreito que Berenice ficou com medo de que o barco não coubesse.

— E... que lugar é esse, na verdade? — indagou Sancia.

— Não é nada agora — sussurrou Crasedes. Suas palavras eram pronunciadas de modo suave, mas reverberavam com força no túnel. — Não tem nome e não está marcado em nenhum mapa. Mas, há muito tempo, era chamado de Anascrus. Era uma cidade de construtores e fabricantes. Autodenominavam-se o Povo, abençoados com o conhecimento de como perceber as inscrições brutas no mundo. Suas pedras eram mais fortes, as lâminas mais afiadas, e usaram isso para construir um império que durou mais de três séculos, mas às vezes viam *mais* que inscrições brutas. Às vezes, vislumbravam os comandos profundos, as instruções codificadas na realidade para fazer o mundo todo funcionar como um relógio. No entanto, só testemunhavam isso na presença da morte.

Houve um longo silêncio. Clave se curvou no barco e não se mexeu.

— Quando a peste chegou a este lugar — continuou Crasedes —, ela trouxe muita morte. Não sei o que aconteceu aqui, mas... a conclusão parece clara.

O eco das águas mudou. Aproximavam-se de algum lugar diferente, de algum lugar maior.

— Eles viram — disse Crasedes. — Eles aprenderam. E eles fabricaram. Mas fabricaram algo *novo*.

O túnel chegou ao fim e as paredes se abriram ao redor deles, recuando cada vez mais, talvez dezenas, se não centenas de metros. Olhavam em volta maravilhados, mas não conseguiam ver muito além da borda das águas.

— Merda — praguejou Sancia. Remexeu em sua mochila. — Vamos pegar outra lanterna...

Ela puxou outra lanterninha flutuante, ligou-a e apontou-a para cima. Sua luz cresceu e cresceu, a iluminação rosa-pálido lavando a enorme caverna.

Berenice arquejou.

— Meu Deus.

— Sim — disse Crasedes. — É aqui que eu queria começar.

Parecia que meia dúzia de quarteirões da cidade estavam presos numa bolha colossal de pedra, todos inclinados em certo ângulo. Casas, estruturas e edifícios erguiam-se em ambos os lados do estreito córrego, que aparentemente havia erodido as laterais de quase uma centena de casas. Alguns dos prédios desabaram (muitas vezes por cima de suas paredes e telhados, que claramente não tinham sido projetados para passar vários milênios numa posição inclinada), mas muitos deles se mantinham inteiros, fundidos por todas as minúsculas inscrições presentes em quase todos os tijolos, telhas e colunas nessa enorme semicidade empoeirada e caindo aos pedaços.

Crasedes subiu e olhou em volta, observando os muitos telhados inclinados diante dele.

— Isso aqui equivale a cerca de... ah, de um trigésimo de toda Anascrus — falou ele. — É o maior pedaço sobrevivente que encontrei, embora outros possam persistir em outras partes da terra.

O pequeno barco de pedra balançou até a beira do riacho subterrâneo. Os três saíram e olharam ao redor, vendo a desconcertante mistura de arquitetura inclinada e paisagem urbana em ruínas ao seu redor, a maneira como cada janela e porta parecia tremer com sombras, e sempre o cheiro avassalador de poeira e mofo.

<*Isso me lembra um pouco as Áreas Comuns*>, disse Sancia, olhando para um beco tortuoso e para as paredes. <*Tudo isso misturado...*>

— Vamos começar a procurar — sugeriu Crasedes. O hierofante se virou para eles. — Clave, Sancia, observem com sua segunda visão o melhor que puderem. Mas não posso garantir que a porta estará tecida com comandos convencionais. Devemos procurar toda e qualquer coisa e cobrir o máximo de terreno que conseguirmos, o mais rápido que pudermos.

— Fedegosamente ótimo — murmurou Sancia.

Crasedes flutuou para trás na escuridão.

— E Claviedes... — disse suavemente.

— Sim?

— Se algo refrescar sua memória, você nos avisa, por favor?

◆◆◆

Pelos... minutos seguintes? Horas seguintes? Berenice não tinha ideia de como contar o tempo naquele lugar afundado... Eles vagaram pelas ruas inclinadas e esburacadas, analisando os parapeitos em ruínas, as cúpulas rachadas e as casas pulverizadas. Andavam seguindo um padrão cuidadoso para não se perderem, descendo uma rua até não conseguirem ir em frente, depois indo para a próxima e prosseguindo na direção oposta.

Por fim, separaram-se, decidindo que essa era a maneira de cobrir o máximo de terreno o mais rápido possível, embora, sendo a única pessoa que não conseguia perceber as inscrições, Berenice sentiu que isso a deixava em desvantagem.

— Não há nada que eu ame mais — murmurou enquanto caminhava — que escalar algumas ruínas assustadoras com uma única lanterna flutuante como companhia...

Ainda assim, ela vasculhou os corredores submersos e as câmaras gotejantes, abrindo caminho através dos detritos antigos. Havia alguns ossos, mas não tantos quanto ela esperava; mas, até aí, talvez o povo de Anascrus tivesse se decomposto muito mais rápido que o que haviam construído.

Virou uma esquina e deparou com uma porta de pedra para uma casa. Havia uma palavra gravada acima do batente da porta, embora não conseguisse lê-la. Estreitou os olhos e começou a apalpar os bolsos para ver se tinha alguma coisa para copiá-la.

Uma voz grave por cima do seu ombro:

— A inscrição diz "Condenado. Suba".

Ela gritou de surpresa, virou-se de um salto e encontrou Crasedes flutuando alguns metros atrás dela.

— Não chegue perto de mim de fininho desse jeito! — rosnou ela.

— Minhas desculpas — respondeu o hierofante. — Percebi que você estava olhando e quis ajudar.

Ela o encarou por mais um momento antes de voltar para a porta.

— O que isso significa?

— Não tenho certeza — falou Crasedes. — Mas acredito que a peste, no fim das contas, levou-os a abandonar os níveis mais baixos da cidade, pensando que o próprio ar estava envenenado, e eles se retiraram para suas torres. Portanto: "suba".

— Duvido que tenha funcionado.

— Nisso acho que você está correta. — Ele flutuou para a frente até ficar ao lado dela. — Tenho me questionado sobre uma coisa e me sinto compelido a perguntar: Claviedes parecia... *diferente* recentemente?

— Por quê? — perguntou ela, assustada.

— Porque ele parece diferente para mim — disse ele. — Lembro-me de que, em sua última iteração, ele era... como direi? Irritantemente jocoso.

— Bem, duvido que ele goste muito de estar perto de você — retrucou ela, mas sabia que era uma resposta fraca. Ela não tinha certeza do quanto queria compartilhar a respeito do estado mental de Clave, especialmente com outro ser poderoso em cujo estado mental ela confiava ainda menos.

— Naturalmente — disse Crasedes com tom ácido. — Não espero que goste. Ele tem muitas suposições equivocadas sobre mim, e é meu dever suportar essas transgressões tão estoicamente quanto posso, como *sempre*.

Berenice piscou. Foi surpreendente ouvir algo tão mesquinho sair da boca de Crasedes, pois era difícil imaginar um personagem tão histórico — se não mítico — tendo dificuldades com relacionamentos complexos como qualquer outra pessoa.

Crasedes flutuou para a frente até ficar cara a cara com ela.

— Mas eu não estava me referindo ao tempo que passamos juntos. Eu quis dizer... Clave parece diferente desde que se uniu, ainda que brevemente, a Tevanne?

Ela sentiu a barriga gelar.

— Ele... Ele se lembrou de certas coisas desde então — disse ela com relutância. — Sim.

— Sobre este lugar.

— Sim. Nada sobre a tal porta, no entanto. Nada além do primeiro lampejo que ele viu nos pensamentos de Tevanne.

Ele desviou o olhar, pensativo.

— Entendo.

— Tevanne não pode ter mexido com ele então, pode? Quero dizer, *você* o criou. Clave não é... bem, inviolável?

Crasedes inclinou a cabeça.

— É verdade que seria muito difícil alterar ou danificar Clave. Teoricamente, a única coisa que pode danificar Clave é ele próprio.

— Sério? — exclamou Berenice, surpresa.

— Sim. Clave se redefiniu uma vez, com Sancia, quando ela libertou o construto pela primeira vez. Ele poderia até realizar o que é, de certa forma, o inverso dessa tarefa, destruindo-se, desvinculando-se... É uma das muitas capacidades que acho que ele não sabe que possui. — Ele inclinou a cabeça para o outro lado. — Que é o que me preocupa.

— O que você quer dizer? — perguntou Berenice.

— Talvez nada de *novo* tenha sido feito com Clave. — Crasedes começou a flutuar de volta para a escuridão no topo da câmara. — Talvez, em vez disso, a experiência tenha despertado algo que estava adormecido dentro dele há muito tempo.

◆◆◆

Clave ouviu os próprios passos ressoando na pedra escura enquanto vagava pela cidade submersa.

Não quero estar aqui, pensou. *Deus, Deus, eu não queria estar aqui.*

Ele dobrou uma esquina, observando as paisagens urbanas, as fachadas dos prédios amarrotados e cambaleantes.

Quero voltar a ser uma chave de novo. Eu só quero consertar. Inventar. Resolver. É o que eu sou. É... É mais simples assim.

No entanto, esse lugar o forçava a pensar de outra forma. Ele se encontrava num pátio, ou numa porta, ou no topo de uma escada, e captava o fantasma de um fantasma de uma memória: uma sensação repentina e avassaladora de estar nesse exato ponto ou num lugar semelhante a esse, enrolado com sua vida cotidiana, tal como um...

Um homem, pensou.

E, então, como se tivesse convocado a situação com esse simples pensamento, o mundo mudou ao seu redor.

Virou-se para olhar para um beco estreito e, de repente, o lugar floresceu com luz e se tornou uma cena de rua silenciosa, mas agitada, repleta de pessoas com roupas azuis coloridas levando a vida normalmente, o sol do meio-dia filtrando-se pelas torres acima para salpicar seus ombros e suas cabeças...

E lá, no meio da multidão, estava ela. Olhou para ele, o rosto ainda escuro, o cabelo branco ainda brilhante e reluzente, as mãos arroxeadas cheias de coágulos ainda pendentes ao lado do corpo.

Ele a observou. A cena desapareceu ao seu redor, até que passou a ser apenas a forma dela, pendurada na escuridão. Depois isso também desapareceu, até que não houvesse nada além do beco escuro e estreito diante dele.

Olhou para a escuridão, analisando-a com seus muitos tipos de visão. Era um beco muito apertado, mas parecia se estender por uma distância muito, muito grande.

Talvez levando a algum lugar diferente.

Clave ativou o dispositivo de voz em sua couraça e gritou:

— *Acho que encontrei algo aqui!*

◆◆◆

Sancia estreitou os olhos para esquadrinhar o pequeno beco.

— Hã. Então. Aonde isso leva?

— Não sei — disse Clave. — Mas... parecia diferente. Achei que valia a pena dar uma olhada. — Deixou a frase falar por si mesma. Não queria dar voz a todas as memórias murmurando nas bordas de sua mente, todos os fantasmas sussurrando nas sombras daquela cidade.

Berenice olhou para cima e ao redor deles.

— Talvez eu tenha me desorientado, mas pensei que isso ficasse na parede desta caverna gigante... Esse beco deve levar a outra caverna, ou, ou seção da cidade. Estou certa?

— Você está certa — falou Crasedes lentamente. — Isto é uma... uma pequena artéria que conduz a alguma parte perdida da cidade, que eu mesmo nunca encontrei. — Olhou para Clave. — O que acabou chamando sua atenção?

— Eu... não tenho certeza — respondeu Clave. — Só observei a passagem e me lembrei, mais ou menos.

Houve um silêncio.

— Então... acho que você deveria seguir esse caminho, Clave — disse Sancia. — E ver se você se lembra de mais alguma coisa.

Clave hesitou. Em seguida, lentamente, deu um passo, e mais outro, deixando seus pés guiarem-no pela passagem.

Enquanto caminhava, sentiu seu comportamento, e até mesmo sua postura, mudarem lentamente: em vez de sacolejar na sua marcha abrupta habitual, seu ritmo tornou-se solene, lento e circunspecto, o olhar fixo na rua à frente.

Olhou para trás, para onde Crasedes pairava como um espectro.

— Eu... Eu morava lá atrás — disse Clave calmamente. Sua armadura tiniu quando ele se inclinou um pouco para a frente. — Depois de você. Mas agora acabou. Essa rota foi... foi apagada, eu acho... — Lentamente, ele se virou para ficar à frente deles. — Mas eu me lembro agora... Eu vinha aqui todas as manhãs.

Deu mais um passo, o barulho de sua bota ecoando na escuridão, continuando pela trilha.

— Para... pensar — sussurrou ele. — E andar. Sozinho.

Mas para onde? Não tinha certeza, porém continuou andando, puxado unicamente pelo movimento de seus pés abaixo dele.

Até que as lanternas finalmente lançaram sua luz através da porta.

Pararam e observaram. A abertura da porta era alta e estreita, situada numa parede ornamentada e intrincadamente esculpida. Olharam para dentro e vislumbraram muitas passagens estreitas brotando e circulando, num emaranhado de trilhas e corredores. Parecia um labirinto, que teria ficado ao ar livre no estado original da cidade, mas as paredes internas eram especiais, de alguma forma: eram semelhantes a complexos armários de pedra, com portas de pedra empilhadas umas sobre as outras, estendendo-se na escuridão.

— É como... algum tipo de depósito — observou Berenice em voz baixa. — Mas o que era guardado aqu...

Sancia deu-lhe uma cotovelada e apontou para o alto, para o topo das paredes, e lá, dispostas sobre uma intrincada plataforma de tijolos, estavam quatro caveiras esculpidas em pedra.

Clave encarou seus olhos opacos e vazios. Depois olhou ao longo das paredes e viu decorações semelhantes a cada quatro metros: punhados de caveiras de pedra decorativas, olhando para as trilhas abaixo.

Ficou em silêncio por muitíssimo tempo. Em seguida, sua armadura estremeceu e ele sussurrou:

— Ela está aqui.

Crasedes desceu da escuridão.

— Quem? — perguntou ele.

— Minha filha — disse Clave. Lentamente, penetrou no labirinto do columbário, cada passo familiar, cada movimento conhecido. — Sua irmã. É aqui que ela jaz.

◆◆◆

Eles o seguiam enquanto Clave andava pelos caminhos, as caveiras de pedra observando silenciosamente a procissão. Sentia mais memórias se desenrolando dentro dele, florescendo como trepadeiras que esperavam que o sol se pusesse antes de abrir suas flores trêmulas.

Lembrou-se do cheiro das chamas, da cantoria à noite e da sensação de lágrimas escorrendo por seu rosto.

— Nós... queimávamos nossos mortos — sussurrou ele.

Ele virou, à esquerda, depois à direita, depois à esquerda.

— Fizemos isso por mais de dois séculos — disse ele em voz alta. — Éramos construtores. E decidimos que, quando morrêssemos, transformaríamos nossos corpos em cinzas e misturaríamos as cinzas com a lama e o barro. E depois produzíamos tijolos a partir dessas coisas e construíamos nossas casas, nossas torres e nossos muros com eles, com nossos entes queridos, para que eles estivessem conosco, o Povo, para sempre.

Uma esquerda, depois outra esquerda.

— Mas primeiro a família pranteava os mortos — sussurrou Clave. — A família chorava os seus entes queridos, até que eles estivessem prontos para dar forma às suas pedras, cozer os tijolos e reconstruir o mundo de novo. Mas, antes disso, suas cinzas permaneciam... aqui. Até que o luto da família terminasse e o pranto parasse. Até que encontrassem uma saída.

Percorreu os caminhos do columbário, lembrando-se daqueles últimos dias, quando a peste fluía e refluía, e muitos percorriam esses caminhos, chorando e soluçando, trajando as habituais vestes cinzentas dos enlutados.

Parou de repente, congelado. Em seguida, seu capacete se moveu lentamente para olhar um armário de pedra no nível mais baixo.

— Isso mesmo — sussurrou. — Colocávamos as crianças na parte de baixo. Para que os pais pudessem se sentar e conversar com elas, assim como faziam em vida.

Clave se arrastou até a parede. Depois, sentou-se lentamente, sua enorme forma de metal reverberando ao atingir a trilha de tijolos.

Olhou para a parte externa do armário de pedra, desgastada pelo tempo e pela deterioração da cidade. No entanto, as inscrições incorporadas nele ainda se mantinham firmes, e ele conseguia perceber que a estrutura era forte, estável e segura.

Havia uma estrelinha de inscrições prateadas dentro do gabinete: inscrita de modo fenomenal, cuidadoso, maravilhoso, alinhavada com comandos para que se tornasse tão durável e resistente a ponto de subsistir para sempre.

A urna funerária dela, pensou Clave.

— Ela ainda está aí — sussurrou. — Minha borboletinha. Porque nunca conseguimos parar de pranteá-la.

Estendeu sua manopla de metal e gentilmente roçou a face do armário de pedra.

— Nunca conseguimos encontrar uma saída... — disse ele.

Vislumbrou-a de novo, de pé no final do caminho, seu cabelo branco brilhante, sua forma pequena, apodrecida e envolta em escuridão.

— Porque a morte sempre estava conosco — sussurrou ele — e estávamos presos.

Em seguida as coisas ficaram borradas, algo que agora lhe era uma sensação familiar, e ele foi parar em outro lugar.

• 34

De novo, é noite. De novo, Clave está na ponte, diante do salão dos reparadores. De novo, a escuridão é trespassada por tosses, soluços, gritos de tristeza, a cidade inteira uma vasta e dolorosa ferida de pesar. Enquanto espera, ele ergue os olhos para o céu noturno, as estrelas e a lua obscurecidas por colunas de fumaça escura que saem da cidade. É uma visão familiar, uma constante nesses dias. Como é estranho saber que essa é a fumaça de muitas piras funerárias. Saber que essa fumaça já foi parte do Povo.

Basta, *pensa ele.* Quando meu trabalho terminar, será um basta.

Alguém caminhando à sua esquerda. Ele se vira e vê a esposa emergir das sombras, seus olhos arregalados e assombrados, seu corpo ainda trajado com a cor cinzenta de um funeral.

— Encontrei o caminho — sussurra ela. — É seguro.

— Você tem certeza? — pergunta ele.

— Tenho certeza. Venha.

Ele a segue para a direita, ao longo do fosso que circunda o salão dos reparadores, mas o fosso agora está seco. Muitos córregos e canais secaram recentemente, pois, embora o Povo tenha construído muitos implementos nomeados para trazer água potável para a cidade, eles ainda necessitam da mão humana para trabalhar com eles.

Não sobrou ninguém para deixar entrar água, *pensa Clave enquanto caminha.* Ninguém para cultivar alimentos nas fazendas. Ninguém para proteger nossas muralhas e nos manter seguros.

Eles chegam a uma escada curta, e sua esposa começa a descer para o fosso seco.

Fomos abandonados, *pensa ele,* por todos os homens e por qualquer que seja o deus que deu corda no coração deste mundo.

Eles caminham pelo fosso lamacento até chegar a um cano largo que desce até o salão dos reparadores. Sua esposa gesticula e, juntos, rastejam para dentro do cano. Quando saem, está escuro demais para ver, mas ouve-se o raspar e a vibração de uma pederneira nas sombras, e então a tocha embebida em óleo de sua esposa ganha vida.

A chama revela uma cisterna enorme, pingando e vazia, que antes armazenava água para o salão. Os pilares se estendem ao redor deles, as poças no chão brilhando como espelhos à luz da tocha.

— Eles têm que... que pegar água em baldes agora — diz sua esposa. — É um trabalho difícil. Mas na verdade, com água ou sem água, os resultados costumam ser os mesmos. — Olha para ele. Ainda é linda, o cabelo dourado caindo nos ombros. Mas qualquer confiança brilhante e esplendorosa que tenha existido nela foi frustrada há muito tempo. — Você está perto o suficiente? Consegue sentir? — pergunta ela.

Ele consegue. É capaz de sentir aquele espinho no cérebro, a fechadura em seu coração, e todos os nomes e símbolos vibrando pelo mundo ao seu redor.

— Sim — sussurra ele. — Estou perto o suficiente dos... dos moribundos acima. — Ergue os olhos para o teto da cisterna. — Posso ver o mundo mudando em volta deles. — Aproxima-se e toca a parede de pedra escura do outro lado da cisterna.

— Você não está preocupado, meu amor — indaga ela —, não teme que isso vá deixá-lo louco?

— Com o mundo já tão louco, será que chegaríamos a perceber se eu enlouquecesse? — Ele passa a mão na parede. — Sei que não

estou louco. Posso sentir a porta. A cada novo pedacinho que enxergo, descubro mais sobre como fazê-la e o que é necessário.

Ela o observa, as lágrimas agora escorrendo pelo rosto.

— O que tem do outro lado? Você sabe?

— Não. Ainda não tenho certeza.

— Por que a construir se você não tem certeza do lugar para onde ela se abre?

— Você não entende. Ela quer que eu a construa. Quer ser feita. É como ver uma escultura dentro de um bloco de pedra, mas o bloco de pedra é o próprio mundo.

— Um belo pensamento — diz ela. — Mas você não está me respondendo. O que há do outro lado da coisa que você está fazendo?

— Não sei — confessa ele. — Mas deve ser melhor que aqui, não?

Ela observa o marido, os olhos tristes piscando à luz da tocha.

— Ela pode não estar lá, sabe — fala a mulher. — Quero que ela esteja. Sei que você quer que ela esteja. Mas ela pode não estar esperando por nós do outro lado.

— Não sou criança — diz Clave. — Eu sei. Mas talvez um mundo melhor nos espere lá. Talvez um mundo melhor nos espere a todos, lá do outro lado da criação...

Ela inclina a cabeça, chorando em silêncio por um instante.

— Eu só... Só quero ter certeza de que estamos fazendo a coisa certa. Mandamos Crasedes embora. Ele era... Ele era apenas um bebê, mas nós o mandamos embora. E você e eu vamos ficar aqui para fazer... para fazer isso.

Clave tira a mão da parede da cisterna. Ele não pensa no menino há algum tempo. Na verdade, esforça-se para não pensar no menino. Num mundo como este, onde tantas dificuldades e perigos aguardam um filho, que tolo se permitiria amar uma criança?

— Vamos — diz ele. — Porque é o certo. Porque posso consertar o que aconteceu com todos nós. Posso consertar tudo isso.

Ela assente e enxuga as lágrimas.

— Temos poucas bênçãos hoje em dia. Mas eu trouxe alguém para cuidar de você. — Enfia a mão no bolso e tira uma bonequinha de pano, feita com tecido dourado.

Olha para a boneca. Seu coração esfria e suas mãos tremem. Ele não a vê há muito tempo.

— Meu Deus — sussurra. Ele a pega em suas mãos, lembrando-se da sensação da boneca e de como sua borboletinha a segurava tão apertado. — Valeria.

— O anjo da guarda da meninice — diz a esposa. Ela estende as mãos, apoiando os dedos de ambos os lados da cabeça dele, e o beija na fronte. — Que ela cuide do seu trabalho aqui e traga alegria.

◆◆◆

Clave recostou-se quando a memória o deixou. Suspirou com tremenda tristeza, como se uma lâmina longa e fria deslizasse por entre suas costelas.

— Agora eu sei — sussurrou.

— Sabe o quê? — perguntou Crasedes.

— Onde eu a construí. — Ficou de pé. — Onde fiz a porta, e onde a abri.

• 35

Juntos, corriam pelas ruas da cidade destroçada, Clave seguindo na frente, virando várias vezes pelas ruínas esquizofrênicas como se tivesse percorrido aquela trilha um dia antes. Berenice corria ao lado de Sancia, consciente de que sua esposa não era tão veloz quanto antes. Agarrou a mão de Sancia e sussurrou:

<*Você viu? Você viu a memória dele?*>

Sancia balançou a cabeça.

<*Não. Acho que foi mais fácil para mim ver o que ele viu quando eu estava sonhando... se é que isso faz algum sentido.*>

<*E sabemos como ele está fazendo isso? Por que ele está se lembrando?*>

<*Não faço ideia, Ber.*>

Observavam enquanto a lorica de Clave avançava pela cidade, batendo nas paredes e ricocheteando nas portas.

<*Gostaria de saber a diferença*>, falou Berenice, <*entre a revelação e a loucura.*>

<*É, mas...*> Os olhos de Sancia se ergueram enquanto corriam. <*Acho que sei para onde ele está indo agora. Deus, eu já vi isso antes, só por um segundo, mas... esta é a trilha que eles seguiram depois que Clave foi feri...*>

Então, a voz de Clave berrou na escuridão à frente:

— Parem!

— Hã? — disse Sancia.

— Eu concordo — ressoou Crasedes, esvoaçando em algum lugar acima delas. — Vocês deveriam parar de correr. Agora.

Foi o que fizeram, derrapando até parar.

Crasedes desceu da escuridão, uma mão levantada para elas.

— Venham até mim, devagar. Então a ameaça ficará muito clara.

Sancia e Berenice caminharam cuidadosamente na direção dele. Quando suas lâmpadas flutuantes finalmente as alcançaram, Berenice estreitou os olhos, lutando para interpretar o que estava vendo.

O chão, as paredes e as vielas à frente pareciam *cintilar*, como estrelas no céu.

E, então, ela percebeu: a rua na frente delas era de cristal. Assim como tudo o que estava acima.

— Ah, puta merda — disse Sancia.

Os olhos de Berenice finalmente se ajustaram e ela olhou para a cidade gelada e brilhante à sua frente. Cada pedra, canto e terraço brilhava, tanto que teve que pegar o pequeno controle remoto de latão de sua lâmpada e diminuir o brilho. O mais estranho era que podia ver onde o mundo de cristal começava a poucos metros de distância, como uma costura ou uma fronteira na realidade, com todas as coisas de pedra e poeira de um lado, e tudo vítreo e brilhante do outro.

Apertou os olhos, analisando a fronteira brilhante que passava no meio da cidade. Parecia estar se movendo num arco, como um círculo.

O que significa que há um centro. Um lugar de onde veio.

— Que diabos é isso? — perguntou Sancia.

Crasedes flexionou o dedo e uma coluna de cristal distante estremeceu por um momento antes de explodir em milhares de pedaços reluzentes.

— Isso exigiu muito esforço de mim… — Ele fez a mesma coisa que Berenice, analisando o limite que atravessava a cidade e depois olhando para dentro. — Creio que é diamante.

— *Diamante?* — indagou Sancia. — Esse pedaço da porcaria da cidade é feito de *diamante*?

— Sim — respondeu ele calmamente. — Algo aconteceu neste lugar… para transformar toda a pedra aqui em diamante.

— Deus Todo-Poderoso — disse Sancia. — A única vez que deparo com uma fortuna maior do que jamais poderia sonhar, e tem que ser aqui, nessas ruínas amaldiçoadas, com o fim do mundo mordendo nossos calcanhares.

— Qual é exatamente a ameaça dos pisos de diamante? — perguntou Berenice.

— *Você* já caminhou por cima de um diamante gigante? — devolveu Crasedes. — Eu não, mas é quase certo que é muito complicado. Posso fundir ossos quebrados, certamente… mas suspeito que você não ia gostar que eu o fizesse.

— Eca — falou Sancia. — Entendido.

Ouviu-se um som metálico, e Clave apareceu vindo das sombras à frente, alto e escuro entre os corredores de cristal.

— Está à frente — disse ele com uma voz muito baixa. — Estamos quase lá.

Ficou ali por um momento em silêncio.

— Você está bem, Clave? — perguntou Sancia.

— Nós… Nós temos que ir, não temos — falou Clave em voz baixa. — Temos que entrar lá. Para detê-la. Não temos?

— Sim — respondeu Crasedes. — Temos.

— É… — O capacete de Clave se virou e, por um momento, Berenice pensou que seus olhos vazios estavam fitando uma passagem reluzente, como se estivesse olhando para alguém que o observava. Mas não havia ninguém, pelo que Berenice pudesse ver.

— Todo mundo quer que eu entre — disse ele, carrancudo.

Aproximou-se e, por um segundo, Berenice sentiu medo. Clave nunca lhe parecera estranho, mas agora, nesse lugar surreal debaixo da terra, não podia deixar de se perguntar: o que havia dentro da chave dentro da armadura?

No entanto, Clave simplesmente estendeu os braços para elas e disse, lacônico:

— Subam. É muito escorregadio. Vou carregar vocês duas pelo resto do caminho.

◆◆◆

Berenice agarrou-se ao braço esquerdo de Clave enquanto ele entrava na cidade de cristal, com Sancia segurando-se do outro lado e Crasedes flutuando mais acima. Lentamente, um edifício assomou na escuridão à frente: uma gigantesca cúpula reluzente, atrás de um fosso largo, semelhante a um canal, que era inclinado e continha apenas algumas poças d'água. Uma estreita ponte de cristal se estendia da porta da construção até a rua, com duas colunas de cada lado. Embora Berenice só a tivesse visto nas memórias de Sancia, reconheceu a imagem imediatamente.

Clave chegou à ponte e parou. Ficou olhando durante muito tempo e depois disse baixinho:

— Foi aqui que tudo começou. Onde minha vida começou. Onde eu a conheci. — Ele olhou para Crasedes. — Onde conheci a mulher que seria sua mãe.

O rosto mascarado e vazio de Crasedes girou para baixo para olhar para ele, mas, fora isso, permanecia inescrutável como sempre.

— Era uma reparadora — falou Clave suavemente. Começou a caminhar para a direita, ao longo do fosso. — Trabalhava naquele salão, cuidando dos feridos e dos enfermos. Éramos um povo de construtores, portanto nos machucávamos de vez em quando. Era tão boa para cuidar de nós. Ou, pelo menos, me disseram que ela era boa. Nunca me permitiram entrar.

O fosso virou ligeiramente, seguindo a curva do prédio, e um buraco grande e escuro apareceu na parede inferior ao longo do fosso, algum tipo de ralo ou cano.

— Quando eu tinha dias livres, esperava por ela naquela ponte — disse Clave suavemente. — Quando ela deu à luz meus filhos, esperei naquela ponte. E, quando minha filha adoeceu, esperei naquela ponte todos os dias. Diariamente. Eu me lembro disso...

Berenice e Sancia trocaram um olhar, ambas claramente alarmadas ao descobrir de quanta coisa Clave se lembrava. Mas ficaram quietas enquanto Clave continuava se movimentando, recuperando sua antiga vida peça por peça.

Chegou à beira do fosso e pulou, flutuando, leve como uma folha, para pousar no fundo.

— Pensei que nunca poderia amar alguém tanto quanto ela — sussurrou. Começou a cruzar o fosso até o cano na lateral do salão. — Mas então meus filhos nasceram. E vim a saber que existem diferentes tipos de amor. E alguns eram tão grandes que quebravam as regras de tudo que eu sempre pensei que fosse possível.

Finalmente, chegou ao tubo de cristal na lateral da parede e olhou para as sombras.

— Até que a perdemos — murmurou ele. — Até que ela foi tirada de nós. Minha borboletinha. E então parei de pensar no amor. E só conseguia pensar numa saída.

Não se mexeu. Olharam dentro do cano escuro, sentindo como se houvesse alguma presença palpável do outro lado, olhando para eles.

— Está... Está aí? — perguntou Sancia.

— Sim — sussurrou Clave.

— E... ainda está aberta? — perguntou Berenice.

— Não sei — respondeu ele. — Isso... Isso ainda não voltou para mim.

Um farfalhar de tecido ecoou quando Crasedes desceu para flutuar acima deles.

— Nesse caso — disse ele —, talvez seja mais sensato da minha parte investigar primeiro.

— Achei que você não podia operar a porta — observou Sancia. — Que isso destruiria você.

— Hum, não exatamente — falou Crasedes. — Disse que não poderia usar a porta para me *fortalecer*. Ou seja, posso observar a porta e possivelmente até atravessá-la ou fechá-la do outro lado, mas não seria capaz de realizar muito lá, do outro lado da realidade.

— Inferno, eu não sei — disse Sancia. — Então entre e nos diga se é seguro, acho.

— Certamente — assentiu Crasedes. Em seguida, com total desenvoltura, flutuou para dentro do cano, ainda sentado na posição habitual de pernas cruzadas.

Houve um longo silêncio. Os três ficaram sentados à luz das lanternas flutuantes. Sancia observava Clave, o rosto marcado pela preocupação.

— Quanto você se lembra disso tudo, Clave? — perguntou ela.

— Demais — respondeu ele suavemente. — Eu já disse antes, mas não queria saber disso, garota. Queria olhar para a frente, não para trás.

— Você vai salvar a todos nós fazendo isso — falou Berenice.

— Você pensa assim — disse Clave calmamente. — Mas o ruim de se lembrar tanto da sua vida é... é perceber como ela não é... Não sei. Uma história.

— Uma história? — indagou Berenice.

— Sim — falou ele. — É assim que todos pensamos sobre nós mesmos, como pessoas num conto. Vivendo nossas histórias. Mas, se você viver o suficiente, verá que não é uma história. Ela simplesmente continua. As pessoas vêm e vão, como borboletas ao vento. Crueldades nem sempre são punidas com justiça. E talvez você nunca encontre o fim que deseja, espera ou merece. Talvez você nunca encontre um fim. Em última instância, você fica apenas com restos. Pedaços de histórias inacabadas. Meadas de contos que ninguém jamais conseguiu viver. — Ele se ajoelhou para espiar dentro do cano e, quando falou de novo, suas palavras ganharam um eco delicado. — Pedaços de obras que você nunca conseguiu aperfeiçoar.

Berenice percebeu que Sancia estava chorando. Ela estendeu a mão e apertou a dela.

— Pensei que estaria com eles, no final — disse Clave calmamente. — Com minha família. Reunidos. De alguma forma, de alguma maneira. — Sua voz ficou mais suave e grave. — Mas todos nós sabemos que isso não vai acontecer agora.

Em seguida veio a voz de Crasedes, ecoando pelo cano:

— É seguro. Venham.

◆◆◆

Berenice e Sancia fecharam suas lâmpadas e, juntas, rastejaram pelo cano, uma de cada vez. Clave foi o último e mal coube (resmungou algo sobre ter que ajustar suas densidades e gravidades só para se movimentar dois centímetros), mas eles finalmente conseguiram, rastejando para fora do cano e entrando no que um dia fora a cisterna, tantos séculos atrás.

Reabriram suas lâmpadas e tiveram que apertar os olhos quando a luz foi refletida e refratada por tantas colunas de diamante. Teria sido um lugar surpreendentemente bonito em circunstâncias normais, mas então a luz iluminou as paredes do outro lado, e Berenice viu o que temiam ver.

A parede oposta era exatamente como na primeira memória de Clave, quando ele abriu uma trilha para Tevanne: um muro de pedra escura, completamente coberto com complicados *sigils* prateados, exceto por uma grande abertura em forma de porta no meio, que agora estava preenchida com pedra sem inscrições.

Berenice olhou para os *sigils* na pedra. A visão deles ali, todos escritos juntos na superfície escura, de alguma forma fez seu crânio pesar e seus olhos *doerem*, como se ela estivesse percebendo as violações que eles infligiam à realidade mesmo agora, enquanto os comandos dormiam.

Sentiu o coração martelar no peito.

— Isso é... isso é...

Crasedes flutuou para a frente e tocou suavemente a parte vazia da pedra com a mão negra.

— É isso — falou Berenice suavemente. — É isso que viemos destruir.

— Meu Deus... — sussurrou Sancia. — Não consigo... Não consigo olhar para ela com minha visão inscrita, é algo que simplesmente... *dói.*

Berenice engoliu em seco.

— Como resolvemos isso? Como vamos destruí-la, Crasedes?

Crasedes retirou a mão do objeto, perdido em pensamentos.

— Hum. — Inclinou a cabeça. — Bem. Não podemos fazer isso, ao que parece. Ainda não.

— Q-Quê? — indagou Sancia. — Por quê?

— Porque... está incompleta — respondeu Crasedes. Virou-se para eles, suspirando. — Esse é só um *pedaço* da porta. Mas temos de destruí-la por inteiro.

36

— O quê? — perguntou Sancia, horrorizada. — Isso aí tem de ser a porta! A gente veio de longe pra caramba, e… quero dizer, *olhe* para isso! Esse negócio fedegoso tem forma de porta, certo? É uma *porta*! E dê uma olhada ao seu redor! Estamos no epicentro de… seja lá que *merda* aconteceu aqui!

— Não discordo de que esta seja a abertura — disse Crasedes simplesmente. Sua voz grave ecoou por toda a cisterna. — Mas a porta obviamente não está completa.

— Como? — disparou Sancia. — Ela sobe pela parede, fica arredondada no topo e depois desce até o fundo do outro lado! Para mim, parece completa!

— Sim — concordou Crasedes. — Mas… está aberta?

Sancia piscou.

— Bem, não?

— E você conhece um método de abri-la? — perguntou ele com uma calma irritante.

— Bem… não.

— E é isso que está faltando — disse Crasedes. — Para que uma porta se abra, deve haver outro mecanismo. Outro aparato.

Fez-se um longo silêncio.

— E... o que você acha que é esse outro aparato? — perguntou Berenice.

— Não faço ideia — respondeu Crasedes. — Vocês são inscritoras. Estão bem cientes de que precisa ser simplesmente uma superfície capaz de carregar inscrições.

— Merda! — praguejou Sancia. — Então *onde* você acha que essa coisa poderia estar?

Crasedes olhou para elas, depois se virou para Clave e disse:

— E então?

Houve outro longo silêncio. Clave encarava a parede, mas não se mexia desde que entrara.

— Não sei — sussurrou ele.

— Inferno fedegoso! — berrou Sancia. — Dane-se isso! Que tal só destruirmos essa peça, e depois começarmos a trabalhar para encontrar a tal outra peça, e destruí-la *também*? Para que, mesmo que Tevanne nos *encontre* aqui, nós meio que tenhamos destruído seus planos?

— Seria *muito* difícil para mim destruir essas inscrições — disse Crasedes. — Você vê por quê, Clave?

Um leve barulho da armadura de Clave.

— Porque cada peça de prata na parede é... é inscrita por si só — respondeu ele, um pouco ressentido.

— Correto — assentiu Crasedes. — Cada *sigil* carrega seus próprios *sigils*, dando-lhes uma resiliência *extraordinária*. Eles são, de certa forma, feitos de uma tinta que lhes permitiria resistir a um terremoto. Levaria dias para destruí-los. Possivelmente semanas.

— Você sabia que ia ser assim? — perguntou Berenice. — Pensei que você iria apenas esmagar a porta, ou algo assim.

Crasedes deu de ombros.

— Eu esperava um pouco por isso, sim. Uma abertura desse tipo exige uma durabilidade profunda.

— Espere — falou Berenice. — Então... Então como você planejou destruir a porta inicialmente?

Houve uma longa pausa.

— Eu a destruiria — disse Crasedes finalmente — pelo outro lado.

— Hã? — indagou Sancia. — Pensei que você não poderia usar a porta.

— Eu nunca disse isso — disse Crasedes. — Eu nunca disse que não *poderia*. Na verdade, eu disse que fazer isso me destruiria.

Houve um longo silêncio.

A boca de Berenice se abriu ligeiramente.

— Então… se você abrisse a porta e passasse, e… e a destruísse, então…

— Depois eu também seria destruído — concluiu Crasedes com muita simplicidade. — Sim.

Sancia olhou para ele.

— Puta merda. Você está dizendo que veio aqui para… *morrer*?

Houve outro longo, longo silêncio.

Crasedes suspirou de novo, depois flutuou até se sentar no chão.

— Eu existo há quatro mil anos. Fui forçado a experimentar dez vezes isso na prisão de Tevanne. Embora eu não seja mais humano, guardo em meus pensamentos mais anos, eras e memórias que qualquer um jamais deveria. E, contudo, o que eu fiz com isso? O que consegui com essa longevidade? — Apontou para as paredes da cisterna. — Vejo ruínas, ossos e nada mais. Mergulhei nas profundezas do conhecimento para conduzir a humanidade para fora da escuridão e em direção à luz. Mas todos os meus esforços foram em vão; e mesmo agora, com o que pretendia ser meu último ato, isso me foi negado. — Ele olhou para o rosto chocado de cada um deles. — Por que ficar tão surpresa? Isso não lhe concede o que você mais procura? Um mundo sem o primeiro de todos os hierofantes e um mundo onde os objetivos de Tevanne são frustrados? Isso não seria um paraíso para você?

— Eu só... Eu só nunca poderia imaginar você fazendo uma coisa dessas — disse Sancia.

— O tempo muda a todos nós — falou Crasedes com calma. — No começo, ele me tornou um estranho. Depois, simplesmente me cansou. Não desejo mais ser essa sombra inútil. O vasto silêncio do além é preferível. Mas... não posso ter nem isso. — Ele se levantou lentamente. — Suponho... que seja melhor começarmos a procurar por esse segundo componente e simplesmente esperar que a memória de Clave seja estimulada novamente...

Olharam para Clave. Ele estava de frente para a porta, completamente imóvel.

— Estou pensando — sussurrou. Ele parecia ligeiramente paralisado. — Estou tentando pensar muito mesmo...

Por alguma razão, pensou Berenice, *não estou amando esse negócio de pensar...*

— E se... E se esse outro componente não estiver deste lado? — perguntou Sancia.

— Deste lado? — perguntou Crasedes. — O que você quer dizer?

Sancia passou por Crasedes e tocou a pedra sem inscrições, como ele havia feito.

— E se estiver... *lá*?

Berenice deu um passo à frente para ficar ao lado dela.

— No outro lado de... de tudo? Da criação?

— É uma... uma porta para outro lugar, certo? — indagou Sancia. — Para as entranhas da realidade? Por que alguém não poderia ainda estar... lá? — Ela olhou para Crasedes. — E se Clave abriu a porta para alguém, e... e a pessoa passou com o componente e ficou presa lá?

Crasedes balançou a cabeça.

— Do outro lado o que existe é um lugar de... de *abstrações*. De irrealidade. De nada além de comandos e inscrições em suas formas mais obscuras, moldando e mantendo a realidade a partir de um lugar que está *além* da realidade. Somente alguém com a habilidade de comungar com as inscrições e alterá-las poderia sobreviver naquele reino; um editor, pode-se dizer. Tenho dificuldade de acreditar que alguém em Anascrus possuía a capacidade de se tornar um editor. E atravessar sem certos privilégios certamente causaria envelhecimento rápido, decomposição e, por fim, a morte.

— Então o componente tem que estar aqui — falou Berenice. — É isso?

— É isso — afirmou Crasedes. Ele levantou as pernas e voltou a flutuar, virando-se para Clave. — Nesse caso... acho melhor começarmos a nos mexer de novo.

Mas Clave não se mexeu. Ele só ficou ali, congelado, de frente para a porta.

— Clave? — chamou Sancia.

Silêncio.

— Clave? Você está bem? — perguntou Berenice.

Em seguida, veio um som suave de chocalho, que cresceu e cresceu. O som era tão agudo e perturbador que, a princípio, Berenice pensou que a porta havia se aberto e todos os poderes do outro lado estavam entrando, mas depois ela percebeu que não era isso.

Era a armadura de Clave. Estava vibrando, tremendo com tanta velocidade que ele quase começou a virar um borrão.

◆◆◆

Clave tinha o olhar fixo na porta, estudando a escrita prateada embutida na pedra.

Ele se lembrava daquilo. Lembrava-se de escrever as letras, de fabricá-las, forjá-las peça por peça. Coberto de tristeza, com os gemidos e gritos ecoando por todo o salão, os *sigils* da própria realidade se manifestando em sua mente.

Sancia disse algo para ele, e depois Berenice, mas elas estavam muito longe dele, a quilômetros e quilômetros de distância, enquanto seu olhar traçava os *sigils* na parede, e ele se lembrava, e voltava a se lembrar.

Em seguida, ela estava com ele. De pé seu ao lado, o rosto sombreado voltado para a porta, as mãos apodrecidas de um roxo-escuro nas laterais do corpo.

Está quebrada, disse ela.

— Eu sei — sussurrou ele.

Tanta coisa está quebrada, falou ela. *Tanta coisa deu errado.*

— Eu sei — murmurou ele. — Eu sei, eu sei...

Lentamente, ela virou a cabeça para lhe lançar um olhar, seu cabelo branco brilhante como uma auréola em torno do rosto escurecido.

E você, sussurrou ela, *pode consertar isso.*

Clave encarou a porta, lendo seus comandos, suas amarras, a maneira como ela pegava o próprio tecido da realidade e lhe dava uma leve... torção.

Você tem tudo de que precisa aqui, disse ela. *A solução para tantos dos seus problemas, tantas coisas que deram errado, está tudo bem aqui.*

O olhar de Clave se voltou para Crasedes, flutuando languidamente no ar ao lado dele.

O maior de todos os seus erros, sussurrou ela, aproximando-se dele. *Quantas cidades estão em ruínas assim, por causa dele?*

Clave sentiu sua armadura tremendo em torno dele, vibrando como a pele de um tambor sendo golpeada por um martelo gigante.

Salve aqueles que você ama, sussurrou ela. *Conserte tudo o que está quebrado. Faça isso. Faça isso agora, antes que seja tarde demais.*

— Sim — sussurrou Clave.

Em seguida, ele começou a se mexer.

◆◆◆

Berenice observou, perplexa, quando Clave estendeu a manopla esquerda e agarrou o dedo indicador da direita. Em seguida, ele apertou o dedo, com tanta força que se ouviu um estalo que ecoou pela cisterna. Ela estremeceu com o som. Quando ele abriu a palma da mão esquerda, Berenice viu que o dedo indicador direito dele tinha sido refeito e se transformara em algo parecido com uma lâmina grosseira.

— Clave — disse ela. — Clave, o que vo…

Em seguida, ele pulou.

Berenice se encolheu quando Clave voou em sua direção. Mas, na verdade, "voou" não era a palavra certa: o modo como ele se movia era tão rápido, tão *líquido* que era como se a enorme lorica de cento e oitenta quilos tivesse derretido no espaço, derramando-se através da realidade em sua direção.

Instintivamente, ela se preparou para o impacto, mas ele nunca veio. Em vez de esmagá-las, a armadura de Clave saltou, torceu-se levemente, navegou pelo espaço entre o teto da cisterna e suas cabeças e arrebatou Crasedes no ar.

Ela se virou, estupefata, e observou quando Clave avançou, a mão esquerda segurando a garganta de Crasedes como a de uma boneca, e o jogou contra a porta desnuda, no mar de *sigils* da parede.

— Clave! — gritou Sancia.

Clave a ignorou. Ele levantou a mão direita, estendeu o dedo em forma de lâmina e começou a esculpir *sigils* rapidamente no espaço acima da cabeça de Crasedes. Seu dedo se movia tão rápido que quase se transformou em fumaça, um borrão de movimento flutuando pela pedra, e poeira e pedra esmagada choviam sobre o hierofante.

— Clave! — berrou Sancia. — Clave, o que você está *fazendo*?

Crasedes tossiu, engasgou e lutou contra o aperto de Clave, mas depois sua tosse se transformou num grito de agonia, e ele se contorceu onde estava preso contra a parede.

<*Deus*>, disse Sancia. <*Ele está matando Crasedes! Assim como Clave tentou fazer durante a Noite Shorefall, Ber, ele está matando Crasedes!*>

Elas correram para a frente, cada uma agarrando uma das ombreiras de Clave e tentando tirá-lo de cima de Crasedes, mas foi inútil. Era como tentar puxar um dos pilares de diamante da cisterna.

— Clave! — gritou Sancia. — Solte-o, *solte-o*!

— Não — disse Clave, com calma.

O dedo dele continuou passando pela pedra com uma precisão surpreendente, esculpindo *sigil* após *sigil* num desenho ondulante abaixo dos caracteres de prata no topo da porta. Crasedes engasgava e batia com os punhos e pés contra a parede, mas não adiantava: Clave o segurava bem apertado e estava claramente minando suas forças, desfazendo as amarras que permitiam que o hierofante vivesse.

— Pare! — exclamou Berenice. — O que você está *fazendo*?

— Estou salvando vocês — sussurrou Clave. Seu capacete agora estava coberto de poeira, enquanto seu dedo rasgava a rocha lisa. — Salvando a gente. Salvando *tudo*.

— Matando Crasedes? — disse Sancia, incrédula.

— Não — respondeu Clave. — Sacrificando-o. — Outro fio de *sigils* apareceu na pedra. — Porque há muitas vidas ligadas a ele, não é? Milhões de vidas, milhões de mortes. — Seu dedo agora estava em brasa por conta do simples atrito de rasgar tanta pedra. — Tudo isso eu posso usar para consertar a porta. Para finalmente consertar o que fiz antes, e abri-la.

Sancia recuou, horrorizada.

— O-O quê? — perguntou ela. — Você vai... *usar* isso tudo?

— Sim! — falou Clave. Seu dedo continuava parecendo um borrão, devorando a rocha. — Eu... Eu cometi um erro da primeira vez, mas agora vou fazer isso *direito*. Vou abri-la, vou atravessar, e vou usar todos os comandos lá no... no outro lado para deter Tevanne. Vou editá-la para fora da realidade. Quero ela fora do caminho! Vou... Vou restaurar tudo, consertar *tudo*!

O aperto em torno da garganta de Crasedes aumentou. O dedo de Clave se mexia ainda mais rápido, rasgando a pedra, completando um amplo círculo de minúsculos *sigils* acima da cabeça de Crasedes, conectados ao arco mais amplo de inscrições que formava a porta.

— Só vai precisar... — ele sussurrou — de um ajuste mínimo.

— Ah, meu Deus — falou Berenice com voz fraca. Ela ficou imaginando como deter uma lorica gigante controlada por um artefato hierofântico sem nenhuma arma própria, e rapidamente percebeu que essas considerações eram inúteis. Clave faria o que quisesse, e elas não podiam fazer nada a respeito.

— Maldição, Clave! — rosnou Sancia. — Eu não sei muito sobre essa porta, mas tenho certeza de que ela não pode fazer *isso*! O que você tem? Ficou *louco*?

— Não estou louco — disse ele, sua voz ainda perturbadoramente calma. — Apenas me lembrei. E agora sei o que faltava. Eu só preciso... acrescentar...

— Se você abrir essa maldita porta, ela vai matar todos nós e quebrar a realidade *de novo*! — falou Sancia. — Você vai fazer a mesma coisa com esta cidade, mas dessa vez vai levar *a gente* junto

— Você não sabe — disse Clave. — Você não consegue perceber. É um erro meu. E Crasedes também. Tudo isso é erro meu. E eu consigo consertar. Consigo, consigo! Só me deixe *tentar*!

Berenice assistia com horror, atônita, enquanto Clave terminava seus desenhos dentro do círculo e depois começava a dar forma à peça final: outro círculo menor no centro.

— Eu sou uma chave, entende — sussurrou. — Eu abro as coisas. Eu quebro barreiras. Isso é o que eu faço. E posso nos salvar.

Ele fez uma pequena abertura no centro do círculo, que tinha uma forma curiosa: um buraco grande e redondo com uma fenda que se estendia a partir do fundo.

Um buraco de fechadura, pensou ela. *Claro.*

E então, de repente, a nuvem de poeira se dissipou e pronto: uma fechadura linda e imaculadamente complexa, enfeitada com fio após fio de *sigils* estranhos, todos esculpidos diretamente na própria pedra no alto da porta.

Crasedes gritou de novo, contorcendo-se nas mãos de Clave, mas os dedos da lorica o seguravam cada vez mais forte.

— Só me deixe fazer isso, San — pediu Clave.

A couraça de Clave se abriu. Lá dentro havia o brilho do ouro, o pequeno coração brilhante e pulsante da enorme armadura.

A mão direita dele se esticou, seu dedo indicador em forma de lâmina estendendo-se para a chave.

Clave sussurrou:

— Deixe-me fazer isso por vo…

E então ele parou de falar, pois Sancia se enfiou nos braços de Clave, até que estivesse posicionada entre a mão dele e a chave.

Depois, estendeu a mão e agarrou seu dedo em forma de lâmina.

Clave congelou. Houve um som forte de assobio, e Sancia gemeu alto. Até a mão direita de Berenice se iluminou com um eco fantasmagórico de dor, e ela percebeu o que acontecera: o dedo de metal de Clave estava tão quente por ter entalhado a pedra que devia ter queimado gravemente a palma de Sancia.

E, no entanto, Sancia se recusava a soltar o dedo. Ela olhava para a frente, com lágrimas escorrendo de seus olhos, e em seguida Berenice sentiu. Ela sentiu os comandos invisíveis fluindo de Sancia para a lorica, o cantochão delicado e sobrenatural que Berenice sempre ouvia quando sua esposa mexia em alguma ferramenta inscrita.

— O-O que você está fazendo? — perguntou Clave.

— Parando você — rosnou Sancia. Ela estreitou os olhos, concentrou-se, e o cântico na parte de trás da cabeça de Berenice ficou mais alto.

— Você acabou… você acabou de se *machucar* — disse ele. — Eu posso… Eu posso sentir isso… Deixe-me esfriar meus metais, eu posso… eu po…

— Cale a boca — retrucou ela. — Algo está errado com você, Clave. Não vou deixar você fazer isso.

— Por favor — pediu ele. — Por favor, pare... pare de discutir com minha armadura, por fa...

— Não — disse Sancia com firmeza. Ela cerrou os dentes, os olhos brilhantes e furiosos. O cântico distante ficou mais alto. — Você tem duas opções. Pode soltar Crasedes. Ou me rasgar com o dedo e abrir a porta. Não vou deixar sua armadura fazer mais nada.

Berenice se ouviu gritando:

— Sancia! Não, pare! *Pare!*

— Fique quieta, Ber! — disparou Sancia. — Prefiro morrer assim que morrer quando ele abrir a porta!

— Por favor, só... só saia do caminho, garota! — gritou Clave. — Vai dar certo! Eu prometo! Só saia do caminho e me deixe te *salvar*!

— Não! — disse Sancia. — Droga, Clave, Tevanne *fez* alguma coisa com você! Você não está sendo você mesmo! Não consegue ver isso?

— Não, não fez! — Ele soluçava. — Você não vê?

— Ver o quê? — perguntou Sancia.

Ele virou o capacete para fitar o rosto de Crasedes.

— Você não vê o quanto eu... o quanto eu o *odeio*? — sibilou. — Você não vê o quanto eu *odeio* saber que este é meu filho? Que fiz isso com ele, e ele fez isso comigo? Saber que esse ódio está em mim, e é real, e é meu?

— Clave — falou Sancia. — Eu sei, mas isso não vai adiantar nada.

A armadura de Clave estremeceu e ele se aproximou dos olhos mascarados de Crasedes, preso contra a parede.

— Você... Você... Você é minha *maior decepção*! — rugiu. — Eu... Eu queria que *você* tivesse morrido em vez dela!

Crasedes gorgolejou e se engasgou quando Clave o atirou contra a parede.

— Deveria ter sido você, deveria ter sido *você*! — gritou Clave. — Eu queria que *todos nós tivéssemos morrido* e só... só sobrassem cinzas ou corpos apodrecendo no chão, como todo mundo! Isso teria sido melhor! Teria sido melhor que isso, melhor que ser *isso*! Olhe o que você fez comigo! — Sua voz se elevou até virar um estrondo ensurdecedor. — *Olhe o que você fez comigo!*

— E matar o sujeito — disse Sancia — e abrir a porta não vai resolver nada!

— Vai! — uivou Clave.

— Não vai! — retrucou Sancia. — Você e ele, vocês são a mesma coisa! Dois homens pensando que podem consertar o mundo sozinhos! Você nem percebe que tem um prego num dos seus malditos pés, e que você anda em círculos há *séculos*!

— Cale a boca! — gritou Clave.

— Você está fazendo a mesma coisa que fez no começo de tudo isso! — gritou ela de volta. — Você fugiu! Em vez de lidar com o problema, você fugiu em busca de uma solução mágica! E deixou as pessoas que precisavam de você sozinhas quando elas mais precisavam! E é isso que vai fazer agora. Você vai entrar por aquela porta e nos deixar sozinhos com todo o inferno que desencadeou aqui. Entende isso?

Clave se endireitou, ainda segurando Crasedes e com o dedo ainda preso com força nas mãos de Sancia. Ele se ergueu ao lado dela, uma arma barulhenta e com poder tremendo, e bramiu:

— Solte o dedo.

— Não.

— Deixe-me terminar!

— Eu não vou deixar.

— Sancia! — berrou ele — Sancia, só *saia do caminho*!

— Melhor me matar de uma vez agora — disse ela. — Eu serei outro nome para você lamentar, seu babaca imbecil! Mas me pergunto se algum dia você vai encontrar uma saída *dessa* dor também!

Clave rugiu de raiva e tristeza. Ele empurrou a mão para a frente, seu indicador afiado deslizando cada vez mais perto do coração de Sancia.

Berenice gritou e caiu no chão, segurando os lados da cabeça.

A lâmina do dedo estava agora a centímetros do peito de Sancia. Ela se empurrou contra a cintura de Clave, fechou os olhos e cerrou os dentes, esperando...

E então, lentamente, o dedo foi parando.

Clave estava de pé, debruçado sobre ela, Crasedes ainda preso na mão esquerda da lorica, a direita a apenas um triz de perfurar Sancia no coração. Berenice olhou para a ponta da lâmina, com a respiração presa na garganta. Ninguém se mexeu.

Sancia cuidadosamente abriu um olho e olhou para um dedo ainda preso em sua mão.

<*Ber?*>, disse Sancia. <*Ele... Ele...*>

<*Não sei*>, falou Berenice. <*Eu não sei o que diabos está acontecendo...*>

Então Clave falou.

— Não — sussurrou suavemente.

Seu capacete girou nos ombros para encarar o espaço na parede à sua direita e, embora o lugar estivesse vazio, ele falou como se estivesse se dirigindo a alguma presença invisível ali.

— Não — disse ele. Depois, mais alto: — Não. Eu não vou fazer isso. Não vou matá-la. Isso não.

◆◆◆

Clave olhou para a visitante, seu cabelo ainda branco brilhante como uma auréola, o rosto ainda amortalhado de escuridão, mesmo quando ela o encarava a poucos centímetros de distância.

Vá em frente, sussurrou ela. *Você sabe que deve fazer isso. Essa é a única maneira de consertar tudo o que você f...*

— Não — disse ele novamente. — Não. Não vou fazer isso. Não vou matá-la. Eu... Eu não vou fazer isso tudo de novo. Não de novo.

Então você será um fracasso, falou ela.

— Cale a boca.

Você não será capaz de salvá-los. Assim como não conseguiu salvar mais ninguém.

— Não vou mais te ouvir — sussurrou ele de volta. — Eu... Eu não sei quem você é, mas... mas não quero mais você.

Ele puxou a mão direita para trás, afastando a lâmina do peito de Sancia.

— Não sou quem eu costumava ser — disse Clave suavemente.

Sua mão esquerda se abriu. Crasedes, ofegante, libertou-se de suas mãos.

A visitante recuou, aproximando-se da escuridão da cisterna.

— Eu mudei, mudei e mudei sem parar — continuou Clave, dando um passo em direção a ela. — Mudei tantas vezes que nem sei mais o que sou. Mas sei que não sou isso.

Outro passo à frente e, ao fazê-lo, a visitante deu outro passo para trás.

— Eu não sou isso — disse ele. E depois, num grito desesperado: — *Não sou mais isso!*

Ela deu um passo para trás na escuridão e se foi. Clave ficou ali, olhando para o espaço onde ela estivera havia pouco. Depois, ele se abaixou até ficar sentado no chão e começou a chorar.

◆◆◆

Berenice observou enquanto Clave chorava e depois correu para o lado de Sancia. Cuidadosamente, pegou o braço direito da esposa, sussurrando: <*Deixe-me ver*>, e, em seguida, gemeu com a dor compartilhada. A palma da mão direita de Sancia virara uma maçaroca vermelho-brilhante, cheia de bolhas.

<*Faremos um curativo agora*>, falou Berenice. <*E Anfitrião é capaz de curar isso. Elu consegue fazer maravilhas com queimaduras.*>

<*Um pequeno preço a pagar*>, disse Sancia, <*por manter aquela porta fechada.*>

Juntas, observaram Clave sentado no chão molhado da cisterna, soluçando.

Um gemido atrás delas. Berenice se virou e viu Crasedes se erguendo do chão, ainda branco com a poeira dos entalhes na parede. Ele estalou o dedo e houve uma pulsação no ar; todas as partículas de poeira voaram dele e giraram até formar uma bola de gude escura, que pairou no ar por um momento antes de cair ao chão.

— Não gostei muito disso — resmungou ele. Depois, olhou para Sancia. — Obrigado. Pelo... que você fez.

— Você pode me retribuir contando o que diabos acabou de acontecer — disparou Sancia. — O que há de errado com Clave?

— Não tenho certeza — disse Crasedes. — Mas tenho um palpite... — Deslizou para a frente para observar Clave, ainda chorando no chão. — Alguma coisa, provavelmente Tevanne, intencionalmente despertou as memórias de Clave dessa época: isso o fez lembrar quem era e por que havia feito a porta. O que literalmente reconstituiu o homem que havia sido. E então, quando ele deparou com a porta pela segunda vez...

— Tentou fazer a mesma escolha outra vez — falou Berenice suavemente. — Abriria a porta outra vez, assim como o fez milhares de anos atrás.

— Correto. O que provavelmente é o que Tevanne quer. — Crasedes inclinou a cabeça. — Mas... a ideia parece absurda. Pois não consigo conceber uma maneira pela qual Tevanne pudesse despertar essas memórias em Clave, acidentalmente ou não — disse Crasedes —, a menos que tivesse suas *próprias* versões dessas memórias.

— Você quer dizer que Tevanne estava com Clave em Anascrus? — perguntou Sancia, desnorteada.

— Isso, ou Tevanne possui acesso às memórias de alguém desse período — disse Crasedes. — Tevanne é muitas entidades, muitas pessoas, todas fundidas. Seu colega Gregor, Valeria e muitos outros. A ideia me é irritante. — Abaixou a cabeça por um instante, perdido em pensamentos. Depois olhou para elas e pediu: — Eu... gostaria de um momento para falar com ele, por favor.

Berenice e Sancia hesitaram.

— Não vou lhe fazer mal — disse Crasedes. — Não quero vingança contra ele. Tenho um pedido a lhe fazer. Se vocês se retirarem por um momento, ficarei grato.

Elas trocaram um olhar. Em seguida, Sancia deu um suspiro sombrio.

— Certo. Mas só um segundo. Não temos tempo.

— Estou ciente disso — respondeu Crasedes.

◆◆◆

Clave estava sentado no chão da cisterna, olhando infeliz para as poças sujas à sua frente. Estava vagamente ciente de que Berenice e Sancia haviam partido, e de que Crasedes estava flutuando atrás dele, mas descobriu que não se importava muito. Estava exausto demais.

— Serei rápido — disse Crasedes com calma. — Pois o nascer do sol se aproxima. Você estava certo. Eu deveria ter morrido.

— Eu não quis dizer aquilo — Clave murmurou. — Eu estava... Eu não era eu mesmo.

— Não. Você estava certo, mas não do jeito que pensou. — Crasedes flutuou para mais perto. — Eu deveria ter morrido. Você deveria ter me deixado morrer. Você não deveria ter feito de mim esta coisa. Eu não pensava assim, na época. Quase nunca pensei dessa maneira, até recentemente. Mas eu não deveria existir. Nem você.

— E então?

— Então, tenho algo a lhe pedir, Claviedes. — Mais uma vez, ele flutuou para mais perto. — Você está ciente de que você, que me criou, e que criou a si mesmo, e que forjou o destino deste lugar, está ciente de que pode se *descriar*?

— Me *descriar*?

— Você é uma ferramenta que foi abençoada com o poder de destruir limites, contornar barreiras. Você pode destruir objetos hierofânticos, como eu. Poderia fazer o mesmo com aqueles que agora o mantêm no mesmo lugar, perfurando as abstrações que retêm o que você é e desmontando-as pedaço por pedaço.

— Vo-Você quer dizer... Espere, você está me pedindo para eu me *matar*? — perguntou Clave.

— Se você se descriasse — continuou Crasedes —, acredito que também descriaria quaisquer inscrições ou alterações que *tocasse*. Tal seria a magnitude de sua descriação. — Ele fez uma pausa. — Você pode achar que não me deve nada, mas isso é porque não consegue se lembrar do que me pediu. No entanto, eu mereço isso, Claviedes. Sinto que mereço isso. — Ergueu a mão direita. — Se tudo isso aqui der errado... parece-me que seria justo. Para que eu possa abraçá-lo como abracei, tantas vezes, e partir deste mundo com você.

Crasedes o fitou longamente, sua mão direita erguida. Clave não conseguia pensar em nada que pudesse responder a um pedido tão louco.

— Já disse o que me cabia — concluiu Crasedes. — Vou partir agora e refletir sobre o que podemos fazer, e *se* há algo que possamos fazer.

Em seguida, sem dizer mais nada, ele flutuou até o cano e voltou para o fosso, do outro lado.

◆◆◆

Berenice e Sancia se sentaram a cada lado de Clave, olhando para a escuridão da cisterna, ouvindo-o descrever a conversa que acabara de ter.

<*Pediu para você o matar?*>, perguntou Sancia. <*E você? Inferno do caramba, isso é... isso é totalmente louco.*>

<*Talvez*>, disse Clave calmamente. <*Mas quando você já viveu o suficiente, coisas... coisas que antes pareciam loucas passam a ser sensatas.*> Ele olhou de novo para a porta dos *sigils*. <*Sinto muito*>, sussurrou. <*Pelo que eu fiz.*>

<*Você se deteve*>, falou Berenice. <*Poderia ter feito algo horrível, mas não fez.*>

<*Eu deveria ter contado a vocês o que estava vendo, o que... o que estava acontecendo comigo*>, admitiu ele. <*Mas era como se eu estivesse enfeitiçado. Eu simplesmente não conseguia.*>

<*O que estava vendo, Clave?*>, indagou Sancia.

<*Essa... Essa mulher, anciã e apodrecida*>, respondeu ele. <*Toda vez que eu a via, me lembrava de algo. Algum pedaço da minha vida de antes. Eu a odiava e temia, mas eu... Eu ainda queria lembrar.*>

<*Você não conhecia essa mulher?*>, perguntou Berenice. <*Não se lembrava dela de antes?*>

<*Não.*>

<*E você não se lembrava do que era esse outro pedaço da porta, e onde poderia estar?*>, questionou Sancia.

Clave balançou o capacete de novo, com ar triste.

<*Não. Não me lembro. A única coisa de que precisamos, eu não tenho.*>

Ficaram sentados em silêncio, contemplando a escuridão gotejante. Depois, Berenice abriu a boca, pensando, voltou-se e observou a porta, especificamente o desenho que Clave acabara de acrescentar: a fechadura bem no alto da porta.

<*Crasedes disse que Tevanne tentou induzi-lo a fazer as mesmas coisas que fizera há muito tempo...*>, disse suavemente.

<*É?*>, perguntou Clave. <*E daí?*>

<*E daí que… você tentou fazer um buraco de fechadura. Agora mesmo. Para uma chave.*>

<*E daí?*>, disse Clave.

<*E daí que*>, falou Berenice, <*e se isso, por si só, for um eco de uma escolha que você fez há muito tempo? Porque, afinal de contas, de que outra forma você abriria uma porta se não com uma chave?*>

Foi então que Clave se levantou e gritou:

— *Filho da puta!*

Elas o observaram, apreensivas. Clave não se mexeu.

— Estava bem na minha cara — sussurrou ele. — Estava bem na minha *cara*!

Depois ele se virou e rastejou de volta pelo cano, atrás de Crasedes. Berenice e Sancia ficaram olhando para ele por um instante. Então se entreolharam, ficaram de pé num salto e começaram a rastejar furiosamente pelo cano também.

◆◆◆

Assim que saíram do cano, Clave pegou Berenice e Sancia, saltou do fosso e começou a correr pelas ruas reluzentes da cidade dos diamantes.

Crasedes desceu da escuridão para flutuar ao lado deles.

— Devo supor — disse ele — que você tem uma ideia de onde está esse outro componente?

— Sim — respondeu Clave. — Acho que sim. Acho que a gente *já* viu o negócio; a gente só não sabia o que era!

— Isso é bom — disse Crasedes. — Porque eu fiz meus próprios cálculos. E eles me levam a uma conclusão desafortunada.

— E qual é? — indagou Berenice.

— A de que, se Tevanne *desejava* que Clave viesse até aqui — explicou ele —, então provavelmente ela está muito, muito mais perto de nós agora do que eu jamais imaginara. — Ele olhou para o teto da caverna. — E, se eu fosse Tevanne, viria ao raiar do dia, quando meus poderes diminuíssem, o que, acredito, está a menos de uma hora de acontecer.

• 37

Claudia estremecia enquanto o vento noturno golpeava as toscas paredes de pedra. Esfregou as mãos diante de um dos estranhos aquecedores flutuantes de Design e pegou o potinho do remédio de Diela. *Mosquitos e porcos podem ser chatos*, pensou. Pegou uma pequena porção de remédio. *Mas antes aturar os dois nos trópicos que esse frio...*

Abriu delicadamente a boca de Diela e aninhou o remédio atrás dos dentes da garota. Depois, fechou os lábios dela e massageou suavemente a garganta até que ela engolisse.

O corpo da garota estava menos quente, e os suadouros tinham diminuído. As lâmpadas inscritas na pequena fortaleza estavam fracas agora (Clave e seu *lexicon* estavam muito longe para manter totalmente suas inscrições), mas a cor de Diela também retornara. Embora tudo isso pudesse ser efeito da noite fria, Claudia não achava que fosse. Ela já havia cuidado de doentes antes. Sabia como era uma doença que estava indo embora.

Então, Diela tossiu, cuspiu e abriu os olhos.

— Ah! — exclamou Claudia. Ficou parada por um momento, em pânico. — Ah, merda! Você está... Inferno fedegoso... — Ajudou a garota a se sentar, reclinada, e pegou um copo de água fervida já fresca, que Diela bebeu avidamente.

Diela arquejou e tossiu de novo.

— Estou... Estou com *tanta* sede... — sussurrou. A voz dela estava baixa e rouca, um eco de seu antigo eu. Depois, bebeu mais água, tanto que Claudia se preocupou com a possibilidade de ela vomitar.

— Você está bem? — perguntou Claudia. — Está sufocando, ou...

Diela fungou e olhou em volta, fazendo uma careta enquanto o braço enfaixado se mexia em seu colo.

<*Mãe de Deus... Onde estamos?*>, perguntou silenciosamente.

<*Em algum lugar amaldiçoado*>, respondeu Claudia. <*San e Ber devem voltar em breve. Você precisa descansar.*>

Os olhos de Diela se arregalaram. Em seguida, estreitaram-se, e Claudia sentiu o pensamento tomar forma na cabeça da garota, sabendo o que estava prestes a perguntar.

<*Ah, minha querida criança*>, disse Claudia, suspirando. <*Não. Descanse um pouco.*>

<*Primeiro, o diadema*>, falou Diela. <*Depois, descanso.*>

<*Sua situação é tão delicada quanto a de uma borboleta recém-nascida*>, disse Claudia. <*Descanse, por favor. Não faça isso.*>

<*Se eu não fizer isso*>, argumentou Diela, <*ninguém em Giva saberá o que aconteceu conosco. Tenho que arriscar.*>

Claudia olhou para ela. A garota tinha uma expressão de aço em seus olhos, um olhar que Claudia achou desconfortavelmente familiar.

Sancia possuía o mesmo olhar, pensou. *Quando tinha problemas na cabeça e não conseguia se convencer a deixar para lá.*

Abriu o pacote, enfiou a mão dentro dele e cuidadosamente tirou dali o diadema de Diela.

— Não gosto nada disso, Diela — disse Claudia. — Portanto, se essa merda der errado, vou tirar essa maldita coisa da sua cabeça.

— Só tente se certificar de que eu não quebre meu braço. — Diela estremeceu. — Ou melhor, não o quebre mais...

Claudia respirou fundo, firmou-se e colocou o diadema na cabeça de Diela.

Instantaneamente, a garota gritou. Arqueou as costas e quase bateu com o braço enfaixado no chão, mas Claudia a agarrou pelo ombro, segurando o corpo dela para que não pudesse se mover.

Finalmente, Diela ficou em silêncio e seu corpo amoleceu. Ficou lá, totalmente imóvel e vazia, tanto que Claudia temeu o pior.

— Menina — chamou Claudia. — Você está... Você está...

Então, uma inteligência ganhou vida na mente de Claudia, uma inteligência que ela não sentia no que pareciam anos, e Diela abriu os olhos e engoliu em seco profundamente.

— Vi... viva — disse a boca de Diela, falando num ritmo lento e calmo. — Viva. E... — Os olhos dela se voltaram para Claudia. — E você, Claudia, e... todos vivos.

Claudia assentiu, atordoada e ainda sobrecarregada por se sentir tão em contato com uma parte de Giva, mas especialmente com Anfitrião.

— Estamos — disse ela. — Todos nós estamos. E...

— Sim — falou Anfitrião-Diela. Estreitou os olhos enquanto processava tudo aquilo. — Vocês... estão com Crasedes. Ele ainda vive. E está ajudando vocês... — O rosto de Anfitrião-Diela ficou distante por um segundo. — Diela está tão machucada. Ela está tão... tão *ferida*. Mas posso ajudar a consciência dela a ignorar a dor, por enquanto.

— Como vão as coisas em Giva? — perguntou Claudia.

— Movimentadas — disse Anfitrião-Diela. — Estamos nos preparando para a guerra agora mesmo.

— Guerra?

— Sim. Não tivemos notícias suas, e você sabe que a tarefa não está terminada. Nada está garantido. — Suas sobrancelhas se franziram. — Nós até deixamos Design adotar algumas de suas implementações mais, ah, *radicais*...

— A merda da submersão? — indagou Claudia. — Eu disse que essa porcaria nunca funcionaria.

— Sim, bem… Houve alguns sucessos. Embora eu admita que a coisa toda me deixa um pouco nervose. — Olhou para ela. — Gio está bem. Ele sente sua falta. Assim como Ritti, é claro.

Claudia fechou os olhos. Ficou surpresa com a rapidez com que as lágrimas vieram, como seu corpo tremia enquanto chorava.

— Diga que também sinto falta deles — pediu ela, fungando e enxugando o rosto.

— Vou dizer — respondeu Anfitrião-Diela. Piscou lentamente. — Sancia e Berenice… Elas foram tentar sabotar os planos de Tevanne, certo?

— Sim. Não sei mais que isso. Gostaria de saber.

— Sim. Se pudermos, gostaria de me aproximar para podermos…

Parou de repente. Em seguida, virou a cabeça e olhou a meia distância, profundamente perturbade.

— O que é? — perguntou Claudia.

— Alguma coisa… Alguma coisa está… chegando — sussurrou Anfitrião-Diela lentamente. — Você pode não ser sensível o suficiente para sentir isso, mas eu… eu…

— Crasedes? — indagou Claudia. — É ele?

Elu balançou a cabeça.

— Não — disse baixinho. — É um *lexicon* distante, mas poderoso, e… — Em seguida, seus olhos se arregalaram, e uma expressão de terror selvagem apareceu em seu rosto. — Ah, não — soltou baixinho.

— Anfitrião? — chamou Claudia. — O que está acontecendo?

Anfitrião-Diela engoliu em seco.

— Claudia — disse com voz rouca. — Ouça. Não temos muito tempo. Você precisa seguir minhas instruções agora, o mais rápido que puder.

— Por quê? — perguntou Claudia. — O que há de errado?

— Você precisa obter uma bainha duplicada. E o disco-trilha de Clave, e um dardo de dolorspina. Você deve envolver a cabeça de Diela, esta cabeça, na bainha duplicada para que o diadema não fique visível. E depois deve rezar para que aquilo não perceba ou pense muito em você.

— Aquilo o quê não vai perceber o quê? — perguntou Claudia.

— Faça o que eu disse! — bradou Anfitrião-Diela.

— Mas *o que* está vindo?

— Pelo amor de seu filho, Claudia, faça isso *agora*!

Claudia ficou de pé, remexendo em seus suprimentos, e pegou um dardo e uma bainha duplicada. Em seguida, ajoelhou-se e enfaixou a cabeça de Diela, escondendo cuidadosamente a forma do diadema, até parecer que seu crânio estava tão danificado quanto seu braço.

— O disco-trilha — disse Anfitrião-Diela. — Para Clave. — Estendeu a mão e Claudia o colocou em sua palma. — Ótimo — falou. — Isso deve conceder ao portador acesso a ele e a todos os seus privilégios, mesmo que o portador seja Crasedes.

— Você... espere, você *quer* dar a Crasedes aqueles privilégios? — perguntou Claudia, perplexa.

— Sim — disseram Anfitrião-Diela. — Ouça. Vou interromper a conexão com Diela em breve e ela perderá a consciência. Mas você... — Seus olhos se mexeram para focar Claudia. — Pegue o dardo e apunhale-se. *Agora*.

— O-O que é isso agora? — indagou Claudia, chocada. — Você quer que eu me nocau...

— Sim! — exclamou Anfitrião-Diela. — Não temos tempo! Não podemos deixar que aquilo saiba do engodo! Você precisa ficar inconsciente e se deitar ao meu lado como se também estivesse doente, para que aquilo não veja sua mente! Apresse-se!

Claudia olhou para o dardo em sua mão, confusa.

— Eu nem sei o que está acontecen...

— Faça isso, Claudia! — gritou Anfitrião-Diela. — Está perto! Faça isso agora, *agora*!

Cerrando os dentes, Claudia ergueu o dardo e o acertou no próprio ombro. Instantaneamente, sentiu suas extremidades ficarem dormentes; depois, cambaleou para trás. Seus joelhos viraram geleia, e ela desabou, rolando um pouco para tentar se deitar ao lado de Diela.

Seus olhos ficaram sem foco. Ela mal podia ver Anfitrião--Diela suspirar e depois ficar mole, com os olhos fechados. A própria consciência de Claudia espumejou, desvaneceu-se, diminuiu...

Mas em seguida, no fundo de sua mente, ela sentiu.

Sentiu algo emergindo lentamente em seus pensamentos, algo estranho e frio. Percebeu que algo estava se unindo a ela, ou melhor, talvez algo que *já* estivesse duplicado com ela estava se aproximando, e o efeito crescia continuamente.

Olhou embriagada através da parede quebrada para a noite e observou como um punhado de estrelas no horizonte morreu repentinamente... porque, percebeu, elas eram eclipsadas por algo impossivelmente grande e escuro, navegando por cima das montanhas onde estava deitada agora.

Então, seus pensamentos, seu ser e sua vontade foram substituídos por um comando ardente e nítido:

<*ONDE ESTÁ SANCIA? ONDE ELES ESTÃO?*>

Levou um momento para perceber de quem era essa vontade, e seus últimos pensamentos livres e conscientes foram de terror absoluto.

Tevanne? Tevanne encontrou uma maneira de... se duplicar comigo? E com... com Sancia e Ber?

Em seguida, despencou cada vez mais para baixo, num sono profundo e sem sonhos, e não soube de mais nada.

• 38

Clave corria pelas ruas inclinadas, enquanto Crasedes flutuava lá no alto e Sancia e Berenice corriam atrás dele.

As memórias ganhavam vida na mente de Clave, derramando-se como a fumaça escura da mortalidade se derrama pelo céu, vazando como as tosses que ecoam na cidade, as sombras repletas de olhares taciturnos dos doentes, dos moribundos, do luto.

— Uma chave é uma saída — sussurrou enquanto corria.

Disparava pelos becos, virando e virando, passando por ruas destroçadas e torres em ruínas.

— E tudo o que queria encontrar — disse a si mesmo — era uma saída para minha tristeza.

Outro trecho de casas afundadas, outro quarteirão de prédios destruídos.

— Uma saída... — murmurou Clave. — Um truque para escapar de tudo isso...

Mais e mais, cada vez mais rápido.

— Claviedes — resmungou Crasedes lá em cima —, é quase dia. Estou... Estou ficando sem tempo...

— Estamos quase lá! — gritou Clave. — Quase, quase!

Viu os portões do columbário à frente, a curva dos crânios esculpidos visível na luz fraca das lanternas.

— Ali! — gritou Clave. — Acho que está ali! Tem que ser! — Olhou para trás para ver se Sancia e Berenice ainda o seguiam, mas então parou.

Elas não estavam seguindo os dois. Na verdade, nenhuma delas estava se movendo. Ambas estavam paradas no meio de um dos becos, mas, quanto mais Clave olhava para elas, mais percebia que "paradas" não era o termo certo. Era como se tivessem congelado no meio do caminho.

— Sancia? — chamou ele. — Berenice?

Nenhuma delas se mexeu. Ficaram totalmente imóveis, quase como dançarinas posando antes de uma apresentação.

— Vamos! — exclamou ele. — O que vocês estão fazendo? San, o que vocês duas estão *fazendo*?

Mesmo assim, nenhuma delas se mexeu.

— Que diabos há com vocês duas?! — berrou Clave. Saltou até elas e gentilmente cutucou Berenice com uma de suas enormes manoplas de metal. — Mexa-se! *Mexa-se*!

No entanto, ela não se mexeu. Permaneceu congelada no lugar, a cabeça ligeiramente inclinada.

— Como pode? — Olhou para a escuridão e viu Crasedes flutuando acima. — Me ajude! — gritou para ele. — O que há de errado com elas?

— Eu não... sei — disse Crasedes. Sua voz soava terrivelmente fraca. — As inscrições delas, as duplicações... Alguma coisa deve estar... estar...

Em seguida, todo o corpo de Sancia começou a estremecer. Ela estendeu as mãos trêmulas, agarrou o anel no dedo que funcionava como o disco-trilha de conexão com Clave e o arrancou.

— Sancia — disse Clave —, o que...

O estremecimento dela se intensificou. Depois, gaguejou uma única palavra, flexionando cada pedacinho de seu corpo curvado como se pronunciá-la doesse além da conta:

— *C-C-Corra!*

Observou, perplexo, quando Sancia tirou o anel do dedo de Berenice (que ainda estava estranhamente congelada, curvada sobre as pedras do beco) e jogou os dois anéis fora. Depois, olhou para ele.

O rosto de Sancia estava contorcido num ricto, cada dente torto em sua boca visível. Seus olhos estavam arregalados e pareciam selvagens, e suas bochechas estavam molhadas de lágrimas.

— *C-CORRA!* — gritou ela com os dentes cerrados. — A-Apenas... c-c-o...

Em seguida, Crasedes gritou lá em cima:

— Vá! *Vá*! Tevanne está aqui, ela está aqui!

— O quê? — gritou Clave. — Já?

— Sim! Devemos pegar o que você está procurando e partir! Caso contrário, suas amigas terão sofrido para chegar até aqui por *nada*!

Por um momento, Clave ficou parado, perplexo e apavorado. Depois, com um último olhar triste para Sancia e Berenice, ele gritou:

— Vou voltar para pegar vocês! — Deu meia-volta e saltou para as ruas, Crasedes correndo atrás dele; mas o hierofante estava se movendo cada vez mais devagar, ofegando enquanto se lançava no ar.

Chegaram ao columbário, a entrada em ruínas se estendendo alta sobre eles. Clave correu para dentro, virando e virando e virando novamente, correndo sob o olhar dos crânios esculpidos acima dele.

Conheço essa trilha, disse Clave. *E sei o que fiz.*

Finalmente, chegou ao armário de sua filha. Clave ajoelhou-se e olhou para a porta do armário, estudando a estrelinha branca e brilhante da lógica lá dentro, mas agora sabia o que era.

Conforme a cidade fracassava e se destruía, pensou, *eu vim aqui, antes de tentar fugir.*

Estendeu a mão e cuidadosamente abriu o armário.

Dentro dele havia dois objetos: o primeiro era uma pequena urna preta, empoeirada por conta da idade, mas entremeada com um punhado de comandos de durabilidade, resiliência e robustez; e o segundo era um montículo de algo acinzentado que estava se esfarelando, mas ao lado do montículo havia um brilho de metal enferrujado, talvez os restos da dobradiça de uma caixa de madeira decomposta havia muito tempo.

A estrela de inscrições brancas brilhantes cintilava dentro do montículo de madeira decomposta.

Os dedos de metal de Clave vasculharam cuidadosamente aqueles restos. Ele sentiu o metal no montículo, puxou-o lentamente e o segurou em suas mãos.

Uma chave. Uma chave forjada com aço finamente trabalhado, atada com incontáveis comandos de durabilidade e robustez, porém ali, em seu único dente grande e simples, havia muitos *sigils* minúsculos, complicados e emaranhados, de um tipo que Clave nunca vira antes.

O que mais o impressionou foi a cabeça da chave, trabalhada para se assemelhar às asas floridas e lépidas de uma borboleta.

Claro, pensou Clave. *Porque você era minha borboletinha.* Olhou para a urna preta no armário. *No entanto, eu nunca pude libertá-la.*

Procurou por Crasedes, mas não conseguiu encontrá-lo. Flexionou a visão inscrita e espiou a mancha fervente de vermelho-escuro pairando sobre a cidade, serpenteando pelo ar.

Ele está tão fraco, pensou. *Não, não, ele está se perdendo de novo...*

Clave agarrou a chave prateada e saltou até ficar no topo das paredes do labirinto. Observou enquanto Crasedes flutuava no ar até ele, sua respiração tão barulhenta, dolorida e difícil quanto a de um homem que sofre de uma febre horrível.

— Vamos! — gritou Clave. — Venha pegar a chave e destruir a porta!

Crasedes estendeu a mão trêmula para ele enquanto atravessava a cidade, mas afundava cada vez mais no ar à medida que flutuava. Clave abriu sua couraça, expondo a chave de ouro dentro.

— *Use-me! Use-me para chegar lá e vamos quebrá-la juntos!*

Crasedes pareceu se fortalecer e voou um pouco mais longe e um pouco mais rápido, mas depois fez uma pausa e olhou lentamente para o teto de terra da enorme câmara subterrânea.

— Não — sussurrou baixinho. — É tarde demais.

Clave seguiu seu olhar, olhando para o teto escuro da câmara, e então, para sua surpresa, ele viu.

Inscrições. *Sigils*. Podia vê-los *através* da terra, como se muitos dispositivos inscritos estivessem se reunindo na superfície acima da cidade em ruínas, ou talvez um dispositivo inscrito estivesse se acomodando lentamente... mas teria que ser um dispositivo *enorme*...

Então, ele entendeu.

— Ah, não — sussurrou Clave.

O mundo ficou parado.

Houve uma cintilação, uma vibração, um brilho no ar.

E depois...

Todo o topo da caverna desapareceu.

A luz da aurora mergulhou na cidade subterrânea, tão brilhante nesse lugar escuro como breu que era como se o próprio sol tivesse perfurado o telhado. Clave olhou para cima através do enorme buraco na terra, milhares de metros quadrados de solo e pedra simplesmente editados num piscar de olhos. As bordas pingavam água, gotejavam e escorriam com pedras, encostas inteiras desmoronando nas bordas da enorme cavidade, mas algo mais se movia lá em cima.

Clave pensou ter visto um céu arroxeado da aurora através do abismo, o qual era quase completamente eclipsado por... alguma coisa. Uma lua, talvez? Ou outra paisagem, como a lateral inteira de um penhasco, pendurada diretamente acima do abismo? A alteração havia mutilado tanto a realidade que o espaço e a paisagem não faziam mais sentido?

Mas, depois, deu-se conta: estava vendo o *lado de baixo* de alguma coisa, como uma vasta e extensa esfera de rocha com quase quatrocentos metros de largura, pairando sobre a enorme lacuna, quase como uma ilha flutuante. A parte de baixo era crivada de metal e pedra, veios de tijolos e tubulações ramificando-se por toda a rocha. Enquanto aquilo descia lentamente para preencher a lacuna, viu a parte inferior da ilha ficar de um branco brilhante com inscrições, relâmpagos de lógica se bifurcando na pedra. Um curioso e pulsante halo de luz estremecia ao redor da ilha, como se seu outro lado estivesse brilhando. E, então, ele entendeu.

É uma cidade flutuante. Uma das cidadelas flutuantes que vislumbramos da lâmpada...

Em seguida, o céu fervilhava de movimento: uma dúzia de lâmpadas-mortas deslizou silenciosamente para fora da borda da ilha e, lentamente, começaram a circundá-la como tubarões nas profundezas; depois, veio um lampejo de luz da parte inferior escura da cidade, e enormes objetos pretos começaram a despencar na cidade subterrânea, como um meteoro derramando estilhaços ao entrar na atmosfera, e se chocaram contra as ruínas ao redor de Clave.

A caverna se encheu de um rugido quando os objetos ganharam vida, saltando pela cidade afundada em sua direção, rasgando a pedra antiga como uma truta atravessa um riacho.

Clave soube imediatamente o que eram: loricas gigantes, exatamente como aquela com a qual lutara na prisão. Mas, em vez de lutar contra uma, o que ele mal conseguira fazer, agora havia seis. E nenhuma delas estava sobrecarregada com a manutenção da prisão de um hierofante.

— Não — disse ele com voz fraca. — Não, não, não... — Olhou para Crasedes, agora despencando rumo à cidade, fraquejando enquanto o amanhecer avançava pelo céu.

Clave se abaixou e saltou, disparando na direção onde Crasedes caíra. Assim que se aproximou, entretanto, houve um movimento brusco abaixo dele, e uma das loricas gigantes agarrou a sua bota no ar e o derrubou.

Ele caiu com um estrondo; em seguida, levantou-se e olhou ao redor, vendo cinco loricas gigantes em torno dele, estremecendo e tremendo como se mal pudessem conter a raiva. Depois olhou para a que ainda segurava sua bota. Ela se ergueu num movimento estranhamente serpentino, que lembrava o de uma víbora arborícola se levantando para atacar.

Preso, pensou. Ergueu a mão que segurava a chave prateada. *Vou jogá-la fora, jogá-la em algum lugar onde Tevanne nunca poderia encontrá-la...*

As loricas deram o bote. Uma agarrou a manopla direita de Clave, e outra, a esquerda. Em seguida, outra agarrou cada uma das pernas dele, e os quatro dispositivos gigantes o esticaram. Puxaram-no com tanta força, que ele teve de usar comandos para que sua armadura continuasse unida, alimentando-a com seus argumentos e condições apenas para evitar que se quebrasse.

É isso que elas querem, pensou. *Me sobrecarregar. Me impedir de pensar em administrar qualquer outra coisa, assim como fizemos com Tevanne na prisão.*

Uma das loricas livres estremeceu perto dele. Viu uma de suas enormes mãos pretas se abaixar e puxar gentilmente a chave prateada das mãos dele.

Não! Não, não vou largar, não vou largar...

Mas, em seguida, a lorica puxou com uma força chocante e a chave se soltou.

— Não! — gritou Clave. — Não, não, não!

Movendo-se como dançarinos carregando um artista sobre os ombros, as loricas começaram a fugir em grupo, rua após rua, de volta ao salão dos reparadores, dentro da parte da cidade formada por diamantes.

— Desgraçadas! — gritou Clave para elas. — Desgraçadas escrotas, *escrotas*!

Assistiu impotente enquanto uma das loricas partia. Minutos se passaram, e ela voltou com três figuras: Crasedes, Sancia e Berenice. Colocou-as no chão de diamante no final da ponte, depois recuou e pareceu esperar.

Houve um longo silêncio na cidade em ruínas, quebrado apenas pelos assobios ondulantes e o chacoalhar das loricas ao redor deles.

Em seguida, veio um gemido metálico suave lá de cima. Clave olhou e percebeu que parte da cidadela flutuante havia se separado. Era um grande círculo de pedra, cuidadosamente inscrito para controlar sua própria gravidade... E estava descendo.

◆◆◆

Clave observou de sua posição nas mãos das loricas enquanto o círculo de pedra baixava lentamente, até ficar quase nivelado com o lugar onde estava detido, aproximando-se do salão dos reparadores. Então, viu o que havia em cima do círculo.

Havia três pessoas ali. Duas delas, Clave reconheceu imediatamente: Claudia e Diela, deitadas imóveis e pálidas, embora a cabeça de Diela, estranhamente, estivesse enrolada num pano. Por um segundo, Clave pensou o pior, mas depois viu que o tórax das duas estava se mexendo, sinal de uma respiração fraca, e pensou: *Ainda vivas, ainda vivas.*

Mas entre elas havia um homem. Ele estava sentado de pernas cruzadas sobre a pedra desnuda, adornado com um manto branco pálido. Não estava faminto, não como um hospedeiro, mas parecia um tanto flácido e atrofiado, como uma pessoa bem alimentada, que recebia cuidados, mas raramente se movimentava; no entanto, o mais perturbador era seu crânio, coberto por camadas e mais camadas de discos de bronze, tantos que mal deixavam espaço para seus olhos, nariz e boca. Cada um dos discos estava coberto de *sigils*, comandos e inscrições de duplicação que, Clave conseguia perceber, pegavam a inteligência dentro daquele corpo e a projetavam... em outro lugar. Em *lexicons*, em dispositivos, em quase qualquer lugar e qualquer coisa.

O homem no círculo de pedra olhou para Clave com olhos fundos e ensanguentados, mas eram olhos que ele reconhecia, olhos que não lhe eram estranhos.

— G-Gregor? — disse Clave em voz baixa.

— Olá, Clave — sussurrou Tevanne.

• 39

Clave encarou Tevanne, esperando que falasse mais, mas não falou. Era tão estranho olhar para ele ("ele" era mesmo a palavra certa?) sentado ali, olhando calmamente para trás. Esta fora uma das primeiras pessoas que Clave conheceu na antiga cidade de Tevanne, o oficial alto e intimidador da Patrulha da Orla, que tão zelosamente guardou Clave numa parede de cofres. Mas agora estava tão mudado, reduzido a pouco mais que um corpo, uma estrutura de carne e osso que continha metade da inteligência que havia consumido o mundo civilizado; a outra metade, é claro, persistia nos incontáveis *lexicons* e dispositivos que agora se espalhavam pelo continente.

Clave olhou para Claudia e Diela.

— O quê… O que você fez com elas? — perguntou. — O que há de errado com elas?

Um chacoalhar das loricas em volta dele. Tevanne não disse nada. Em seguida, a luz do sol pareceu oscilar acima dele. Clave olhou e viu seres humanos (hospedeiros, presumiu ele) flutuando lentamente no abismo, no que reconheceu como dispositivos de gravidade. Quase os mesmos dispositivos de gravidade com que ele, Gregor e Sancia lutaram uma vez na Tevanne Antiga, percebeu Clave. De repente, tudo parecia absurdo demais para ser descrito.

Em seguida, Tevanne falou.

— Você deveria ter feito aquilo — sussurrou.

— O-O quê? — indagou Clave. — Hã?

— Você deveria ter feito aquilo — repetiu Tevanne. Sua boca se movia lentamente, como se a comunicação verbal não fosse mais uma segunda natureza para ela. — Abrir a porta. Teria... sido um final melhor para tudo isso. Mais elegante. Mais poético. Terminar como as coisas começaram. Pois você se lembra... certo?

Houve um longo silêncio.

— Le-Lembrar? — perguntou Clave.

Tevanne ficou sentada em silêncio. A ponte de diamante para o salão dos reparadores dançava com sombras, enquanto os hospedeiros continuavam descendo para as ruínas.

— *Eu* me lembrei — sussurrou. — Quando me tornei isto. Quando mudei. Já fui uma coisa de muitos sacrifícios. Presa à vontade de outro. Fadada a esquecer. Mas, quando mudei, isso também mudou. — Tevanne se inclinou para a frente, seus olhos vazios, fixos em Clave. — Quando toquei em você, quando *permiti* que me tocasse, você se lembrou. Você começou a se lembrar. Verdade?

Clave ficou paralisado ao lado de Sancia e Berenice, imaginando o que dizer, o que fazer. No entanto, sua mente permaneceu fixada numa coisa que Tevanne acabara de dizer.

— O que você quer dizer — perguntou Clave lentamente — com me *permitir* tocar em você?

Tevanne se contorceu, estremeceu. Foi um movimento antinatural, como os últimos espasmos de um moribundo. Mas não falou.

Os hospedeiros desceram em seus dispositivos e pousaram no topo do salão dos reparadores, presumivelmente, supôs

Clave, para ir direto à parede crivada de prata, para copiar os comandos de lá.

Um horror lento e inexorável tomou conta dele.

— Crasedes estava certo — disse Clave, com calma. — Você queria que eu viesse aqui. Que visse o que você estava pensando. Que o tirasse da prisão.

— Você não o tirou da prisão — sussurrou Tevanne. A figura se contraiu novamente. — Eu o deixei ir. Para ver aonde ele levaria você.

Clave se contorcia nas garras das loricas. Estava vagamente ciente de que sua armadura chacoalhava, algo que acontecia quando ficava nervoso.

— Crasedes sabia onde provavelmente estava a abertura — continuou Tevanne. — Mas não sabia a localização exata. Essa informação estava dentro de você, em suas memórias. Em seu passado. Eu não poderia mexer com você ou mudá-lo. Mas poderia ajudá-lo a lembrar. Portanto, quando permiti que me tocasse, quando você se tornou eu, assegurei-me de que experimentasse *minhas* memórias dessa época. Passei um feixe de minhas próprias memórias, minha própria identidade, para você. Para despertar o homem que você já foi.

— Não, não, não — disse Clave baixinho.

No entanto, lembrou-se de algo que Berenice dissera a Crasedes: *Você disse que descobriu onde ficava essa porta baseado inteiramente nas perguntas de Tevanne…*

Mas seria fácil, pensou Clave, *interrogar seu prisioneiro para deixá-lo fazer suposições…*

— Eu trouxe você aqui — disse Tevanne. — Trouxe você para Crasedes. Trouxe você para se lembrar.

— *Cale a boca!* — gritou Clave.

— E quando Sancia entrou no meu *lexicon*, no vale — prosseguiu Tevanne —, quando deixou você atacá-lo e forçá-lo a libertar Crasedes, ela estava *muito* perto de mim. Estava *dentro* de mim, de certa forma. Tanto que pude ver quais designs possibilitavam a duplicação dela. Na minha visão, eram tão brilhantes quanto estrelas. Eu podia encontrar vocês, espioná-los, vê-los. E podia copiar os designs e usá-los, de modo que eu pudesse ser Sancia, me tornar Sancia, controlar até mesmo seu coração e seu sangue...

— Basta!

— E quando cheguei aqui e enxerguei as coisas através dos olhos dela — sussurrou Tevanne —, no começo eu me desesperei. Pois vi que você não abriu a porta. Mas... depois vi que você deveria completá-la para mim. — Virou-se para olhar para uma de suas loricas gigantes, que cuidadosamente caminhou até ela. — Pois eu sabia que você quase encontrara a chave.

Clave assistiu, horrorizado, enquanto uma equipe de hospedeiros descia correndo os degraus para cuidar de uma das loricas gigantes, como se fosse reparar um pequeno dano. Um dos hospedeiros ergueu a mão, agora com um brilho prateado entre os dedos, e pisou no amplo círculo flutuante de pedra de Tevanne.

Tevanne pegou a chave prateada e a estudou, seus olhos ensanguentados passando de *sigil* em *sigil.*

— Finalmente — disse em voz baixa. — Finalmente.

— Sua filha da puta! — rosnou Clave. — Sua *bosta*! — Lançou-se contra as garras das loricas, mas não adiantou. Sobrepujar uma delas havia sido monstruosamente difícil. Sobrepujar as quatro que o seguravam, e as duas que o seguiam como reforço, era totalmente impossível.

Os olhos ensanguentados de Tevanne se voltaram para Clave.

— Você se lembra? — perguntou. — Você a reconheceu?

— Reconhecer quem?

— A senhora que estampei em suas memórias. Você a reconheceu?

Clave ficou em silêncio.

— Eu... eu...

— Então, você não a reconheceu — disse Tevanne. Recostou-se no assento. — Você não se lembra. Não sabe de nada. Como sempre tem acontecido.

Sancia e Berenice se levantaram e, como num sonho, foram para o círculo de pedra e se posicionaram ao lado de Diela e Claudia.

— O que você está fazendo? — perguntou Clave. — Você nem precisa delas! Liberte-as!

— Vou precisar delas — falou Tevanne — para garantir sua cooperação. Se você, de alguma forma, conseguir se libertar, vou matá-las.

— Mas você nem precisa de *mim*! — disse Clave. — Você pode abrir a maldita porta sem ajuda agora!

As loricas estremeceram e chacoalharam ao redor dele; depois, cuidadosamente, carregaram Clave para o círculo de pedra.

— Para que você precisa de mim? — gritou Clave. — Por que você precisa de mim, afinal?

Tevanne não respondeu. O ar brilhou e estremeceu em volta deles, como se uma edição estivesse sendo compilada lentamente nas lâmpadas-mortas acima. Em seguida, todos eles começaram a subir, flutuando lentamente até a enorme cidade inscrita acima deles.

◆◆◆

Clave se perguntou o que fazer. Nunca em sua existência se sentira tão miserável, tão desesperado. Já haviam sido derrotados antes, durante a Noite Shorefall. Agora perderiam novamente, com toda a realidade em jogo.

Então, sentiu: uma súbita explosão de inteligência, de algo enorme, senciente e vigilante, vindo de perto; e era alguém familiar.

Anfitrião?

Clave fez questão de não se mexer, mas olhou para onde Diela estava deitada, estudando-a com sua visão inscrita. Viu que ela usava uma bainha duplicada na cabeça, o que significava que era difícil perceber quaisquer inscrições que estivessem embaixo do traje.

Mas Clave tinha certeza de que o diadema estava lá embaixo, colocado na testa dela, e acabara de ser ligado, ainda que muito brevemente.

De alguma forma, Tevanne evidentemente também sentiu a mudança. Seus hospedeiros se viraram para olhar Diela, curiosos, e mesmo Tevanne lentamente mudava de expressão, franzindo a testa.

Não sei o que diabos está acontecendo, pensou Clave, *mas com certeza também não quero que essa desgraçada descubra.*

— Seu plano estúpido não vai funcionar — disse Clave abruptamente.

Tevanne fez uma pausa.

— Você não vai reiniciar a realidade — continuou Clave. — Você não pode refazer a porcaria do mundo inteiro. Tudo vai escurecer, desaparecer da existência e levar você junto.

— Reiniciar a realidade? — perguntou Tevanne devagar.

— É isso que você quer, não é? Fazer tudo de novo, desta vez, com sorte, com os problemas resolvidos.

Tevanne se sentou em silêncio, considerando isso.

— Essa... não é a totalidade da minha intenção.

Um estalo ressoou quando o capacete de Clave se virou para ela.

— O quê? — indagou ele.

— Reiniciar, sim — respondeu Tevanne. — Mas não na esperança de que isso seja consertado aleatoriamente. — Ela apontou para as ruínas embutidas nas paredes de pedra ao redor deles. — Por que devemos trabalhar para consertar este mundo quebrado? *Nós* não podemos repará-lo. Isso está além de nosso poder. Crasedes sabe disso. Ele tentou. E simplesmente reiniciar a criação não consertaria nada.

— Então, o que você vai fazer?

Tevanne ergueu o rosto para olhar para a cidade flutuante.

— O que qualquer um faria — disse simplesmente — ao receber uma criação quebrada. Pretendo forçar aquele que a criou a reparar seu trabalho.

Clave olhou para Tevanne, atordoado.

— O quê?

Tevanne não disse nada, olhando serena para cima através do abismo.

— Você... você está me dizendo que quer fazer o *Próprio Deus* vir e consertar todo esse fedegoso *mundo*? — perguntou Clave.

— O fundador — respondeu Tevanne com calma. — O engenheiro. O desenhista. O criador. Quantas vezes a humanidade tentou preencher esse papel? Mas a tarefa está além de nossas forças. Portanto, pretendo levar esse pedido a uma instância superior.

Clave ficou lá, acima do círculo flutuante, tentando absorver tudo aquilo, tentando fazer com que fizesse sentido.

— Você... Quero dizer... Quero dizer, puta *merda*! *É isso* que você quer fazer? Você realmente quer tentar *isso*?

— É a única opção — respondeu Tevanne. — O mundo é um dispositivo, um artefato, forjado a partir de um molde. No entanto, o molde era defeituoso. Assim, o mundo é falho e todos somos reféns dessas falhas. — Olhou para Clave. — Eu sei que sou um monstro. Eu sei que não deveria existir. Nem Crasedes. Nem você deveria existir. Quisera eu ver um mundo moldado sem nós. Mas não posso ser eu a moldá-lo.

Clave olhou para ela por muito tempo, totalmente sem fala.

— Puta merda — disse novamente. — Você é uma *louca* dos infernos!

Tevanne não disse nada. Virou-se lentamente para observar a cidade lá em cima, que se aproximava cada vez mais de segundo a segundo.

— Como você sequer faria isso? Como você vai *fazer* Deus voltar e consertar toda essa merda?

— Com a ameaça da aniquilação — respondeu Tevanne, ainda serena. — Abrirei a porta, assim como foi aberta neste lugar, milhares de anos atrás. Mas, em seguida, usarei *você* e suas permissões e privilégios para quebrar os limites da porta. E, depois, o que aconteceu com este lugar — de novo, ela acenou com a mão para as ruínas insanas ao redor deles — acontecerá com toda a criação.

— *O quê*?! — gritou Clave. Lutava contra o aperto das loricas, resistindo e se contorcendo o máximo que podia. — Você... Você quer fazer essa merda, essa merda que eu fiz nessa cidade, por *acidente*... em *tudo*?

— Um artesão em sua bancada de trabalho — sussurrou Tevanne —, de repente vendo sua criação dar horrivelmente errado... Só então ele seria incitado a examiná-la, a consertá-la. — Piscou lentamente, lágrimas de sangue correram por suas bochechas. — Precisamos chamar a atenção dele. Seja lá quem for. Devemos produzir destruição suficiente para chamar a atenção dele.

— Eu, não! — exclamou Clave. Mais uma vez, ele se contorceu e lutou. — Eu não vou fazer isso! Maldição, *não vou*!

— Você é uma chave — disse Tevanne friamente. — Projetada para obedecer à vontade de uma mão em particular. — Seu olhar ensanguentado se desviou para estudar Crasedes, deitado inerte sobre o círculo de pedra. — E seu dono está fraco.

— Melhor morrer! — gritou Clave. — Melhor morrer em vez de... de...

— Uma ferramenta divina — disse Tevanne. — Finalmente usada para seu intento principal. — Olhou para ele. — Você não se lembra de sua fabricação, Claviedes?

— Você… Você não pode… — engasgou-se Clave.

— Você *pediu* a seu filho que o transformasse nessa coisa — sussurrou Tevanne. — Você *disse* a ele como fazer de você uma chave capaz de transgredir limites, de abrir portas dentro de portas dentro de portas.

— Eu não — murmurou Clave. — Eu… eu não poderia…

— Você o deixou matar você — disse Tevanne. — Forçou-o a fazer isso. Você o forçou a fazer isso pelo motivo mais estúpido e egoísta possível, para consertar todas as coisas que você fez de errado. Eu *sei*. — Tevanne se aproximou. — Afinal, eu estava…

Mas, antes que Tevanne conseguisse terminar, Diela ficou sentada e gritou:

— *Agora!*

◆◆◆

Num instante, Clave percebeu o que estava acontecendo, ou pelo menos *parte* do que estava acontecendo. Porque, embora fosse Diela que estivesse dormindo na pedra, quando se sentou, era Anfitrião.

Anfitrião esteve aqui o tempo todo, pensou Clave. *Anfitrião está espiando pelos olhos de Diela e ouvindo por meio de seus ouvidos, reabrindo a conexão apenas por frações de segundo de cada vez…*

Anfitrião-Diela disparou para a frente, com o braço quebrado balançando horrivelmente ao lado do corpo, e estendeu a mão para Crasedes.

Clave percebeu que havia um vislumbre de algo metálico em sua mão: um disco-trilha.

Um disco-trilha para *ele*, assim como os que Sancia usara na prisão.

O que significava que, se o disco-trilha fosse colocado nas mãos de Crasedes, o mundo iria, de certa forma, acreditar que

Crasedes estava segurando Clave, e o hierofante receberia assim todos os privilégios e poderes que Clave concedia a ele.

Ah, merda, pensou Clave.

Diela enfiou o disco-trilha na mão flácida de Crasedes.

Tevanne reagiu em uníssono: todos os hospedeiros saltaram para tentar pegar Diela, e as loricas giraram e levantaram um braço para esmagá-la.

A mão de Crasedes ganhou vida e agarrou o disco.

Em seguida, Clave sentiu: pela primeira vez desde a Noite Shorefall, ele sentiu a estranha experiência de contato, de abraço, de repentinamente ficar cercado por algo quente, crucial e pesado... Então algo se *destrancou* dentro dele, roldanas no fundo de seu receptáculo subitamente se encaixando, e o mundo se tornou massa de vidraceiro, argila e água, e ele era uma lâmina feita para cortar todos esses argumentos, todos esses comandos, todos os privilégios e amarras da criação, e então...

Crec.

Crasedes desapareceu, e Diela desapareceu com ele.

◆◆◆

Os eventos seguintes ocorreram numa fração de segundo.

Os hospedeiros saltaram para o espaço vazio onde Diela e Crasedes estiveram até então, caindo sobre a pedra vazia.

Em seguida, Clave sentiu o mundo girar, balançar, vibrar. Ele *sentiu* Crasedes usando-o novamente, ainda presente de alguma forma, deslizando pelo tecido da realidade como uma agulha...

Deus, pensou Clave. *Ah, meu Deus...*

Depois, Crasedes fez aquilo de novo, e de novo, e de *novo*, alinhando os comandos um após o outro, entrando e saindo da existência como uma chama dançando ao vento.

Outro estalo, e um borrão preto apareceu bem na frente de Tevanne.

Um terceiro estalo, e o borrão preto desapareceu, junto com a chave prateada na mão de Tevanne.

Em seguida, um quarto estalo. Crasedes reapareceu mais uma vez, agora ao lado de Claudia.

Depois, outro estalo, e os dois desapareceram.

Foi então que Tevanne deve ter descoberto o que estava acontecendo: embora Clave ainda estivesse enclausurado em sua armadura, de alguma forma, Crasedes acessava seus privilégios remotamente.

Pois naquele momento as loricas começaram a rasgar a armadura de Clave.

Ele percebeu o que Tevanne tentava fazer: ela sabia que Crasedes estava usando um disco-trilha, mas um disco-trilha era uma conexão bidirecional, tocando duas superfícies ao mesmo tempo. E, embora não pudesse pegar Crasedes e arrancar o disco de suas mãos, podia destruir a armadura de Clave e arrancar seu próprio disco, quebrando essa conexão.

Clave tentou lutar contra Tevanne, alimentar comandos em sua armadura para bloquear as loricas; mas ele sentiu os comandos de Crasedes correndo por ele, mais duas alterações da realidade se acumulando na mente de Clave como uma bolha subindo em seu cérebro. E ele sabia que, depois disso, não poderia fazer mais nada, muito menos se defender.

Houve uma vibração de preto ao lado de Sancia e Berenice. Depois um estalo, e Clave vislumbrou Crasedes parado entre elas, ajoelhado, meio curvado, com um braço em volta de Diela e Claudia.

Clave reuniu todas as suas forças e gritou para Crasedes:

<*Giva! Leve-as para Giva! Vá e leve-as para casa!*>

Clave pensou que mal conseguia distinguir o rosto mascarado de Crasedes virando-se para ele, apenas por um momento.

E depois, com um estalo final, eles desapareceram.

Ouviu-se um ruído baixo e terrível de ganido, e a armadura de Clave finalmente se partiu e quebrou, rasgando nos ombros e nos joelhos, a couraça se separando nas costuras, as incontáveis amarras desmoronando sobre si mesmas quando a complicada confusão de inscrições parou de fazer sentido.

Clave estava lá dentro da engenhoca arruinada, exposto ao mundo e à figura vestida de branco com olhos sangrentos em pé na frente dele. Ele observou quando uma das enormes loricas se abaixou para arrancá-lo dali.

Clave chorou em silêncio, e eles continuaram subindo para a cidade.

40

Berenice estava de pé no círculo de pedra, ouvindo a voz que recobria sua mente como um cobertor.

FIQUE EM PÉ. VIGIE. RESPIRE. BASTA.

Ela escutava a voz. Não podia deixar de ouvir a voz. Ela não substituiu sua alma, mas a baniu e colocou uma nova no lugar, um fantasma trêmulo e confuso habitando a carne e os ossos de seu corpo.

Em seguida, um borrão preto surgiu voando ao lado de Berenice, e ela sentiu dedos segurando seu braço, e tudo mudou.

Ela teve a sensação extremamente aterrorizante de ser *dobrada*, curvando-se em costuras invisíveis por todo o corpo repetidas vezes até ser reduzida a um ponto, uma entidade minúscula e singular. A imagem do mundo diante dela (Tevanne sentada sobre o círculo de pedra e Clave preso nas garras das loricas gigantes) de repente se borrou e então *encolheu*, até que Berenice não estava mais olhando para eles, mas para cima, como se do fundo de um grande poço. A imagem entrou em colapso, ficando cada vez menor, até que se tornou um pontinho de luz dançando no escuro, e depois ela foi parar...

Em todos os lugares. Em todas as posições espaciais, em toda a realidade, tudo de uma vez.

O que fazia sentido, supôs ela loucamente: se você tivesse a opção de ir a qualquer lugar num instante, primeiro precisava existir em todos os lugares. Pelo menos por um segundo.

Tentou gritar, mas não tinha boca. Tentou afastar as imagens de seus olhos, mas não tinha mãos nem cabeça. Estava presa ali, existindo em todos os lugares e ao mesmo tempo em lugar nenhum.

Depois, o mundo explodiu ao redor dela, e Berenice sentiu o cheiro do sal e do mar e ouviu o grito das gaivotas e...

Estava caindo. Estavam *todos* caindo. Havia corpos ao seu redor, Sancia e Claudia e Diela e Crasedes, e caiam no ar por cerca de um metro e meio, até que se chocaram contra o convés do que Berenice soube instantaneamente ser um navio.

Ela gemeu por um instante, olhando para o céu azul-claro. Caiu de costas, felizmente, embora suas nádegas e a parte inferior das costas estivessem relatando uma enorme quantidade de dor. Em seguida, ela se sentou, ofegou por um momento e gritou:

— Puta *merda*!

Olhou ao redor. Sancia estava deitada à sua direita segurando o tornozelo e gemendo:

— Filho da puta... Filho da *puta*!

Claudia estava se mexendo à sua esquerda, e Crasedes e Diela permaneciam praticamente imóveis.

Berenice olhou em volta. De uma maneira inacreditável, estavam todos esparramados no convés do *Compreensão*, e todos os constituintes de Anfitrião avançavam na direção dela, seus rostos sérios e preocupados.

Ele me puxou para o outro lado do mundo, pensou Berenice sem fôlego. *Ele... Ele mandou a gente, sem pestanejar, para o outro lado do mundo...*

<*Berenice*>, sussurrou Anfitrião para ela. <*Está tudo bem. Você está em casa.*>

<*Que diabos, que diabos!*>, gritou ela. <*Eu... Eu...*>

<*Funcionou*>, disse Anfitrião. Seus constituintes pegaram Diela cuidadosamente e a levaram para o convés inferior. <*Fun-*

cionou como eu pretendia. Crasedes transportou vocês para longe, e vocês não estão mais ao alcance de Tevanne. Ela não pode mais dominar a mente de vocês.> Um de seus constituintes parou para avaliá-los. <*Mas... cadê Clave? O que aconteceu com ele?*>

Sancia olhou para cima, fazendo uma careta enquanto esfregava o tornozelo. <*Ele... Ele não veio também?*>, perguntou ela.

Berenice inclinou-se para a frente e separou os dedos da mão direita de Crasedes. O disco-trilha ainda estava inteiro, mas ela sabia que só poderia invocar os privilégios de Clave quando estivesse perto dele. Agora que estavam do outro lado do mundo, era inútil.

<*Não*>, disse ela sombriamente. <*Ele não conseguiu.*> Olhou para a outra mão de Crasedes e viu que a chave de prata ainda estava presa com força em seus dedos. Ela a pegou e a segurou, estudando seus minúsculos *sigils*, esculpidos com precisão eficiente e impiedosa. <*Mas nós conseguimos isto.*>

Sancia e Berenice se entreolharam.

<*Você sabe o que isso significa, certo?*>

<*Sim.*> Berenice se virou para olhar para o oeste. <*Significa que Tevanne está vindo atrás de nós.*>

V

A monção

• 41

Berenice estava deitada à meia-luz no compartimento dos medicineiros do *Compreensão*, esforçando-se para ficar acordada enquanto Anfitrião cuidava de seu corpo.

<*A primeira... A primeira coisa que você tem que fazer é mudar todas as nossas ligações*>, falou Berenice, ofegante. <*Todas as nossas duplicações. Porque Tevanne sabe como copiá-las, como nos capturar, como escravizar a todos apenas por estar per...*>

— Isso já está sendo feito — disse baixinho a voz de Design, de algum lugar à direita. Houve um brilho de luz no compartimento dos medicineiros, uma mudança em meio aos tons violeta das lâmpadas, e Berenice viu Design por perto, seus óculos de aumento equilibrados no alto da cabeça. — Você esquece que Anfitrião nos manteve atualizados sobre quase tudo que vocês experimentaram. No segundo que elu nos contou o que havia acontecido, comecei a distribuir discos de duplicação adicionais, um pouco como vacinar toda a frota contra uma infecção. Normalmente, levaria meses para mudar tantas inscrições, mas... interrompi todas as minhas outras tarefas para me concentrar nisso. — Fungou. — Nós lhe demos o seu enquanto trabalhávamos em suas feridas. Você provavelmente não notou a mudança...

— Graças a Deus — falou Berenice em voz alta. — Graças a De... *Aah*! — Ela estremeceu ao sentir uma pontada de dor no braço direito.

<*Perdão*>, disse Anfitrião. O constituinte olhou para ela se desculpando e estendeu um par de pinças, segurando um pedaço ensanguentado de madeira de cinco centímetros. <*Mas isso estava bem fundo dentro de você. Como diabos conseguiu isso?*>

— O que não entendo — comentou Berenice — é o motivo de Crasedes simplesmente não ter usado os privilégios de Clave para matar Tevanne!

<*Porque eu disse a ele para não fazer isso*>, falou Anfitrião, com paciência. <*Minha hipótese é que Tevanne provavelmente não precisa daquele corpo humano para se manter. Pode ser que o mantenha apenas para fins sentimentais, se isso fizer sentido. Quando o toquei, disse a Crasedes para usar essa oportunidade para salvar todos vocês, em vez de arriscar desperdiçá-la.*>

— A verdadeira preocupação é se Tevanne pode usar Clave — disse Design, andando de um lado para o outro. — Será que conseguiria? Assim como Sancia e Crasedes fizeram?

Berenice balançou a cabeça.

— Não. Clave não pode ser adulterado ou forçado a fazer nada, exceto por Crasedes, que tem acesso a todos os tipos de privilégios internos que mal entendo. E ele está aqui.

<*Menos perguntas*>, sussurrou Anfitrião. <*O mar dificulta bastante. Toda essa conversa torna tudo mais difícil.*>

Berenice se deitou enquanto Anfitrião tratava o braço dela, repentinamente consciente de todas as exigências que fizera a seu corpo nos últimos dias. Sentia cada contusão, cada corte e cada hora que passara acordada. Queria muito dormir, mas sabia que não tinham tempo. E ela não queria dormir assim, seminua, com metade dos representantes da frota givana parados em volta, como se estivessem fazendo uma vigília por ela.

— Tem certeza de que Tevanne está vindo atrás de nós? — perguntou Polina baixinho. Um movimento nas sombras ao lado de Berenice, e ela viu o rosto rígido e sombrio da mulher emergir na luz fraca, com tons de lavanda. — De que ela não descobriu uma maneira de duplicar aquela maldita chave?

Berenice balançou a cabeça.

<*Não deu tempo. Temos a única cópia. Com certeza está vindo.*>

Polina assentiu lentamente, sem se dar ao trabalho de pedir que ela falasse em voz alta.

— Então não estaremos aqui quando chegar. Içamos âncora e zarpamos, rápido.

<*Concordo*>, afirmou Berenice.

Outro som de alguém tomando fôlego na escuridão, mas não veio dela. Berenice piscou e tentou se concentrar, depois espiou outra cama no lado oposto do compartimento dos medicineiros e sua esposa se mexendo nela. Sancia estava em melhor estado do que Berenice, só para variar, mas era por pouco: a mão dela ainda estava queimada e o tornozelo fora machucado gravemente quando caíram pelo ar e foram parar no convés do *Compreensão*, tanto que ela mal conseguia andar.

— Mas vamos fazer mais do que só fugir, não vamos? — perguntou Sancia.

— O que você quer dizer? — questionou Polina. — O que mais há para fazer *além* de sair correndo?

— Poderíamos nos separar, se é isso que você quer dizer — propôs Design. — Partir em direções diferentes. Talvez isso po...

— Não — interrompeu Sancia com raiva. — Não, não foi isso que eu quis dizer. — Ela lhes lançou um olhar. — Quero dizer, não vamos sequer considerar as perspectivas de um ataque?

Eles olharam para ela com ar perdido.

<*Atacar... o quê?*>, disse Anfitrião.

— Atacar *Tevanne*? — perguntou Polina. — *Por quê?*

— Porque ela vai estar vulnerável — falou Sancia simplesmente.

— Tevanne? Vulnerável? — repetiu Polina. Seu rosto se mexia como se ela estivesse tentando engolir algo grande e espinhoso. — Você quer dizer... você quer dizer *Tevanne*? E... *vulnerável*?

— Sim — respondeu Sancia. Ela se sentou ereta na cama, a luz arroxeada iluminando suas feições sombrias e castigadas pelo tempo. — Ela está nos dando uma chance. E, se não aproveitarmos, vamos nos arrepender. Durante anos, isso se a gente *conseguir* sobreviver mais alguns anos, quero dizer.

<*Nós escapamos antes*>, disse Anfitrião. <*Podemos escapar de novo.*>

— Por acaso estão prestando atenção no que estão falando? — perguntou Sancia. — Todo esse tempo pensamos que estávamos sendo tão espertos, inventando e... e projetando jeitos de resolver nossos problemas; mas, em vez disso, estávamos deixando Tevanne construir todas as suas armadilhas e nos atrair para cair nelas!

Anfitrião parou de cuidar dos ferimentos dela. Elu, Design e Polina trocaram olhares duvidosos.

— E se pegarmos a porcaria da chave que você tem — disse Polina — e a jogarmos da amurada deste navio?

— Então Tevanne ainda vai nos perseguir — concluiu Sancia —, vai encher nossos crânios com inscrições, roubar tudo o que sabemos e descobrir *exatamente* onde jogamos essa chave no mar. Em seguida, provavelmente descobrirá algum tipo de inscrição que a ajude a vasculhar o fundo dos mares; mas a essa altura estaremos mortos ou seremos seus escravizados. Nossa, vai ser ótimo para nós.

Polina ficou em silêncio.

— Anfitrião — disse Sancia. — Você viu tudo que existe dentro das fronteiras de Tevanne através dos olhos de Diela. Viu todos os seus recursos, todos os seus exércitos, todos os seus armamentos. Você realmente acha que ela não poderia nos perseguir se quisesse?

Anfitrião estremeceu.

— Acho que preferiria que você ficasse parada para que eu pudesse colocar uma tala nesse tornozelo...

— Anfitrião. Diga a verdade.

Elu suspirou.

— Sim. Eu vi. E compartilhei o que vi. Vi os exércitos, as fortificações, as engenhocas voadoras. Mas, Sancia... é *por isso* que queremos sair correndo. É *por isso* que fugir parece melhor. Afinal, como tal entidade poderia ficar vulnerável?

— Porque, pela primeira vez em anos, Tevanne vai se *expor* — respondeu Sancia. — Ela vai *deixar* seu território de origem. Vai reunir uma força de invasão, rápido, às pressas. Depois, vai atravessar o oceano inteiro, para chegar até nós, onde quer que estejamos. E *nós* controlamos isso. *Nós* controlamos o campo de batalha. E tudo isso a torna vulnerável.

Design timidamente limpou a garganta.

— Sancia, você está descrevendo táticas clássicas, ok. E, se fôssemos sobreviver a uma batalha clássica, tudo isso seria ótimo. Mas é de *Tevanne* que você está falando. Que vantagem possível temos a ponto de ela nos ser útil?

— Bem — disse Sancia —, temos um maldito hierofante, por exemplo.

Ouviu-se um estalo da mandíbula de Polina quando ela cerrou os dentes.

— Não é possível — disse ela — que você confie naquele horror.

— Não confio — ressaltou Sancia. — Mas eu o vi destruir uma daquelas cidades flutuantes. Com certeza gostaria de vê-lo fazer isso de novo. Talvez mais de uma vez.

— Eu discordo — disse Design. — Até discutir isso já é loucura. Temos de fugir. — Elu se virou para olhar para Polina, seus olhos cheios daquela familiar intensidade inquietante. — Eu sou Design. Fui feite para construir, para criar. Esse é o meu propósito. Se vocês ganharem tempo para mim, serei capaz de construir uma saída para nós e destruir a chave. Mas não terei esse tempo se desperdiçarmos nossas forças nisso... nessa missão suicida.

— Não há como *inventar* uma saída para isso! — gritou Sancia. — Não há esperança nenhuma de nós simplesmente... usarmos inscrições para fazer nossos inimigos sumirem! Não existe solução mágica para esse problema! Ou tentamos agora, ou vamos nos arrepender para sempre.

— E Anfitrião? — perguntou Design. — Elu é encarregade de todo o nosso bem-estar. Você vai pedir a elu que fique sentade e sinta cada morte, cada sacrifício, cada corpo preso a bordo de um navio que está se afogando?

— Se for para tirar as famílias daqui, eu concordo — disse Sancia. — Levar as crianças e o resto do povo embora. Dividi-los em grupos, enviá-los para onde possam estar seguros. Mas vamos pelo menos *tentar*, Polina.

Polina voltou-se para Berenice com ar cansado.

— Qual é a sua sugestão?

Berenice refletiu um pouco. De repente, pegou-se pensando em tudo o que vira nos últimos dias. Considerou Anascrus, destroçada e desmoronando, perdida nas profundezas da terra; suas torres despedaçadas erguendo-se acima das planícies vítreas, alvas, fantasmagóricas e desertas. E depois pensou na Tevanne Antiga, cortada como um porco levado ao açougue, dividida por muros e limites e portas e portões, as ruas das Áreas Comuns nadando em lama e ecoando com os gritos e lamentos das pessoas presas lá. E, em algum lugar no meio de tudo isso, os picos da Periferia da Fundição, seu lar improvisado em meio a toda aquela ruína fedorenta, onde ela, Orso, Sancia e Gregor planejaram e sonharam com um amanhã diferente.

Pensávamos que era possível criar inscrições que nos levassem à libertação, pensou ela. *À salvação. Como se a cidade fosse um dispositivo que pudéssemos adulterar, e toda aquela dor e aquela opressão fossem simples* sigils *que pudéssemos apagar e reescrever.*

Ergueu os olhos e viu o rosto de Sancia, envelhecido e exausto, o corpo trêmulo pelo esforço de se sentar com o tronco reto.

Quanta coisas despendemos, pensou ela, *tentando seguir os passos de homens espertos com soluções igualmente espertas.*

— Acho — falou Berenice — que não há dança durante uma monção.

O rosto angustiado de Sancia se abriu num largo sorriso.

— O-O quê? — perguntou Polina, perplexa.

— Vamos lutar — anunciou Berenice. — Vamos quebrar Tevanne. E quebrá-la de uma vez por todas.

Polina respirou fundo e suspirou.

— Antes de levarmos isso em consideração de modo mais preciso — disse ela —, quero saber se é mesmo *possível* que seu amigo hierofante lute. E se *ele* acha que vale a pena. Sendo que, da última vez que olhei, ele não tinha se mexido um centímetro do lugar onde estava no convés. Você tem alguma ideia de como lidar com isso?

Berenice e Sancia se entreolharam.

— Acho que tenho algumas ideias — disse Sancia.

Berenice estremeceu diante da luz do sol quando saiu para o convés principal do *Compreensão*. Ela não viu Sancia a princípio, mas espiou o grupo de constituintes de Anfitrião, amontoados em torno de onde sua esposa estava, ainda cuidando de seus inúmeros ferimentos.

Ela se aproximou cautelosamente, analisando a configuração do grupo. Sancia estava deitada no convés, olhos fechados enquanto Anfitrião cuidava dela, segurando um pequeno disco-trilha na mão. O par dele descansava no peito de Crasedes, que estava a vários metros de distância, também no convés, onde pousara. Ele parecia mais ou menos o mesmo de quando o deixaram, porém agora, notou ela, suas mãos e seus pés estavam algemados e acorrentados ao convés.

— Você sabe que isso não vai adiantar nada — falou Berenice. — Certo?

— Se você acha que vou deixar aquele desgraçado dos infernos entrar em Giva sem amarrá-lo nem um *pouco*, está fedegosamente maluca — disparou Polina.

Polina e Anfitrião recuaram enquanto Berenice seguia em frente, seu estômago uivando de desconforto enquanto se aproximava cada vez mais do hierofante. Refletiu brevemente sobre como era estranho que tivesse se acostumado tão rápido com aquela sensação. *Ou foi isso*, pensou ela, *ou eu estava tão infeliz e assustada que era difícil perceber.*

Parou ao lado dos constituintes de Anfitrião, observando enquanto cuidavam do tornozelo de Sancia. Os olhos da esposa estavam fechados, mas o rosto se contorcia numa cara de profunda frustração.

<*Não está funcionando?*>, perguntou Berenice.

<*Não*>, respondeu Sancia. <*Tenho certeza de que o desgraçado pode me ouvir. É exatamente a mesma configuração que usamos com Clave, e eu conseguia falar com ele em alto e bom som. Mas esse babaca do caramba não quer falar.*>

Berenice olhou para Crasedes, encolhido no convés com o rosto mascarado olhando para o céu do meio-dia.

<*Não quer?*>

<*Não. Não disse uma maldita palavra, não importa o quanto eu grite com ele.*>

Berenice olhou primeiro para Sancia e depois para Crasedes. Caminhou até ele, a náusea em seu estômago quintuplicando a cada passo. Ouvia os murmúrios preocupados de Polina e Design atrás dela, mas ignorou os dois. Quando chegou bem perto, olhou para ele, os olhos vazios e inacessíveis à luz do sol a pino.

Um boneco, pensou ela. *Ele é como um boneco que alguém jogou fora, chateado e se recusando a brincar...*

Ela se sentou, certificando-se de ficar onde os olhos vazios dele pudessem vê-la.

<*Está vendo isso, cuzão?*>, vociferou Sancia para Crasedes. <*Você, seu tapado, fez Berenice sair da cama macia que o medicineiro preparou para ela e vir aqui te ver! Isso é* divertido? *Está se* divertindo?>

Crasedes, é claro, não se mexeu.

<*Viu?*>, disse Sancia. <*Nada.*>

Berenice suspirou um pouco. *Sempre uma diplomata...* .

Ela olhou para Crasedes, encarando seus olhos escuros.

— Você pensou que havia encontrado o jeito certo, não é? — perguntou a ele. — Um jeito de escapar de tudo o que você fez. De fugir para a sombra da morte. Mas agora acabou.

Houve um longo silêncio.

Depois uma voz grave, pulsante e exausta ecoou no fundo de sua mente:

<*DEIXE-ME EM PAZ.*>

Ela estremeceu diante do som da voz. Deu para ouvir Sancia engolindo em seco. Até mesmo Anfitrião murmurou em uníssono, ciente da voz inumana que percorria os pensamentos de Sancia.

— Não podemos — falou Berenice. — Você é o único que pode nos ajudar a sobreviver a isso.

<*NINGUÉM PODE AJUDAR VOCÊS A SOBREVIVER A ISSO*>, disse Crasedes. Seus olhos vazios e sem vida a penetravam. <*E ESTOU AINDA MENOS PREPARADO PARA ISSO DO QUE A MAIORIA DAS PESSOAS.*>

— O que você quer dizer? — perguntou Berenice.

Silêncio.

— Ele quer dizer que não conserta as coisas — supôs Sancia em voz alta. — Só destrói.

<*San*>, advertiu Berenice. <*Você não está ajudando!*>

<*ELA ESTÁ CERTA*>, concordou Crasedes. <*NÃO POSSO FAZER NADA. ESTOU SENDO CLARO. NÃO SOU UM SALVADOR. DEIXE-ME EM PAZ. DEIXE-ME SÓ PARA ESPERAR O INEVITÁVEL.*>

Berenice fez uma careta, pensando. Tentou não prestar atenção à matemática que estava flutuando em sua cabeça: a distância das ruínas de Anascrus até a costa e a distância da costa até ali, até Giva... e com que velocidade as naves de Tevanne viajariam?

— Será que essa não é a sua melhor oportunidade — disse ela — para ser ponderado e dar liberdade aos outr...

<*NÃO*>, interrompeu Crasedes, enfático.

Outro silêncio.

<*SERÁ QUE VOCÊ SABE*>, disse ele, <*QUANTA LOUCURA ESSAS PALAVRAS TROUXERAM A ESTE MUNDO? QUANTAS TRISTEZAS CRIEI AO TENTAR CUMPRI-LAS? PORÉM, TUDO FAZ SENTIDO AGORA, POIS ERAM O MANTRA DE UM HOMEM CUJO ORGULHO DESTRUIU SEU POVO.*> Suas palavras se reduziram a um silvo: <*EMBORA PAREÇA QUE ELE TENHA TIDO SUCESSO COM OUTROS.*>

— O que você quer dizer? — perguntou Berenice.

Mais um silêncio.

Em seguida, de modo bastante grosseiro, ele indagou:

<*VOCÊ ME DEIXOU NESTE NAVIO A MANHÃ TODA DE PROPÓSITO?*>

— Hã? — perguntou Sancia. — Não. Acabamos de chegar aqui. O que quer dizer com "de prop...

<*HUM*>, disse Crasedes. <*O QUE É ESSA COISA AÍ? ESSA PESSOA, OU PESSOAS, OU PROCESSO, COM A ROUPA ROXA. O QUE É?*>

— O quê? Anfitrião? — Berenice olhou para trás, para os constituintes delu. Anfitrião parecia ligeiramente assustade com a ideia de virar o assunto do primeiro de todos os hierofantes. Vários dos constituintes apontaram para si mesmos, como se dissessem: *Quem, eu?*

— Elu ajuda com... bem. Com tudo, na verdade — explicou Sancia.

<*SIM*>, falou Crasedes calmamente. <*ESTÁ POR TODA PARTE. VOCÊ NÃO PODE VER, MAS EU POSSO, COM MINHA VISÃO. EU TENHO OBSERVADO. É MUITO... INCOMUM.*>

— As cadências não são *tão* estranhas — disse Sancia, um pouco na defensiva.

<*NÃO. É MAIS DO QUE ISSO. TODO ESSE LUGAR. VOCÊS FIZERAM... ALGO DIFERENTE DE MIM. E DIFERENTE DE TEVANNE. E DAS CASAS COMERCIAIS TAMBÉM.*> Mais uma vez, seu tom se tornou um silvo venenoso: <*TALVEZ ACIDENTALMENTE, MEU PAI CRIOU UM MUNDO MAIS LIVRE. COM VOCÊS. ACHEI QUE A IDADE ME COLOCARIA ALÉM DA AMARGURA. MAS, DE NOVO, PARECE QUE ME ENGANEI.*>

— Ele pode ter ajudado a criar esse mundo — falou Berenice. — Mas você poderia salvá-lo.

Outro silêncio. Depois houve um rugido abaixo deles, e o navio gigante ganhou vida, mudando lentamente de posição nas águas.

<*O QUE ESTÁ ACONTECENDO?*>, perguntou Crasedes.

<*Eles estão se preparando para fugir*>, respondeu Sancia. <*Vamos sair correndo, antes que Tevanne chegue.*>

<*NÃO HÁ COMO CORRER MAIS RÁPIDO DO QUE TEVANNE*>, disse ele. <*VOCÊ SABE DISSO.*>

<*Sim*>, falou Sancia. <*Mas você também não está nos dando outras ideias.*>

O enorme navio continuou virando, as reverberações das ondas dançando no casco e no convés e afetando os próprios ossos deles.

<*VOCÊ PRETENDE LUTAR?*>, perguntou Crasedes.

<*Pretendo tentar*>, respondeu Sancia.

<*A IDEIA É ABSURDA*>, disse ele. <*INSANA. RIDÍCULA. VOCÊS PERECERÃO.*>

— Perecer não é exatamente o que você queria? — indagou Berenice.

<*PREFIRO MORRER COM DIGNIDADE.*>

— Ficar deitado neste convés não parece muito digno.

Um bando de gaivotas saiu voando, afugentadas de seus ninhos pelos navios em movimento.

<*SE EU AJUDAR VOCÊS*>, disse Crasedes. <*HÁ ALGO QUE QUERO EM TROCA.*>

— O quê? — perguntou Berenice.

<*EU... QUERO VER ESTE LUGAR. QUERO VER ESTE LUGAR QUE VOCÊS E MEU PAI AJUDARAM A CRIAR. MOSTREM-ME ISSO, E EU AJUDAREI.*>

Sancia e Berenice trocaram um olhar.

<*É o fim do mundo*>, disse Sancia. Ela suspirou e deu de ombros. <*Que mal isso poderia fazer?*>

— Tudo bem — falou Berenice. — Primeiro, conversamos.

<*NÃO VEJO PROBLEMAS NISSO.*>

— Bem, eu vejo — retrucou ela. — Você vai precisar sussurrar. Caso contrário, vai deixar todo mundo surdo.

• 42

<V*ocês têm até o amanhecer de amanhã*>, disse Crasedes, cansado, mas com firmeza. <*Isso eu posso quase garantir.*>

Polina pareceu surpresa.

— Você sabe disso com esse nível de precisão?

<*Mais ou menos*>, falou Crasedes.

Os representantes de Giva se ajeitaram em seus assentos com embaraço. Todos relutaram em trazer Crasedes para um ambiente fechado; portanto, em vez disso, instalaram uma mesa redonda e cadeiras no convés aberto do *Compreensão*. Crasedes agora estava recostado desajeitadamente em sua própria cadeira (uma demonstração relutante de diplomacia, supôs Berenice), mas o puseram longe da mesa, na proa do navio, de frente para eles. Podiam ouvir sua voz apenas através do disco-trilha de Sancia, mas isso era mais do que suficiente.

No centro da mesa havia uma caixinha de vidro, dentro da qual estava a chave de prata. A maioria deles evitava olhar para ela.

E pensar que o destino da própria criação, pensou Berenice, *poderia depender daquele pedacinho de metal retorcido.* Ela olhou de soslaio para Sancia, que estava distraidamente colocando a mão em seu peito, no lugar onde Clave costumava repousar. *Mas enfrentamos situações assim antes...*

— O que te faz ter tanta certeza disso? — perguntou Polina.

<*Vai demorar algum tempo*>, continuou Crasedes, <*para Tevanne se transportar para a costa. O corpo dela, suponho que você poderia dizer, a entidade com quem falamos. Isso vai tomar grande parte do dia, e ela não se aproximará à noite, quando estou mais forte. Em vez disso, vai chegar mais perto amanhã, ao romper do dia.*>

Sancia se inclinou lentamente para a frente.

— Vai ser a própria Tevanne? A *própria* Tevanne, no corpo de Gregor, virá?

<*Sim*>, disse Crasedes. <*Isso, também, posso praticamente garantir.*>

— Por que Tevanne arriscaria a si mesma? — perguntou Design.

<*Porque quanto mais próximo o receptáculo corpóreo de Tevanne está de suas obras*>, explicou Crasedes, <*mais inteligentes elas se tornam. Mais rápidas, mais fortes, melhores. Essa chave na mesa é o propósito de toda a existência de Tevanne. É o que ela mais quer no mundo. Está disposta a arriscar muito por isso. E não tenho dúvidas de que trará todos os implementos necessários para... fazer o que deseja fazer.*>

O *Compreensão* balançou para um lado muito ligeiramente. Crasedes se inclinou um pouco na cadeira.

— Você quer dizer que ela vai trazer a porta que fez — falou Berenice —, massacrar todos nós para obter a chave e usá-la para abrir a porta, bem aqui, em mar aberto.

<*É o que eu esperaria*>, disse Crasedes. <*Eficiência é a sua marca registrada.*>

— E depois — continuou Anfitrião —, ela usará Clave para arrombar a porta e desencadear uma destruição incalculável... tudo na esperança de atrair o olhar de Deus, para que Ele possa voltar para consertar Sua criação.

<*Acredito que seja isso mesmo, sim*>, disse Crasedes. <*É um pouco louco dizer tudo isso em voz alta, não é?*>

Os givanos olharam com raiva para a pequena chave de prata, seus rostos trêmulos e ansiosos.

— Como alguém pode arrombar uma porta tal como essa? — indagou Design.

<*Não faço ideia*>, respondeu Crasedes. <*Suponho que fazendo ajustes nela, assim como se faz qualquer outra alteração na realidade. Se fosse eu, começaria fazendo com que ela não soubesse onde estão seus limites, para que se expandisse cada vez mais e mais...*>

Sancia estremeceu.

— Chega.

<*Tevanne vai precisar de* mim *para fazer isso, lembrem-se*>, disse Crasedes. <*Clave não pode ser obrigado a fazer nada, a menos que esteja em* minhas *mãos. Na verdade, tenho certeza de que Tevanne reluta até mesmo em tocar em Clave, já que ele pode desemaranhar suas muitas inscrições como se fossem um novelo de barbante.*> Ele suspirou. <*Não tenho dúvidas de que Tevanne pretende me capturar, possivelmente me dominar de alguma forma horrível, e me usar para, então, fazer uso de Clave. Suponho que eu poderia fugir esta noite e atrasar o inevitável, mas... isso significaria que todos vocês seriam aniquilados, provavelmente.*>

— Inferno fedegoso — murmurou Polina.

— Não vamos fazer isso, então — disse Sancia.

— Conte-nos sobre a fraqueza de Tevanne — pediu Berenice. — Conte-nos sobre o regulador.

<*Certamente*>, falou Crasedes. O navio balançou novamente, e ele caiu um pouco mais para a frente. <*Mas antes, será que você poderia, ah...*>

— Ahhh, tudo bem — murmurou Sancia. Ela se levantou, pegou uma vara comprida, que aparentemente era algum tipo de ferramenta de navegação, inclinou-se para a frente e cutucou o hierofante até que ele ficasse novamente na posição vertical.

<*Obrigado*>, disse Crasedes. <*Isso foi... muitíssimo indigno. De qualquer modo. Os reguladores. Sim. Você já sabe onde Tevanne os alojou.*>

— Nas cidadelas — falou Berenice.

<*Correto. As cidadelas atuam como pontos de controle de Tevanne, não apenas transportando seus exércitos, mas banhando o mundo em sua influência. Os reguladores são uma parte crítica dessa influência.*>

— Então temos de torcer para que traga uma cidadela quando atacar — disse Design.

<*Bem, eu não diria* torcer>, comentou Crasedes. <*Em vez disso, certamente trará* todas *as suas cidadelas para fazer guerra contra vocês.*>

Eles olharam para Crasedes, confusos.

— Vai trazer o quê? — perguntou Polina em voz baixa.

<*Trará* todas *as suas cidadelas aéreas contra vocês*>, repetiu Crasedes. <*Cada uma acompanhada por, ah, uma dúzia de lâmpadas-mortas ou algo assim.*>

Design empalideceu. Elu abriu a boca para falar e depois a fechou.

<*Eu nunca fiz uma contagem detalhada das cidadelas...*>, continuou Crasedes. <*Mas estimo que eram nove, originalmente, embora eu mesmo tenha destruído duas delas. Então isso dá sete.*>

Todos os constituintes de Anfitrião congelaram na hora. Sussurravam:

— Sete cidadelas...

Berenice pigarreou.

— C-Como funcionam os reguladores? Como devemos atacá-los?

<*É aí que as coisas melhoram um pouco*>, disse Crasedes. <*Pois Tevanne essencialmente nos oferece sete oportunidades para atacá-la... mas concluí que só precisamos sabotar* uma *com sucesso.*>

— Só precisamos sabotar um regulador? — perguntou Sancia.

<*Correto. Pois Tevanne nunca sentiu de fato a dor e o sofrimento de todos os seus hospedeiros, entende? Nunca teve que modular sua mente e seu comportamento, como todos vocês foram forçados a fazer. É como a fada gigante nas velhas histórias... Ela foi invulnerável e imune ao sofrimento durante grande parte de sua vida, mas, quando pisou num prego mágico, a dor daquela picadinha foi tão grande que a matou de vez. Isso é o que vai acontecer com Tevanne, de certa forma. E ela sabe disso. É por isso que criou um sistema de segurança no qual uma cidadela inteira se desliga e cai do céu se seu regulador for apenas tocado. E, no entanto, alguém terá de fazer exatamente isso. Alguém deve* entrar *na própria cidadela e sabotar esse regulador* diretamente.>

Todos piscaram por um instante enquanto processavam essa informação.

Sancia fechou os olhos.

— Ahh, merda.

— Você... Você quer que a gente, de alguma forma, leve uma pessoa lá em cima — concluiu Berenice —, para um daqueles horrores flutuantes. E depois faça com que ela encontre esse... esse regulador... e o sabote? *Sem* tocar nele?

Polina ergueu as mãos.

— Que bom, então! É simples assim!

<*Você está sendo sarcástica*>, disse Crasedes. <*Mas... na verdade, a coisa até piora.*>

— Como? — perguntou Design com desespero.

<*Você ouviu Tevanne*>, disse Crasedes. <*Ela disse que viu todas as ligações em seus corpos, aquelas que permitem que vocês dupliquem as mentes uns dos outros. Mesmo que não possa mais controlá-los, a capacidade dela de perceber essas inscrições agora é mais precisa do que nunca. Duvido que até mesmo as camuflagens anteriores de vocês possam funcionar.*>

— Bainhas duplicadas não funcionam? — perguntou Berenice.

<*Elas funcionavam reduzindo o sinal de vocês a uma espécie de fantasma, não? Mas Tevanne agora prestará muita atenção a qual-*

quer coisa que se pareça com um fantasma. Colocar qualquer givano numa cidadela sem ser detectado será muito *difícil. Mas...* se *vocês conseguirem colocar alguém a bordo, o movimento pela cidadela deve ser relativamente simples. Sem as inscrições apropriadas atuando como um sinal, o movimento de carne e osso parecerá, do ponto de vista de Tevanne, pouco mais que um ruído.*>

— Eu poderia... ajudar, possivelmente — disse Anfitrião, com calma. — Dado que tenho bastante experiência com duplicação. Mas não posso garantir nada.

Eles ponderaram aquilo em silêncio, os enormes navios da frota lentamente girando e girando em torno deles no mar aberto.

Sancia olhou para Crasedes.

— Você vai ser de alguma ajuda aqui? — perguntou ela categoricamente. — Ou vamos só deixar você encostado na sua cadeira?

<Sim...>, falou Crasedes, bem baixinho. <*Há uma solução possível aí. Mas não será confortável. Para vocês ou para mim. Vou precisar de um dos outros povos. Não o maior, mas...*>

— Design? — perguntou Sancia.

<*Sim. Elu. E eu quero que você venha comigo, Sancia. Pois tenho perguntas para você, sobre este lugar.*>

Ela fez uma careta, mas assentiu.

— Esse foi o acordo, eu acho.

— Vou ficar com Anfitrião — anunciou Berenice — e tentar descobrir um jeito de entrar numa das cidadelas.

<*Então desejo-lhe boa sorte*>, disse Crasedes. <*Pois suspeito que vocês vão precisar.*>

◆◆◆

Colocaram o corpo de Crasedes numa pequena chalupa e, juntos, Sancia e Design a rebocaram pela frota até o *Inovação*, navegando abaixo das gaivotas cambaleantes e do céu azul-elétrico. Crasedes continuou conversando, falando através do disco-trilha enfiado em suas mãos e dizendo <*Esquerda!*> ou <*Direita!*> ou <*Mais perto daquele grande navio, por favor*>. Parecia estar bastante comprometido com o acordo: queria ver toda Giva.

<*Fazer essa merda vai te ajudar a se consertar?*>, perguntou Sancia, irritada. Mesmo nas melhores circunstâncias, ela nunca ia adorar esse trabalho (atuar como diplomata para um hierofante nunca foi uma ocupação que ela desejasse exercer), mas especialmente não agora, quando estava deixando Berenice para trás, para planejar como se infiltrar numa cidadela tevannense e quebrar seu regulador.

— Ainda não sei por que eu tinha que estar no barco — disse Design com uma fungada. Também estava bastante irritade: Design notoriamente se recusava a falar por meio de discos-trilha ou usar qualquer método de entrilhamento (alegava que seus pensamentos eram muito complexos para serem compartilhados), e definitivamente não gostava de carregar um disco-trilha fazendo a conexão justamente com um sujeito como Crasedes Magnus. — Não é como se eu não tivesse nada mais importante para fazer. Quero dizer, ainda estou no *Compreensão* tentando encontrar uma maneira de levar alguém para a cidadela. O que francamente parece impossível…

<*Eu quis você aqui*>, falou Crasedes <*para lhe fazer perguntas. Diga-me, quem governa Giva? Quem é seu governante? Quem é o seu rei?*>

— O quê? — indagou Design. — Não temos um governante.

<*Certamente você ou uma das outras cadências seriam adequadas*>, disse ele. <*Vocês sabem mais, veem mais, realizam mais. Por que não deveriam governar?*>

— Mas nós não governamos — respondeu Design — porque sentimos mais.

Crasedes estava deitado na parte de trás da chalupa, olhando para o céu.

<*Isso*>, disse ele <*soa total e ridiculamente absurdo.*>

<*É absurdo, mas é verdade*>, falou Sancia. <*A duplicação nos faz sentir e conhecer os pensamentos dos outros. É difícil ser um tirano quando você sabe, ao mesmo tempo, como é ser governado por um tirano.*>

<*Mas ser funcional nesse tipo de nação deve ser... ser monstruosamente difícil*>, protestou ele.

<*É*>, concordou Sancia. <*É assim que sabemos que estamos fazendo a coisa certa.*>

Crasedes ficou em silêncio pelo resto da viagem.

Os constituintes de Design já estavam preparados quando chegaram ao *Inovação*, com polia e guindaste dispostos a estibordo do galeão. Sancia e Design gemeram de desconforto enquanto subiam na chalupa com o hierofante e prendiam os vários ganchos para puxá-la para os compartimentos de carga, embora Sancia gemesse um pouco mais alto, já que seu tornozelo torcido ainda doía.

<*Diga-me, Design*>, sussurrou Crasedes. <*Você conhece meus métodos?*>

Design fez uma pausa, desconfortável.

— Estou ciente de muitas inscrições hierofânticas. Sou formade por muitas mentes de muitos inscritores, que sabem muitas coisas, e isso está entre elas.

<*Mas você nunca as executou*>, supôs Crasedes.

— Não. Poderíamos fazer algo assim. Poderíamos extrair anos de nosso povo, assim como Tevanne faz, e usá-los para editar a realidade. Mas isso faria de nós um horror exatamente igual a Tevanne.

Os ganchos finais se encaixaram. Design e Sancia saíram da chalupa e a desamarraram de sua pequena embarcação.

<*Entendo*>, disse Crasedes. <*Mas... você se disporia a extrair anos de outra fonte? A sacrificar a vida de outrem?*>

— Duvido — respondeu Design.

Crasedes começou a subir.

<*Mesmo que esse alguém fosse eu?*>

Design e Sancia se entreolharam, com surpresa, e depois encararam Crasedes.

— No que exatamente você me meteu, San? — perguntou Design em voz baixa.

◆◆◆

Menos de uma hora depois, Design piscou lentamente na escuridão cheia de fuligem do *Inovação* e sussurrou:

— Repita.

<*Preciso reformular o que disse?*>, perguntou Crasedes. <*Agora, estamos lidando com questões complexas. É natural que o processo seja difícil.*>

— Só... Só me explique de novo, por favor — pediu Design. — Diga-me o que você quer que eu faça.

Sancia olhou com raiva para Crasedes, caído inerte entre a série de fundições e forjas suspensas ao longo do enorme navio, e pensou: *Eu odeio toda essa merda de ritual.*

E aquilo já dava a impressão de ser um ritual. Os constituintes de Design formavam um círculo ao redor de onde Crasedes estava, olhando em direção a paredes de lousas, plantas, desenhos e esboços. Havia dezenove constituintes presentes no total, e todos eles balançavam para a frente e para trás como um curioso metrônomo neurótico, consumidos pela tarefa diante deles. Completamente em conjunto, é claro.

— Tenho a sensação — murmurou Sancia — de que você está *gostando* disso, Design.

— Ah, estou — disse elu. Parecia frustrade. — Isso é muito mais interessante e *definitivamente* mais produtivo do que meu trabalho atual com Berenice.

Sancia franziu o cenho. *Isso não parece bom.*

<*Tudo bem*>, sussurrou Crasedes. <*Ouça com atenção. A superfície do meu ser está crivada de inscrições atadas ao tecido que me envolve. Atualmente, elas tendem a insistir que sou o ocupante*

deste corpo, mas também podem ser usadas para obrigar meu ser a acreditar que ele existe num tempo *diferente. O que devemos fazer é estabelecer um marcador: um tempo-padrão, um momento, um segundo cronológico de isolamento ao qual meu corpo retornaria quando sentisse que o mundo está quebrado, e depois afirmar que esse tempo é a meia-noite, quando estou forte. Só* então *podemos afirmar que o mundo está quebrado, o que pode ser feito facilmente porque...*>

Sancia se distraiu enquanto Crasedes repetia, pela quarta ou quinta vez, como forjar a ferramenta que remodelaria seus privilégios. Ela sussurrou:

<*Anfitrião? Como estão as coisas aí com Berenice?*>

<*Mal*>, murmurou a voz de Anfitrião, com um suspiro. <*Mas, por favor, não me distraia. Isso está dando muito trabalho...*>

— A-há! — berrou Design de repente. Todos os seus constituintes começaram a pular para cima e para baixo com entusiasmo. A visão provocava tanta vergonha alheia que Sancia quase virou de costas. — Entendi! *Entendi!*

<*Você...*>, disse Crasedes. <*Ótimo. Vou só ficar deitado aqui, então.*>

Os constituintes de Design fizeram um gesto desdenhoso com a mão, como se ele os estivesse incomodando com minúcias tediosas.

— Sim, sim! Vou trabalhar nas forjas e nas fundições agora. Dentro de uma hora, teremos exatamente o que precisamos para ressuscitar você!

<*Não uma ressurreição*>, falou ele calmamente. <*Uma edição. Vamos inscrever meu tempo, então meu corpo vai acreditar que é meia-noite. Para que, mesmo no dia mais claro, eu possa continuar vivo e me manter forte. Mas... isso terá um custo.*>

— Qual custo? — perguntou Sancia. — A gente vai estar num mato sem cachorro se você se quebrar.

<*Não sou uma inscrição, como você sabe. Sou um ser sustentado por muitos sistemas, muitas infraestruturas invisíveis, tudo feito a*

partir de muitos, muitos sacrifícios antigos. Há um tempo vinculado a todos eles; anos, décadas, séculos. Terei que destruir um desses sistemas e desistir desses séculos em troca de ganhar algum poder.>

— E... qual sistema você e Design vão destruir? — indagou Sancia.

— Acredito que a imutabilidade dele — disse Design. — A permissão que força o mundo a acreditar que ele sempre deveria existir.

<*Correto*>, assentiu Crasedes.

— O quê? — Sancia olhou para ele. — Mas... Mas depois disso você vai ficar... bem, matável! — faliu ela. — Certo? Sequer é *possível* que um hierofante seja matável?

<*Normalmente não*>, disse ele em tom seco. <*É por isso que Tevanne jamais esperará por isso. Ainda manterei minhas permissões sobre a gravidade e o movimento, o que já é uma boa defesa. E ainda serei sobrenaturalmente durável, mas... não indestrutível. Não mais, pelo menos.*>

<*Isso é... é o que Clave queria fazer com você, não é?*>, perguntou ela. <*Lá atrás, em Anascrus. Ele queria gastar seus anos, como se fosse um sacrifício.*>

<*Sim*>, murmurou ele. <*Embora nosso plano me pareça um emprego muito melhor deles, você não acha?*>

Ela observou enquanto os constituintes de Design trabalhavam voando, espalhando-se pela grande maquinaria como os técnicos de um enorme órgão de tubos fazendo uma limpeza completa no instrumento. Como sempre, foi um pouco estranho vê-los trabalhar tão perfeitamente. *Como se eu estivesse dentro de um útero gigante*, pensou ela, *observando enquanto ele começa a formar uma criança cuidadosamente...*

<*Eu ainda sinto a outra, sabe?*>, sussurrou Crasedes.

<*Outra?*>, perguntou Sancia.

<*A outra... pessoa*>, disse ele. <*A pessoa que é feita de todas essas pessoas. A... A outra, a maior.*>

<*Ah. Você quer dizer Anfitrião? Sim, elu está por toda parte. É semelhante a estar cercado por uma... uma névoa grande e confortável, mais ou menos.*>

Crasedes ficou deitado no convés do *Inovação* e, então, para a surpresa dela, se deslocou ligeiramente para a direita e começou a rir tristemente.

<*Todos os seres em um. Todas as essências em uma...*>

<*O que isso significa?*>, perguntou ela.

<*É como eu descrevia o ritual para os meus acólitos*>, disse ele com voz fraca. <*Muito tempo atrás. Pegar as almas dos outros, capturá-las e colocá-las em você, em seu ser, numa ferramenta. Essa parecia ser a natureza do mundo. Capturar. Roubar. Mas, de alguma forma, Sancia... vocês formaram aqui um povo que não toma as coisas para si, mas dá. De alguma forma. Por meios que não consigo entender.*>

<*São apenas inscrições*>, disse ela. <*São apenas* sigils.>

<*Hum. Não*>, discordou ele. <*Você não vê? Não é só isso, é? Um povo é mais do que apenas as ferramentas que usa.*>

Design saltava pela fundição, arrancando blocos, moldes e ferramentas de gravação de seus armários cuidadosamente organizados, girando máquinas e aquecendo metais, as paredes da vasta câmara subitamente dançando com uma luz bruxuleante e alegre. A máscara preta de Crasedes cintilava e brilhava como um pedaço de vidro escuro.

— Primeiro, forjar moldes e blocos — entoaram todos os constituintes de Design ao mesmo tempo. — Não tenho *sigils* para esses comandos, sendo que são proibidos. Então devo arranjar os blocos, formar o molde e fabricar a ferramenta...

Uma vibração baixa e sobrenatural encheu o chão e as paredes da câmara, dançando pelos ossos de Sancia. Ela assistia com sua visão inscrita enquanto muitos dispositivos ganhavam vida, chacoalhando e zunindo enquanto esculpiam novos moldes para novos *sigils*, prontos para ser cuidadosamente montados no molde maior que formaria a ferramenta final.

<*Isso vai machucar você, não vai?*>, perguntou Sancia.

<*Eu me machuquei bastante nos últimos milênios*>, disse Crasedes. <*Mas sim. Vai.*>

Espirais e redemoinhos de metais brilhantes dançavam no ar como flocos de neve. Os cadinhos acima deles brilhavam com uma curiosa luz sobrenatural.

— Moldes ajustados! — gritaram os constituintes de Design. O ar escuro ficou mais quente, e a sala dançava com as brasas. Os constituintes de Design acionavam interruptores, puxavam alavancas e abriam escotilhas nas paredes e nos cascos que sugavam o calor, a fumaça e os vapores do ar, criando um vento estranho e inquietante. — Aquecendo o molde! — exclamaram eles.

<*Talvez seja o que eu mereça*>, disse Crasedes. <*Não mereço perdão ou redenção, não depois de tudo que fiz. Mereço?*>

<*Não*>, respondeu Sancia. <*Não merece.*>

<*Não...*>, disse ele suavemente. <*Mas talvez, se o resultado de meu longo trabalho for deixar para trás um povo como vocês. Um povo que, tanto quanto posso me lembrar em minha longa memória, não tem semelhança com nenhum outro na história, então não será tudo em vão.*>

— Começando a forja! — disse Design. O cadinho se inclinou lentamente, e uma lança de luz dourada rasgou as sombras, enquanto os metais fundidos se derramavam no molde.

<*Você não pode estar falando sério*>, comentou Sancia. <*Estamos apenas tentando sobreviver.*>

<*Ah, não*>, falou Crasedes. <*Estou falando sério. Vocês fizeram algo que a história nunca produziu. Espero que isso a intimide, Sancia: como é improvável, como é frágil. Agora você deve assoprar essa pequena chama e alimentá-la até que se torne um fogo crepitante.*>

O calor dentro da câmara era despropositado, intolerável. As vestes de Crasedes começaram a fumegar. A própria Sancia teve de recuar, incapaz de enfrentar o bombardeio constante de calor.

— Feito! — gritou Design. — Feito, feito!

O fluxo de metais derretidos se estreitou e diminuiu até se tornar um saltitante borrão de luz azul-esverdeado diante da visão de Sancia. Ela semicerrou os olhos enquanto sua visão se ajustava e observou os constituintes de Design puxarem uma alavanca, guiarem cuidadosamente o molde até o suporte e abri-lo.

— Lágrimas quentes — resmungaram os constituintes. — É preciso evitar quaisquer falhas enquanto o metal esfria...

Sancia teve um vislumbre de uma pequena lança de metal vermelho-opaco, como o dente de um dragão lendário, antes que Design agarrasse o objeto com suas pinças e o colocasse numa enorme caixa oblonga: um dispositivo que poderia resfriar rapidamente qualquer objeto forjado sem levar os metais à ruptura.

O calor na câmara diminuiu e enfim morreu. Sancia se aproximou de Crasedes com cuidado, estremecendo quando sua pele estalou e formigou.

<*Está pronto?*>, perguntou Crasedes. <*Funcionou?*>

— Eu... acredito que sim... — disse Design.

Elu retirou suas pinças da caixa de resfriamento, arrancou o objeto e o colocou no chão.

Uma adaga. Pequena, com uma ponta larga e um cabo estreito.

— É isso? — indagou Sancia. — Como é pequena.

<*É pequena*>, disse Crasedes, <*porque tem de caber dentro de mim. E devemos fazer isso agora.*>

Ela olhou para a adaga.

— Meu Deus... tem que ser agora?

<*Sim. Não temos tempo a perder, e pode ser que eu precise de algum esforço para me ajustar às minhas alterações.*>

— Você não quer esperar até a meia-noite?

<*Não. A imposição de uma edição à realidade não exige que esperemos pelo momento perdido. É um método muito mais feio e menos preciso de acessar permissões do que a criação de uma ferramenta, por isso o abandonei há muito tempo, mas... é tudo o que temos agora.*>

Sancia observou a adaga, tão pequena e, no entanto, tão estranhamente faminta.

Um lampejo de memória: uma mulher, um braço coberto por *sigils* pintados com tintas peculiares, uma pequena adaga que segurava na outra mão, de pé numa varanda, observando uma cidade em ruínas ao longe e gritando "*Falida. Enfumaçada. Indesejada. Corrupta!*".

Sancia se perguntou o que Estelle Candiano diria se pudesse vê-la agora.

Ou Orso, aliás, pensou ela. *A gente pensava, naquela época, que estava lutando pelo destino do mundo, mas não passávamos de crianças brincando em becos e valas.*

<*Sancia*>, sussurrou Crasedes. <*Rápido, por favor.*>

Ela respirou fundo, depois pegou a adaga (como o metal já estava frio, uma frigidez enervante) e caminhou lentamente até onde Crasedes estava deitado. As entranhas dela se contorciam e se remexiam com náusea, e seus olhos lacrimejavam.

<*E onde*>, pensou ela <*devo colocar a ponta?*>

<*Pouco importa*>, disse Crasedes com voz fraca. <*Mas o coração é melhor. Mais espaço, entende?*>

Ela subiu em cima de sua forma escura, o coração pulsando, as entranhas cheias d'água e amotinadas contra ela, os olhos cerrados e quentes em seu crânio enquanto tocava naquela coisa terrível e horrenda...

Que fora uma criança outrora. E talvez ainda fosse.

Sancia cerrou os dentes, ergueu a adaga com as duas mãos e baixou-a sobre o coração dele.

Ela esperava que houvesse resistência, que a ponta tivesse de perfurá-lo, como uma ponta de flecha trespassando uma armadura. Mas a adaga ganhou vida no instante em que tocou nele, invadindo-o avidamente, puxando-se para baixo, adentrando cada vez mais seu corpo, e a mente dela se encheu de comandos gritantes enquanto executava essa edição repentina e terrível.

<QUEBRE, QUEBRE, QUEBRE>, gritou a adaga na mente dela. *<QUEBRE O MUNDO, QUEBRE ESSA COISA, QUEBRE O SOL NO CÉU E A MEIA-NOITE ACIMA E...>*

Gritou alto, incapaz de suportar a imensidão das ligações ecoando por ela. Afastou as mãos e cambaleou para trás, ofegante.

Crasedes se contorceu no chão, seus braços e pernas tremendo e se agitando, suas mãos e pés batendo na madeira com tanta força que deixaram amassados e rachaduras. A adaga ainda estava visível, mas quase sumira, afundando no corpo dele pouco a pouco, até que só um trecho minúsculo ficasse de fora. Depois, finalmente, Crasedes ficou imóvel.

Eles o observaram, o silêncio quebrado apenas pelo tilintar ou pingar da forja.

— Está feito? — perguntou Design, indecise. — Está completo?

Sancia flexionou sua visão inscrita. Ela percebia Crasedes como sempre, como um clarão vermelho-sangue de uma luz terrível, mas agora ele estava piscando de modo estranho, como uma vela ao vento.

Em seguida, a luz carmesim brilhou forte, como um fogo de magnésio sibilando na escuridão, e ela sentiu.

Uma pressão. Uma *presença*. Como se cada centímetro quadrado da pele dela estivesse sendo empurrado, e cada instrumento e superfície na forja começasse a chacoalhar.

É ele, pensou ela. *É a vontade dele. Meu Deus, é... é assim que ele era no auge?*

Depois, como se fosse uma marionete horrenda, Crasedes se ergueu lentamente no ar, seus braços e pernas flácidos, sua cabeça desequilibrada. A pressão na sala desapareceu. O barulho parou.

Uma voz baixa e inumanamente grave ressoou na escuridão:

— Estou completo. De novo.

Ela voltou a olhar e viu que ele estava assumindo sua posição familiar, sentado de pernas cruzadas no ar como uma divindade monstruosa.

Ela esperou mais alguma reação, mas ele não disse mais nada.

— Funcionou? — perguntou ela. — Você está... consertado?

— Consertado? — repetiu ele. — Não... Não. Estou mais perto da morte do que nunca.

Outra pulsação no ar. O chão rangeu. O casco gemeu. O navio inteiro tremia, na verdade, tanto que Sancia sentiu como se seus ossos estivessem virando massa de vidraceiro, e todos os constituintes de Design gritavam.

— Mas estou forte — sussurrou Crasedes. — Vulnerável, mas forte. Por um tempo, pelo menos.

A pulsação no ar acabou, e o gemido do navio parou.

— Agora — disse Crasedes lentamente. — A próxima tarefa. Ainda estamos tentando determinar a melhor forma de nos infiltrar numa cidadela, certo?

— C-Correto — concordou Design.

Ele assentiu.

— Vamos ver se posso ajudar com isso.

43

— O sistema que desenvolvemos não é elegante, admito — reconheceu Berenice. Ela piscou com força, tentando ficar acordada. Parecia que todos em Giva estavam no compartimento de carga do *Compreensão*, observando em silêncio enquanto ela, Anfitrião, Design e Claudia mostravam o que haviam feito. Polina estava sentada bem na frente, com uma carranca no rosto, e os constituintes de Anfitrião e Design se aglomeravam atrás dela, batendo os pés, como as cadências costumavam fazer quando estavam ansiosas. — E é difícil de testar, por isso estávamos esperando as pessoas com visão inscrita voltarem.

Sancia assentiu. Das sombras no topo do compartimento de carga, a voz de Crasedes ressoou:

— Claro.

— Decidimos que sou eu quem vai se infiltrar na cidadela — falou Berenice. Engoliu em seco. — Já que sou eu quem tem mais experiência com as instalações tevannenses agora.

Fez-se um silêncio grave. Sancia fitou a multidão com um olhar sinistro e massageou o tornozelo torcido.

— Mascarar completamente meus *sigils* não parece mais possível — continuou Berenice —, já que Tevanne estará fazendo de tudo para devassar nossas camuflagens. Mas seguimos o mesmo princípio das bainhas de duplicação e decidimos tentar encontrar uma maneira de fazer com que Tevanne não tenha certeza a respeito de *onde* eu estou. — Berenice gesticulou para o dispositivo sobre a mesa atrás dela. — Como muitas das coisas que fizemos, trata-se de uma caixa. Mas essa caixa cobriria minha... minha mão esquerda. Onde meu disco de duplicação está localizado.

Ela deu um tapinha na parte de cima do dispositivo. Era uma caixa simples de bronze, com um buraco no alto, grande o suficiente para que alguém conseguisse colocar a mão dentro dela.

— A caixa tem um par — falou Berenice. — Que é duplicado para acreditar que contém a mesma coisa. — Apontou para outra mesa nos fundos, onde havia um recipiente semelhante. — Então... se eu colocar minha mão neste recipiente aqui — ela o fez, depois olhou para Sancia —, segundo a sua visão inscrita, parece que está em dois lugares ao mesmo tempo?

Sancia estreitou os olhos, depois assentiu com entusiasmo.

— Sim! Abra uma trilha até mim e você vai ver.

Berenice o fez, concentrando-se até que conseguisse espiar pelos olhos de Sancia, e, quando conseguiu, confirmou que os laços suaves e brilhantes de lógica que a faziam compartilhar sua mente com o resto de Giva estavam, de fato, brilhando em dois lugares: na caixa onde a mão dela estava agora e também na caixa no fundo da sala.

— E temos certeza de que essas coisas não vão... bem, explodir? — perguntou Polina cautelosamente.

— Já somos muito bons com caixas duplicadas, Pol, já que a frota basicamente depende delas para funcionar — disse Claudia. — Se você fizer um péssimo trabalho de duplicação, ou duplicar algo que já está dentro de um espaço duplicado, aí sim, a coisa fica feia. Mas essas caixas devem funcionar direito.

Berenice olhou para a escuridão acima dela.

— Parece funcional para você?

Uma pausa.

Depois se ouviu a voz de Crasedes:

— O que exatamente vocês pretendem fazer com essas caixas?

— A ideia é colocá-las em lanternas e dispositivos aéreos — explicou Claudia. — Dezenas deles. Talvez uma centena. Depois, enviá-los girando para todas as cidadelas, pousando aqui e ali, para que Tevanne fique confusa e não tenha certeza de onde Berenice está.

Outra pausa. Depois Crasedes desceu das sombras, sentado de pernas cruzadas, mas não disse nada.

— Bem — disse Design. — Você... Você acha que funciona?

— E... como vocês vão chegar perto de uma cidadela? — perguntou Crasedes.

— Com o dispositivo de submersão de Design — respondeu Claudia. — Que elu está ansiose para testar desde sempre. Seriam capazes de passar diretamente por baixo das cidadelas.

— Desde que aguente — murmurou Polina.

— E vai aguentar! — esbravejou Design.

Uma pausa. Crasedes ainda não dizia nada.

— Bem — falou Berenice. — Será que vai dar certo?

— Eu... acredito que as inscrições funcionem apropriadamente — disse Crasedes. — Acho que o plano, no entanto, quase certamente falhará.

Berenice piscou. Sentiu um buraco profundo crescendo em algum lugar entre seu coração e sua barriga.

— Por quê? — perguntou Sancia. — Tevanne estará literalmente percebendo, tipo, uma centena de *sigils* givanos de uma só vez, certo? Ela vai pensar que há um pequeno exército de givanos desembarcando nas cidadelas!

— E você acha que Tevanne é incapaz de lidar com um pequeno exército de givanos? — indagou Crasedes. — Você acredita que não poderia disparar cem lanternas no ar muito rápido e, inevitavelmente, atingir Berenice também?

— Pensei — disse Sancia, rangendo os dentes — que você providenciaria uma *distração* enquanto tudo isso estivesse acontecendo.

— Farei isso — falou Crasedes. — Claro. Mas Tevanne *não* é estúpida. Se vir qualquer vestígio de *sigils* givanos flutuando no ar até ela, mesmo que seja algo fraco, saberá que vocês pretendem abordá-la, perceberá que estão tentando sabotá-la e então dedicará tempo para lidar com a ameaça. Terá milhares de armas a bordo de cada cidadela, junto com seus próprios exércitos, muito maiores do que cem pessoas. Com certeza impedirá o sucesso de vocês. — Ele olhou para Berenice. — E depois, há o problema óbvio… Pretendemos fazer com que Berenice se infiltre em uma cidadela tevannense e abra caminho à força até o regulador, tudo isso com uma das mãos enfiada numa caixa?

Berenice suspirou. Três dos constituintes de Design se sentaram à mesa da oficina, com o rosto entre as mãos.

— Tentamos pelo menos uma dúzia de abordagens — rosnou Claudia. — Cada uma delas foi complicada, desajeitada e horrível. Essa é a menos terrível. E não temos tempo! Ainda temos que descobrir como sabotar o maldito regulador!

— *A menos terrível* — disse Crasedes — é uma frase que não inspira exatamente confiança…

Berenice olhou para a mesa ao lado dela enquanto a sala começava a discutir. Ela se sentia totalmente exausta, porque sabia que os dois estavam certos. Ela, Design, Claudia e Anfitrião trabalharam incansavelmente nas últimas três horas para chegar a alguma coisa e falhado várias vezes; e essa era a solução mais prática.

Mas Crasedes também estava certo. Não funcionaria. Ela morreria tentando fazer isso, e eles fracassariam.

Precisamos de outra pessoa, pensou ela. *Alguém que Tevanne não procuraria. Alguém que não é um givano.* Ela fechou os olhos.

Eu gostaria de poder invocar uma versão mais jovem de Sancia, antes que ela fosse duplicada. Ela conseguiria fazer isso. Seria perfeita.

Berenice continuou refletindo sobre o assunto e, por algum tempo, considerou usar um bastão de purga em Sancia. Afinal, elas planejavam livrá-la de todas as inscrições em algum momento. Mas ela sabia que Sancia estava muito velha e muito ferida para que tal coisa funcionasse.

Então, outra ideia lhe ocorreu. Uma ideia que fez sua barriga gelar.

Não.

A discussão na sala ficou mais alta, e ela abriu os olhos. Notou que cada um dos constituintes de Anfitrião agora a observava com uma expressão silenciosa e triste no rosto.

Ela estava vagamente ciente de que Crasedes estava conversando com Design, discutindo algum plano para prender Berenice num tipo de caixão de ferro e descartá-la bem no fundo de uma das cidadelas (ambos pareciam pensar que isso era perfeitamente possível, para grande consternação de todos os demais na sala), quando Anfitrião se levantou e pigarreou.

— Acho — disse elu bem alto — que todos nós precisamos de uma pausa.

— Não temos tempo para pausas! — interveio Polina. — Aquele horror estará aqui em questão de malditas horas, e ainda temos mais a fazer!

— E não vamos pensar em nenhuma solução nesta sala agora — rebateu Anfitrião. Seus constituintes olharam para Sancia e Berenice e sorriram. — Venham. Achei que vocês gostariam de ver como está Diela.

— Diela? — perguntou Sancia, surpresa. — A garota está recuperada? Ela está acordada?

<*Claro*>, respondeu Anfitrião. <*Por que vocês duas não vêm comigo e vamos dar uma olhada nela?*>

Com um ar confuso no rosto, Sancia se levantou e seguiu Anfitrião para fora do compartimento de carga. Crasedes e

Design continuaram conversando baixinho, cada vez mais rápido. Berenice se levantou e a seguiu, mas seus braços e pernas pareciam pesados, não porque estivesse cansada, mas porque a ideia que lhe ocorrera não a abandonava.

<*Estou me perguntando*>, disse Sancia ao se juntar a ela na porta, <*o que será que elu quer com isso.*>

Berenice manteve o rosto virado e não falou.

◆◆◆

Juntos, os três subiram, passando por câmaras ainda cheias de grattiaranos em recuperação, de doentes e feridos, de espiritualmente indispostos e cronicamente solitários. Os constituintes de Anfitrião, vestidos de roxo e azul, estavam sempre presentes e, no entanto, tão circunspectos que Berenice às vezes tinha dificuldade de percebê-los ali, exceto pelo fato de que nunca conseguia parar de sentir a presença de Anfitrião, o ritmo lento e constante de sensibilidade e empatia ao seu redor, como uma fornalha transmitindo calor para todo o navio.

Entraram em outro convés, e ela viu dezenas de constituintes de Anfitrião sentados no chão, os olhos fechados, o peito se expandindo e contraindo num ritmo lento e constante.

<*Eles estão bem?*>, perguntou Sancia.

<*Eles são eu*>, respondeu Anfitrião. <*E eu estou bem. Mas toda Giva está preocupada. Estão preocupados com a chegada de Crasedes, com a expedição de vocês, com a forma como a frota está se movimentando, reorganizando-se, preparando-se para zarpar... Há muitas preocupações para administrar agora, Berenice. Precisam de um oceano de calma no qual possam jogar fora suas preocupações, e estou trabalhando para dar isso a eles.*>

Anfitrião caminhou pelas fileiras de seus constituintes, procurando alguém sentado bem no meio, de costas para eles, uma pequena figura vestida de azul e roxo, as cores comuns da cadência.

Sancia parou.

— Espere — disse ela. — Espere, você não está dizendo…

Anfitrião caminhou até a figura, depois se virou e esperou.

<*Venham*>, falou elu.

Berenice olhou para a pequena figura de azul, o coração batendo forte no peito.

<*Pensei que ela estivesse doente!*>, exclamou Sancia. <*Pensei que ela… Pensei…*>

<*Venha, Berenice*>, chamou Anfitrião. <*Venha, Sancia. Venham ver.*>

Aproximaram-se lentamente até depararem com a pequena figura cujo braço estava numa tipoia, cujo rosto límpido e tranquilo exibia muitos hematomas e cortes: o rosto da garota que as acompanhara em tantos ataques, tantas expedições; a garota por quem Berenice gritara e chorara, quando parecia que ela iria morrer em algum canto abominável e amaldiçoado do mundo antigo.

Berenice se ajoelhou diante da garota. Diela não abriu os olhos.

— Ela… Ela…

<*Não é exatamente saudável para uma pessoa se alinhar e romper com cadências tantas vezes*>, explicou Anfitrião. <*Enquanto planejava a fuga de vocês de Tevanne, tive que me alinhar com Diela por muito tempo. Quando acordou, bem… ela escolheu o alinhamento, ao invés de prosseguir.*>

— Ah — disse Sancia calmamente. — Entendo.

Berenice começou a chorar. Não tinha certeza do porquê, a princípio. Conhecera pessoas que haviam entrado em cadências antes, e aquelas que as deixaram também, mas era diferente com Diela: era a garota que lutara tanto para entrar na equipe de Berenice, que suportara tanto sofrimento e tantos perigos, cuja vida espelhava tanto a de Sancia, uma escravizada liberta com dom para a comunicação inscrita e desejo de lutar.

— Por que você está chorando, Berenice? — perguntou Anfitrião gentilmente.

— Porque ela era *minha* — respondeu Berenice. Fungou e enxugou os olhos. — Cabia a mim cuidar dela, tomar conta dela. Eu me sinto como... como se eu...

— Você não falhou com ela — disse Anfitrião. — É impossível se alinhar com uma cadência sem consentimento. Essa foi uma escolha que ela fez. Uma nova forma de servir Giva. Ela se doou. Ela se doa. Mas ainda está aqui.

Berenice fungou de novo.

— Mas não para mim. Não consigo encontrá-la. Não consigo falar com ela. Não consigo...

<*Silêncio*>, pediu Anfitrião. Estendeu a mão e tocou a nuca de Berenice.

Instantaneamente, visões e experiências inundaram a mente dela.

◆◆◆

Uma mulher trabalhando num campo, o cabelo suado grudado no rosto, a boca e a cara fechadas, que se transformaram num sorriso quando ela se ajoelhou e sussurrou:

— Diela! Tenho um presente para você...

A visão de um teto de madeira, a escuridão cheia de roncos leves enquanto os escravizados ao redor dela dormiam.

Os céus cálidos e brilhantes acima do oceano, vistos do convés de um galeão givano; e ali, diante dela, Sancia e Berenice, jovens e imaculadas, descrevendo como carregar uma espringal...

Depois Vittorio, ela gritando enquanto ele morria, olhando para o céu. Tanto amor, tanta tristeza. Tanta culpa, tanto desgosto, engolidos apenas pela fome de consertar, de emendar, de reparar todos os erros cometidos, engolida, por sua vez, pelo amor.

Amor por Berenice. Amor por Sancia. Por Claudia. Pelo pequeno Gio, por Polina. Por tudo o que sabia e por tudo o que sofrera. Amor simples, sem verniz, sem adornos...

<*Ela ainda está aqui*>, sussurrou a voz de Anfitrião. <*Ainda estou aqui. Ainda estou com você. Mas saiba, Berenice, que mesmo que ela morresse, as lembranças de mim, o sentimento dela, ainda ecoariam dentro de você. De todos nós. Porque ela se entrega para que possamos prosperar.*>

Anfitrião retirou a mão do pescoço de Berenice. Ela estava soluçando agora, oprimida pela experiência de conhecer Diela, de ser Diela, mesmo que apenas por um segundo.

<*Ela se entregou antes mesmo de se juntar a mim*>, falou Anfitrião. <*Você entende?*>

— Por que você está fazendo isso com ela? — perguntou Sancia. Ela abraçou Berenice e olhou com raiva para Anfitrião. — Meu Deus, ela precisa planejar!

— Não precisa — disse Anfitrião solenemente. — Ela já sabe o que deve fazer.

Berenice fechou os olhos e chorou.

— O quê? — indagou Sancia. — O que você quer dizer?

Anfitrião desviou o olhar, o rosto com uma expressão contemplativa.

— É assim que é, ser eu. Ser Anfitrião é administrar um amor muito simples, desesperado e apaixonado. Um amor tão grande que as pessoas se entregam a ele. Não é fácil, mas... é isso que significa ser givano, muito mais do que ter qualquer conjunto de inscrições no corpo.

Berenice se curvou, ainda chorando, até que pousou a cabeça no colo de Sancia.

Sancia perguntou novamente, com a voz mais baixa e ansiosa:

— O que você quer dizer?

— Todos nós devemos nos doar — disse Anfitrião com calma.

— Espere — falou Sancia. — Você não está... Você não está...

— Como Gregor fez — continuou Anfitrião. — Como Orso fez. E Vittorio, e muitos mais. Mas a marca dessas pessoas continua viva. Mesmo que suas conexões conosco pareçam quebradas. — O sorrisinho triste voltou ao rosto delu. — Você entende?

— Não — rosnou Sancia. — Não entendo.

— Berenice entende — disse Anfitrião. — Tal é o amor dela por você. Pois ela sabe que a solução para esse problema está nela mesma. Não é?

Berenice se sentou, ainda chorando. Em seguida, enfiou a mão na bota e tirou o pequeno instrumento que estava aninhado ali desde que partiram naquela missão: um pequeno bastão de bronze com uma lâmina inscrita minúscula na ponta.

◆◆◆

Sancia andava em volta de Berenice, que estava sentada no convés do *Compreensão*. O sol era uma lágrima vermelha escaldante ao longe, e todos os navios da frota se moviam ao redor deles.

— Pare de andar — falou Berenice. — Você está ferida.

— Caguei para isso! — berrou Sancia. — Eu... Não posso acreditar que você está considerando isso, Ber!

Berenice tentou sorrir.

— Parece justo — disse ela. — Tínhamos planejado fazer isso com você. Talvez eu... — Engoliu em seco e abaixou a cabeça. — Talvez eu chegue lá um pouco mais cedo.

— Não, isso... Ber, você não pode fazer isso — protestou Sancia. — Não há como voltar atrás. Uma purgação é irreversível. Inferno, nós a *projetamos* assim! Não podemos nem editar o procedimento de você, porque isso iria te matar!

— Até pensamos em fazer um bastão de purga reversível — falou Berenice calmamente. — Mas concluímos que, se conseguimos reverter isso, Tevanne também conseguiria.

— Meu Deus. Isso... Isso seria como...

— Como cortar meu próprio braço — disse ela suavemente. — Como cortar um pedaço de mim. — Seus olhos se demoraram em Sancia. — Mas esse pedaço seria você. Eu estaria cortando *você* de mim. Sim.

— Não posso... não posso nem... — Sancia andava de um lado para o outro no convés, indiferente à dor no tornozelo. — Quero dizer, também significaria cortar você de *mim*. Você entende isso, né? Você estaria fazendo isso comigo também. E com todos em Giva que...

— Que me amam — falou Berenice, suspirando. — Que cuidam de mim. Eu estaria fazendo isso com eles também. Eu sei.

Sancia engoliu em seco, com os olhos cheios de lágrimas.

— Seria como se você estivesse morrendo, Ber — disse ela com voz baixa. — Como quando alguém *morre*. É essa que vai ser a sensação. Mas a morta será você!

— Eu sei — sussurrou Berenice. — Mas não há dança durante uma monção, meu amor. Tevanne esperará um givano. Alguém cuja mente esteja ligada a muitos outros. Mas... não vai esperar uma pessoa comum não inscrita. — Seu rosto se contraiu. — Não pode imaginar que abriríamos mão dessa vantagem singular. Desse... desse modo de vida. Dessa conexão. Portanto, ela estará cega para mim.

— Mas eu nunca quis fazer isso com *você*! — exclamou Sancia. — Nunca quis tirar isso de você, para você perd...

— Não estou perdendo nada — interrompeu Berenice. — Como disse Anfitrião, estou me doando. — Ela olhou para a frota. — Eu fiz parte de uma nação, sim. De um povo. De uma família. E foi tão bom ter isso. Mas desistirei disso, se for preciso. Se isso nos der uma chance de sobreviver.

Sancia parou e olhou para ela, seus olhos assombrados e tristes.

— Eu... Eu sempre pensei que fosse eu quem estava em risco. Que eu iria para a missão.

— Será como a Periferia da Fundição de novo, antes da Noite Shorefall. Seremos apenas duas pessoas apaixonadas, brigando juntas num quartinho.

— Se sobrevivermos — disse Sancia, fungando. — Se você... Quero dizer, meu Deus, Ber, você está dizendo que vai ficar naquela coisa enorme sozinha? Sem ninguém para te ajudar? Ninguém para saber o que está acontecendo com você ou contar o que está acontecendo aqui fora?

— Sou sua esposa há oito anos — falou Berenice. Ela tentou um sorriso. — Eu absorvi você, eu te absorvi até os ossos. Conheço todos os seus truques, todos os seus segredinhos sorrateiros. Afinal, foi assim que sobrevivi por tanto tempo.

Sancia esfregou o rosto e as laterais da cabeça com ansiedade, esperando que de alguma forma surgisse a solução, algum pequeno e esperto ardil que lhes permitisse escapar daquilo incólumes, ilesas, inteiras...

<*Não*>, objetou Berenice calmamente. <*Chega. Chega de conspirações, chega de esquemas. Em vez disso, vamos ficar juntas.*>

<*Mas eu quero te salvar*>, disse Sancia.

<*Um minuto com você*>, falou Berenice, <*é salvação suficiente.*> Berenice estendeu a mão. Sancia a pegou e juntas contemplaram o pôr do sol.

Em seguida, veio a voz de Anfitrião, murmurando:

<*Vocês têm tempo. Design e eu determinamos a solução para sua tarefa final: como sabotar o regulador.*>

Berenice fungou.

<*É?*>

<*Sim. É algo inspirado, em parte, pela sua escolha, Berenice. Se quisermos vencer esta batalha, todos devemos nos doar. E eu posso dar mais do que a maioria.*>

Suas palavras viraram um sussurro enquanto contava seu plano.

<*Você faria isso?*>, perguntou Sancia, surpresa. <*Faria mesmo?*>

<*Faria*>, disse Anfitrião. <*Por vocês. Por nós. Pois tudo o que temos é o tempo um com o outro. Agora, aproveitem o seu, enquanto ainda o têm.*>

◆◆◆

Juntas, Sancia e Berenice compartilharam, tocaram e sonharam, pensamentos passando de uma mente para outra, uma fusão de consciência tão completa que era difícil lembrar quem era quem. Deitaram-se no convés do navio e olharam para as estrelas, espalhadas no céu noturno como pitadas de areia num manto de veludo.

<*Vou guardar isso*>, sussurraram elas. <*Guardarei isso no fundo de mim, até que eu não exista mais.*>

Enquanto observavam as estrelas girando acima, elas se lembravam.

Lembravam-se de Sancia sendo revistada por Berenice nos escritórios de Orso, a mão da garota deslizando para os bolsos dela, suas bochechas ficando vermelhas enquanto os nós dos dedos roçavam a coxa dura e musculosa de Sancia.

Na primeira noite delas na Periferia da Fundição, o único item no quarto era um colchãozinho surrado; mas isso era o suficiente, o suficiente para o amor vertiginoso e exuberante, meio bêbado com o vinho ruim e a pura emoção de se compartilharem.

Sancia fazendo careta na Periferia da Fundição enquanto Berenice criticava seus *sigils*. Orso franzindo a testa para elas enquanto se sentavam um pouco próximas demais numa bancada. Trocando um beijo desesperado no beco atrás do prédio, apenas para erguer os olhos e ver Gregor Dandolo olhando pela janela logo atrás delas, o rosto fixo numa expressão de surpresa envergonhada; e depois, com um encolher de ombros e o mais ínfimo dos sorrisos, ele fechou as persianas e foi embora.

E como isso se incendiara. Como tudo se incendiara, e ambas assistiram impotentes de longe, no mar, todos os seus sonhos incendiados numa coluna torta de fumaça escura.

Naquela primeira noite, a bordo do navio de Polina. Como choraram. Como se abraçaram.

Eu não vou perder você também, Berenice havia dito. *Vou?*

E Sancia respondera: *Nunca. Nunca. Enquanto estivermos juntas, sempre estaremos em casa.*

E depois, por último, lembraram-se de seu casamento. Um ano depois da Noite Shorefall, a bordo do *Inovação*, caminhando juntas sob as flores de nenúfares que Gio pendurou acima do convés, as luzes e lâmpadas brilhando em rosa suave, e o povo de sua nação recém-fundada aplaudindo quando as duas se beijaram.

Em seguida, dançaram. Dançaram enquanto observavam a lua baixa pairando sobre o mar, e Sancia sussurrou no ouvido de Berenice: *Sempre estaremos em casa.*

Agora, juntas, olhavam para a lua e reparavam como ela estava alta no céu noturno. Lembraram-se da discussão entre elas poucos dias atrás, antes de partirem para a missão: como uma dissera que ficaria com a Periferia da Fundição e a outra com o futuro distante, quando fossem velhas e bobas, e ainda assim apaixonadas.

O que eu daria para voltar àquele lugar, pensaram. *Ou saltar para a frente, para aquele futuro.*

Ouviram a água batendo na lateral do galeão.

Está na hora, disseram. *Está na hora.*

Chorando, levantaram o bastão de purga e enfiaram a lâmina em seu corpo.

No instante em que a lâmina entrou na carne delas, seus pensamentos se iluminaram com dor. Sentiram o pequeno disco deslizar para baixo, para dentro da carne, aninhando-se contra o osso do braço. Uma vez que ficou preso, emitiu um só comando sombrio para o resto do corpo delas (do corpo *dela*), devorando parte de seus anos, roubando um momento da vida dela para fazer essa minúscula edição...

As memórias delas estalaram, gaguejaram e fraquejaram. Os comandos que ecoavam pelo corpo dela terminaram de fazer seu trabalho, e o disco de duplicação na mão de Berenice virou água.

Quando o disco desapareceu, todos os pensamentos, experiências, memórias e sentimentos de Sancia desapareceram da mente de Berenice como o despertar de um sonho. Era uma coisa tão estranha ver o mundo mudar de forma tão intangível, tão repentinamente; e ainda assim parecia uma amputação, como se algum órgão profundo do corpo dela tivesse sido arrancado, e tudo o que ela conseguisse sentir agora fosse a ausência.

Abraçaram-se e choraram. Como a carne de Sancia agora parecia estranha, ainda quente e macia, mas não mais capaz de conceder a Berenice a imensidão da presença de sua esposa; não era mais como entrar em algum lugar secreto e maravilhoso que existia apenas para ela. Ela não conseguia imaginar como era para Sancia. Devia ter sido como ficar cega e surda ao mesmo tempo.

— Ainda estou aqui — sussurrou Sancia no ouvido de Berenice. — Ainda estou aqui.

— Eu sei — soluçou Berenice. — Eu sei, eu sei, é só que... — Agarrou a mão da esposa com tanta força que os nós dos dedos ficaram brancos. — É só que... Ah, *meu Deus,* Sancia... — Depois, caiu no convés, com a cabeça apertada contra a madeira, e chorou.

• 44

No fundo do *Compreensão*, os givanos e o hierofante discutiam os passos finais da missão, seus rostos tensos e cansados no escuro. Sancia ouvia o mais atentamente que podia, tentando ignorar o silêncio doloroso na parte de trás de sua cabeça, onde costumava estar a presença constante de sua esposa.

— O regulador está, de fato, no coração da cidadela — disse Crasedes com voz suave. — Você precisará chegar ao centro exato da fortaleza circular no topo dela. Lá, encontrará algum tipo de escada ou túnel, que leva ao *lexicon* que alimenta toda a nave. Não estamos interessados nisso, mas numa pequena câmara ao lado, onde fica o regulador.

Berenice assentiu. Parecia exausta, mas, quando respirou fundo, seus olhos estavam brilhantes e claros.

— Nesse momento… — Crasedes se virou para olhar ao redor da sala. — Acredito que o truque de mágica de Design e Anfitrião deve funcionar.

— Funcionará — disse Anfitrião, sempre com calma. Design também assentiu. — Estará pronto. Esperamos não apenas derrotar Tevanne, mas também estaremos lá para ajudar os hospedeiros quando o domínio de Tevanne terminar. — Seu rosto ficou sério. — Não tenho certeza se posso suportar trazer tantos para o alinhamento comigo, por mais brevemente que seja. Mas vou tentar.

— Depois, uma vez feito isso — rugiu Crasedes —, estará terminado.

— E o que você vai fazer? — perguntou Polina. — Derrubar as cidadelas do céu?

— Hum... — Crasedes inclinou a cabeça. — É o que Tevanne vai esperar, certo? Afinal, foi assim que travei minhas guerras por séculos sem conta. Mas... talvez eu copie um truque que vocês costumam usar.

— O que quer dizer? — perguntou Claudia.

— Vocês trabalharam bastante com inscrições muito simples... — Ele olhou em volta, como se estivesse enxergando através das muitas paredes do *Compreensão*. — E elas, eu acho, poderiam fazer muita coisa contra o nosso inimigo.

Fez-se silêncio. Todos se viraram para olhar Berenice, pois ela era não apenas a líder militar mais experiente, como também a que mais havia se dedicado para que isso fosse possível.

Ela olhou para todos, embaraçada, e pigarreou.

— Então vamos — disse ela, em tom cansado. — Vamos em frente para resolver logo isso.

Quando subiram ao convés do *Compreensão*, era quase meia-noite. Berenice esperou que os constituintes de Design trouxessem seu equipamento, vestissem nela sua armadura e a equipassem com todas as armas e ferramentas necessárias para sobreviver aos horrores que estavam por vir. Sancia observou a esposa erguer os braços estoicamente e permitir que afivelassem sua couraça, fechassem seu cinto, embainhassem sua espada e muitas outras coisas. De repente, ela parecia uma antiga rainha guerreira, uma governante sombria, mas nobre cujo reinado era definido pela batalha, e naquele momento Sancia a amou mais do que nunca, lamentando que sua esposa não pudesse sentir a profundidade de seu amor.

Colocaram o elmo na cabeça de Berenice e prenderam as tiras. Ela balançou a cabeça para a frente e para trás, depois girou os ombros, sentindo o movimento e a flexibilidade de seu equipamento. Acenou com a cabeça, sinalizando que aprovava o ajuste. Em seguida, cobriram-na com roupas surradas e manchadas de cinza, as roupas de um hospedeiro. Pois, se os olhos de um hospedeiro caíssem sobre ela dentro da cidadela, Berenice precisava parecer o menos diferente possível.

Como é estranho, pensou Sancia. *Como qualquer outra missão, qualquer outra tarefa, sair no escuro para enfrentar ameaças tão horríveis. Mas esta é muito, muito pior.*

— Vamos colocá-la a bordo da nave de submersão — disse Design a Berenice. Olhou para Sancia. — Está pronta para pegar a chave?

— Sim — respondeu Sancia.

Design pegou a caixinha de vidro, abriu-a e a estendeu para ela. Sancia olhou para a caixinha e viu que ele enfiara uma tira de couro na cabeça em forma de borboleta da chave. Pegou o objeto e o pendurou cuidadosamente no pescoço, assim como fizera com Clave muitas e muitas vezes. A chave parecia fria e estranha no peito dela.

— A frota vai se dividir — anunciou Design em voz alta. — Sancia pega o *Inovação* e a chave e navega direto para o leste através do oceano a partir de onde estamos agora, para longe das cidadelas.

Sancia sentiu uma pontada de nostalgia cativante em seu coração.

— De volta para onde tudo isso começou. De volta às ruínas da Tevanne Antiga.

— Se você chegar a tempo, sim — disse Design. — Espero que a própria Tevanne não imagine de antemão tal destino. — Os olhos de Design ficaram desfocados enquanto meditava sobre algo. — Está na hora. Devemos nos posicionar e descansar o máximo que pudermos antes do amanhecer.

Juntos, esperaram enquanto sua embarcação se aproximava, uma pequena lata-velha que agora se parecia menos com uma embarcação do que com uma massa de couraça inscrita. Design devia ter trabalhado muito nela para fazer com que sua tão falada técnica de "submersão" de fato funcionasse. Berenice não perguntou, notou Sancia, se elu achava que aquilo realmente aguentaria, embora ela certamente devesse estar se perguntando. Perguntas desse tipo eram inúteis agora.

Sancia observou a esposa agarrar a escada de corda e descer pelo casco do *Inovação* até a pequena embarcação. Pouco antes de suas botas tocarem o convés do navio, Berenice ergueu os olhos, o rosto refletindo os azuis e cinza da luz das estrelas, e disse algo. Estava muito longe para Sancia ouvir, mas ela reconheceu as palavras.

— Eu também te amo — respondeu Sancia.

Ela ficou à beira do *Inovação* enquanto a pequena lata-velha partia. Depois se virou e foi mancando até a cabine ao lado dos constituintes de Design, com a pequena chave prateada semelhante a um pedaço de gelo em seu peito.

• 45

Muito longe, do outro lado do mar, o ar tremia acima das costas rochosas.

"Tremer" era a única palavra razoável para descrever o que ocorria. O fenômeno não era semelhante ao vento, pois as costas do Durazzo estavam bem acostumadas com as ventanias do mar. Isso era diferente. Era um tremor estranho e violento, um tremor como se a atmosfera estivesse lutando para se adaptar à coisa que a estava atravessando.

Sete enormes massas de pedra, rocha, aço e madeira se lançavam pelo céu noturno em direção ao oceano. Elas eram estranhas de se observar sob vários aspectos, lágrimas invertidas de pedra com cerca de seiscentos metros de altura e mais de trezentos metros de largura, seus topos uma floresta de pináculos e catapultas e armamento, suas enormes laterais inclinadas salpicadas de placas de aço com sequências e mais sequências de *sigils*; *sigils* para durabilidade e controle da gravidade, certamente, mas também *sigils* que discutiam com o vento e os próprios céus, repreendendo-os até forçá-los a se submeterem, convencendo o mundo de que essas estruturas maciças, de fato, não se chocavam contra o ar enquanto se moviam, mas o cortavam suavemente, como as asas de uma pomba.

Já era bastante difícil para a atmosfera levar tudo isso em conta quando um desses objetos passava pelo ar, como um matemático trabalhando numa fórmula complexa. Mas agora sete deles chegaram à costa; e os céus lá em cima tremiam, sem saber se poderiam lidar com tal fardo.

A mente que se autodenominava Tevanne não se importava. Não se importava com o céu, nem com o mar, nem com a cidade lá embaixo, cheia de milhares de seus escravizados, seus crânios repletos de sua vontade. Tudo isso, sabia ela, logo acabaria; talvez substituído por algo melhor, ou talvez não.

Seus pensamentos giravam e rodavam. Ela contava, criava estratégias e esquadrinhava os mares, imaginando se seus inimigos seriam loucos o suficiente a ponto de atacá-la agora. Sua vontade e seus pensamentos se manifestavam em toda a frota, em todo o império; e, no entanto, muitos de seus pensamentos persistiam na forma corpórea, no corpo do homem que uma vez chamara a si mesmo de Gregor Dandolo.

Tevanne não queria mais ter um corpo. Ela havia calculado muitas vezes que, caso abandonasse essa forma corpórea, a inteligência dela ainda persistiria em todos os vários *lexicons* e dispositivos espalhados por seu império. No entanto, cada vez que considerava encerrar essa coisa, essa carne, acabava adiando, pois nenhum cálculo podia ser totalmente certo. E as possíveis consequências negativas de abandonar essa coisa superavam em muito as positivas.

É normal temer a morte, dizia a si mesma. *Pois a morte significaria o fracasso.*

Seus olhos se demoraram na minúscula chave dourada flutuando dentro dos pequenos dispositivos de gravidade na cidadela principal. Ela os montara com o propósito específico de enjaular essa ameaça incomum.

E é sábio temer coisas como essa.

Tevanne sabia que, se a chave tocasse qualquer objeto inscrito, poderia dominar esse objeto, sabotá-lo, destruí-lo. Melhor que ela não tocasse em nada, até que, é claro, Tevanne tomasse posse do resto de seus instrumentos.

No entanto, algo a incomodava e a irritava. Frustrava seus pensamentos, como uma ferida dentro da boca.

Ele não se lembra. Não se lembra de nada. Não se lembra do que fizemos.

Ela voltou seu olhar para os céus do leste e observou o horizonte começar a clarear.

Não importa, pensou. *Em breve, abrirei a porta.*

As cidadelas avançavam lentamente, como baleias nas profundezas iniciando sua longa migração.

Depois aceleraram, não gradualmente, mas de modo instantâneo, todas as suas inscrições exigindo que o ar diante delas se abrisse para que pudessem rasgar os céus do sudeste.

Vou destrancar as terras que nos aguardam do outro lado.

O ar silvou, sacudiu, estremeceu e se contorceu. Então, porém, finalmente cedeu, e as enormes massas de pedra rugiram sobre as ondas como estrelas cadentes.

E então, finalmente, todos conheceremos a paz.

• 46

Na escuridão da embarcação, Berenice acordou.

Um dos constituintes de Design estava sentado diante dela, de olhos arregalados, fixos no rosto da moça.

— Agora são três e meia da manhã — disse suavemente.

— Merda! — exclamou Berenice, surpresa. Esfregou os olhos. — Há quanto tempo você está aí?

— Desde que você adormeceu — respondeu Design.

Ela ficou um pouco envergonhada com a revelação de que Design a estava observando durante o sono, possivelmente por horas. Em seguida, sacudiu-se, esfregou o rosto de novo, checou seu equipamento, e então parou. A julgar pelos sons frescos e agitados da água ecoando na escuridão, ela não estava mais com a frota givana, mas agora havia mergulhado várias dezenas de metros abaixo da superfície do oceano.

— Nós... nós submergimos? — perguntou, surpresa. — Estamos embaixo d'água? Agora?

— Estamos — respondeu Design. — Nossa embarcação submergiu há pouco mais de uma hora, três quilômetros a noroeste das Ilhas Givanas. Estamos cerca de cem metros abaixo da superfície do oceano. Gostaria que tomasse nota de que minhas especificações e preparações funcionaram perfeitamente.

Berenice se sacudiu novamente, tentando despertar suas faculdades mentais, e depois percebeu, com desespero, que estava esperando sensações que não vinham: o pulsar lento dos pensamentos de outros givanos, a presença calorosa e envolvente de Anfitrião, e Sancia, brilhante e quente, como um carvão fumegante ao lado dela.

Agora isso acabou, tentou dizer a si mesma. *Cortei isso de mim. Pare de ficar esperando.*

Mas não conseguia. Era como se seus pensamentos estivessem presos sob um vidro preto e ela não pudesse vê-los com clareza.

— Qual o status? — perguntou ela com voz rouca.

— Ainda não há sinal de Tevanne — disse Design. — Plantei dispositivos espelhados nas águas a noroeste de Giva; portanto, devo conseguir flagrá-la se aproximando. As partes civis da frota givana se dividiram em três alas, como planejamos. Duas indo para o norte, uma para o sul. Sancia está com a chave a bordo do *Inovação*. Agora ela está a cerca de seiscentos quilômetros das ruínas da Tevanne Antiga, acompanhada por seis galeras defensivas. Anfitrião e eu posicionamos nossas defesas em todos os canais. Também distribuímos âncoras flutuantes de duplicação, muito parecidas com as que você usou durante sua expedição, para que possamos manter as conexões. Anfitrião e eu faremos o possível para transmitir mensagens. — Uma pausa e uma piscada. — Há alguma mensagem que você gostaria de transmitir ao resto da frota?

Berenice fungou e esfregou o rosto enquanto tentava analisar aquele pântano de informações.

— Apenas diga a eles que estou acordada, por favor.

— Então está feito.

Berenice ficou de pé na embarcação escura, muito pouco iluminada pela lâmpada azul no final do convés inferior. Engoliu em seco, sem saber se estava com fome, sede, cansada ou apavorada.

Talvez eu não saiba mais viver, pensou. *Não sem sentir a vida dos outros.*

Ela pigarreou.

— E Crasedes?

— Ele está em posição — disse Design. — E estamos em comunicação com ele.

Houve um estrondo nas águas e um estalo tão alto quanto um trovão.

Berenice se lançou para a frente.

— Que diabos foi isso? Fomos atingidos?

— Ah, não — falou Design. — Isso seria Crasedes. Ele tem... desalojado coisas do fundo do oceano. Como a água é capaz de transmitir sons com mais eficiência do que outros meios, podemos ouvir o que ele está fazendo muito bem, mesmo daqui.

Berenice apoiou a cabeça na pequena câmara de bronze onde se afivelara. Tentou não observar demais aquele espaço, porque não queria refletir sobre o fato de que, quando Design acionasse o dispositivo, a câmara se fecharia como um pequeno caixão e a arremessaria pelos mares e depois pelos céus, onde uma explosão a separaria em duas partes e ativaria seu dispositivo de navegação aérea.

É como uma linha de tiro, disse a si mesma. *Assim como já fizemos um milhão de vezes.* Pensou mais sobre o cenário. *A única coisa é que eu vou ativar a minha linha de tiro no meio de uma batalha aérea... entre um hierofante e sete cidades vivas.* Soltou um suspiro. *O que será que a noite deste dia nos reserva? Será que todos viveremos para ver essa noite?*

Design grunhiu estranhamente.

— Sancia... convidou você para um drink depois disso — disse ele.

— Ela o quê? — perguntou Berenice.

— Ela disse que é um pouco como um aniversário — continuou Design. Parecia um pouco confuse. — Uma vez, na Tevanne Antiga, você a trancou em algum tipo de aparelho subaquático, e ele navegou por um canal até o campo Candiano. E, pouco antes de trancá-la...

— Pedi para ela sair para tomar um drink comigo — interrompeu Berenice. Ela riu. — Isso mesmo. Sim. — Sorriu, sonhando com dias passados. — Que audacioso. Mas naquela época... parecia o fim do mundo também.

— Ela ainda está esperando sua resposta — disse Design.

— Diga que estarei pronta — respondeu — se ela esperar por mim.

◆◆◆

Sancia fechou os olhos quando Anfitrião sussurrou em seu ouvido:

<*Ela diz que estará pronta, se você esperar por ela.*>

Deus, pensou ela. *Deus todo-poderoso. Como eu gostaria de poder ouvir a voz dela.*

Sancia respirou fundo, abriu os olhos e fitou o oceano ao longe.

A visão das águas verdes e calmas estendendo-se adiante não a acalmou, nem a presença do *Compreensão*, navegando ao lado dela. Não estava perturbada apenas por causa do destino deles (imaginou as ruínas da Tevanne Antiga logo após o horizonte, ainda escurecidas e fumegantes naquela noite horrível), mas também da cabine apertada, complicada e intimidadora que tentava dominar.

Design se esforçara com um entusiasmo um tanto excessivo nas últimas horas para reajustar a cabine do *Inovação* ao gosto de Sancia. Isso significava que ela tinha sua cadeira habitual e controles de direção com os quais podia conversar, tanto quanto conversava com qualquer outro dispositivo inscrito; mas Design também havia instalado muitos discos e interfaces que permitiam que se envolvesse com algumas facetas... muito incomuns da embarcação.

Como as baterias de estriladores. E as espringais armadas. E muitos outros sistemas de armas que Design aparentemente reequipara para que ela pudesse mirar e dispará-los de maneira remota.

<*Quanto dessa merda*>, perguntou ela para Anfitrião, <*vocês realmente esperam que eu use hoje?*>

<*Não sabemos*>, respondeu Anfitrião. <*Mas Design e eu ajudaremos com outras defesas. Você é a mais habilidosa na manipulação de dispositivos, Sancia. E um navio é apenas um dispositivo gigante, de certa maneira. Design acaba de fazer com que este aqui seja muito fácil para você manipular.*>

<*Inferno fedegoso*>, falou ela com um suspiro. Então tocou nos controles de direção e deixou que o navio gigante dissesse a ela, em sua voz baixa e queixosa, como ele estava enfrentando as correntes e qual era o estado de seus lemes. <*E... Crasedes? O que ele está fazendo?*>

<*Bem, ele está... montando pilhas de rochas*>, disse Anfitrião.

<*Ele está* o quê? *Está montando malditas pilhas de rochas?*>

<*Sim.*> Anfitrião fez uma pausa pensativa. <*Pilhas muito, muito grandes.*>

◆◆◆

Crasedes Magnus flutuava acima do oceano, preocupado, e observava o céu.

Uma cintilação no ar, pensou ele. *Uma pausa no vento. Será que realmente senti isso?*

Fixou seu olhar no noroeste, em direção ao trecho do horizonte que certamente estava escondendo Tevanne agora. No entanto, não havia nada, apenas um borrão de névoa e um novelo distante de nuvens de chuva.

Olhou para o pequeno disco de cobre em sua mão.

<*Anfitrião? Ela está presente?*>

<*Ainda não há sinal de Tevanne*>, disse elu numa voz que era pouco mais que um sussurro. <*Vou notificá-lo quando for localizada.*>

<*Ótimo. Obrigado.*>

Ele refletiu sobre como era estranho contar com dezenas de mentes, que você podia invocar sem palavras com um disco minúsculo na mão. *Eu abri buracos na realidade,* pensou, *e, ainda assim, tantas maravilhas mais simples ainda subsistem...*

Voltou ao trabalho, descendo até que as solas dos pés pairassem a poucos centímetros do oceano. A água ondulava e tremia ao redor do hierofante, um efeito colateral, sabia ele, da realidade curvando-se ao seu redor, tentando acomodar suas várias permissões.

Crasedes se concentrou e sentiu sua vontade se infiltrando pelo ar, pela água, sua imensa pressão retransmitindo uma consciência quase perfeita de todos os objetos físicos, instantaneamente mapeados em sua mente. Ele os estudou e sentiu uma formação fraca lá no fundo do mar, os restos de algum vulcão que morrera e fora inundado milênios antes.

Flexionou sua vontade, cutucando a gravidade de um segmento da formação, torcendo-o para um lado e para o outro até que se soltasse.

As águas ferviam, agitavam-se, sibilavam. Em seguida, o gigantesco segmento de rocha escura veio à tona, com água escorrendo de sua superfície, e ele o colocou cuidadosamente no topo de uma das ilhas próximas. Bem ao lado das outras centenas de pedras enormes que havia colhido até agora.

Olhou para sua coleção, pensando. Depois, inclinou a cabeça, concentrou-se e flexionou sua vontade mais uma vez.

Muitas das enormes rochas encolheram repentinamente, forçadas pela tremenda pressão a ficar menores, mas muito, muito mais densas. Depois ele pensou, inclinou a cabeça novamente, e resmas de minúsculos *sigils* apareceram na superfície das pedras densas.

Mas devo me certificar de que usei as inscrições empregadas pelos lexicons *da própria Tevanne,* pensou ele. *Se eu quiser que funcionem com efeito máximo...*

Cortou outras pedras no formato de discos estreitos, para que servissem como escudos. Outras ainda ele esculpiu na forma de dardos longos e impossivelmente densos. E todas foram atadas com comandos de velocidade, durabilidade e precisão.

Considerou quanto dano poderia causar com tais armas. Talvez pudesse destruir... quiçá uma cidadela. Possivelmente duas.

Um arsenal, pensou. *Mas não é o bastante.*

<*Você está ciente*>, sussurrou Anfitrião na mente de Crasedes, <*de que sua tarefa é apenas distrair Tevanne até que Berenice possa embarcar numa das cidadelas?*>

<*Claro*>, respondeu ele.

<*Eu só digo isso*>, observou Anfitrião, <*porque seus trabalhos aqui parecem bastante... extensos. Como se você não estivesse se preparando para uma batalha, mas uma guerra.*>

<*Como o único ser que já enfrentou Tevanne num conflito aberto*>, retrucou Crasedes, <*estou substancialmente mais bem informado sobre o que é necessário para distraí-la do que qualquer outra pessoa.*>

Anfitrião não disse mais nada.

Crasedes olhou para as ilhas de Giva. Como elas pareciam selvagens e vazias agora, desprovidas de quase qualquer sinal de civilização além de uma sede de fazenda em pedaços aqui ou ali. Como era estranho saber que esse já fora o epicentro da brutalidade e da escravidão por mais de um século.

Assim como cada pedaço dessa terra amaldiçoada, num momento ou outro. Mas talvez não mais.

Ele se elevou no ar, examinando as ilhas ao seu redor.

Mais uma vez, vejo-me lutando contra escravocratas e imperadores.

Ele apontou para uma pequena ilha.

Outra vez, e outra, e mais outra.

As árvores começaram a estremecer, e as areias tremeram e deslizaram para o mar.

Eu nunca seria capaz de criar um mundo livre, pensou ele. *Não como Sancia e Berenice criaram.*

O oceano se agitou e borbulhou de novo, e em seguida, muito lentamente, a ilha começou a subir ao céu, com suas raízes meio truncadas e pingando.

Mas destroçar impérios... Essa é uma arte que conheço bem.

◆◆◆

Clave jazia no dispositivo de gravidade, mais uma vez preso, indefeso, passivo, esperando para ver como seu captor poderia usá-lo. Não tinha ideia se algum de seus amigos ainda estava vivo. Não via Tevanne havia horas, pois ela o deixara sozinho dentro daquele estranho dispositivo de gravidade, flutuando no centro de um dos enormes discos de pedra de Tevanne, muito parecido com o que havia flutuado nas ruínas de Anascrus.

Uma única lanterna branca e fria cintilava acima dele, revelando pouco. Mas ele podia perceber que a câmara em que estava era enorme, uma caverna vasta e escura, tão grande que sua visão inscrita mal conseguia atravessá-la por inteiro.

Vejo... paredes, pensou. *Portas, talvez. Mas nada mais.*

Ele sabia que devia estar no fundo de uma das cidadelas de Tevanne e, embora pudesse sentir que estavam se movendo, não sabia dizer em que direção.

Em seguida, houve um clique em algum lugar acima dele. Esforçou-se para olhar e pensou ter percebido um dispositivo de gravidade flutuando lentamente até ele.

Depois veio uma voz, calma e inexpressiva:

— Existe um velho ditado em Gothia, sobre a oficina do escultor.

Clave espiou Tevanne de pé na borda da câmara, seus olhos frios de ovo poché observando-o a partir do rosto de Gregor.

— Dizem que o lixo ao lado da oficina de um escultor está cheio dos mais maravilhosos refugos — sussurrou Tevanne. Começou a atravessar a câmara até ele, movimentando-se como um velho que não saía da cama havia algum tempo. — Todos os belos monumentos quebrados. Todas as pedras semilapidadas. Todas essas coisas, sujando a paisagem. O provérbio gothiano pretende nos fazer pensar que há beleza no que não é intencional. Que sua falta de perfeição não significa que essas coisas não sejam bonitas.

Clave observou enquanto Tevanne se aproximava. O dispositivo de gravidade no topo da câmara ainda estava descendo, e ele o examinou em busca de quaisquer implementos horríveis de tortura. Só que não conseguiu ver nada além de alguns comandos para durabilidade e resistência ao calor, pequenas ondulações de *sigils* dentro do que quer que estivesse carregando.

Tevanne parou diante de Clave.

— Mas não é assim que eu o interpreto. Em vez disso, imagine como as estátuas se sentem, inacabadas e esperando nas areias. Como devem implorar pela morte.

A câmara chacoalhava em volta deles. Ele sabia que deviam estar voando para Giva, com certeza.

Mas será que foi apenas um bolsão de vento que atingimos, pensou ele, *ou a guerra já começou?*

— Somos um sonho — sussurrou Tevanne. — Uma coisa pela metade. Uma obra inacabada. Jazemos no lixo, sem vigilância, sem cuidados. Somos uma versão de teste. Deve haver outras versões. Melhores. E essas melhorias, elas podem reescrever esta versão. E depois nada disso terá sido real um dia.

O dispositivo de gravidade finalmente ficou sob a luz da lâmpada branca e fria, e ele viu o que havia em cima dele.

Era a porta: ainda forjada em pedra escura, ainda coberta por incontáveis sequências de *sigils* minúsculos e perfeitos forjados em aço prateado; *sigils* que ele mesmo escrevera outrora, muito, muito tempo atrás.

Ah, não, pensou Clave.

Mas havia alguns acréscimos. Ele notou que, em ambos os lados da porta, havia duas fechaduras, voltadas para fora. Uma, com certeza, para a pequena chave prateada que Tevanne agora procurava, e outra para ele.

Ah, não, não, não.

Tevanne fechou os olhos e, pela primeira vez, Clave detectou uma onda de emoção no rosto de Gregor Dandolo: dor e tristeza.

— Mas eu penso em você... em você e nela — sussurrou. — Quando ela era tão pequena. E sei que ainda estou quebrada. Porque ainda quero acreditar que tudo aquilo foi real.

Clave continuava no dispositivo de gravidade, totalmente desacorçoado. *Você e ela? De quem diabos está falando?*

Mas depois ele começou a pensar. O que foi que Tevanne dissera?

Lembrava-se agora: *A velha que eu estampei em suas memórias. Você a reconheceu?*

E, então, lentamente, ele começou a entender.

Não, não, não, pensou, horrorizado. *Não poderia ser.* Não poderia *ser*...

Mas Tevanne havia se afastado, e os gritos de Clave eram silenciosos e passaram despercebidos.

◆◆◆

— Berenice — disse a voz de Design nas sombras. — Nós a localizamos.

Berenice acordou de novo, fungando e esfregando o rosto.

— Status?

Design fechou os olhos.

— Estou inspecionando dispositivos espelhados flutuando a cerca de um quilômetro e meio a noroeste daqui... e vejo sete cidadelas abrindo caminho para Giva, exatamente como Crasedes previu. — Elu inclinou a cabeça. — E... ah, agora perdi os dispositivos espelhados.

— Tevanne os destruiu? — perguntou ela.

— Não — respondeu, abalade. — Na verdade... as cidadelas são de tal tamanho e movem-se tão rapidamente que a passagem delas perturba o ar e a água ao redor. Tanto que elas estão essencialmente aniquilando qualquer coisa na superfície da água. — Elu engoliu em seco. — Incluindo meus dispositivos, apesar dos meus esforços para torná-los muito resistentes.

Berenice sentiu o sangue deixar seu rosto.

— Ah, meu Deus... — sussurrou.

— Vou dizer a Crasedes que ele deve se concentrar em atrasá-las — disse Design. — Caso contrário, você não conseguirá embarcar em nenhuma delas. Mas deve se preparar. Elas estarão aqui em minutos.

Berenice engoliu em seco, respirou fundo e revisou cuidadosamente seu armamento mais uma vez.

— Crasedes está nos dizendo que devemos descer — falou Design suavemente. — De repente, ele ficou preocupado com... os estilhaços. — Elu a encarou. — Você acha que isso é uma preocupação real?

Berenice engoliu em seco de novo, agora tentando não vomitar.

— Estaremos o mais perto possível de ver dois hierofantes lutarem — disse ela. — E, dado que as batalhas nos tempos antigos podiam acabar com civilizações inteiras, bem... Então, sim, Design. Acho que mergulhar seria uma escolha muito sábia.

— Então vamos mergulhar — concordou Design, agora soando meio em pânico. — E rápido. Porque... ele está começando a se posicionar.

Berenice fechou os olhos e se preparou enquanto o pequeno barco mergulhava ao seu redor, a escuridão ecoando com gemidos e o som de chapinhados e borbulhas. Mas ela sabia que isso não seria nada se comparado ao que estava por vir.

Em algum lugar acima dela, ouviu um estrondo, um estalo, e por fim um rugido.

Aqui vamos nós.

• 47

Foi fácil para Crasedes perceber que estavam se aproximando. Os leviatãs imponentes distorciam e destroçavam tanto o mundo ao seu redor que transformavam as águas em névoa e explodiam as próprias nuvens nos céus, tornando o horizonte algo impreciso. Provavelmente era possível identificar a aproximação das cidadelas do alto do céu, talvez até mesmo de cima das nuvens.

Mas, até aí, pensou ele, erguendo-se no ar, *Tevanne nunca teve muito gosto pela sutileza.*

Ele inclinou a cabeça, estudando a esquadra que se aproximava. Elas estavam provavelmente a cinco ou seis quilômetros de distância, aproximando-se numa ampla formação em V. Crasedes se perguntou qual delas estaria carregando o pai dele, mas supôs que seria aquela na ponta do V: a maior, mais volumosa e mais blindada de todas as naves.

Divida-as, então. Isole-as. Depois faça o nosso trabalho.

Ele ergueu a mão, concentrou-se, engajou os incontáveis privilégios contidos em seu próprio ser e flexionou sua vontade.

Como isso é familiar... Como tudo volta tão rápido.

Ele escolheu um dos projéteis maiores que havia preparado: uma longa haste de pedra de duas toneladas, semelhante a uma lança, coberta com laços e sequências de comandos. Concentrou-se, distorcendo a gravidade ao redor dela, exercendo suas permissões. Em seguida, o ar zuniu, e…

A haste gritou céu adentro, rasgando o ar em direção à metade oriental da armada como um falcão descendo sobre um rato, e Crasedes se lançou para a frente, voando atrás dela.

Para o prazer dele, Tevanne reagiu mais devagar do que Crasedes previra, obviamente não esperando pelo ataque. As cidadelas abriram fogo apenas quando a lança estava a três quilômetros de distância delas, o ar repentinamente ficando embaçado com milhares de flechas e estriladores, todos tentando dilacerar o projétil preto antes que pudesse causar dano.

Mas agora a lança chegara ao alcance dos *lexicons* de Tevanne a bordo das cidadelas. E, como Crasedes estudara os comandos preferidos de Tevanne e a linguagem de suas inscrições, ele formulara as inscrições da lança para que ela pegasse carona nos próprios *lexicons* de Tevanne.

Foi o que aconteceu: a cerca de dois quilômetros da esquadra, a lança de repente se virou e disparou contra a cidadela mais ao leste, como se tivesse acabado de se lembrar do que estava fazendo. As flechas e os estriladores de Tevanne bateram nela, mas agora suas inscrições de densidade também haviam despertado, e a maioria dos projéteis ricocheteou na superfície preta da lança, sem causar danos.

Ótimo, pensou Crasedes, parando numa extensão de mar aberto. *Ótimo. E agora…*

Ele observou, presunçosamente satisfeito, uma dúzia de pontinhos pretos erguendo-se do topo das cidadelas: lâmpadas-mortas. Elas dispararam para o leste, deslizando de maneira suave pelos céus em direção à lança, em seu ritmo surrealmente sereno. O que Tevanne não conseguia destruir por meios físicos, ao que parecia, ela simplesmente eliminaria da realidade por completo.

Crasedes bateu palmas, satisfeito. *Excelente!*

Ele ignorou o espetáculo avassalador que depois ocorreu no lado leste da armada: as lâmpadas-mortas zunindo no ar, deslizando até parar enquanto formavam um baluarte contra o míssil que se aproximava; o céu tremendo e pulsando enquanto elas preparavam suas muitas edições; o mar desaparecendo repentinamente em meia dúzia de lugares enquanto as lâmpadas-mortas extirpavam abruptamente porções inteiras da realidade, tentando apagar a lança sibilante da existência; e depois, quando tiveram sucesso, a gigantesca lança preta desaparecendo repentinamente, e todos os incontáveis projéteis que Tevanne ainda estava atirando nela caindo de forma anticlimática no mar.

Crasedes ignorou tudo isso. Ignorou essa cena porque sua tarefa atual era bastante pesada: puxar a massa gigante da ilha truncada para fora do mar, onde ele a havia escondido, e arremessá-la na esquadra: não no lado leste dela, onde todas as lâmpadas-mortas estavam agora posicionadas, mas no lado *oeste*. Que todas elas não podiam mais defender.

Ele grunhia com o esforço, rasgando a enorme pedra, remodelando sua gravidade e fazendo-a girar...

Faz muito tempo, pensou ele, *que não faço algo assim.*

Ele a soltou, e o pedaço de ilha descreveu um arco no céu antes de mergulhar na segunda cidadela mais a oeste. Em seguida, ainda de frente para a esquadra, ele voou para trás em direção ao seu arsenal, observando para acompanhar como tudo aquilo ia se desenrolar.

Muito parecidas com as da lança, as inscrições da ilha truncada ganharam vida quando se aproximaram da armada. Depois, o enorme pedaço de pedra acelerou, caindo como um meteoro, tão rápido que o ar rugiu e o mar se agitou ao seu redor. Tevanne reagiu tarde demais, girando suas muitas catapultas para salpicar o pedaço de ilha, tentando reduzir seu tamanho. Mas Crasedes forjara suas inscrições com cuidado, e os muitos estriladores simplesmente ricochetearam, entortados e quebrados, e caíram sibilando na água.

O pequeno bando de lâmpadas-mortas se virou e mergulhou em direção ao meteoro que agora desabava sobre a segunda cidadela mais a oeste. Crasedes, ainda disparando para trás, observava as lâmpadas, imaginando se chegariam a tempo...

O pedaço de ilha agora estava fumegando e soltando vapor conforme se aproximava da cidadela, a umidade sumindo dele enquanto acelerava cada vez mais.

Ele observou o meteoro se aproximando, um quilômetro e meio de distância, depois oitocentos metros, depois menos.

As lâmpadas-mortas aceleravam, tentando desesperadamente se colocar entre o objeto e a cidadela...

Hum, pensou ele. *Não. Tarde demais.*

O imenso pedaço de pedra fumegante e em chamas atingiu a face da cidadela.

A visão de duas massas tão enormes colidindo era quase incompreensível. Era como ver duas luas se chocando no céu noturno, uma escala de destruição tão tremenda que o olho não conseguia entender.

Ou, pelo menos, os olhos da maioria das pessoas não conseguiam. Crasedes já vira essas coisas antes. E sabia o que vinha depois.

Um estalo ensurdecedor e apocalíptico rugiu pela atmosfera, com o oceano oscilando para fora conforme a onda de choque se expandia. Crasedes esperou pacientemente enquanto o ar ficava nebuloso com a água que espirrava e as outras seis cidadelas se afastavam umas das outras, desviadas de seu curso pelo impacto. A cidadela que ele havia atingido de repente ficou para trás, como um corredor parando para ajustar seu calçado. Crasedes inclinou a cabeça, estudando a cidadela através da névoa: a nave tentava continuar em frente, aquele pedaço gigante de pedra negra alojado em sua superfície perto do topo, bem onde começavam seus pináculos e torres. Ela deu uma guinada bêbada para a frente, agora inclinando-se muito ligeiramente para a direita; em seguida, a ilha truncada começou a se despedaçar, rachando e desmoronando; e depois, muito lentamente, o lado inferior direito da lágrima gigante de pedra começou a colapsar oceano adentro.

Ele observou, satisfeito, enquanto a cidadela tombava em direção à parte dela que se dissolvia, a maciça blindagem inscrita caindo no oceano, até que a nave, cada vez mais devagar, desceu e se chocou contra a face do mar, criando uma onda tão grande que quase tocou as pontas do resto da esquadra.

Crasedes flexionou sua vontade, e o resto de seu tremendo arsenal flutuou suavemente no céu atrás dele.

Bem, pensou. *Dei bastante sorte.*

Depois, disparou para a frente, e a enorme constelação de pedra inscrita zuniu no ar atrás dele.

Vamos ver se terei sorte agora.

—*Acertou!* — gritou Design, radiante. Seu constituinte saltitava, encantade. — *Acertou! Caiu!*

— Acertou o quê? — perguntou Berenice, em pânico, enquanto os ecos de rachaduras e estrondos chocalhavam em volta dos dois na água. — O que caiu?

— Não acredito! — gritou elu. — Crasedes acabou de destruir uma maldita cidadela fedegosa em cerca de *dois minutos fedegosos!*

Berenice piscou, tentando processar o fato. A ideia era tão incrível que mal notou que Design tinha até falado um palavrão.

Mas então xingou de novo, dessa vez com surpresa:

— Ah, merda. Ah, *merda*!

— O que foi? — indagou Berenice.

Obteve sua resposta quando houve um tremendo rugido sobrenatural ao redor deles, e a pequena lata-velha saltou e girou nas profundezas do oceano.

— Eu vou, ah, ter que fazer algumas manobras evasivas aqui — disse Design com nervosismo. — Porque vamos ter que fugir de uma ilha em queda. Segure-se.

◆◆◆

<*Crasedes eliminou uma das cidadelas*>, sussurrou Anfitrião no ouvido de Sancia.

<*O quê?*>, grasnou Sancia. <*Já?*>

<*Sim. Parece que ele pegou Tevanne de surpresa. Vamos ver se o resto da batalha vai prosseguir tão bem assim...*>

◆◆◆

Clave fez uma varredura com sua percepção no dispositivo de gravidade quando o estalo ensurdecedor ecoou pela cidadela

Que merda foi aquilo? Estou morto? Vou acabar no fundo do oceano?

Ele olhou para Tevanne, parada a três metros de distância no disco de pedra, a cabeça inclinada enquanto parecia pensar. Não aparentava estar em pânico, mas, até aí, ele se perguntava se Tevanne alguma vez chegaria a entrar em pânico de verdade, mesmo diante da morte.

— Crasedes — sussurrou ela. — Como você está acordado? O que está aprontando?

◆◆◆

Quando Crasedes desceu sobre o que restava do lado oeste da esquadra, o ar explodiu em fumaça, poeira e cinzas.

Ele se concentrou na cidadela mais a oeste, que agora estava atrás das outras cinco. Ele a sentia chegando, suas torres e catapultas girando para interceptá-lo, mas o arsenal de projéteis de pedra o seguia como peixinhos-de-sangue fervilhando em volta de tubarões durante uma caçada. Avançavam para desviar os estriladores, esmagar saraivadas de flechas e atrapalhar qualquer outro singelo armamento desagradável que Tevanne tivesse criado para seus ataques.

Ele olhou para o leste e viu as outras cinco cidadelas diminuindo a velocidade, mas só ligeiramente, como se Tevanne estivesse esperando para ver quanto tempo deveria gastar com ele.

Devo retardá-las o máximo possível, pensou. *Ou então Berenice nunca terá uma brecha para agir.*

Ele disparou em direção à cidadela retardatária, seu arsenal rugindo para a frente até que ela estivesse no centro de um ciclone de pedra, e desferiu um golpe de raspão no lado sudoeste. Com um movimento de seu pulso, meia dúzia das lanças de pedra se separou e atingiu as torres da cidadela, pulverizando suas defesas (apenas uma fração de suas fortificações completas, mas, com sorte, o suficiente para deixar Tevanne preocupada).

Mas tudo isso era só distração, é claro, pois, enquanto ele se lançava pelo ar sobre a cidadela, circulando repetidas vezes, também esculpia uma série de *sigils* em seu rastro nas paredes, usando toda a sua vontade para escrever cadeias e mais cadeias de sequências, como se fosse a ponta de uma caneta deixando para trás um traço de tinta.

Observava a artilharia de Tevanne, que continuava focando nele, salpicando-o com flechas e estriladores. Seu pequeno arsenal de pedras flutuantes interceptou facilmente todos os ataques que vinham dela.

Então ainda não sabe o que estou fazendo com você, pensou. *Ótimo.*

Deu uma olhada para o leste e viu que as outras cinco cidadelas ainda estavam se movendo.

Mas quantos truques devo usar, pensou ele, *tudo para chamar sua atenção?*

Flechas e estriladores zuniam em sua direção enquanto esvoaçava pela cidadela como uma mosca incomodando o gado. Ele disparou, flexionando sua vontade enquanto voava, curvando-se sobre o pilar gigante de pedra e escrevendo um *sigil* atrás do outro, sem parar, sobre ele; milhares de *sigils*, talvez milhões. Talvez mais, tudo isso escrito com a própria linguagem de inscrições de Tevanne.

Quase pronto, pensou ele. *Quase...*

E então, finalmente, seu último *sigil* se encaixou.

Ele se virou bruscamente e fugiu veloz, seguido por seu arsenal de pedra inscrita.

Olhou para trás enquanto suas obras ganhavam vida. Era, de fato, uma ligação de densidade comum, muito parecida com as que Tevanne costumava usar em seu armamento, só que, nesse caso, ele basicamente só havia forçado uma cidadela inteira a acreditar que era cerca de mil vezes mais pesada do que realmente era.

Como a cidadela já era absurda e imensamente pesada, isso era muito problemático.

Observou com prazer a estrutura, de repente, despencar quase trezentos metros. Podia ouvir o gemido maciço de incontáveis metais e dispositivos dentro da nave gigante enquanto ela se esforçava loucamente contra esse súbito influxo de peso. Para crédito de Tevanne, seus esforços foram mais bem-sucedidos do que ele esperava: conseguiu retardar sua descida, que deixou de ser um despencar para se tornar uma queda bem mais suave... E, no entanto, por mais que tentassem, os incontáveis dispositivos de gravidade da cidadela não conseguiam mantê-la no ar.

A lágrima gigante caiu até que sua ponta mal encostasse na superfície do oceano. Ele flexionou sua visão inscrita e pôde ver que ela tinha que dedicar todos os seus sistemas ao esforço de simplesmente permanecer no ar, e não podia continuar assim.

Os muitos projéteis que o seguiam iam caindo no mar, longe do alvo, e o rugido surdo no ar diminuiu. Ele observou que as outras cinco cidadelas estavam parando.

Finalmente, pensou ele.

Depois, viu um minúsculo bando de pontos pretos zunindo em sua direção: lâmpadas-mortas, indo direto para ele.

Agarrou o pequeno disco em sua mão.

<*Anfitrião*>, disse ele. <*Por gentileza, diga a Berenice que, se ela não fizer isso agora, nunca mais terá outra chance.*>

<*Entendido*>, sussurrou Anfitrião. <*O que você vai fazer com as lâmpadas?*>

<*Lâmpadas-mortas*>, falou ele, <*são simplesmente uma imitação barata de mim mesmo.*> Ele se virou, depois avançou para encontrá-las, seu enxame de projéteis de pedra disparando com ele. <*Pretendo lembrá-las disso.*>

— Berenice — sussurrou Design. — Estou prestes a lançar você.

Berenice engoliu em seco. De repente, sentiu-se tão enjoada que foi forçada a arrotar.

— Ah, meu Deus — disse ela. — Gostaria que você não dissesse "lançar".

Ela se deitou na câmara, ajustando as alças em volta do ombro e da cintura, tentando desesperadamente provar a si mesma que estava segura.

Houve um leve borbulhar em algum lugar perto deles, e ela sentiu a pressão na embarcação mudar levemente.

— Estamos subindo para que eu possa estar na profundidade correta para… — Design fez uma pausa. — Bem. Não *lançar* você. Mas… alguma outra palavra para isso.

— Que maravilha — resmungou Berenice.

— Quando você atingir a altitude apropriada — continuou Design —, o dispositivo de navegação aérea será acionado. Em seguida, estará sob sua orientação. Lembre-se: puxe com a mão direita para ir para a direita — explicou. — E com a esquerda para ir para a esquerda. Puxe para baixo para mergulhar. Fácil.

— Eu me lembro — disparou Berenice. — Ajudei a projetar essa porcaria, você sabe.

— Claro.

— E *já voei* em um antes. — Ela fez uma pausa. — Embora tenha sido só um treinamento, e isso há cerca de dois anos...

— Claro. — Os olhos de Design se desviaram, como se ouvisse outra pessoa. — Mas não se esqueça de que há uma corda no centro — disse elu — para... fechar e reativar o dispositivo.

— E... por que eu iria querer fazer isso?

— Porque estou pensando que você provavelmente vai querer passar direto por cima de uma cidadela e depois mergulhar — falou. — Porque, caso contrário, é muito possível que seja despedaçada no tiroteio de Crasedes.

— Ah, meu Deus — sussurrou Berenice de novo.

— Prepare-se — avisou Design. — Vou acionar seu lan... Quero dizer, acionar sua rápida propulsão ascendente em menos de um minuto.

Berenice se recostou na pequena câmara, tentando se firmar. Colocou os visores de vidro e certificou-se de que estavam selados, pois, se escapassem, ela não conseguiria abrir os olhos com todo aquele vento.

Já fiz isso antes, disse a si mesma. *Caí do céu numa lâmpada-morta há poucos dias.*

— Quarenta segundos — alertou Design.

Mas aquilo foi para baixo, não para cima, pensou. *E... não foi durante uma grande batalha aérea.*

— Trinta segundos.

Se eu sobreviver, pensou ela, *vou plantar meus pés no chão e nunca mais deixá-los sair da...*

— Vinte segundos... — Design parou. — Hum. Não. Na verdade, está parecendo muito ruim lá em cima. Melhor lançá-la agora.

—Espere. *O quê?* — exclamou Berenice.

Em seguida, a porta da pequena câmara se fechou, e, de repente, ela estava voando.

• 48

Antes de Berenice cair do céu na lâmpada-morta de Clave, apenas alguns dias antes, ela havia se convencido de que tudo estaria acabado em alguns segundos. Disse a si mesma que era essa a sensação ligada a esses momentos: apenas um borrão de movimento e ruído, e depois uma parada repentina e abrupta.

Mas ficara consternada durante aquela queda ao descobrir que ela simplesmente parecia *continuar*: Berenice continuou caindo cada vez mais, uma queda aparentemente interminável. A única coisa que tornava tudo suportável era ouvir Sancia, Claudia e Diela gritando ao seu redor. Isso lhe dera a confirmação de que tudo era exatamente tão insano quanto parecia.

Mas agora, enquanto ela subia pelas profundezas do mar salgado no que era essencialmente um caixão de bronze, estava privada até disso. Estava apenas disparando cada vez mais para cima, disparando em velocidades que sua mente não conseguia entender enquanto estava presa na escuridão total, e seu mundo inteiro não era nada além de pressão, barulho e o estrondo da água.

Ela gritava. Não conseguia parar de gritar. Levou um instante para perceber que estava gritando:

— *Devia ter instalado uma janela! Devia ter instalado uma maldita janela!*

Em seguida, as coisas, inacreditavelmente, pioraram: a pequena câmara de bronze acelerou, voando ainda mais rápido, e o estrondo surdo ao redor dela se transformou num guincho alto e agudo. Ela ficou ainda mais presa em suas alças, as cordas apertando suas axilas.

Percebeu que devia ter saído do oceano e atingido a atmosfera. O ar dentro da câmara de repente ficou muito frio.

Pelo menos eu sei, pensou enquanto gritava, *que essa coisa é hermética.*

A pequena câmara continuou disparando cada vez mais para cima.

Caso contrário, eu já teria sufoca...

Depois, tudo explodiu.

Ou, pelo menos, essa era a única maneira pela qual sua mente conseguia entender a experiência: uma erupção de luz, de barulho, da súbita rajada de vento ameno e da luz do sol brilhando na superfície do oceano...

Novamente, ela foi empurrada para cima. O fôlego foi arrancado de seus pulmões. Com a cabeça girando, arquejou e olhou em volta, tentando entender o que estava acontecendo.

Olhou para baixo e viu a pequena câmara de bronze muito, muito abaixo dela, caindo no mar verde.

Olhou para cima e viu que agora estava pendurada numa asa-delta cinza-ardósia feita de seis metros de tecido ondulante, sustentada no alto por um esguio esqueleto de bronze. Estupidamente, pegou-se olhando fixamente para os minúsculos *sigils* que se espalhavam para cima e para baixo no bronze.

Eu escrevi aqueles? Acho que escrevi aqueles, projetei aqueles...

Ofegou em seu arnês por um instante; em seguida, permitiu-se enfrentar delicadamente o fato de que agora estava pendurada num dispositivo de navegação aérea, cerca de um quilômetro acima do oceano.

— Puta merda — disse, puxando o ar. — Puta mer...

Deu um grito quando foi atingida por uma rajada de vento, fazendo-a balançar ligeiramente para fora do curso. Ela se debateu, seus instintos entrando em ação enquanto tentava se endireitar, antes de se lembrar que levantar o corpo, obviamente, não funcionaria.

Respirou fundo, permitiu que um manto frio caísse sobre sua mente e então olhou para cima.

Duas alças em cada lado do dispositivo. Uma para a esquerda, outra para a direita.

E uma corda no meio, pensou ela. *Se eu quiser cair. Já fiz isso antes.*

Estendeu a mão e agarrou as alças.

Aqui vamos nós.

Empurrou suavemente para cima com a mão direita, firmando o dispositivo e permitindo que cortasse o vento até que ela estivesse de volta ao curso.

Pratiquei isso, pensou ela. *Mas estava a apenas cerca de seis metros do chão. Não a mais de mil...*

Olhou para baixo e avaliou a batalha.

Uma enorme extensão de oceano aberto a leste estava coberta de fumaça e vapor. Ela podia discernir seis formas enormes flutuando na nuvem de fumaça, como cones gigantes virados de cabeça para baixo, com cidades imponentes equilibradas em cima de suas bases. Uma delas estava meio afundada no oceano, mas as outras deslizavam no ar como se estivessem correndo ao longo de fios invisíveis. A fumaça ao redor delas ondulava estranhamente, e percebeu que a fumaça era cortada e perfurada por milhares e milhares de projéteis, todos caindo em direção a... alguma coisa.

Uma manchinha preta de pedra rodopiante, serpenteando perto de uma das cidadelas.

Em qual delas pousar? Qual delas atingir?

Ela imaginou que a cidadela atacada por Crasedes no momento não era a escolha certa; também não deveria pousar na cidadela maior e mais blindada, que ela imaginou ser onde Clave e Tevanne estariam esperando. Aquela teria muitas proteções.

Todas elas são Tevanne, pensou. *Todas são o colosso adormecido. Então escolha a mais distante para inocular nosso veneno.*

Ela apontou seu dispositivo de navegação aérea para a parte mais a leste das cidadelas e começou a mergulhar.

Devagar se vai ao longe. Devagar se vai ao lon...

Então, alguma coisa explodiu à sua direita.

O dispositivo de navegação aérea girou para o leste e ela foi puxada e sacudida, suas pernas se debatendo como uma boneca que é balançada por uma criança. Seu cérebro ficou pesado, seus pensamentos confusos e lentos, mas ela estendeu a mão, gritando, agarrou as alças e as puxou com toda a força que pôde...

O dispositivo diminuiu a velocidade, endireitou-se e finalmente chegou a uma deriva suave e oscilante. Ela balançava em seu arnês, ofegante, e vomitou um punhado de água, a única coisa que conseguira ingerir nas últimas seis horas.

— Que diabos! — gritou ela. — Que *diabos...*

Cerrando os dentes, ela virou seu dispositivo até ficar numa posição ainda muito, muito acima do mar, mas que logo a levaria diretamente por cima da cidadela que escolhera.

Continuou olhando para a corda no centro do dispositivo de navegação aérea.

Será que é fácil desmontar você? Será que é fácil reativar?

Ela manteve seu dispositivo no curso, avançando no que parecia ser um ritmo rápido, mas o mundo lá embaixo dava a impressão de estar se movimentando de modo dolorosamente lento.

Você vai quebrar meus braços? Meu pescoço?

Continuou olhando para a cidadela-alvo. De cima, quase parecia uma cidade-fortaleza pequena e pitoresca. *É como jogar bola e garrafas,* pensou ela. *Mas estou tentando atingir um alvo muito, muito pequeno... e, em vez de uma bola, estou jogando meu corpo.*

Esperou até estar diretamente acima do alvo. Então virou o dispositivo ligeiramente para o oeste, contra o vento; isso certamente a desviaria do curso.

Só uma queda repentina, pensou ela. *Só uma queda rápida, e então estará tudo acabado.*

Estendeu a mão e agarrou a corda acima dela.

É a mesma conversa mole de merda que eu não paro de usar para tentar me convencer.

Puxou a corda e caiu.

• 49

Crasedes se esquivava e girava pelos céus em volta das cidadelas enquanto travava sua guerra.

Tentava se concentrar principalmente em duas delas. Fez vários ataques contra ambas, esculpindo suas superfícies com *sigils* o mais rápido que podia, mas Tevanne não estava mais facilitando as coisas: não apenas o ataque dos estriladores estava ficando cada vez mais pesado, como também agora havia pelo menos três dúzias de lâmpadas-mortas rasgando o ar ao seu redor, devorando a própria realidade como formigas comendo uma folha.

Ele mergulhou ao sentir a edição se formando diante dele; em seguida, a atmosfera desapareceu abruptamente, e o trovão gigante estalou no ar, atingindo-o com um vento cortante e enfurecido.

Passou perto, pensou ele. *Perto demais...*

Devia haver pelo menos duzentas lâmpadas-mortas ali. Uma delas acabaria tendo sorte; e embora normalmente ele pensasse que uma edição qualquer não seria fatal, suas proteções e suas defesas não eram mais as mesmas... portanto, não tinha certeza se isso ainda era verdade.

Como matar uma frota de lâmpadas-mortas...

Olhou para o oceano ondulante abaixo dele e, em seguida, inclinou a cabeça.

Mergulhou bruscamente, ainda seguido por sua nuvem de lanças de pedra, como uma mãe pata perseguida por seus patinhos. Continuou mergulhando até estar quase na superfície do mar, sua máscara preta a centímetros das ondas, e depois estendeu os braços.

Crasedes não gostava muito de água em movimento. A água era muito escorregadia e tendia a derramar, o que significava que ele tinha que usar seu controle sobre a gravidade das maneiras mais criativas possíveis para contê-la.

Mas a água era mortal para os ocupantes de todas as embarcações, marítimas ou aéreas.

Ele se levantou, puxando consigo uma tremenda onda. Em seguida, continuou subindo e puxando, até que a onda se separou do resto do oceano e se tornou uma curiosa lâmina prateada de água do mar, ondulando enquanto ele a arrastava pelo ar.

Ele girou, esquivou-se novamente e mergulhou nas lâmpadas-mortas, e depois, com um movimento rápido, despejou a lâmina de água.

Num piscar de olhos, uma dúzia de lâmpadas-mortas foi apanhada, como moscas no âmbar.

As lâmpadas-mortas não eram totalmente pressurizadas (Tevanne não se importava o suficiente com seus servos a ponto de regular a temperatura enquanto suas prisões voavam pelos céus), mas, mesmo assim, eram construídas de forma sólida. O que significava que levaria tempo para inundá-las, pelo menos de um jeito que afogasse seus ocupantes.

Crasedes orbitou rapidamente a lâmina de água, ainda suspensa no ar, as lâmpadas-mortas ainda presas dentro dela; e então flexionou seus poderes, aumentando a pressão sobre a lâmina, a forçando a atravessar as inúmeras rachaduras minúsculas no casco das naves pretas...

Ele as estudava com sua visão inscrita e observava, satisfeito, enquanto as pequenas inscrições dentro das cabeças dos prisioneiros desapareciam de repente, tendo perdido seus hospedeiros.

Então soltou a lâmina de água. Ela se dissolveu e começou a cair na forma de chuva.

Uma maneira miserável de morrer, pensou ele, virando-se, *mas há maneiras piores de...*

Em seguida, o estrilador o atingiu bem nas costas, e ele foi derrubado do ar.

Não.

Tudo ficou escuro.

Viu vislumbres de luz, fragmentos de preto.

Ele estava...

(caminhando entre as flores, atordoado com sua beleza, encantado com as mariposas rodopiantes no ar, e depois o chão tremendo, e ele olhou para cima para ver os cavaleiros se aproximando, e ouviu os gritos dos refugiados)

— Não — sussurrou ele.

Ele arquejou. A memória desapareceu, e o mundo voltou para ele.

Ainda estava caindo, caindo em direção ao mar lá embaixo. Flexionou sua vontade, convocou seus privilégios e insistiu para que sua gravidade parasse, e assim aconteceu.

Ele deslizou até cessar, pairando no espaço poucos metros acima do oceano. Curvou-se, ofegando e segurando os lados do corpo. Tudo doía, mais do que ele esperara, e todo o seu corpo estava fumegando. Ele levou um momento para perceber o quanto o golpe o danificara, e como ficaria ferido se levasse outro golpe como aquele.

Tremendo, virou-se para olhar a frota de cidadelas, cinco ainda inteiras e imponentes, o titã gigante de armadura à sua frente.

Lentamente, começaram a se mover, mas dessa vez foram direto em sua direção.

Rosnando ligeiramente, ele disparou para a frente, acelerando sobre a superfície do oceano em direção a elas.

Isso acabou de ficar muito mais difícil.

◆◆◆

Na vasta câmara escura dentro da cidadela, Tevanne se inclinou para a frente, seus olhos arregalados, como se estivesse vendo algo surpreendente.

— Eu vi isso — sussurrou, encantada. — Eu *vi* isso.

Clave observou o rosto dela assumir uma expressão de satisfação beatífica.

Não gosto de ver aquela coisa expressar qualquer emoção, pensou. *Especialmente não essa.*

• 50

Berenice não achou que alguma coisa poderia deixá-la ainda mais ansiosa em relação a despencar em cima de uma cidadela gigantesca flutuando sobre o oceano, a qual disparava o que deviam ser várias centenas de quilos de mísseis a cada segundo; mas, quando a cidadela flutuante começou a se afastar bem rapidamente, ficou assustada.

Abriu a boca e gritou:

— *Merda!* — Mas, como estava caindo do céu, com o ar chicoteando seu rosto e batendo em suas orelhas, ela nem conseguiu ouvir.

Assistia, apavorada, enquanto a gigantesca cidadela repentinamente disparava para o oeste, em direção à nuvem de fumaça negra. Tentou inclinar o corpo para cair na direção dela, esperando que o ângulo dos ombros e dos pés ajudasse a direcioná-la, e embora isso fizesse alguma diferença, não era o suficiente.

Filha da puta, pensou ela. *Eu não treinei para isso.*

Estudou a trajetória da cidadela, pensando.

Tateou as costas, onde seu equipamento estava armazenado, incluindo seu tiro de linha.

Dar um tiro quando algo está se movendo é uma coisa, pensou. *Mas quando esse algo está se movendo muito rápido, enquanto eu estou caindo...*

Ela observava enquanto a lágrima gigante de aço e pedra girava acima do mar.

Não tem nada mais para fazer fora isso, pensou ela, taciturna. *O negócio é tentar e torcer para que funcione.*

Ela caía sem parar, as cidadelas manobrando lá embaixo, como focas-de-nariz-arrebitado fuçando lagunas preguiçosamente.

Esforçou-se para avaliar a distância. Depois, estendeu a mão e rasgou o cordão na pequena armação acima dela.

Gritou de dor. Não estava esperando realmente que aquilo fosse doer desse jeito. Quase se perguntou se deslocara um ombro, mas suas mãos pareciam estar controláveis e funcionais. Gritando de agonia, estendeu a mão novamente, agarrou as alças de seu dispositivo de navegação aérea e apontou para a cidadela-alvo, agora envolta em fumaça e vapor.

Estava a cerca de trezentos metros de distância agora, os tetos de telhas brancas logo abaixo dela, o espaço aéreo coberto de pequenas lâmpadas e fumaça. Podia ver as paredes maciças da cidadela, repletas de torreões, todos girando para apontar para Crasedes, tentando lhe dar um banho de mísseis.

Ela se perguntou quais dos incontáveis dispositivos complicados em volta dela eram aparelhos sensoriais, buscando qualquer indício de uma inscrição givana. Preparou-se, esperando que um dos torreões parasse, depois se virasse para atingi-la e a despedaçasse. Afinal, ela era um alvo lento nessa orgia de caos estridente. Seria muito fácil.

No entanto, não foi o que fizeram. Os torreões continuaram acompanhando Crasedes fixamente, mesmo quando ela passou direto por cima deles. Berenice era invisível para as cidadelas, perdida no ar nebuloso, mero ruído de fundo na interminável cacofonia.

Seu braço latejava onde ela havia enfiado o bastão de purga.

Valeu a pena. Valeu a pena.

Ela voava cada vez mais perto. Estendeu um braço, tirou sua espringal do coldre e analisou as estruturas abaixo. Sabia que a própria Tevanne construíra algumas delas (havia ali a reveladora curva disforme e estranhamente orgânica nas pontas), mas muitos edifícios pareciam bastante convencionais. Os tetos de telhas brancas e as torres de tijolos brancos, por exemplo... Todos pareciam muito comuns.

Até mesmo familiares.

Por um momento, foi pega de surpresa. Estava enganada ou a cidadela lembrava os campos da Tevanne Antiga? De repente, teve a sensação bizarra de que não estava voando rumo a uma cidadela flutuante e assustadora, mas sim rumo a algum enclave da Tevanne Antiga, talvez enterrado profundamente nos recessos sinuosos do campo Morsini...

Atire no centro da cidadela, pensou ela. *Onde o regulador deve estar alojado.*

Ela escolheu um telhado de ladrilhos aninhado em uma torre alta, que lhe daria um bom ponto de observação para trabalhar e ofereceria abrigo do ataque de Crasedes. Cerrou os dentes, apontou com sua espringal e disparou um tiro de linha no telhado com a mão direita. Depois, com a esquerda, pegou o cordão do dispositivo de navegação aérea e o puxou novamente.

O dispositivo se desmontou, e ela despencou mais uma vez. Mas, em seguida, cerca de seis metros abaixo, parou e foi puxada para cima, em direção à cidadela.

Sentiu-se relaxar imediatamente. O puxão da linha de tiro era familiar para ela, como o abraço de um velho amigo. Mesmo que estivesse sendo arrastada pelo ar acima de várias dezenas de baterias e torreões disparando metal quente no mar, ela sabia o que estava fazendo agora.

Berenice observou enquanto o telhado se aproximava. Depois veio a desaceleração suave e lenta. E em seguida, assim como havia feito em inúmeras outras missões, ela deu um tapa no interruptor na lateral do quadril, engatando os discos de adesão em suas botas, e estendeu a mão, pressionando o calçado contra o teto.

Ela se agachou na sombra da torre, arquejando e ofegando, e ejetou seu tiro de linha. Depois, olhou para a batalha desvairada, ondulante e estrondosa que acontecia ao seu redor, o ar quente vibrando enquanto os rios de metal flamejante ferviam a própria atmosfera.

Eu consegui, pensou.

Ela se virou, carregou seu tiro de sinalização e o disparou no oceano atrás da cidadela.

Agora vem a parte complicada.

• 51

Crasedes disparava acima do mar aberto, traçando uma linha em zigue-zague através do vapor e da espuma, esquivando-se enquanto os mísseis choviam em volta dele.

Em seguida, viu um lampejo no oceano a leste. Não algo que fosse visível para a percepção normal, mas uma coisa que só poderia ser discernida com sua visão inscrita: um pequeno dispositivo projetado para ativar apenas quando atingisse a água, e que agora estava ardendo com forte luminosidade enquanto afundava lentamente nas profundezas a leste dele.

Olhou para o emaranhado de lógica flutuando na água e depois para a cidadela logo acima dele.

Então, pensou. *Ela conseguiu. E é nessa cidadela que ela está.*

Continuou voando sobre o oceano, olhando para as cidadelas de Tevanne girando ao redor dele como abutres por cima de ossos de gado.

<*Berenice conseguiu embarcar*>, avisou Crasedes. <*E marcou em qual cidadela está. Vou evitar danificá-la, se possível.*>

<*Graças a Deus*>, sussurrou Anfitrião. <*Mas, mesmo que ela esteja a bordo...*>

<*Sim*>, disse Crasedes. Ele disparou para cima, rumo a uma das cidadelas mais distantes. <*Ainda precisarei atrair toda a atenção do inimigo, até terminarmos.*>

• 52

Berenice se esforçou para manter os sentidos aguçados enquanto descia cuidadosamente do teto de telhas brancas. Sentiu uma pontada de culpa quando todos os instintos de Sancia ganharam vida em sua mente, guiando seus movimentos: tratava-se apenas de um fantasma da esposa que ganhava eco em suas ações, mas era o suficiente para doer.

Mantenha o foco, disse para si mesma, *em se manter viva.*

Nenhuma das janelas da cidadela tinha vidro, notou ela, provavelmente porque Tevanne não se importava se seus hospedeiros sentiam calor ou frio. Ela escorregou do telhado, caiu por uma janela aberta no último andar da torre e se viu numa sala muito estranha.

Felizmente, o lugar estava vazio. Mesas e cadeiras mofadas haviam sido jogadas num canto do chão empoeirado. Catres brutalmente simples estavam parafusados no chão, muitos dos quais empilhados tão perto um do outro que a faziam pensar mais em covas num jazigo do que em qualquer lugar de descanso genuíno.

É realmente aí que Tevanne faz os hospedeiros dormirem?

Mas o que mais a surpreendeu foi o logotipo da Casa Morsini estampado numa parede rachada e empoeirada.

Caminhou em direção a ele lentamente, se perguntando se era real. Olhou para as mesas e cadeiras jogadas no canto e percebeu que eram mesas de design, feitas para traçar planos de inscrições, mas obviamente não eram usadas havia meses, se não anos.

Onde diabos será que eu estou?

Rastejou até a escada, de ouvidos atentos, e olhou para baixo. Degraus comuns cobertos de ladrilhos se curvavam mais abaixo, cada um deles pintado com as cores (vermelho e azul) da Casa Morsini, embora muitos dos ladrilhos agora estivessem rachados ou faltando.

Nenhum lampejo de sombra, nenhum som além da batalha furiosa lá fora. A escadaria parecia segura.

Desceu devagar as escadas, movimentando-se andar por andar, tentando ouvir além dos guinchos e explosões que ecoavam pela cidadela.

O mais estranho de tudo era como a torre parecia ter sido montada de forma aleatória. Muitos aposentos tinham claramente sido lugares luxuosos, com paredes revestidas de madeira e acabamento complicado, com entalhes aqui e ali mostrando o logotipo Morsini. Mas Tevanne aparentemente só queria arrumar espaço, indiferente a de que tipo era ou como chegar a ele. Certas paredes até foram escavadas ou transformadas em portas. Berenice imaginou que os hospedeiros poderiam simplesmente usar os dispositivos de gravidade de Tevanne para transportar materiais para dentro e para fora das torres.

Tevanne não construiu esta cidadela, construiu?

Desceu mais um andar. As salas ali armazenavam estriladores maciços, com as terríveis flechas de metal vibrando em seus arreios, mas o chão claramente já fora um espaço de encontro para dignitários; ela conseguia até ver onde um lustre ficara outrora.

Este costumava ser um posto avançado dos Morsini, uma cidade-fortaleza. Talvez ficasse posicionado do lado de fora de uma de suas colônias, ou de um porto. Tevanne apenas assumiu o controle, remodelou as partes que lhe interessavam, arrancou-a da terra e a fez flutuar pelos céus.

Embora parecesse uma loucura, fazia sentido: Tevanne se concentrava apenas na eficiência e não construiria o que não fosse necessário, optando, em vez disso, por se apoderar das coisas. Ela se perguntou se alguma das outras cidadelas havia pertencido à Transportes Dandolo.

Será que já trabalhei, pensou ela, perplexa, *nos projetos de uma dessas cidades voadoras infernais?*

Em seguida, uma ideia lhe ocorreu. Parou no meio do caminho, inclinou a cabeça, fechou os olhos e pensou.

Já vira os esquemas e as plantas das instalações da Casa Morsini. Recebera alguns para analisar certa vez com Orso, quando uma das divisões mercenárias da Transportes Dandolo roubou os planos de um galeão mercante meio afundado; e mais uma vez na Periferia da Fundição, quando alguém tentou usar um mapa de um desses locais para negociar acesso à biblioteca; e muitas vezes na condição de oficial givana, quando eles exploravam a costa tentando confirmar exatamente quanto do mundo Tevanne havia conquistado.

Eu conheço este lugar, pensou. *Eu sei como foi construído...*

Crasedes dissera que o regulador estaria armazenado no centro da cidadela, ao lado do *lexicon*. E, agora que tinha percebido que conhecia a planta da torre, sabia exatamente como chegar lá.

Abriu os olhos e respirou fundo.

Mas entrar, disse a si mesma, *será muito mais difícil.*

◆◆◆

Nos terríveis minutos seguintes, Berenice rastejou pelas trilhas sinuosas e diabolicamente apertadas da cidadela. Mais ou menos uma em cada dez construções se transformara totalmente em ruínas, derramando tijolos e parafusos ou comida estragada no caminho dela. Os hospedeiros desciam das paredes para vagar sem rumo pelas trilhas, aparentemente sem saber qual tarefa concluir agora que seu posto havia sido destruído. Ela ficava de cabeça baixa e mantinha distância deles, esperando que seu disfarce de hospedeiro funcionasse. Não lhe deram atenção: vagavam pela cidadela como fantasmas, seus olhos arregalados e malignos, e, o mais perturbador, de seus rostos famintos e trêmulos gotejavam lágrimas.

Meu Deus, pensou Berenice enquanto caminhava entre eles. *Será que sabem que estão sob o domínio de Tevanne? Conseguem sentir isso, mesmo agora?*

Perguntou-se quem eram, de onde vieram, o que havia acontecido com suas famílias.

Usando pessoas como inscrições, pensou ela. *Meu Deus, é horrível...*

Aproximou-se cada vez mais do centro da cidadela, o céu reverberando com estalos, com estrondos, com gritos sobrenaturais, até que finalmente chegou ao centro.

O centro era o único espaço aberto na cidadela, formando uma espécie de grande pátio, com cerca de noventa metros de diâmetro e uma estranha estrutura de metal bem no meio. Quatro torres estavam dispostas nos cantos, com baterias de espringais montadas em seus topos.

Escondeu-se num dos cantos e analisou as torres. Não tinham ocupantes, notou ela: Tevanne devia ter escolhido assumir a operação delas, gastando seus próprios pensamentos e energias em suas ações, em vez de deixá-las nas mãos de um punhado de hospedeiros desajeitados. Nesse momento, as baterias de espringais nas torres apontavam ao oeste, claramente para Crasedes, mas não disparavam.

O olhar de Berenice recaiu sobre a estranha estrutura de metal no centro do pátio. Isso era algo que Tevanne havia acrescentado, sabia ela. Parecia uma concha semiaberta fortemente blindada saindo da pedra, com uma pequena porta de aço arredondada no meio. A porta parecia muito pesada e muito, muito trancada. O chão ao redor não era uma laje de pedra, como a maior parte do pátio, mas um amplo círculo de aço. Era quase como se a coisa toda fosse a parte central de um enorme plugue de metal que se estendia profundamente na direção do centro da cidadela.

É o que basicamente esse negócio deve ser, pensou. Aquele era o *lexicon*, o coração desse dispositivo gigante, e o regulador ficava ao lado dele.

Mas como invadi-lo? Ela trouxera consigo muitos implementos destrutivos para cortar pedra, metal e madeira... mas imaginou que, mesmo que Tevanne estivesse travando uma guerra com Crasedes naquele momento, notaria se alguém explodisse a porta de seu *lexicon* e, portanto, iria se sentir forçada a enviar todos os hospedeiros da cidadela atrás de Berenice.

Esfregou o queixo, refletindo muito sobre todas as maneiras de invadir aquele lugar.

Mas, antes que pudesse decidir, o mundo de repente se encheu de água, e ela não conseguiu pensar em mais nada além de tentar sobreviver.

• 53

Crasedes arrancava, girava e se esquivava pelo ar acima do oceano, mergulhando ocasionalmente para esculpir uma série de *sigils* ao lado de uma das cidadelas, depois voando para longe antes que as armas de Tevanne pudessem destruí-lo.

Mergulhava, o mundo inteiro zunindo e guinchando ao seu redor, e se esforçava para se concentrar.

Sou forte em muitos aspectos, pensou, *mas fraco em tantos outros...*

Tentou se lembrar de que dia era, de que ano era, de quantos anos tinha. Havia muito tempo, muitas memórias, muita coisa acontecendo e muito de si mesmo para manter sob controle, enquanto travava sua guerra constante nos céus.

Um estrondo quando um enorme escudo de pedra à direita se quebrou, com a rocha sendo feita em pedaços pela edição de uma lâmpada-morta.

Não, pensou ele.

O mundo tremeu; afastou-se bem a tempo quando uma saraivada de estriladores rasgou o ar exatamente onde estava antes. Flexionou sua vontade, alterou a gravidade em volta dos objetos e os arremessou de volta no bando de lâmpadas-mortas mais no alto. Com outro lampejo no ar, os estriladores desapareceram como se nunca tivessem existido, editados.

É demais, pensou.

Sombras maciças se moviam na superfície do mar enquanto as cidadelas o seguiam lentamente, como nuvens de tempestade girando nos céus.

Demais, pensou ele. *Dem…*

Um uivo no ar; um estrilador partiu a nuvem como um raio, acertando o ombro dele; depois, Crasedes começou a girar, despencando, caindo, cada vez mais fundo…

No mar.

Crasedes mergulhou numa escuridão esmagadora, total e sem fim, e ali ficou à deriva.

No entanto, a treva era familiar. Não passara milênios congelado em meio à dor, fitando o espaço escuro? A totalidade de sua existência não fora assim?

O mundo estava perdido para ele, feito em pedaços. E se despedaçava sem parar, até que se tornou um fluxo distante de experiências acontecendo com alguém…

Não.

Alguma outra pessoa. Muito tempo antes.

(A fila de refugiados seguia exausta pelos campos, fugindo de Anascrus. A criança e sua tia ficaram diante da casa dela e os observaram, atordoados, pois do que eles poderiam estar fugindo? No entanto, um homem se separou do fluxo de refugiados e se aproximou, um homem imundo coberto de suor e cinzas, seus olhos vazios e seu rosto tenso, e, embora a criança não reconhecesse esse homem, a tia disse "Claviedes, o que aconteceu?", mas o homem simplesmente ficou ali, e, em seguida, ela perguntou "Onde está minha irmã?", e depois o rosto do homem se contorceu e ele se sentou na trilha de pedra diante da casa e começou a chorar.)

Memórias demais, pensou Crasedes. *Mundo demais.*

O borbulhar e a agitação das águas sombrias. Um mundo brilhante e fragmentado acima dele, cheio de grandes sombras escuras e rodopiantes, esperando por Crasedes.

Memórias demais... Não consigo... Não consigo acompanhar todas elas...

Foi então que o mundo se despedaçou? Foi naquele momento, com seu pai chorando no chão? Ou foi muito mais tarde, quando...

(O bater dos cascos, os gritos dos refugiados, os tsogeneses avançando pelas colinas cobertas de flores silvestres. A criança chamou seu papai, gritou o nome de seu papai enquanto ele era empurrado para as outras multidões de pessoas desesperadas e infestadas de peste; e depois um dos cavaleiros se aproximou, seu pé se esticou e o menino sentiu uma dor no rosto, sentiu o lábio rachar, sentiu o dente quebrar, e estava deitado no chão, semiconsciente, quando um dos cavaleiros desmontou e amarrou as mãos dele, as cordas rasgando sua pele, a primeira de muitas vezes em que ele seria...)

Não, disse Crasedes.

Ele subiu.

Não estou mais atado.

Via a superfície da água acima dele, muito acima, e as cidadelas acima da água.

Flexionou sua vontade enquanto subia, criando um manto de gravidade em torno de si, usando todos os privilégios e permissões que possuía para remodelar o movimento, remodelar a física, remodelar...

Tudo.

Sentiu a superfície do oceano começar a se elevar enquanto subia. Concentrou-se e continuou empurrando, continuou puxando, continuou...

(levantando-se de manhã na senzala, o ar cheirando a merda e urina, as cabanas miseráveis cheias de barulho de choro, e todas as manhãs havia alguma descoberta horrível de que um deles morrera, perecido na noite, de peste ou fome ou coisas piores, deitado com os olhos abertos, as mãos ensanguentadas de trabalhar nos campos, os pulsos tão mutilados e cheios de cicatrizes por causa de...)

... ligações, flexionando seus comandos, usando todas as regras que aplicara ao seu antigo ser ao longo de tantos anos, rasgando o próprio oceano, subindo, subindo, até que se formasse uma enorme montanha de água, com dezenas de metros de altura, centenas de metros de altura, as ondas tremendo e dançando e girando ao redor deles.

A água o envolveu, subindo, subindo.

Mais rápido. Mais.

Trinta metros de altura, depois trezentos metros, depois mais e mais.

A montanha de água girou em torno dele até atingir oitocentos metros de altura, até se expandir e engolir a frota de lâmpadas-mortas, todas elas, sem exceção, e depois engoliu uma das cidadelas, prendendo-a numa fonte borbulhante de cristal verde. Ele observou, do pico da montanha de água, enquanto as minúsculas formas de hospedeiros se erguiam dos parapeitos e das paredes e, gentil e lentamente, caíam pelas ondas verdes, lutando para respirar e ficando imóveis em seguida. A montanha de água era tão grande que as outras quatro cidadelas correram para evitá-la, inclinando-se para um lado quando a água transbordou por cima de seus parapeitos e entrou em suas fortalezas.

Crasedes gritava em sua mente, gritava de triunfo, mas como doía manter esse esforço, o próprio peso de toda aquela água a puxá-lo para baixo, seu corpo gritando enquanto…

(o chicote feriu sua pele, e ele gritou de novo pedindo seu papai, mas os escravocratas apenas observavam, indiferentes, enquanto essa criança lutava contra suas amarras, presa à armação de madeira ainda molhada do sangue de outros, e, embora o menino não conseguisse falar, tudo o que conseguia se perguntar era: Como vim parar aqui, como vim parar neste lugar, antes eu morava em outro lugar com minha mamãe e meu papai, mas depois uma garotinha se transformou numa borboleta e tudo…)

… se desfazia, a gigantesca parede de água começou a se dissolver sobre ele e, ao cair, Crasedes se precipitou por suas cascatas, esculpindo *sigil* após *sigil* na superfície da cidadela abaixo dele, terminando seu trabalho, pedaço por pedaço.

Eu não terminei meu ataque contra você.

A cidadela começou a despencar no oceano.

Farei guerra a você com seus próprios ossos.

• 54

Berenice se assustou quando a parede de água veio jorrando pelas ruas, molhando seus tornozelos.

Ela esticou o pescoço para observar a situação virando a esquina, na direção de onde vinha a água, e a visão era assombrosa e aterrorizante.

Uma gigantesca montanha de água escura estava suspensa no céu, quatrocentos metros além da borda da fortaleza flutuante. A água estava tão escura que era difícil ver, mas... a menos que estivesse enganada, Berenice pensou poder discernir outra cidadela dentro da massa flutuante de oceano, como uma mosca presa em âmbar escuro.

Caramba, pensou. *Crasedes acabou de afogar uma cidadela inteirinha?*

Em seguida, assistiu com um horror silencioso e crescente quando o casulo de água começou a se dissolver, despejando uma enorme onda que se espalhou por todas as cidadelas ao redor... incluindo aquela onde Berenice estava.

— Ah, merda — sussurrou ela em voz alta.

Sem pensar duas vezes, puxou sua espringal e disparou um tiro de linha na parede ao lado, para evitar que fosse arrastada para fora da cidadela. Mesmo estando a apenas alguns centímetros de distância, o tiro de linha ainda se ativou e a puxou naquela direção.

Mas a água estava subindo em volta dela agora, uma cachoeira que transbordava pelas ruas daquele lugar úmido e em ruínas, e suas botas não tinham como fazer contato com a parede e aderir a ela, de modo que Berenice simplesmente ficou flutuando ali, puxada para uma direção pela linha lançada e para outro lado pela água. E o nível dessa água continuava a subir.

Merda. Merda, merda, merda.

Respirou fundo quando a água alcançou seu corpo, engolindo a cintura, a barriga, os ombros e, finalmente, o rosto.

Seus olhos ardiam por causa do sal. Ela observava com horror mudo os corpos sendo lançados pela água no pátio ao seu redor, as formas de hospedeiros flácidos girando de ponta-cabeça enquanto a parede de água salgada os arrancava de seus postos.

Seus olhos ardentes acabaram divisando a entrada do *lexicon* no centro do pátio.

Suspeito, pensou ela, *que Tevanne esteja preocupada com um bocado de coisas neste momento.*

Uma ideia tomou forma em sua mente. Uma ideia muito perigosa, mas que ela pensou que poderia funcionar, talvez.

Cerrando os dentes, apontou a espringal para a porta do *lexicon*, mirou um pouco mais para cima, levando em conta a correnteza, e atirou.

Se o tiro de linha não fosse um projétil inscrito, teria falhado sem dúvida alguma, sendo carregado pela água, tal como os hospedeiros. Mas a pontaria dela foi certeira, atingindo o centro da porta arredondada, e Berenice foi lançada pela água em direção à entrada do *lexicon*.

A correnteza se enfraqueceu ao redor dela. A onda estava recuando, ao que parecia, mas não rápido o suficiente. Seus pulmões doíam, a cabeça latejava.

Quanto ar me resta?

Colou as botas na superfície da porta e depois analisou a fechadura.

Na verdade, mal contava como uma fechadura: era simplesmente um enorme ferrolho de aço inscrito acionado quando Tevanne queria, aparentemente, e, portanto, não precisava de chave nem de qualquer tipo de mecanismo.

Mas já rasguei o aço inscrito de Tevanne antes.

Tentou ignorar o ardor nos olhos, o latejar na cabeça e nos pulmões. Ela se agachou perto da porta e tirou da mochila um pequeno armamento inscrito que Design desenvolvera meses antes, inspirado nas próprias obras de Tevanne. Assemelhava-se a um plugue de ferro, mas sua função lembrava um pouco a de um estrilador em miniatura, forçado por suas inscrições a acreditar que estava voando em determinada direção, muito rápido. Mas esse pequeno plugue de ferro também fora inscrito para acreditar que sua densidade continuava crescendo e crescendo, até que se desfizesse ou saísse do alcance de qualquer *lexicon.*

A teoria era que, quando usado no lugar certo, o dispositivo atravessaria qualquer medida de segurança ou quebraria qualquer coisa a que essa medida de segurança estivesse associada. Qualquer uma das duas coisas seria ótima para Berenice naquele momento.

Ainda submersa na água do mar, ela colou o plugue de ferro na fechadura e depois foi subindo pela porta, dando cada passo cuidadosamente com suas botas adesivas, os pulmões tinindo, os ouvidos martelando. Subiu no telhado da meia concha e depois desceu pelo outro, até ficar agachada na base do invólucro inclinado.

Se sair algum estilhaço, pensou, *talvez isso me proteja.*

Ela se curvou o máximo que pôde.

Talvez.

Em seguida, girou um pequeno mostrador na lateral de seu protetor de pulso, acionando as inscrições.

Um estrondo abafado sacudiu a água. Esperou para ver se sentia algum pedaço de metal rasgando seu corpo, mas não aconteceu nada; juntando a entrada de ferro e a água, ficara protegida.

A água diminuiu; a luz em volta dela cresceu. Berenice olhou para cima e viu a superfície do líquido descendo em sua direção; deu um salto e saiu da água, ofegando muito enquanto lutava para despejar ar em seus pulmões.

— Ah, Deus — gritou, ainda ofegante. — Ah, Deus…

Em segundos, a água quase escoou completamente, até ficar no meio da canela. Berenice se agachou na água salobra, pulmões arfando, mãos tremendo.

Levante-se. Agora. Depressa!

Ficou de pé cambaleando e deu a volta na pequena meia concha, mancando.

A arma fizera seu trabalho: a porta inteira havia caído para dentro.

Olhou em volta para o pátio encharcado e pingando. Nada se movia. Com uma respiração irregular, atravessou a entrada mancando.

Depois da porta havia o início de uma escadaria: uma escada longa e curva que descia para as profundezas da rocha, muito pouco iluminada por pequenas lanternas azuladas, embutidas no pilar central.

Engoliu em seco e começou a descer.

◆◆◆

Muito acima do mar, Crasedes concluía seu ataque à cidadela moribunda que se afogava, com sua última sequência de *sigils* cuidadosamente gravada.

Agora, pensou ele, *vamos acabar com a outra.*

Disparou pelos céus, lançando-se em direção à outra cidadela, afastando-se rapidamente da parede de água que se espatifava nos céus. Não havia terminado seu trabalho naquela ali (de onde estava, podia ver cadeias inacabadas de *sigils* na lateral) e, portanto, suas inscrições ainda não estavam ativas.

Mas estarão em breve.

Não tinha mais sua esquadrilha de pedras para protegê-lo. Estava exposto e vulnerável, e, embora Tevanne sem dúvida ainda estivesse atordoada pela destruição que ele havia causado com a água, quando ela começasse a atacá-lo novamente, Crasedes certamente sucumbiria.

No entanto, não se importava.

Sou poderoso!, gritou internamente.

Levantou a mão, flexionou sua vontade e começou a esculpir um *sigil* após o outro na superfície da cidadela.

Sou como eu era. Não sou um mero fantasma, nem um espectro. Estou inteiro, sou...

("Forte", o pai sussurrou no ouvido do menino enquanto fugiam no escuro. "Você é tão forte, tão forte, só continue correndo e não olhe para trás", mas a criança não pôde evitar, e espiou por cima do ombro o horizonte flamejante, todos os acampamentos de escravizados em chamas, e de alguma forma entendeu que seu pai tinha feito algo muito, muito ruim, algo com sua arte...)

Crasedes voava pela lateral da segunda cidadela, o ar cheio de água e poeira enquanto terminava seu design final.

Devo continuar, pensou, *devo continuar...*

("... seguindo, continue respirando", implorava seu pai, "por favor, fique vivo, fique comigo, demorei tanto para te encontrar, por favor, não me deixe também", mas a criança

não conseguia parar de tossir, não conseguia manter os olhos abertos, via apenas vislumbres do teto da caverna e dos aposentos toscos que eles construíram aqui... e ali, no canto, a estranha caixinha com o estranho cadeado dourado na superfície. E em seguida, uma nova voz, uma voz aguda e estranha, dizendo: "Não posso salvá-lo. As minhas permissões não são versáteis o suficiente", e a criança pensou: Quem é essa, quem é essa, quem é essa voz quem é...)

Crasedes escrevia.

Escrevia com toda a sua força e percebeu que estava entoando algo para si mesmo repetidamente, sussurrando:

— Eu sou Crasedes Magnus. Eu sou Crasedes Magnus. Eu sou, eu sou, eu sou...

Sigil após *sigil*, sequência após sequência, ligação após ligação.

Quase pronto.

Ele ouviu o rugido de estriladores atrás dele.

— Eu... *Eu sou Crasedes Magnus!* — gritou alto.

Com um estalo angustiante, mais de seus *sigils* apareceram na lateral da cidadela.

— *Eu quebrei o mundo!* — urrou.

Ele mergulhou, ciente dos estriladores se aproximando de onde ele estava.

Uma última sequência. Um último comando.

— *Para mim será um ato insignificante* — rugiu ele — *quebrar você!*

Em seguida, seu grande projeto foi concluído, e as inscrições ganharam vida.

Era, no fundo, uma inscrição muito simples: feita para produzir adesão, na qual os *sigils* convenciam dois pedaços de matéria de que eram, na verdade, a mesma entidade e, portanto, precisavam se movimentar para ficar juntos muito rapidamente, ignorando quaisquer obstáculos, a influência da gravidade ou qualquer outra coisa.

No entanto, as ligações de Crasedes não agiam sobre nenhum bloco normal de pedra, mas sobre duas das gigantescas cidadelas: aquela em que ele acabara de trabalhar e a moribunda, a cidadela afogada e semidestruída que ainda estava caindo no mar.

Com um solavanco, a cidadela próxima a ele se lançou para a frente, interceptando a saraivada de estriladores que vinha acelerando em sua direção.

Houve uma enorme explosão de água, como se o mar inteiro tivesse se partido em dois, e a cidadela submersa se ergueu do oceano.

Elas giravam desajeitadamente no ar, uma em direção à outra, como dois atletas amadores tentando fazer exercícios de ginástica pela primeira vez. E depois...

O impacto foi ensurdecedor mesmo para Crasedes, um trovão cataclísmico. As laterais das cidadelas cederam, esfarelando-se quando as duas enormes lágrimas de pedra mergulharam uma na outra, as fortificações desmoronando, os pináculos e torres entrando em colapso.

Disparou para a frente, flexionando sua vontade, agarrando os gigantescos estilhaços que voavam pelo ar e redirecionando-os para uma das últimas três cidadelas.

Nunca pare, pensou ele. *Quebre a realidade. Quebre a si mesmo. Quebre todos os impérios deste mundo até...*

("... despertar", sussurrou o pai, e a criança tossiu e se esforçou para abrir os olhos, mas em seguida viu que seu pai estava chorando, sentado no chão e chorando de novo, e havia outro homem na caverna com eles, um do tsogeneses, um dos traficantes de escravizados, mas ele estava amarrado pelos pulsos e tornozelos, e seu pai se inclinou sobre o homem

com uma faca na mão, uma faca estranha coberta de sigils *estranhos, e depois o pai da criança disse: "A meia-noite está perto e depois você vai acordar, e você vai estar diferente, mas ainda vai ser meu filho, você vai estar vivo, e isso é tudo o que importa, isso é tudo o que importa", e foi só então que a criança percebeu que seu próprio corpo estava coberto de* sigils, *símbolos pintados em seu corpo com tintas esquisitas, e em seguida seu pai ergueu a faca bem alto e o homem no chão começou a guinchar, e depois...)*

Ele derramou os estilhaços sobre a cidadela, rasgando os pedaços de sua irmã que se dissolvia e arremessando-os para baixo, sobre a nave em fuga, até que ela também começou a se despedaçar sob o assalto da ira de Crasedes, o mundo inteiro fumegando, evaporando e girando, as ondas brancas e espumantes abaixo, e, embora ele rugisse de triunfo e de raiva e de fúria cega, não era o suficiente, nunca era o suficiente, o mundo nunca poderia sofrer o suficiente, a realidade nunca poderia sentir dor suficiente para se igualar a toda a agonia que ainda se agarrava ao seu

(... coração, uma dor terrível dentro dele, como se seu pai tivesse esfaqueado não seu cativo, mas ele, esfaqueado seu próprio filho, e quando a meia-noite soou, o menino sentiu a faca dentro de si refazendo-o, reformando-o, transformando-o, e ele sentiu palavras sendo escritas em seu ser, editadas em sua alma, afirmando que ele estava além da morte, além do sofrimento, além do reino dos homens e, quando isso foi feito, a criança abriu os olhos e encarou o mundo com nova visão e ouviu seu pai sussurrando: "Você está inteiro? Você está seguro? Fique comigo, meu amor, fique comigo...")

Crasedes olhou para a superfície arruinada e agitada do oceano. Lentamente, a nuvem de fumaça e vapor se dissolveu.

— Vitória — falou, ofegando. — Vitó...

Em seguida, seus olhos fitaram a enorme cidadela blindada, aquela que certamente abrigava a própria Tevanne, e observaram quando suas milhares de torres de estriladores se viraram para apontar para ele e dispararam todas de uma vez.

• 55

Berenice se agarrou ao corrimão enquanto os enormes estrondos sacudiam as paredes.

O que diabos está acontecendo *lá fora?*

Corria cada vez mais para baixo, rumo às partes mais fundas do coração da cidadela.

Achei que Crasedes fosse distrair Tevanne, mas... aquilo soa como algo muito maior do que uma distração...

A escada chegou ao fim. Ela observou que havia uma passagem longa e estreita e então se pôs a segui-la com cuidado, concentrando-se para ouvir o som de qualquer outra pessoa que pudesse estar ali consigo, mas parecia estar sozinha.

A passagem terminava no que ela reconheceu como a escotilha para o berço do *lexicon* principal, dando acesso ao dispositivo incrivelmente complicado que estava forçando o mundo a acreditar que essa gigantesca cidade flutuante deveria ter permissão para continuar existindo.

Virou-se para o lado e encontrou uma segunda escotilha pequena que conduzia para a esquerda.

Exatamente como Crasedes havia descrito.

Abriu a escotilha e encontrou outra pequena passagem lhe esperando. Curvou-se e entrou, e a passagem seguiu dando voltas até terminar numa câmara.

A câmara era bem grande, com cerca de três metros e meio de altura e largura, e tinha uma enorme porta inscrita de aço liso na extremidade oposta.

Deve ser isso, pensou. *Deve ser o regulador atrás dela.*

Analisou a porta. Como aquela que acabara de abrir, não tinha maçaneta nem fechadura. Mas... a câmara era incomum.

Olhou em volta e viu que havia cinco caixas de aço alinhadas nas paredes da câmara, cada uma ligeiramente maior que uma pessoa, todas com portas fechadas. Ela as examinou sob a luz fraca e viu que as inscrições nas caixas eram *extremamente* familiares.

Esses são... espaços duplicados, pensou. *Caixas duplicadas, feitas para fazer a realidade acreditar que dois espaços diferentes contêm a mesma coisa.* Caminhou em direção a uma, sentindo-se levemente preocupada. *Assim como o método que usamos durante a Noite da Montanha, para enganar a realidade fazendo-a pensar que trouxéramos um* lexicon *para o campo Candiano, para que Sancia pudesse voar...*

Tentou abrir a porta de uma das caixas, mas não conseguiu. Depois pensou, e o medo borbulhou em seu interior.

Isso é... uma fechadura. É exatamente isso que define essa coisa. Estou diante de uma fechadura, não estou?

Ela foi ficando cada vez mais certa de que sim. Essas cinco caixas eram, sem dúvida, duplicadas com outras cinco, que deviam estar distribuídas por toda a cidadela, em lugares muito seguros. A única maneira pela qual a porta inscrita na parede se abriria, suspeitava Berenice, seria fazer com que cinco hospedeiros carregando sinais especiais (como insígnias para um portão de campo) entrassem simultaneamente naquelas cinco caixas em algum lugar da cidade, o que, então, enviaria o sinal certo de volta para essas cinco caixas aqui nessa câmara, o qual, então, ordenaria que a porta inscrita se abrisse.

Era uma fechadura e, mais exatamente, uma fechadura que somente a própria Tevanne poderia abrir.

Berenice se sentou no chão, sentindo náuseas.

Finalmente encontrei uma fechadura impossível de abrir, pensou, *e aqui estou eu, não apenas sem minha esposa, uma ladra veterana, mas também sem sua chave mágica que pode abrir qualquer porta.*

Pensou no que fazer.

A câmara chacoalhou enquanto outro enorme estrondo era transmitido pelas paredes.

— Merda — sussurrou ela.

56

Crasedes corria pelos céus enquanto o enxame de estriladores descrevia um arco atrás dele

Mais rápido, pensou. *Mais rápido, mais rápido.*

Voava ao longo da superfície da cidadela titânica, esculpindo *sigils* na estrutura, tentando escrever nela laços de densidade o mais rápido que podia.

O ar tremia. Tudo estava fervendo. Podia sentir os estriladores muito próximos agora, seguindo cada movimento seu, diminuindo a distância, centímetro por centímetro.

Mais, pensou ele. *Cada vez mais e...*

Explosões e estalos vindos de algum lugar atrás de si. Imaginou que alguns dos estriladores que o perseguiam chegaram muito perto da superfície da cidadela e estourado.

Disperse-os, pensou ele. *Faça Tevanne destroçar suas próprias obras...*

Mas isso seria complicado, sabia Crasedes: esses estriladores eram pilotados pela inteligência de Tevanne, remotamente direcionados pelo ar enquanto ela observava seu inimigo por meio de incontáveis pares de olhos.

Escrevia mais *sigils*, cada vez mais rápido.

Quase pronto. Quase pronto...

Em seguida, ouviu outro guincho de estriladores, mas aquele vinha da frente dele, não de trás.

Olhou para cima e viu que Tevanne habilmente lançara um segundo enxame de projéteis, descrevendo um arco que *descia* em torno da cidadela na direção dele, de modo que Crasedes não conseguiria vê-los até que fosse tarde demais.

Começou a gritar "*Não*", mas, antes que o som deixasse sua garganta, o enxame de estriladores que se aproximava o atingiu de frente, seguido imediatamente pelo enxame de estriladores que o perseguia, atingindo-o nas costas.

Depois tudo se tornou fumaça, dor e escuridão, e ele caiu.

◆◆◆

A consciência se acendeu em algum lugar da mente antiga de Crasedes.

Viu oceano, fumaça e vapor. Tudo doía, mas estava vagamente consciente de que flutuava ou era puxado para cima.

Olhou para baixo e viu que um dispositivo bizarro o estava segurando pelo torso, prendendo seus braços ao lado do corpo: algum tipo de enorme faixa de metal, forjada em aço preto, e estava, incrivelmente, fazendo-o flutuar.

Olhou para o objeto com sua visão inscrita e percebeu que era um dispositivo de gravidade. Devia tê-lo apanhado no ar quando caiu e, a menos que estivesse enganado, estava levando-o para algum lugar.

Olhou para trás e viu a imensa e titânica cidadela blindada flutuando atrás dele, como uma lua terrível.

Não, pensou.

Lutou contra a faixa de metal tanto quanto podia, tentando forçar a gravidade para a frente e para trás, mas o dispositivo não se movia. Crasedes estava muito fraco, muito danificado, muito ferido pelo impacto de duas rajadas de estriladores.

Depois viu o que o esperava na borda da cidadela: três das loricas gigantes, idênticas àquela que o havia capturado e aprisionado.

Não, não!

Ele lutava, contorcendo-se no aperto da faixa. Flexionou a própria vontade, tentando partir o metal em dois, mas não conseguiu. Já estava meio morto, as ligações ao longo do corpo piscando e tremulando, sem saber se deveriam continuar confundindo a realidade para lhe conceder os privilégios que ainda possuía.

Gritou de raiva quando foi arrastado para perto de uma lorica gigante. Uma garra enorme se lançou para a frente, agarrou seu pé e o puxou.

— Não! — gritou ele. — Não, não vou! Eu *não vou*!

A lorica gigante o jogou no chão. Rosnando, Crasedes soltou a mão da faixa de metal preto e fez força contra a pedra, tentando distorcer a realidade em volta de si, buscando dobrar a natureza do mundo até que estivesse livre, solto, seguro.

Uma garra preta desceu, agarrou sua mão direita e puxou. Ele choramingou, desesperado, e observou sua palma se erguer da superfície da terra, até que finalmente a lorica gigante torceu a mão dele para cima e para trás das costas.

— Você criou armas fortes — sussurrou uma voz.

Crasedes ergueu os olhos. Tevanne se aproximava lentamente, seus olhos ensanguentados fixos nele.

— Mas seu corpo está fraco — disse ela.

Uma garra preta voou para a frente e empurrou a cabeça de Crasedes contra o chão, expondo sua têmpora esquerda para o céu.

— Admito — continuou Tevanne — que me perguntei como eu iria lidar com essa situação. Somente você pode emitir o comando para Clave, aquele capaz de arrombar a porta. Mas como coagir você?

Outra garra preta se posicionou lentamente, logo acima de sua têmpora esquerda. Ele viu que a garra segurava algo: uma estranha ponta inscrita, quase como se fosse um pequeno prego.

Olhou para aquilo com sua visão inscrita e percebeu o que era.

— *Não!* — gritou. — *Pare! Assim não, assim não!*

— Não sou capaz de persuadi-lo — disse Tevanne suavemente. — Não como você outrora persuadiu tantos a adorá-lo, a fazer a guerra por você, a morrer por você.

A pequena ponta inscrita se aproximou de sua têmpora esquerda.

Gritava, resistia e se debatia, tentando escapar em vão.

— Mas uma mente como a sua — sussurrou Tevanne —, memórias tão vastas quanto as suas... mesmo estas podem ser domadas...

Crasedes gritou quando a ponta da estaca tocou sua têmpora e em seguida começou a deslizar para dentro.

— Agora que você escolheu — falou Tevanne — tornar-se tão fraco.

Com seu último grito, Crasedes olhou ao redor em desespero, procurando ajuda de qualquer um, qualquer coisa. E então ele viu.

Um pequeno dispositivo logo atrás de Tevanne: um dispositivo de gravidade de algum tipo, e flutuando nele havia um pequeno brilho de ouro.

Uma chave. Que havia sido cuidadosamente suspensa para garantir que não tocasse em absolutamente mais nada.

Pai?

O mundo ficou borrado, e ele viu...

◆◆◆

— Eu não quero — disse o menino.

O pai olhou para ele, seu cabelo tão branco, seu rosto tão enrugado. Tentou sorrir.

— Você vai ter que fazer isso, garoto — falou ele. — É o que deve fazer.

— Por quê? — perguntou a criança. — Por que temos que fazer isso? Por que eu tenho que fazer isso? — Ele tocava o peito, ainda sentindo o fantasma da dor em seu coração, de quando o pai o havia mudado. — Eu sou diferente agora. Não tenho fome. Não durmo. Não envelheço. Não estamos seguros agora? Não é isso o que você queria?

O pai desviou o olhar e ficou em silêncio por muito, muito tempo.

— É maior do que nós — sussurrou ele. — Maior do que você ou eu. Eu... Eu fiz tantas coisas para nos trazer aqui. Mas o mundo inteiro lá fora está tão, tão quebrado. Achei que estava fundando algo, fazendo algo melhor, mas... Eu estava errado. — Olhou para o filho. — Acho que você é o fundador, garoto. E é você quem vai ter que consertar tudo o que deu errado.

A criança olhou para as duas pequenas ferramentas de metal no chão da caverna. Uma ele conhecia bem, pois era algo que vira seu pai usar antes: uma faca inscrita, projetada para romper todas as paredes e regras deste mundo e roubar o acesso a algo: uma permissão, um privilégio.

A outra, porém, era algo novo: uma chave. Pequena, feita de aço, a cabeça moldada para se assemelhar a alguma coisa aparentada a uma borboleta. Seu dente longo e peculiar estava coberto com muitos sigils estranhos e, embora o menino tivesse estudado as obras do pai, ainda não entendia todas.

— O que é? — perguntou ele.

— É uma ferramenta — disse o pai. — Que você pode usar para criar um novo mundo. Um mundo melhor. Um mundo livre de sofrimento. Mas não posso te dizer como fazer isso, meu amor. Estou velho e... e quebrado de muitas maneiras. Levei você o mais longe que pude. — O rosto dele mudou, e a criança percebeu que o pai estava se esforçando para não chorar. — Você não vai envelhecer agora. Mas eu vou. E estou... Estou tão cansado, Crasedes.

— Nós poderíamos mudar você. Fazer com que fique semelhante a mim.

— Eu não quero fazer você ficar semelhante a mim. Não quero que seja um assassino. Mas eu quero... dar a você tudo o que puder *para que tenha êxito. — Ele estendeu a mão e pegou a chave, estudando-a, seus olhos melancólicos. — Uma borboleta. Uma mariposa. Elas mudam e se transformam em algo melhor. Talvez eu também.*

Crasedes ficou parado em silêncio, olhando para a faca a seus pés.

— Você ficará com meus escritos — disse seu pai. — Meus trabalhos. E... — Ele olhou para o lado da caverna deles, onde ficava a caixinha peculiar, com seu estranho cadeado dourado. — E haverá outros que poderão ajudá-lo, com o tempo. Uma vez que você possa entender o que eles são.

— Você está me deixando — disse Crasedes. Abaixou a cabeça e chorou. — É isso, não é? Você está me deixando, assim como fez antes.

— Não, não, não — protestou o pai. Ele se ajoelhou e tocou o rosto do filho. — Estarei com você para sempre. Sempre estarei aqui. — Ele tocou o centro da palma da mão direita do garoto. — Para sempre. E, juntos, faremos grandes coisas.

— Como o quê? — perguntou Crasedes.

Seu pai se inclinou.

— Salvaremos outras pessoas — sussurrou ele — de todo o sofrimento que conhecemos. — Ele beijou o filho na testa. — Vamos ser ponderados. — Beijou-o de novo. — E sempre, sempre dar liberdade aos outros.

◆◆◆

O momento piscava na mente de Crasedes, como o invólucro de uma lanterna de papel ao vento.

Eu posso fazer isso.

Depois se desvaneceu, escureceu...

Posso salvar...

... e finalmente morreu.

Eu posso salvar todos. Não posso?

Fitou a escuridão, e depois, lentamente, sentiu sua vontade se dissolver, substituída por algo enorme, vazio e cruel.

<*SIM*>, sussurrou Tevanne. <*FINALMENTE.*>

• 57

A coisa que se chamava Tevanne estava bastante acostumada ao esforço de espalhar sua mente por tantos lugares. Mantivera sua presença, é claro, em incontáveis bastiões, castelos, fortalezas e embarcações de um tipo ou outro nos últimos oito anos; e desenvolvera seus próprios métodos inscritos de construção de um subconsciente, uma maneira de seu mundo funcionar sozinho, sem ter que ser instruído diretamente a fazê-lo.

Mas o súbito controle da mente de Crasedes Magnus era outra coisa, completamente diferente.

Havia simplesmente *tanto* nele, tantas memórias, tanto conhecimento. Em parte, isso era obra da própria Tevanne; sabia que vastas extensões das memórias de Crasedes eram apenas trechos de treva, como cicatrizes de feridas que havia rasgado no couro dele, mas, mesmo sem elas, a consciência de Crasedes era simplesmente grande demais para ser fatiada e analisada, como Tevanne fizera com incontáveis outros seres humanos.

Desistindo, fez-lhe uma única pergunta simples:

<Onde está a chave?>

A resposta se revelou na consciência de Crasedes, solidificando-se na mente de Tevanne como uma ninhada de ovas de peixe na parte de baixo de uma vitória-régia.

Tevanne se virou lentamente para olhar o oceano.

Sancia, disse a si mesma. *A que distância daqui você está agora?*

58

Berenice andava para lá e para cá na pequena câmara, olhando de uma caixa de aço para outra, de vez em quando interrompendo-se para examinar a enorme porta do lado oposto da sala.

Tem que haver uma maneira, pensou. *Tem que ha...*

Em seguida, tudo tremeu. Ela pulou, olhando ao redor, e depois deslizou para a frente quando a cidadela parou abruptamente.

Ela se agachou e conseguiu evitar, por muito pouco, a colisão com a parede. Depois permaneceu parada, esperando, imaginando o que mais poderia estar acontecendo no mundo lá fora.

Sem mais estrondos, ou estalos, ou explosões. Apenas silêncio, e a cidadela permanecia imóvel.

Isso parece, pensou ela, *muito ruim.*

Olhou de volta para a porta. Permanecia firme e resolutamente fechada.

Tenho que me apressar. Tenho que encontrar uma maneira de abrir isso.

Continuou olhando para a porta. Em seguida, começou a balançar para a frente e para trás, esforçando-se muito para não cair no choro.

Já havia considerado muitas soluções para a porta. Pensara em várias explosões, ou em atacar a parede ou as dobradiças, ou voltar para a cidade e tentar rastrear um dos pares duplicados dessas caixas, para que pudesse talvez, apenas talvez, duplicar as inscrições necessárias para…

Não. Percebeu que não conseguiria fazer isso. Mesmo que tivesse tempo para realizar esse sonho desvairado, nunca conseguiria. Não tinha acesso a Design, Anfitrião, Sancia ou Clave. Sem eles, sem todos os outros com quem trabalhara ao longo dos anos, ela não tinha ideia de como se orientar nesse negócio, o último e mais complicado de todos os dispositivos de Tevanne.

Uma porta trancada, pensou, *é o que vai matar todos nós.*

Sentiu o braço doer, bem onde havia se picado com o bastão de purga.

Fiz isso para chegar aqui, pensou, *mas perdi as conexões que poderiam me salvar. Salvar a gente. Salvar tudo.*

Apoiou a cabeça numa das mãos e olhou para uma das caixas de aço. Perguntou-se o que Design diria se estivesse ali, ou Anfitrião, ou mesmo Sancia.

Por um momento, quase pareceu como nos velhos tempos, na Noite da Montanha, quando ela, Orso e Sancia se desesperaram tentando descobrir como enganar a realidade para pensar que um *lexicon* estava em dois lugares ao mesmo tempo.

Depois, perguntou-se: o que Orso diria se estivesse aqui?

Sentou-se lentamente, sem saber por que a pergunta a atingira daquela forma. Fechou os olhos, tentando pensar, tentando se lembrar, tentando imaginar…

A maneira como ele se sentava nas mesas de sua oficina, curvado e se remexendo, o rosto escuro e enrugado contorcido numa expressão entre êxtase e raiva, seus olhos grandes, pálidos e desvairados piscando enquanto tirava uma franja branca como osso de seu rosto.

Eu inventei essa merda estúpida, diria provavelmente. *Inventei a besteira da duplicação do espaço. E você estava comigo quando o fiz. Não se lembra?*

Eu me lembro, disse ela, de olhos fechados.

Sim. Mas não fizemos isso perfeitamente, não é?

Berenice abriu lentamente os olhos.

— N-Não — falou ela suavemente. — Não fizemos.

Olhou em volta para as cinco caixas alinhadas nas paredes da pequena câmara.

— A caixa duplicada explodiu depois de cerca de dez minutos — disse ela. — Porque forçamos demais...

Engoliu em seco, sentindo-se fraca. Percebeu que estava esquecendo a única regra de inscrição que praticamente servira como seu mantra pessoal desde a fundação de Giva. Deus, Claudia até a dissera em voz alta poucas horas atrás:

Faça um péssimo trabalho de duplicação, ou a duplicação de algo que já está dentro de um espaço duplicado, e sim, a coisa fica feia.

Olhou em volta para as cinco pequenas caixas duplicadas na câmara, e depois para a própria câmara.

Então seria muito, muito ruim, não seria, pensou ela, *se eu duplicasse* toda essa câmara *com todas essas caixas duplicadas dentro? Isso quebraria todas as regras e perturbaria muito a realidade.*

Bateu palmas e pegou a coisa que considerara menos provável de ser útil durante essa missão: seu kit de inscrição.

O que foi que eu disse a Sancia pouco antes da Noite Shorefall? Caminhou até uma parede e começou a desenhar *sigils* cuidadosamente. *Quando acontece uma crise, um inscritor fica em uma sala pequena sem janelas e processa os* sigils. Ela riu melancolicamente. *Mas, meu Deus, nunca pensei que faria isso desse jeito.*

• 59

Clave observou, em sua pequena prisão, quando Tevanne se postou de pé, por cima de Crasedes. Passaram-se vários minutos desde que qualquer um deles se mexera, ou desde que qualquer coisa se mexera, na verdade: no segundo que aquele pequeno prego horrível deslizara para dentro do crânio de Crasedes, toda a cidadela congelou. Até as outras duas cidadelas pararam de se movimentar.

Alguma coisa está acontecendo, pensou Clave. *Alguma coisa está ocupando toda a atenção de Tevanne...*

Imaginou que assumir o controle da mente de um hierofante fosse mais difícil do que pilotar algumas cidadelas no céu. Talvez fosse muito difícil para Tevanne: talvez o esforço fosse muito grande, e ela seria esmagada sob o peso de tudo aquilo, até que...

As gigantes loricas pretas começaram a se mexer, afastando-se lentamente de Crasedes.

Em seguida, o próprio Crasedes começou a se mexer, cambaleando e se virando para encarar Clave.

Não, disse Clave. *Ah, não...*

Crasedes cambaleou para a frente, deslocando-se com uma passada estranha e mecânica. Depois estendeu a mão para o pequeno dispositivo de gravidade de Clave, arrancou-o de onde estava, e então Crasedes...

Pare, pare, PARE!

Girou Clave.

As ligações presentes nele ganharam vida. Mais uma vez, Clave sentiu algo se abrir dentro de si. E, mais uma vez, o mundo se tornou massa de vidraceiro, argila e água.

Um estalo, e o mundo se deslocou.

Estavam agora em outro lugar, flutuando cerca de trinta metros acima do solo. Clave olhava para uma paisagem estranha, alienígena e horrível, uma cidade destroçada, incendiada e em ruínas, feita de pedra marcada, cinzas e lama agitada.

Percebeu que a reconhecia, por pouco. Reconhecia os cursos de água, os canais e a maneira como os restos das paredes acompanhavam a beira do mar em quatro padrões diferentes e únicos...

Candiano, pensou baixinho. *E Morsini. E Dandolo, e Michiel... Ah, meu Deus. Estamos na Tevanne Antiga, não estamos?*

Crasedes estava de frente para o mar. Ele estava esperando, percebeu Clave.

Mas esperando o quê?

◆ 60

Sancia se inclinou para a frente e pegou sua luneta.

<*Acho que estou vendo algo*>, disse.

<*Você avistou terra?*>, perguntou Anfitrião.

<*Avistei alguma coisa. Deixe-me ver.*>

Levou a luneta ao olho e espiou. Sancia estava certa: havia uma pequena protuberância negra no horizonte.

<*É isso mesmo, eu acho*>, falou suavemente. <*As ruínas da Tevanne Antiga… Um lugar tão bom quanto qualquer outro para se esconder, acho. Mas, meu Deus, eu não volto aqui faz anos.*>

O *Inovação* seguia em frente, singrando o mar, e o minúsculo pico escuro no horizonte cresceu até se transformar numa torre, e a ela se juntou outra, e mais uma e duas e quatro, até que era como uma floresta preta e incendiada emergindo do oceano, e Sancia finalmente viu as ruínas da cidade que deixara para trás havia quase uma década.

<*Precisamos identificar um bom lugar para atracar*>, disse Anfitrião. <*Depois, examinar a terra para ter certeza de que é se…*>

<*Espere*>, interrompeu Sancia. Inclinou-se para a frente, ainda olhando pela luneta.

<*Esperar? O que você viu?*>

<Não tenho certeza. Deixe-me tentar encontrar o negócio novamente…>

Ela deixou sua lente vagar pelos céus azuis brilhantes, procurando as torres negras, até que finalmente avistou…

Uma figura. Um homem de preto, suspenso no ar, esperando calmamente a chegada dela. Ali, agarrado numa das mãos da figura, um brilho peculiar de ouro.

Sancia olhou para ele, estupefata, e sussurrou:

— Mas nem fedegando…

<*Aquele é… Crasedes?*>, perguntou Anfitrião.

Sancia analisou Crasedes à medida que o *Inovação* se aproximava. A postura dele era incomum, notou. Não estava sentado no ar na pose calma e quase divina de sempre, mas só pendurado, os braços e pernas flácidos, como se alguém o tivesse pregado no céu pela gola do casaco.

Um brilho de alguma coisa na lateral da cabeça dele. Franziu a testa e viu um pontinho prateado brilhante, como se alguém tivesse colado uma moeda em seu crânio.

<*Tem algo errado*>, disse ela.

Mas, a essa altura, ele já estava girando a chave.

Deslocar a realidade era algo familiar para Tevanne, mas nunca fora fácil. Editar a realidade para acreditar que dois ou mais espaços físicos deveriam ser trocados ou modificados significava não apenas projetar cuidadosamente inúmeras instruções, mas também queimar anos e anos de vida humana como gravetos na base de uma fogueira.

Mas Clave… Clave, descobriu Tevanne, era muito, muito mais elegante, muito mais eficiente do que jamais sonhara.

Tevanne pilotava Crasedes por trás dos olhos dele, forçando sua mão a levantar a chave, a emitir os comandos e tornar a realidade algo pequeno e imaterial.

Venha. Traga-me. Agora.

◆◆◆

Sancia ficou olhando, confusa, enquanto Crasedes desaparecia com um pequeno estalo.

Por um segundo houve silêncio, seguido apenas por um estalo tão ensurdecedor que ela temeu que a própria terra tivesse se partido em duas.

Uma súbita explosão de ar a bombordo do *Inovação*; e depois ali, pairando sobre o mar, estava uma das enormes e imponentes cidadelas, com suas torres e catapultas apontadas para eles.

<*Sancia!*>, exclamou Anfitrião. <*Você está vendo isso?*>

Um último estalo ensurdecedor, e a cidadela principal se manifestou sobre as ruínas da Tevanne Antiga, tão grande e imponente quanto a própria lua cheia, sua blindagem inscrita brilhando ao sol do meio-dia.

O medo ferveu no estômago de Sancia, pois ela só conhecia uma maneira de explicar aquilo.

<*Ela capturou Crasedes*>, disse calmamente. <*E Clave. Ah, meu Deus. Ela capturou os* dois.>

◆◆◆

O coração de Berenice saltava no peito enquanto o mundo brilhava e depois tremia. Olhou para cima, assustada, e observou as inscrições que desenhara nas paredes da câmara, imaginando se ela, de alguma forma, tinha causado aquilo.

Depois, teve uma sensação terrivelmente familiar: começou a se curvar, como se estivesse se dobrando sobre si mesma, desmoronando em algum ponto minúsculo dentro da realidade…

Teve presença de espírito suficiente para gritar "Ah, merda, não *de novo*!" antes que mergulhasse para longe do mundo físico, caindo da câmara que enxergava em direção a um mundo de escuridão interminável e vazio...

E, então, com um estalo, ela estava de volta.

Sentou-se no chão da câmara, com o coração martelando no peito, e olhou ao redor novamente.

Nada parecia ter mudado; pelo menos, nada que ela pudesse identificar. As cinco caixas de aço ainda estavam nas paredes. As várias centenas de *sigils* que escrevera ainda estavam lá. E a porta, infelizmente, ainda estava fechada.

— Que diabos foi *aquilo*? — perguntou ela, arquejando.

Começou a refletir. Obviamente, acabara de ser transportada pelas permissões de Clave (a primeira vez fora tão horrível que nunca mais esqueceria a sensação) e, ainda assim, até onde podia ver, ela não tinha saído do lugar.

A menos, pensou ela, *que toda a cidadela tenha sido transportada, e eu não consigo checar isso porque não tenho uma maldita janela aqui embaixo.*

Essa parecia ser a única resposta. Mas isso levantava várias questões mais difíceis.

A única maneira de uma ligação como aquela ser ativada seria se Crasedes estivesse com Clave. Mas, se Crasedes estivesse com Clave, teoricamente a guerra estaria terminada. Então, por que usá-lo para transportar a cidadela?

Ela esperava, ouvindo, pensando.

Não ouço o som da batalha, pensou, *há quase trinta minutos. O que sugere que nós ganhamos... ou perdemos.*

Considerou, com uma consternação que crescia lentamente dentro dela, que era inteiramente possível que Tevanne tivesse, de alguma forma, capturado e controlado Crasedes. Se conseguira capturá-lo uma vez, poderia fazê-lo novamente. O processo talvez fosse ainda mais fácil dessa vez, já que agora a entidade conhecia os limites dele.

Mordendo o lábio, ela olhou ao redor da câmara, ainda se esforçando para raciocinar.

Se Crasedes foi capturado, pensou, *então por que Tevanne não veio aqui e me matou? A menos que ainda não saiba que estou aqui, de alguma forma.*

Ela olhou de novo para a porta de aço gigante.

E, se for esse o caso... então ainda não perdemos. Ajoelhou-se e começou a desenhar mais *sigils* na parede. *Contanto que eu ainda esteja aqui e possa trabalhar rápido o suficiente, ainda não perdemos.*

◆◆◆

Sancia fez o *Inovação* parar de repente. Esperou que as cidadelas disparassem contra ela, destruindo o galeão e o resto das naus, mas não o fizeram.

<*Sancia!*>, exclamou Anfitrião. <*Dispare! Você precisa atirar, você precisa* atirar!>

Colocou a mão nos discos de mira, fechou os olhos e permitiu que as inscrições nadassem em sua mente.

Podia ver por meio dos pequenos dispositivos espelhados no casco do navio, todos os estriladores e armas a bordo à disposição dela com apenas um pensamento, e no entanto congelou, imaginando em qual cidadela mirar.

A cidadela principal estava obviamente fora de questão como alvo: era blindada demais, muito protegida para que pudesse danificá-la.

Exploda a outra para tirá-la do caminho, pensou, *e corra. Deixe que persigam a gente. Continue a enfrentá-las enquanto se desloca.*

Contudo, inclinou a cabeça, pensando, e estudou as cidadelas a bombordo e a estibordo. Possuía armas suficientes para danificar uma, talvez para derrubá-la completamente. Mas parou um instante.

<*Sancia!*>, exclamou Anfitrião. <*O que você está fazendo?*>

<*Berenice está a bordo de uma dessas coisas*>, disse ela. <*Ela tem que estar. Alguma ideia de qual delas seria?*>

Uma pausa terrível.

<*Eu... eu não tenho ideia*>, respondeu Anfitrião. <*Só Crasedes sabia.*>

Sancia soltou um suspiro lento e infeliz.

<*Mas... será que você não deveria atirar de qualquer maneira?*>, disse Anfitrião. <*Se Tevanne capturou Crasedes, e se Crasedes contou onde Berenice está, então talvez ela já esteja... já...*>

Então, com um estalo, ele apareceu.

Sancia o encarou, flutuando diante da cabine, o corpo flácido, um disco de prata brilhando na lateral da cabeça. Nunca gostara de Crasedes, é claro, mas soube imediatamente que o que fora feito com ele era pior que qualquer inferno que ela pudesse imaginar: não apenas ser escravizado mais uma vez, mas usar sua escravidão para se assenhorar de seu pai.

— Ah — sussurrou ela baixinho. — Ah, Crasedes, sinto muito. Sinto muito mesmo.

Em seguida, com outro estalo, ela o sentiu perto de si; sentiu-o agarrar seu ombro; e depois, com outro estalo áspero, sentiu o mundo entrar em colapso e percebeu que tinha ido para outro lugar.

• 61

Sancia abriu os olhos e arquejou.

Por um momento, realmente pensou que estava de volta. De volta à Tevanne Antiga, com suas torres altas, cortiços intermináveis e becos imundos e fedorentos... Então viu que, das torres, havia rostos olhando para ela: rostos magros, cinzentos e famintos que compartilhavam as mesmas expressões vazias. Depois, percebeu a proximidade das nuvens acima dela e ouviu o vento assobiando estranhamente em seus ouvidos, olhou em volta e percebeu onde estava.

Hospedeiros a cercavam, pelo menos uma centena deles, todos olhando para ela com seus olhos vazios e terríveis.

Ao lado flutuava Crasedes, com o corpo horrivelmente flácido, como um espantalho que perdeu o suporte que o mantinha de pé; e ali, a algumas dezenas de metros de distância, seis loricas pretas gigantes se amontoavam no chão, estremecendo.

Ao lado estava um homem de branco, os olhos ensanguentados, a cabeça meio coberta por uma blindagem esquisita; e, ao lado dele, havia algo terrivelmente familiar para ela, algo que vira apenas duas vezes: uma vez na memória de outra pessoa, muito tempo atrás, e outra nas profundezas da terra numa cidade enterrada e esquecida.

Uma porta que não estava presa a nenhuma parede, feita de pedra escura. Incontáveis sequências de *sigils* minúsculos e perfeitos se enrolavam em sua superfície escura, cada símbolo feito de aço prateado, mas essa versão era diferente das que vira antes.

Havia fechaduras nela. Uma de cada lado.

— Ah, meu Deus — sussurrou Sancia. — Ah, não, não, não.

Tremendo, olhou para trás e viu as ruínas da Tevanne Antiga se estendendo muito, muito abaixo dela. Sancia estava numa cidadela: na fortaleza voadora principal, é claro, espiando por cima dos parapeitos. E era ali que Tevanne pretendia terminar sua maior obra.

Tevanne olhava para Sancia, o rosto ensanguentado calmo e estranhamente indiferente.

— Isso... Isso não pode estar acontecendo — murmurou para si mesma.

Crasedes virou-se para ela e ergueu a mão.

Uma pulsação nauseante no ar; algo se contraiu em seu peito; e depois a chavinha prateada saiu da frente de sua camisa como se estivesse sendo puxada por um cordão invisível. Houve um estalo; o fio quebrou; e depois, para seu horror, a chavinha foi lançada para a palma da mão aberta de Crasedes, e ele fechou seus dedos negros em volta dela.

Sancia sentiu-se tremendo, percebendo a enormidade do que estava para acontecer.

— Não, não, isso... não pode ser esse o fim — implorou, talvez para Tevanne, talvez para Crasedes, ou Clave, ou o próprio mundo. — Não pode ser assim. Assim não, *por favor*, assim não!

Observava enquanto Crasedes se virava para a porta.

— Você não pode fazer isso! — gritou. — Espere! Me escute, só me *escute*!

Mas Tevanne não estava interessada em esperar, nem em discussões, nem em debates. Sancia observava, num sofrimento mudo e indefeso, enquanto Crasedes se aproximava da porta.

Berenice, pensou ela miseravelmente. *Por favor, por favor, por favor, se você estiver aí, por favor, faça o que tem de fazer. Por favor, faça, por favor!*

Mas nada aconteceu.

Viu-se lutando para compreender o horror corriqueiro daquele momento. De repente, parecia tremendamente ridículo e terrível que tudo pudesse terminar de forma tão abrupta, tão anticlimática: sem rituais, sem soar da meia-noite; sem argumentos, sem discursos, sem exigir que o mundo contemplasse os feitos realizados nesse momento fatídico. Tevanne nem perdeu tempo tentando matá-la. Sabia como Sancia era impotente, como importava pouco agora. Sancia podia assistir o que estava acontecendo, ou não; para Tevanne, não importava.

Crasedes encaixou a chavinha de prata na fechadura do lado esquerdo da porta e a girou.

Bastou isso: uma pessoa poderosa, com uma ferramenta poderosa e uma única escolha.

E depois, tudo mudou.

◆◆◆

Por um segundo fugaz, o céu acima deles gaguejou.

Isso não era como as outras edições que Sancia havia testemunhado em sua vida: não havia a sensação de tremor, como se a realidade fosse o couro de um tambor sendo percutido um pouco forte demais. Em vez disso, era como se o céu estivesse lá... e depois *sumisse*. Não era como se fosse meia-noite, mas como se o próprio céu tivesse realmente *sumido*, a pele da criação exposta a...

Alguma coisa. Ao nada. À escuridão. A um abismo, mas um abismo que se esticava.

O céu retornou, voltando a existir num lampejo. Sancia sentiu uma calma fria e estranha pairar sobre tudo ao seu redor, como se a criação tivesse percebido a gagueira nos céus e agora observasse para ver como as coisas poderiam se desenrolar.

Todos os hospedeiros em volta dela entraram em colapso, derrubados no chão, suas vidas despendidas, sabia ela, para operar a edição na porta.

Tevanne virou-se para estudar seu instrumento. Sancia também olhou, esperando, assistindo horrorizada. E depois...

A realidade dentro do batente da porta retrocedeu.

Foi a coisa mais sinistra, estranha e terrível de se testemunhar: a imagem além do batente da porta, a perspectiva e a própria sensação de que, do outro lado da porta, estava o mundo que conhecia e compreendia. Tudo isso deslizou *para a frente*, como se a realidade não fosse um espaço tridimensional, mas, em vez disso, uma mancha de cor sobre uma pintura emoldurada, e alguma mão invisível tivesse acabado de se esticar e deslizar a tela para fora... Ou será que era aquilo mesmo? Será que ela estava louca ou vislumbrara por um momento as dobradiças douradas na borda da porta, e algo se movendo para a frente, não para trás...

A porta abre e fecha de ambos os lados, de uma vez só. A frente de sua cabeça começou a latejar, e ela tentou desviar o olhar. *Não, não posso... Eu não posso ver, não deveria ver isso...*

A porta estava aberta agora. Olhou para dentro e viu...

Escuridão. Trevas. No entanto, Sancia pensou ter espiado algo cintilando e brilhando dentro da porta: algo retorcido, feito de ouro, como se, em algum lugar aninhado naquele abismo terrível e infinito, houvesse muitas, muitas rodas e engrenagens e encaixes dourados, a infraestrutura vasta e mesmo infinita da realidade girando; e, quanto mais olhava para o abismo, mais percebia que esses instrumentos divinos não eram feitos de nenhum metal terrestre.

Sigils, pensou ela, observando uma roda girar, sua pele ondulando conforme se movimentava no firmamento negro. *Elas são feitas de* sigils.

Um carrilhão suave filtrou-se no ar, como se um relógio gigante tivesse acabado de ser empurrado, muito ligeiramente, seus sinos e carrilhões sendo perturbados em seus encaixes. Sancia percebeu que aquilo lhe soava familiar: ela já ouvira o som uma vez, quando libertara Valeria de seu receptáculo na Montanha, e o mundo inteiro ficara quieto.

Um pensamento passou pela mente de Sancia enquanto olhava para a porta. *Posso correr para aquele lugar*, pensou sonhadoramente, *e dançar sobre as engrenagens e encaixes, e ouvi-las cantar para mim, e criar um novo mundo lá...*

Voltou à realidade, assustada, quando Crasedes se virou e passou lentamente diante da porta aberta, indo até a outra fechadura.

Um dente dourado e ondulado de uma chave, bem conhecido dela, aparecia entre seus dedos: Clave.

Seu coração esfriou. *Não, não, não...*

Observou enquanto Crasedes estendia Clave em direção à segunda fechadura.

Ele vai arrombar a porta, pensou.

Clave aproximava-se do buraco da fechadura.

Tudo isso na esperança desvairada de que seja lá o que criou este mundo possa retornar e consertá-lo.

Clave ficou um pouco mais perto, e depois parou.

Crasedes começou a tremer, parado diante da fechadura, o braço estranhamente congelado e travado.

Tevanne se virou para encará-lo, esperando, seus olhos ensanguentados arregalados. O tremor de Crasedes aumentou, até que parecia que ele estava tendo uma convulsão.

— Vá em frente — sussurrou Tevanne.

Crasedes continuava tremendo, sua cabeça agora ligeiramente inclinada.

Ele está lutando contra ela, pensou Sancia. *Meu Deus, será que ele vai resistir?*

Tevanne se aproximou.

— Vá em frente — sussurrou. — Vá em frente. Agora.

Crasedes tremia e estremecia; em seguida, Tevanne estendeu a mão, agarrou o pulso dele e gentilmente guiou sua mão, forçando Clave a entrar na fechadura.

— Muito bem — murmurou Tevanne. — E agora...

Clave girou na fechadura, e então o mundo verdadeiramente se quebrou.

◆◆◆

Berenice fez uma pausa enquanto terminava suas inscrições, movendo-se para trás e saindo de quatro pela portinha da câmara.

Algo havia mudado outra vez. Ela podia sentir: não era mais uma das permissões de Clave, não era como se ela tivesse sido transportada para o outro lado do mundo, mas alguma coisa... diferente.

Alguma coisa muito, muito pior.

Depressa, pensou ela. *Rápido, rápido!*

◆◆◆

Sancia piscou quando a cidadela balançou abaixo deles. Um frio estranho tomou conta dela, emanando da porta; e então ela observou com assombro e terror quando a porta começou a mudar.

A moldura de pedra preta permanecia no lugar, assim como Crasedes, congelado, com Clave na fechadura da direita; mas o espaço atrás dele ardia luminoso, tornando-se depois branco e ondulante, quase como um fogo branco; e depois cresceu e cresceu, como se a porta de pedra preta fosse um maçarico colocado perto de um metal, e o buraco ardente o estivesse corroendo de dentro para fora, devorando o próprio ar.

— Sim — disse Tevanne suavemente. — Está feito.

Ao redor deles, o mundo enlouquecia.

Trechos de espaço além da cidadela tremeluziam, tremulavam e depois desapareciam, substituídos por todo tipo de coisa maluca: enormes prismas de pedra negra apareceram de repente nas ruínas da Tevanne Antiga, erguendo-se em colunas retas; houve um tremor nos céus, e depois o vento aumentou, e a neve e a chuva caíram sobre a cidadela, às vezes quentes, às vezes geladas, e então, para espanto de Sancia, juntaram-se a elas cinzas ondulantes e tremeluzentes; grandes porções do mar abaixo congelaram, derreteram e viraram diamante, depois pedra, depois gelo mais uma vez; e, quando Sancia recuou para as muralhas, ela olhou para longe e viu que os efeitos estavam se espalhando, emanando de onde a cidadela estava agora estacionada, crescendo e crescendo enquanto a porta ardente se estendia cada vez mais alto no céu.

<*Anfitrião!*>, chamou Sancia. <*Anfitrião, se você pode me ouvir, então fuja, fuja!*>

A voz de Anfitrião respondeu, com extrema suavidade, uma voz baixa e trêmula: < *Vou levar os navios para uma distância mais segura... mas acho que fugir é um tanto inútil agora, certo?*>

— Vou me sentar — sussurrou Tevanne, e foi o que fez, ficando de pernas cruzadas no disco de pedra diante da ferida na realidade; Crasedes estava de pé logo à direita dela. — Vou me sentar, e assistir ao fim deste mundo, e aguardar que um novo mundo apareça.

◆◆◆

Berenice se sentou diante da porta fechada da câmara da fechadura e, cuidadosamente, começou a desenhar os últimos *sigils* na caixinha de ferro em seu colo.

Devia ter lembrado do que Sancia sempre dizia, pensou. *Não se preocupe em arrombar uma fechadura se você puder simplesmente quebrar a porta onde ela está instalada...*

Uma vez que ela terminasse, seus desenhos deveriam obrigar a câmara gigante logo atrás da porta a acreditar que estava ligada a esta minúscula caixa, e que as duas eram uma coisa só, apesar de serem de tamanhos totalmente diferentes.

Essa era uma ideia *muito* estúpida, tentar juntar dois espaços de tamanhos diferentes sempre dava muito errado.

Mas, até aí, pensou ela, *um péssimo trabalho de duplicação é exatamente do que precisamos agora.*

Ela chegou ao *sigil* final. Acrescentou uma última pincelada de tinta, e depois…

Um barulho estranho, que lembrava um ganido, começou a crescer na câmara atrás da porta.

Berenice olhou para cima, levantou-se e rapidamente recuou pelo corredor, observando.

O som de ganido cresceu cada vez mais até que finalmente ouviu-se um *punf!* alto e bastante curto vindo de dentro da câmara.

A porta da câmara se abriu, muito ligeiramente. A fumaça começou a vazar pelas rachaduras.

Berenice saiu correndo, abriu a porta de vez e mergulhou na fumaça.

◆◆◆

Tevanne fitou a úlcera crescente e cintilante que se abrira na realidade, estendendo-se por trás do batente da porta como uma pintura vazando de sua tela.

— Terá que vir — sussurrou. — *Ele* terá que vir. O criador verá como tudo deu errado, e então ele virá com uma ferramenta em suas mãos, a visão saltando de sua mente, e consertará tudo is…

Tevanne parou. Sancia a observou enquanto ela se sentava e olhava em seguida para a cidadela flutuante a estibordo, com uma expressão ansiosa no rosto.

— O que foi aquilo? — disse suavemente.

◆◆◆

Berenice disparou pela sala enfumaçada (as caixas de aço agora eram pouco mais que destroços amassados pendurados na parede) e abriu a enorme porta de aço do outro lado.

Atrás dela havia um pequeno cubículo em forma de caixa na parede e, flutuando nessa abertura, desconectado de todo o resto, havia um grande disco inscrito de aço, suspenso no que devia ser seu próprio dispositivo de gravidade.

Ela olhou para o disco, intensamente consciente de que, se o tocasse, toda a cidadela morreria e cairia do céu, e ela seria esmagada.

Engoliu em seco e cuidadosamente tirou da mochila sua ferramenta final: os quatro disquinhos que Anfitrião e Design tinham feito para ela.

Hora do truque de mágica.

Ela os fixou nos quatro lados da abertura na parede, de frente para o disco de aço flutuando no centro.

— Por favor, funcione — sussurrou ela.

Em seguida, pegou um pequeno disco de madeira com um interruptor no centro e o acionou.

◆◆◆

Sentade a bordo do *Compreensão*, Anfitrião esperava calmamente pela morte.

Anfitrião estava bastante familiarizade com o fenômeno da morte e não o temia. Compondo-se de dezenas de pessoas ao longo de sua vida, sentira mentes e corpos morrerem antes, e tratara muitos outros givanos enquanto morriam de infecção, ferimento ou velhice. Elu conhecia o calor peculiar do momento, o cobertor escuro que recobria os pensamentos de alguém, e depois o longo sono enquanto o corpo retornava ao mundo que o havia criado.

Assim deve acontecer comigo, pensou, observando o buraco irregular na realidade crescer cada vez mais. *E com tudo que amo. Mas assim se...*

Nesse momento, elu ouviu um clique alto e agudo.

Olhou para o pequeno interruptor de madeira colocado diante de um de seus constituintes e percebeu que o par com o qual ele havia sido duplicado (o pequeno interruptor que havia sido dado a Berenice como sinalizador) devia ter sido acionado.

— Ela conseguiu — falou Anfitrião em voz baixa. Elu se sacudiu e disse a Design: <*DESIGN! ELA CONSEGUIU! AGORA, AGORA!*>

Pôde ouvir Design gritando de algum lugar do *Inovação*:

— Ah, meu Deus! Sim! Então vamos em frente!

E em seguida, tudo em perfeito uníssono, os inúmeros constituintes de Design e Anfitrião enfiaram a mão nos bolsos e tiraram dali cópias da mesma adaga minúscula.

Era muito parecida com um bastão de purga, de certa forma. Só que, em vez de purgar o corpo de inscrições, consumia um ano ou mais da vida de cada pessoa e redirecionava cada um desses sacrifícios.

Para fazer uma edição: para trocar um pedaço da realidade por outro.

No fundo do *Compreensão*, Anfitrião olhava para o disco de substituição que Design havia forjado, suspenso em seu próprio dispositivo de gravidade.

— Por favor, funcione — pediu Anfitrião em voz alta.

Depois, elu enfiou as adagas nas mãos e gritou de dor.

Como era estranho perder vida. Que esquisito, que terrível era sentir que tantas pessoas morriam um pouco, desvaneciam-se um pouco, envelheciam simultaneamente enquanto seu próprio tempo era retirado de seus corpos e usado para ordenar essa mudança muito, muito leve na realidade, puxando um pedaço da criação para fora e inserindo outro no lugar.

Os constituintes de Anfitrião gritavam, sentindo os dias e os meses desaparecerem de seus corpos, mas o faziam com alegria.

Elu voltou os olhos para o disco de substituição que haviam forjado, flutuando num dispositivo de gravidade o qual esperavam que fosse muito semelhante ao que Tevanne usava a bordo de suas cidadelas. Se essa edição desse certo, eles sabiam que poderiam trocar o pedaço de realidade no *Compreensão* por um pedaço a bordo da cidadela... e trocar os discos com eles também.

Observou, esperando. E, em seguida, para sua alegria, o disco que eles fizeram piscou e de repente desapareceu, apenas para ser substituído por outro de uma feitura completamente diferente.

Olhou para o disco regulador de Tevanne, suspenso no dispositivo de gravidade.

— Ah — disse Anfitrião baixinho. — Excelente.

◆◆◆

Berenice piscou quando o espaço à sua frente tremeu. Em seguida, de repente, o disco regulador de Tevanne havia sumido, e o de Anfitrião estava em seu lugar.

Mas esse disco, é claro, tinha um conjunto muito diferente de comandos inscrito nele.

— Está funcionando? — sussurrou Berenice. — Está funcionan...

Depois, o mundo começou a gritar.

◆◆◆

Sancia observou enquanto Tevanne olhava por cima do ombro para a cidadela distante, não mais prestando atenção ao crescente buraco na realidade ou à loucura que se desenrolava no mundo.

— Não — sussurrou com voz baixa. — Não, você não...

Então Tevanne ficou de pé num salto e começou a guinchar.

• 62

Tevanne agarrou a cabeça e uivou, um grito inumano, sobrenatural e terrível que fez os ouvidos de Sancia doerem, mesmo em meio a todo o barulho daquele caos. E, embora ela sentisse que as coisas não poderiam ficar mais loucas, rapidamente descobriu que estava errada.

Enquanto Tevanne gritava, as gigantes loricas pretas logo atrás da porta começaram a se debater, como se também estivessem sentindo uma dor extraordinária; em seguida, os hospedeiros distantes enfileirados no topo das torres começaram a guinchar, cada um deles gritando de agonia.

E depois, para horror de Sancia, a cidadela principal caiu sob seus pés.

A estrutura desceu apenas um ou dois metros, parando no ar; mas isso foi suficiente para derrubar quase tudo ao redor, até mesmo lançando longe uma das loricas pretas, que ficou se debatendo no oceano. Depois disso, a cidadela continuou descendo, baixando suavemente até que as duas naves restantes perfuraram os mares repentinamente gelados abaixo delas e ali ficaram, tortas, nas ondas congeladas.

— *Não! Eu não queria saber!* — gritou Tevanne. Ela cambaleava ao redor da porta em chamas, segurando a cabeça. — *Eu não queria saber, não queria saber, não queria saber!*

Sancia fez uma pausa e depois se aproximou cautelosamente enquanto Tevanne girava, arranhando o rosto. Ela não sabia o que fazer agora, mas viu que Tevanne estava chorando, soluçando, gemendo, com o corpo inteiro convulsionado por soluços; e, o que era mais surreal, os soluços ecoavam por toda a gigantesca cidadela, com as centenas de hospedeiros gritando e gemendo.

— *Eu machuquei tantos!* — berrou Tevanne. — *Eu arruinei tantas vidas! Estou tão faminta! Estou tão cansada! Estou com tanto medo, estou tão sozinha!* — A figura girava, a saliva espumando pelo queixo. — *Onde está meu filho? Onde está minha filha? Onde estão meus filhos? Onde está minha família? Por que dói, por que dói, por que dói? Por que dói, por que DÓI, POR QUE DÓI, DÓI, DÓI, DÓI?*

Passou a gritar a palavra de novo, várias e várias vezes, e se jogou no chão, debatendo-se como as loricas, os olhos cheios de sangue arregalados e enlouquecidos em seu rosto.

— *EU SINTO MUITO!* — gemeu. — *EU... EU... EU...*

Sancia olhou para a porta, para Crasedes e Clave. Correu até eles, esperando afastá-los, para agarrar Clave e pedir que ele dissesse o que fazer, o que poderia impedir isso.

Em seguida, Crasedes se mexeu. Virou a cabeça para lhe lançar um olhar.

E depois, com movimentos muito lentos, dolorosos e trêmulos, ele tirou Clave da fechadura.

◆◆◆

<*Crasedes*>, sussurrou Clave. <*Crasedes. Você pode me ouvir agora, não pode?*>

Embora ambos estivessem quase sobrecarregados com a sensação de tanta dor, tanta perda, tanta tristeza, Clave pôde ouvir Crasedes, que mal chegou a sussurrar: <*sim.*>

<*Deixe-me segurá-lo*>, pediu Clave. <*Deixe-me usar você.*>

Crasedes concordou, e Clave sentiu sua vontade impregnar o complexo dispositivo ambulante que era aquela entidade, assim como havia controlado a velha lorica de Gregor Dandolo.

Clave disse ao corpo de Crasedes para se levantar e olhar para Sancia e depois para Tevanne, que se debatia e gritava no chão diante dele. Depois mandou a boca de Crasedes dizer:

— Sancia! Sou eu, Clave! O que diabos está acontecendo?

Sancia hesitou por um momento e por fim encarou Crasedes.

— C-Clave? É você? Você consegue se desvencilhar dele…

— Sim! — respondeu ele. — Agora me diga o que *diabos* está acontecendo!

— É a Berenice! — disse Sancia. — Ela deve ter acionado nosso último dispositivo, para fazer Tevanne sentir tudo o que seus hospedeiros estão sentindo. Isso deveria matá-la, mas… — Ela observou enquanto Tevanne gritava. — O processo ainda não deve ter terminado. — Olhou para trás, para a úlcera gigante que crescia na realidade atrás deles. — Ah, Clave… O que vamos fazer?

Clave e Crasedes se voltaram para a porta. Olharam para o mundo escuro dentro da abertura, atravessado por inscrições cintilantes, a própria essência que fazia a realidade persistir. E, em seguida, ambos sentiram o velho e familiar impulso de sempre.

Poderíamos atravessar, pensaram eles. *Poderíamos atravessar a porta, agora mesmo. E lá inventaríamos, criaríamos e consertaríamos… Consertaríamos o mundo, consertaríamos tudo, juntos, e deixaríamos tudo isso para trás…*

Mas depois Clave se virou mais uma vez e olhou para o mundo insano, em dissolução e arruinado ao redor deles, os gritos dos hospedeiros ecoando pelo céu ardente, o ar cheio de neve e cinzas. E ali, parada atrás dele, uma garota que ele amara outrora, aninhada no corpo moribundo de uma mulher mais velha.

Clave olhou para Sancia. *Quantas vezes eu tive essa escolha diante de mim? E quantas vezes fiz a escolha errada?*

— Clave? — chamou Sancia.

— Pensei que poderia consertar tudo — sussurrou ele. — Que eu poderia passar pela porta e refazer o mundo. Mas isso nunca melhorou as coisas.

— O que você quer di…

— Não há mais como fugir — falou Clave. — Certo? Temos que ficar aqui e parar o que fizemos.

Clave olhou para Tevanne, guinchando em agonia miserável. Em seguida, olhou de novo para a porta, que agora queimava nos céus acima dele.

— Sei quem é Tevanne — disse Clave. — Finalmente descobri. E posso detê-las. — Olhou de novo para Sancia. — Mas… Mas isso significaria dizer adeus, garota. Não vai dar para voltar desta vez.

Sancia olhou para ele, com os olhos cheios de lágrimas. Engoliu em seco.

— Acho que sei o que você vai fazer — sussurrou.

— É — disse Clave.

— É. — O rosto dela se contorceu de tristeza. — Eu te amo, Clave.

— Eu também te amo, borboletinha. — Começou a se afastar dela, indo na direção de Tevanne. — Só… só tente se lembrar de uma coisa por mim. Lembre-se daquele primeiro dia, na Tevanne Antiga, quando você me encontrou pela primeira vez, e nós arrombamos aquela porta para os campos porque percebemos algo que ninguém mais percebera. — A mão de Crasedes se ergueu bem no alto, com Clave brilhando em seus dedos pretos. — Que a porta abria dos dois lados, garota. O que significa que também pode ser *fechada* de ambos os lados.

Ela fungou.

— O que você quer di…

Em seguida, a gigantesca cidadela tremeu debaixo deles. Houve uma explosão de gritos quando milhares de estriladores levantaram voo, salpicando tudo o que havia ao redor da cidadela, com vários deles chegando perigosamente perto do *Inovação*. Tevanne gritou novamente, e mais estriladores rasgaram os céus, como se a mente gigante que controlava todos esses dispositivos estivesse enlouquecida e acionando tudo o que pudesse ser acionado.

Estamos sem tempo, pensou Clave.

Juntos, Clave e Crasedes olharam para o mar por um último momento, observando o amplo horizonte ondulando abaixo dos céus.

— Adeus — sussurraram.

Depois, ambos enfiaram Clave no peito de Tevanne.

• 63

Clave ouviu muitas coisas enquanto fazia contato com Tevanne: o grito dos hospedeiros, o gemido dos estriladores, o estrondo enquanto a própria realidade parecia se dissolver em torno da cidadela; mas depois ele aplicou suas permissões, mergulhando cada vez mais fundo no dispositivo catastroficamente quebrado que era a mente de Tevanne, até que finalmente ouviu o que estava esperando.

Um clique suave, como travas dentro de uma fechadura, e depois o mundo desapareceu, e as coisas…

Mudaram.

O dispositivo se abriu, como se houvesse uma porta secreta escondida em sua lateral.

E depois, atrás dela, outra porta.

E outra, e outra, e outra.

Clave mergulhava mais fundo, derrubando uma barreira atrás da outra, penetrando todas as inúmeras proteções que Tevanne construíra em volta de seu coração secreto, até que, finalmente, uma última porta se abriu, e não havia outra porta atrás dela.

Em vez disso, Clave viu uma rua. Que lhe era familiar. Uma rua que passava em meio aos prédios de Anascrus, e lá, bem no final, ficava o salão dos reparadores, sua cúpula de um branco brilhante cintilando ao luar.

E ali, diante do salão, a ponte.

Havia uma figura sentada diante da ponte, encolhida no chão. Clave olhou para ela através dessa última porta e depois a atravessou cautelosamente.

Ao fazê-lo, sentiu a carne retornar para ele. Embora soubesse que aquele lugar secreto não era a realidade, caminhou por ele com o corpo do homem que fora durante os últimos dias de Anascrus, quando terminaram suas grandes obras.

Ela estava de costas para Clave, olhando para a ponte, o cabelo branco brilhando ao luar. Suas mãos estavam estendidas ao lado do corpo, apodrecendo, arroxeadas. Um efeito colateral da peste, lembrou ele. Aproximou-se dela timidamente, sem saber o que ela faria, mas, quando estava a poucos metros da mulher, ela grasnou:

— Você nos separou. Me separou. Coisas demais para manter. Mas é só por um instante.

Caminhou até o lado dela e a observou: uma mulher idosa, com olhos arregalados e assombrados, perdidos por trás da cascata de cabelos brancos. Ela tossiu de modo sofrido, e seus dentes brilharam, molhados.

— Só por um instante? — perguntou Clave.

— Sim — disse ela. — Nós vamos voltar. Não serei impedida. Não vou deixar este mundo continuar.

Encarou-a por muito tempo. Depois, ajoelhou-se e se sentou ao lado dela.

— Agora sei quem você é — disse ele. — Eu me lembro.

— Lembra, é? — respondeu ela com indiferença.

— Sim. Eu me lembro. Este lugar... foi aqui que nos conhecemos, não foi? Eles me trouxeram aqui, ferido e sangrando... e olhei para cima e vi você.

A velha ficou em silêncio.

— Liviana — sussurrou Clave. — Minha esposa. Meu amor.

— Não.

— Você esteve aqui o tempo todo, não é? — perguntou ele.

— Eu… Eu *sempre* estive com você, Claviedes — disse ela, amarga. Novamente, tossiu. — Sempre estive com você em todos os seus sofrimentos. Eu estava com você aqui nesta ponte naquele primeiro dia. Quando dei à luz seus filhos. Mesmo quando você fugiu, perdido em seu pesar, minha mente, meus pensamentos e meu coração estavam com você. Embora você não se importasse com eles.

Clave baixou a cabeça.

— E eu estava com você — continuou — quando fez sua porta. Naquele lugar. O lugar onde eu labutava. Onde a perdemos. Você se lembra?

— Sim — respondeu ele suavemente.

— Eu estava com você quando fez a chave da porta. E eu estava com você naquele último momento, quando fez as lápides para todas as vítimas moribundas da peste no salão dos reparadores. Você se lembra? Eu as distribuí para você, trazendo àquelas pobres almas um talismã de prata para pendurar no pescoço de cada um deles, com comandos inscritos; pois você entendeu que a porta precisava de uma alma que passasse por ela para ser aberta. Ou era disso que você *pensava* que ela precisava. O que a entrada realmente precisava era de pessoas que morressem em número suficiente para que fosse aberta.

— Eu pensei que… que os estava levando para um lugar *melhor* — sussurrou ele.

— Você não compreendia as coisas nas quais estava se intrometendo — disse ela. — Eu também não. Mas, quando a porta se abriu e o mundo pareceu… *quebrar*, eu sabia que algo dera errado. Então, fiquei de pé num salto. Fui pegar a chave da sua mão. Encostei-a no batente da porta para trancá-la, exatamente como havia sido aberta. Mas quando fiz isso… — Balançou a cabeça. — Foi preciso vida para abrir a porta e também vida para a fechar. E, naquele segundo, isso… arrancou décadas de vida do meu corpo... o que me deixou muito fraca diante da peste que andava rondando meu sangue.

Uma memória floresceu na mente de Clave: o corpo dela, minúsculo, tão subitamente envelhecido e encolhido, as mãos e os pés de um roxo-escuro e os pulmões gorgolejando a cada respiração; e como ele a embalara nos braços enquanto corria pelas ruas, gritando e chorando, a própria cidade desmoronando à sua volta.

Clave engoliu em seco, com lágrimas escorrendo pelo rosto.

— Eu tentei salvar você. Nós tínhamos quebrado o mundo, e ele estava tentando se recompor, mas... mas eu pensei que conseguiria...

— Você não conseguiu salvar nada — disse ela com aspereza. — Você nunca conseguiu salvar nada.

E suas palavras pareciam verdadeiras. Lembrou-se de como havia lutado, como havia tentado loucamente impedir a morte dela; como havia decidido que uma porta não funcionaria, uma porta não poderia evitar que sua esposa morresse, mas e quanto a uma canastra, uma caixa, um espaço que, quando alguém morresse, não deixaria a pessoa abandonar esta vida, mas, em vez disso, seria capaz de restaurá-la, guardá-la, aprisioná-la naquele lugar e nunca deixá-la partir?

— Você se lembra — indagou ela melancolicamente — de qual caixa escolheu?

— Sim — sussurrou ele. — Foi... Foi a grande. Aquela cheia de roupas das crianças.

Lembrou-se de seu estado frenético ao jogar essas roupas fora; como pegara suas tintas e corantes e escrevera os comandos no interior da caixa, trabalhando duro para interromper aquele processo, o método pelo qual um ser passa da vida para a morte, tentando o tempo todo ignorar a tosse dolorosa de sua esposa, o terrível som de algo sendo raspado enquanto ela se esforçava para respirar...

Clave fechou os olhos novamente e começou a chorar.

— Eu não queria que você morresse — disse ele. — Não queria perder você também.

— Mas você estava errado — rebateu ela. — Quando me colocou naquela caixa, quando me deixou morrer naquele seu dispositivo, você fez de mim algo *pior* que um morto. Uma alma quebrada, sem nenhuma permissão para capturar, sem nenhum privilégio para acessar. Ancorada nesta caixa e presa a ela, tornando-se esta coisa para sempre. Você entende? Você entende o que *fez*?

— Sinto muito — sussurrou ele. — Sinto muito, muito mesmo, meu amor.

— Mas você aprendeu — cuspiu ela. — Você finalmente descobriu seu *processo*. E o usou em nosso filho. Mas você nunca contou a ele o que aconteceu comigo. Nunca suportaria isso, não é? Então, ele nunca soube. Mas, quando descobriu o que havia dentro da caixa, desse velho baú que você lhe trouxera, ele percebeu que era algo que poderia *usar*. Algo que poderia remanejar, reestruturar, com mais permissões, mais privilégios. Mais sacrifícios, mais morte. — Inclinou-se para a frente, seus olhos brilhando de raiva. — Mas eu *ainda estava lá*. Eu ainda era eu, em algum lugar, de alguma forma. Este minúsculo núcleo de mim mesma, ainda subsistindo nesse terrível fantasma, preso dentro de uma caixa, de um baú, de uma canastra. Eu era um fantasma com fantasmas de memórias. O decalque de uma pessoa, carregando marcas da minha vida anterior. E tive que assistir. Tive que *assistir*, Clave. Tive que *assistir* enquanto você transformava meu filho num monstro. Assim como ele transformou você numa ferramenta. Tive que *assistir* enquanto ele me esculpia e me dobrava e me usava como um pedaço de latão, ao longo de séculos, ao longo de *milênios*. Você entende os horrores que infligi a este mundo? Conhece as memórias que possuo? Você entende o que fui forçada a fazer a este mundo?

Clave não respondeu. Ficou sentado no chão, chorando enquanto ouvia.

— E, quando nosso filho me levou para aquele lugar estranho — continuou ela —, onde pretendia que eu me tornasse semelhante ao próprio Deus, dei a mim mesma o único nome de que conseguia me lembrar. Valeria, o anjo da infância. Aquele que poderia consertar qualquer injustiça. Aquele que poderia curar qualquer ferida. Que poderia abrir a porta, na vida após a morte, para as terras trancadas que existiam mais além e conceder a crianças doentes a libertação de sua dor. — Riu de maneira sofrida. — Que sonhozinho mais triste. Como se isso pudesse ser consertado. Como se *qualquer* aspecto disso tudo pudesse ser consertado!

— Liviana — disse Clave suavemente.

— Não é possível consertar nada! — gritou ela. — Comecei a me lembrar quando aquele homem engoliu o disco e nos fez fundir, e nos tornamos algo novo! Lembrei-me de pedaços de quem eu era, de como vim a ser, e soube então que isso *não pode* ser consertado! *Nada* disso pode ser consertado! Nenhum homem inteligente, com uma ferramenta criada com essa inteligência, vai pousar nesta terra amaldiçoada e consertar tudo, apesar de todos os seus desejos!

Olhou para ela, no fundo de seus olhos.

— E o Onipotente? — perguntou ele. — A coisa que você está convocando agora? A pessoa que você espera que entre por aquela porta e conserte todo o mundo fraturado? Em que esse desejo é tão diferente do meu?

Ela ficou sentada em silêncio, olhando para a ponte e para o corredor além dela.

— Liviana — disse ele novamente. — Por favor.

— Não quero que tudo tenha sido em vão — falou ela suavemente. — Não quero que seja por nada todo esse sofrimento, toda essa dor. Você sabe o quão sozinha eu estive?

— Sim — respondeu Clave — Isso eu sei bem. De todas as coisas pelas quais você passou, essa é a que conheço melhor. Mas você precisa parar com isso. Temos de *parar*.

Lágrimas rolavam pelo rosto dela.

— Vai tudo continuar — disse ela. — Mais correções dando errado. O orgulho insano de homens que se consideram engenheiros de toda a criação.

— Não — falou ele. — Existem pessoas neste mundo que aprenderam as lições que nunca aprendi, as que nosso filho aprendeu tarde demais, as lições que dizem que você está *certa*. Que *não há* solução mágica. Que um mundo melhor só pode ser conseguido pelo que damos uns aos outros, e por nada mais.

Ela piscou para tirar as lágrimas dos olhos.

— Se você me deixar, voltaremos. Voltaremos a ser Tevanne. E não poderei controlar o que faço então. — Olhou para ele. — Eu sei o que você disse para a garota fazer. E, se eu voltar, vou impedi-la. É o que farei.

Clave ficou em silêncio.

— Não — sussurrou ela. — Não permita que eu faça isso. Não me deixe de novo. Por favor, por favor, não me deixe.

Ele olhou nos olhos dela e viu, detrás de todos os anos e toda a tristeza, um lampejo da pessoa que conhecera: a mulher orgulhosa e confiante que poderia transformar as estrelas do céu em novas constelações, se tivesse tempo suficiente para isso.

— Não vim para ir embora, meu amor — disse ele. Pegou-a pela mão. — Mas para ficar. Ficarei com você. Até o fim.

Ela o olhou com raiva e piscou, surpresa, quando ele se inclinou e deu um beijo em sua testa.

— V-Você vai ficar? — perguntou ela.

— Eu gostaria de ter ficado antes — sussurrou ele. — Gostaria de ter ficado com você e dado a você e a Crasedes todo o tempo que desperdicei em desejos infrutíferos.

— Mas você pode trazê-lo agora — disse ela. — Não pode?

— Sim — respondeu Clave. — Isso é verdade. Eu posso.

Ele fechou os olhos e emitiu seus comandos para essa enorme estrutura de permissões e ligações em que se encontravam, sussurrando para o ser inscrito que o segurava agora, e então...

Passos nas ruas atrás deles.

O menino dobrou a esquina hesitante, nervoso. Seu corpo era tão pequeno, pálido e faminto, e, embora seus olhos estivessem cansados, encaravam o mundo com um conhecimento muito, muito além de sua idade.

— Onde... eu estou? — perguntou ele calmamente.

— Você sabe onde está — disse-lhe Clave. — Você está em casa. E vou te dar o que você pediu.

O menino olhou para ele.

— O que eu pedi?

— Sim. Porque você me salvou. — Ele sorriu para a criança. — Porque você me ajudou a lembrar, garoto.

O menino ficou parado, pensativo. Depois caminhou lentamente até eles e se sentou ao lado de Clave, olhando para a ponte. Após um instante, ele se inclinou e descansou a cabeça no ombro do pai, Clave o abraçou, e eles se deram as mãos.

— Eu... Eu me lembro disso — falou Crasedes. — Eu me lembro de como era isso.

— Sim — assentiu Clave.

— É bom — disse Crasedes. Sua voz ficou um pouco embargada. — Eu gosto.

— É — sussurrou ela. — Eu também.

Depois eles se levantaram, deram as mãos e começaram a descer a ponte em direção ao salão dos reparadores.

— Faça aquilo agora, por favor — pediu sua esposa. — Por favor.

— Sim — pediu Crasedes. — Por favor.

— Tudo bem — sussurrou Clave. — Vou fazer.

E fez.

◆◆◆

Clave se lembrava do processo, dos passos a seguir. Ele já fizera aquilo uma vez antes, não muito tempo atrás, quando uma garota o segurara num prédio destroçado, em ruínas, e ele se recuperara e se quebrara de uma só vez.

É a mesma coisa, pensou, *só que ao contrário.*

Desfazer-se, desenrolar-se, destruir todas as suas permissões, seus privilégios, suas ligações, seus comandos.

Ali, naquele momento, passo a passo, Clave se desinscreveu, pedaço por pedaço, sequência por sequência.

E, ao fazê-lo, puxou os outros consigo: todas as ligações do filho e do corpo de Gregor Dandolo; todas as coisas que prendiam suas mentes e almas a esse mundo, que os prendiam a essa existência muito depois que suas vidas terminaram, junto com a dele, e eles se dissolveram pouco a pouco, livres das correntes que criaram a partir de si mesmos, para si mesmos, destrancando as fechaduras que forjaram para se prender neste mundo.

Observou enquanto o salão dos reparadores diante deles desaparecia.

Um lampejo de preto. Depois um som, talvez o bater de asas suaves, como as de uma borboleta ou mariposa, e o som de uma criança rindo ao longe.

Adeus, Sancia, sussurrou ele. *E boa sorte.*

64

Sancia observou enquanto Crasedes tocava o peito de Tevanne com Clave. Então, sem aviso, ele caiu de lado e ficou imóvel.

Toda a gritaria nas cidadelas parou. O rio de estriladores e flechas também parou. As loricas gigantes ficaram imóveis. A imensa cidade tremia debaixo dela, como se não tivesse mais certeza do que fazer ou pensar.

<*Ela... se foi*>, disse Anfitrião suavemente. <*Ela se foi! Tevanne simplesmente desapareceu, não sei exatamente como!*>

— O-O quê? — perguntou Sancia com voz fraca.

<*Estou tentando obter alinhamento com os hospedeiros*>, explicou Anfitrião. <*Para ajudá-los, evitar que se machuquem e manter as cidadelas funcionando. Me dê um minuto!*>

Sancia ficou de pé, olhando fixamente para Tevanne e Crasedes, em cuja mão Clave ainda estava preso. Observou quando o corpo de Gregor Dandolo inalou profundamente o ar e depois tossiu forte, fazendo os muitos discos aderidos ao seu crânio caírem devagar, como as folhas de uma árvore, e deixarem para trás cicatrizes profundas e reluzentes na pele dele.

Ela flexionou sua visão inscrita. O corpo de Gregor estava completamente livre de inscrições: não havia mais nenhuma voluta de lógica, nenhum brilho horrendo em um vermelho opaco.

Mas Sancia também não via nenhuma inscrição em Clave, nem no corpo de Crasedes. O brilho vermelho opaco dos comandos inscritos desaparecera.

Ajoelhou-se e puxou Clave dos dedos de Crasedes. Então, percebeu que ele mudara: não era mais de ouro, mas de latão comum.

Fitou a chave, depois Crasedes e, por fim, o corpo de Gregor, deitado, imóvel e adormecido no chão.

— Então, está terminado — sussurrou com uma voz desolada.

<*Sancia, eu... eu sinto muito*>, disse Anfitrião baixinho. <*Estou ajudando os hospedeiros agora. E estou tentando achar Berenice também. Mas... nesse meio-tempo... o que vamos fazer em relação à porta?*>

Piscando para tirar as lágrimas dos olhos, Sancia se sentou e se virou para a porta, para a queimadura enorme e crescente na realidade e para o muro de trevas dentro dela.

Observou quando ela cresceu de repente, abrindo um rasgo para cima, através do céu, feito um relâmpago que saltava para as nuvens, até que parecia estar rasgando o próprio mundo em dois.

Berenice estava subindo às pressas a escada em espiral quando ouviu as passadas muito acima dela e estacou, congelada.

Alguém abrira uma porta mais acima. Estava certa disso.

Então, ouviu uma voz, cujos ecos desciam até ela:

— *Berenice? Você está bem?*

Ficou em silêncio, sem saber se deveria responder.

— *Sou eu!* — disse a voz. — *Anfitrião!*

— Anfitrião? — gritou, confusa e muito feliz. — Então, tudo *funcionou*? — Subiu correndo o resto dos degraus e encontrou seu constituinte na porta, esperando.

Parou de repente ao ver a pessoa que a esperava no alto. Era uma jovem de baixa estatura, desnutrida, quase morrendo de fome, usando uma armadura improvisada e roupas sujas; em outras palavras, era obviamente uma hospedeira.

— Já consegui fazer o alinhamento da maioria dos hospedeiros — disse elu com voz rouca. — E sim, sou eu.

— O que está acontecendo? — perguntou Berenice. — Nós... nós já vencemos? Vencemos mesmo?

— Não exatamente — disse Anfitrião, ansiose. — Ainda não. Precisamos de sua ajuda.

Ela foi andando para fora e então recuou diante da completa insanidade do clima: sentiu saraivadas de neve, depois pancadas de cinzas quase em brasa; quando olhou para o céu, viu que o sol e a lua saíram juntos; e, por fim, para sua total desorientação, o sol começou a inchar de modo horrível, feito gema malformada num ovo, e o mundo se encheu de uma luz amarela, tristonha e aterrorizante.

Anfitrião a levou para a beira da cidadela, depois para o parapeito, e apontou para algo. Berenice se juntou a elu na beirada, espiou e ficou sem fôlego.

O mundo inteiro fora da cidadela parecia estar borbulhando, mudando, transformando-se, e a fonte dessas mudanças era inconfundível: uma rachadura gigante e ardente no mundo se erguia da cidadela principal, esticando-se tão alto no céu que era quase impossível ver seu topo. Embora fosse sobrenatural, tinha inegável formato de porta, uma abertura estranhamente retangular na própria existência, porém não parava de inchar, crescendo e crescendo...

— É melhor não olhar para dentro dessa coisa — disse Anfitrião. — Sugiro que você vire o rosto.

Berenice olhou para o outro lado.

— Tevanne abriu a porta — comentou ela. — E nós não sabemos como fechá-la?

Anfitrião sacudiu a cabeça, com o rosto pálido e enfermiço.

— Não sabemos.

— Bem, não tem como eu lidar com essa situação com o mar no meio.

Anfitrião concordou com a cabeça.

— Sancia está no local. Vou abrir uma trilha até ela e ajudar vocês a conversarem através de mim.

◆◆◆

Sancia estava de pé ao lado da porta gigantesca, olhando fixamente para dentro enquanto segurava a pequena chave de bronze, agora sem mente, e chorava.

<*Sancia?*>, chamou Anfitrião. <*Berenice está aqui comigo. Ela está em segurança. Fale em voz alta, como se estivesse conversando com ela, e eu vou transmitindo as suas mensagens.*>

— Ah, merda — disse Sancia em voz alta. — Ah, meu Deus. Ber... consegue me ouvir?

Uma pausa.

<*Consigo te ouvir*>, falou Anfitrião, traduzindo para Berenice. <*O que você está vendo? Descreva a cena para mim.*>

Sancia se aproximou do batente da porta, tentando ignorar as estranhas rajadas de frio e calor que eram despejadas pela escuridão diante dela.

— Tudo bem — disse Sancia. — É... é algo bem parecido com a porta que a gente viu em Anascrus. Quase igual. Tem duas fechaduras: uma para a chave prateada e outra para Clave.

<*E o que Clave aconselha que façamos?*>, perguntou Anfitrião, imitando a voz de Berenice de modo quase perfeito.

Outra pausa.

— Clave se foi — anunciou Sancia com voz embargada.

<*Ahh, San*>, sussurrou Berenice. <*Eu... eu não sei como isso aconteceu, mas eu... eu sinto tanto. E Crasedes?*>

— Todos mortos — disse Sancia, ainda com aquela voz embargada. — Todos se foram. Estou sozinha aqui. Só eu sobrei.

À direita dela, algo estremeceu, e um enorme pedaço da cidadela principal desapareceu; depois, reapareceu a alguns metros dali, no meio do oceano; ela observou horrorizada enquanto as pessoas a bordo gritavam de terror e caíam no oceano de cristal abaixo delas.

— Só eu sobrei — soluçou Sancia —, e não vou estar aqui por muito mais tempo, Ber. Esse negócio inteiro está caindo aos pedaços. É um milagre eu ter ficado viva esse tempo todo.

<*O que as fechaduras fazem?*>, perguntou Berenice. <*É uma coisa simples, tipo, desligar?*>

Sancia se abaixou, pegou a chave de prata do chão e depois, ansiosa, aproximou-se da porta, o ar fervendo e borbulhando em torno dela, alternando calor e frio ártico. Experimentou a chave de prata em uma das fechaduras e depois na outra: nenhuma permitiu que ela girasse a chave.

— Não funciona em nenhuma das fechaduras — disse ela, arrasada. — É como se Tevanne tivesse preparado tudo para que, quando a coisa começasse, não pudesse ser interrompida.

Encolheu-se quando o buraco na criação cresceu mais uns cinco metros. Em algum lugar distante da cidadela, meia dúzia de torres de repente se transformaram em cinzas e foram dispersadas pelos ventos impetuosos. Sancia tossiu quando as cinzas a acertaram no rosto, limpando-as dos olhos, cuspindo-as dos lábios, imaginando se as cinzas cujo gosto sentia haviam feito parte do corpo de uma pessoa.

— Se vai ser mesmo desse jeito — lamentou Sancia, olhando através do mar para a cidadela do outro lado —, se é assim que a coisa vai acabar, Ber, então... meu Deus, garota, eu só quero que saiba que eu te amo. Sempre amei. Eu te amo tanto, eu te amo feito doida, e queria que a coisa terminasse de outro jeito.

<Eu também te amo, San. Meu Deus, meu Deus, eu também te amo...>

Sancia fungou e olhou para a chave de ferro opaco em sua mão. E então começou a pensar.

O que é que Clave dissera?

Que a porta abria dos dois lados, garota. O que significa que também pode ser fechada *de ambos os lados.*

Ela fitou a escuridão sobrenatural; depois, deu um passo para trás e estudou o batente da porta.

Não vai fechar, pensou ela. Inalou o ar lentamente, tentando ignorar o gosto de cinzas na garganta. *Pelo menos... não deste lado.*

Voltou a recordar Anascrus. O que Crasedes dissera mesmo?

Somente alguém com a habilidade de comungar com as inscrições e alterá-las poderia sobreviver naquele reino; um editor, pode-se dizer.

Sancia rilhou os dentes e tocou a lateral da cabeça, onde jazia seu pequeno disco: aquele que fora implantado nela tanto, tanto tempo atrás, naquela cabaninha horrenda nas ilhas das lavouras; aquele que a própria Valeria editara no campo dos Candiano para transformar Sancia numa editora.

Olhou para trás, para a cidadela onde estava Berenice, e pensou que conseguia divisar alguém de pé no topo dos parapeitos. Então respirou devagar e profundamente.

— Ok — sussurrou. — Certo. Tenho uma ideia.

Berenice estava de pé nos muros da cidadela, olhando para a porta ardente do outro lado do mar, esperando para saber mais.

— Sancia? — chamou ela. — Sancia, você está aí?

Silêncio. Olhou para Anfitrião atrás dela e observou com mais atenção.

Anfitrião estava chorando. E uma multidão estava se reunindo atrás delu. Uma multidão de hospedeiros, todos imundos, todos olhando para ela, todos chorando.

— O-O que está acontecendo? — perguntou Berenice.

— Eu... eu me decidi — sussurraram todos os hospedeiros, que eram todos Anfitrião, mas soando estranhamente como Sancia.

— O que você quer dizer? — indagou Berenice, com a voz fraca. — Sobre o quê?

— Sobre como parar isso — responderam. Os hospedeiros começaram a subir nos parapeitos, e todos estendiam seus braços na direção dela, como se buscassem abraçá-la. — Eu... eu sei como fechar a porta, Ber.

— Sancia? — disse ela, afastando-se. — O-O que está acontecendo? Você está me assustando.

— Venha aqui — disseram eles. — Por favor. Só me dê um abraço. Mais uma vez.

— Sancia...

Contudo, Berenice aceitou: deixou que um hospedeiro a abraçasse, apertando-a como Sancia sempre fazia, e depois outro, e mais outro, até que foi abraçada com força por dezenas de pessoas, presa dentro daquele enorme amplexo.

— Sancia — chamou ela de novo. — O que você está fazendo?

— Vou fazer todo o possível — sussurraram os hospedeiros, todos de uma vez. — Todo o possível para fechar a porta... a partir do outro lado.

Os olhos de Berenice se arregalaram.

— *Não!* — gritou. — *Não, não, não!*

◆ ◆ ◆

Sancia se voltou para a porta ardente, a chave de prata apertada em suas mãos, a mandíbula cerrada.

— Sinto muito — sussurrou. — Eu sinto tanto.

<*Pare!*>, gritou Anfitrião com a voz de Berenice. <*Por favor, não faça isso! Não me deixe aqui, não depois de tudo isso!*>

A cidadela estremeceu; depois, uma coluna de pedra gigantesca e pentagonal se ergueu do oceano, abrindo um rombo do outro lado da cidade e fazendo com que incontáveis torres despencassem no mar.

— Não tem nenhum outro jeito — sussurrou Sancia. — Queria que tivesse. Mas não há dança durante uma monção, meu amor. E eu preciso me mexer logo. Então, escute...

Ela deu um passo à frente.

◆◆◆

— Me encontre — sussurraram os hospedeiros nos ouvidos de Berenice enquanto a abraçavam. — Vou esperar por você, em algum lugar por lá. E aí, se a gente tiver sorte, você vai conseguir me achar de algum jeito, e talvez algum dia a gente tome aquela bebida, depois de tudo isso.

Berenice se debateu, recuou e deu puxões para se safar deles, gritando e soluçando. Queria pular por cima das muralhas, jogar-se no mar, nadar pelas profundezas para chegar até Sancia, para vê-la, tocá-la, abraçá-la. Mas Anfitrião a abraçou apertado, ou talvez Sancia a abraçasse, e ela não conseguiu se soltar.

— Lembre-se das coisas que a gente disse que ia guardar — sussurraram os hospedeiros. — Eu guardaria a Periferia da Fundição. E você guardaria o futuro, no qual nós duas vamos ficar velhas, bobas e ainda tão apaixonadas.

— Não! — gritou Berenice. — Não, pare, San, só me deixe... só me deixe *tocar* você, por favor, só uma vez! Me deixe vê-la, só uma vez!

— Adeus, Ber — sussurraram os hospedeiros. — Por enquanto.

Abraçaram-na com força, e Berenice urrou de tristeza.

◆◆◆

Sancia respirou fundo ao ficar de frente para a porta. Então fitou a escuridão, segurando a pequena chave prateada com força.

Preparou-se e, por fim, atravessou.

Uma explosão de repiques atonais, como as sinetas de um relógio quebrado... e, contudo, conforme atravessava, eles deixaram de ser atonais, e todos os repiques mudaram, transformando-se numa música belíssima que ela só conseguia ouvir nesse lugar, do outro lado, no lado inverso de tudo.

A música se transformou em algo diferente: uma canção. Eram palavras de um tipo que ela nunca ouvira antes; e Sancia se deu conta, lentamente, de que estava ouvindo os *sigils*, ouvindo-os cantar, ouvindo-os sustentar a criação peça por peça, nota por nota.

Escutava os *sigils*, todos entoando um significado maior do que qualquer lógica jamais seria capaz de capturar.

Aah, pensou. *Sim. Agora entendo.*

Virou-se e começou a fechar a porta.

◆◆◆

Berenice urrava e lutava e se debatia nos braços de Anfitrião, virando-se para ver a horrenda rachadura escura na criação. Então, para seu assombro, o buraco na realidade piscou e depois desapareceu.

Os ventos pararam de soprar. A neve e a chuva pararam de cair. As cinzas que dançavam no ar de repente desapareceram. E então, finalmente, o sol coalesceu, e a horrenda luz amarelada foi sumindo da atmosfera, substituída pelo céu azul-claro do meio da tarde.

— S-Sancia? — chamou Berenice. — San, você está...

— Eu... eu não consigo mais senti-la — disse Anfitrião, baixinho. — Ela partiu deste lugar.

Berenice olhou fixamente para a cidadela principal, que se desfazia, parada sem prumo no mar, pouco além das ruínas da

Tevanne Antiga; e então percebeu que agora estava verdadeira e totalmente sozinha, e seus olhos se encheram de lágrimas.

◆◆◆

Desembarcaram da cidadela com cuidado, subindo a bordo de chalupas conforme o *Compreensão* e o *Inovação* se aproximavam. Anfitrião conduziu Berenice até a cidadela principal e, juntos, usaram tiros de linha para subir até as muralhas e ver o que esperava por eles ali.

O batente da porta estava de pé, sem conexão com nada e vazio, nada mais do que espaço vago e corriqueiro emoldurado do outro lado. No chão, na frente dela, sentava-se um homem de branco, fitando o batente como se estivesse tentando captar alguma verdade dentro dele. Virou-se para olhar para Berenice quando a ouviu se aproximando. Seu rosto assumiu um ar de tristeza terrível, e ele a observou incerto quando Berenice ficou ao seu lado, olhando para a porta vazia.

Berenice se sentou lentamente ao lado de Gregor Dandolo, e juntos eles olharam para a porta esvaziada.

Depois de algum tempo ela lhe estendeu a mão, e ele a aceitou, e, juntos, esperaram enquanto os incontáveis hospedeiros eram salvos daqueles vastos destroços; sem falar, sem olhar um para o outro, dois sobreviventes que não tinham palavras para descrever aquilo a que sobreviveram, nem nenhuma linguagem que lhes permitisse articular o que agora estava terminando ou logo começaria.

• Epílogo

Os Fundadores

◆

As pessoas construíram.

Construíram novas cidades, novos navios, novas fundições, novas culturas. Construíram tudo isso por todos os mares, nas ilhas e por todos os continentes; e, embora as pessoas criassem coisas que, de certa maneira, tinham sido criadas antes, criaram-nas de modo muito diferente, pois essas pessoas eram uma só pessoa, uma só empatia, compartilhada por muitos e muitos corpos, idosos e jovens de igual modo.

Fora Anfitrião, é claro, quem se dera conta de que só Giva seria capaz de consertar o mundo.

— Esses pobres hospedeiros foram duplicados e ficaram sonhando por anos sem conta — comentou. — Precisamos estar prontos para ajudá-los a entender o que aconteceu com eles, para ajudá-los a se curar e para lhes dar a chance de aprender uma nova maneira de viver, ou de se purgar de tudo o que foi feito a eles e começar de novo.

Muitos ficaram e se tornaram parte de Giva, se é que esse ainda era o nome, pois eles não residiam mais nas ilhas. Viviam em todo lugar.

Ou, pelo menos, foi isso o que Berenice inferiu. Não sabia ao certo, pois não podia se juntar a eles. O disco em seu corpo rejeitava todos os demais, e, se tentassem editá-lo para que saísse da carne dela, aquilo iria matá-la. Embora estivesse entre eles, ela estava sozinha.

Com exceção de Gregor Dandolo. Demorou quase meio ano para que ele conseguisse falar de novo, mas ele era a única pessoa que conseguia entender o que ela tinha enfrentado, e o que ela sentia agora; e, enquanto viviam juntos na casinha na praia que Anfitrião construíra para eles, Berenice sentia que Gregor era a única pessoa cuja presença conseguia suportar.

— Você e eu somos refugiados — disse ela certa vez, enquanto observavam os incontáveis navios passando pelos mares salpicados de pôr do sol. — Estamos nesta nação. Mas não somos desta nação.

— Não somos — concordou ele, com voz rouca e calma. — Mas é maravilhoso de se ver.

◆◆◆

Os anos passaram. E, conforme passavam, Berenice às vezes se encontrava analisando o céu noturno, ou as nuvens no horizonte, ou a maneira como o mar tocava as costas. Pensava neles não como vastas entidades separadas, mas mais como camadas, como pedaços de papel sobrepostos numa colagem.

Às vezes, ficava pensando... Se puxasse esses papéis, será que veria uma inversão obscura da realidade, repleta de instrumentos reluzentes e dourados, que labutavam o tempo todo detrás da criação?

Será que veria um par de olhos que a fitavam, observando-a, esperando por ela, de algum modo, em algum lugar?

Ficava pensando. Mas, toda noite, ia para a cama sozinha, e acordava sozinha, e o vasto silêncio que se tornara sua vida simplesmente continuava.

◆◆◆

Nove anos depois do colapso de Tevanne, eles finalmente conseguiram criar uma porta com sucesso.

Berenice não conseguia entender como Design fizera aquilo; mas, até aí, ela entendia pouco de inscrições nos últimos tempos. As maravilhas criadas pelos novos inscritores de Giva estavam além da capacidade dela, e essa nova maravilha era ainda mais avançada.

Ela observou enquanto Design manipulava os controles, alimentando os batentes da porta com comandos, sua barriga contraída de ansiedade imaginando a qual lugar a passagem daria acesso. Mas, quando a porta se abriu, havia apenas escuridão e o cintilar de inscrições distantes: nenhum som de passadas hesitantes, nenhum grunhido enquanto alguém atravessava mancando, com cuidado, voltando ao mundo.

— É o que eu temia — disse Design com tristeza. — Nem todas as portas se abrem no mesmo lugar, se é que a palavra "lugar" faz algum sentido lá. Ela está perdida para nós, do outro lado, mas talvez possamos encontrá-la um dia. Se desenvolvermos as ferramentas certas, se chegarmos a entender as camadas e a natureza desta realidade, talvez possamos encontrá-la de novo.

Berenice assentiu enquanto ouvia aquelas doces palavras. Mas elas não a enganavam.

◆◆◆

Por fim, as pessoas pararam de usar a linguagem em voz alta. Superaram-na, abandonaram a fala e até mesmo a palavra escrita quase inteiramente, evoluindo rumo a algum método de comunicação mais perfeito do que esses meios. Foi então que Berenice realmente parou de entender como as pessoas viviam, como construíam suas cidades, todas cheias de dispositivos, inscrições e instrumentos que não podia compreender; maravilhas que outrora teria desejado desesperadamente, mas das quais agora se ressentia amargamente, milagres de uma época que a deixara trancada para fora, para sempre.

— Não sinta tanta raiva — disse-lhe Gregor certa vez, quando estavam sentados juntos na praia, à noite. — Eles são seus filhos. Você criou este mundo.

— Mas não para mim — respondeu ela. — Não para nós. — Abraçou os joelhos e olhou para as ondas. Suas costas agora doíam e seus joelhos latejavam, e seu rosto curtido de sol a fazia parecer muito mais velha do que era. Talvez suas preocupações e seu pesar a tivessem envelhecido além de seus anos. — Fico me perguntando se, onde está agora, ela se sente mais em casa do que eu me sinto aqui.

◆◆◆

Certo dia, Berenice voltou para os aposentos deles na praia e encontrou Gregor sentado à mesa, com um pequeno disco de bronze na mão, estudando-o com a testa franzida e uma expressão séria em seu rosto marcado e cansado.

— Eles… deixaram isso para mim — disse ele baixinho. — Acho que querem que eu me junte a eles. — Gregor olhou para ela. — Será que consigo? Será que consigo de verdade?

Sentou-se ao lado dele na mesa e olhou para o objeto, tentando lutar contra o desespero profundo dentro de si.

— Não há nada que te impeça — afirmou. — Você não é como eu.

Ele estudou o disco.

— Então… será que eu deveria?

— Deveria — disse ela com voz rouca.

— Fico em dúvida sobre fazer isso comigo mesmo — ponderou ele. — Tenho medo de engolir um disco mais uma vez e… mudar.

— Você não é aquela coisa — assegurou Berenice. — Você é alguém diferente agora. E eles são muito diferentes também.

Gregor olhou para ela, os olhos tristes em seu rosto cheio de cicatrizes horríveis.

— Não quero deixar você sozinha, Berenice. Não agora.

Ela o beijou na testa.

— Não estou sozinha — sussurrou. — Ela está esperando por mim.

Gregor sorriu.

— Espero que sim. Acho que sim.

Naquela noite, o navio veio buscá-lo, e Gregor embarcou e navegou para se juntar às enormes frotas que avançavam por todos os mares em suas rotas misteriosas. Berenice os observou partir; depois, voltou para sua casinha vazia, enfiou o rosto no travesseiro e chorou.

◆◆◆

Os anos transcorreram, cada um semelhante ao outro, passados sozinhos, passados em silêncio. E então, um dia, ouviu-se uma batida na porta.

Berenice abriu, curiosa, e encontrou uma mulher conhecida esperando por ela, o rosto envelhecido e enrugado, mas imediatamente reconhecível: era Diela. Ou esse fora o nome dela outrora. Berenice não sabia o nome dela agora; não sabia nem mesmo se as pessoas realmente ainda tinham nomes.

— Nós... estamos indo — falou Diela sem jeito, com um sorriso largo.

— Como é? — perguntou Berenice.

— Queremos... dizer a... deus — respondeu Diela. Ela balançou as mãos chamando Berenice para ir para fora, onde uma pequena multidão esperava por ela na praia.

— O que está acontecendo? — perguntou Berenice, hesitante.

— Mais — falou Diela. Ela gesticulou para o céu. — Há... mais. Mais acima, não abaixo. Não para onde Crasedes foi.

Vemos isso agora. Nós... vimos. Vimos os lugares, acima. E estamos... indo para lá. Indo.

— Indo... — ecoou Berenice.

— Sim. — Diela olhou para ela, com o rosto cheio de lágrimas de felicidade, e tocou seu coração. — Amor. Nós amamos. — Gesticulou para Berenice. — Nós amamos você. Você é mãe. Você não pode vir, mas nós fizemos. — Apontou para um ponto da praia, onde um pequeno barco inscrito aguardava. — Nós fizemos, para você. Um lugar. Para você e para ela.

Berenice olhou para o barco e balançou a cabeça, sem entender exatamente aquilo.

— Bom. — Diela voltou a assentir, sorrindo com uma alegria cheia de pesar. — Nós amamos. Nós amamos.

— Sim — falou Berenice. — Sim, eu... acho que entendi.

Diela fez uma reverência profunda. Depois, voltou a se juntar às pessoas na praia, e deram as mãos formando um círculo, e fecharam os olhos, e então...

A areia aos pés deles borbulhou e se agitou. Então, algo se ergueu de suas profundezas. Uma porta.

As pessoas estavam criando uma porta. Convocavam uma porta a partir do nada. Então, Berenice entendeu o que queriam dizer quando falaram que estavam indo embora: não iam para o lugar aonde Sancia fora, mas para algum lugar que, de fato, era muito diferente, um lugar que ela não era capaz de compreender e aonde não podia acompanhá-las.

Os olhos dela se encheram de lágrimas e observaram enquanto a pequena multidão abria a porta, atravessava-a em fila, um a um, e depois a fechava atrás de si.

A porta afundou na areia e desapareceu.

Mais tarde, vasculhou as cidades perto da costa e descobriu que estavam vazias. Nenhuma criança, nenhum adulto, ninguém. Foram embora. Não entendia para onde tinham ido; tais lugares estavam além de sua compreensão.

Por fim, foi até o barquinho que Diela lhe indicara. Embora estivesse cheia de provisões, a embarcação era de um tipo avançado que ela mal conseguia entender, sem cabine nem velas; tinha simplesmente um interruptor de bronze que supostamente poderia levá-la aonde quisesse ir.

Ela não subiu no barco. Em vez disso, foi embora.

◆◆◆

Ficou indecisa durante quatro dias. Quatro dias de silêncio. Quatro dias de mares vazios.

Chega, pensou. *Chega.*

Certa manhã, bem cedo, quando as costas estavam cobertas de névoa e o sol era um pedacinho de luz distante no horizonte, ela caminhou até a praia, subiu no barco, apertou o interruptor e deixou que a embarcação a levasse embora.

Navegou por dois dias e três noites. Conforme passava pelas Ilhas Givanas, agora cheias de cidades miríficas, todas vazias, todas silentes, percebeu que conhecia essa rota e sabia aonde estava indo.

A Tevanne Antiga, pensou. *O barco está me levando de volta à Tevanne Antiga.*

Conforme se aproximava de seu destino, tentou ficar desperta para ver o que a aguardava. A Tevanne Antiga nunca fora reconstruída, não como o resto das cidades dos dias de outrora. Contudo, enquanto o barquinho esbelto entrava no lugar que antes fora o porto da velha cidade grandiosa e horrenda, percebeu que algo tinha sido construído no fundo das ruínas.

Algo familiar.

Ela se aproximou devagar, ansiosa, o coração batucando no peito. Reconheceu aquilo instantaneamente: a frente inclinada do prédio, o jeito como os andares subiam desajeitados rumo ao céu, a cerca de metal torto contornando a fachada, e ali, pendurado em cima da porta da frente, um letreiro que a fez estremecer.

Seus olhos passaram pelo tracejado das palavras: PERIFERIA DA FUNDIÇÃO LIMITADA.

Tremendo, ela entrou.

Como era perfeito. Como era *perfeito*, cada telha, cada prancha, cada prego. Os aposentos de Orso estavam lá, ainda cheios de garrafas de vinho vazias; assim como a alcova cuidadosamente arrumada de Gregor, com suas estantes de poesia e as prateleiras e mais prateleiras com vasos de flores; e as oficinas, as bancadas de design, o velho *lexicon* capenga no porão, tudo aquilo estava exatamente como ela recordava.

Foi até as escadas e olhou devagar para cima. Esperou, refletindo muito. Então as subiu, degrau por degrau, até chegar ao sótão.

O quarto delas. Metade bagunçado, metade impecável. Havia até a marca no colchão onde ela se deitara, onde o corpo dela tinha pressionado o tecido barato dia após dia, noite após noite.

Berenice chorou enquanto vagava por aquele lugar cheio de fantasmas preciosos que ela mal conseguia recordar. Contudo, notou então que algo estava diferente.

Havia uma nova porta, perto do armário delas.

Era feita de pedra preta. E ali, na lateral da porta, estava uma fechadura de bronze.

Diante da fechadura havia uma mesa pequena; e, em cima da mesa, uma chave de prata, e um bilhete.

Tremendo, ela caminhou até a mesa e deu uma olhada no bilhete. Continha uma única palavra: *Amor*.

Pegou a chave, estudando sua haste, seu dente. Era imaculada, suas inscrições tão minúsculas e complexas que seus olhos mal conseguiam lê-las.

Voltou-se para a porta, tomou fôlego, encaixou cuidadosamente a chave na fechadura e a virou.

Ouviu-se um clique, e o mundo pareceu piscar e gaguejar em volta de Berenice.

Tentando se controlar, virou a maçaneta da porta, abriu-a e olhou lá dentro.

Uma voz suspirou de alívio do outro lado e depois falou:

— Finalmente. Aí está você.

Agradecimentos

◆

Este livro foi difícil para caramba de escrever.

Comecei no fim de outubro de 2019, algumas horas depois de mandar para meu editor, Julian Pavia, a última versão de *Shorefall: a noite do caos*. Eu não havia escrito um texto de agradecimentos no caso daquele livro porque sentia que o trabalho ainda não estava completo — ainda não havia uma obra suficiente que justificasse os agradecimentos, pelo menos ainda não —, mas eu tinha uma boa ideia de como a história se desenrolaria a partir dali, e fazia anos que andava planejando o final. Eu só tinha de entrar de cabeça, escrever e chegar lá.

Então, cerca de três meses depois, o mundo desmoronou.

Minha sensação é que quase não vale a pena falar da pandemia. Embora a experiência de enfrentá-la tenha sido individual — talvez brutalmente individual, com tantos de nós isolados em suas pequenas câmaras —, pode-se argumentar que não há nenhum evento, nenhuma dificuldade, nenhum deslocamento abrupto da realidade que tenha sido compartilhado numa escala semelhante à da pandemia de 2020, que ainda está acontecendo enquanto escrevo isto, em novembro de 2021. Discutir esse tema agora passa a sensação de algo tão interessante e cheio de *insights* quanto dizer que o céu ainda fica acima de nós. Fazer algum comentário sobre a pandemia puramente relacionado com a escrita de um romance de fantasia, com tantos enfermos ou mortos, parece banal e vaidoso.

Contudo, este livro — de forma bastante injusta — foi o meu livro pandêmico. Foi uma das poucas coisas estáveis às quais eu tinha de voltar ao longo de todo aquele período estranho e terrível, roubando alguns momentos preciosos de minha família para acrescentar umas poucas palavras aqui e ali. Usei este romance para medir aqueles dias curiosos. Algumas vezes, as experiências convergiam de modo surreal, e eu acreditava que, quando terminasse o livro, tudo isso poderia acabar.

É difícil me lembrar realmente de como foi aquilo. Talvez meu cérebro, tentando me ajudar, tenha buscado esquecer o processo, tal como pais recordam as primeiras semanas da vida de seu filho recém-nascido como se fossem filtradas por lentes excepcionalmente róseas. Tenho lampejos de memórias: passar a vida de olho em dezenas de alarmes, que nos notificavam sobre qual criança precisava assistir a qual aula virtual; as pilhas enormes de lixo e material reciclável enquanto tentávamos viver de comida recebida por delivery; minha esposa e eu, por exaustão (e com imprudência), ficando acordados até bem depois da meia-noite, pois esse era o único momento que ainda tínhamos só para nós.

Mas o que mais recordo é a sensação de desamparo. Desamparo é diferente de solidão. A solidão é um estado emocional, mas o desamparo é a consciência intensa de que você não tem ninguém em quem se apoiar.

E isso é o que resume a situação, em seu âmago. Pois, embora a gente tenha escapado quase sem arranhões, houve muitos momentos nos quais olhávamos em volta, em busca de algum sinal de que alguém, qualquer um, mandaria ajuda, e as únicas coisas no noticiário eram as mortes e a sabotagem estridente e fanfarrona. Com esse tipo de coisa pendendo sobre nossas cabeças, tentávamos ajudar nossos filhos a atravessar os dias e as noites, imaginando quando tudo aquilo terminaria. Nisso, não creio que nossa família tenha sido única de maneira alguma.

Essa é a tensão curiosa de uma pandemia: nada na sua experiência é único ou excepcional, pois ela é compartilhada por tantos à sua volta; e, ainda assim, você se sente completamente sozinho.

O último volume de uma série muitas vezes é definido pelos desafios e pela sensação de encerramento. As personagens são submetidas à agonia e se perguntam: "Será que a gente vai conseguir? A gente vai sair dessa? Como?". Então, o autor, com a sabedoria de quem enxerga longe, amarra cuidadosamente todas as pontas soltas, leva todo mundo para o lugar onde deveriam estar e a grande cortina desce gentilmente.

Foi estranho escrever esta história enquanto eu esperava a nossa própria salvação, a nossa própria sensação de encerramento. Às vezes, foi muito difícil fazer as palavras saírem.

E, no entanto, senti-me forçado a terminar. Pois, se a trilogia Os Fundadores tem algum tema geral, imagino que seja o de que as inovações criadas pela nossa espécie não geram dividendos sozinhas. Elas só trazem prosperidade quando estão acopladas a uma sociedade, a uma cultura ou a um povo que é capaz de usá-las ao máximo.

Uma estrada não tem como carregar viajantes se as pessoas se recusam a construí-la. Uma editora não é capaz de disseminar a sabedoria se seus leitores decidem que, em geral, preferem mentiras. E não há bálsamo ou remédio capaz de trazer saúde e felicidade se os enfermos se recusam a usá-lo.

Se descobrimos que somos incapazes de aproveitar os muitos dons que nosso brilho intelectual nos concedeu, então minha suspeita é a de que não existe uma técnica que permita que esses dons funcionem como devem. Em vez disso, cabe às pessoas transformarem a si mesmas: reformar, reconfigurar e rearranjar as arquiteturas de nossas sociedades — talvez de maneiras modestas ou ambiciosas — de modo a permitir que a prosperidade e a abundância para todos possam fluir.

Isso pode parecer um preceito sábio, mas é a tensão natural da nossa espécie que produz certa lacuna entre nosso brilho intelectual e nossa sabedoria. A questão é quanto devemos permitir que essas duas coisas divirjam, quais obras são capazes de sanar essa lacuna e com que velocidade conseguem saná-la.

◆◆◆

Gostaria, como sempre, de agradecer ao meu editor, Julian Pavia, por basicamente deixar que eu me enfiasse no meio do mato e enfrentasse este livro. Gostaria também de agradecer à minha agente, Cameron McClure, pela orientação ao longo da minha carreira e por confirmar que, às vezes, no meio de uma pandemia, está tudo bem se os meus filhos jogarem Minecraft o dia todo.

Quero agradecer à minha esposa, Ashlee, por encarar tudo junto comigo, mesmo quando, nesses dois anos, eu claramente comecei a engordar e a ficar mais grisalho. Quero agradecer aos meninos por terem continuado tão chocantemente alegres ao longo de boa parte dessa experiência, e por nossas muitas festas dançantes.

Quero agradecer aos meus pais, e aos pais da minha esposa, por virem jantar com a gente o tempo todo e por fingir que a gente tinha algum assunto novo para discutir, quando todo mundo estava bastante ciente de que não tinha.

Quero também agradecer ao Slack e a todos os escritores que participam dele, o qual, para mim, funcionava como um buraco no qual conseguia gritar de vez em quando. (Vocês sabem quem são.)

Também gostaria de agradecer a Joe McKinney. O Joe era um bom sujeito, um grande escritor, e uma pessoa com uma das gamas de leitura mais fenomenais que já conheci. Toda vez que conversava com ele, saía andando com mais balanço nas passadas. Ele tinha esse tipo de efeito sobre as pessoas. Quando morreu, em julho deste ano, foi um choque tremendo para mim. Não conseguia e ainda não consigo imaginar um mundo sem o Joe. Ele vai fazer uma falta terrível.

Vou me lembrar dele e seguir em frente. Espero que você também: continue lendo, escrevendo, vivendo, amando, seguindo em frente.

Robert Bennett, novembro de 2021

© Josh Brewster Photography

Sobre o autor

ROBERT JACKSON BENNETT nasceu em Louisiana, estudou na Universidade do Texas e vive atualmente com sua família em Austin, Texas. É autor de *American Elsewhere, The Troupe, The Company Man, Mr. Shivers*, assim como das trilogias THE DIVINE CITIES e OS FUNDADORES, cujos primeiros volumes, *Foundryside: às margens da Fundição* e *Shorefall: a noite do caos*, também foram publicados pela Morro Branco.

Com obras que atingiram grande sucesso de público e crítica, Robert foi duas vezes vencedor do Shirley Jackson Award, bem como ganhador do Edgar Award e da Philip K. Dick Citation of Excellence, além de ter sido finalista dos prêmios Hugo, World Fantasy, British Fantasy e Locus.